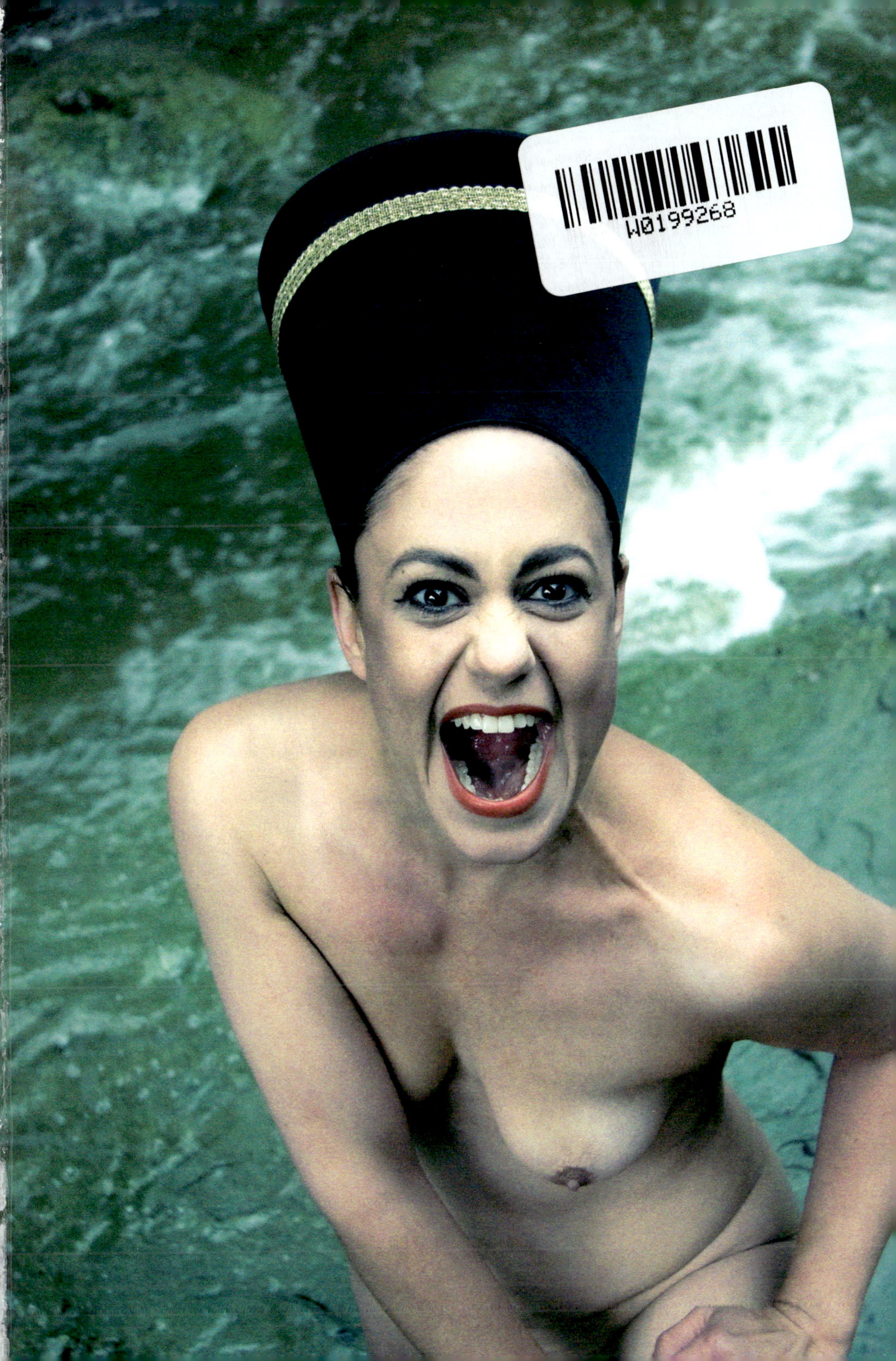

Wir danken allen, die mit Text und Bild zu diesem Buch beigetragen haben

Impressum

PF 1609 – D-72006 Tübingen
Tel. 0049 (0) 7071 66551 – Fax 0049 (0) 7071 63539
E-Mail: office@konkursbuch.com

Einsendungen für weitere heimliche Augen an: gehrke@konkursbuch.com

Gestaltung: Verlag & Freundinnen. Grafisches Konzept: G.H. Seidel
Cover und S.1: Annina Sgier & Stanislav Kutac
Rückcover und S. 320: Rocío García,
Suave, suave, 06, Öl auf Leinwand, aus der Serie *El Thriller*, 180 x 150 cm
S. 3: Samantha Wolov

ISBN 978-3-88769-524-8

Claudia Gehrke & Uve Schmidt

Mein heimliches Auge

Das Jahrbuch der Erotik XXIV

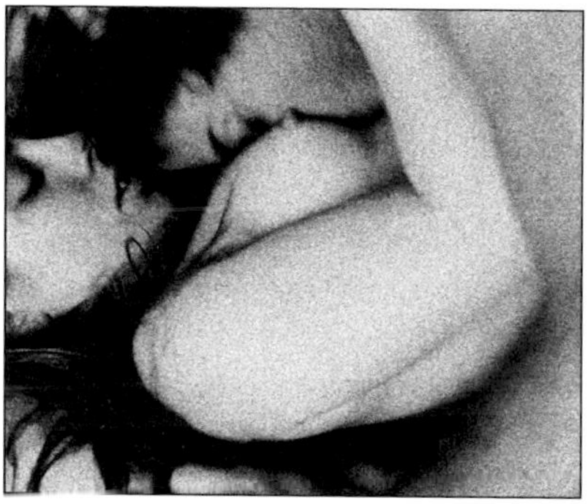

konkursbuch

Vorwort Claudia Gehrke

Immer wieder werden mir liebenswerte Privatbilder zugeschickt. Was in der Kunst für die ästhetische Wahrnehmung umgearbeitet, „kühler“ und distanzierter wird, damit es über das Einzelne, Intime hinausweisen kann, zeigt sich im privaten Bild unverstellt. Unsichere, ungeschickte Versuche, „erotisch“ zu sein, wenn man schon lange ein Paar ist und die eigenen Körper keinesfalls gängigen Schönheitsvorstellungen entsprechen.
Intimität, Nähe und Sinnlichkeit wiederzugeben, schafft natürlich auch inszenierte Fotografie. Die französische Fotografin Mélanie Derouetteau hat sich zusammen mit Fremden inszeniert. Diese einander vorher unbekannten Körper strahlen eine innige Verbindung aus. Intimität, die nur einen Moment lang dauert. Die Zeit der Inszenierung. Auch zwischen langjährigen Liebespartnern sind es Momente. Die körperverbindenden, warmen, intimen Momente können sich von einer Sekunde auf die andere in Fremdheit und Abstand verwandeln.
Wie Wärme zwischen Körpern möglich ist, das liebe ich persönlich immer wieder anzusehen, in Zeiten cooler, oft einsamer erotischer Selbstinszenierungen – auch wenn die manchmal einen Kick geben und sexuell erregen können, auch mich. Das kann die dargestellte warme Intimität weniger. Aber sexuelle Erregung ist bekanntlich nicht das Ziel des „Auges“ (darf auch passieren), sondern Erzählen, Überdenken, Bebildern des großen Themas Erotik. Momentaufnahmen.
Die nur für außenstehende Augen rührenden Versuche von Paaren bedeuten ja auch, dass sie sich noch gegenseitig

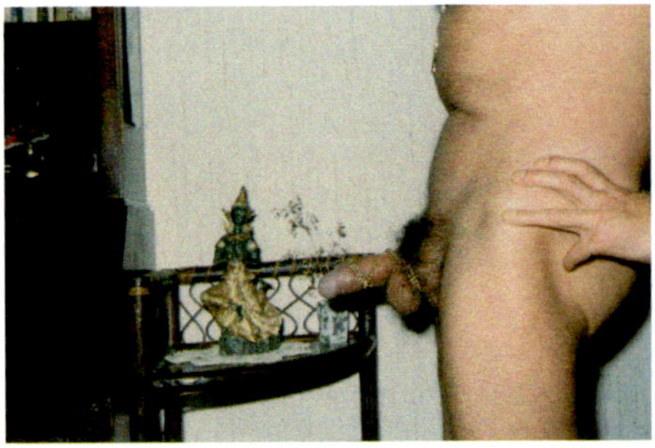

begehren, und das ist Glück. Das Glück liegt, obwohl sich der Traum von der einen großen Liebe hartnäckig hält, natürlich genauso in anderen Modellen erotischen Lebens.
„Hochzeit in weiß, was assoziierst du damit?“ – „Schön!“, „Mein Traum“, „Ewige Liebe“. Positives assoziierten in einer Umfrage fast alle, egal ob alt oder jung, hetero, lesbisch oder schwul.
Lebenslanges Glück als Paar. Wie die beiden Kolkraben, die sich im Sommer jeden Abend vor Sonnenuntergang ganz oben in der großen Birke hier vor meinem Fenster treffen, um dann gemeinsam den

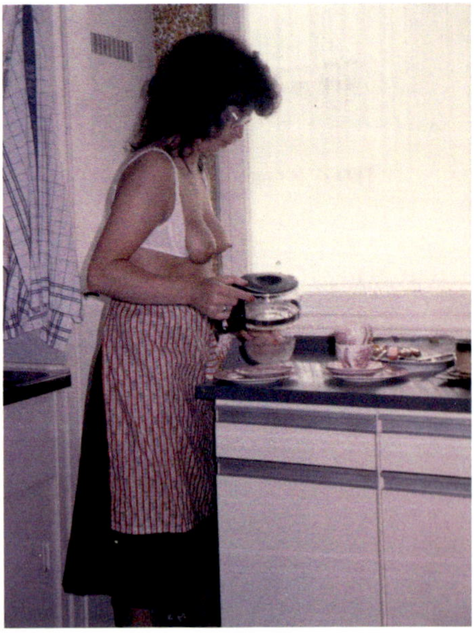

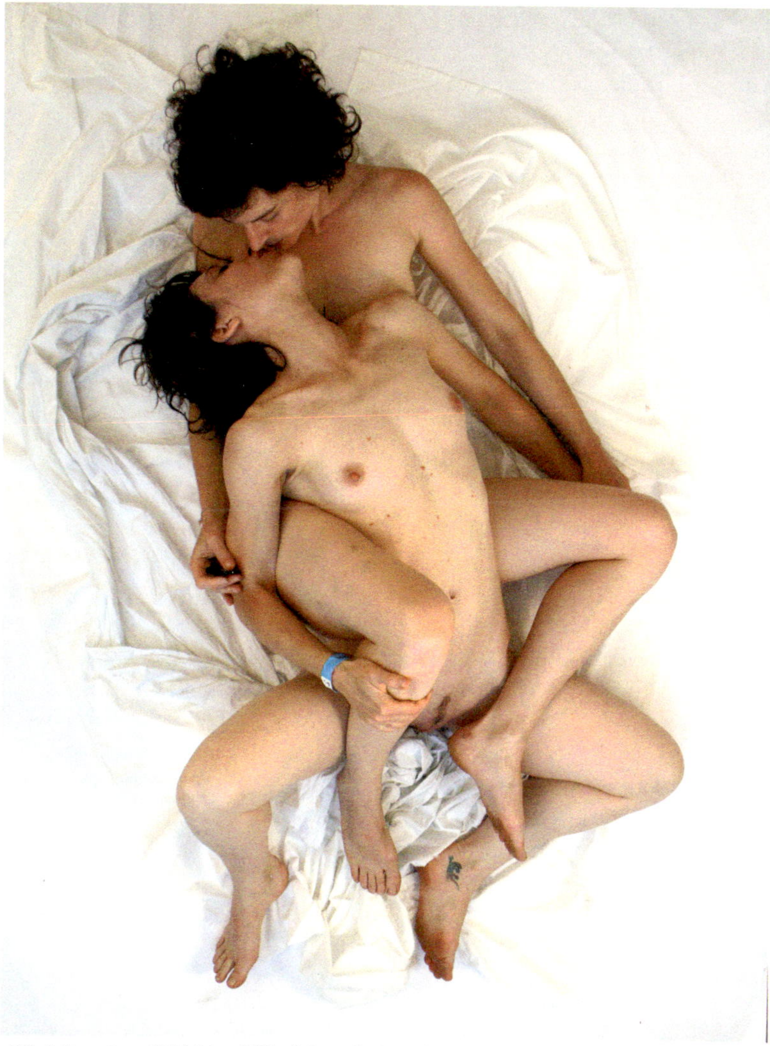

Mélanie Derouetteau, Mel & Britta, SELF– Aktfotografie, fotografische Performance, Xplore 2009 – Schwelle7 – Berlin

Sonnenuntergang zu genießen – „genießen" sie? – und danach zusammen ins rote Abendlicht Richtung Kirchturmspitze fortzufliegen. Ist das „Glück"? Werden sie unglücklich sein, wenn diese Birke bald nicht mehr steht? Die Birke ist alt, besonders fruchtbar in diesem Jahr, steht nicht mehr sicher und soll gefällt werden. Was hat es für Auswirkungen auf die Liebe, wenn man – aus ökonomischen Gründen zum Beispiel – plötzlich den Ort verliert, an dem man sich wohlgefühlt hat? Liegt Glück darin, Schönes wiederholen zu können? Dieselben Orte miteinander immer wieder aufzusuchen?
Wenn eine Liebesgeschichte länger dauert, schafft man sich gemeinsame Erinnerungen, besonders am Anfang. Abenteuer, Reisen, Pannen, toller Sex, Ausgehen, aufregende Gespräche. Am Anfang

macht man dauernd Neues zusammen, Sex scheint wie ein Überfall aus großer, unaufschiebbarer Lust heraus, überraschend, einmalig. Später das gemeinsame „weißt du noch ..." und Versuche, Schönes zu wiederholen. Haben die Kolkraben am Anfang ihrer lebenslangen „Liebe" auch immer wieder etwas Neues gemacht, neue Bäume ausgesucht für die Dämmerstunden? Um sich dann auf immer wiederkehrende Rituale einzuspielen?

Bei Liebespaaren, die lange zusammen sind, ist es so. Es werden Rituale eingeführt, der Sonntagvormittagssex, das Scrabblespielen auf dem Balkon bei schönem Wetter vor Sonnenuntergang. Ohne Rituale geht es nicht. Es gibt nicht das immer wieder Neue. Nur viele kleine andere Details. Täglich andere Wolkengestalten im Dämmerlicht. Wenn beide das genießen können, ist es immer wieder auch ein wenig neu. Wem das langweilig wird, wer Alltagsrituale als öde Wiederholung empfindet, lebt vielleicht ein anderes Liebesleben. Mit dem Sex als Ritual scheint es besonders schwierig. Sex kann zu einer Art gemeinsamem Sport werden, zu dem man sich vielleicht irgendwann nicht mehr aufrafft. Dann findet einfach kein Sex mehr statt oder mit anderen. Wie geht das mit dem guten Sex auf lange Zeit? Oder braucht man ihn gar nicht so sehr, sind Essengehen, Reisen, Plaudern, Spielen, sich über die Kinder austauschen, wenn es welche gibt, ausreichend für gemeinsames Glück?

Es gibt das langjährigen Paar mit den rührenden Bemühungen, sexuelle Lust aufeinander wachzuhalten, es gibt die mit Affären und Nebenbeziehungen und natürlich die vielen Dramen, die damit einhergehen. Es gibt die, die sich immer wieder trennen und neue Lieben anfangen. Es gibt die, die auch ohne Sex erotische Gefühle ausleben, nicht immer hat Erotik mit Menschen zu tun. Es gibt die solo Lebenden, die an sich selbst genug haben oder denen kurzer anonymer Sex reicht oder die unglücklich und vergeblich suchen. Es gibt keine Lösung für das Dilemma, jemanden zu begehren, der einen nicht oder nicht mehr begehrt. Seit den Tagen erster Schwärmereien, für eine Lehrerin zum Beispiel, fragen wir uns immer wieder: „Liebt sie mich?", „Liebt er mich?". Und auch das eigene Liebesgefühl ist manchmal weg, manchmal auch einfach wieder da am nächsten Tag.

Die schrecklichen Lösungen liest man täglich in der Zeitung, die vielen guten oder halb guten liest man seltener im Detail. Oder nur in der Literatur. Doch auch da reißen das schlichte Happy End, nach dem ausgeblendet wird, oder die Katastrophen mehr LeserInnen mit – Thriller und Love-Story-Heftchenromane verkaufen sich in viel größeren Zahlen als Geschichten, die die tragisch-glücklichen Ambivalenzen des Liebeslebens ohne den großen Spannungsthrill eines Verbrechens und seiner Aufklärung erzählen. Und es gibt die vielen Illustrierten-Spalten mit Tipps für ein „erfolgreiches" Liebesleben, was immer dort als „Erfolg" definiert wird, wohl vor allem das lebenslange Paar. Doch kann man Liebesleben auf diese Weise wirklich lernen? Gefühle, sexuelle Lust, Liebe, Wut überwältigen, sich trockene Ratschläge in solchen Momenten vor Augen zu halten, ist schwer. Sexuelle Techniken kann man lernen, aber das Drumherum, die Gefühle? Natürlich lernt man durchs eigene Tun. Mehr als durch angebliche Aufklärung. Man hört hin und vergisst. Das Reale ist immer wieder anders. Noch eine Umfrage der letzten Zeit: Angeblich wissen Jugendliche trotz Dauer-Aufklärung und Präsenz sexueller Bilder im Internet nicht mehr als früher. Die ersten Male Sex mit einem neuen Geliebten bereiten Mädchen auch in diesen Tagen banale Unsicherheiten, Fragen wie „ist sein Schwanz vielleicht zu groß für mich“ – wenn sie Schmerzen hatte, obwohl sie wollte, obwohl sie furchtbar verliebt ist, bei einem zweiten oder dritten Mal ist sie entspannter, weitet und öffnet sich und er ist natürlich nicht zu groß. Oft ist es, auch später im Leben, eins der wiederholten Male Sex, das besonders toll ist, nicht das allererste Mal. Auch wenn vieles im Innern gleich bleibt, ändert sich die Oberfläche. Die ökonomische Situation, die Auswahl an anderen Möglichkeiten, lustvoll Zeit zu verbringen, die Parallel-Gesellschaften mit ihren unsichtbaren oder steinernen Mauern dazwischen, Grenzüberschreitungen, technische Entwicklungen beeinflussen das erotische Leben, identisch bleibt Erotik nicht, sie wandelt sich.

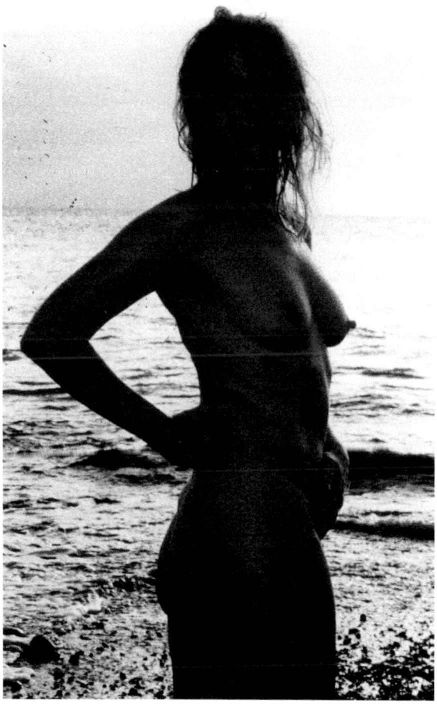

Die hiesige Mauer verschwand vor zwanzig Jahren. Gibt es (noch) Unterschiede zwischen Ost- und West-Erotik? In einem „Auge“ kurz nach der Wende hatten wir einen kleinen Text einer Ostfrau über dünne West- und ausladende Ostfrauen und Unterschiede im Umgang mit Lust und dem eigenen Körper, Spekulationen, die natürlich nie für alle stimmten. Heute sind es schon die, die damals gerade von ost- oder westsozialisierten Eltern geboren wurden, die ich befragte. Immer noch sehen sie ähnliche Unterschiede.
Direkt nach der Wende, vor der Einheit, publizierte ich ein „Plädoyer für scharfe Schamlippen“ in einer alternativen Ostkulturzeitschrift (Sondeur), das war ein kulturhistorischer Vortrag über die Sichtbarkeit des weiblichen Geschlechts bis hin zu seiner Unsichtbarkeit in der – damaligen? – Gesellschaft und Kunst, den ich in der Zeit an vielen Orten hielt. In diesem Jahr, 2009, haben sich sogar „Emma“ und der Verlag Klaus Wagenbach (der sich bisher noch nicht mit Vulven befasst hatte) des Themas angenommen. Diese Kulturgeschichte weiblicher Lust kann also von Generation zu Generation immer wieder neu erzählt werden. In einem Generationengespräch zum Thema Sex wurde die jüngste Teilnehmerin (Jahrgang 1985) nach ihrer Assoziation zu dem Namen „Emma“ befragt, ihr fielen als Erstes „große Brüste“ ein. Das Publikum lachte. Feministische Positionen verteidigte die junge Frau trotzdem, auch ohne eine Zeitschrift namens „Emma“ zu kennen. Achsel- und auch Schamhaare galten vor allem der jüngeren Generation als eklig und erotisch abtörnend, die älteren standen zu ihrem Haar da und dort.
Details vergangener Zeiten wirken auf heute. Schon um die vorige Jahrhundertwende wurde begonnen, „Psyche“ sexuell zu interpretieren. Manchmal denke ich, dass ich

Gespräche und Texte (mit ihren unwiederholbaren Formulierungen) aus älteren Ausgaben des „Heimlichen Auges“ verlegen könnte wie neu (darum halten wir ältere Ausgaben lieferbar), andere Beiträge würde ich heute nicht mehr abdrucken. Manche der nostalgischen Fotos vom Anfang des zwanzigsten Jahrhunderts zum Beispiel, die sehr junge Menschen, noch Jugendliche, abbildeten, die für mich damals nur andeuteten, dass Lust und die Freude am eigenen nackten Körper immer schon da sind. Dass Erwachsene diese jugendlichen Körper begehren könnten und was alles an Furchtbarem damit im Zusammenhang stehen kann, das bedachte ich nicht – und auch allgemein wurde in der Entstehungszeit des Auges Anfang der Achtziger noch kaum darüber reflektiert. Es gibt keine Bilder und Worte ohne Kontext. Wie überhaupt vieles in der Lust ambivalent schillert. Was einem im Alltag eklig ist, kann beim Sex erregen, was da Gewalt ist, ist hier lustvolle Inszenierung und starkes Körpergefühl.

Wir haben in diesem Jahr ein rückseitiges Umschlagmotiv gewählt, ein Detail aus dem Bild der kubanischen Künstlerin Rocío García. Das Detail wirkt auf mich verführerisch, es deutet Vorlust an, das Öffnen der Kette, das herunterrutschende Kleid. Im Hintergrund des ganzen Bildes dann ein Spiegel oder ein Gemälde im Gemälde. Gefesselte muskulöse Männer. Das kann in einem übertragenen Sinn einfach bedeuten, dass Frauen die härtesten Männer „fesseln“ können. Oder es bedeutet eine S/M-Inszenierung, in der Fesseln Kunst ist. Die Lust der Vorfreude wird auch beim Fesseln inszeniert, ein Zustand, in dem man sich nur minimal bewegen kann. Eine Berührung und das Entfesseltwerden können so explosiv wirken wie ein Orgasmus. Oder das Fesseln als gestalterischer Moment: die Körper werden zu einer Figur, einem Zeichen, einem Bild, in dem einzelne Körperpartien besonders schön modelliert werden, wie in der japanischen Bondagekunst. Aber, denkt man an Kuba und nicht an Sexualität, kann es auch etwas anderes bedeuten. Während privat lustvoll verführerische Erotik abläuft, läuft gleichzeitig dieses andere, Gewalttätige, Abzulehnende in der gleichen Welt in ähnlichen Bildern. Der Serientitel ist *Thriller*, ein Wort, das wie *thrilling* nicht wirklich ein deutsches Äquivalent hat und an wahnsinnige rücksichtslose vibrierende Spannung denken lässt, die einen in erotischen Situationen befallen kann. Auch, wenn man ein aufregendes Bild sieht – und natürlich als Spannung beim Thrillerlesen.

Und ich empfand das Bild einfach als schön. „Für mich ist Schönheit das Wunder der Wunder. Das wahre Geheimnis der Welt liegt im Sichtbaren, nicht im Unsichtbaren“,

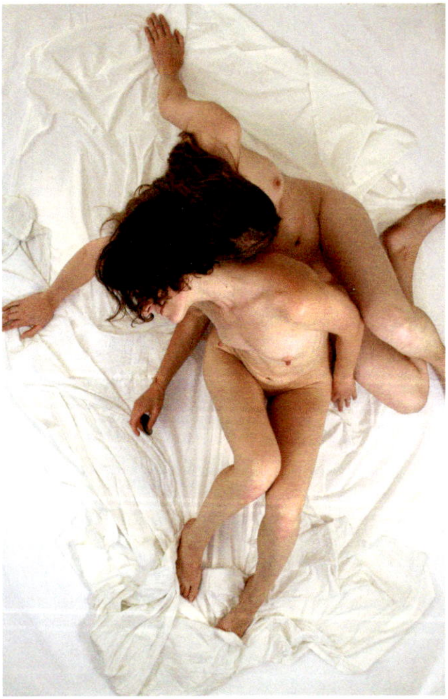

Mélanie Derouetteau, Mel & Lena, SELF

schrieb Oscar Wilde. Als die Fotografie entstand, fürchteten die Maler um die Fortexistenz ihrer Kunst. Doch Malerei besteht weiter. Inzwischen hat sich die Sichtbarkeit immer weiter potenziert und ein großes Klagen über viel zu viel Sichtbarkeit geistert seit Jahren durch die Kulturkritik. Zu Anfangszeiten des „Auges" erhielt ich ca. zehn Arbeiten von einem Künstler zur Auswahl, später CDs mit vielleicht hundert und vor ein paar Tagen sagte mir Adrian Samson, den wir in diesem Auge vorstellen, dass er im letzten Jahr mit 28 verschiedenen Frauen um die 15000 Bilder gemacht habe. Er erklärte mir das, als ich aus seiner mir zugesandten kleinen Vorauswahl aus den 15000 unbedingt ein Bild abdrucken wollte, dessen Abdruck nicht möglich war – weil die Frau genau dieses Bild weniger mochte als andere von sich. Und da gebe es ja genug andere. Ich wollte aber kein anderes, sondern dieses eine. Seltsam, dass man, wenn man unter Massen an Bildern etwas auswählen kann, sich oft (denn das ist mir nicht das erste Mal passiert) in das Bild verliebt, mit dem es schwierig ist. Ich argumentierte und die Frau gab mir dieses Bild schließlich doch. Das Geheimnis der Sichtbarkeit existiert weiter. Manchmal kann ich erklären, was es ist, das mich fesselt, oft auch nicht.
Bei diesem Bild war es vielleicht, dass es nicht „süß" ist wie so viele Bilder von jungen Frauen, dass es nicht nur die netten weichen einladenden Seiten des weiblichen Körpers zeigt, sondern gleichzeitig eine Abwehr, die ausdrückt: Ich bin, was ich bin, ich habe ein Geschlecht, ich zeige es, aber das heißt nicht, dass ich dir automatisch zur Verfügung stehe. So hat sich schon Valie Export in den Siebzigern inszeniert.
Natürlich hasse auch ich es, mich in der Bilderflut zu verlieren. Mir hatte jemand

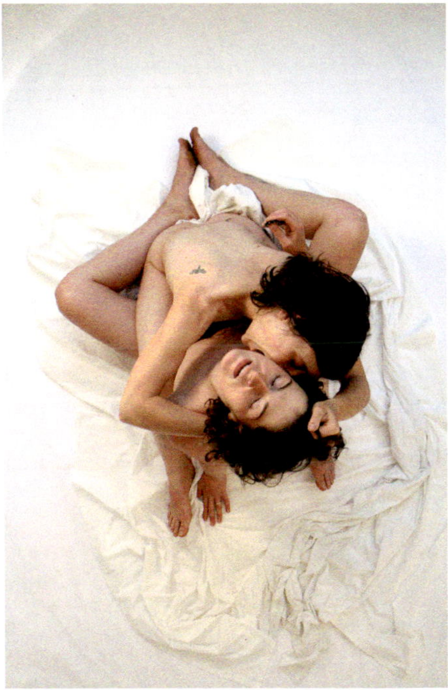

Mel & Britta

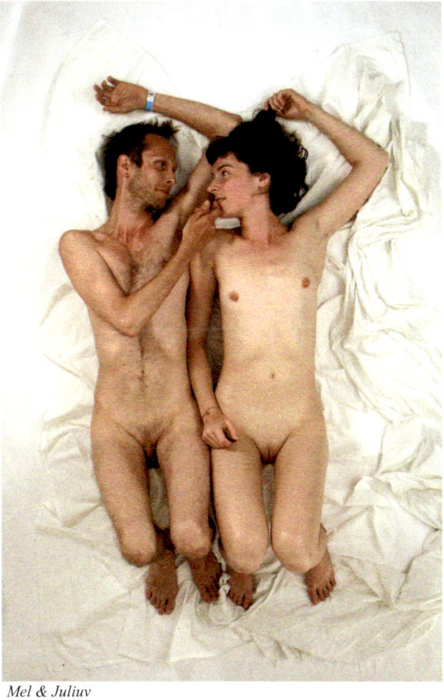

Mel & Juliuv

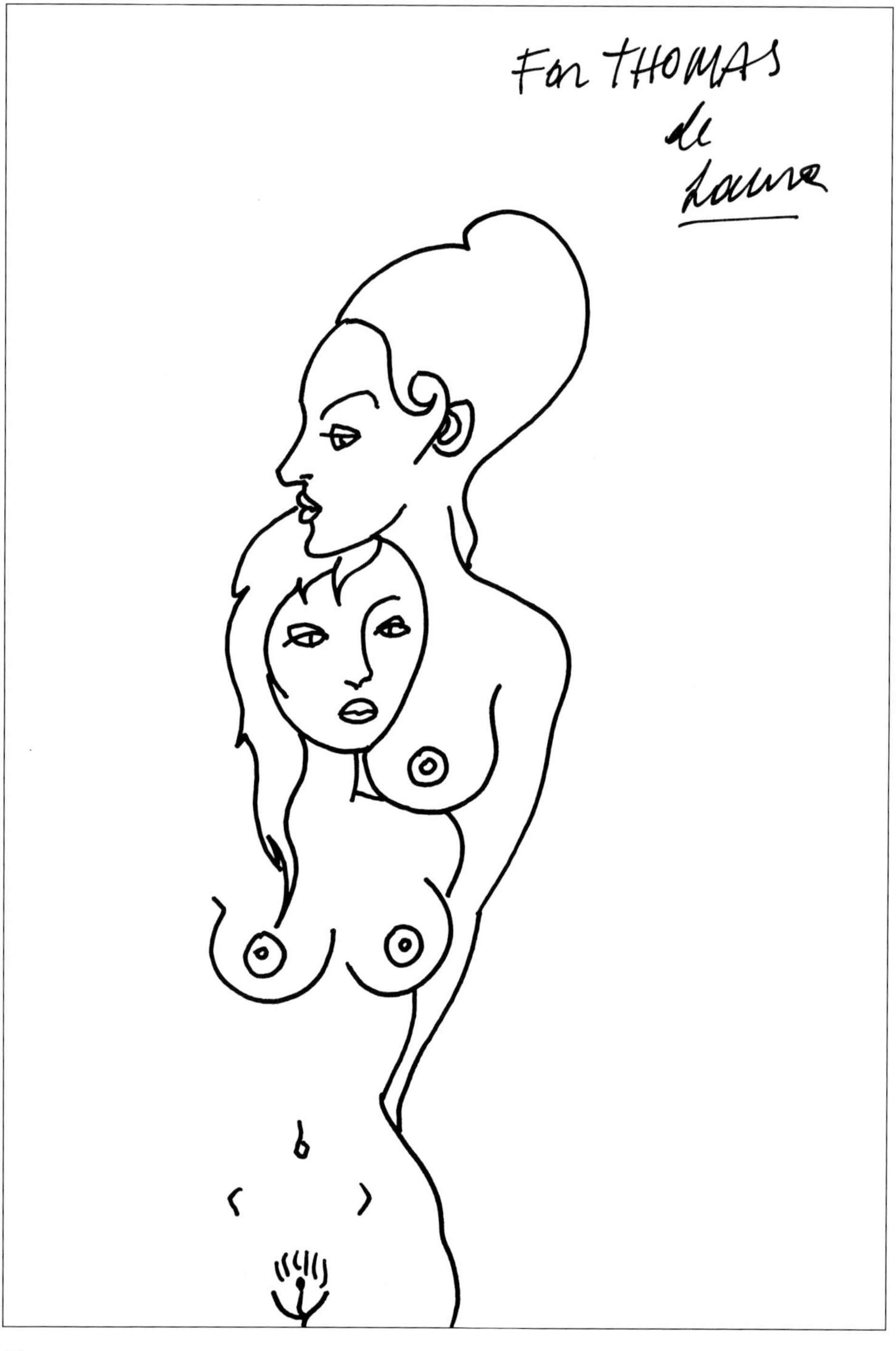
For THOMAS
de
Laura

Bilder im Internet zusammengesammelt, die mich vielleicht für die Auswahl interessieren könnten. Ich bin zu ungeduldig, mich selbst durch die Massen zu klicken. Auf der Recherche nach einem der Bilder gab ich die Bildnummer ein und musste, wie an vielen Orten im Netz, behaupten, ich sei schon achtzehn, und landete auf einer Seite mit schönen Fotos, über die sich sofort ein Balken schob, auf dem ich noch mal bestätigten musste, dass ich achtzehn sei. Und dann steckte ich fest. Eine Pornoseite nach der anderen baute sich auf, umgeben von Schwänzen, Mösen, Ärschen, Blasen, Ficken, Peitschen in Gelbfleischtönen, gab es keinen Zurückknopf mehr, jedes Wegklicken öffnete weitere Seiten, auch der Task-Manager konnte das nicht beenden, ich blieb hängen in der unendlichen Sichtbarkeitsflut. Wenigstens gibt es den Ausschaltknopf am PC. Direkt danach öffnete ich die Mail von Adrian Samson mit der Erwähnung seiner 15000 Bilder.
Das Bild, das ich recherchieren wollte, ist nicht drin. Unser „Heimliches Auge" entsteht also noch immer vor allem jenseits des Internets. Dass es mehr Seiten hat als zu Anfangszeiten, liegt nicht an der Bilderflut, sondern daran, dass ich ein paar Bilder mehr größer sehen und ein paar längere Texte lesen, doch insgesamt die gleiche Vielfalt erzeugen möchte. Manchmal höre ich, wenn ich uferlos viele und große Bilder unterbringen möchte, die Stimme des vor ein paar Jahren verstorbenen Buchgestalters Günter Seidel, der mir sagt: Es ist das Auge, du kannst nicht alle Bilder gleich groß drucken. Wie überraschend er sie kombinieren konnte, kleine und große Bilder und Texte, ich saß daneben und lernte.
Ich sitze diesmal nicht in einer rauschhaften Nacht an der Endgestaltung, sondern

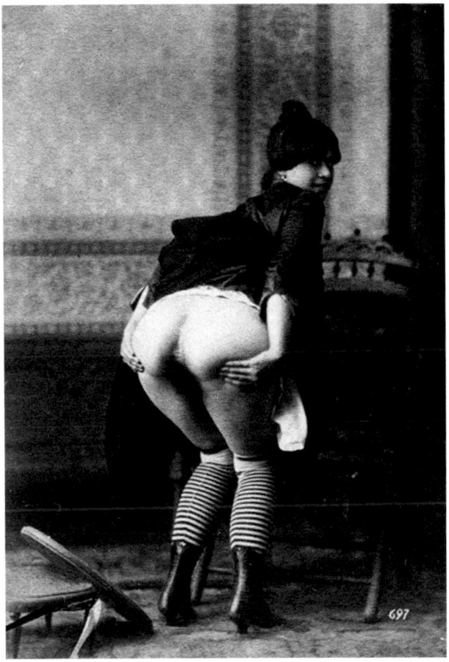

Pierre Louÿs

an einem sonnigen rauschhaften Tag unter der Birke mit den Raben. Es ist ein Sonntag, kein Telefon stört meine Orgie der Sichtbarkeit, nicht von sexuellen Bildern, sondern von Vögeln und Bewegung und Wehen der Äste und Lichtspielen in zitternden Blättern und rasenden Wolken im Blau. Tschüss, meine kleine Wolke, sagte mir neulich jemand zum Abschied, als ich den ganzen Spaziergang lang von Naturbildern geschwärmt und ihn vielleicht gelangweilt hatte. Wolken und Früchte und Blätter und Formen in der Rinde können mich heute, an einem solchen Produktionstag, dauernd direkt an Sexuelles erinnern. Und die kleine Wolke verändert sich. Und da gibt es erotische Momente, Formen, die sich im Moment der Erkenntnis verflüchtigen, darum weiß ich auch nicht, ob die Bilder, die mir in diesem Auge besonders erotisch erscheinen, sich verflüchtigen und es beim nächsten Blättern andere sein werden.

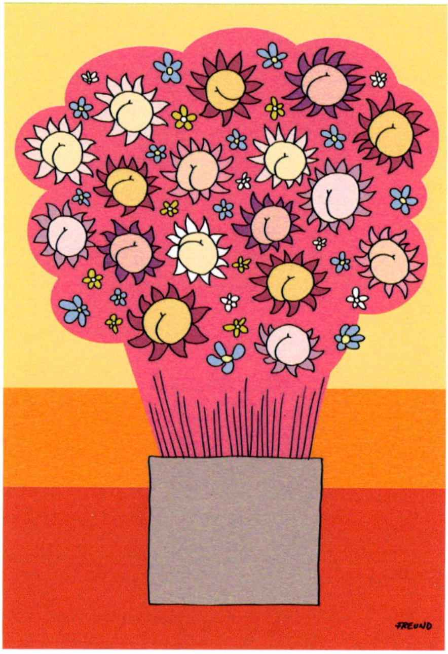

Wolfgang Freund, Popoparade

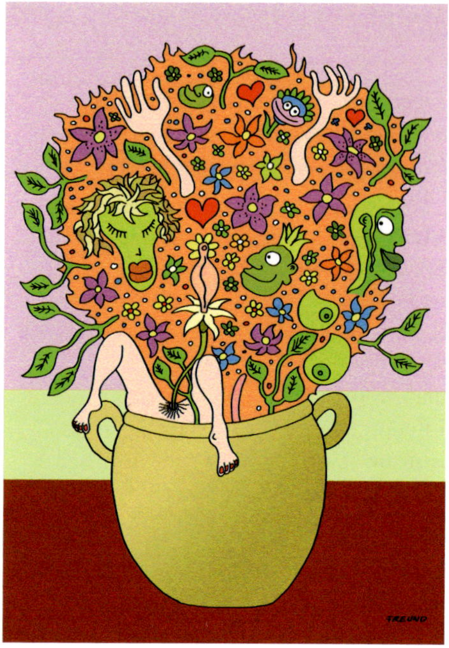

Les Fleurs erotiques

Es sind vielleicht auch Momente der Formähnlichkeit, die ein erotisches Empfinden hervorkitzeln.
So funktionierten in „alten“ Kulturen (und bei Menschen, die heute noch in versteckten Gegenden jenseits der modernen Welt leben oder in einer Mischung aus alten und neuen Kulturen) zum Beispiel Aphrodisiaka. Sie wurden nicht in erster Linie einer chemischen Wirkung wegen dazu erklärt, sondern aufgrund ihres Aussehens. Eine aufgeschnittene Melone sieht aus wie eine Möse und gilt deshalb als aphrodisisch. Wenn Männer eine Melone oder Ähnliches essen, verleiben sie sich die weibliche Form ein, werden weiblicher und bessere Liebhaber, so vielleicht sollte es funktionieren. Ingwerwurzeln sind sehr erotisch, können aussehen wie Körperpartien oder Geschlechter. Es ist im Glauben der Menschen aus solchen „alten“ Kulturen eine Verwandtschaft der Form, die eine Wirkung im Innern der Körper oder der Psychen entfaltet. Die Wirklichkeit ist zauberhaft und das Zauberhafte auch wirklich. Ein Zauber des Sichtbaren, von Formen und Linien. Vielleicht gibt es in der Erotik und der Lust doch auch heute noch etwas außerhalb der Chemie, außerhalb davon, dass Geruch, Geschmack und Ingredienzien körperchemisch einen Rausch erzeugen und Erotisches beflügeln können.

Lassen Sie sich also durch Ähnlichkeiten zu Ihren psychischen Zuständen oder äußeren Formen, die Sie in Bild oder Text entdecken, aphrodisieren oder durch andere Ähnlichkeiten zum Nachdenken anregen … und im nächsten Jahrbuch finden Sie mehr zum Thema!

Bis dahin herzlich, *C. G.*

Vorwort Uve Schmidt

Eigentlich wird jeder Konkurrenzkampf als Krieg geführt und umgekehrt und im letzten Grunde nur wegen der Vulva
Otto Dix, 1926

Mein heimliches Auge, *das Jahrbuch der Erotik*, ist eine editorische Lebensaufgabe und gemäß der Gründungsabsicht und zufolge seiner Beschaffenheit ein künstlerisches Sammelsurium erotischer Thematik und Motivik, ausgewählt unter lebenden Literaten und Autorinnen, Künstlern und Künstlerinnen, angereichert mit historischen Fundsachen und Arbeitsproben des frivolen Volkskunstschaffens, jedoch ist MEIN HEIMLICHES AUGE kein Erzeugnis der sogenannten Pornoindustrie und es gehört nicht zur Standardausstattung mitteleuropäischer Bordelle. Da wir nichts gegen die Fortbildung von Dirnen und Freiern haben bzw. unserem alterslosen Album uneingeschränkte Verbreitung und Aufmerksamkeit wünschen (im Rahmen des Jugendschutzes!), scheinen mir Milieu und Branche einer aktuellen Betrachtung wert, zumal die Zulieferer ungleich stärker betroffen sind als die großen Vollender der Konsumwonnen, während in unseren Geisterdörfern der fahrbare Onkel-Emmerich-Laden über *Quelle* und *Karstadt* triumphiert …
Es war im Frühling dieses Jahres, als das dem *Stern* beiliegende *tv-magazin* in der VOX-Spalte einen *Spiegel-TV-Report* über die deutsche „Pornobranche im Abschwung“ anzeigte und wenige Wochen später an gleicher Stelle aus derselben Quelle „Porno – die Branche boomt!“ (o.s.ä.) titelte. Dass ein schwächelndes Gewerbe sich innerhalb eines Monats zu Umsatzrekorden aufrappelt, ist denkbar, doch dass sowohl der vermeintliche Niedergang wie die reale Konjunktur mit sich gleichenden Filmbeiträgen (d.h. Nahaufnahmen von Sexmessen, Sexshops und Pornofilmstudios) dokumentiert wurden, grenzt weniger ans Wunderbare, denn an Schrottjournalismus. Natürlich äußerten sich auch die Betroffenen, vor allen prominente Produzenten und Darsteller, über ihre finanziellen Befindlichkeiten und sogenannte Szenekenner analysierten behelfsmäßig den Markt, doch irgendwann dämmerte mir, dass es sich nicht um sehr ernst gemeinte Nachrichten handelte, sondern um Vorwände für die Vorführung altneuen Pornodrehabfalls, denn die Voyeure daheim benötigen zwar kein volkswirtschaftliches Alibi, aber SPIEGEL-TV offenbar merkantile Bemäntelungen, und so wie unser dienstältestes und bestes Nachrichtenmagazin periodisch mit Sextiteln (und NS-Ikonen) den Abverkauf am Kiosk steigert, lockt man eben auch seriöse Stammleser vor die Mattscheibe, lustlebige Normalverbraucher, die es wissen müssten, dass die Pornobranche im Ganzen gar nicht wackeln kann, solange sie von Staats wegen gelitten wird und im Bundestag keine Abrahamitische Allianz sitzt. Dass die Hamburger sich vertan haben, „versendet sich“ auf der Stelle,

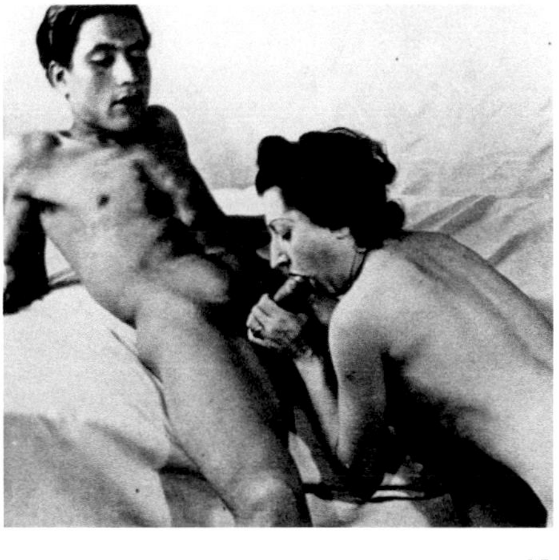

doch dass die Thematik dazu verführt, das verkaufsfördernde Reizwort *Sex* mit der *Krise* zu paaren, das trifft allerdings den Nerv, sozusagen den G-Punkt unserer gesamtgesellschaftlichen Bauchlage.

Seit Olim ziehen mit den Apokalyptischen Reitern (Pest, Krieg, Hunger und Tod) die Huren und Marketenderinnen, welchletztere nicht zuständig waren für die Verpflegung und Ausstaffierung der Soldaten, sondern primär mit Alkohol, Stärkungsmitteln und Dirnenbedarf handelten. Und natürlich blühte in solchen Zeiten das Bordellwesen, denn es mangelte nicht an heimatlosen darbenden Frauen und Mädchen, denen die Ernährer und Dienstherren abhanden gekommen waren, und üblicherweise verschleppten die Landsknechte auch unhübsche Weibsleute, um sie zu verhökern. Geld stinkt nicht seit je, aber immer öfter.
Man muss keine historischen Parallelen konstruieren, die gleichsam naturgesetzlich erscheinen. Seit der Verhaltensforschung eine leistungsstarke Aufnahmetechnik zur Verfügung steht, hängt es nicht mehr nur von Glück und Geduld ab, das Privatleben der Tiere zu dokumentieren. So wissen wir nun, dass unter Primaten vor allem junge und bejahrte Männchen sich sexuelle Gewährung mit Naturalien erkaufen, welche entweder Leckerbissen sind oder rare Kost in Zeiten des Mangels (z.B. durch Dürre), und es ist sichergestellt, dass es sich dabei nicht um das gewohnte galante Anbaggern williger Weibchen handelt, und natürlich gehen Äffinnen nicht auf den Strich, aber sie machen es gegebenenfalls auch mal für eine Banane aus den Pfoten fremder Freier in freier Wildbahn, mitnichten im Zoo. Doch die weltweit wuchernde Prostitution ist nicht nur eine Elendsfolge, Fluchten

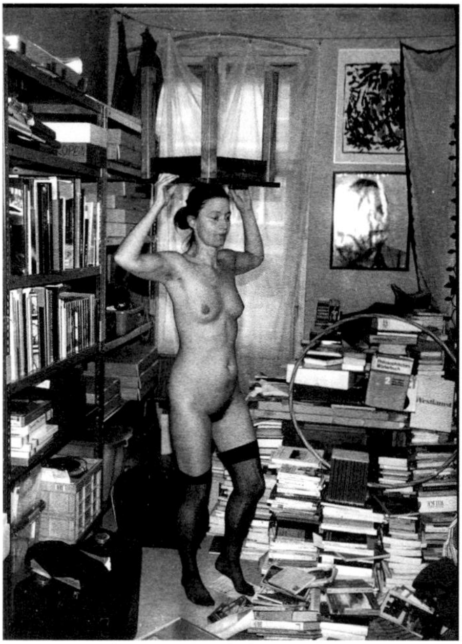

Annette Frick, Ultra Maximal Total oder die große Utopie 2008

aus der Not in Ausbeutung und Abhängigkeit. Auch Dummheit und Faulheit, Erpressung und Nötigung, Milieunähe und Mittellosigkeit, Süchte und sexuelle Hörigkeit, puerile Erlebnisgier, reines Geschäftsdenken oder fromme Einfalt führen zur *gewerbsmäßigen Unzucht*. Indes scheint mir die Entdeckung tierischer Sexualkontakte zu den Bedingungen der menschlichen Käuflichkeit quasi ein Eigentor für die marxistischen Evolutionäre: Da Tiere nicht an Gott glauben, kann die Tempelprostitution nicht die Urzelle der Hurerei sein, sondern eben doch das Fressen bzw. dessen Ermangelung. Dass zu Zeiten, da Frauenraub und Frauenkauf gesellschaftlich sanktionierte Sitten waren, Witwen ihre Töchter und Schlampen sich selbst vermieteten für Beiträge zu ihrem Lebensunterhalt, liegt auf der hohlen Hand. Und solange Bräute und Ehefrauen, Freundinnen und Lebensgefährtinnen sich ihren Gatten oder Gefährten verweigern

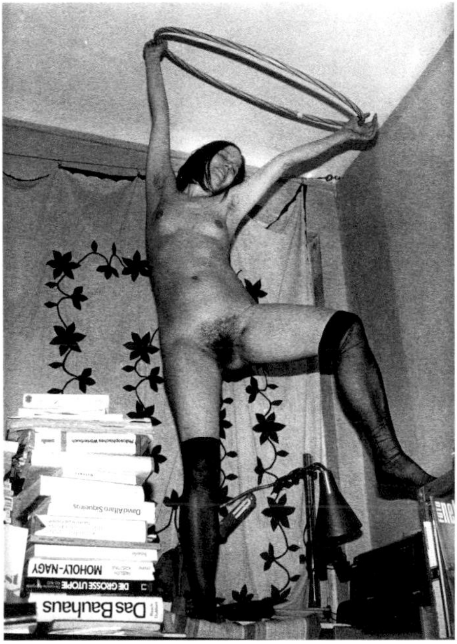

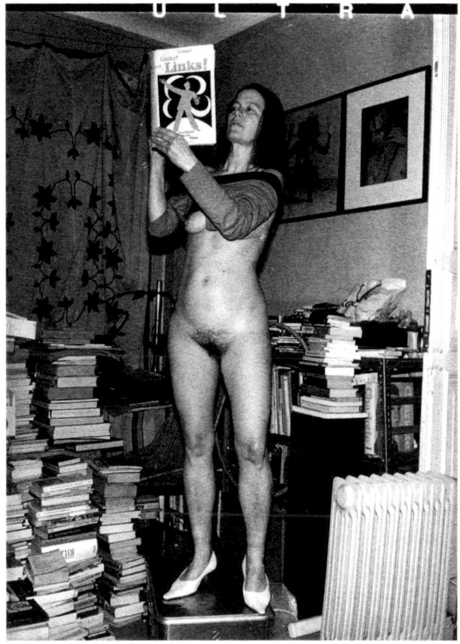

Ultra Maximal Total oder die große Utopie 2008, Tryptichon

– egal, aus welchen Gründen –, erfüllt die Prostitution ihren legitimen Zweck. Dass viele Männer ohne Gunstgewerblerinnen auskommen, sagt nichts über Art & Weise ihres Geschlechtslebens und gar nichts über ihre Hausmoral, wohl aber, dass es auch ohne Nutten geht, wenn man sexuelle Probleme recte Bedürfnisse hat, und selbstverständlich ist die Verfolgung und Bestrafung von Freiern ein grober Unfug, sofern man die Sexarbeiterinnen duldet, ohne ihnen Kundschaft zu erlauben oder Kunden zuzuführen per Krankenkasse oder staatlich kontrollierter Permits. Ein demokratisch verfasstes Staatswesen, welches an der Prostitution verdient (und damit sind nicht nur alle abgerechneten Nümmerchen gemeint, sondern auch die Getränke- und Vergnügungssteuern, welche im Milieu erhoben werden!), sollte zwischen den Übeln des Menschenhandels, der Zwangsarbeit und der illegalen Einwanderung und einem uralten Frauenberuf (auch, seltener, Männerberuf) tunlichst zu unterscheiden wissen. Mir hat die augenzwinkernde Apostrophierung der Prostitution als „ältestes Gewerbe der Welt“ immer missfallen, weil es ein falsches Faktum ist. Es muss (s.o.) *Frauenberuf* heißen, denn bevor Frauen sich gewerblich für Entgelt feilboten, betrieben die Männer diverse Gewerbe auch außerhalb ihrer Großfamilien, in welchen sich die Frauen als Köchinnen, Kinderärztinnen und Klamottendesignerinnen qualifizierten. Das Liebesnest einer Hure war das erste weibliche Habitat außerhalb des Sippenbesitzes und es war nicht nur durch den verrufenen Arbeitsplatz bzw. ein Geschäftslokal definiert, sondern durch das unschöpferische Anschaffen; familiale Frauenarbeit wurde geachtet, aber nicht als Berufstätigkeit anerkannt, ein Umstand, dem erst gegen Ende des neunzehnten Jahrhunderts späte Gerechtigkeit widerfuhr, während den Dirnen

die Wohltat der amtsärztlichen Hygienekontrolle zuteil wurde. Heute hat der kleinste Puff seinen Hausarzt und für ein warmes Mittagessen stellt in Deutschland niemand mehr seine Geschlechtsteile zur Verfügung, und wer aus dem Gewerbe aussteigen will, hat die freie Wahl unter den barmherzigen Schwestern. Zwar wären praktizierende Huren und Hostessen in seriösen Ehrenämtern, als Stadtverordnete oder Schulpatinnen undenkbar, aber grundgesetzlich sind sie gesellschaftsfähig. 68% aller Frauen, die als Huren, Callgirls und/oder Pornoaktricen arbeiten, tragen hohe Schulden ab oder wollen solche vermeiden. Wer aus Rumänien kommt, um sich hier auf die einfachste Weise selbstständig zu machen, kommt sicher nicht aus einer siebenbürgischen Pastorei, aber die Balkanküche war schon immer schlicht und englische Privatschulen waren immer schon schweineteuer. Allein die Wirtschaftskrise und die Völkerwanderung erregen nicht die Wiederkunft der großen alten *Hure Babylon*, doch die babylonischen Wirren bewirken die Destabilisierung geordneter wohlsituierter Verhältnisse. Im Gegensatz zum krisenfesten Handel mit Schweinkram (der freilich nicht überdehnt werden darf!) sind es jede Menge menschlicher Krisen und Konkurse, deren pandemisches Auftreten nicht bloß die Pornoindustrie und die Sexdienste boomen lässt, sondern gleichermaßen alle Heilberufe und Helferjobs, sowie alle versüßenden, verschleiernden und verkuppelnden Metiers, alle Sinnesreizer und Sinnestäuscher, die Sinneinbläser und die Suchtberater. Natürlich ist nicht jedes Nagelstudio eine Goldgrube und nicht jede Sextoyparty ein Mordsgeschäft, wenn alle Nachbarinnen schon drei Dildos haben und die besten Freundinnen lieber Privatinsolvenz anmelden, ehe sie sich vor einer Fernsehkamera räkeln. Ja, es herrschen lausige Zeiten, doch seit es en vogue ist, sich die Schamzonen zu rasieren recte zupfen zu lassen, ist auch die Filzlaus auf dem Rückzug. Ein Fortschritt immerhin, obwohl die Genitalbehaarung keine Feigenblattfunktion hat, sondern die Schutzwürdigkeit unserer wichtigsten und köstlichsten Teile andeutet, indes die Entlaubung der Unterleiber (Epilierung) eine sexistische Modetorheit ist. Tamerlan ante portas…
Wie gut geht's uns also noch als Anbetern

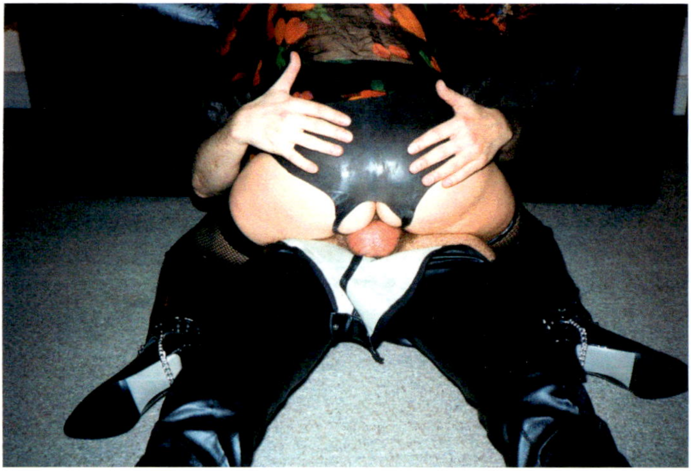

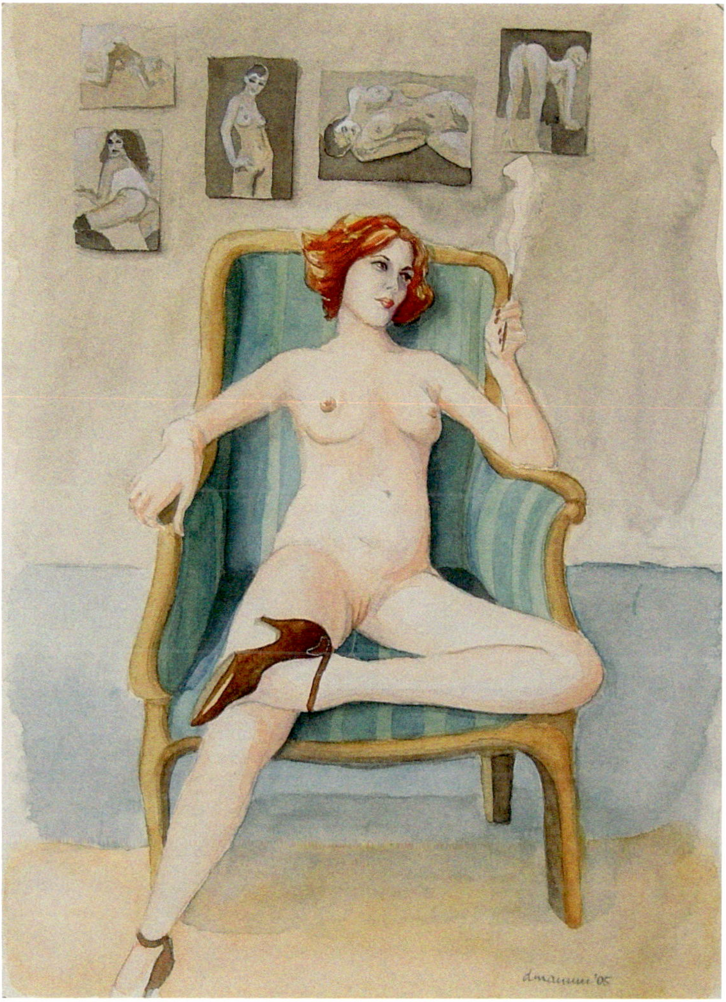

Dinah G. Maurer

und Agitatoren des Eros & Sexus seit Anbeginn der materialistischen Neuordnung Mitteleuropas am Ende der ersten Dekade des einundzwanzigsten Jahrhunderts? Uff – man könnte seine LeserInnen auch etwas Leichteres fragen, doch erstens betreiben wir kein ökonomisches Outing, zweitens denke ich primär an die BeiträgerInnen und drittens ist von der Krise nicht jeder betroffen, aber alle sind involviert. Als die Antibabypillen in der BRD auf den Markt kamen, waren sie nicht nur verschreibungspflichtig, sondern auch teuer und deshalb nicht für alle Frauen erschwinglich. Andererseits konnten einkommensschwache oder milieugeschädigte Frauen sich die Verhütungsmittel von PRO FAMILIA o.ä. beschaffen lassen, erschwert in katholischen Kleinstädten. Gevögelt wurde gleichwohl und wer sich diesbezüglich aufbrezeln wollte, ohne die entsprechenden Anziehsachen bezahlen zu können, fertigte sich seine Reizwäsche selber an. Seit den ersten Wirtschaftsflauten in Westdeutschland erscheinen zu Notzeiten by BILD praktische Ratschläge, um die steigenden Lebenshaltungskosten abzusenken durch Einsparung, Selbstversorgung und Selbstbehelfe aller Art. Wer auf dem weiten Felde der Autonomie und Autarkie dazugelernt hat, kann zwar seinen Sonntagsbraten noch nicht klonen, aber eigene Energiequellen herstellen. Reiseführer wie *Wo Sex nix kostet* oder *Arm bumst besser*! gibt es gottlob noch nicht, hingegen böte ein reelles Handbüchlein für den bürgerlichen Haushalt *(Das intime Heim* oder *Ein Bett zu zwein*) durchaus Bestsellerpositionen. Zwischen Eigenheim und Freudenhaus liegen Welten und dieser gähnende Abstand ermöglicht den Fortbestand der stationierten Prostitution, welche den ältesten und größten Geschäftszweig der Sexbranche ausmacht; moderne Reizwarenhersteller und deren Distributoren beliefern in erster Linie die privaten Endverbraucher, also Singles, Paare und Familien. Wer seine Präservative mehrmals verwendet, muss kein schottischer Schwabe sein; erst wenn uns die Lust vergeht, geht die Branche zum Teufel. Gott bewahre uns!

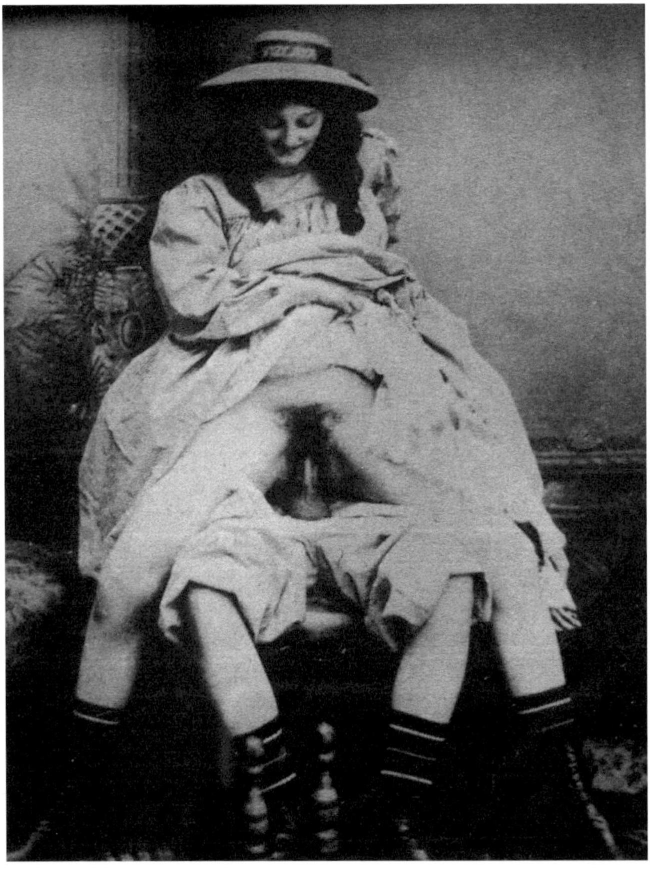

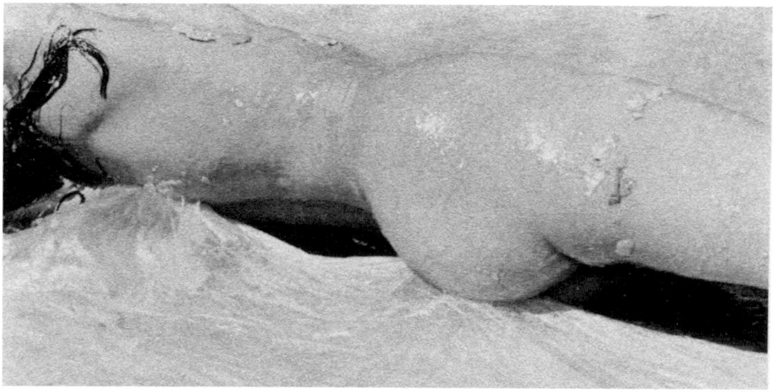

Claude Alexandre

André Schinkel

Apfel und Szepter

Eines Traumes in Ranis, ich sah:
Die Wildäpfel deiner Brüste
Rollten durchs Blickfeld, dein
Weich-falber Leib rann,
Ein unendlich zarter, duftender
Herd durchmakelter Schön-
Heit, im schwindenden Licht, nährte
Mich taub den übrigen Abend.

Du räkeltest dich, dein Bauch
Hob sich und senkte sich
Leicht, die Galeeren der Schenkel
Schwankten im Schatten; –
Dein Atem ging leicht und ging
Schwer, die feuchten Kristalle
Der Augen bebten und blitzten; von
Draußen sahen die Dohlen dir zu.

Die Sonne fiel über den Burgrand ins
Nichts, die Talsperren rauschten;
Ich lag, du lachtest und trankst,
Die Fleischfächer wehten, –
Und beugtest dich auf mich, im Traum,
Warst mir, wie ungreifbar, nahe;
Und du führtest das Szepter behend
Durch die Flur der Begierde.

Henriette Wahl

Still-Tage in Clichy

Als Lesbe unter anderen Müttern zu sitzen, ist eine zuweilen atemberaubende Erfahrung. Denn wenn du ein Kind am Busen hast, vermutet niemand, dass du lesbisch sein könntest, selbst wenn du über eins achtzig bist und gehst wie ein Seemann.

Das beginnt schon im Krankenhaus: Weil das Stillen am Anfang nicht klappte und wir immer wieder Personal um Hilfe bitten mussten, kamen ständig irgendwelche resoluten Krankenschwestern an mein Bett, nahmen kurzerhand meine Brustwarze zwischen Daumen und Zeigefinger, quetschten sie und stopften sie unserem Baby in den Mund. Was natürlich nur bedingt erotisch war. Aber es gab da diese superharte Oberschwester – blondierte, geschminkte Hete mit dem Herz eines Kerls –, die mir vor dem Kaiserschnitt schon den Einlauf verpasst hatte. Oioioi. Eine andere Schwester setzte mich nachts an die Melkmaschine, vulgo Milchpumpe. Sie war höchstens fünfundzwanzig, wenn nicht jünger, Typ idealistische Kinderkrankenschwester. Mit großen himmelblauen Augen kniete sie vor mir und bewunderte meine Milchmenge.

Und die Hebamme, die mich im Wochenbett betreute, nahm meine Brustwarze mit dunkelroten, mindestens zehn Zentimeter langen Fingernägeln in die Hand, so ganz zart und vorsichtig. Sobald ich diese Fingernägel erblickte, wurden meine Brustwarzen hart. Ich hoffe, sie hat es nicht bemerkt.

Als das Stillen dann endlich klappte, immer und überall, war es eher wie Zähneputzen, auch wenn ich andere Frauen

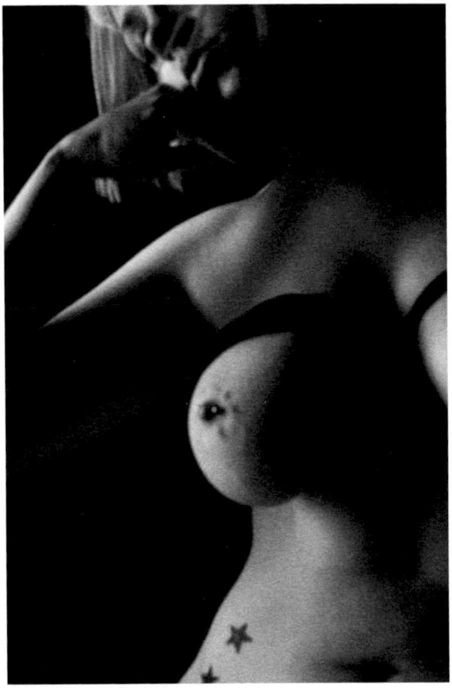

Jessica Alice Hath

dabei sah, was in den diversen Mutter-Kind-Gruppen nicht ausblieb. Inzwischen war ich geoutet, man verstand sich gut, niemand sah in mir den Wolf im Schafspelz, der ich am Ende doch ein bisschen bin und bleibe. Eine unglaubliche Intimität war zwischen mir und den anderen, heterosexuellen Müttern entstanden. Ich wusste jedes Detail über vorangegangene erfolglose IVF-Befruchtungsversuche bei X, die schlappe Spermienzahl von Ys Mann und dass Z ungewollt schwanger war, sich jetzt aber freute.

Man umarmte sich, wenn man sich sah, küsste sich zu Begrüßung. Ich war schlichtweg one of the girls. So habe ich mich auch gefühlt – bis ich abgestillt habe. Dann verändert sich der Hormonpegel nämlich stark, man wird wieder befruchtungswillig, nicht anders als eine Katze oder Hündin. Und ich umgeben von lauter Frauen, die sich in ihren Sommerkleidchen bückten, um ihrem Baby Kotze abzuwischen oder ein Spielzeug aufzuheben. Dekolletés, Oberschenkel. Zartbraune Brustwarzen auf milchweißen Busen, wie vom Konditor. Alles wölbte und schwoll mir plötzlich entgegen. Nicht nur das, auch in Männern sah ich plötzlich nur noch wandelnde Samenbeutel, wie schon vor meiner Schwangerschaft. Noch ein Kind, und noch eins! Und sich dann wieder von geilen Hebammen klistieren und kneifen lassen! Was dem Spuk ein Ende gesetzt hat? Seit Kurzem arbeite ich wieder. Mein Realitätssinn kehrte schlagartig zurück. Na ja, nachmittags sitze ich weiter mit unserem Kind am Sandkasten und halte Ausschau nach hübschen Frauen. Zum Beispiel neulich diese Kurdin mit ihren vier Buben und einer Nase wie ein Tortenmesser … hinreißend …

Paul Laurenzi

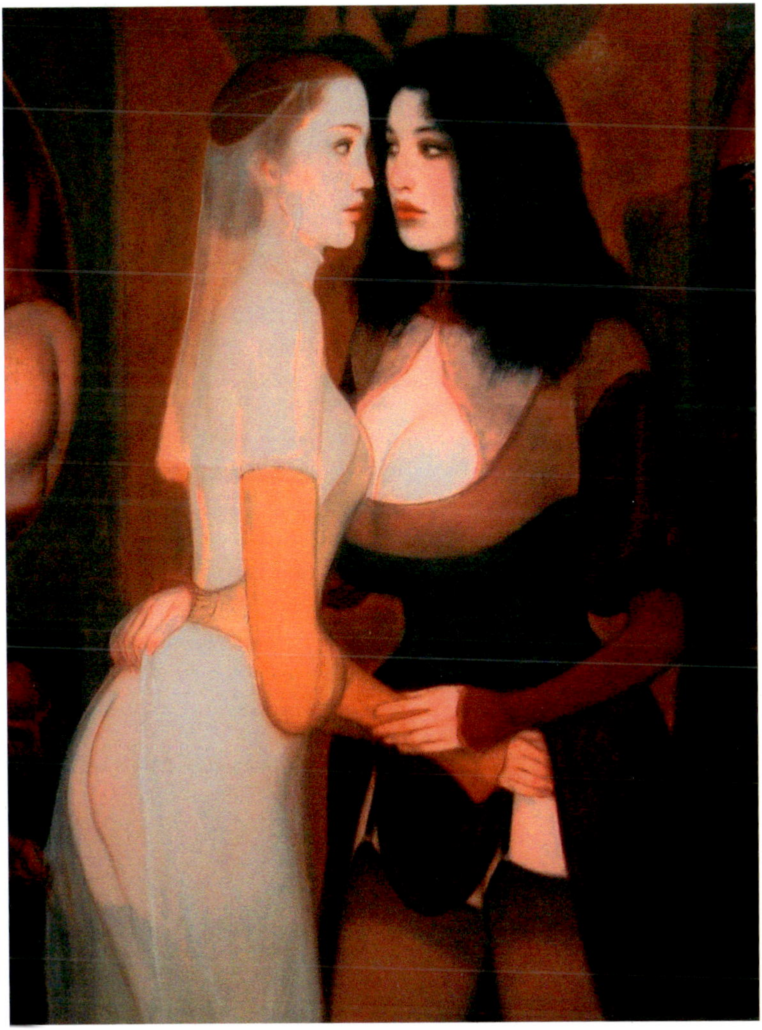

Richard Reschika &
Jessica Alice Hath (Fotos)

„And the Gods made love …“
Sexuelle Schöpfungsmythen

„Die Bewegung der ganzen Welt läuft auf die Paarung hinaus. Alles ist von der Begierde danach durchdrungen, sie ist der Mittelpunkt, nach dem sich alles richtet.“
(Michel de Montaigne, Essais)
Im Anfang war die Ekstase und die Ekstase war bei den Göttinnen und Göttern und die Göttinnen und Götter waren die Ekstase. Alle Dinge sind durch dieselbe gemacht und ohne dieselbe ist nichts gemacht, was gemacht ist. In ihr war das Leben und das Leben war das Licht der Menschen … Schenkt man einer Vielzahl von mythischen Lehren über die Entstehung der Welt und der Menschen Glauben, stand nicht das Wort, stand weder der Logos noch der Gedanke eines einzelnen (männlichen) Gottes – wie etwa im Prolog des Johannes-Evangeliums –, sondern die Ekstase, die sexuelle Vereinigung von Göttin und Gott, zu Beginn der Weltschöpfung und allen Lebens. Erst die geschlechtliche Verbindung dieser Urpolaritäten, erst die orgiastische Verschmelzung von archetypisch Weiblichem und archetypisch Männlichem, vermochte eine (neue) Welt zu zeugen. Was im Übrigen zuweilen selbst noch für moderne Kunstschöpfungen zu gelten scheint: „… and the Gods made love“ – diesen gleichermaßen mythisch wie erotisch aufgeladenen Titel gab Jimi Hendrix wohl nicht von ungefähr dem Initialsong seines legendären Rockalbums Electric-Ladyland von 1968!
Sogenannte biomorphe mythologische Vorstellungen, nach denen das Universum durch die „Heilige Ehe“ – den Hieros Gamos – eines Urelternpaars, meist Himmel und Erde, aber auch Sonne und Mond, gezeugt oder geboren wurde, finden sich in den unterschiedlichsten Kulturen: In den archaischen Hochkulturen des Vorderen Orients ebenso wie in Sibirien, China, Japan, Indonesien, Ozeanien und Mexiko. Der babylonischen Geschichte Enuma elisch zufolge stellt sich die Schöpfung folgendermaßen dar: Am Anfang waren Apsu, der Vater, und Tiamat, die Mutter. Tiamat war das Meer. Sie war geschmückt und von einem Mantel umgeben, dieser Mantel war die Erde. Apsu, ihr Gemahl, war das Wasser des Himmels. Jedes Mal, wenn sie sich vereinigten, wurde Tiamat schwanger und gebar Wesen, die sich nie glichen. Diese Nachkommen und deren Nachkommen bevölkerten die Erde.
Dieser Schöpfungsmythos sollte von den Menschen in periodischen Abständen rituell wiederholt werden: Wenn sich in den Mysterien der babylonischen Kultur der König, der zugleich geistiges Oberhaupt und Vertreter Gottes war, und eine Tempelprostituierte als Vertreterin der Göttin in der Neujahrsnacht rituell vereinigten, dann diente das nicht nur dem Erhalt der Gesundheit des Reiches und der Fruchtbarkeit seiner Bestände, sondern auch der Offenbarung kosmischer Schöpfungsprozesse und der seelisch-geistigen Erfahrung von Zeitlosigkeit. Soweit das babylonische Weltschöpfungsepos, wie es die erste von sieben Tafeln enthüllt. Das nach seinen Anfangsworten „Als droben …“ unter dem Titel Enuma elisch bekannte kosmogonische Gedicht gehört, zusammen mit dem Gilgameschepos, zu den bedeutendsten Schöpfungen der akkadischen Religion.
In der hellenischen Theogonie Hesiods, dem ältesten uns bekannten Lehrgedicht, erscheint die Entstehung der Götter, wel-

che zugleich die Entstehung des Kosmos ist, als eine Folge von geschlechtlichen Zeugungsakten und Geburten: Aus der Umarmung (Philotes), bei Hesiod Inbegriff der Sexualität, von Uranos, dem Himmel, und Gaia, der großen Erdmutter, gehen das alte Göttergeschlecht der Titanen sowie andere Kinder hervor: „Eingehüllt ins Dunkel der Nacht kam Uranos, voller Liebesverlangen deckte er Gaias Leib mit dem seinen ganz“ (Vers 176ff). Zu ihren Kindern gehört auch Eros, der schönste der unsterblichen Götter, der die Glieder Göttern und Menschen löst und verständige Absicht betört.
Im orphischen Schöpfungsmythos wiederum – dessen Name sich dem Umstand verdankt, dass besonders Anhänger und Verehrer des Sängers Orpheus ihn weitererzählten – gilt allein der Geschlechtstrieb als eigentlicher Schöpfer des Universums. Befruchtet von einem gewaltigen Wind legte die Urmacht, die „schwarz geflügelte Nacht“, ein silbernes Ei in den Schoß der Dunkelheit. Aus dem Ei trat Eros, ein Gott, hervor. Unklar ist dabei, ob sich die schwarz geflügelte Nacht nur mit dem Wind oder auch mit Eros eingelassen hat … Sexuellen kosmogonischen Mythologemen begegnet man auch in vielen fernöstlichen Religionen: Der Hinduismus, genauer gesagt dessen tantrische Spielart, betrachtete beispielsweise die Weltschöpfung als Ergebnis eines erotisch-spirituellen Liebesaktes des Gottes Shiva und seiner Gefährtin Shakti. Im Shilpa Prakasha, einem alten, in Sanskrit verfassten Skulpturen-Handbuch, gibt es einen Passus, der gezielt über die Vereinigung von Shiva und Skakti berichtet: „Der Liebestrieb (kama) ist die Wurzel des Universums. Aus ihm sind alle Wesen geboren (…) Ohne Shiva und Shakti wäre die Schöpfung nichts als Einbildung. Ohne das Wirken von Kama gäbe es weder Geburt noch Tod. Shiva manifestierte sich als ‚großes linga‘ (mahalinga) und Shakti als ‚Vagina‘ (bhaga). In ihrer Vereinigung entsteht das ganze Universum (…) Ein Ort ohne ‚Liebesbilder‘ (kamakala) wird ‚ein zu vermeidender Platz‘ genannt.“ Shivas und Shaktis kosmische Vereinigung fand auf unzähligen Thankas (Rollbildern) sowie in der indischen erotischen Tempelplastik – etwa in Konarak oder Khajuraho – religiösen und künstlerischen Ausdruck.

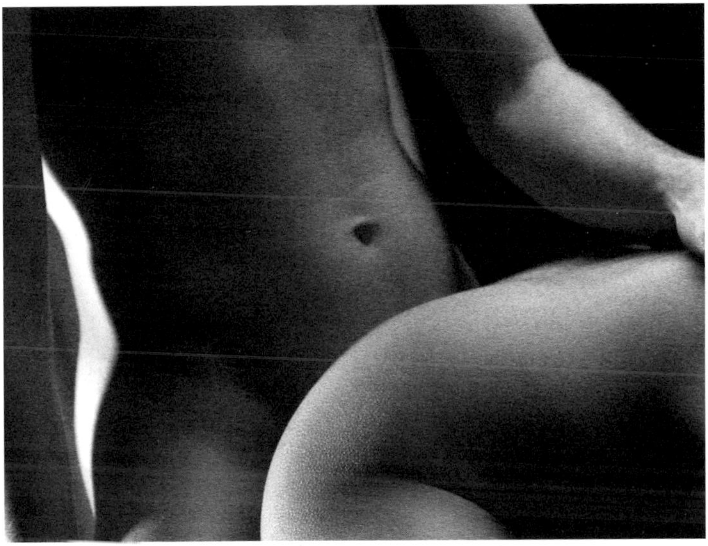

Auf einer eher abstrakten, symbolischen Ebene wird das Zusammenkommen von weiblicher und männlicher Schöpfungsenergie als steinernes Kultobjekt im Allerheiligsten von Hindu-Tempeln dargestellt, und zwar in Gestalt eines stilisierten Phallus, der von einer ebenfalls stilisierten Vulva umschlossen wird. Es ist im Übrigen kaum zu bezweifeln, dass die „Jungbrunnen", die die europäische Kunst des Mittelalters dank Alchemie und Minnedichtung so gern zeigt, aus ähnlichen Vorstellungen entstehen wie das Lingam im Yoni-Gefäß. Das heißt, dass sie eine Verschmelzung der magisch-erotischen Sinnbilder für das männliche und weibliche Geschlecht sind.

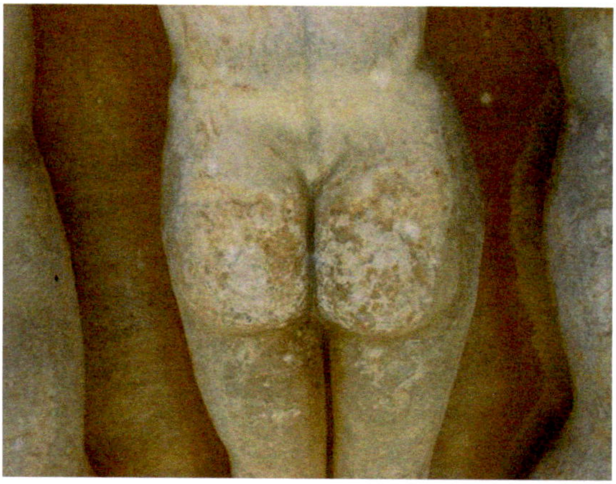

Römische Ruinen, Sabrata, Lybien

Vergleichbar mit der Vereinigung weiblicher und männlicher Energien ist auch die chinesische Anschauung vom Schöpferhandeln der Urkräfte Yin und Yang, die nur durch ihre Polarität wirksam werden können und Urheber einer ununterbrochenen Kosmogonie sind. Denn nach der Philosophie des Taoismus sind für die Wandlungen der Welt zwei dynamische, komplementäre Kräfte oder Ordnungsprinzipien verantwortlich, nämlich das polar aufeinander bezogene Yin-Yang-Paar: Yin (das Weibliche, Dunkle, Kalte, Passive, die Erde usw.) steht dabei in einem steten Wechselspiel mit Yang (das Männliche, Helle, Warme, Aktive, der Himmel usw.), die ausnahmslos alle Lebensbereiche bestimmen. Mythen, nach denen die Welt, aber auch die Götter oder die Menschen durch Zeugungs- bzw. Gebärakte geschaffen wurden, begegnet man, wie gesagt, nahezu weltweit. Einmalig dürfte jedoch die Vorstellung sein, dass auch die einsame autoerotische göttliche Ekstase schöpferisch sein kann. Die Rede ist von dem altägyptischen Schöpfergott Atum, der nach der ägyptischen Theologie von Heliopolis seinen eigenen Samen verschlingt. Seinen Namen Atum kann man als „nicht sein", aber auch als „vollständig sein" deuten. Durch den Akt der Masturbation wird Atum zum Erzeuger des Götterpaares Schu und Tefnut. Schu gilt als Gott der „Leere", die „Personifikation des freien Raumes zwischen Himmel und Erde", und Tefnut als Göttin der „Feuchtigkeit". In einem alten Pyramidentext lesen wir: „Atum, der zum Selbstbefriediger geworden ist in Heliopolis, er nahm den Phallus in seine Faust, um damit Lust zu erregen. Ein Geschwisterpaar wird erzeugt, Schu und Tefnut."[1] Dass sich hinter diesen Namen ein Wortspiel verbirgt, kommt in einem anderen Text zum Ausdruck, der vom „Ausspeien" (Schu) und „Aushusten" (Tefnut) spricht, wobei auch aus anderen Texten bekannte Elemente des Schöpfungsmythos wie chaotische Urwasser und Urhügel oder die Einsamkeit des Urgottes anzutreffen sind: „Als Himmel und Erde am Anfang noch nicht getrennt waren und als es noch überhaupt kein Leben gab, ganz am Anfang also, waren Atum und das Urwasser

Nun allein. Aus Nun erhob sich Atum von selbst, hoch wie ein Hügel. Als er seiner Einsamkeit überdrüssig war, verschlang Atum seinen eigenen Samen, befruchtete sich und gebar Schu, den Windhauch, und Tefnut, die Feuchtigkeit. Er gebar sie, indem er sie aus seinem Mund spie. Schuh und Tefnut zeugten Geb, die Erde, und Nut, den Himmel. Diese zeugten Isis und Osiris, die Göttin des Lebens und den Gott des Totenreichs. Dann zeugten sie Seth und Nephthys. König wurde Horus, der Sohn der Isis."[2] Verehrt wurde Atum hauptsächlich in Heliopolis, aber auch in Per-Atum bzw. Teku sowie im Mami. Diese biomorphe Auffassung der Welt- und Götterentstehung hat auch Rückwirkungen auf das menschliche Handeln, besonders durch die Begründung bestimmter Riten, gehabt, wie Ernst Topitsch in seinem Buch „Vom Ursprung und Ende der Metaphysik" (1958) zu berichten weiß: „Beispielsweise ist der Glaube weithin verbreitet gewesen und noch heute unter Naturvölkern verbreitet, ein sakraler Vollzug des Geschlechtsaktes habe die Macht oder sei dazu notwendig, den makrokosmischen Zeugungsakt von Himmel und Erde zu unterstützen, als rituell gebotene Wiederholung der Schöpfung den Gang der Welt zu sichern oder überhaupt durch Zusammenlegung beider Geschlechtspotenzen die universellen oder individuellen Lebenskräfte zu stärken (...) Nicht selten gibt es auch Hochzeitsbräuche, welche die menschliche Ehe zu einem Abbild oder Nachvollzug des Hieros Gamos machen sollen. So kommt es zu einem deutlich ausgeprägten Prozess von Projektion und Reflexion: nachdem die eheliche Zeugungsgemeinschaft als Modell auf den Vorgang der Weltentstehung übertragen worden war, wird die so entstandene Vorstellung einer ‚Heiligen Ehe' von Himmel und Erde oder anderen kosmischen Mächten auf ihr Urbild, die menschliche Ehe, rückbezogen und ihr übergeordnet."[3] Das Gleiche gilt, dem Autor zufolge, sinngemäß auch für das Motiv der Doppelgeschlechtlichkeit. So sollen religiöse Handlungen verschiedener Art den Menschen der bisexuellen Gottheit anpassen oder seine Wirkungsmächtigkeit durch Vereinigung der männlichen und weiblichen Potenz erhöhen.

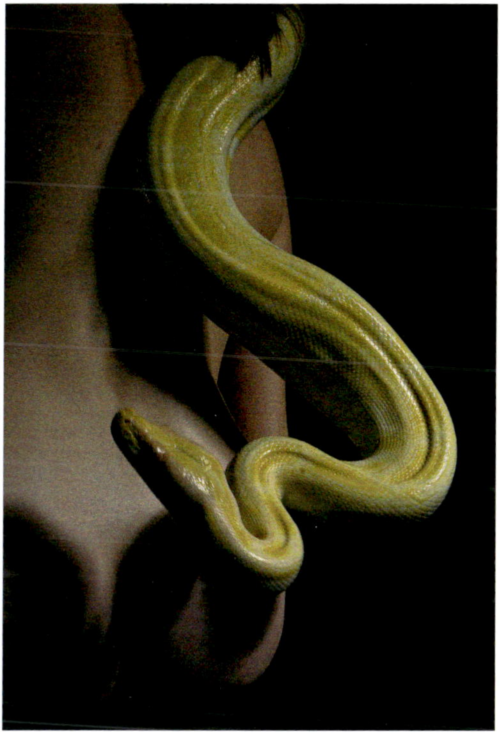

Im Abendland hingegen wurden diese sexuellen Mythologeme im Zuge des

kirchlichen Christentums und seiner Lehre von der Weltschöpfung durch die göttliche Willensmacht zurückgedrängt, ohne sie jedoch ganz ausschalten zu können, wie manche gnostische Lehren zeigen, in denen sich Zeugungskosmogonien zu einer barocken Vielfalt von Paarungen und Geburten übersteigerten. In der Renaissance brachen diese abermals machtvoll hervor. Besonders hervorzuheben ist in diesem Zusammenhang die Alchemie.
Diese Geheimwissenschaft betrachtete, von der sexuellen Kosmologie beeinflusst, die chemischen Verbindungen der Elemente nach dem Gleichnis der Vereinigung des Männlichen mit dem Weiblichen (coniungium, matrimonium, coniunctio, coitus). Aus der Vereinigung der männlichen Sonne und dem weiblichen Mond, denen man die Paare Gold und Silber, Schwefel und Merkur (Quecksilber) zuordnete, soll auch der „Stein der Weisen“ hervorgegangen sein. Selbst ein Gelehrter wie Kopernikus sprach davon, dass die Erde von der Sonne empfängt und ihre jährliche Nachkommenschaft gebiert.
Zu der Idee einer „ursprünglichen“, „metaphysischen Sexualität“, wie sie beispielsweise die Alchemie vertrat, kann man jedoch auch aufgrund philosophisch-dialektischer Überlegungen gelangen, wie Cécile Sagne in seinem Buch Geheiligter Eros (L'Érotisme sacré, 1984) demonstriert: „Das gesamte bekannte Universum entwickelt und entfaltet sich nach einem bipolaren Rhythmus – Aktivität/Passivität, Bewegung/Stillstand, Kontinuität/Unterbrechung usw., und die Dualität männlich/weiblich stellt hier eine einfache biologische Modalität dar. In diesem Sinne ist die gesamte Natur sexuell bestimmt, sogar in den einfachsten Lebensformen und in der anorganischen Materie. Wie kann man das Innere ohne das Äußere, den Mittelpunkt ohne den Umkreis, die Vereinigung ohne die Trennung erfassen? Jedes materielle oder geistige, makroskopische oder mikroskopische Phänomen erfordert die Verbindung der komplementären und entgegengesetzten Pole, die gegenseitige Durchdringung der einander widerstrebenden Kräfte. Es handelt sich hier um eine ursprüngliche und irgendwie metaphysische Sexualität, die es lange vor dem Entstehen des männlich-weiblichen Fortpflanzungssystems und der Entwicklung der Sexualorgane gegeben hat. Es handelt sich um einen universellen Prozess, der weit über den individuellen, physiologischen und psychologischen Rahmen hinausgeht.“[4] Die Paarung des Männlichen mit dem Weiblichen stellt darüber hinaus, vor allem in den geistigen Traditionen des Orients, auch die Rückkehr zur göttlichen Einheit dar.

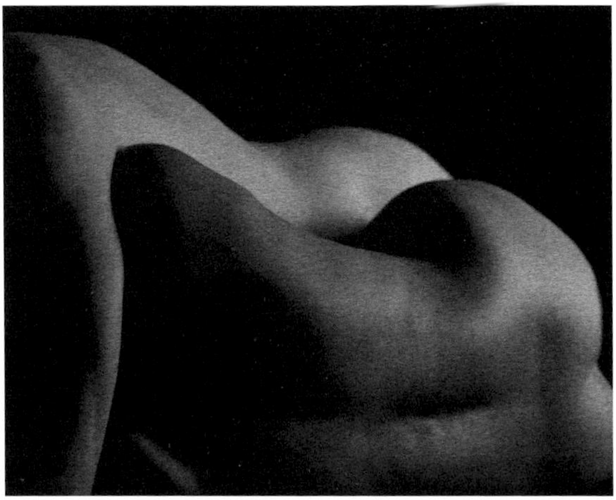

Doch weist nicht sogar die naturwissenschaftliche Urknall-Theorie, der zufolge das Universum aufgrund einer gigantischen, unendlich heißen Explosion aus dem Nichts, aus der Raum- und Zeitlosigkeit, ins Sein geschleudert wurde, ein deutlich ekstatisches Moment auf? Big Bang – Big O, Big Orgasm? Viele große europäische Künstler des Barockzeitalters, wie zum Beispiel der italienische Dichter Giambattista Marino (1569–1625), hätten in der modernen Urknall-Theorie eine echte Bestätigung ihres poetischen Pansexualismus gefunden. So lesen wir in Gustav René Hockes epochalem Werk „Die Welt als Labyrinth. Manierismus in der europäischen Kunst und Literatur“ über Marinos Hauptwerk, sein allegorisches Epos Adone von 1623, das die Geschichte von Venus und Adonis in 45000 Versen schildert: „Wenn ‚Stürme heulen‘, ‚Winde stöhnen‘, ‚Wetter bersten‘, so sind dies für Marino ‚gemiti d’amor‘, ‚moti amorosi‘, Seufzer der Liebe, Rhythmen der Liebe. Die gesamte Natur ist nichts anderes als eine unendliche ‚Verknotung‘ endloser sexueller Umarmungen (‚Nodi d’amor saldi e tenaci‘). ‚Amano le acque stesse‘, sogar Seen, Meere lieben sich. Die sexuelle Liebe ist die wahre, höchste und potenteste Beherrscherin der Welt. Sie durchdringt alles, belebt alles, zerstört alles, erneuert alles. Natur und Liebe sind eins. In ihren frenetischen ‚Nodi‘, Verknotungen, bilden sie ein pansexuelles Labyrinth. Mensch und Natur verschmelzen in der ‚Liebe‘, so hat es – noch dezent-elegisch – B. Spranger in einer manieristischen ‚Adonis- und Venus-Landschaft‘ dargestellt. Nicht nur die Pflanzen ‚küssen sich‘ laut Marino, auch Stein und Eisen begatten sich im Feuer elementarer Umarmung.“[5] Soweit der Erz-Manierist und Panerotiker Giambattista Marino, dessen kühne poetische Stilmittel und dargebotenen Inhalte als „Marinismus“ in ganz Europa nachgeahmt wurden.

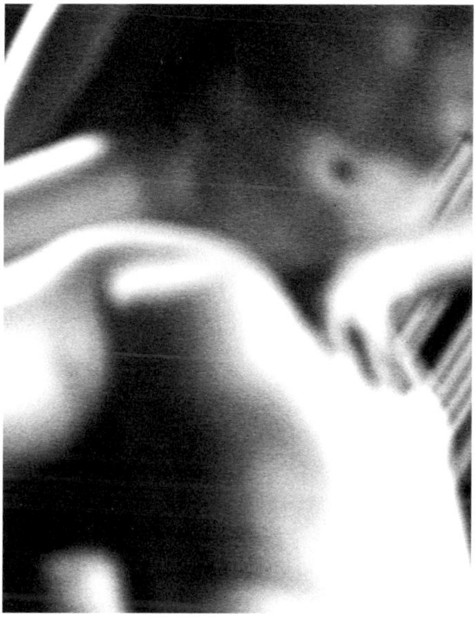

Rund zweihundert Jahre später ist es Wolfgang von Goethe, der im zweiten Teil seines Faust das Mysterium der Schöpfung des kosmogonischen Eros im Hieros Gamos, in der heiligen Hochzeit der Elemente, seinen Höhepunkt finden lässt:

So herrsche denn Eros, der alles begonnen!
Heil dem Meere! Heil den Wogen,
Von dem heilgen Feuer umzogen!
Heil dem Wasser! Heil dem Feuer!
Heil dem seltnen Abenteuer!

Heil den mildgewogenen Lüften!
Heil geheimnisreichen Grüften!
Hochgefeiert seid allhier,
Element’ ihr alle vier!

Im zwanzigsten Jahrhundert sollte D.H. Lawrence, der Verfasser des erotischen Skandalromans „Lady Chatterley’s Lover“, an die Idee eines poetischen

Pansexualismus anknüpfen, diesen jedoch in etwas drastischere Worte kleiden: „Wir haben eine Flamme ins Sein gefickt. Sogar die Blumen sind ins Sein gefickt von der Sonne und der Erde.“[6] Auch in der modernen Dichtung leben die alten Mythen fort … Selbst wenn man in diesen Mythen über die Entstehung der Welt, der Götter und der Menschen nur reine Anthropomorphismen, bloße Projektionen in poetischem Großformat, erkennen kann, kommen sie der naturwissenschaftlichen Wahrheit nahe: Das Leben bei den sogenannten „höheren Lebewesen“ setzt die sexuelle Ekstase, setzt den Orgasmus voraus, sieht man von den modernen Möglichkeiten künstlicher Befruchtung im Reagenzglas sowie der Klontechnik einmal ab.

[1] Kees, Herman, Der Götterglaube im Alten Ägypten, Berlin 1977, zit. nach: Tworuschka, Monika und Udo, Als die Welt entstand … Schöpfungsmythen der Völker und Kulturen in Wort und Bild, Verlag Herder, Freiburg/Basel/Wien 2005
[2] Hansen, Susanne, Mythen vom Anfang der Welt, Augsburg 1991, zitiert nach: Tworuschka, Monika und Udo, Als die Welt entstand …
[3] Topitsch, Ernst, Vom Ursprung und Ende der Metaphysik, Wien 1958.
[4] Sagne, Cécile, Geheiligter Eros, Deutsche Übersetzung von Hilde Linnert, Wilhelm Heyne Verlag, München, 1985
[5] Hocke, Gustav René, Die Welt als Labyrinth. Manierismus in der europäischen Kunst und Literatur, Durchgesehene und erweiterte Ausgabe herausgegeben von Curt Grützmacher, Rowohlt Verlag, Reinbek bei Hamburg, 1987
[6] Lawrence, D.H., Lady Chatterley, Autorisierte Übertragung aus dem Englischen, Reinbek bei Hamburg 1960

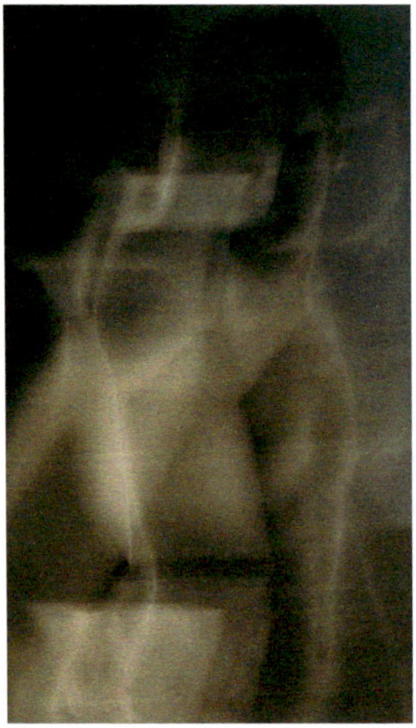

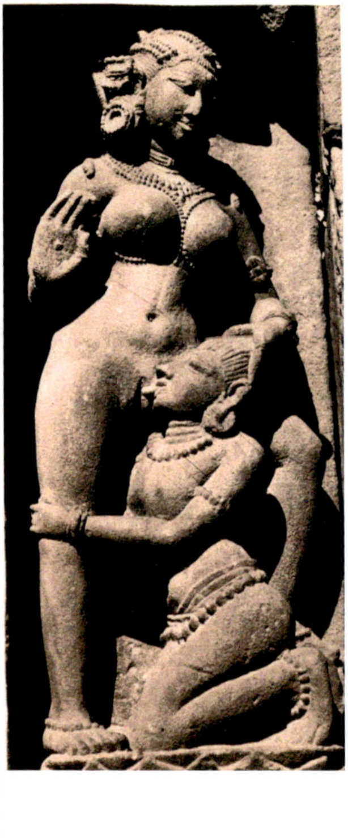

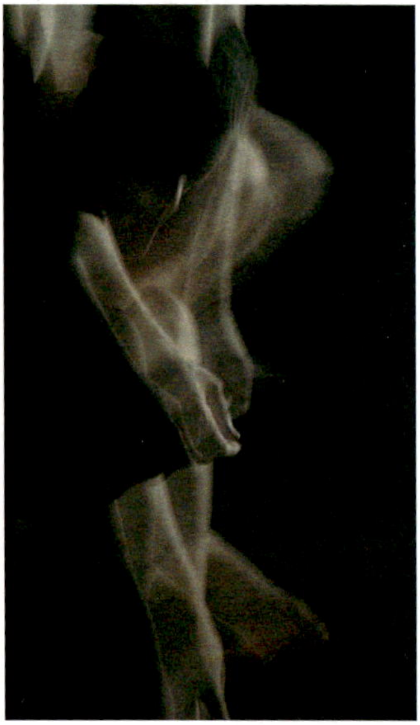

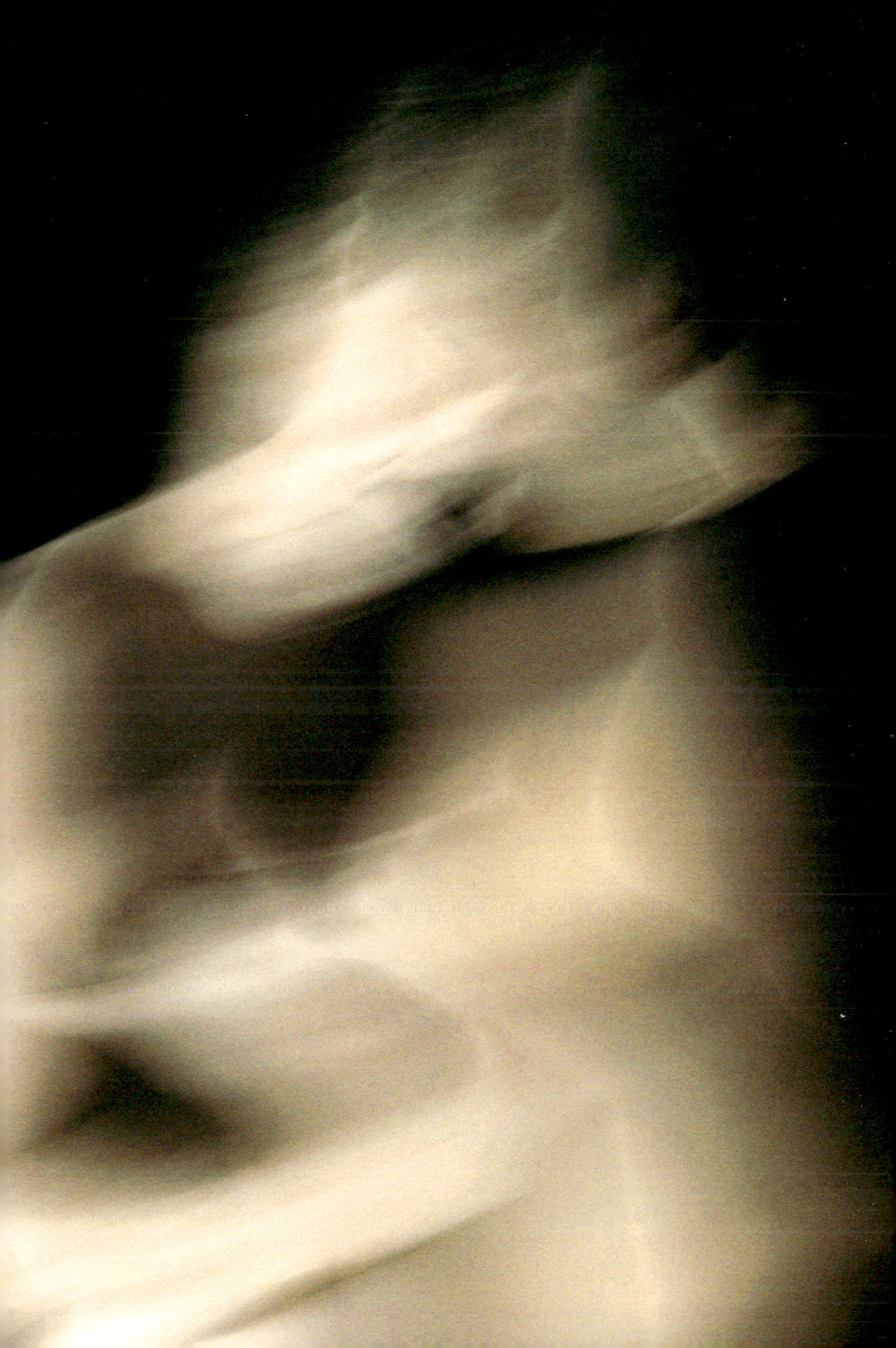

Celia Martin

Paula will ficken

„Ficken, ficken, ficken", schreit Paula. „Scheiße, jetzt fängt das wieder an!" Erich schmeißt die Zeitung auf den Esstisch und verlässt die Küche. Sabine verdreht die Augen und widmet sich wieder der Einkaufsliste für den kommenden Tag.
„Ficken, ficken, ficken", schreit Paula und hüpft auf ihrem Bett auf und ab.
„Paula, hör auf, so zu schreien. Die anderen wollen ihre Ruhe haben!" Erich schaut Paula an und hofft, dass sie ihn versteht. Paula hält inne und schaut Erich an. Ihre Brille ist verschmiert, unwillkürlich fragt er sich, wie viel sie überhaupt durch diese schlierigen Gläser sehen kann.
„Willst du mit Sabine und mir einen schönen Film ansehen?" Seine Stimme klingt viel zu bittend, er bemerkt es selbst. Hätte er doch Sabine gebeten, das zu regeln. Sie ist viel erfahrener als er in diesen Dingen. Paula schiebt einen Daumen in den Mund und schaut Erich an. Sie überlegt, er kann es an den schnellen Bewegungen ihres Mundes sehen, der den Daumen nun kaut.
„Fickfilm, Fickfilm, Fickfilm", schreit sie laut auf und bricht urplötzlich in schrilles Gelächter aus.
„Wie wäre es mit Traumschiff, das magst du doch?" Erich findet Traumschiff schrecklich, aber wenn es Paula beruhigt, würde er es sich sogar mit ihr ansehen.
„Ficken im Traumschiff", schreit Paula.
„Wenn schon, dann auf dem Traumschiff", verbessert er ohne nachzudenken. Paula schiebt die andere Hand nun unter ihr Kleid und bewegt sie heftig. Erich schluckt, er weiß nicht, was er machen soll.
„Sabine, kannst du mal kommen?", ruft er in Richtung Küche.
„O je, da ist ja wohl Hopfen und Malz verloren", lautet ihr Kommentar.
Paula steht immer noch auf dem Bett, den Daumen der einen Hand im Mund, die andere reibt heftig unter dem Kleid. Mit breitem Grinsen schaut sie die beiden an.
„Ficken, ficken, ficken!"
„Verdammt hart, so ein soziales Jahr im betreuten Wohnen, oder?", spöttelt Sabine, als sie sieht, wie hilflos Erich ist.
„Also … will sie … weiß sie …"
„Sie ist geistig behindert, aber Lust auf Sex hat sie schon. Wie alle Menschen. Und Paula vielleicht noch mehr als andere. Sie unterdrückt einfach nichts, lässt es raus."
„Und was machen wir?"
„Sie ist volljährig und hat ein Recht darauf. So selbstbestimmt wie möglich, lautet der Auftrag. Also – wie wäre es mit dir? Ist immer der Job für die Praktikanten."
„Was?" Erich weicht unwillkürlich zurück. Sabine lacht.
„Kleiner Scherz. War nicht ernst gemeint." Sie wendet sich Paula zu.
„Mit wem möchtest du denn jetzt ficken?" Paula hört auf zu hopsen und holt ihre Hand aus dem Schlüpfer. Die Hand ist nass, sie schnuppert daran.
„Mit Michael", antwortet sie.
„Wer zum Teufel ist Michael?"
Sabine zuckt mit den Schultern. „Keine Ahnung. Jedenfalls keiner aus unserem Heim hier."
„Ficken, ficken, ficken!", schreit Paula, jetzt wütend. Sie springt wieder heftig auf dem Bett herum und die schrägen Augen hinter den Brillengläsern funkeln wütend.
„Wie sieht dein Michael denn aus?", will Sabine wissen.
Paula hält inne, sie überlegt.
„So groß", deutet sie an. „Schwarze Haare!"
„Also, eins achtzig und schwarzhaarig", murmelt Sabine. Sie mustert Erich, der kleiner und wesentlich blonder ist.

„Glück gehabt, Kollege!“ Ihr Grinsen ist kumpelhaft und biestig zugleich.
„Vermutlich jemand, den sie aus der Behindertenwerkstatt kennt“, brummt er.
„Yepp. Nur, dass wir jetzt auf gar keinen Fall dort anrufen und nach diesem Michael fragen können. Es ist fast Mitternacht!“
„Ficken, ficken, ficken!“, schreit Paula, jetzt so schrill, dass sich in einem der Zimmer nebenan jemand lautstark über den Lärm beschwert.
„Die weckt uns noch das ganze Haus auf“, befürchtet Erich.
Sabine überlegt. „Paula. Ich mache dir jetzt einen Vorschlag.“
Paula hört auf zu hopsen, sie atmet heftig und schaut Sabine an.
„Du bist jetzt ganz still und ich sorge dafür, dass du ficken kannst. Okay?“
„Ficken?“
„Genau. Aber nicht mit Michael, sondern mit jemandem, der ihm ähnlich sieht, und nur, wenn du jetzt still bist. Erich bleibt bei dir.“
Sabine nickt nachdrücklich und Paula schiebt wieder den Daumen in den Mund.
„Sorge dafür, dass sie jetzt still ist, sonst weckt sie uns nicht nur die anderen auf, sondern auch die Nachbarschaft.“
Erich starrt Paula an wie ein Kaninchen die Schlange. Jetzt ist sie still, nuckelt an ihrem Daumen und sitzt auf dem Bett. Er fragt sich, was Sabine machen will. Egal, Hauptsache, Paula ist still. Kurz darauf kommt Sabine zurück.
„Paula, wir gehen duschen und machen dich danach ein bisschen hübsch. Kommst du?“ Paula ist gefangen von Sabines Versprechen und folgt ihr. Erich geht zurück in die Küche. Kurz danach klingelt es. Ein

Wolfgang Freund, Sommerreigen

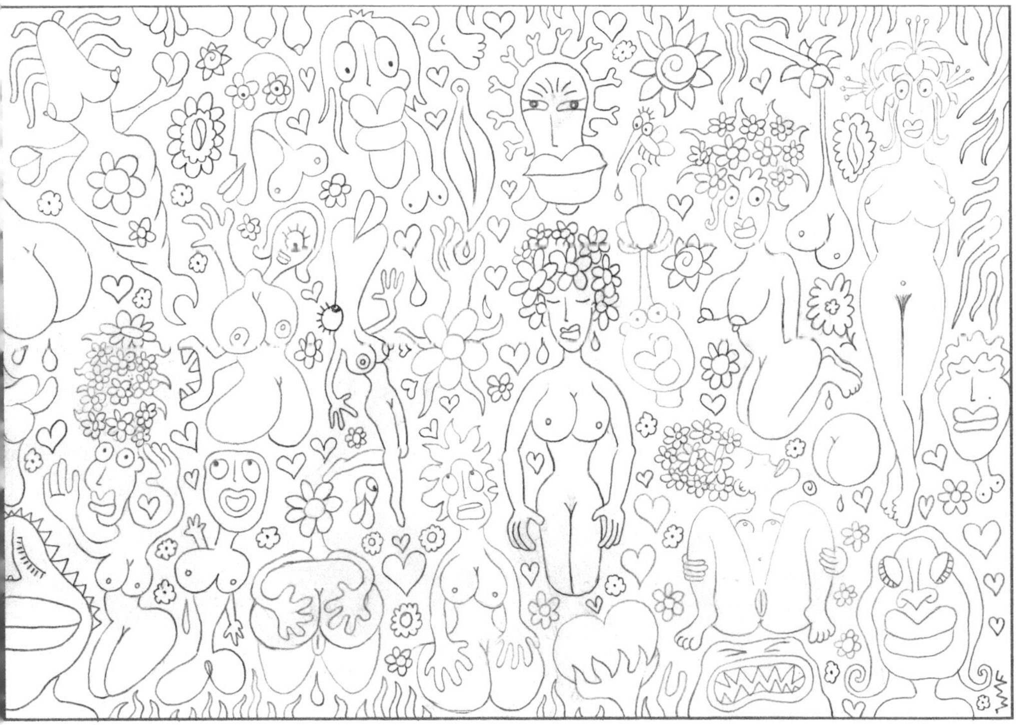

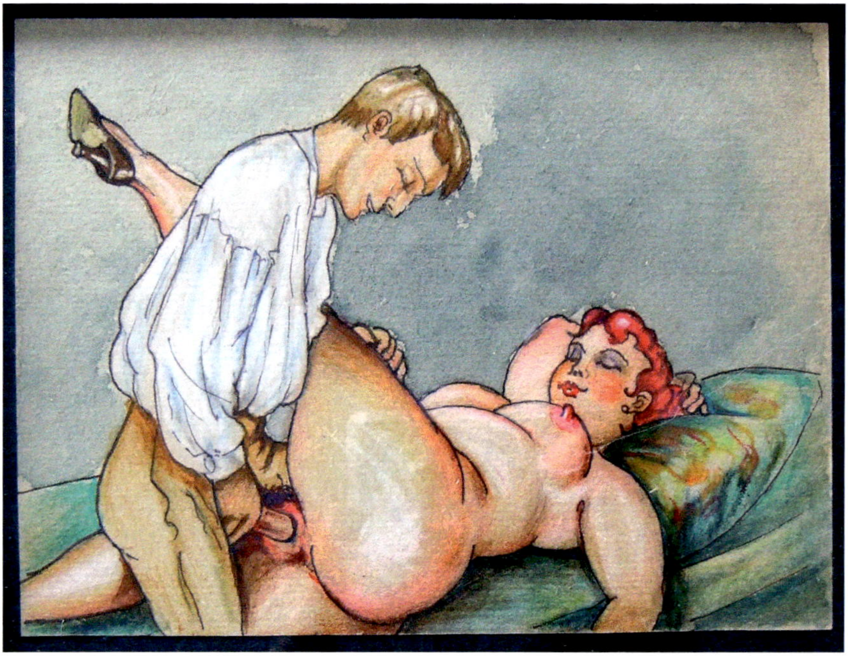

großer, schwarzhaariger Mann steht an der Tür. „Hi, ich bin Marc. Ist Paula hier?" Verdattert lässt Erich den Mann hinein. „Toll, dass das noch so schnell geklappt hat." Sabine taucht auf und drückt Marc ein paar Geldscheine in die Hand, bevor sie ihn zu Paulas Zimmer bringt. „Sie wissen ja Bescheid!", flüstert sie ihm zu. „Ist jemand von der Escort-Agentur", verrät sie Erich gleich darauf in der Küche. „Besser, als die ganze Nacht lang Paulas Klagen zu hören!"
Sie sitzen in der Küche, der Escort-Mann überzieht, berechnet aber nichts nach und geht irgendwann in der Nacht. Paula ist still, sie schläft, als Sabine nach ihr sieht. Ficken tut manchmal richtig gut, denkt die, bevor sie zu Erich in die Küche geht.

Rivka Jausski

augen und blick

dings, pumps
schlips und schlüpfer
schlicht, weg

und schön

Wilhelm Kramer

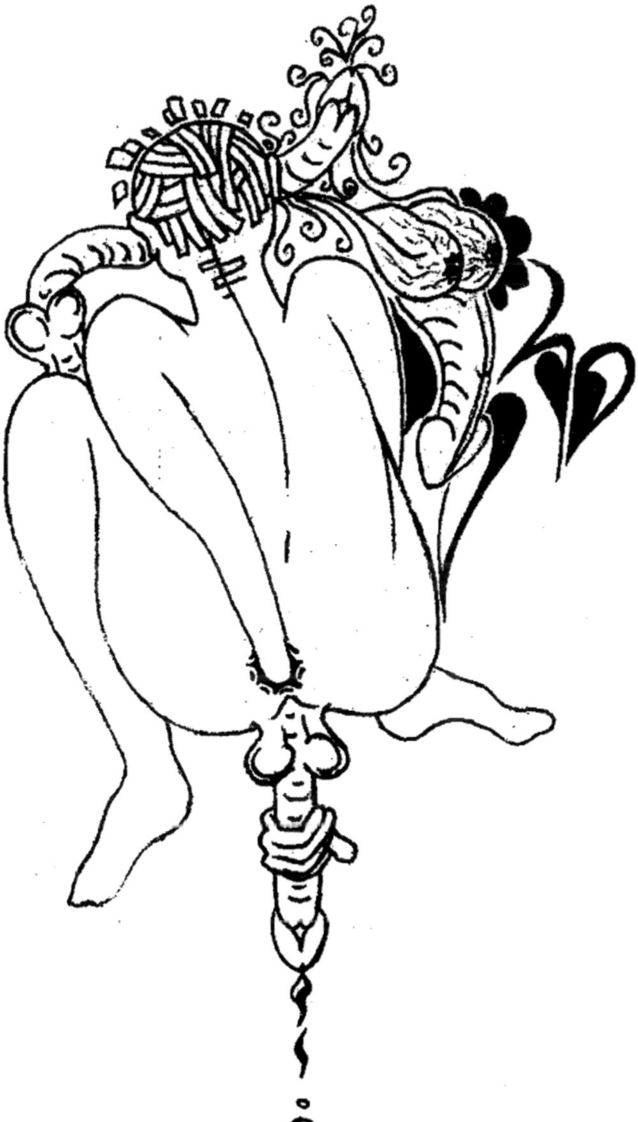

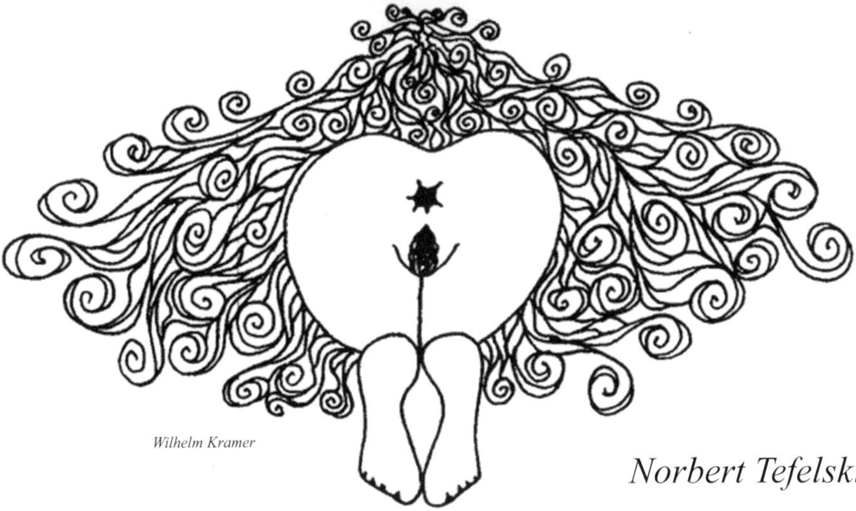

Norbert Tefelski

Dabei sein ist alles

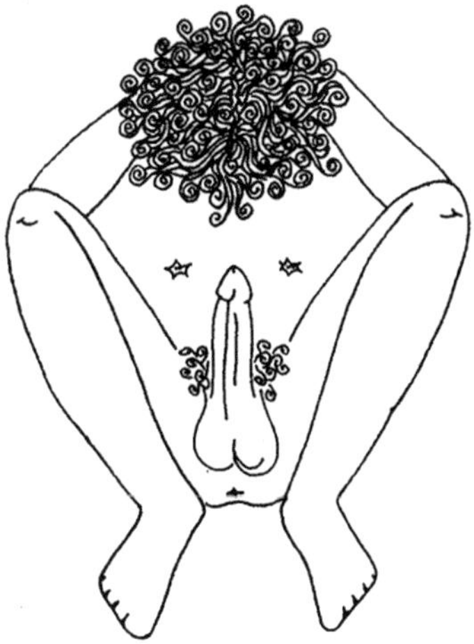

Benutze, Schatz, den starken Herrn.
Los, klemm dich drauf, ich seh das gern.
Sei unbehost und ungehemmt.
Was? Eifersucht? Die ist mir fremd.

Massier Madame mit Lust im Schritt.
Erst guck ich zu, dann mach ich mit.
Man fickt zu dritt, man fickt zu viert,
denn Eifersucht ist kleinkariert.

Und brauchst du mal extrem viel Saft,
bestell‘n wir uns ’ne Hundertschaft
der spritzbereiten Feuerwehr.
Dumm, wer da eifersüchtig wär!

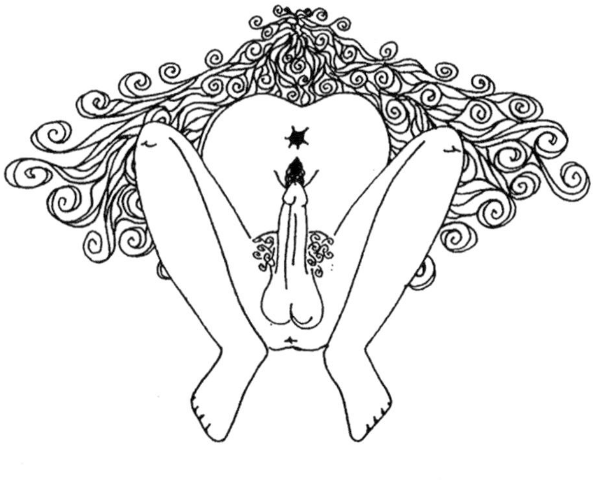

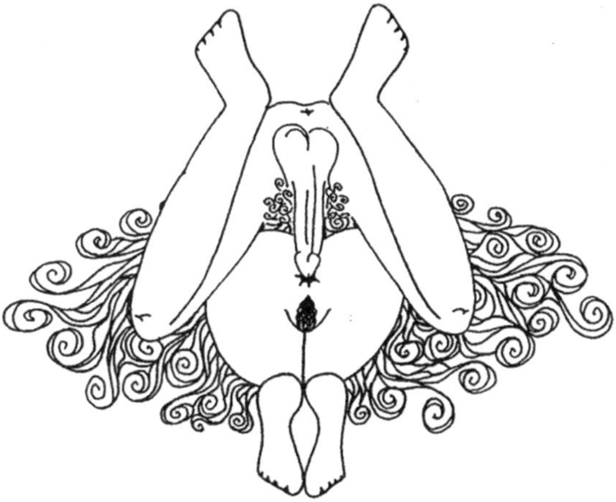

Mal sinds mehr Männer, mal mehr Frau’n,
die einen weiß, die andern braun.
Wo ist der Arsch, wo das Gesicht?
Nein, eifersüchtig bin ich nicht.

Und schilderst du mir detailliert,
wie du den Briefträger verführt
hast, bin ich dir mitnichten bös.
Das regt uns an, post-pimperös.

Doch wenn ich hintenrum erfahr,
dass da was mit dem Nachbarn war,
und du verschwiegst es – Ei, verflucht! –
dann spür ich plötzlich Eifersucht.

Das ist das alte Egoschwein,
so klotzig wie ein Legostein.
Denn fühlt sich’s nicht mehr angedockt
dann wahnt das Ich sich ausgeknockt.

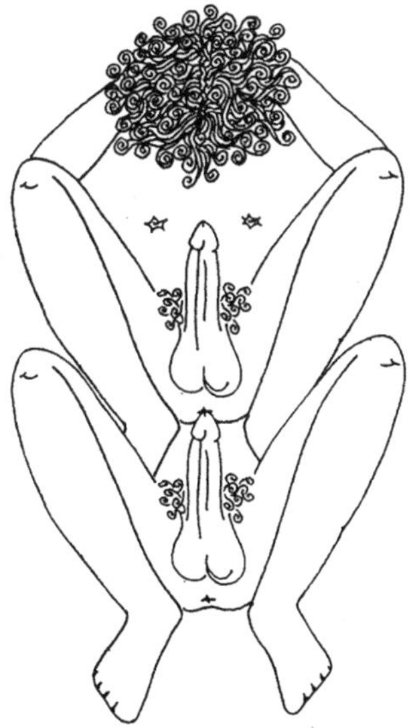

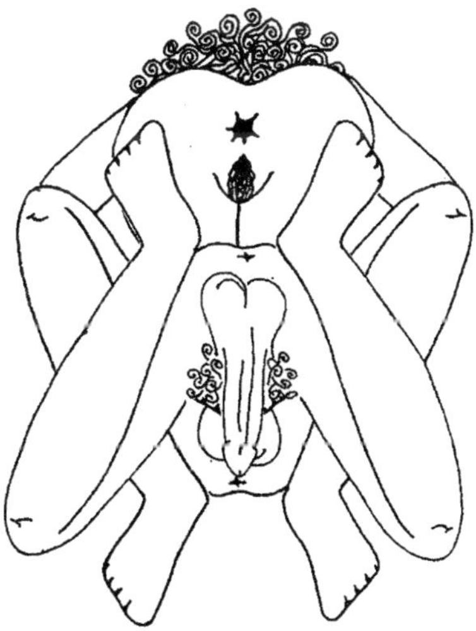

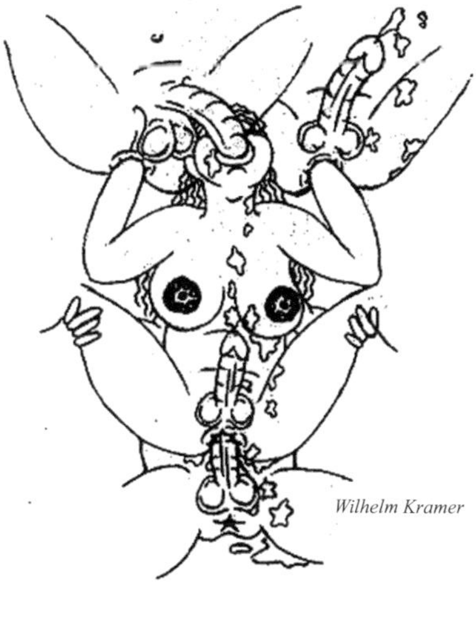

Ulrike Voss

au thé vert

Mit einer E-Mail kam sie zurück in mein Leben. Sie schrieb, dass sie am Morgen am Fluss entlanggeradelt sei und dort durch eine Duftwolke fuhr, die von einer Frau zu kommen schien, die sie gerade überholt hatte. *Au thé vert.* Das hast du doch damals benutzt, schrieb sie. Wir hatten uns seit fast fünfzehn Jahren aus den Augen verloren.

Ich hatte den Duft schon vergessen, doch jetzt erinnerte ich mich daran. Frisch und süß. Kurz nach *au thé vert* war ich auf ein Männerparfum umgestiegen, auf *Azzaro*. Meine Geliebte A. mag kein Parfum, nicht einen Hauch. Sie behauptet, dass mein Geruch pur viel schöner sei. Wenn sie Lust auf Sex hat, hält sie mich sogar oft vom Duschen ab. Sie hält mich fest, wenn ich mich entwinden will, wenn ich etwas murmele wie „Ich muss kurz aufs Klo", weil ich mich geniere, weil ich mich heimlich ein bisschen waschen will, wenigstens unter den Achseln. „Nein!", sagt sie dann und drückt mich weiter gegen den Schrank oder sonst wohin und klemmt mir ihren Schenkel zwischen die Beine, nagelt mich mit kräftigen Armen fest an die Wand, den Schrank, drängt ihre Brüste an meine und beginnt, mich zu küssen, bis es mir egal ist. Dann flüstert sie sexistische Schweinereien, „Du geile Schlampe, dich fick ich jetzt, du kleine Schlampe." Sie hat keine Geduld, wenn sie Sex will, dann sofort. Sie schafft es immer wieder, mich mit sich fortzureißen in eine dreckige stöhnende schreiende Lust. Einmal musste ich wirklich aufs Klo und habe beim Sex gepinkelt. Ich konnte es nicht zurückhalten und ließ schließlich los und es roch nach Urin und Sexsäften und sie, sie wurde scharf und stieß mich danach härter als zuvor. Sie hatte mich vom Schrank direkt auf den Teppich geworfen, mir die Jeans runtergezerrt, dass ich mich kaum mehr bewegen konnte, weil die Jeans mir noch die Beine fesselte, was ich hasste, und drauflos gestoßen und ich überschwemmte ihren Arm. Sie jauchzte und fickte weiter, den Daumen auf meiner Klit, den Rest der Hand in mir und knetete mit der anderen meine Titten, dass mir schwarz vor Augen wurde und ich schließlich kam, in grausamen Zuckungen, schreiend und heulend, und glaubte, so viel Lust noch nie gespürt zu haben. Der Teppich war richtig nass, nicht nur feucht, und roch ziemlich seltsam.

Es war ein geerbter von meiner Mutter, die seit einigen Jahren tot war, ein kleiner Orientteppich, lila-orange gemustert, seidig, angeblich wertvoll und selten.

Ich hatte eine Weile lang ein schlechtes Gewissen. Ich hängte ihn tagelang in die Sonne.

Als die E-Mail kam, fiel mir auch ein, dass es nicht stimmte, dass ich vor A. nie so viel Lust empfunden hatte. Mit Beate hatte ich meinen ersten guten Sex überhaupt. Eine kleine Quirlige. Ich hatte sie kennengelernt, als sie bei einem Straßenfest betrunken in einen Brunnen geklettert war, sie wollte wohl der Clique, mit der sie unterwegs war, etwas beweisen. Sie stieg heraus, ich lachte sie an. Wir kamen ins Gespräch. Danach gingen wir ab und zu ein Bier miteinander trinken und sie verliebte sich in mich. In ihrer E-Mail breitete sie Erinnerungen aus, die ihr bei dem Geruch gekommen waren. An vieles konnte ich mich nicht mehr erinnern. Aber ich begann, mit dem Gedanken zu spielen, auf ihr Angebot einzugehen, dass wir uns doch, wenn sie mal in Berlin sei,

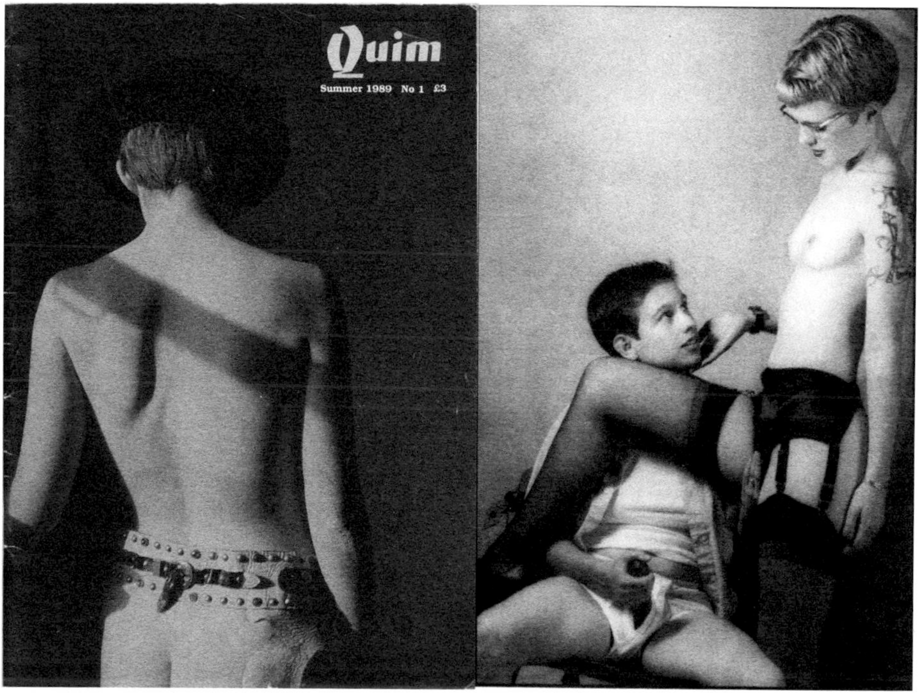

Quim-Cover & Michelle Serchuk in „On Our Backs"

auf ein Bier treffen könnten. Nach so langer Zeit! Ein Bier miteinander trinken ist doch kein Sex.
Ich wollte in der Zeit, in der ich sie traf, unbedingt Sex mit einer Frau. Vor ihr hatte ich nur zartes Streicheln kennengelernt, ich war unerfahren gewesen, die anderen auch. Ich kam nie und begann sogar, darüber nachzudenken, dass ich mich vielleicht besser in Männer verlieben sollte. Verliebte mich zu der Zeit aber ausschließlich in Frauen, meist in unerreichbare. In die Kleine, wie ich Beate nannte, war ich nicht verliebt. Darum dachte ich mir wohl, dass ich mit ihr risikolos Sex haben könnte, selbst wenn es wieder nicht gut würde. Nach einigen Malen Biertrinken war ich ihrer Einladung gefolgt und hatte sie besucht. Hatte vorher gebadet und mir dieses grüne frisch-süße *Bvlgari*-Parfum nicht nur an den Hals, sondern auch auf den Bauch, einen Hauch sogar zwischen die Beine gesprüht. Als ob so etwas guten Sex befördern könnte. Sie mochte den Duft.
In ihrer E-Mail schrieb sie, dass sie nach unserer Trennung auf diese Marke umgestiegen sei und sie sogar heute noch benutze. Ich ging damals also zu ihr, wir tranken Rotwein. Auch sie hatte sich schön gemacht und duftete aufregend. Sie bat mich in ihr Schlafzimmer – es war eher eine winzige Kammer – und ich setzte mich auf die Bettkante. Auf dem schmutzig-grauen Teppichboden lag ein riesiger Stapel amerikanischer und englischer Frauensexmagazine, *On Our Backs, Quim*, die sie seit Jahren sammelte.
Nicht mal das berühmte *On Our Backs* gibt es heute noch. Jedes Detail in diesem

Zimmer fiel mir wieder ein, als unser erstes Mal, an das ich ewig nicht mehr gedacht hatte, mir plötzlich sehr lebendig vor Augen stand. Sie zog erst sich und dann mich, die ich etwas unsicher auf der Bettkante saß, langsam aus und ging dabei küssend über meinen Hals, Brüste, Bauch herunter und wieder herauf und kommentierte den Duft. Schließlich küssten wir uns innig und ich streichelte um ihre, wie ich damals empfand, riesige Klit herum und streichelte und streichelte, während wir weiterküssten, bis sie leise seufzend kam. Ich wunderte mich, wie leicht das ging mit ihr. Dann bat sie mich um die ganze Hand. Ich hatte es noch nie gemacht, was ich nicht zugab. Ich schob drei Finger hinein und sie sog mich ein, so erschien es mir, plötzlich war ich in ihr. Vielleicht lag es daran, dass sie ein Kind hatte, dass es so einfach

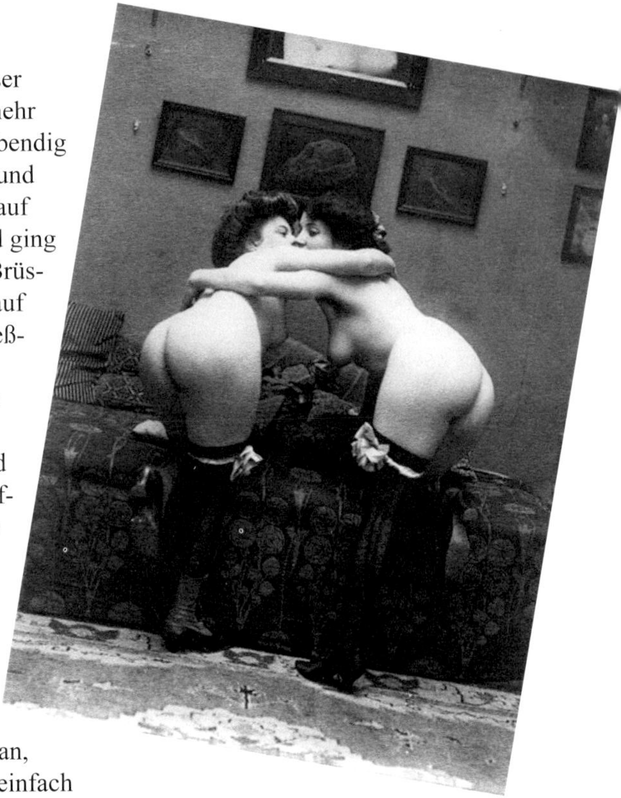

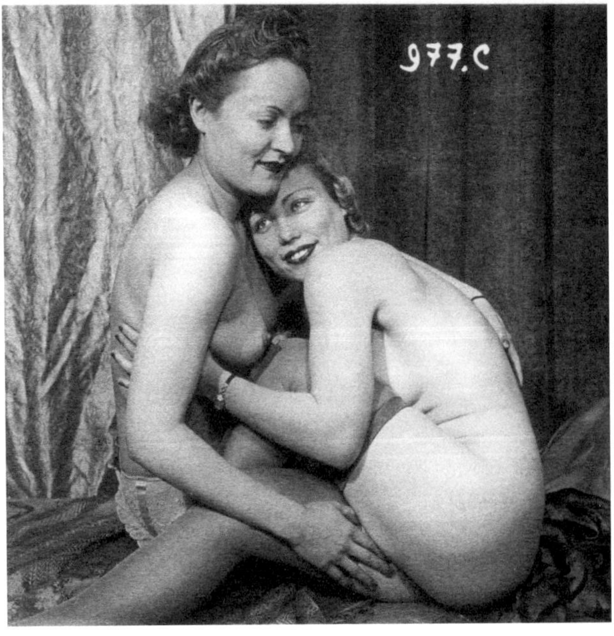

ging, dachte ich mir und drehte meine Hand, bis sie kichernd sagte: „Stopp!“ Ich fürchtete, etwas falsch gemacht zu haben, sie flüsterte nur, „ganz ruhig, lass sie einfach ganz ruhig“, und dann spürte ich, wie ihre Mösenwände klammerten und losließen und klammerten und wie sie sich um mich herum ergoss, ganz still blieb sie dabei und schaute mich an und in diesem Moment verliebte ich mich doch in sie. Wir lagen danach eine Weile aneinandergeschmiegt

in ihrem schmalen Bett. Sie erzählte mir, dass *Quim* Erektion der Klit bedeute, aber im Deutschen fälschlicherweise immer nur als Möse übersetzt würde. Später in der Nacht begann sie, mich zu streicheln. „Du hast ja eine süße kleine Klit, die versteckt sich, aber nicht mehr lange!“, flüsterte sie mir zu und dann gab sie es mir. Ihre Hand, ihren Arm, ich weiß nicht, was alles noch, sie sagte, „du wirst nicht ausweichen können, lass es einfach zu“, und ich konnte nicht ausweichen, ihre klugen ruhigen harten Bewegungen öffneten mich und ich weinte vor Lust und spritzte das erste Mal.
Am nächsten Morgen zeigte sie mir ihre Sammlung alter erotischer Fotos und Postkarten. Diese runden kugeligen weichen Frauen, die liebte sie.
Dann müsste ich ihr heute ja noch besser gefallen, so rund, wie ich an manchen Stellen meines Körpers geworden war. Wir blieben nur eine sehr kurze Zeit zusammen, ich zog bald darauf nach Berlin und wir verloren uns aus den Augen.

Mit A. bin ich nun schon seit über vier Jahren liiert und liebe sie sehr. Als ich sie kennenlernte, hatte sie noch kurzes Haar wie Beate und andere Frauen, die ich vor ihr geliebt hatte, und wie es lange Zeit Mode war unter Lesben, doch sie ließ es wachsen und ich liebte sie mit langem Haar. Sexuell hatten wir inzwischen alles Mögliche ausprobiert. Sie liebte es härter und bat mich sogar, sie auf den Arsch zu schlagen, kurz, bevor sie kam. Erklärte mir, sie brauche manchmal diesen

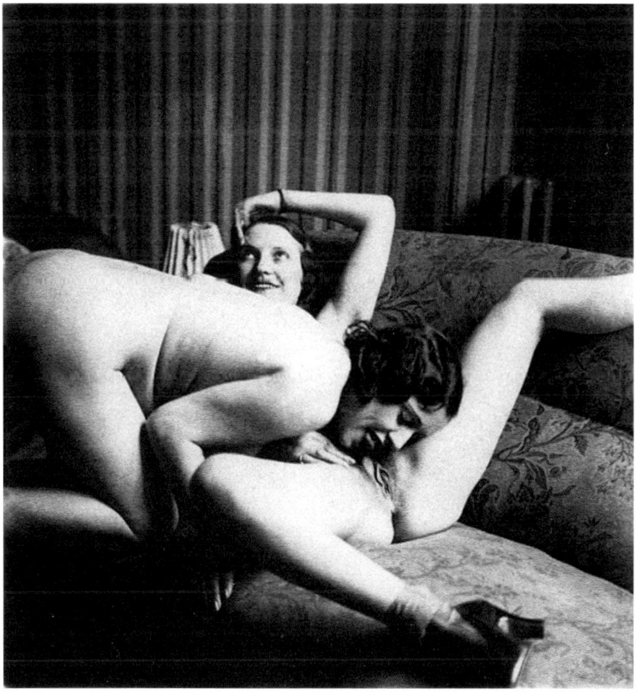

Schmerz, der kein Schmerz sei, sondern Lust. Ich konnte das anfangs nicht, bis ich die Hemmungen verlor und sie kräftig mit der einen Hand von unten fickte und mit der anderen ihren mir hingereckten süßen Arsch bearbeitete. Oder sie an den Haaren nach hinten zerrte, ihr in den Hals biss und sie dann hart mit der Hand fickte und schlug. Nach dem Sex liegen wir oft noch Stunden lang dösend und plaudernd im Bett und erzählen uns die Ereignisse der Tage, an denen wir uns nicht gesehen haben, wobei sie mehr zu erzählen hat – sie ist Krankenschwester in einer orthopädischen Reha-Klinik und kann sich über ihre Patienten amüsieren und davon auch noch unterhaltsam erzählen. Ich hasse Krankenhäuser, Ärzte und alles Drumherum, außer natürlich dieser einen, meiner herben geliebten Krankenschwester.

Ich überlegte ein paar Wochen lang, ob ich mich wirklich mit Beate treffen sollte. Seltsamerweise hatte ich ein ungutes Gefühl. Hatte Angst, etwas in meinem Glück mit A. zu zerstören. Dabei fürchtete ich weniger, A. zu verletzen – das auch –, aber mehr noch fürchtete ich, dass in meiner sexuellen Lust mit ihr etwas gestört werden könnte. Sie müsste es ja nicht erfahren – und selbst wenn, dann würde sie es mit ihrem üblichen trockenen Witz in eine unwichtige Anekdote umwandeln, das malte ich mir aus. Quatsch, ermahnte ich mich mitten in solche Gedanken hinein. Es geht doch nicht um Sex, wenn ich mich nach so vielen Jahren mal wieder mit Beate treffe.

Aber in mir breitete sich eine sanfte erwartungsvolle Erregung aus, immer stärker, je näher der Tag unserer Verabredung kam, eine Erregung, die nichts mit A. zu tun hatte.

Es war Donnerstagabend, einer der Abende ohne A., und ich ging mit dieser Erregung in das Café. Sommer, die Plätze unter den Sonnenschirmen waren besetzt, ich war zu früh, drehte um und ging in die Douglasfiliale an der Ecke. Ich kaufte mir die kleine Flasche *Bvlgari, au thé vert*. In dem Moment, in dem ich es aufsprühte, bekam ich Angst. Wird A. es noch riechen können, wenn wir uns am Wochenende sehen? Eine irrationale Angst, dass es in meine Haut eindringen könnte, nicht mehr wegzuwaschen, überfiel mich, die aber der unterschwelligen Lust in mir nicht zu schaden schien, im Gegenteil, heiß vor Lust – nicht von der Sonne – kam ich zurück in das Café.

Da saß sie an einem der freien Tische in der Sonne, mit schwarzer Kappe und Sonnenbrille, aber ich erkannte sie sofort. Klein, drahtig, muskulöse, braun gebrannte Arme, schwarze Hose, weißes geripptes Unterhemd. Wir fielen uns in die Arme und ich spürte, dass sie dasselbe dachte wie ich.

„Wo wohnst du denn hier?“, fragte ich.

„In einem Hotel in der Parallelstraße.“

Wie praktisch! Fünfzehn Jahre. Und ich will nichts als Sex! Wir hatten uns getrennt, ohne alles, was zwischen uns hätte möglich sein können, ausgelebt zu haben. Es war frisch wie nach dem ersten Mal, das mir gezeigt hatte, wie groß meine Lust werden kann. Ich schob den Gedanken an A. weg und wir bestellten zwei Sancerre. Ich hatte, während ich ihr dort in dem vornehmen Café gegenübersaß, die Vorstellung, ihren kleinen, zierlichstarken Körper im Schlaf zu umschließen, ihren spitzen Po an meinem inzwischen runden Bauch zu fühlen, sie in den Nacken zu küssen, wie früher, und darauf zu warten, dass sie erwacht, sich zu mir umdreht, sich an mich drängt und von mir wachgestreichelt werden will, ihre Lippen leicht geöffnet und morgenfeucht. Als

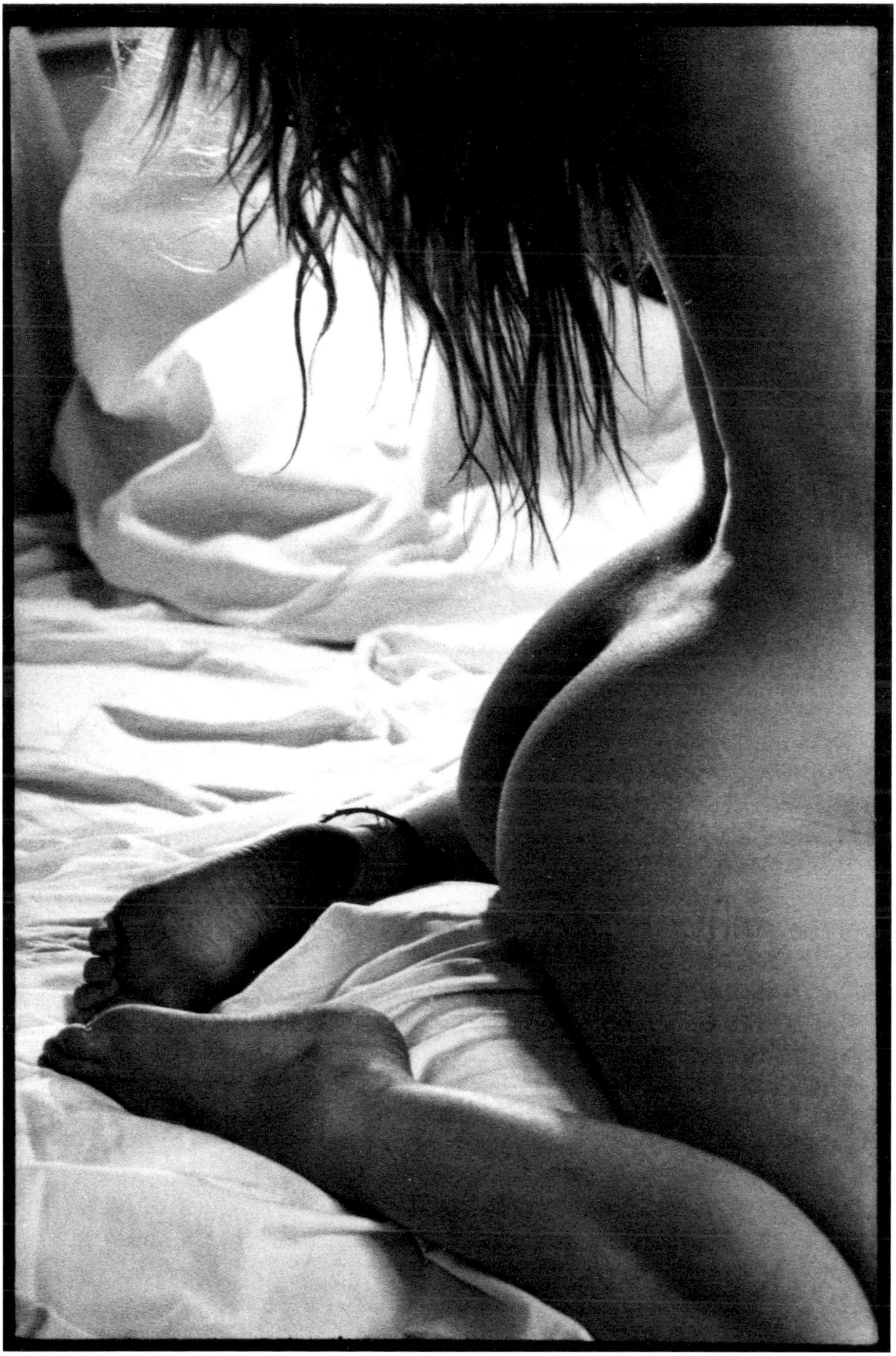

Claude Alexandre

hätte sie immer erotische Träume vor dem Aufwachen.
A. ist Morgenmuffel, Sex am Morgen machen wir so gut wie nie. Aber ich dachte nicht an A. in diesem Moment, ich dachte nur daran, dass ich gleich, gleich, jetzt sofort, Beate an mir, in mir fühlen würde. Ihr stoppelkurzes dunkelblondes Haar war heller geworden, viel Sonne im Süden, wahrscheinlich saß sie dauernd auf ihrem Balkon, von dem sie mir gemailt hatte. Wir erzählten ein wenig von unseren Leben und zahlten gleich nach dem ersten Sancerre. Ich folgte ihr in ein Minizimmer unter dem Dach, ein schmales Bett, das Fenster weit offen, der Lärm der Straße klang hier oben kein bisschen gedämpfter und wir liebten uns im Rauschen und Hupen und Kinderkreischen. Sie freute sich wie ein Kind, dass ich so bereit war für ihr Begehren. Sie freute sich, dass ich wieder nach *au thé vert* roch wie sie selbst, und so nahm ich meine Flasche und nebelte das ganzen Zimmer damit ein, dass es fast von den Wänden troff, bevor sie mich ein zweites Mal mit ihren noch genauso kundigen wissenden Händen und ein drittes sogar mit der Zunge befriedigte, was sie damals noch nicht gemacht hatte.
„Ich habe in der Zwischenzeit geübt", sagte sie und verschwand zwischen meinen Beinen und legte mit gelenkiger Zunge los, bis ich das Bett nässte. Anschließend bat sie wieder um meine Faust und ich fickte sie und spürte ihre Wände mich umklammern wie beim ersten Mal. Doch dieses Mal lachte sie, als sie kam, und umarmte mich und flüsterte Unverständliches. Wir schliefen ein, ihr kleiner, inzwischen weniger spitzer Po in meinem weichen Bauch. Am Morgen stank das

Quim

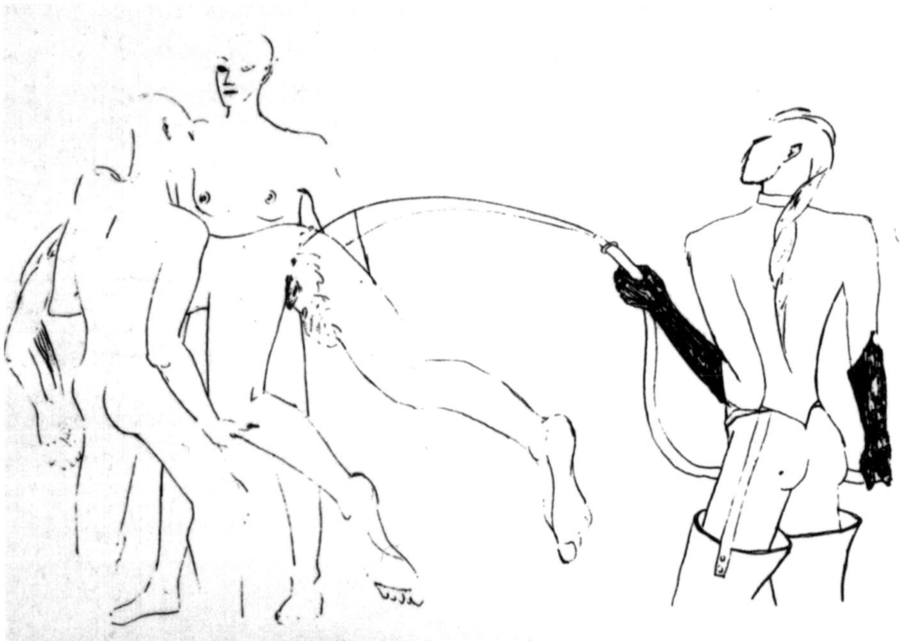

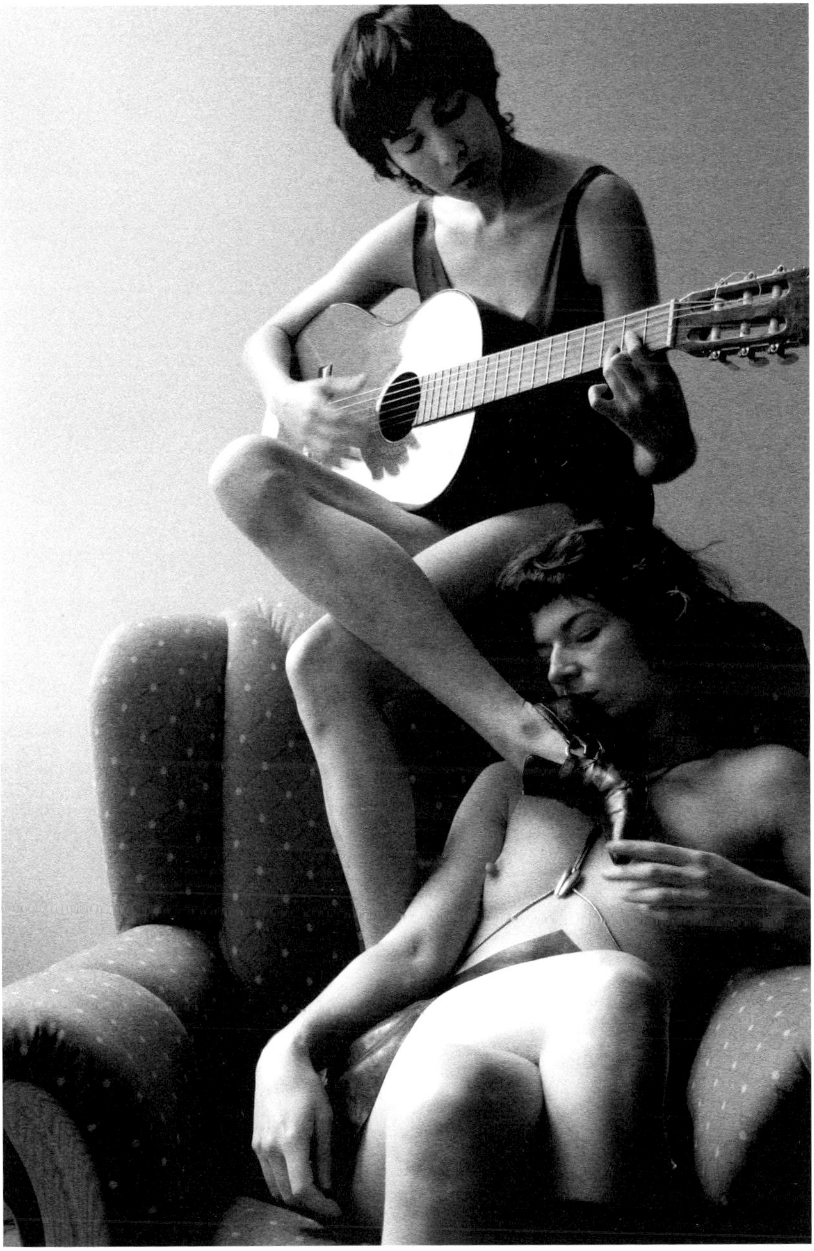

Mélanie Derouetteau mit Dasniya, Nr. 8

Zimmer noch immer nach *au thé vert.* Den Geruch empfand ich plötzlich als widerwärtig, muss an der Konzentration gelegen haben. Zum Abschied schenkte ich Beate das *Bvlgari*-Fläschchen mit dem kleinen Rest.

Am Wochenende darauf sah ich A., die mir unwirklich groß vorkam. Sie spürte, dass etwas war. Sie drängelte so lange, bis ich darüber sprach, ihr erzählte, dass ich jemanden aus meiner Vergangenheit wiedergetroffen hatte. Ich erzählte ihr von der E-Mail, von dem Parfum, davon, dass ich den Duft vor vielen Jahren gemocht hatte. Ich schaffte es nicht zu lügen. Ich sagte ihr zwar nicht, dass wir miteinander im Bett waren und wie schön es war, aber ich sagte auch nicht, dass wir es nicht getan hatten. Ich wollte kein Verhältnis mit Beate anfangen. Es war eine wunderbare Nacht. Aber sie würde sich vielleicht nie wiederholen.

Als A. mit mir schlafen wollte und wie zu der Zeit üblich – das Bett ist nicht ihr bevorzugter Ort für Sex – beim Fernsehen damit anfing, wehrte ich sie ab, entwand mich ihr, ging ins Bett und sagte, dass ich heute nicht mit ihr schlafen könne, dass sie es aber bitte nicht auf sich beziehen solle. Ich sei müde. Ich war verfangen in meinem Nachempfinden, wollte die Erinnerung an den Sex mit Beate nicht durch neuen Sex stören. Albern! A. beschmuste mich vor dem Einschlafen so lange, bis ich weich und nachgiebig wurde und sie mich – diesmal erstaunlich sanft – nahm. Sie flüsterte mir währenddessen heiße Liebesworte ins Ohr, keine schweinischen Beschimpfungen. „Du Süße, ich liebe dich, ich möchte dich küssen, möchte dir nah sein, ich liebe dich so, meine Zarte …“ Ihre Stimme vibrierte und ich wurde weich. Ich kam unausweichlich, langsam und höllisch, gegen meinen entschiedenen Wunsch, nicht zu kommen.

Wenn ich nun doch Sex mit A. hatte, sagte ich mir zu Beginn ihrer sanften eindringlichen Bemühungen, würde ich auf keinen Fall kommen. Ich wollte die nächsten Nächte ohne A., ungetrübt von anderen Orgasmen, im Sex mit Beate schwelgen. Wollte mir Beate als Einschlaffantasie herholen. Aber ich kam.

Und dachte die nächsten Nächte an nichts.

Als mich A. am Samstag wieder besuchte, brachte sie mir eine große Flasche *au thé vert* mit. Sie lächelte, ich schaute sie an und mir wurde in diesem Moment bewusst, wie sehr ich ihre Mundwinkel liebte.

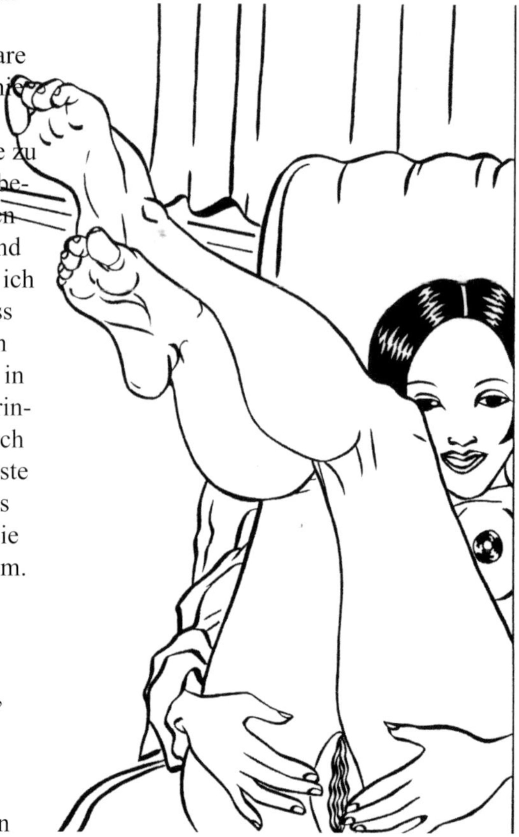

Laura

Nila Sebastian

Welche Wolke darf's denn sein?
Wolke sieben, Wolke neun oder eine Föhnwolke? Ich plädiere für eine Regenwolke zur rechten Zeit. Ich freue mich, wenn es regnet. Wenn ich mich nicht freue, regnet es auch. (Der Spruch stammt von dem skurrilen bayerischen Kabarettisten Karl Valentin. Von wem sonst?)
Als ich im Urlaub an einem Maimorgen aufwache, blinzelt mein Liebster, sieht mich mit einem zärtlichen Blick an, der mir durch und durch geht, sagt guten Morgen und gibt mir einen verheißungsvollen Kuss. Ich steige aus dem Bett, ziehe den Vorhang zurück und sehe, dass es immer noch sanft regnet. Das Panorama von Hohem Göll bis zum wildromantischen Watzmann ist hinter einem grauen Schleier verborgen. Schnell unter die Dusche. Das Wasser vibriert auf meinem Körper, Vorfreude! Bevor wir wieder ins Bett schlüpfen, stehen wir einander gegenüber. Ich lasse die Hände an Engelberts Armen und an seinem Rücken entlanggleiten. Seine Härchen stellen sich auf. Dann streichelt er mich so sanft wie mit einem Seidenschal. Ein Schauer läuft meinen Rücken hinunter und findet ein Echo in meinem Becken. Ich bin süchtig nach Engelberts Händen. Der Zauber der Berührung ist nach einunddreißig Jahren immer noch da. Und wie ich es liebe, seinen Zauberstab in meiner Hand zu spüren, zu fühlen, wie er anschwillt und sich aufrichtet. Auch er sucht mit achtsamen Fingern meine empfindlichen Stellen und tastet kundig zu meinen G-Punkt. Nicht zu lange verweilen, auch wenn es sich noch so prickelnd anfühlt. Ich drehe mich. Als er nach sanftem Antippen in mich eindringt, ist es wie beim ersten Mal. Ich spüre jede seiner Bewegungen. Während ich unser Zusammensein genieße, tauche ich manchmal in Fantasien ein und nehme meinen Liebsten mit. Obwohl ich ihm nie sage, welche Filme ablaufen, spürt er es. Dann komme ich in einen Flash, der mich am ganzen Körper bis zur Kopfhaut durchströmt. Wenn ich wieder auftauche, sind meine Empfindungen so tief wie damals im Herbst 1978, als ich noch im Märkischen Viertel wohnte und Mittwochabends vom Büro nach Kreuzberg fuhr. Als ich am Morgen neben Engelbert aufwachte, bewegten sich unsere Körper wie von selbst aufeinander zu. Es war das erste Mal, dass er mich von hinten nahm, sanft und leidenschaftlich zugleich. Danach fuhren wir mit der U-Bahn nach Moabit, wo Engelbert eine Besorgung machen und ich einen Hochstapler im Gefängnis besuchen wollte. Wir saßen auf der Bank und hielten uns an den Händen, um die Seligkeit so lange wie möglich zu genießen.
An diesem grauen Maimorgen geben wir uns wieder dem Augenblick danach hin, bevor wir den duftenden Kaffee genießen. Wir haben seit mehreren Jahren getrennte Schlafzimmer, so dass wir uns nicht aus Gewohnheit lieben, sondern es immer ein bewusster Entschluss ist. Besonders schön ist die Liebe vormittags am Wochenende. Dann können wir uns genügend Zeit nehmen. Ich rede kaum mit anderen Menschen darüber, dass wir nach einunddreißig Jahren noch fast jeden Sonntagvormittag Sex haben. Sexualität ist für uns die Quelle der Lebensenergie.
Leonie Siebenschön schreibt: Treue ist ein Tabu, keinem Paar ist sexuelle Treue zuzumuten. Auch Silvio von *secret of tantra* sieht offene Partnerschaften, Zweit- und Drittbeziehungen als ein Heilmittel gegen viele Beziehungsprobleme an. Doch meist

führt das „Offene“ doch zur Trennung. Wir hatten keine anderen Partner, aber beide vor mehr als zehn Jahren eine kurze Affäre. Für mich war es eine Selbstbestätigung. Heute ist Treue sehr wichtig. Ich könnte mir nicht vorstellen, mit einem anderen Mann Sex zu haben.

Vor einigen Wochen brauchte der CD-Wechsler ziemlich lange, bis die nächste CD spielte. Da er schon einige Male gestreikt hatte, wollte mein Schatz aufspringen. Dann setzte die Musik ein. Doch mein Liebster war nicht bei der Sache. Nach einigen Streicheleinheiten musste ich lachen und fragte ihn, wo er mit seinen Gedanken sei. Das wird wohl heute nichts mehr. – Ja, das wird nichts mehr. – Ich ließ der Enttäuschung keinen Raum und schmiegte mich an Engelbert und überließ mich seinen empfindsamen Händen. Wir lauschten der Musik und streichelten uns gegenseitig wohl eine halbe Stunde lang. Absichtslos. Nur genießen. Als wir aufstanden, merkten wir, dass eine tiefe neue Nähe entstanden war.

Nirgends liegen Himmel und Hölle so nahe nebeneinander wie in der Sexualität. Liebende Vereinigung, Schöpferkraft, Ekstase, sanfte oder prickelnde Energie auf der einen Seite – Abstumpfung der Gefühle, Missbrauch, Sucht, Verbrechen und todbringende Krankheiten auf der anderen. Flaute im Bett. Die Medien sind voll davon. *Brigitte* ruft dazu auf, einen Online-Fragebogen für eine wissenschaftliche Studie der Medizinischen Hochschule Hannover in dem Forschungsprojekt „Lustverlust“ auszufüllen.

Wenn ich Engelbert unverhofft irgendwo treffe, freue ich mich. Ich mag es, wenn er mich berührt. Abends sitzen wir beim Fernsehen Händchen haltend auf der Couch. Eine Zeit lang hatten wir Einzelsofas, da fehlte uns etwas. Unsere Sexualität hat sich durch Tantra-Workshops und -Trainings geändert. Freilich ist es nicht jedes Mal ein tiefgreifendes Erlebnis oder der ultimative Kick. Manchmal kann man sich nicht so hingeben und sich entspannen, ein anderes Mal stört etwas von außen. Trotz Tantra-Trainings führen wir unser Liebesleben nicht nach strengen Regeln. Sexualtherapeuten meinen, guter Intimverkehr solle etwa dreizehn Minuten dauern. Schon vor zig Jahren meinte eine Schweizer Liebesdienerin in der Frauenzeitschrift *Annabell*, eine LP-Seite müsse genügen. Für mich gilt: Je länger, je lieber. Manche Paarberater raten ihren Klienten, einen festen Termin für das eheliche Vergnügen anzuberaumen. Das befolgen mein Liebster und ich schon lange. Apropos *Wolke neun*. In letzter Zeit ist die Sexualität alter Menschen ein großes Thema. Auch wenn mir der männliche Darsteller des Films gefällt, stört mich, dass wieder das alte Klischee bedient wird, dass einem Mann, mag er noch so alt sein, das Recht auf eine jüngere Frau zugestanden wird. Ich nehme mir mit dreiundsiebzig das Recht auf einen jüngeren Mann. Trotz aller Kassandrarufe.

Ono Ludwig

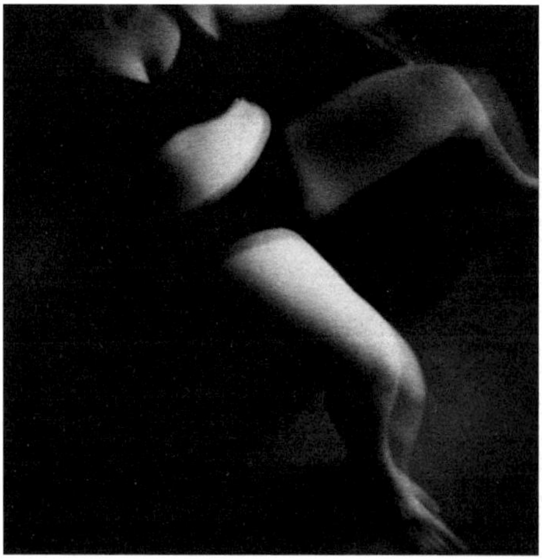

Tina Hartzsch

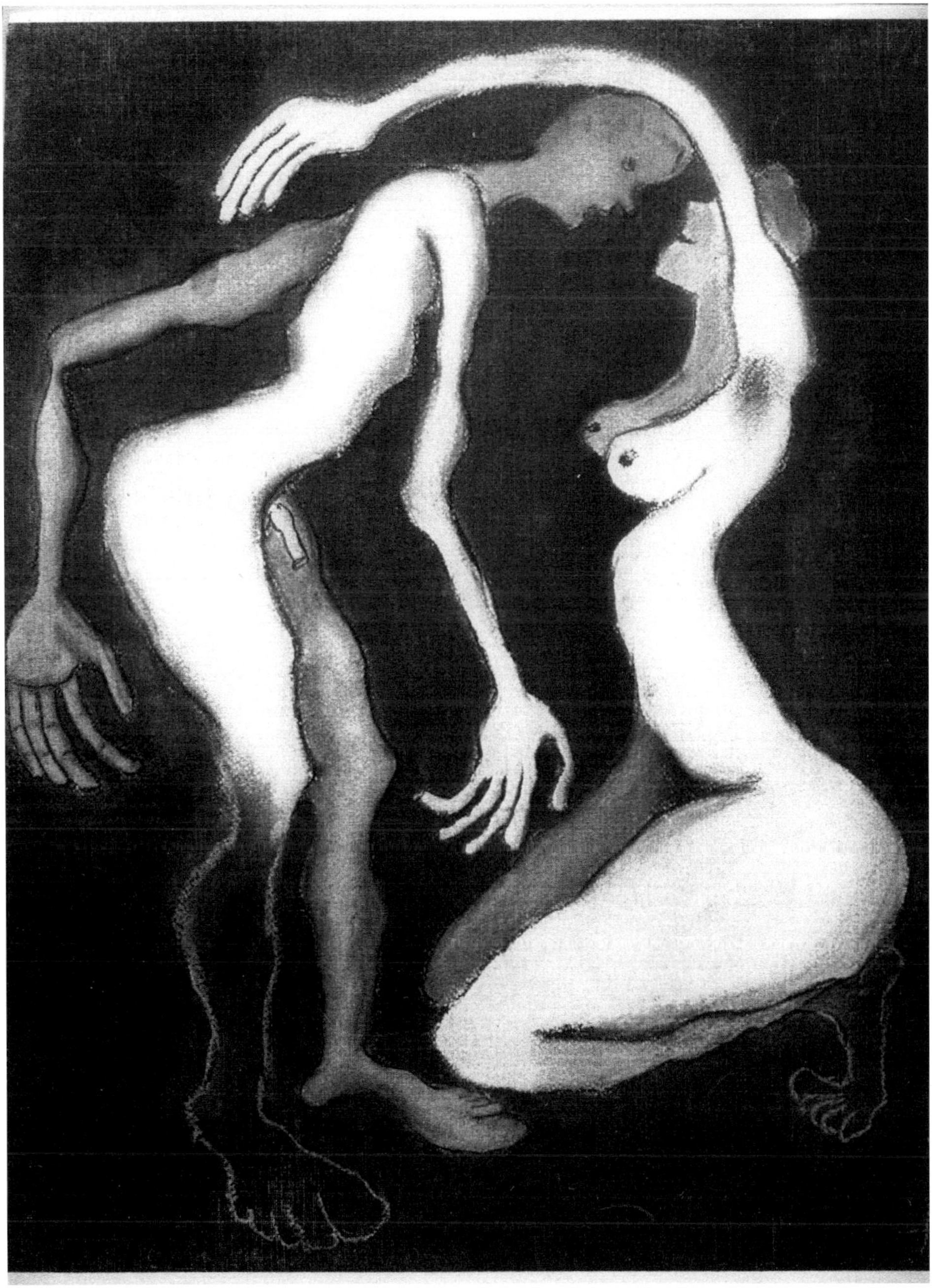

Erhard Kunkel

Was?
Du willst schon wieder
Hochzeit feiern.
Haben wir
das nicht gerade erst
gemacht?
Und kein Wort
von deinem Brüsten!
Ich weiß!
Ihre Kuppen
sind hart wie Stein.
Zurückhaltend – wie?
Du meinst
manchmal krieg ich ihn
nicht richtig hoch.
Verstehst du nicht?

Sag mal
macht dich das Brummen
nicht verrückt?
So es macht dich an.
Na schön –
vielleicht hab ich
zu wenig Fantasie.
Was – du frierst?
Warum ziehst du dich
dann aus?
Behalt doch wenigstens
dein Hemd
das durchsichtige.
So – lieber dein
Hochzeitskleid.
Das weiße.

Nur wenn ich
an deine Möse denke
schmelze ich hin
wie Wachs.
Was Kerze?
Oder was Standfesteres?

Na schön –
Hauptsache
es macht dir Spaß.
Ich kann ja zusehen
wenn du willst
oder denkst
ich werde eifersüchtig
auf deinen handfesten –
schön – standfesten
Freund.

Verstehe!
Willst mir wieder
deine Unschuld schenken.
Dann lass –
Heb dein Kleid
und ich knie nieder vor deinen Altar.
Lass uns unschuldig
Hochzeit feiern
Damit du endlich
Ruhe gibst.

Ich vertraue mich dir an.
Deine Lippen
bringen mir die Flötentöne bei
bis meine Sinne reißen
wollüstig
auf ihrem höchsten Ton.

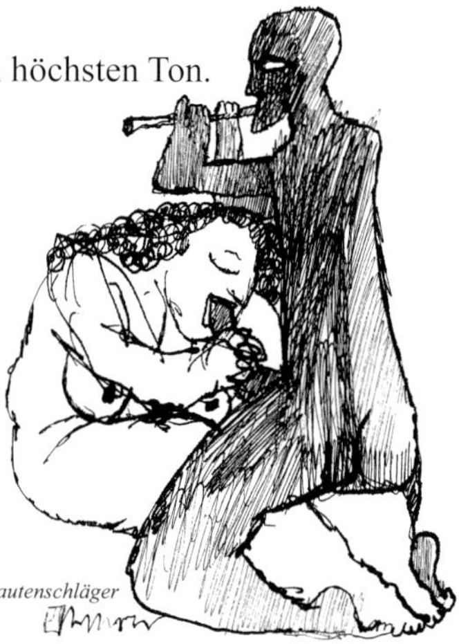

Joachim Lautenschläger

Nenad Djapic

Yepime traki!

Wein, andere Getränke, belegte Brote und Oliven waren im Nu da.
Bis spät in die Nacht hatten alle in ihrer Abteilung der Behörde, bei der sie schon lange arbeitet, gefeiert.
Sie hatte auch einiges getrunken. Es war doch ihre Feier.
Ihre Kollegen hatten ihr mit dem Fest zur Beförderung gratuliert.
An der Wohnungstür bemühte sie sich noch, nüchtern zu wirken.
Ich habe ihren Zustand aber sowohl an ihrem keramisch wirkenden Blick als auch am Duft ihrer Haut beim flüchtigen Küssen gespürt.
Sie riecht immer gut.
Auch dann, wenn sie nach dem bis zum Muskelschmerz forcierten Joggen, mit dem sie sich oft schindet, verschwitzt und rot im Gesicht zu Hause antrabt und warnt: „Nicht küssen, ich stinke!", riecht sie gut. Ja, auch dann, wenn sie ihre Tage hat oder starke Antiasthmatika nehmen muss, um im Frühjahr einigermaßen den Blütenpollen und ihrem Asthma zu trotzen, oder wenn sie wegen nervöser Magendarmverstimmung ausgezehrt und matt im Bett liegt …
Ich liebe sie und alles, was mit ihr und ihrem Körper und ihrem Geist zu tun hat, ist Bestandteil dessen, was mir vertraut ist und was mir nie und nimmer fremd sein könnte.
Üblicherweise trinkt sie nicht viel.
Wenn sie trinkt, trinkt sie in Maßen – kolibrihaft trinkt sie, sage ich immer.
Ein Glas Wein, ab und zu mal einen Grappa, um die Stimmung zu beleben, um sich gut oder noch besser zu fühlen, vielleicht auch, um sich mit mir gemeinsam für eine Liebensnacht zu lockern.
Als sie in der Nacht nach Hause kam, küsste sie mich flüchtig, torkelte dumpf lachend ins Badezimmer und putzte sich amateurhaft und unerwachsen die Zähne.
Sie zog sich schon im Gang, der zum Schlafzimmer führt, aus, verstreute ihre Kleidungsstücke in unserem weiträumigen Wohnzimmer und schlich erstaunlich schnell ins Bett.
Ich sammelte ihre Kleider auf, schaltete den Fernseher aus, in dem gerade ein Film über die Mexikaner, die illegal in die USA gelangen wollen, lief, und ließ sie in Ruhe einschlafen.
Über die Feier wusste ich schon Bescheid: Sie hatte mich angerufen, ihre Verspätung angekündigt und auch angedeutet, dass sie mehr gute Laune als üblich mit nach Hause bringen werde.
Insofern war alles in Ordnung.
Ich stellte, wie immer in solchen Fällen, ein Glas Orangensaft auf ihren Nachttisch und legte eine Kopfschmerztablette daneben, für den Morgen, wenn sie aufsteht.
Ich putzte mir die Zähne, entkleidete mich, zog meinen Pyjama an und knipste diese kleine Leselampe an, die wir vor Jahren, von unserer letzten gemeinsamen Reise nach Paris, mitgebracht hatten.
Wir hatten damals zwei von den Lampen gekauft. Die eine steht an ihrer, die andere an meiner Bettseite.
Sie sind technisch so ausgeklügelt konstruiert, dass sie zwar schwache, aber gerade noch ausreichend helle, dezente Lichtkegel werfen, die es uns ermöglichen zu lesen, ohne dabei mit dem Licht den anderen zu stören.
Ich las noch ein paar Seiten in dem Buch, durch das ich mich schon seit einer Weile quälte, obwohl es sich laut Kritiken um einen Bestseller handelte.

Das Buch hat sie mir geschenkt. Zum Geburtstag. Sie schenkt mir meistens, ja ausschließlich Bücher. Immer Bestseller. Sie ist übrigens sehr belesen.
Ihr Familienhaus war voller Bücher: Ihr Großvater mütterlicherseits war Arzt, der in einem gutbürgerlichen Umfeld einer Kleinstadt Bedeutung, Namen und eine reichhaltig bestückte Bibliothek hatte. Auch später in der Großstadt, während des Studiums, hat sie viel gelesen.
Da hat sie natürlich andere Literatur kennengelernt, die in der Bibliothek ihres Elternhauses nicht zu finden war.
Ihren ersten Orgasmus hatte sie auf dem Klo in einem Studentenwohnheim, auf dem jemand, mit oder ohne Absicht, eine Sammlung erotischer Geschichten liegen gelassen hatte.
Als sie mit einem irischen Austauschstudenten zusammen war, verschlang sie James Joyce.
Nach einem Pragausflug ließ sie nichts von Hasek, Kundera, Hrabal oder Capek liegen.
Während einer Reise nach Israel und Ägypten las sie Kurzgeschichten von Machfuss und Singer parallel, um political correct sowohl der jüdischen als auch der arabischen Literatur gegenüber zu sein.
Viele Nobelpreisträger hat sie gelesen, noch bevor sie diesen Preis erhalten und als neunundneunzig Prozent der Menschen deren Namen noch nicht gehört hatten. Mir imponiert das. Mir imponiert auch ihre Unerbittlichkeit, mit der sie mich mit den Büchern beschenkt. Ich weiß, sie zeigt damit, wie sie mich liebt. Sie hat mir bestimmt auch nie verübelt, dass meine überschaubaren Literaturkenntnisse auf die schulische Pflichtlektüre begrenzt waren. Wohl aber wollte sie mir helfen, die Welten des Schönen zu entdecken, die sie, wie sie sagte, aus Büchern kennt und die sie geformt haben. Vielleicht wollte sie mit den Büchern, die sie mir schenkte, auch mich formen und etwas umgestalten, damit ich besser zu ihr passe. Wir haben nie darüber geredet. Warum auch. Unklarheiten zwischen uns gibt es keine.
Ich bin mir sicher, dass sie schon lange begriffen hat, wie ich mich beim Lesen der anerkannten Beststeller quäle. Mich aufgegeben hat sie aber trotzdem nicht, denn sie liebt mich. Mein Vergnügen ist es, sie mit meinem Lesen glücklich zu machen.
In der Nacht, als sie nach ihrer Feier neben mir schlief, dachte ich auch darüber nach.
Ich fragte mich, warum ich so bin, warum mich das langweilt, was sie für große Literatur hält, warum mich die Geschichten anöden, von denen sie schwärmt und über die sie Stunden reden kann.
Ansonsten bin ich normal. Ich arbeite als Fachlehrer in einer Schule, in der Menschen in handwerklichen Berufen ausgebildet werden, ohne dass sie große Aussicht haben, einen Job zu finden.
Das hört sich etwas frustrierend an. In der Tat, das ist es das auch – ich bin aber, genauso wie meine Frau, verbeamtet, so dass wir uns keine Sorgen über unsere Zukunft zu machen brauchen.
Ich machte das Licht aus, bereit, auf meiner Seite des Bettes und auf meinem Kissen einzuschlafen, neben meiner Frau, die etwas betrunken auf ihrem Kissen und auf ihrer Seite des Bettes ihren Alkoholrausch aus ihrem Körper in kaum hörbaren, stenografischen Atemzügen hinausträumte.
Ich habe nicht mal im Traum gedacht, wir würden uns in dieser Nacht lieben.
Unser Sexualleben ist zwar nicht mehr so vielfältig und mit Leidenschaft und Zärtlichkeiten durchtränkt, wie es früher

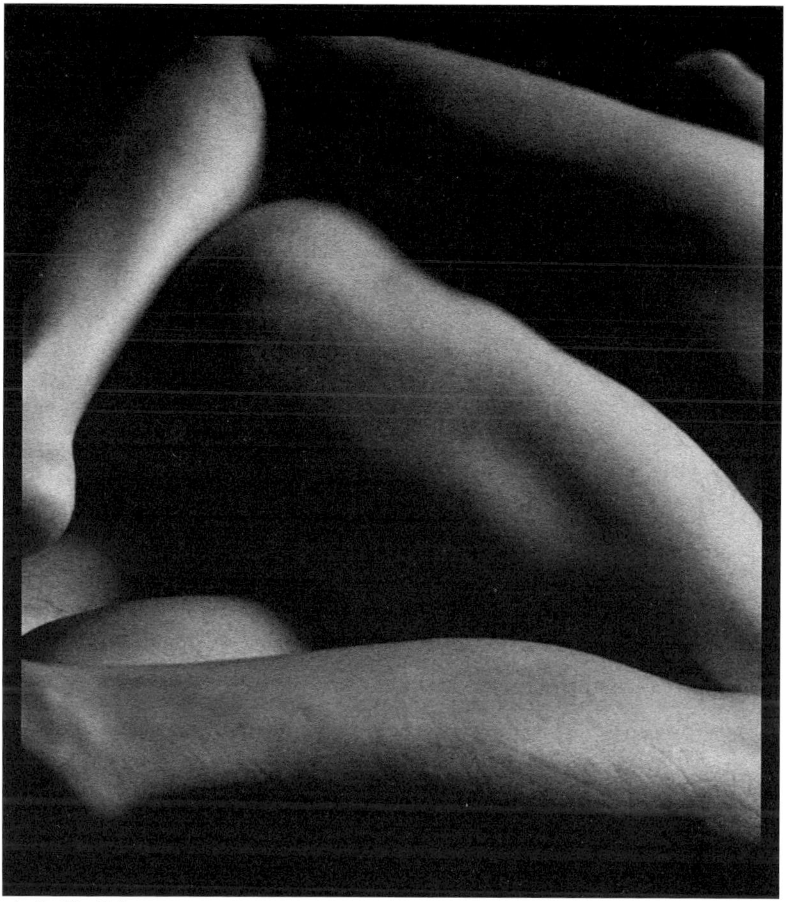

Jessica Alice Hath

mal war – ich fand das in Ordnung und bin mir sicher, dass sie dasselbe darüber denkt.

Nun aber, kurz nachdem ich das Licht ausgemacht hatte und fast eingeschlummert war, fühlte ich ihre Hand, die mich an meinem Bein streichelte.

Sie, schlafend, streichelte mein Bein, dann auch etwas höher, ganz sachte und ganz zärtlich.

Als sie mein Glied anfasste, flüsterte sie mir, schlafend, aber hauchend und heiß zu: „Yepime traki".

„Yepime traki." Ja, genau.

Das waren die Worte, die sie mir zuflüsterte, die sie eher ausatmete als aussprach. Und ich spürte es, sie war im Schlaf und in den Traumlandschaften, die sie gerade durchflog, erregt und liebesdurstig. Bei der Frau, mit der du seit Jahren zusammen bist, spürst du so etwas sofort.

Ihre Brüste, das ahnte ich in der Dunkelheit, waren härter, ihre Brustwarzen, das wusste ich, ohne sie zu berühren, pressten sich durch ihr Schlafhemd.

Ihr Atem wurde zittriger, hörte ich in der Stille. Ihr Herzschlag schnellte hochgebirgswasserfallähnlich …

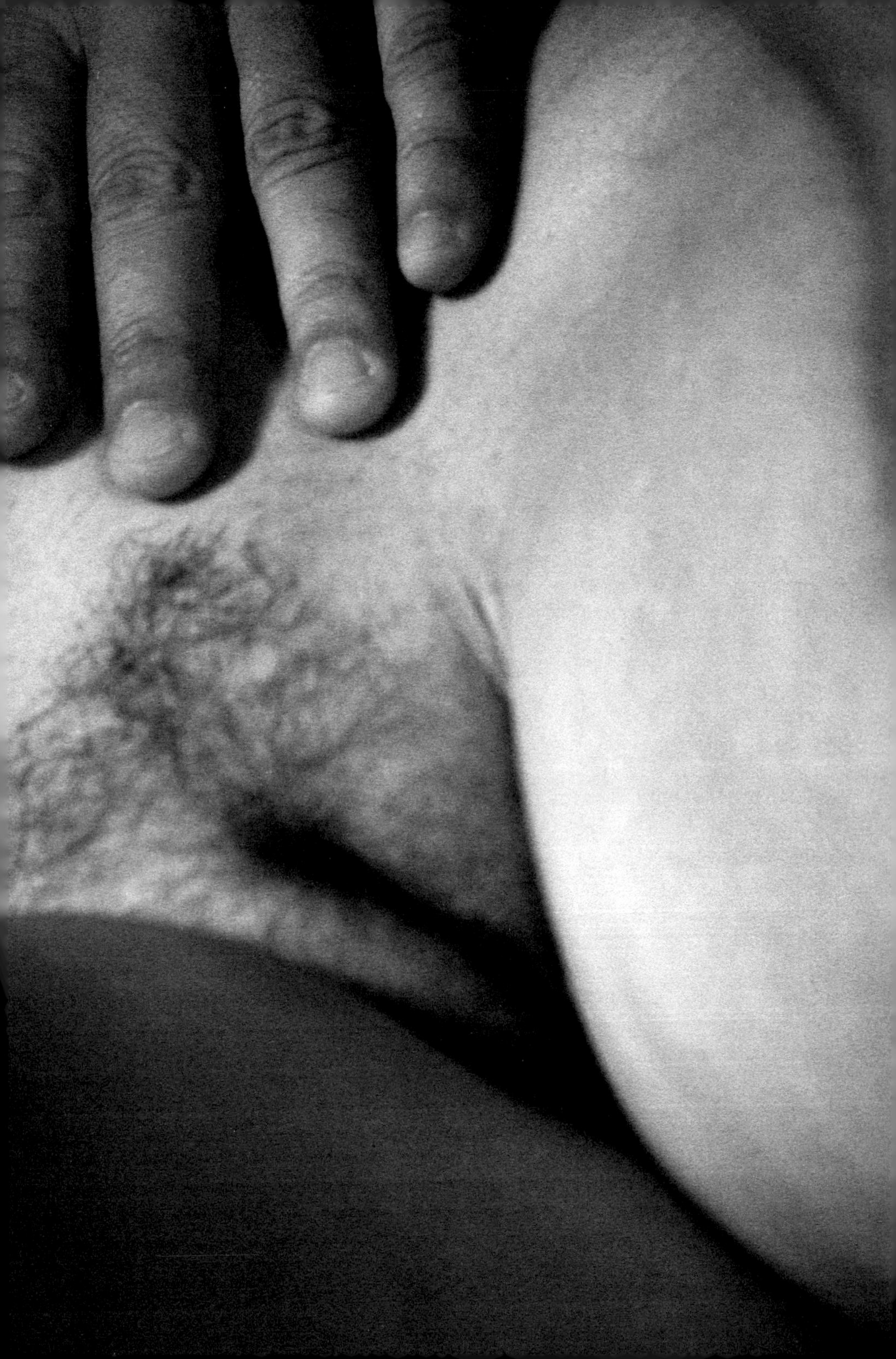

Ich spürte auf einmal in dem Geruch ihres Schweißes, neben dem Wein, den sie getrunken hatte, die mir auch längst bekannten Zeichen ihrer Geilheit, das, was auf mich immer so betörend, betäubend, aber auch anmaßend gewirkt hat und wirkte. Wohl hat auch ihre Hand, mit der sie mich streichelte, dazu beigetragen, dass ich größer und härter wurde, und das schneller als üblich, und unbedingte Lust verspürte. Jetzt und sofort.
Ich tat es und ich tat es so, wie ich aus dem Pulsieren ihres Atems enträtselt zu haben glaubte, dass sie es wollte. Ich fasste an ihre Scham. Normalerweise dauert es immer eine Weile, bis sie bereit ist, mich in sich hineingleiten zu lassen, so dass unser Vorspiel (o Gott, wie ich das Wort hasse) immer etwas Zeit in Anspruch nimmt. Diesmal war es nicht so. Das, gerade das, gab mir den Rest. Ich war aufgeregt und gierig, ich war so erpicht, sie ... ich wollte sie aber nicht wecken. So kullerte ich mich auf die andere Seite des Bettes, um von hinten in sie eindringen zu können. Ich zupfte leise und langsam und sachte, ja, fast spirituell, ihr Nachthemd hoch – ihre in der Dunkelheit schimmernden Schenkel und Pobacken tauchten im Strom der Begierte auf. Dann fasste ich ihre Brüste an. Nicht so fest wie üblich, so, wie sie es mag, denn ich fürchtete, sie würde aufwachen.
Ich streichelte ihre Brüste und hielt ihre linke Brustwarze zärtlich und bedächtig und ich tat es so, als ob ich sie zärtlich, aber schon erkennbar melken würde. Ich hielt ihre Brustwarze, so wie eine der Fontainebleau-Schwestern es mit der anderen auf dem Bild tut, das wohl in jedem Gymnasium der Welt zur Freude aller Gymnasiasten und Gymnasiastinnen Bestandteil des Kunstunterrichts ist … Und wirklich und wahrhaftig, sie hatte einen tollen, prallen, immer opalisierenden, auch in der Dunkelheit schimmernden und nach Milch riechenden Busen, obwohl sie nie gestillt hat, denn ihr und mir war es nicht vergönnt, Kinder zu haben.
Ich kann jetzt alle die gynäkologischen Ausdrücke zitieren, mit denen die Unterleibs- und gesamten Körperprobleme meiner Frau beschrieben sind … Dabei kann ich über Schleimhautflora, Bakteriogramme, Eierstockspiegelung, Laparoskopie, Ultraschall, über Pillen, Spiralen, Pessare und Kondome reden, mit denen sie sich vor einer Schwangerschaft geschützt hat. Ich könnte auch über eine Abtreibung reden, die sie als noch sehr junge Frau (lange vor meiner Zeit) über sich hatte ergehen lassen. Ich könnte darüber reden, wie ich annahm, nicht fruchtbar zu sein und wie ich mich mehrfach untersuchen ließ. Über die künstliche Besamung, die wir dann gewagt hatten, um doch nichts unversucht zu lassen, rede ich ungern. Daran, wie ich in einem Kämmerchen in einem Klinikum mit meiner Fantasie allein gelassen aus mir den Samen zog, erinnere ich mich bis heute gut.
An den Geruch der Vorhänge erinnere ich mich … Währenddessen lag sie, meine Frau, die sich mir in meiner Fantasie auf die Art einer Marketenderin gab, in dem Raum nebenan, mit ausgebreiteten Beinen auf dem gynäkologischen Stuhl, von einem Arzt und einer Krankenschwester betreut, und wartete auf meine Samen. Darüber will ich aber nicht reden, obwohl auch das ein Teil meiner vor ihr verborgenen Träumereien ist.
Sie lag neben mir nicht einfach da, sie wünschte nicht einfach so, im Traum genommen zu werden.
Sie wartete auf Besamung, stellte ich mir vor.
Ich stellte mir auch vor, dass sie genau

das im Augenblick träumte. Ich brauchte nicht viel, um in ihr Inneres zu finden, ja, sie erleichterte es mir mit ihren winzigen, leicht pochenden, kleinen Bewegungen mit ihrem Unterleib, den sie mir, immer noch schlafend, entgegendrängte. Die Bewegungen, das Vibrieren, erinnerten mich an das Schweben eines Kolibris.
Ich drang in sie ein, während sie schlief und heiß und immer heißer atmete. Kurz darauf kam ich in ihr.
Heftig, lange, wuchtig, ohne größere Krämpfe oder übermächtige Zuckungen – ich kam einfach in ihr – und sie kam auch. Das habe ich gespürt. Ich spürte das an ihrem Atem, am Salz-, Säure- und Fettgehalt in ihrem Schweiß und an der Feuchtigkeit, die aus ihrem Unterbauch sprudelte. Sie ist nicht eine von den Frauen, die „einfach so" einen Orgasmus haben. Wir haben das, Gott sei Dank, nachdem wir schon ein paar Jahre zusammen waren, erkannt. Natürlich haben wir uns diesbezüglich auch in der einschlägigen Literatur schlau gemacht.
So wussten wir, dass viele Frauen vor allem durch das Streicheln ihrer Klitoris kommen können. Meist, nachdem ich gekommen war und noch tröpfelte und nässte, streichelte ich sie am Po, an den Brüsten, ich küsste sie und nahm mich dann ihrer Klitoris an, fürsorglich und in dem Rhythmus, den sie brauchte. Diesmal hatte sie ihren Orgasmus gleichzeitig mit mir – so wie vielleicht seit Langem nicht mehr. Ich fand das toll, ich war überglücklich und befriedigt und schlief ein.
Am frühen Morgen, gegen halb sechs, wachte ich auf. Es war noch dunkel draußen – vielleicht dämmerte es etwas. Auf einmal, in der schattigen Stille halb wach liegend, besann ich mich, wie sie aus dem Schlaf, bevor wir uns geliebt hatten, mir etwas zugeflüstert hatte,

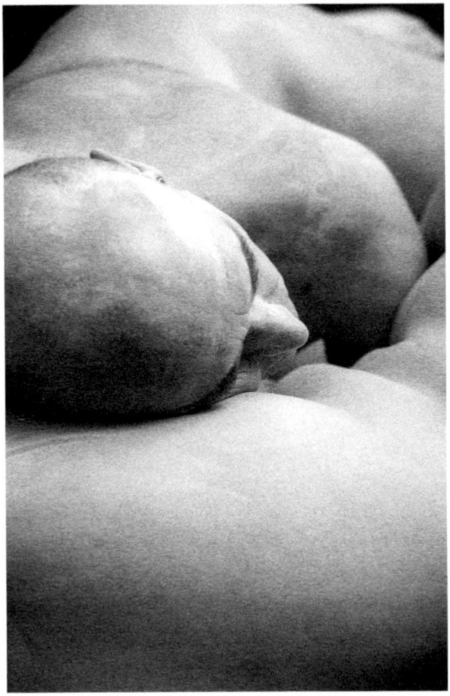

Jessica Alice Hath

etwas, das bestimmt nicht deutsch war. „Yepime traki", erinnerte ich mich. Inzwischen richtig wach geworden, stand ich auf, ging in mein Zimmer und ohne Licht anzumachen, kritzelte ich in meinen Kalender „yepime traki". Während sich draußen der neue Tag ankündigte, dachte ich, ich frage sie später, wenn sie aufwacht, was die Worte bedeuten, woher sie das hat und welche Sprache es ist.
Ich tat es aber nicht; weder an diesem Tag, noch am nächsten. Ich habe sie nie danach gefragt.
Ich habe mich nicht getraut zu fragen.
Ich habe es selbst herausgefunden. „Yepime traki" kommt aus einer Sprache, die im Südosten gesprochen wird, oder besser gesagt, noch vor Kurzem gesprochen wurde. „Jebime, dragi!" wird das richtig geschrieben und heißt direkt übersetzt nichts

anderes als „Fick mich, Liebster!“
Das habe ich herausgefunden, einige Tage nachdem meine Frau mir diesen Satz betrunken und im Schlaf zugehaucht hat. Ich habe einen meiner Freunde angerufen, der fünf Sprachen spricht und als Dolmetscher beim Zoll arbeitet.
Der spricht zwar keine der Sprachen, die im Südosten gesprochen werden oder wurden, er identifizierte aber das, was ich am Morgen nach dieser Nacht aufgeschrieben hatte, als eine der Sprachen der Völker, die sich noch vor Jahren ganz wütend bekriegt hatten, und rief einen seiner Bekannten an, die an der Uni Philologie lehren. Soll ich jetzt beschreiben, wie ich mich fühlte, als er mir mitteilte, was „yepime traki“ übersetzt bedeutet? Ich tue es lieber nicht.
Ich habe zwar sofort Millionen Gedanken angestellt, wie und in welcher Situation meine Frau diesen Satz gelernt haben könnte. Ich habe mir einen Mann vorgestellt, der spielerisch allen Frauen, die er sich nimmt, beibringt, wie in seiner Muttersprache „Fick mich, Liebster!“ heißt. Viele Frauen sagen so etwas beim Beischlaf. Ich habe das auch erlebt. Viele Frauen, die sonst das Wort „ficken“ nie und nimmer in den Mund nehmen würden, röcheln entfesselt, unter dem Liebsten liegend und ihn breitbeinig in ihren Unterbauch stoßen lassend: „Fick mich, fick mich“, und steigern sowohl ihre Lust als auch die Lust der Geliebten damit.
Meine Frau tat das nie.
Ich habe das weder von ihr verlangt noch mich danach gesehnt. Wir brauchten so etwas nicht, dachte ich.
Meine Frau und ich, wir sind seit vierundzwanzig Jahren zusammen. Als Studenten haben wir uns kennengelernt. In einem Studentenwohnheim, bei einer Fete. Bei lauter Musik, billigem Wein.

Jessica Alice Hath

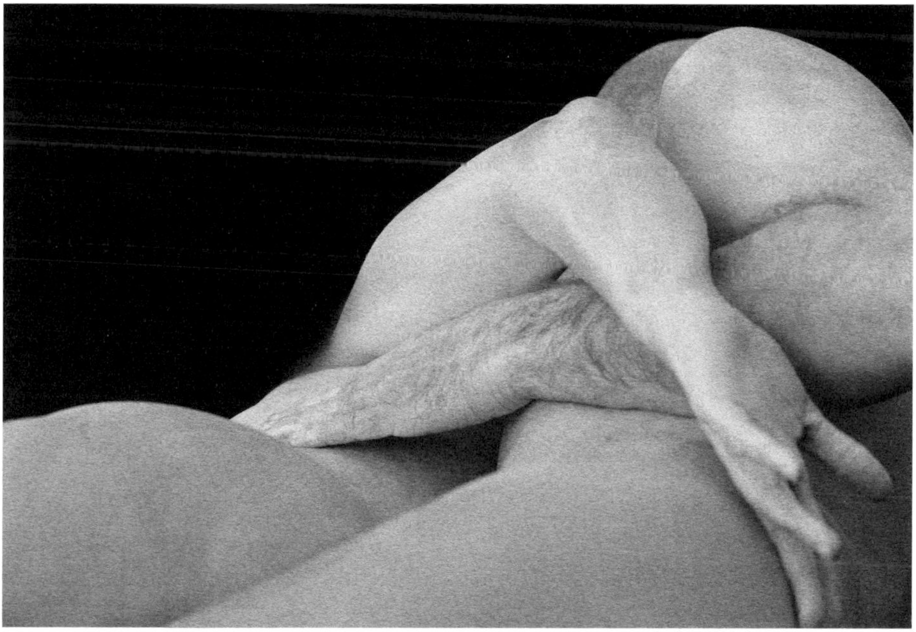

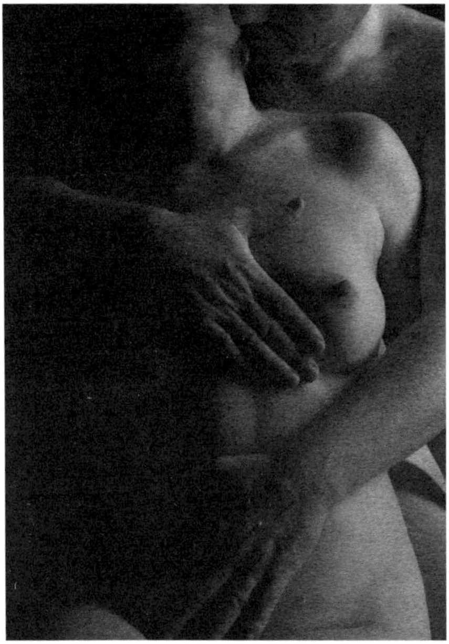

Sie, schlank, lächelnd, in einen Minirock gezwungen, den keine normale Frau auf der Straße tragen würde.
Ihr Mini und ihr Dekolleté trafen sich irgendwo in der Bauchnabelgegend; so nackt und provozierend hatte sie sich für diese Party ausstaffiert. Mir gefiel das damals. Wohl gefiel ich ihr auch. Völlig betrunken landeten wir in irgendeinem Bett in irgendeiner Wohngemeinschaft ... und blieben ein Paar. Bis heute. Sie kommt aus einer gutbürgerlichen, frommen Familie, in der viel Wert auf gute Erziehung gelegt und höchstens über Liebe, aber kaum über Sex gesprochen wurde. Wie zu erwarten war, hat sich meine spätere Frau als Mädchen, durch den Geist des Glaubens getränkt, mit allem solidarisiert, was die Familie nach außen manifestierte. Spätestens aber, nachdem ihre Pubertät schon verebbt war, erlebte sie als, wie sie es nannte, „Spätentwickelte" ihre privaten hormonellen und emotionalen Hurrikans und Wüstenwinde. Als ihrer erster, pickliger Freund, der sie in einer peinlich einfallslosen Seance entjungferte, bemängelte, wie „wenig sie in ihrem BH" hatte, braute sich in ihr ein Minderwertigkeitskomplex zusammen, den sie noch lange selbstquälerisch pflegte. Erst in der Großstadt, in die sie kam, um komparative Theologie und Politikwissenschaften zu studieren, schraubte sie ihren inneren Dampftopf auf – und stürzte sich in die Wirren des Liebeslebens wie wenig andere ihrer Kommilitoninnen. Sie gab sich und nahm. Sie buddelte im Blindflug nach Erfahrungsschätzen und liebte und wurde geliebt. In der Atmosphäre, die damals auf dem Campus, in den von Studenten besetzten Häusern und in den Studentenwohnheimen herrschte, reifte sie zu einer jungen Frau.

Jessica Alice Hatth

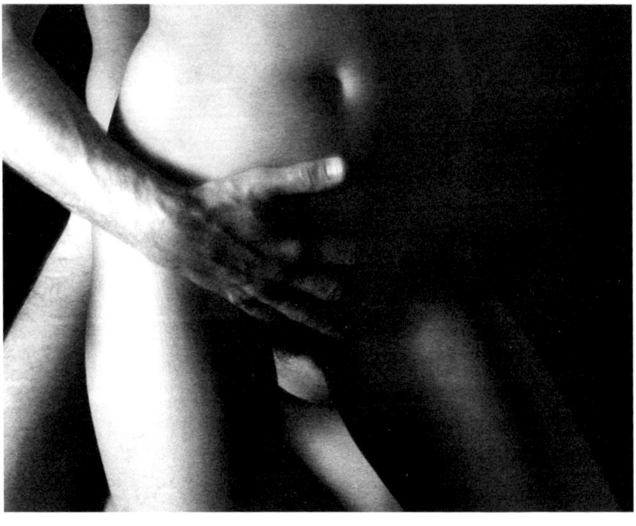

Innerlich war sie aber immer noch ein kleines, scheues Mädchen, das weder mit ihrem Körper noch mit ihren Gefühlen frei und unverkrampft umgehen konnte. So verliebte sie sich reihenweise in ihre Profs und Dozenten und Kommilitonen oder in Jungs, die sie einfach so auf der Straße, in der U-Bahn, im Kino, im Theater traf, und gab sich hin, ohne sich und ihre Gefühle zu sortieren. Sie verliebte sich in einen Vikar, in einen Theologen,

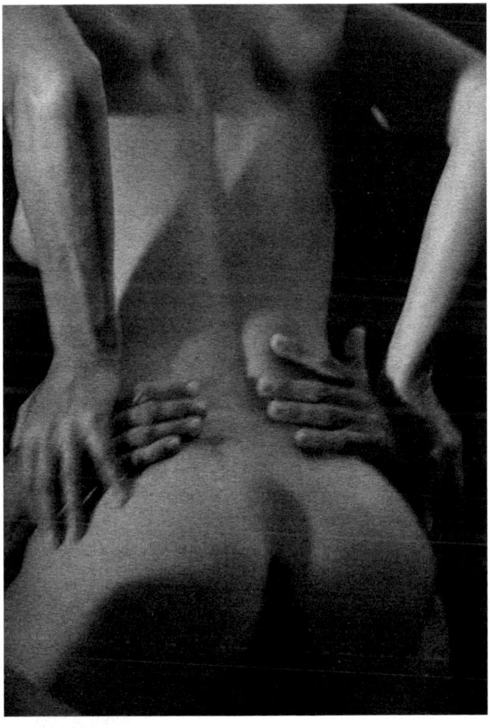

aber auch in achtzehn Studenten der Politikwissenschaften und neun der Theologie. Sie ging und schlief nacheinander in derselben Zeitspanne mit einem etwas älteren Polizisten, einem Mathematiker, einem Bäckergesellen, einem Drehbuchautor und einem, über den man munkelte, er hätte etwas mit einer terroristischen Organisation zu tun.

In die Unibibliothek, dort, wo die Heiligen Bücher fast aller Religionen die Regale in Reih und Glied füllen, unweit des islamischen Gebetsraumes, hat sie oft ihre Studentenlover geschleppt und sich mit ihnen geliebt, wie sich an solchen Orten lieben lässt. Sie behauptete später, sie sei in alle diese „ihre" Männer richtig verliebt gewesen, ohne ihnen ihre Liebe zeigen zu können, denn sie wusste noch nicht präzise genug, was Liebe sei. Sie meinte, sie sei noch unreif gewesen, unfertig. Mehr als etwas Krabbeln im Bauch, ein paar gut kurierbaren Pilzinfektionen, Angst, ob sie die Pille rechtzeitig genommen hatte, sprang für sie nicht dabei heraus. Sie war trotzdem zufrieden, denn sie hielt das gemeinsame Einschlafen danach, Umarmungen, gemeinsames Frühstücken und sich im dritten Programm des damaligen Fernsehens einen Kunstfilm anzuschauen für das Schönste, was es gab.

Meine Frau arbeitet bei einer Behörde, bei der entschieden wird, wer von den Asyl suchenden Ausländern Asyl im Rahmen der Härtefallregelung bekommen soll. Es gibt bei dieser staatlichen Behörde eine Kommission, in der Politiker, Kirchenvertreter, Juristen und Vertreter humanitärer Organisationen im Rahmen der gültigen Gesetze über einzelne Härtefälle Entscheidungen treffen. Meine Frau ist zuständig für das Einberufen der Kommission und sie macht die Kommissionsvertreter mit den einzelnen Fällen bekannt, sie beantwortet ihre Fragen bezüglich dieser Menschen. Hinzu kommt noch, dass sie alle diese Menschen, über deren Schicksale Entscheidungen getroffen werden, persönlich kennt. Sie lässt zwar die Fälle und die Akten von ihren Sachbearbeitern führen, aber nimmt persönlich die Termine mit den Menschen wahr, besucht sie in den Heimen für Asylsuchende, redet mit

oder ohne Dolmetscher mit ihnen und hört sich genau an, was sie zu sagen haben.
So ist sie: Jemand, der mit Herz und Seele dabei ist, jemand, der auch außerhalb des Gesetzes Möglichkeiten sucht, um zu helfen, Oft hat sie mir über die Menschen erzählt, die sie getroffen hat. Viele erschütternde Schicksale habe ich aus ihren Erzählungen kennengelernt. Zu Weihnachten bekommen wir von vielen Post, die hier bleiben durften, und auch von denen, die zurück in ihre Heimat gekehrt sind, nachdem sich dort die Situation gewandelt hat. Ja, einer von den Menschen, denen meine Frau geholfen hat, ist jetzt, nachdem die Diktatur in seinem Land beseitigt wurde, Minister geworden. Ist das nicht schön?
Sie hat mir auch über den Fall dieses einen Schriftstellers aus einem inzwischen in einem Krieg aufgelösten, ausgelöschten und von innen und außen zersetzten Land erzählt, der schon seit einer Weile hier Asyl beantragt hat. Eine Weile hat sie mir viel über ihn erzählt. Eine Weile erwähnte sie ihn fast jeden Tag.
Ja, sie hat mir über ihn mehr erzählt als über andere Menschen, die sie betreut hat. Fürchterliche Dinge musste der Mann erleben, die ihn dann zur Flucht aus der Heimat gezwungen haben. Meine Frau hat mir auch erzählt, ich erinnere mich jetzt, dass der Mann an einer Sammlung von Erzählungen und Geschichten zu schreiben begonnen hat, die ihr gewidmet sein sollen. Die Gedanke, ein Schriftsteller schreibt Geschichten und denkt dabei an sie, hat ihr irre gut getan. Sie lief durch die Wohnung und fragte mich immer wieder, was ich denn darüber denke. Sie sei dabei, eine Muse zu werden, eine Quelle der Inspiration, freute sie sich, einem Kind ähnlich, das schon an trüben Sommertagen über Weihnachtsgeschenke siniert. Ob der Mann die Geschichten wirklich geschrieben hat, habe ich nie erfahren, denn vor einer Weile, ohne dass ich wusste, warum, hat sie aufgehört, über ihn zu reden. Ich habe aber auch nicht nachgefragt. Warum auch? Ich frage doch meine Frau nicht über ihre Angelegenheiten aus.
An dem Tag, an dem ich erfahren habe, was der aus meiner Sicht verhängnisvolle Satz „yepime traki“ bedeutet, besann ich mich des Mannes, der Geschichten und des Eifers und der Entzückung, womit meine Frau früher über ihn geredet hatte. Ich suchte und ich fand alle diese Geschichten. In der immer verschlossene Schublade ihres Schreibtisches. Als wir vor Jahren in die auf Kredit gekaufte Wohnung eingezogen waren, war ich derjenige, der sich um Möbeltransport und starke Kerle, die tragen sollten, kümmerte. In den Händen eines Trägers löste sich die Marmorplatte ihres alten, von ihrer Oma geerbten Schreibtisches ab und gab den Inhalt der oberen Schublade frei. Wäre sie dabei gewesen, hätte diese Episode keine Bedeutung gehabt. So war ich allein – und in der Schublade lagen ihre Tagebucher. Zwölf waren es.
Ich ließ den Träger den Tisch auf den für ihn vorgesehen Platz in ihrem Zimmer stellen. Er legte auch die schwere Marmorplatte wieder auf die aus dem Tischkörper herausragenden Holzzapfen mit Resten des ausgetrockneten und zerbröckelten alten Leims und war froh, dass ich mit ihm nicht wegen seiner Unachtsamkeit geschimpft habe. Lange habe ich mich nicht getraut, den Marmor anzufassen. Doch als sie einmal auf Dienstreise war, übermannten mich die Zustände, derer ich nicht Herr werden konnte.
Ich hob einfach die schwere Platte hoch. Zwölf Jahre lang hat sie ein Tagebuch geführt.

Wenn sie mir das erzählt hätte, hätte ich es nicht geglaubt. Ich habe nie in Traum gedacht, sie wäre ein Tagebuch schreibender Mensch.
Natürlich habe ich die Tagebücher gelesen. Alle zwölf Hefte. In einem Zug. Im Stehen.
Nachdem ich sie so flüchtig überflogen hatte, war es schon zu spät. Ich hätte sie vielleicht sofort anrufen sollen, als sich die Marmorplatte gelöst hatte und die Tagebücher zum Vorschein gekommen waren.
Das tat ich aber nicht. Ich fand in den Tagebüchern weder etwas über mich noch über ihren ersten, zweiten und den letzten Chef, ich fand überhaupt nichts über Männer, mit denen sie, rein praktisch gedacht, in der Zeit, in der wir zusammenwaren, etwas hätte haben können. Obwohl sie mit dem Tagebuchschreiben erst einige Jahre, nachdem wir zusammengekommen waren, aufgehört hatte, obwohl sie ihr vorheriges Leben ganz frei und detailliert beschrieben hatte, war über mich darin nirgends etwas zu finden. Kein einziges Wort! Und auch kein einziges Wort über die Abtreibung lange vor ihrer Begegnung mit mir. Erinnerungen an die Kindheit, Jugend- und Studienzeit, Erinnerungen an Lover, Freunde, Erinnerungen an Reisen … Über mich stand da kein einziges Wort. Wenn sie über mich irgendetwas – ja, nur einen Satz – geschrieben hätte, sogar

Sandro Macciacchini

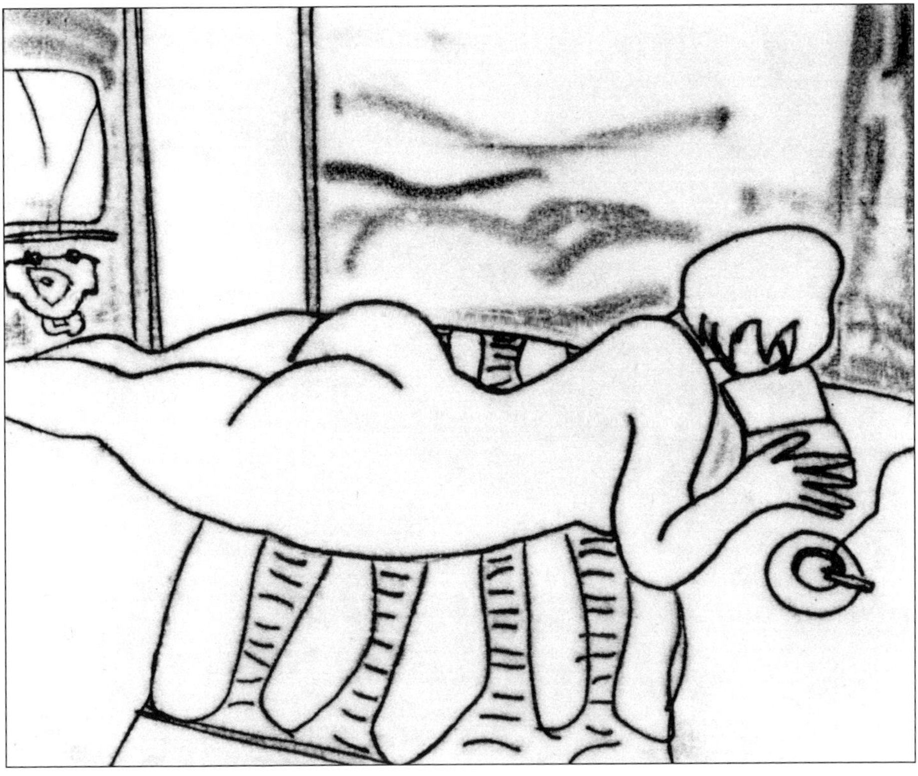

etwas Negatives, wäre ich vielleicht befriedigt. Ja, ich hätte ihre Tagebücher unter der Steinplatte vielleicht für immer und ewig begraben.
Und so verlassen kramte ich, von mir selbst angewidert, jetzt tiefer in ihrem Tisch und fand die Geschichten, die der Asyl suchende Schriftsteller für sie geschrieben hatte. Ich gestehe, ich habe sie ohne irgendwelche Gewissensbisse gelesen, denn ich, der Mann, der in den Tagebüchern seine Frau nicht erwähnt wird, hatte keine Gewissen mehr. Meine Eifersucht sei stark, berechtigt und legitimiere alle meine Taten, sagte ich mir und las weiter. Zum ersten Mal las ich die literarischen Texte des Schriftstellers, die sie mir nicht zum Lesen gegeben hatte, und ich las sie, gestehe ich, ohne mich dabei zu langweilen. Ich weiß nicht, ob ich die Geschichten, die der Mann schrieb, schön oder gut fand. Ich las sie auch nicht des Lesegenusses wegen.
Ich las sie aus Notwehr. Denn ich wollte verstehen. Ich wollte mein Fehlen in den Tagebüchern meiner Frau verstehen, um sie und mich nicht zu verlieren. Zuerst, noch wütend und hilflos, verdächtigte ich diesen verdammten Schriftsteller, sie, eine Staatsbeamtin, absichtlich und gezielt mit seinen Geschichten verführt zu haben, in der völlig falschen Annahme, so leichter an die Aufenthaltspapiere zu kommen. Wohl hat er ihr Interesse an Literatur erkannt und hat das brutal und schamlos auszunutzen versucht. Seinem schmutzigen Vorhaben, dachte ich, spielten die Sehnsüchte meiner Frau nach Liebe und Geborgenheit zu.
Sie, die nie Kinder haben wird, ist auf der Ebene der Liebe leicht zu manipulieren und zu missbrauchen. So etwas also stellte ich mir in meiner eifersüchtigen Fantasie vor und verdächtigte den Schreiber, sie kriminell missbraucht zu haben. Ich dachte mir sogar, ich Narr, ich zeige den Typen an. Ja, ich zeige ihn an wegen des Versuchs, unser Asylrecht zu missbrauchen. In einer Zeit, in der die gemeine Öffentlichkeit sowieso die Nase voll hat von Ausländern jeder Hautfarbe, hätte ich sogar Aussicht auf Erfolg. Meine Frau hat sich ihm nicht aus freiem Willen hingegeben, sie wurde von ihm missbraucht, das war meine These.
Ich suchte auch, rasend und leidend, eine Bestätigung für diese Annahme in seinen Geschichten. Ich las sie mehrmals durch. Ich las sie, die Geschichten des Mannes, der mit meiner Frau nicht nur geschlafen, sondern ihr beigebracht hatte, ihn in seiner Muttersprache aufzufordern, sich ihrer zu bedienen, sie zu begatten, ihr Mann zu sein. Ich fand nichts, was bestätigen sollte, dass er sich in die Gunst meiner Frau eingeschlichen hätte, um sich ein Aufenthaltsrecht für unser Land zu erschleichen. Die Idee, so etwas in den Geschichten zu finden, war an sich schon lächerlich genug, oder besser gesagt, sie zeigt, wie mächtig ich gelitten hatte und wie gelähmt ich war.
Ich erkannte aber etwas ganz anderes in den Geschichten. Stückchenweise und zuerst auch widerwillig erkannte ich anhand der Geschichten, was für ein bemitleidenswerter Knilch nicht nur ich, sonder auch dieser Mann eigentlich ist. Ja, ich erkannte, anhand seiner balladenhaften Erzählungen, die sich in Welten abspielen, die einsam und melancholisch sind, in ihm keinen geilen Lüstling und Manipulanten vor mir zu haben, sondern einen, dem quälende Trauer tief in den Knochen steckt. Und ich erkannte an seinen Geschichten, dass sich meine Frau ihm aus Mitleid und Mitgefühl hingegeben hat. Aus Mitleid zu einem heimatlos gewor-

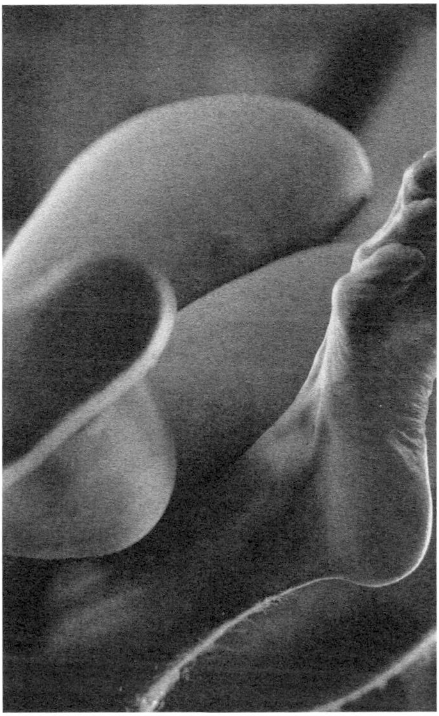
Jessica Alice Hath

denen Menschen, der unter anderem seine Sprache und damit auch seine Leserschaft verloren hatte.
Aus Mitleid, wohl in einem Hotelzimmer, in dem sie sich getroffen haben und er sich als Mann beweisen sollte, hat sie ihn mit ihrem Körper und ihrer Scham beschenkt. Und da hat sie wohl den „yepime traki"-Satz auswendig gelernt. Vielleicht entschuldigte er sich bei ihr, das von ihr gewünscht zu haben, in dem Hotelzimmer, in dem sie gelandet waren. Vielleicht schämte er sich. Vielleicht war es so …
Ich war nicht in der Lage, mit meiner Frau darüber zu reden, denn ich wusste – wenn ich das alles in Worte packte, dann wäre ich fällig und erledigt. Und unsere Beziehung hätte sich in einen Scherbenhaufen verwandelt … Bei dem Versuch, die scharfkantigen Scherben zu beseitigen, hätten wir uns geschnitten und wären vorzeitig ausgeblutet. Mit ihr darüber reden konnte ich also nicht. Ja, sie hat geschlafen, als sie mir „yepime traki" zugeflüstert hat. Vielleicht weiß sie gar nicht, was aus ihren Traum zu mir durchgesickert ist. Soll ich ihr, die ich liebe und auf keinen Fall verlieren möchte, offenbaren, dass ich das intime Geheimnis ihrer Tagebücher, in denen ich nicht vorkomme, und die ihr gewidmeten Geschichten, ohne es zu wollen, entdeckt habe? Nein. Das werde ich nicht tun. Ich werde weiter in mir versteckt leben … und sie lieben.
Ich hoffe insgeheim, ohne mir das ehrlich einzugestehen, es wird wieder eine Fete in ihrer Abteilung bei der Behörde stattfinden, vielleicht bei der Verabschiedung ein paar älterer Mitarbeiter, die in die Rente gehen …
Ich hoffe, sie wird etwas beschwipst nach Hause kommen und ohne sich zu duschen nur nach dem Zähneputzen ins Bett gehen und schnell und tief einschlafen …
Ich hoffe es.
Bis dann werde ich brav alle Bücher lesen, die sie mir schenkt … Ich werde ihr in keinem Fall sagen, dass ich für Bestseller ein denkbar ungeeigneter Leser bin … Ich werde darüber schweigen und neben ihr im Bett liegen und auf das „yepime traki" warten. Ich werde alles mitmachen, nur um sie zu halten, so wie ich das bisher gemacht habe. Denn was bin ich ohne sie, die ich liebe?
Ein Einsamer wäre ich. So als ob mich der Asyl suchende Schriftsteller in seinen traurigen Geschichten ausgedacht hätte, deren Handlungen sich in traurigen Landstrichen ereignen, die so weit fort in Raum und Zeit zu sein scheinen, in Wirklichkeit jedoch vor meiner Haustür, ja in mir selbst liegen.

Kurt Tucholsky

Danach
Es wird nach einem happy end
im Film jewöhnlich abjeblendt.
Man sieht bloß noch in ihre Lippen
den Helden seinen Schnurrbart stippen-
da hat sie nun den Schentelmen.
Na,und denn-?

Denn jehn die beeden brav ins Bett
Naja.....diß is ja auch janz nett.
A manchmal möchte man doch jern wissen:
Wat tun se, wenn se sich nich kissen?
Die könn ja doch nich immer penn.....!
Na, und denn-?

Denn säuselt im Kamin der Wind.
Denn kricht det junge Paar ,n Kind.
Denn kocht se Milch. Die Milch looft üba.
Denn macht er Krach.Denn weent sie drüba.
Denn wolln sich beede jänzlich trenn.....
Na, und denn-?

Denn is det Kind nich uffn Damm.
Denn bleihm die beeden doch zesamm.
Denn quäln se sich noch manche Jahre.
Er will noch wat mit blonde Haare:
vorn doof und hinten minorenn....
Na, und denn-?

Denn sind se alt.
Der Sohn haut ab.
Der Olle macht nu ooch bald schlapp.
Vajessen Kuß und Schnurrbartzeit-
Ach, Menschenskind, wie liecht det weit!
Wie der noch scharf uff Muttern war,
det is schon beinah nich mehr wahr!
Der olle Mann denkt so zurück:
wat hat er nu von seinen Jlück?
Die Ehe war zum jrößten Teile
vabrühte Milch und Langeweile.
Und darum wird beim happy end
im Film jewöhnlich abjeblendt.

Kurt Sigel

Liebe
„Ich werde geliebt, also bin ich."
„Wenn ich liebe, lebe ich doppelt."
„Liebe ist wie Musik, sie durchströmt
mich, erfasst jeden Winkel meiner
Seele, trägt mich auf Flügeln,
verwandelt mich."
„Liebe ist wie Rauschgift, sie versetzt
in den Zustand glücklichen Irreseins."

Deine Haut
eine irritierende Reibefläche
die mich entzündet
beim Umarmen
wie einen Streichholzkopf

In Brand gesetzt
stehn wir beide in
Flammen

Wir schreien
fast lautlos am Anfang
und leiser
wenn wir verglühn
du und ich wir
beide im großen
Orgasmus

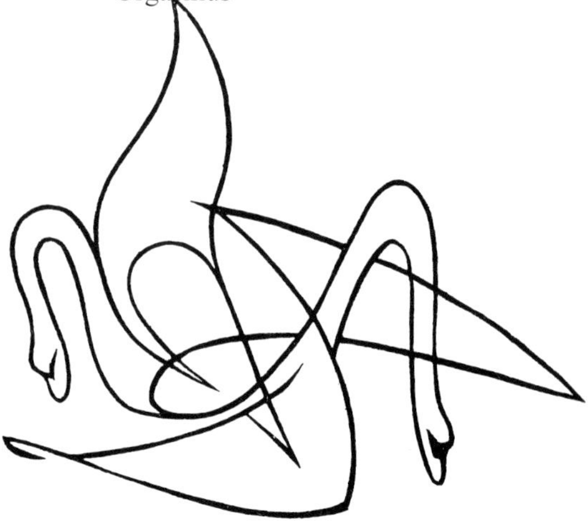

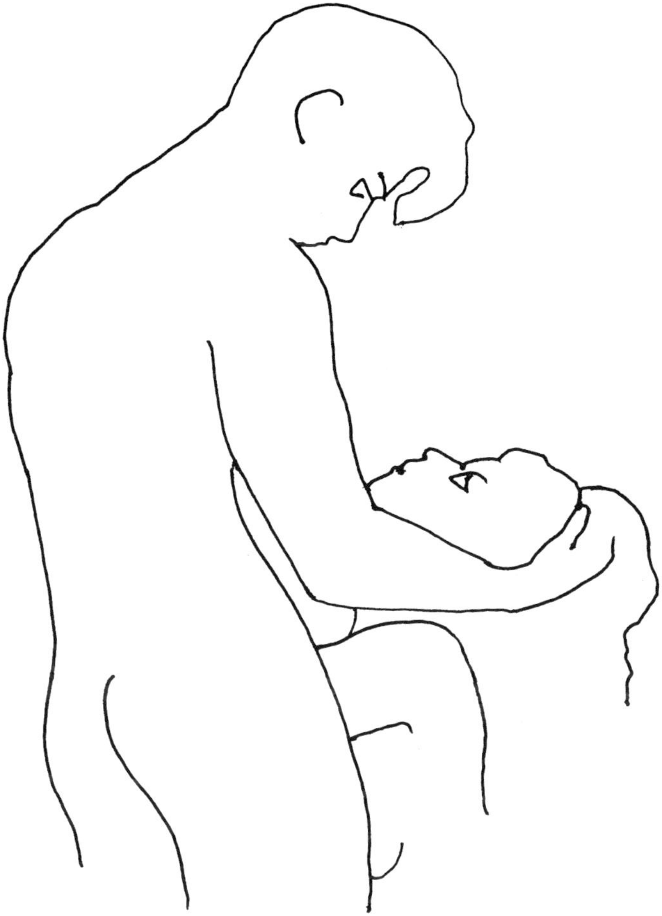

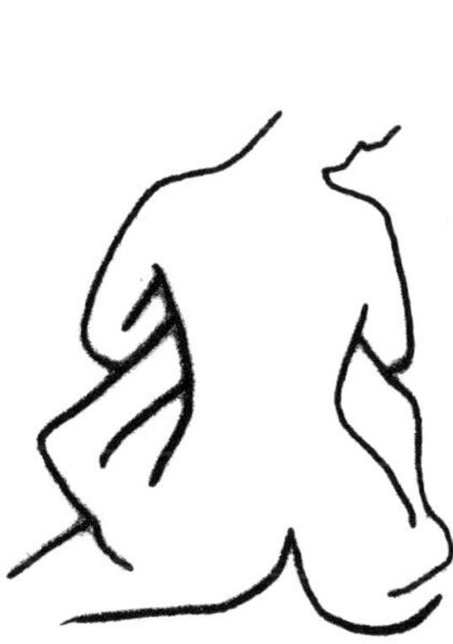

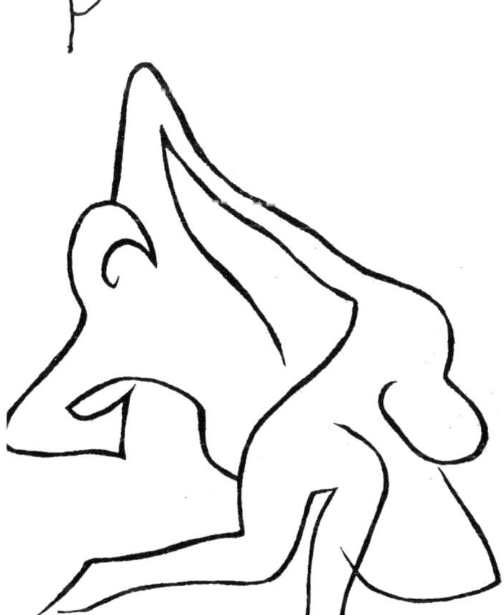

Kurt Sigel

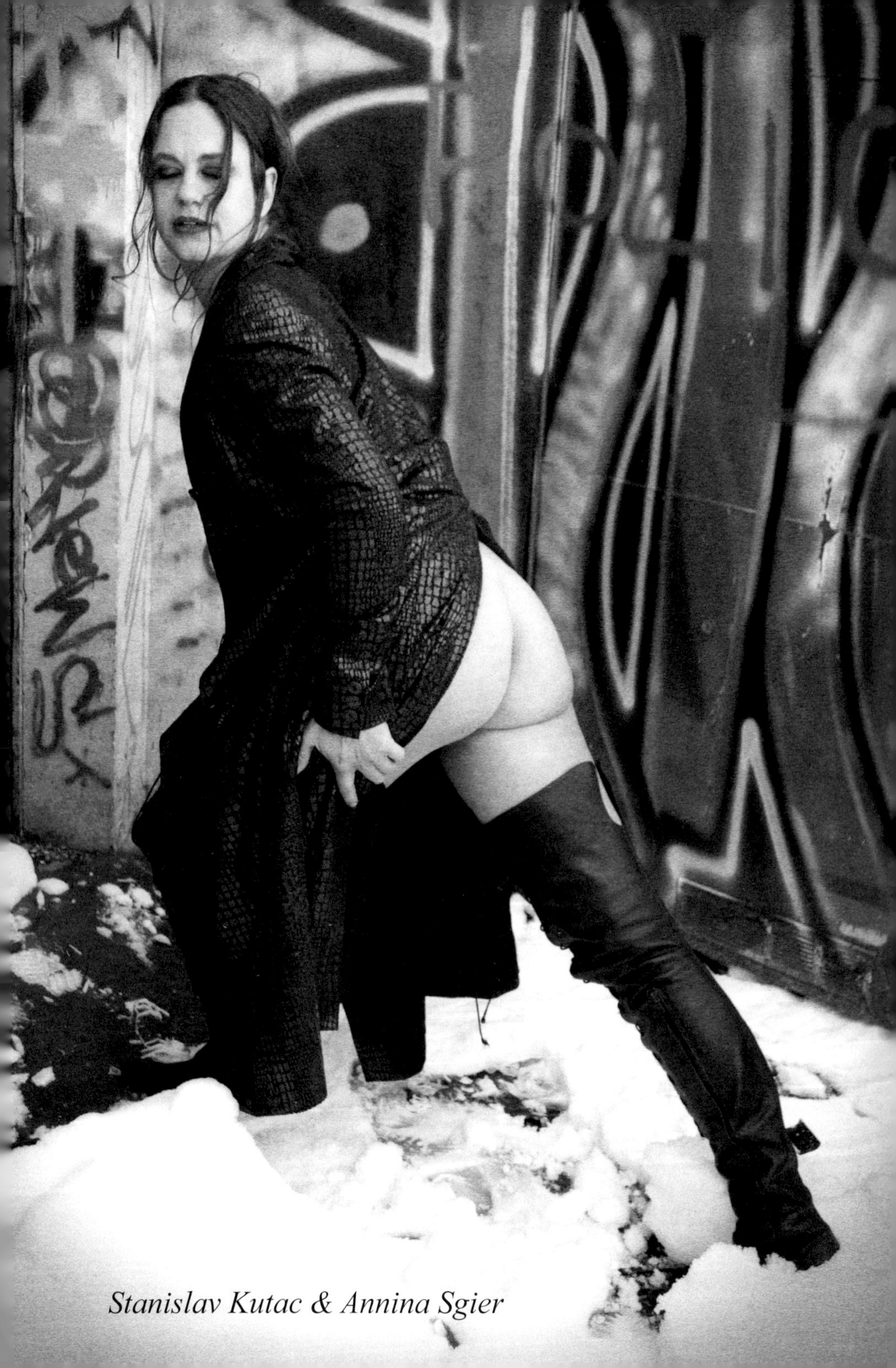

Stanislav Kutac & Annina Sgier

Antje Ippensen

Genuss

Auf meinem weißen Bauch trug ich einen blutigen Kratzer und ich hatte nicht die leiseste Idee, wo und wie ich mir den geholt haben konnte. Ab und zu zog ich mein T-Shirt hoch, um die Schramme mit lebhaftem Interesse zu betrachten, doch ich kam nicht drauf. Ich bemerkte, dass die kleine, nicht schmerzende Wunde entfernt nach einem Buchstaben aussah. Einem R oder einem S?

Während ich mir diese Gedanken machte, saß ich vor dem Rechner und gab Daten ein, stumpfsinnig, Zahlen und Buchstaben und nur hin und wieder auch einmal ein ganzes Wort, denn dies war einer meiner Nebenjobs und bei der Arbeit konnte ich ganz wunderbar in Erinnerungen schwelgen.

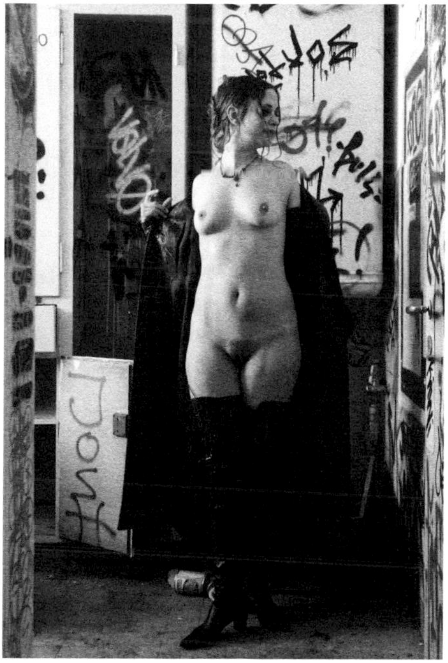

Und saß dabei auf meinem lederbezogenen Bürostuhl und presste Schenkel und Arschbacken fest dagegen, um den Schmerz zu spüren. Erst vor zwei Tagen hatte mich mein Gebieter wieder einmal besucht.

„Knie nieder!“, befahl er mir, nachdem er mich nur flüchtig berührt hatte. Diesem Befehl gehorchte ich noch freudig. „Küss die Gerte!“, kam als Nächstes und da zögerte ich und drehte sogar den Kopf leicht zur Seite. „Bist du meine gehorsame Dienerin?“, fragte er da sanft. Im Kontrast zu seiner Stimme standen seine harten Hände, die mich bäuchlings über einen geflochtenen Hocker zogen und mir das Röckchen hochstreiften.

Er ließ mich nicht antworten, sondern schlug gleich zu, unmittelbar und heftig. Der Schmerz! Glühend versengte er die milchweiße Haut meiner Kehrseite, ich war nackt unter dem Rock, ich stöhnte gleich beim ersten Hieb, was sonst nicht meine Art war.

„Ich spreche nicht davon, dass du diesem Prachtstück“, und wieder schlug er zu und ich ächzte unter dem brennenden Schlag und zappelte, „den Kuss verweigerst, sondern von etwas anderem.“ Er sprach ganz ruhig, was ich nie verstand, aber höchlichst bewunderte: Mein Gebieter ist etwas Besonderes.

Er ist Mitte fünfzig, hält sich sehr gerade, ein Blick wie blaue Stahlseide.

„Nein, ich rede davon, dass du dich nicht gut rasiert hast, unfolgsames Luder.“ Abermals zog er mir die Gerte über beide Gesäßbacken. Ich wünschte mir, er würde anordnen, dass ich mitzählen sollte ... wünschte mir, einen Knebel zu bekommen, denn der Schmerz war stark, drang tief in mich ein und aus Erfahrung wusste ich, wie ich es besser aushielt ... aber keins der beiden „Hilfsmittel“ erhielt ich.

Und als ich einmal aufsah und seinem

Blick begegnete, erkannte ich darin nur genießerische Gnadenlosigkeit.
Er fasste in meine Schamlippen und kniff den Venushügel. „Ein wahrer Pelz!", rief er angewidert aus, worauf er härter zuschlug. Wechselte die Gerte gegen den Rohrstock, wollte er wirklich, dass ich laut schrie?
„Schlampe." Das kam wieder sehr weich. Ich erschauderte.
Der Rohrstock zeichnete meinen wohlgerundeten Po, meine Schenkel. Es klatschte, trocken. Mein Körper wand sich, wollte fliehen ... seine Finger kamen, fickten mich gefühlvoll, ich seufzte tief.
„Vorhin hast du aufgesehen und mich angeschaut, ohne Erlaubnis", sagte er. „Dafür gibt es noch zwölf mit dem Stock."
„O nein, Gebieter!", heulte ich auf. „Bitte nicht, Erbarmen ..."
Was die Tortur nicht stoppte, sondern noch verlängerte.
Er ließ mich aber darauf warten, was beinahe unerträglich war. Mein Lustsaft durchtränkte mittlerweile das Flechtwerk des Hockers und tropfte zu Boden.
Es entging ihm nicht.
„Meine heutige Gangart scheint dir zu gefallen", bemerkte er, eiswürfelkühl. Unter diesen Worten und unter der süßen Qual des Wartens wimmerte ich vor Lust.
Was genau war dann passiert? Er hatte mich geschlagen, mit Gerte, Stock und seiner Handfläche, manchmal war es beinahe nur ein Streicheln gewesen ... viel mehr als zwölf hatte ich bekommen und mit Stöhnen und Schreien in mich aufgesogen und war ... abgehoben. Wohlig-abgründig-rauschhaft-geil.
Hatte mein Gebieter irgendwann einen blitzenden dolchähnlichen Gegenstand gezückt? Es musste doch wohl so gewesen sein. Was hatte er gesagt, als er ihn an meinem Bauch ansetzte?
Jetzt hier beim Job saß ich ja, wie er es befohlen, mit hochgezogenem Rock, so dass meine mit Striemen bedeckte Haut sich eng an das Leder schmiegte und jeder, der hereinkäme ... ich hatte aber ein vergessenes, verstaubtes Kabuff von einem Büro für mich und niemand kam einfach so herein, ohne zu klopfen.
Ein S oder ein R?, fragte ich mich. Halb offenen Mundes blickte ich leer auf den Monitor. Meine Wangen erinnerten sich noch prickelnd an die Begrüßungsohrfeigen, auf meiner Zunge schmeckte ich die Sahne meines Gebieters, die er am Schluss in mich, sein williges Gefäß, ergossen hatte.
R wie RASIEREN ... oder S wie STRAFE ... seine in mich geritzte Botschaft. Plötzlich, gewaltsam, erwachte der Wunsch in mir, jetzt noch einmal auf schmutzige Weise gefickt zu werden. Jetzt sofort! Ich tippte somnambul einen ganzen Satz in mein Programm: *Rasiere dich gut oder du wirst noch viel härtere Strafen erleiden!* Allein diese Worte zu schreiben, machte mich endlos geil.
Und in diesem Moment kam doch jemand herein, ohne anzuklopfen: mein hartgesichtiger Chef, dessen Schnauzbart ihn noch martialischer erscheinen lässt, der muskulös ist und eine wundervoll fordernde tiefe Stimme besitzt ... Er blickte mitten in mein geschwollenes, offen klaffendes, triefnasses Geschlecht. Dann in mein sich rötendes Gesicht. Unfähig, mich zu regen, blieb ich sitzen, starrte meinen Chef an. Und sah in seinen Augen die gleiche genießerische Gnadenlosigkeit wie zwei Tage zuvor im stahlseidenen Blick meines Gebieters. *„Auf die Knie mit dir", sagte mein Chef. In seiner rechten Hand blitzte ein Gegenstand ...*

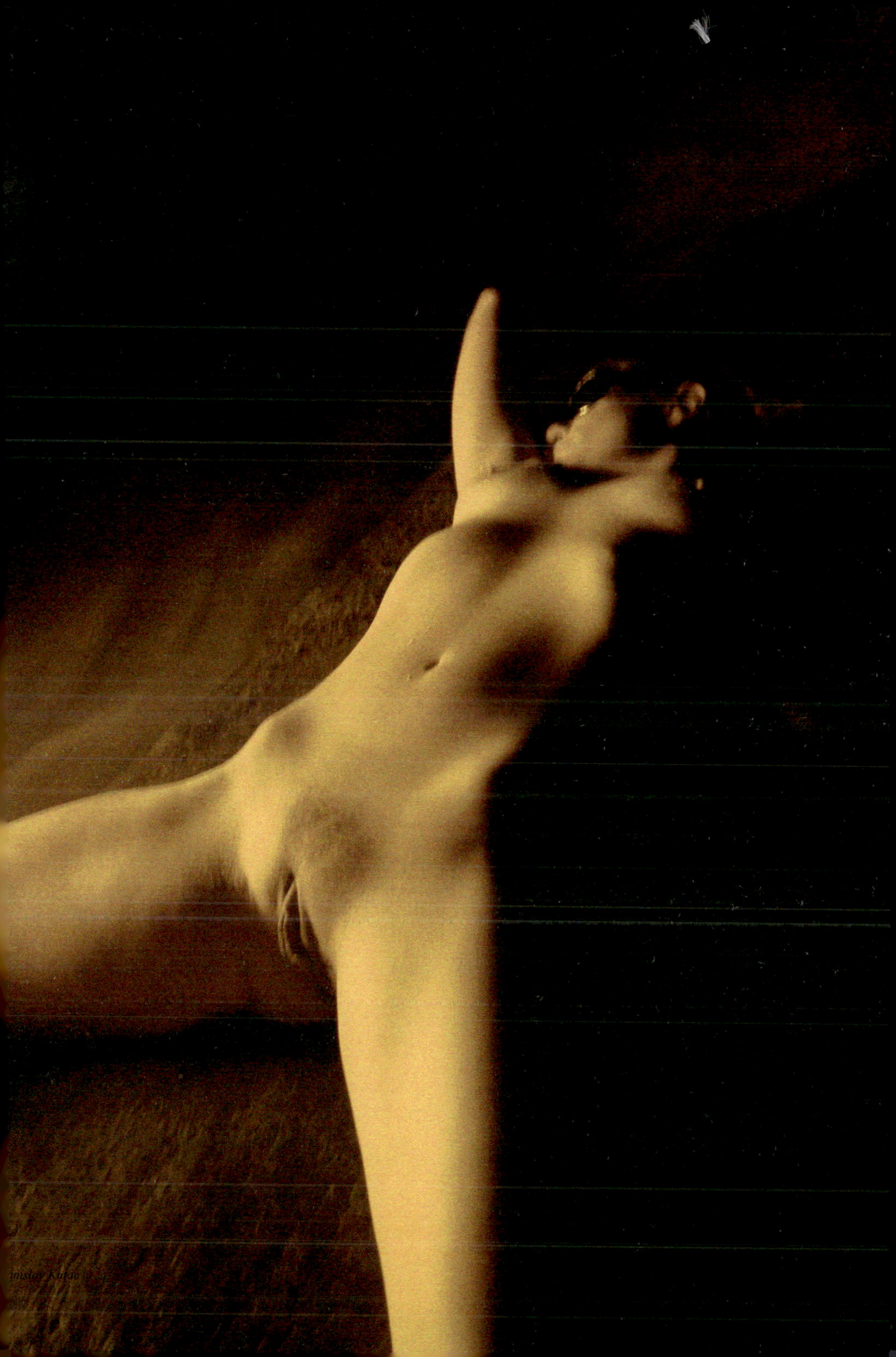

Ina Paul

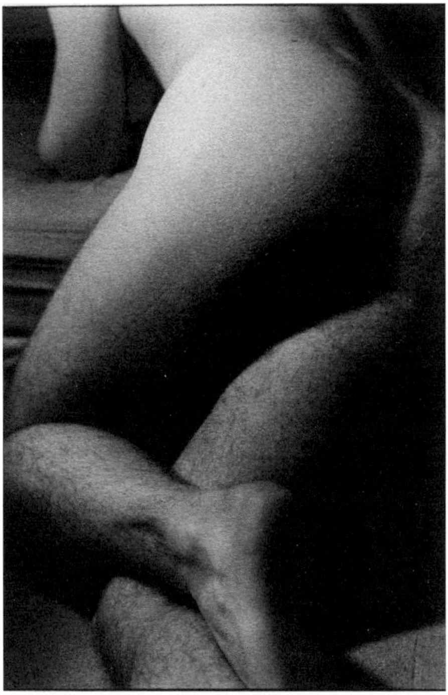

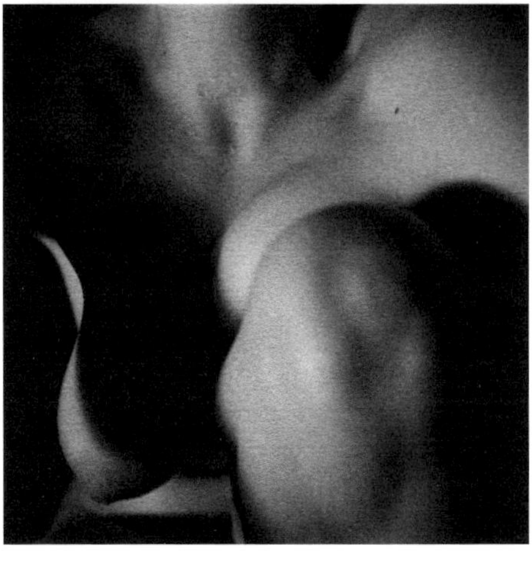

Anna Luise denkt über Orgasmen nach
Kaum schlägt Anna Luise am Morgen die Augen auf, schon denkt sie an Sex. Schuld daran ist nicht etwa Max, der Mann, den sie seit zehn Jahren liebt, sondern eine Freundin, die sie nach ihrem Orgasmus fragte.

Als könnte man einfach so über die allerintimste Intimität reden. Ein Orgasmus ist einfach ein Orgasmus! Lediglich fühlen können wir ihn! Gefühle jedoch sind unbeschreibbar, auch wenn unzählige Schriftsteller und Dichter sich daran abgearbeitet haben und bis heute abarbeiten, das Unbeschreibbare zu beschreiben. Wissenschaftlich gesichert ist, dass der Höhepunkt des Lustgefühls beim Geschlechtsverkehr mit erheblichen vegetativen Reaktionen einhergeht, mit unwillkürlichen Muskelkontraktionen im Genitalbereich, Steigerung der Herzfrequenz, Puls- und Blutdruckanstieg, Zunahme der Atemfrequenz und -tiefe, unter Umständen sogar mit partiellem oder totalem Bewusstseinsverlust, von unserm Willen unbeeinflussbar. Aber jeder, der einmal einen Orgasmus gehabt hat, weiß, dass da noch mehr ist als die Summe all dieser Reaktionen. Etwas Außerordentliches, Überirdisches, „ein kleiner Tod", ein Vulkanausbruch, die Auslöschung der Welt um uns herum, die Auslöschung des Mannes oder der Frau, mit dem oder mit der wir diesen Koitus, diesen Akt der Lust vollziehen, auf dessen Höhepunkt wir ganz allein auf der Welt zu sein scheinen, sofern wir unseren Verstand nicht doch noch beieinander haben und wissen, dass wir in diesem Moment nicht allein sind, so wenig allein, wie man nur sein kann, wenn man seinen Verstand ausgeschaltet hat und für den Bruchteil einer Sekunde der festen Überzeugung ist, dass man zu zweit ist, ein für allemal, vielleicht sogar bis in alle Ewigkeit.

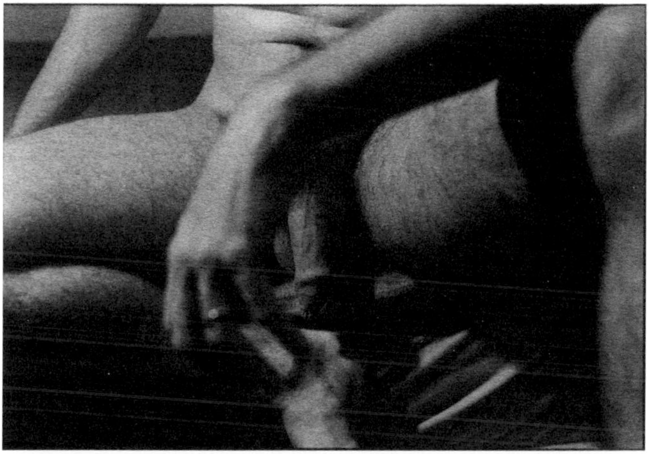

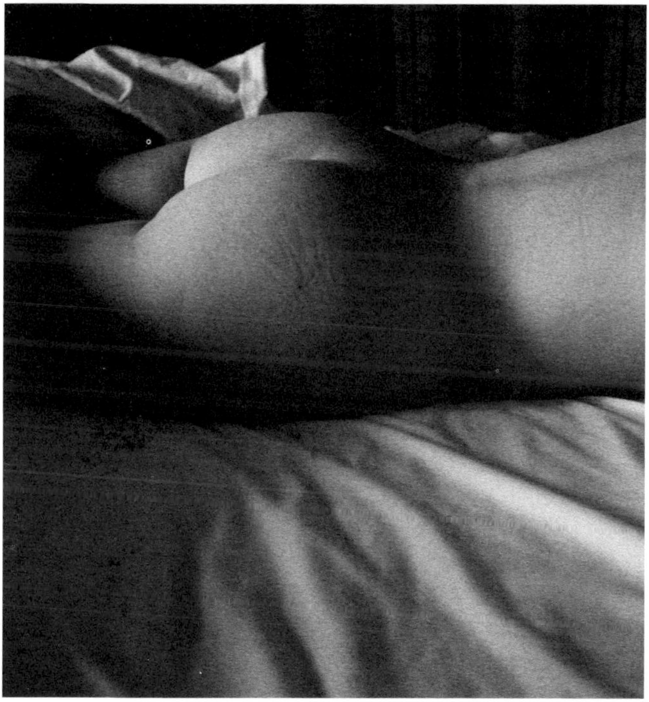

Herr Wenk & Coco

Der Mann, der Anna Luise das Gefühl gibt, ihre Orgasmen seien gigantisch, heißt Max. Dass sie ihre Orgasmen mit Max als gigantisch empfindet, liegt einerseits wahrscheinlich daran, dass sie Max liebt, wie sie noch nie einen Mann geliebt hat. Andererseits liegt es höchstwahrscheinlich daran, dass Max sie jedes Mal so küsst, wie man eine Frau küssen soll: ausführlich, zuallererst auf den Mund, dann an den bekannten empfindlichen Stellen und schließlich auch noch ganz woanders hin! So kommt es unter Max' Lippen und Händen regelmäßig dazu, dass Anna Luise bereits lange vor dem Koitus ganz und gar außer sich ist, ganz besonders, wenn Max sie ins Ohr küsst, wodurch sie regelmäßig nahe daran ist, den Verstand zu verlieren.

Ihr Verstand sagt ihr, dass sie sich lieber nicht in aller Öffentlichkeit zu ihren Orgasmen äußern sollte. So wie sie sich auch Max gegenüber niemals zu ihren Orgasmen äußert, denn die sind in jedem Fall ihr allerintimstes Geheimnis. Im Übrigen möchte Anna Luise auch nicht, dass Max sich ihr gegenüber zu seinen Orgasmen äußert. Abgesehen davon hat auch niemand Max darum gebeten.

Eike Gebhardt

„Heike“, sagte sie nur und streckte mir, ungeschickt von der Seite, aber herzhaft unbefangen, die Hand entgegen. Sie war gerade in Budapest zugestiegen und setzte sich wie selbstverständlich neben mich, ich saß schon seit Rom im Flugzeug. Es gab andere freie Plätze, doch ihr schienen sie womöglich besetzt – vielleicht von Langeweile, Einsamkeit, Lieblosigkeit. Es waren die Zeiten der Interflug – das Mittelmeer war nah und billig von Ostberlin aus – für Wessis, die damals noch nicht so hießen. Heike war herb hübsch, eine Hausfrauenschönheit mit schulterlangem Haar, hohen Backenknochen und jener verführerischen, ja einladenden Unnahbarkeit, die von Kopf bis Fuß alles zuzulassen schien, wozu sie geneigt war – und sonst gar nichts. Herzerfrischend – von anderen Sensorien und Organen ganz zu schweigen! Denn sie strahlte so gar nichts von den im Westen gerade modischen weiblichen Rollenkonflikten aus oder ab und ich vermisste, merkte ich (freilich ohne Verlustgefühl, im Gegenteil) die hierorts zu der Zeit oft alltägliche Attitüde des trotzigen Opfers von Jahrtausenden patriarchaler Unterdrückung. Ihre unaufdringliche Selbstsicherheit konnte sich eine spontane Herzlichkeit leisten, vergab sich nichts: In ihrer Stimme wie in ihren Bewegungen lag eine entwaffnende, vereinnahmende Nähe, ja Intimität, gegen die man sich kaum wehren konnte, mochte, wollte. Sie lud ihrerseits zur Öffnung, ja zum Fallenlassen ein; kein falscher, schräger Ton riss einen aus dem Traum und Zauber, den sie mit ihrem Auftritt schuf. Eine vielleicht nur scheinbar fremde Welt, in die man – ersehnt, ja mit irgendeinem, sonst nutzlosen und daher unbekannten Organ erkannt? – „heim“-kehrte. Nie war mir Novalis näher als in diesen ersten Minuten mit einer Fremden. Exquisites Heimatgefühl eines Kulturnomaden. Heimat in der Utopie, rattert die Assoziationsautomatik, Bloch lässt grüßen …

Und Sloterdijk, der neulich just ob solcher Sensibilitäten die heute ach so gern geschmähten Achtundsechziger rehabilitierte.

Dass man mit einem Fremden oft intimer sein kann als mit einem vertrauten Menschen, war mir bekannt: Der/die Fremde achtet die Integrität unserer Träume, die ja Teil unserer Identität sind. Er/sie nörgelt nicht, man begegnet einander noch mit Neugier, entdeckt und erschafft einander noch. Der Horizont ist offen. Keine Beziehung kann einlösen, was in der Begegnung aufschien.

Nur einmal hatte ich eine ähnliche selbstbewusste Unbefangenheit erlebt, in New York. Die atemberaubend schöne Alice war abends nach dem letzten Seminar ohne anzuklopfen in mein Büro gekommen, hatte sich direkt vor mir auf den

Detlef Bach

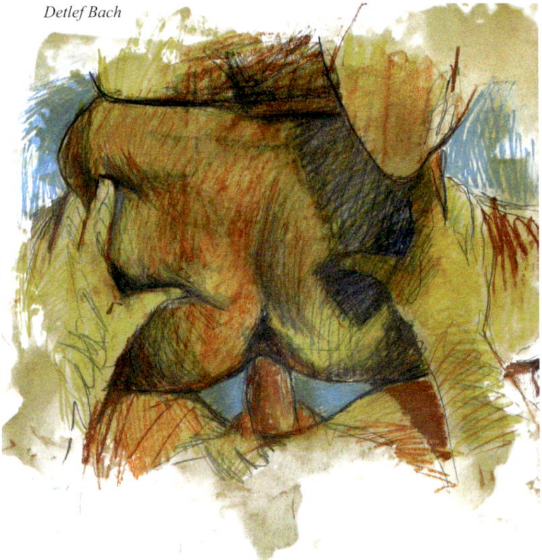

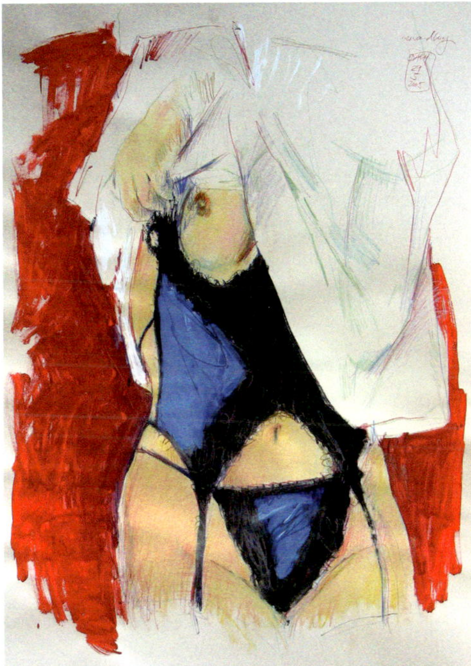

Detlef Bach

Schreibtisch gesetzt, das goldblonde Haar halb auf dem Rücken, halb über den durch die Seidenbluse schimmernden Brüsten, ihre gebräunten schlanken Schenkel ruhten auf den Studenten-Referaten, und umstandslos erklärt: „Eike, I want you!" Es klang wie eine Info, eine Chance, nicht einmal eine Aufforderung. Take it or leave it. Ob Heike etwas wollte, erschloss sich nicht sogleich, allzu natürlich, fast kumpelhaft schien ihre verblüffende, zielfreie Initiativfreude. Drei Tage später, mit einem Passierschein (es waren Vorwendezeiten), besuchte ich sie in Ostberlin. Und zwar bei ihrer Arbeit. Heike war Oberkellnerin in einem sogenannten Kreiskulturhaus. Ihren Kolleg(inn)en schien es nicht ungewöhnlich, die Arbeit kurz zu übernehmen, Solidargesellschaft eben, grinste eine. Draußen, an einem kleinen künstlichen See zwischen Gitarrespielern und Debattiergruppen – jene spontanen und schwer kontrollierbaren Halböffentlichkeiten, die die DDR eigentlich unbedingt vermeiden wollte –, plauderten wir und verabredeten uns zum Dienstschluss. Heike wohnte in einer unscheinbaren Nebenstraße im Erdgeschoss, inmitten einer parkartigen Grünanlage, in der sich offenbar ein Landschaftsarchitekt von der Fraktion real existierender Sinnenfreude verwirklicht hatte. Sie lasse das Fenster einfach offen, sagte sie wie zu sich selbst, sie liebe das Zwitschern der Vögel am Morgen, die verwehten Geräusche aus anderen Wohnungen, den Windhauch – und just in diesem Augenblick spielte ein launischer Windstoß mit ihrem üppigen Haar, als hätte sie ihm den Einsatz für seine Rolle signalisiert. Als wollte sie den Wind rügen, zog Heike ihren Pullover straff über ihre hohen Brüste, ihre Nippel zeichneten sich deutlich unter dem weichen kurzen Strickkleid ab, das ihrem Körper schmeichelte und jeder ihrer Bewegungen etwas Katzenhaftes verlieh. Wir wollten noch ausgehen, in die Kneipe eines Freundes, hatte sie vorgeschlagen – eine der wenigen privat betriebenen im angeblichen Sozialismus –, man könne auch draußen sitzen. Sie wolle nur eben duschen nach der langen Schicht an diesem heißen Tag. Ich verscheuchte meine übliche präventive Langeweile (das dient der Erwartungsdämpfung), freute mich sogar auf einen vergnüglichen Abend mit endlich mal (vielleicht) interessanten Leuten, skurrilen Außenseitern, die Heike avisiert hatte, draußen, in einer fast unbekannten Gartenkneipe in einer von alten Bäumen gesäumten Allee. Vorerst aber ertappte ich mich beim Fantasieren, als ich Heike mit nichts als einem Handtuch um die Hüften im Halbdunkel vorbeihuschen sah. Es war einer jener lauen (die linden

Lüfte waren erwacht) Frühsommerabende, an denen die Luft unter den Obszönitätsparagrafen fallen müsste, so sinnlich aufgeladen schien sie. Jeder kennt dieses Gefühl: Man ist vage verliebt, man weiß nur noch nicht, in wen …

Aus den mäandernden Visionen und Reflexionen riss mich Heikes Stimme: Sie werde ein kurzes Bad nehmen, ob ich ihr einen Saft aus der Küche bringen könnte … Amüsiert musterte ich das Angebot im Kühlschrank: Rhabarbersaft? Klang interessant – und war alternativlos. Ich hörte Heike planschen. Als ich diskret mit dem Arm durch die Tür reichte, lachte sie laut auf, ergriff meine Hand statt des Glases und zog mich hinein. Sind alle Westler so prüde, fragte sie und prustete ob meiner Verlegenheit. Das saß – schließlich hatten wir die Revolution angezettelt, so glaubten wir, den konkreten Vorgriff auf die Utopie. Wir und prüde? Ich gab mich lässig, zuckte mit den Schultern und warf den Kopf zurück mit einem Möchtegern-süffisant-überlegenen Grinsen, wandte ihr schließlich den Blick zu, den ich eben noch diskret hatte schweifen lassen – und ließ ihn landen, gebannt, auf ihren tief gebräunten Schultern, ihrem breiten Brustkorb, ein Ölfilm ließ ihre Brüste glänzen, ein schier unendlich langes Bein ruhte, lasziv und leicht geknickt, auf dem Rand, mit den Händen hielt sie ihr langes dunkelblondes Haar, das herabzufallen drohte. Ich möge ihr das Gummiband reichen, dort auf dem Regal …

Einen Augenblick verschlug es mir die Sprache. Aber auch das ließ der Veteran öffentlicher Auftritte nicht lange auf sich sitzen. Bevor mir etwas Kluges einfiel, war sie freilich schon wieder einen Schritt weiter – es gefiel ihr offenbar, mit den überlegen tuenden Westlern zu spielen. Könnte ich ihr den Rücken schrubben? Endlich fing ich mich. Beim Anblick, geschweige der Berührung, eines solchen atemberaubenden Rückens könne ich leider nicht garantieren, dass ich die Grenzen zum Rest ihres Körpers noch bewusst, geschweige verantwortungsbewusst, wahrnähme, entgegnete ich unschuldig. Na, da bin ich ja gespannt, wie dein angeblich Unbewusstes dir die Hand führt, parierte sie geschickt – und hatte mir so die Initiative zugespielt. Die Chance zur Blamage inklusive.

Ich griff zum Schwamm – und damit wieder daneben. Ob ich denn gedächte, die Asymmetrie – sie betonte dieses Wort mit neckisch hochgezogenen Augenbrauen – durchzuhalten, eine nackte Frau und ein bekleideter Mann, das erinnere sie an französische Pornos … Woher sie die nur kannte? Ich zeigte Einsehen, streifte meine leichte Sommerhose und alles Übrige ab und setzte mich auf den Wannenrand. Immer noch von oben nach unten?, rügte sie. Bitte auf Augenhöhe! Fast gehorsam stieg ich in die Wanne, wollte ihr gegenübersitzen. Das nächste Kommando: Wie willst du denn aus dieser Position meinen Rücken schrubben? Also löffelten wir – inzwischen ließ ich mich, halb resigniert, halb amüsiert, auch gerne treiben, nahm hinter ihr Platz und fürchtete nur die Peinlichkeit der zu erwartenden Erektion, die sich nicht lange vermeiden ließ. Heike ignorierte es souverän. Als ich entschlossen begann, ihren Rücken mehr zu reizen als zu schrubben, mit Fingerkuppen und Nägeln, sah sie zum ersten Mal von Korrekturen ab, schloss die Augen und ließ sich tiefer in die Wanne gleiten. Ihr Rücken war nun schwerer zu erreichen, ich verlegte meine Aufmerksamkeiten auf ihre prachtvollen Oberarme, bahnte mir mit sanftem Druck den Zugang zur Innenseite und, wie um diesen zu erleichtern, verschränkte sie die Hände hinter dem Kopf und vermied so, ihn an mich zu lehnen. Womit sie ihre zwar nicht schweren, aber den ganzen Oberkörper auf breiter Front deckenden Brüste zusätzlich straffte und streckte. Ihre ungewöhnlich langen, braunen und, wie ich gleich merken sollte, höchst empfindlichen Nippel inmitten eines geradezu malerisch gefurchten braunen Hofs standen wie kleine gestreckte Finger hervor. Es waren nur noch Millimeter bis zum Missbrauch ihrer Gastfreundschaft, ich beschloss, die ästhetische Versuchung sei das Risiko wert; Ästhetik, Erotik – what's the difference? Was machte denn schließlich das Glück aus hinter den Kulissen kultureller Euphemismen? Ästhetik und Erotik – am Ende sind die beiden doch dasselbe …

Im Gegensatz zu den angeblich authentischen Gefühlen lässt sich der Glücksanspruch des Körpers, der Sinne, kaum je täuschen.

Und während ich, gleichsam parallel, vor mich hinsinnierte und mir schon wieder, eine Unsitte, im Kopf Notizen machte für einen Artikel, waren meine Hände schmiegsam, jeder Rundung folgend, wie von selbst ganzflächig von den Armen ihre Seiten hinabgewandert, glitten weiter zum Bauch und wieder langsam nach oben, flach aufliegend über ihre Brüste – wo ich sie leicht anhob, um über die Spitzen ihrer Nippel zu streichen. Wenn es etwas zwischen Schnurren, Stöhnen, Seufzen gibt, so kam es ihren kaum hörbaren Kommentaren am nächsten. Ihr Bauch hob sich unmerklich, wie in einer Atembewegung, und ihre Knie suchten den Wannenrand. Und während ihre linke Hand zwischen ihre Schenkel sank, zog die andere meine nach und führte sie flach auf ihren prächtigen weichen Busch. Ich spielte damit wie mit Unterwasser-Farnen, ließ meine Finger hindurchgleiten und genoss den streichelnden Widerstand, bis ihr selbstvergessenes Aufbäumen eine kritische Schwelle suggerierte. Bis jetzt war ich seltsam unbeteiligt gewesen, genoss die Szene wie ein Voyeur und vielleicht ein bisschen auch die Verfügbarkeit des Glücks, das sich nur mit den Sinnen eines bereiten Gegenübers ausleben lässt.

Eine Weile noch wand sie sich unter meinen Berührungen, immer heftiger, bis sie sich abrupt drehte und auf mich setzte. Mit ihren vorlauten Nippeln direkt vor Augen und ihren noch in den Zuckungen anmutigen Windungen zog sie mich mit in einen immer schneller werdenden Strudel unbotmäßiger Empfindungen, dem ich, gerade getrennt – die Rom-Reise sollte meine Reha sein – mich eigentlich verweigern wollte. Nicht noch einmal, hämmerte ich mir ein, diese totale Selbstaufgabe! Keine Chance – Heike war Profi. Mit geisterhaft gespaltenem Bewusstsein trieb und torkelte ich ausweglos in eine Ekstase, war nicht mehr ein Ich, nur noch ein wirrer Wirbel feuernder Neuronen – was hieß Ekstase denn anderes als außer sich zu sein, zu zerfallen, ohne Bedauern. In der Ekstase ist uns ziemlich egal, warum wir geliebt werden – und auch die Identität des Gegenübers verliert jegliche Relevanz. „Any way you want me, that's how I will be", trug Elvis einst der Geliebten an.

Im Osten, jener „Nischengesellschaft", war Sex oft ungezwungener, eben *weil* er eine weithin entideologisierte Nische einnahm. In ihr und ihrem Umfeld konnten sich mitunter traumhafte Verhältnisse entwickeln. Kein Gerangel ums Finden und Verwirklichen von eingebildeten Selbsten, die man zu achten habe. Wir Westmänner wurden oft verspottet ob unserer Vorliebe für Ostfrauen, sie verpflichteten zu nichts,

weil sie uns über die Mauer nicht folgen konnten, hieß es – zu Unrecht, wie ich immer noch glaube. Ihre Lebenslage bot ihnen Bühnen und Rollen, die Westfrauen – eine kleine Minderheit ausgenommen – nicht zugänglich war: Über neunzig Prozent arbeiteten, verdienten meist so viel wie die Männer, waren also materiell unabhängig und konnten somit, zumindest theoretisch, ihr emotionales Leben trennen von Erwägungen wie Status oder Einkommen ihres Partners. Sie mussten sich nicht, wie viele Westfrauen (nur ca. fünfzehn Prozent Vollzeit, bestenfalls sechzehn Prozent des Haushalteinkommens), mit der Frage herumschlagen, ob ihr jeweiliger Partner auch zum Ernährer taugte. Das stemmten sie alleine. Gut möglich, dass diese unwiderstehliche Kombo von Selbstständigkeit/Selbstvertrauen einerseits, frustrierten Träumen und Sehnsüchten andererseits (Ostmänner waren ja viel früher verunsichert worden, eben durch die relative Gleichheit) Ostfrauen für Wessis so attraktiv machte – und umgekehrt eben nicht.
Bei den Westfrauen – sehr grob pauschalisiert – schien man ständig auf Bewährung, ständig in einer Art Eignungsprüfung für liebesfremde Funktionen – Familie, Status im Freundeskreis, ob politisch korrekt usw., Lust und Lebensfreude wurden zum Lohn für Wohlverhalten, sie waren kein Selbstzweck. Für Ostfrauen hingegen schien klar, Sex war das Medium zwischen Mann und Frau; Reisen, Radeln, Essengehen oder in Konzerte konnte man auch mit jedem alten Kumpel. Bei Ostfrauen hing kein Preisschild an Sex und vor allem: Sie schienen eben selber Lust zu wollen und zu genießen, ganz unabhängig von ihrer sozialen oder ideologischen Einbettung. Sie vermittelten nicht, dass sie etwas („sich“) gaben, während die Männer nahmen. Vielleicht war das der Grund, warum der Vulgärfeminismus (es gibt auch einen anderen) im Osten nur auf Schulterzucken stieß.
Heike jedenfalls, postorgasmisch lasziv zurückgelehnt, mit zerfließendem Schaum auf ihren Schultern und Brüsten, hatte nur müde gelächelt über die Psycho-Problemchen der Westfrauen, von denen sie bei Gästen immer wieder hörte: Beziehungsnöte, Rollenspiele, Ersatzidentitäten, die der Partner mitzutragen habe. Verstand sie nicht. Eine Beziehung bestehe doch aus den Dingen, die man teile – und was man nicht teile, sei doch eben auch kein Teil der Beziehung. Das müsse man eben woanders ausleben, eine Beziehung könne doch nicht heißen, dass man sich amputiere, nahm sie ein paar Wochen später, an einem lauen Sommerabend im Schlauchboot, bei ungarischem Wein, leiser Musik aus dem Kofferradio und wieder diesem obszönen Wind in der Bäumen um den Liepnitzsee bei Wandlitz und, natürlich, bei inniger Körpernähe das Thema noch einmal auf. Den Partner in eine Auseinandersetzung mit Dingen zwingen, die ihm oder ihr fernliegen: Das sei ein Machtspiel, kein Liebesspiel. Es dürfe doch wohl noch jeder selber bestimmen, womit er/sie sich beschäftigen und auseinandersetzen wolle –Themenzwänge kenne man in der DDR nur zu gut. Vor allem aber: dass der Partner gefälligst auf Sex zu verzichten habe, während frau im Yoga-Kurs, beim Bauchtanz oder gemeinsamem Atmen für den Frieden sich erst einmal selber finde … Was denn das für ein Verständnis von Partnerschaft sei? Leninistisch? Wo gehobelt wird, fallen Späne? Individuelle Strafe fürs kollektive Patriarchat? Umgekehrter Sexismus?
An jenem Abend aber hatte Heike triefend und tropfend einen der seltenen

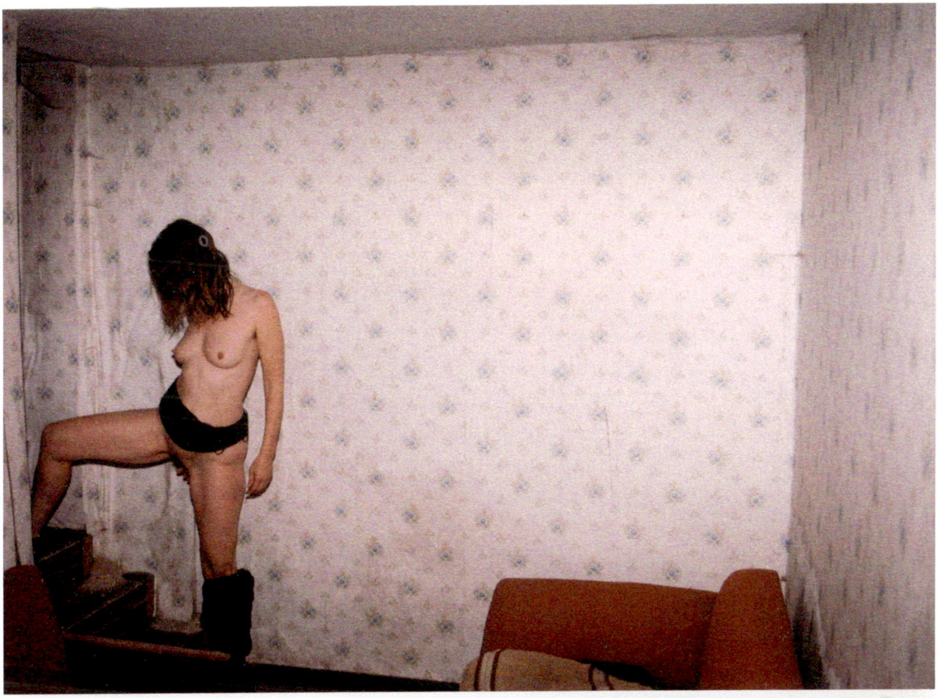

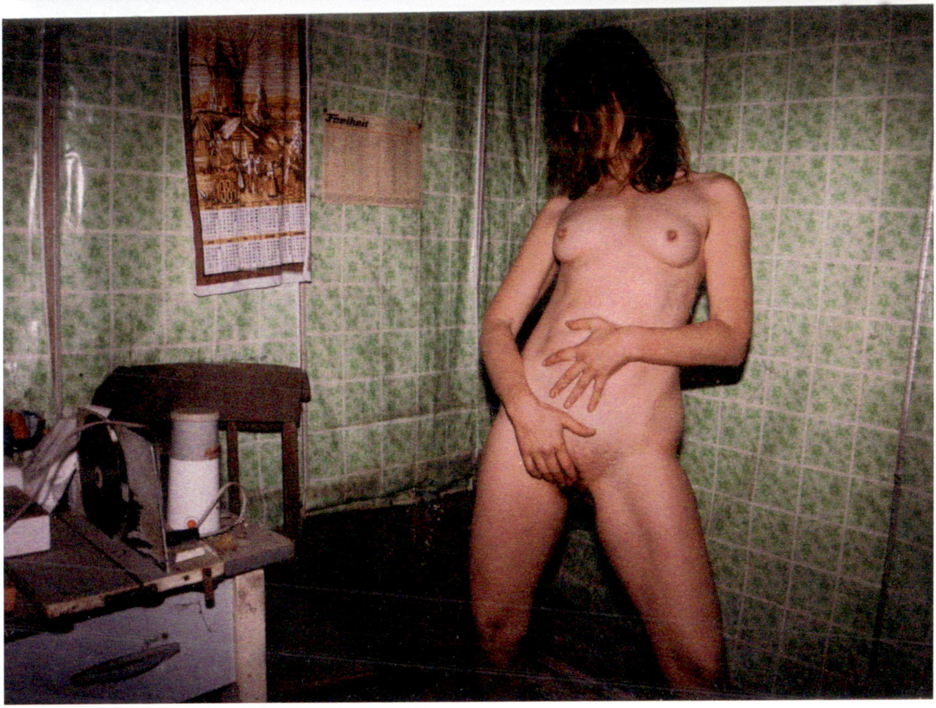

Rotkäppchen aus dem Kühlschrank geholt, servierte kichernd stilvollendet mit Handtuch über dem nackten Arm und netzte kurz ihre Nippel im überquellenden Schaum – keineswegs eine Aufforderung –, nur dumm, wer sich's entgehen ließe, stand unausgesprochen im Raum. Dieser Druck, an der Befriedigung des Partners zu „arbeiten", nahm sie den Faden wieder auf, sei doch schon eine Diagnose der Fantasie- oder Interesselosigkeit, jener Gleichgültigkeit, die dann in gemeinsame Aufgaben flüchte, vermittelt über ein Drittes, habe Marx gesagt, wenn Menschen nichts unmittelbar miteinander zu tun hätten. Heike ging wie selbstverständlich davon aus, dass zwei (oder mehr) Menschen eine gemeinsame Situation auch gemeinsam definieren würden, das Spielfeld oder Bühnenbild, den Rahmen und die Möglichkeiten – und dass niemand das Recht hätte, diese Rahmenbedingungen zu diktieren. Worüber man sich nicht einigen könnte, das bliebe eben außen vor, sei nicht Teil der Gemeinsamkeit oder Beziehung. Eine Beziehung bestehe immer nur so lange wie das, was man gemeinsam habe – und sei es nur für Sekunden …

Es war zauberhaft. Mit Heike – keine Intellektuelle, aber blitzgescheit und randvoll mit lebenspraktischer Intelligenz – hätte ich die Trennung von Liebe und Leben wieder verlernt, wir hätten gemeinsam Ideen jongliert, gelacht, gedacht, getrunken – voneinander, hätten uns an Ideen besoffen, sie inszeniert und sie mit uns spielen lassen. In meinen Jahren an Yale, den lebensprallen Sechzigern, auch eine geschichtliche Nische (ein kleines historisches Fenster, wie man heute sagt), hatte ich einmal eine solche Beziehung – noch heute hängt das Bild jener Frau über

Kater Kosz

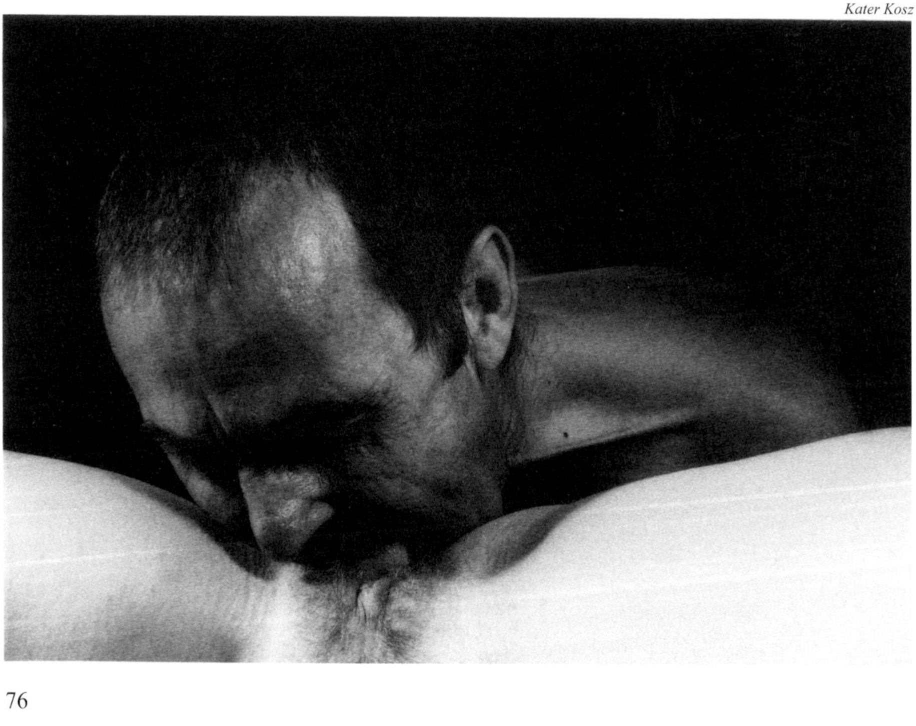

meinem Arbeitstisch, mit der ich im Bett, am Strand, beim Lieben, beim Tanzen Ideen, Visionen, Blaupausen für eine bessere Gesellschaft ausbrütete und zu leben versuchte. Kick your ass and your mind will follow, hieß es damals, als Utopie und Lebensexperimente noch keine Schmähworte waren. Und Lust und Liebe ideale Spiel-Räume, in denen Vorgaben und Identitäten nicht heilig und unantastbar, sondern verhandelbar waren. Liebe, Ekstase als die wenigen Heuristiken des Außer-sich-Geratens, die die westliche Kultur anbot, als Lebensweisen jenseits des Vollzugs von Vorgaben.

Doch die Geschichte mit Heike endete wie so viele Ost-West-Beziehungen und Freundschaften, trotz des betörenden Ergänzungsverhältnisses. Als der Westen zugänglich und als Lebensumfeld verinnerlicht wurde, war man sich gegenseitig kein Exot mehr und mithin überflüssig geworden.

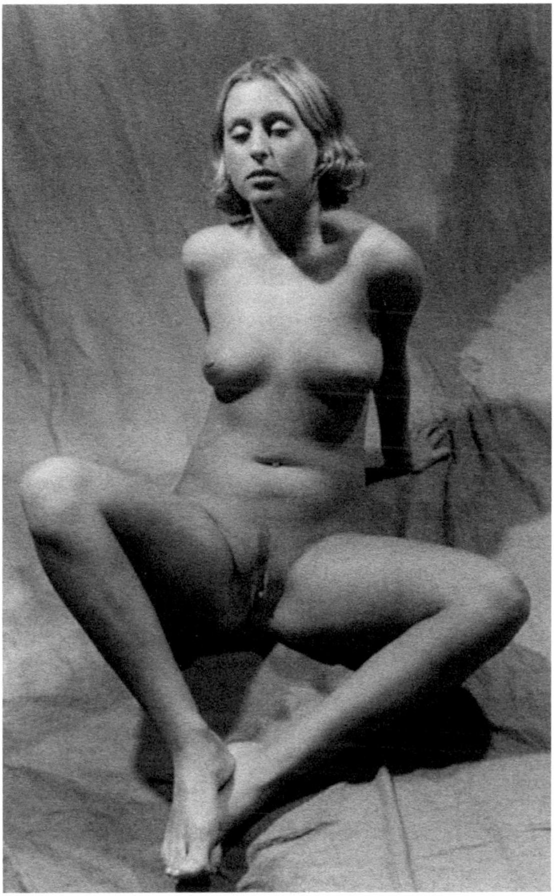

Merkwürdiger Moment, in dem man die Sprödigkeit der Luft fühlt.

Ich hab es gerne wie, fast wie versunken
dazusitzen, sei es im Café,
und mir zu denken, verwirrt und trunken
von Luft und klirrend weichem Schnee,
das Licht in meiner Hand zu ballen
und heiter trudelnd in das Paradies zu fallen:

Lust ist ein irdisches Vorurteil.
Das Paradies eine weltliche Idee.

Der Körper ist der Mund der Seele, os animae.

Peter Pörtner

Ulli Richter

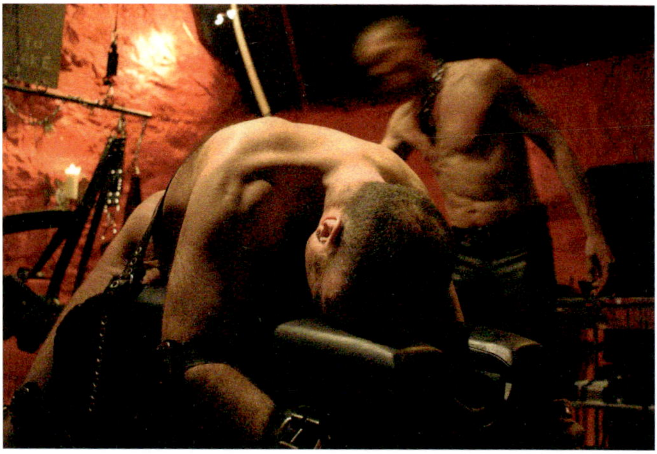

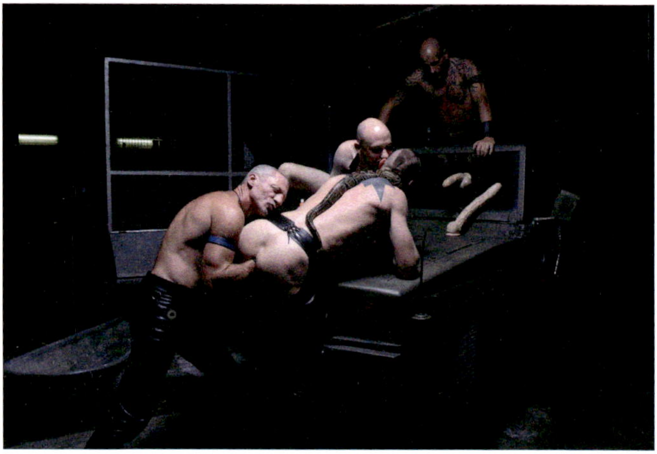

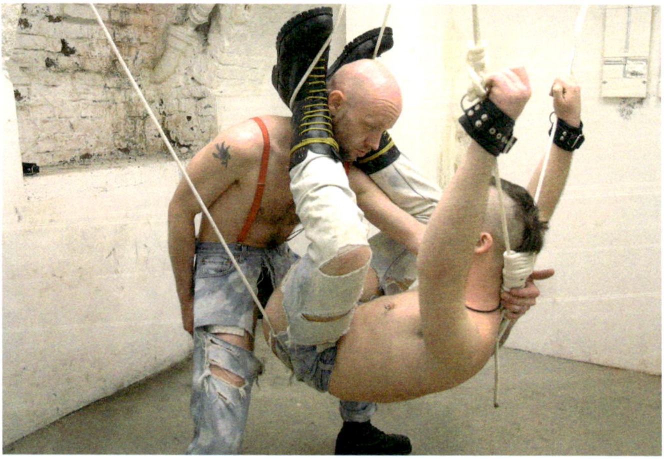

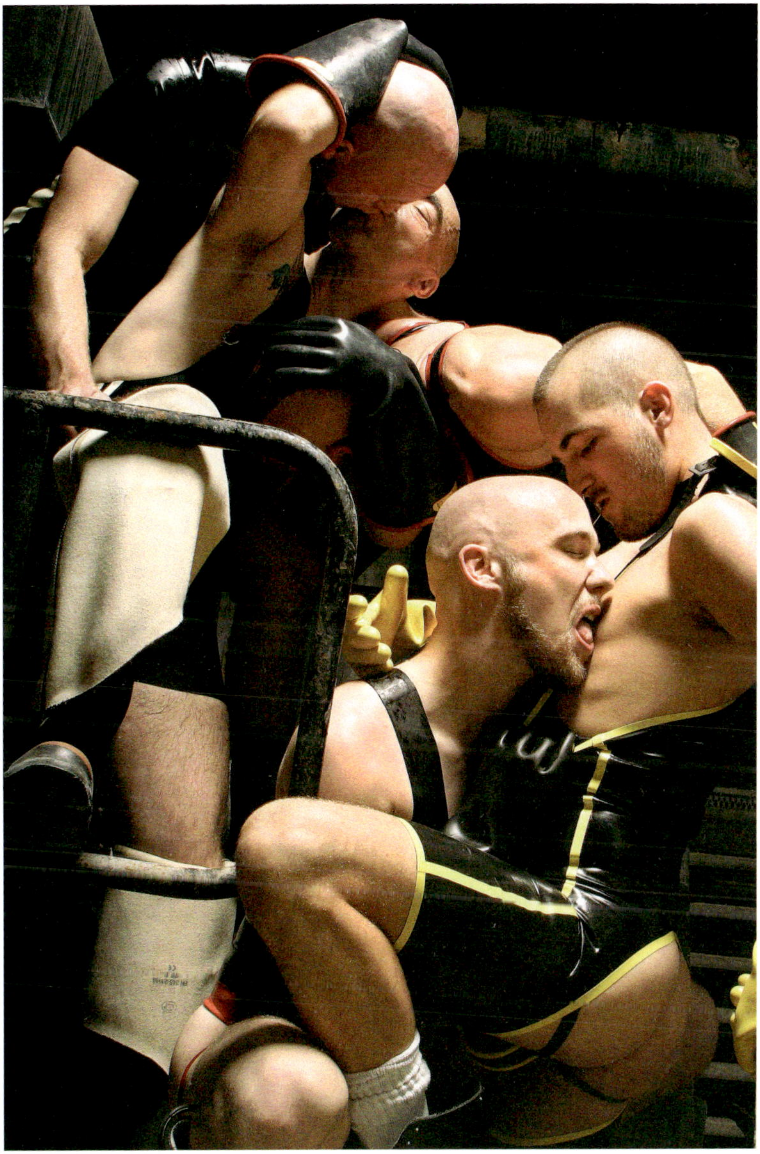

Stephanie K.

Fetische

Ein Fetisch ist ein Stellvertreter, eine Projektionsfläche, eine Sehnsucht. Eine sexy, glamouröse Projektionsfläche jedenfalls, weil man durch den Besitz des Fetischs eine Aufwertung des eigenen Selbst erfährt. Die Psychologie hat natürlich auch andere Erklärungen, aber der psychopathologische Aspekt kann ja so ein Spielverderber sein. Es ist etwas, das man nicht hat, aber gerne für eine gewisse Zeit haben oder in Besitz nehmen will. Ich glaube, dass es gar nicht möglich ist, in einer Gesellschaft wie dieser keinen Fetisch zu haben. Jeder besetzt das für sich anders. Der anerkannteste Fetisch ist der Warenfetisch, jetzt nicht im marxistischen Sinn. Viele Männer haben ein erotisches Verhältnis zu ihren Autos, in der Hoffnung, dass der Automobil-Manitu auf sie übergehen möge und sie schneller, stärker und größer sind, als sie sich fühlen. Oder einige Frauen haben das mit Schuhen, von denen sie hoffen, dass sie dadurch begehrenswerter und eben auch potenter scheinen. Das geht weit über Statussymbole hinaus. Warenfetische funktionieren für Heteros wie Homos. Mir fallen da noch Lesben mit ihrem Faible für Outdoor-Klamotten ein – die signalisieren Ungebundenheit, Bereitsein, ein Raus aus den häuslichen Fesseln und natürlich Stärke und Autonomie. Die ganze Werbung zielt auf Fetischismus ab: „Wenn ich Diesunddas anziehe, dann fühle ich mich soundso", es geht immer darum, etwas zu werden mittels eines Gegenstandes oder einer Handlung, was ich nicht bin oder was nicht wirklich meinem Selbstbild entspricht – zumindest nicht im Ganzen. Es funktioniert, weil der Mann mit dem tollen Auto auch wirklich größer ist, wenn er daran glaubt, die Frau sexuell potenter, die Wanderlesbe unabhängiger und freier.

Auf der anderen Seite ist „Fetisch" natürlich ein erotisches Thema. Mit erotischen Fetischen werden oft Leder und Uniformen verbunden. Das sind Stellvertreter für Macht, für eigene Regeln, für Maskulinität. Man kann für kurze Zeit im Besitz all dessen sein. Wenn ich es besitze, geht die Kraft des Fetischs auf mich über. Das ist etwas sehr „Heidnisches", was sich durch die Jahrhunderte transformiert hat. Wenn ich meinen Feind besiege und seine Waffe an mich nehme, dann übernehme ich auch die Kraft meines Feindes. Genau genommen ist die Kommunion auch so etwas – letztlich ist es ein kannibalischer Akt, den Leib Christi in Form einer Oblate zu verspeisen, damit der Herr in einem ist. Die ganzen Ritualhandlungen drum herum machen es zu einer sehr sinnlichen und körperlichen Erfahrung. Man fühlt sich besser, weniger verletzlich und angstfrei danach, soweit man denn gläubig ist.

Natürlich ist das letztlich ein Spiel mit dem eigenen Ich. Ich kann nur den „Geist" von einem Gegenstand in mir aufnehmen, den ich vorher auch hineinprojiziert habe. Für einige ist Jesus am Kreuz einfach nur ein Stück Holz mit einem Folteropfer, eine ziemlich bizarre Darstellung eines Menschen. Andere wiederum kämen niemals auf die Idee, ein Kruzifix in den Kamin zu werfen aus Angst, dafür im Fegefeuer zu landen. Ähnlich ist das wohl auch mit Bekleidungsfetischen. Wenn ich mit bestimmten Klamotten nichts verbinde, dann fühle ich mich weder cool noch sexuell attraktiv, sondern nur verkleidet oder schlimmstenfalls wie ein Depp, der die Village People zu Karneval gibt. Es heißt aber auch, dass dieses Gefühl von sexueller Macht die ganze Zeit da ist und nur mittels einer Imagination oder dem Besitzen eines Fetischojektes hervorgeholt und an erste Stelle gestellt werden kann. Zum Beispiel beobachte ich das oft bei schwulen Männern, den Lederkerlen und deren Inszenierung von Hypermännlichkeit und Machismo. Ich nehme Schwule, auch Tunten, als sehr „männlich“ wahr, genauso wie ich aus meiner Perspektive Butches als „weiblich“ wahrnehme, dennoch werden ihnen „Männlichkeit“ bzw. „Weiblichkeit“ in der heterosexuellen Dominanzkultur aberkannt. Ein Uniformfetisch ist etwas sehr Schwullesbisches. Es bedeutet, ich kann für einen Augenblick auf der Seite stehen, oder sogar: ich bin für diesen Augenblick die Seite, ich bin Teil derer, die potenziell gefährlich

Ulli Richter

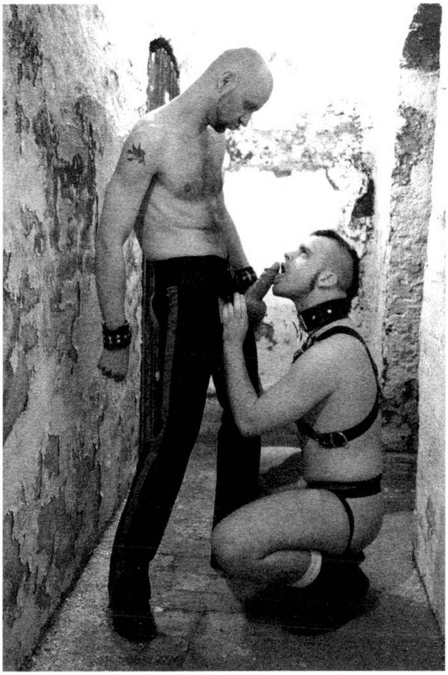

für mich sind, von denen ich gezielt ausgeschlossen bin, entweder weil mir die Kompetenz fehlt oder weil es Teil einer gesellschaftlichen Diskriminierung ist. Für einige mag auch eine Art Bannung eines kulturellen Traumas durch strukturelle Gewalt dahinter stehen.

Erotischer Fetischismus, BDSM und Rollenspiel müssen nicht voneinander getrennt sein, meistens gehören sie zueinander. Die Handlungen um den Fetisch finden innerhalb eines geschützten Raums, eines verhandelten, konsensuellen Raums statt. Eine durchaus „gesunde“ Angelegenheit. Ich kenne viele Leute, die ihre Lern- und Ahaeffekte haben, da sie innerhalb eines sicheren Raums einen sehr viel schärferen Blick für das entwickeln konnten, was um uns herum nonkonsensuell geschieht. Zum Beispiel Machtstrukturen viel klarer zu sehen. Strukturelle Gewalt zu erkennen. Zu erkennen, dass vieles nicht gleichberechtigt verhandelt wird, sondern, hochritualisiert zwar, aber letztlich nur eine Manipulation, ein „Widerstandbrechen“ ist. Ich meine nicht, dass Fetisch-S/M grundsätzlich ein Selbsterfahrungstrip sein muss, aber intelligenter BDSM/Fetisch hinterfragt auch.

Fetischistisches Rollenspiel gibt auch die Möglichkeit, Verbotenes nachzuspielen, ohne dass dabei wirklich jemand Schaden nimmt. Beispielsweise Age-Plays, das sexuelle Spielen mit illegalem Altersunterschied in einem Machtgefälle. In der Realität ist die sexuelle Ausbeutung von Kindern und Jugendlichen ein schweres Verbrechen, von der sich eine empathische Gesellschaft oder Kultur gar nicht weit genug distanzieren kann. Trotzdem kann es sexuell sehr aufregend sein, wenn zum Beispiel zwei erwachsene lesbische

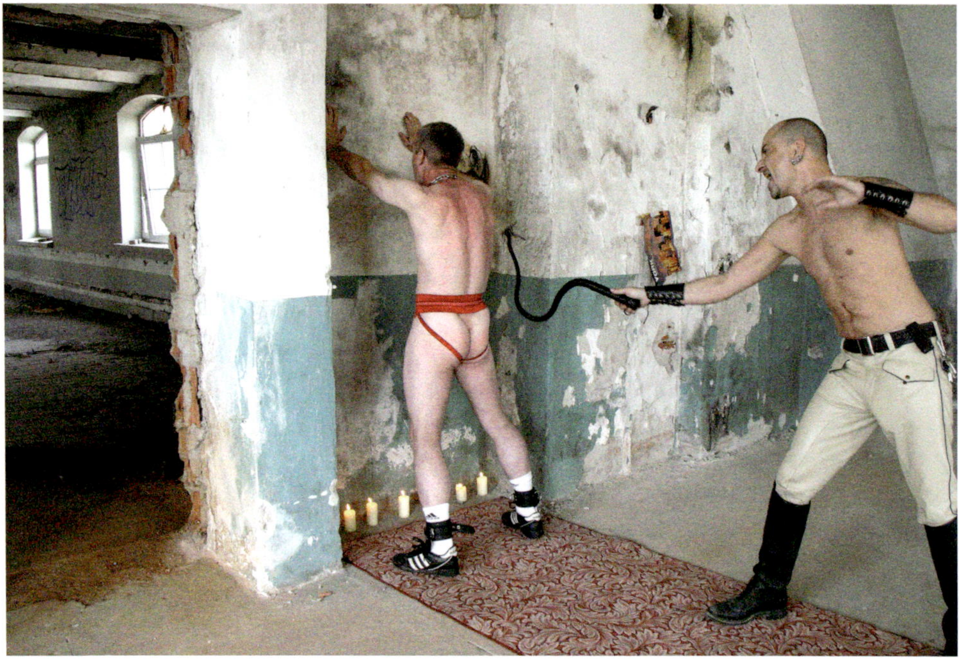

Ulli Richter

Frauen als Priester und Ministrant miteinander Sex haben. Hinzu kommt noch der Aspekt des Genderplays, also das Umdefinieren des eigenen Selbst zu einer männlichen Persona. Unsere Körper limitieren uns nicht, es sind die deutlichen Zuweisungen durch unsere kulturellen Rollen, die wir einzunehmen gezwungen werden, um „erfolgreiche" soziale Wesen zu sein, die uns begrenzen.

Diese Grenzen kann ich im Kopf übertreten. Und das fühlt sich sehr real an, weil unsere Gedanken auch unser Bewusstsein prägen. Es ist vielleicht wie mit Kindern, die Cowboy und Indianer spielen oder andere Archetypen ausprobieren. Das wird oft belächelt, aber sie glauben im Spiel, wirklich Cowboy und Indianer zu sein. Sie fühlen sich mächtig und erproben sich und ein Teil ist Wirklichkeit. Es gibt viele Studien darüber, dass Kinder, die viele Rollen spielen, sozial aufgeschlossener im Erwachsenenleben werden, mehr Einfühlungsvermögen besitzen und sich unvorhergesehenen Situationen oder Machtstrukturen gegenüber flexibler und kreativer verhalten können. Und es fördert die Intelligenz. Deswegen ist es auch wichtig, Kinder früh in solchen Rollenspielen zu fördern. Als Erwachsener hat man das Privileg, das auch an eine sexuelle Persona knüpfen zu können.

Ich glaube, dass alle Menschen irgendwelche Fetische haben, auch erotische, die Frage ist, welchen Stellenwert sie ihnen einräumen. In meinem Fall war es eine katholische Umgebung. Ich lese diese Religion auch als etwas zutiefst Fleischliches und Sinnliches. In der Realität ist sie oft gewaltverherrlichend, sexistisch, absurd, elitär und undemokratisch – aber sie hat eben auch etwas sehr Sexuelles.

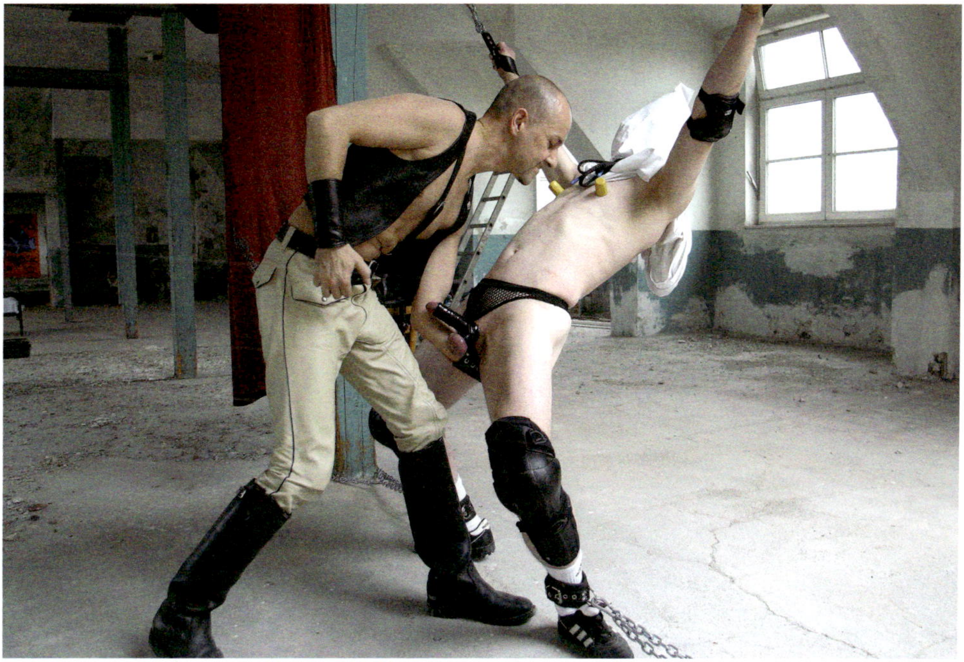

Der Katholizismus ist voller symbolhafter Figuren, Archetypen, Larger-than-life-Persönlichkeiten und vor allem mystisch aufgeladenen Gegenständen und Kleidungsstücken und machtvoller Rituale. Ich war gerade in Italien, im Zentrum der spätmittelalterlichen Marienverehrung. Das war nicht nur eine intellektuelle Erfahrung, sondern eben auch eine erotische. Ich kann die Anbetung von Reliquien und Märtyrerbildern gut verstehen, obwohl ich Atheistin bin. Dem Kieferknochen des Heiligen Antonius kann ich nichts abgewinnen, weil ich nichts damit verbinde. Dafür aber umso mehr den erotischen Bildern, in denen er als junger, überirdisch schöner Mann zumeist männliche Kinder auf eine Weise herzt, dass man schon ein wenig die Augenbrauen heben muss und sich fragt, ob solche Bilder in eher protestantischen Ländern nicht schon als Kinderpornografie verstanden werden würden. Aber sie strahlen eben auch Geborgenheit, Wärme und Auflösung aus. Ohne diese (Homo)-Erotik wären diese Bilder kraft- und leblos. Ähnliches gilt für die Märtyrerinnen oder auch Bilder der Leiden Christi, wie zum Beispiel die Geißelung Jesu. Diese Figuren spüren unfassbares Leid, werden gefoltert, aber gehen als Sieger hervor. Viele MärtyrerInnen werden mit ihren Folterwerkzeugen dargestellt, so hat die Heilige Katharina immer das zerbrochene Rad, auf dem sie gerädert wurde, bei sich und einen Dolch in der Brust oder der Heilige Sebastian scheint im Gegensatz zu seinem Körper immun gegen die Pfeile, die ihn durchbohren. Das ist das, was man sich von einem erotischen Fetisch erhofft: Angstfreiheit, über sich selbst hinauswachsen, Stärke, Läuterung, ekstatisches Vergnügen und der Welt für einen gewissen Zeitraum abhanden zu kommen.

Mario Wirz

Stichworte für eine Orgasmusoper mit Kommentar

Orgasmusorgasmusorgasmus
Schreit das vom Orgasmusterror gemarterte Fleisch
Gellend
Verbissen beißt es sich ineinander
Lieblos
Humorlos
Lustlos
Orgasmusorgasmusorgasmus
Ist Dogma der Kopulierenden
Schwerarbeit
Pflicht
Stress
Orgasmusorgasmusorgasmus
Zwei Körper
Eine Schieflage
Keuchendes Elend
Fick mich die Wände hoch wieder runter wieder hoch wieder runter
Macht keinen Spaß ist langweilig ist öde ist anstrengend
Mach weiter mach weiter egal und wenn wir verrecken ohne Orgasmus
Hören wir nicht auf dürfen wir nicht aufhören
Orgasmus soll großartig sein ekstatisch übermenschlich geil
Gnade winselt so was wie Seele unter dem gewalkten Fleisch
Warum nicht lachen über die groteske Akrobatik?
Orgasmusorgasmusorgasmus
Muss sein Muss sein Muss sein
Wenn nicht im Bett dann mit verbundenen Augen auf einem Wolkenkratzer
Im Löwenkäfig mit einer geladenen Pistole im Mund
Orgasmusorgasmusorgasmus
Chimäre Gespenst Phantom
Den Körper im Bett mit den Körpern hinter der Stirn
Irgendwie
Geht nicht nichts geht bin so müde schrecklich müde
Versager Ich
Versager Du
Versager Wir
Jämmerlich
Lächerlich
Kläglich

Einsames Fleisch unerlöst unerlöst
Wälze dich rolle dich strecke dich reiße dir alle Haare aus
Versprize dich in alle Himmelsrichtungen
Wenn du kommst bin ich längst gegangen

Ulli Richter

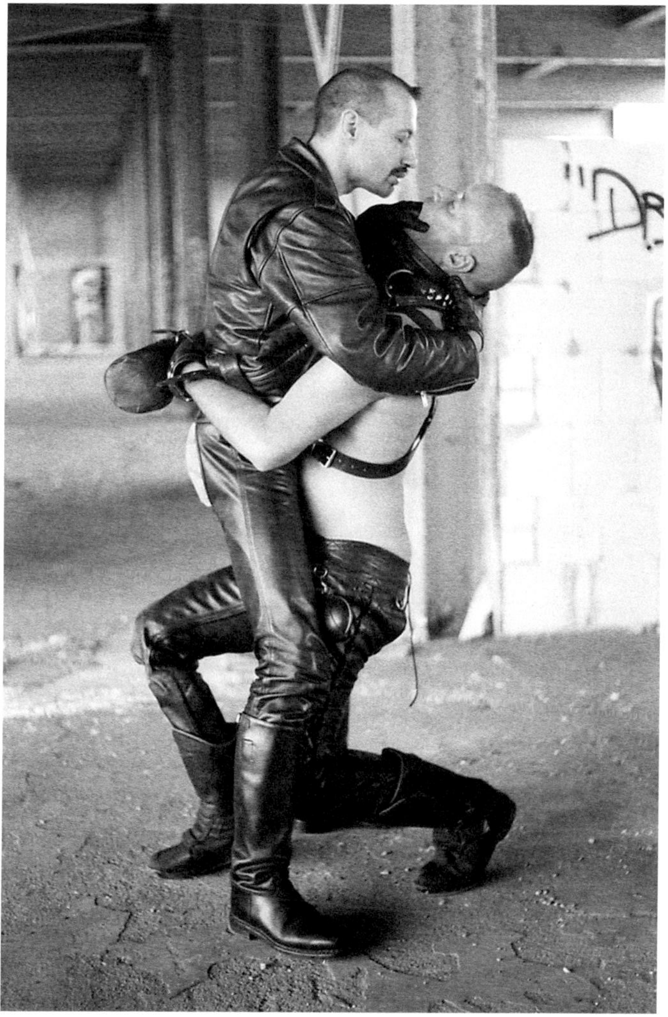

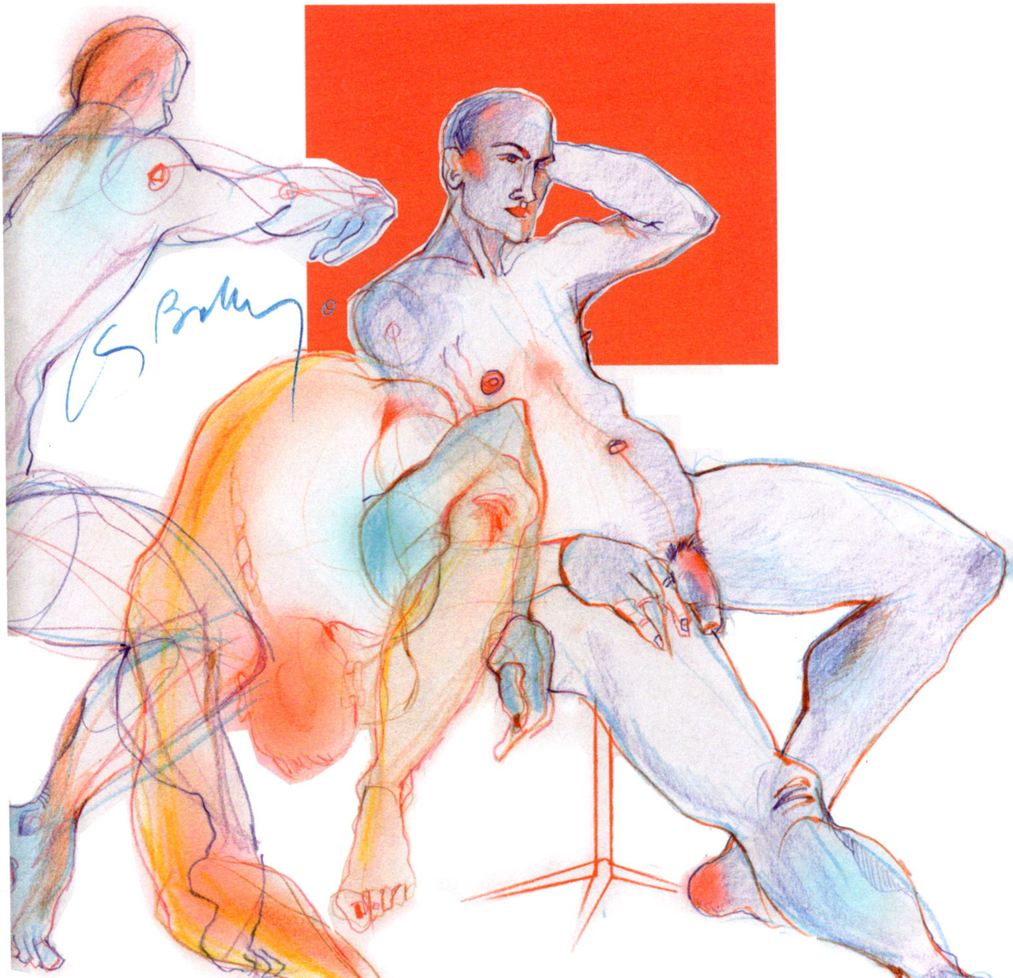

Christian S. Bolley

Liebesakt

Adam und Eva
bin ich
in Dir
verwandele ich mich
Schlangenmännlich
Apfelweiblich
komme ich
auf meinen Wesenskern
wurzelt
der Baum der Erkenntnis
und alle Früchte
fallen mir
in den fruchtbaren Traum
von Fleisch und Blut
Milch und Honig
nähren sich
die Gestalten
die Du in mir
zeugst
Halbweltgötter

Stricher
Nymphomaninnen
Lasterhafte Konfirmanden

Schamlose Jünglinge
Geile Stereotypen wie Cowboys und
Matrosen
Priester und Polizisten
werde ich
in Deinen Armen
bin ich
Aufstieg und Absturz
Schrei und Gesang
Himmel und Hölle
fürchte ich nicht
reitet mich der Teufel
antwortet ihm
Beelzebub
mit Haut und Haaren

fährst Du in mich
reißen plötzlich wilde Bären
an unserem Fell
wärmen sich
junge Löwen und Tiger
verwandeln unser Bett
in die Wildnis
kehren wir zurück
für den Bruchteil einer Sekunde
sind wir
nicht zu bändigen

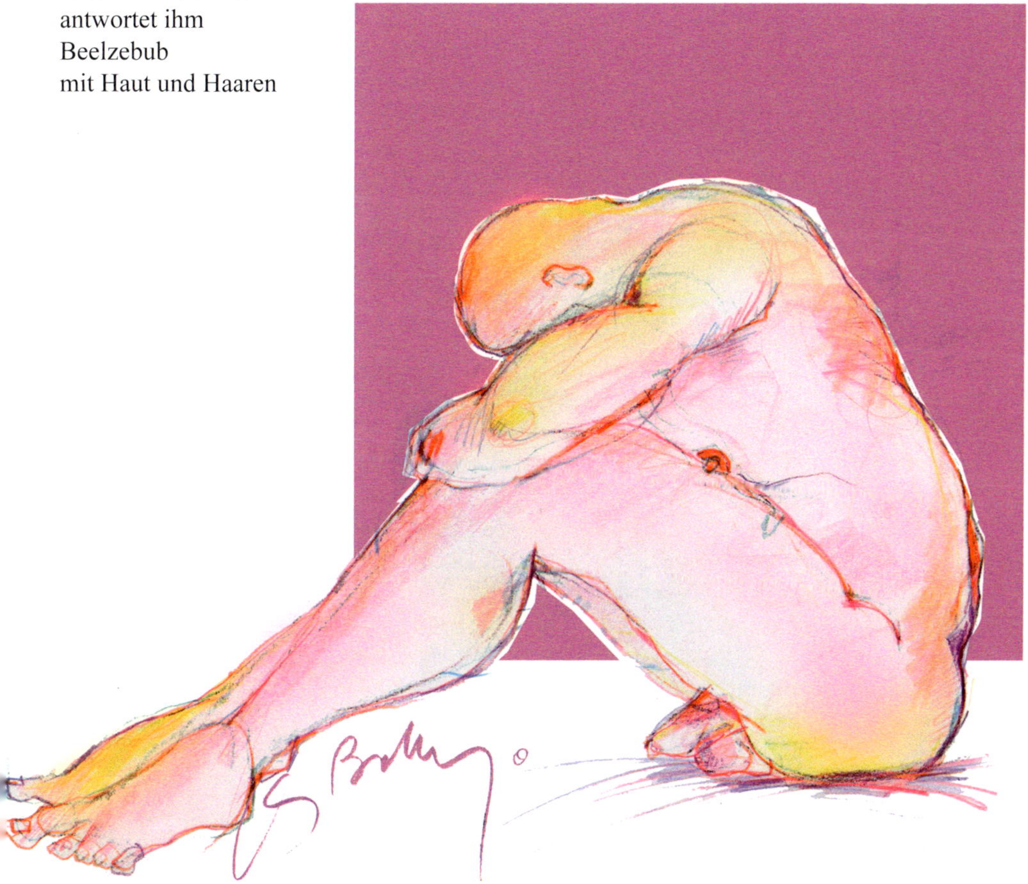

Christian S. Bolley

Sigrun Casper

Was soll das überhaupt

1. Ich bin auf dem besten Weg, das Drumherum abzuwerfen, mich in Form zu bringen, die bisherige Form hinter mir zu lassen. Ich verachte den Rummel nicht, habe ja lange mitgemacht, aber ich will es nun für mich selbst vorbeisein lassen. Es auslassen. Loslassen. Weglassen. Ich bin jetzt über fünfzig. Kann es bisweilen noch mal mitnehmen, aber hänge mein Herz nicht daran. Wie ruhig und kühl mein Blut fließt. Die Hitze überlasse ich den anderen. Wie sie sich verzehren. Wie sie ihre Zeit verschenken. Sich aufopfern, bloß wegen dem einen. Was soll das überhaupt?

2. Im Kino, in der Kneipe, am Wochenende am Grunewaldsee bin ich umgeben von Paaren.
Paar, die gängige, Sicherheit verleihende, den eigenen Wert erhöhende Zusammenstellung von Menschen. Wer einzeln ist, hält sich sein Fernglas vor die Augen, dreht an ihm herum, putzt es und sieht das Bett. Händchen halten, schmeichelnde Sachen sagen, sich mit den Augen streicheln, küssen, ein, zwei Gläschen Wein oder was anderes, dann kommt man zur Sache. Auf die Plätze, ausziehen, CD auflegen, Licht dimmen, los, fertig. Danach war es gut, war es schön, war es wirklich toll mit dir. Was soll das überhaupt, das Orgasmus-Soll? Es ist ein Spiel. Wer die jeweiligen Regeln einhält, spielt mit. Oberste Regel: Verfüg- und Verführbarkeit. Wie erhebend, die begehrlichen Blicke eines Jägers, einer Jägerin auf sich zu wissen, die Wahl zu haben. Du bist mir zu dick, zu alt, dein Busen, dein Hintern, deine Schultern. Du bist nicht wohlhabend, du bist zu klein, du hast keine Ahnung. Reizen, pokern, schieben, schummeln. Ein gnadenloser Kampf um Sieg. Gebiete werden erobert, verloren, zurückgewonnen um den Preis von Liebesschwüren, Tränen, Schmuck und Immobilien. Um den Trauschein, die gemeinsame Wohnung. Wir halten uns frisch, wir riechen nicht, wir leisten ordentliche, saubere Arbeit.
Im Auto, in der U-Bahn am nächsten Morgen schaut man zufrieden vor sich hin. Wieder einen, wieder eine erledigt. Oder immer denselben, dieselbe, mit leichtem Bedauern. Besser, jeden Tag ’n Kotelett als alle halbe Jahre einen Fasan. Hauptsache, der Hormonhaushalt. Pickel kriegt man ohne das, dicker wird man ohne das, und zickig, aber wie! Gebumst haben macht einen für ’ne Weile ganz friedlich. Man sollte die Nutten Politik machen lassen, dann gäb’s keine Kriege mehr. Quatsch. Politik ist Weiterführung der Sexualität mit anderen Mitteln. Attraktiv, was Macht verspricht. Große Worte machen. Reizen, Einschmeicheln, Schummeln, Ausspielen. Achtung, fertig, los. Hinterher sich die Hände erst reiben, dann waschen. Macht. Schön. Sauber.
Ich halte mich raus aus dem Spiel, habe endlich meinen privaten Frieden. Schere mich nicht mehr um das Gefall-Geplänkel, die Kriegsbemalung, die Angriffsstrategien. Habe zur Genüge mitgekriegt, was das bringt. Die Angst, im Spiel zu verlieren, nicht mehr zu gefallen. Bin jetzt eine Festung, eingenommen von mir selbst. Meine Mauern halten dicht, in den Schießscharten warten geladene Kanonen darauf, jedem auffordernden Blick eine Ladung Dukannstmichmal in die Linse zu donnern. Oben stehe ich zwischen meinen Zinnen und schaue in den Himmel, der mir näher ist als alle Matratzen.

3. Soll heißt Pflicht erfüllen, Anspruch genügen, Ziel erreichen. Begriff aus der Planwirtschaft, der Akkordarbeit, dem Geldwesen. Sollen und Haben. Soll ist Minus von vornherein. Wird Haben gegenübergestellt, markiert die negative Differenz. Soll muss überboten werden, um Haben zu haben. Mehr Leistung für mehr Haben. Schneller, besser und noch mehr aus Angst vor Liebesentzug und Lohnabzug. Nach dem Soll leben. Wie es sich gehört. Wie es die Tradition oder der Herr von mir erwartet. Deren Erwartungen zu meinen machen. Von mir weiß ich fast nichts. Soll lieben geht ebenso. Lieben, wie es die Tradition, die Werbung, die Rechnung verlangen. Ich liebe gehörig, ich liebe folgsam, frage mich nicht, ob es mir Freude macht.

4. Ich will nicht sollen. Das Will ist das sich selbst gegebene Soll. Ist das Feuer im Kern der Erde, die Magnetkraft zwischen den Gestirnen, das, „was mich im Innersten zusammenhält".
„Was soll das überhaupt" fragt jemand, der nicht will, nicht gewollt hat. In „überhaupt" steckt eine folgenreiche Verabsolutierung. Über dem Haupt, nicht drin. Das soll überhaupt nichts.
Wer Liebemachen als schönsten Ausdruck von Will ansieht, fragt nicht im Ernst, was das überhaupt solle. So eine Frage braucht doch gar keine Antwort. Wer so fragt, setzt sich naserümpfend auf einem zurechtgestümperten Sockel über alles hinweg, was Leben glücklich, also sinnvoll macht. Sollte jemand im Ernst der Meinung sein, das nicht mehr zu brauchen, weil er oder sie müde ist oder genug hat, muss er oder sie sich keineswegs hochnäsig davon absetzen. Man sagt sich vielleicht: Es war gut, aber nun will ich es nicht mehr. Oder man fragt sich: Brauche ich es noch? Und gelangt zu einer vorläufigen Antwort.
Als Soll ein Handel, ein Geschäft, aus dem ich irgendwann mit leeren Händen hervorgehe, um mir und der Welt dann diese Frage zu stellen. Als Will die Schönheit, die Trauer, das Glück des ganzen Lebens. Eine etwas moralische Betrachtung. Sei's drum.

5. Auf einer Nebenstraße spielt sich seit Wochen ein Drama ab. Ich, mit meinen Vorsätzen, meinem überlegen wissenden Lächeln für das Gehabe um mich herum, ich habe einen Mann bemerkt. Ein Mann im Blickfeld. Ich, mitten im Blickfeld, das den Mann umschließt.

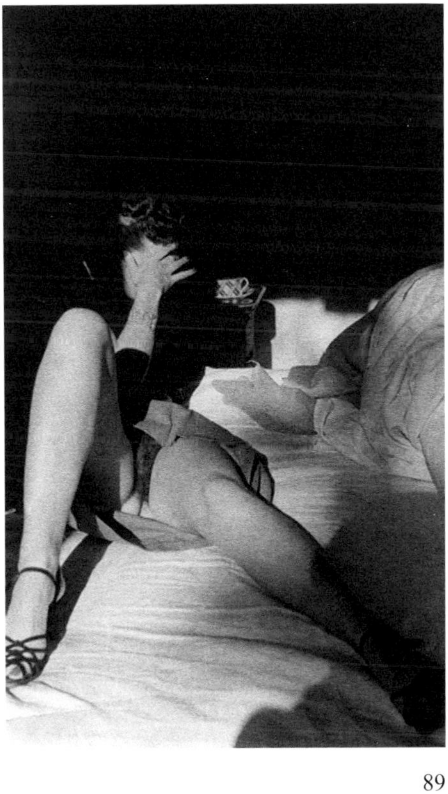

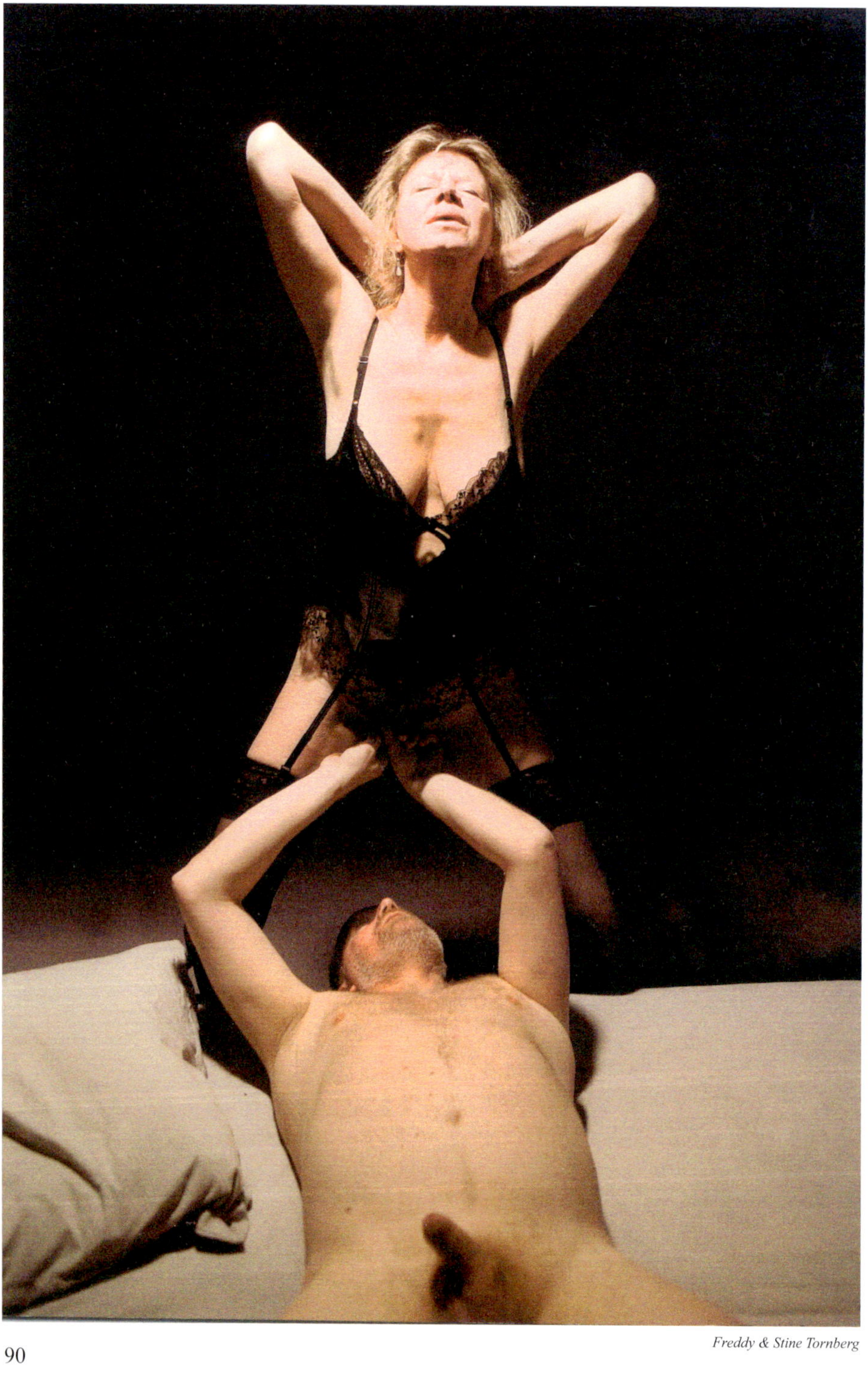

Freddy & Stine Tornberg

Anna K.

Liebster,
ich erröte, ja tatsächlich, wenn ich daran denke, wie scharf ich schon vor unserer letzten Begegnung war. Und so nass, schon bevor du mich berührtest. Du schienst fast ein wenig erschrocken, wurde dein Schwanz nicht kleiner, als du in mich drängtest und er sofort in mir schwamm? Und du mich nicht erst öffnen musstest? Du zogst dich aus mir zurück. Sagtest, es sei toll, wenn eine Frau so nass werden könne.
Aber – ich glaube, dass es dich stärker erregt, wenn du es bist, der die Nässe erzeugt, wenn dein Schwanz spürt, wie er eindringt, wie er etwas überwindet, wie er mich feucht macht.
Die Vorfreude, dass wir uns endlich einmal wiedersehen konnten, hatte mich fertiggemacht und ich kam schon bei unserem Begrüßungskuss still in mich hinein, was meine Erregung keinesfalls dämpfte, im Gegenteil. Du befriedigtest mich nun mit deinen kundigen Fingern. Hast du mir nicht einmal erzählt, in der bisher einzigen Nacht, in der wir uns gegenseitig endlos Jugendgeschichten erzählt haben, dass du als junger Mann in deinem Dorf dafür bekannt warst? Für deine Fingerfertigkeit. Jetzt fällt es mir wieder ein. Gut, dass ich nicht in der Nacht daran gedacht hatte. Wäre ich dann aus meiner Lust gefallen? Kaum. Deinen Fingern kann ich mich nicht entziehen, sie treiben mich unausweichlich voran. Ich wollte deinen Schwanz. Es war mir egal. Ich drehte dir meinen Arsch hin. Du nahmst ihn nicht. Es erregt mich, wenn ich nur daran denke, wie du mich mit der Hand an den Rand der orgiastischen Ohnmacht gefickt und dann, endlich, deinen Schwanz gefasst hast und in meine heftig zuckende Möse zu stoßen versuchtest. Doch in diesem Zustand ließ ich dich nicht eindringen; und jetzt wurdest du scharf und stießest härter gegen die sich Verschließende, gegen die nach dem letzten deiner mir bereiteten Orgasmen zusammenklammernden Wände an. Du wurdest so scharf, dass dein Schwanz größer wurde als sonst – schreib mir, empfandst du das ebenso? –, und ich wurde scharf und du durchstießest die Sperre und ich explodierte aufs Neue und stieß mich dir entgegen, schreiend, weinend, weich und weicher und offner wurde ich für dich.
Werde ich den Brief abschicken? Ich habe Angst, dich zu erschrecken. Ich bin nass, wenn ich an dich denke. Ich möchte dich riechen. Ich habe deinen Geruch nicht im Kopf, ich kann ihn nicht herbeidenken. Ich möchte diesen wunderbaren Duft in die Nase bekommen, den du in dem Moment hast, in dem du kommst, ich … kann mir nur deine Finger hierherfantasieren, jetzt, hier auf diesen Stuhl, in mich, du fickst mich. Jetzt! Jetzt! Ich würde mich freuen, wenn wir uns wiedersehen.
Deine Anna

Tornberg

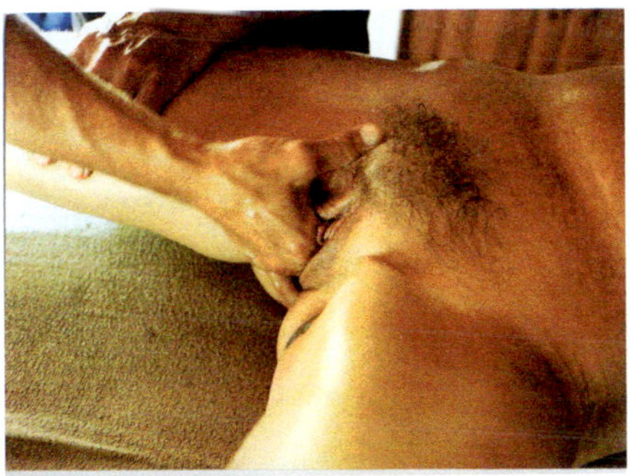

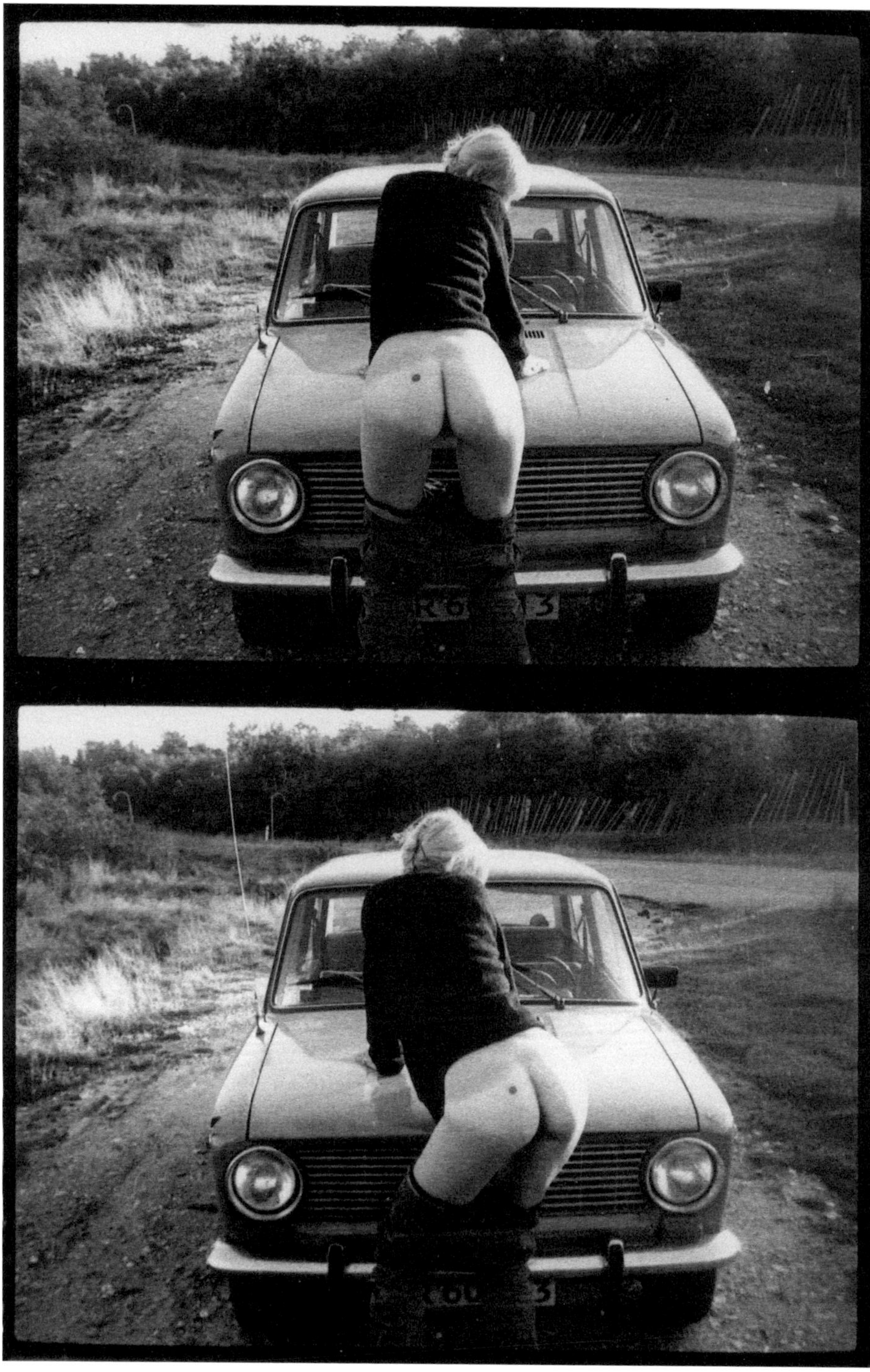

Freddy & Stine Tornberg

Til Schulz

Nach der Vertreibung

„Adam, bist du das?“

„Schön, dich zu sehen, Eva, du siehst blendend aus! Bleib bitte oben ohne ...“

„Adam, wir haben einen Sack voller Probleme – die Jungs wachsen mir über den Kopf.“

„Der sanfte Abel und der neurotische Kain?“

„Das Problem ist, dass sie keine Mädchen haben. Heut Nacht lagen sie wieder im Bett und haben Sex gemacht, könnten wir auch mal wieder!“

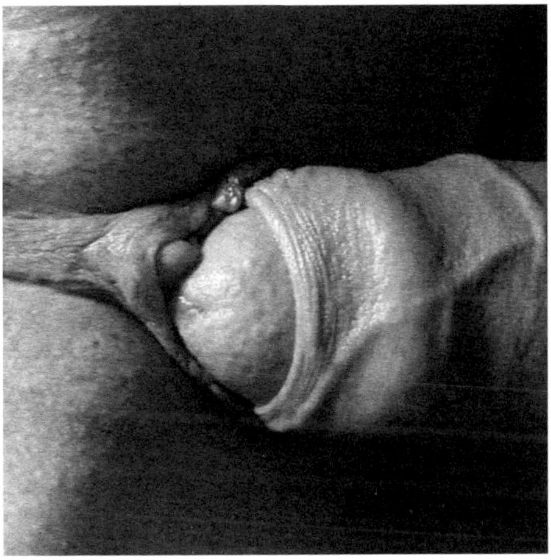

Stanislav Kutac

„Eva, du weißt ja, dass ich nach der ganzen Ackerei nicht mehr kann und du? Du streust schon wieder Salz, dass die Ziegen dich lecken?“

„Nein, ich mach es mir selbst beim Spinnen, dein neues Hemd ist bald fertig. Wenigstens das, aber was machen wir mit den Jungen? Also, heut morgen rief die Lilith an, die hat ja von Gabriel zwei Töchter gekriegt, die sollen zwar nicht richtig im Kopf sein, dafür aber sehr attraktiv. Und Lilith hat ja ähnliche Probleme, die Mädchen wollen ‚erkannt‘ werden. Sie haben ihren Rabenvater Gabriel nie mal nackt gesehen. Die Armen, da werden sie sich wundern.“

„Wie heißt ihr denn?“

„Ich bin die Judith und das ist die Sara.“

„Kommt rein. Die Jungs toben noch rum und ihr könnt euch ruhig ausziehen, ich finde, die Feigenblätter kratzen, bei der Liebe könnt ihr sie ja weglassen. Im Tomatengarten immer dasselbe, aber natürlich sehr diskret, damit der Alte nichts davon mitkriegt. Lilith und Gabriel machen es ganz hinten im Garten, ab und zu kommt der alte Luzifer, der hat sich stark verändert, seit er den anderen Teil des Unternehmens geerbt hat. Ab und zu machen die einen Dreier. Gesehen haben wir nichts, aber ziemlich viel gehört. Gabriel und Luzifer verstehen sich gut und Lilith findet das geil. Und wir werden weggeschickt. Ich mag die Judith zwar furchtbar gern und wir streicheln und lecken uns oft, aber das reicht mir nicht. Wir wollen mal ganz richtig. Da seid ihr richtig. Unsere Jungen brauchen Mädchen, egal ob sie von einem Teufel oder von einem Erzengel stammen. Sieh mal, der Kain hat schon einen stehen. Na, bei solchen schicken Titten, also, haut ab in die Betten. Adam! Sind die nicht süß?“

„Na, ich weiß nicht, was das dann mal geben soll?“

„Natürlich eine geile Satansbrut, was dachtest du denn? Ich werde sie Menschheit taufen. Übrigens, die Sara hat mir sehr gut gefallen, was für ein Hintern! Nur zu, ich helf dir, dass du in der richtigen Stärke bleibst.“

„Eva, du bist ein Schatz! Wer hat bloß

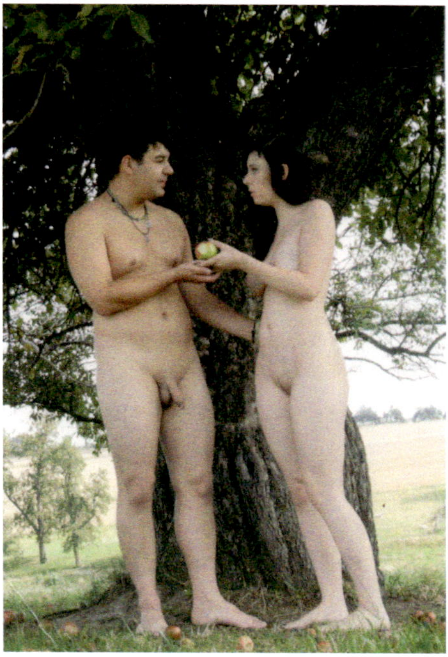

diese idiotische Geschichte mit der Schlange erfunden, ich glaube, dass der Alte sauer war, weil der so groß war und ganz hart, kann sein."
„Lilith, du verrückte Kuh, was treibt dich aus dem Tomatengarten?"
„Ach, Eva, der Garten ist so entsetzlich langweilig und ich möchte mal gerne meine süßen Töchter knuddeln, na, die kriegen mehr Knuddelei, als du denkst. Gestern musste ich die Judith einsalben, die war ganz wund, weil der Abel überhaupt nicht aufhören konnte und der Kain ist sowieso ein Problemfall, also ich sage dir, die jungen Leute von heute sind wirklich verdorben! Der Alte hat uns falsch konstruiert, eigentlich haben wir alle einen Dachschaden. Adam meint, dass das eine subtile Art der Rache ist. Du siehst aber auch schön aus! Lass dich doch küssen, überallhin, die Farbe von deinen Warzen gefällt mir, gerade jetzt, wo sie so stark sind!"
„Deine auch und ich will auch unter dein Feigenblatt, ja, ganz lieb ..."
„Natürlich sind das Schweinereien, aber die tun gut. Adam, komm her, es ist ja eine Ewigkeit her, dass du mich zum letzten Mal ... aber da braucht man doch nicht gleich zu spritzen! Komm, ich saug dir den Rest, na, wie gefällt's dir bei uns?"
„O Gott, ich bin ganz kaputt, das kommt von der kollektiven Macke, die uns der Alte angehängt hat."
„Erbsünde nennt er das, besonders, nachdem er gesehen hat, wie der niedliche kleine Esel mich neulich besprungen hat. So was Moralines! Erst produziert er aus einem Spieltrieb heraus Leute wie dich und mich und daneben Erzengel und Teufel, dass so was nicht gut gehen kann, ist ja wohl klar! Adam, geht's dir besser? Ja, ich seh ja schon, bitte, machst du mir noch ein Kind? Ich will auch nett sein und euch jede Woche besuchen. Passt euch Mittwochnachmittag? Ja, immer um fünfzehn Uhr, Gabriel und Luzifer haben da ihr Preisringen, das ist auch so eine schwule Kiste, und die Kinder sind ja sowieso bei euch. Tschüss ..."
Eine Weile später:
„Der Abel ist weg und die anderen sind sehr unglücklich, jetzt ist auch die Sara nicht mehr da, wie soll ich das dem Alten verklickern. Du sagst, dass sie sich wegen einer Erbsensuppe gestritten haben und dass Kain den Abel schwer verletzt hat, ich glaube, an der Geschichte müssen wir noch ein bisschen arbeiten, wenn er länger weg ist, mach eine Totschlaggeschichte draus, das ist immer überzeugend, komm, lass uns jetzt ins Bett gehen, Du siehst ja ganz verfroren aus ..."

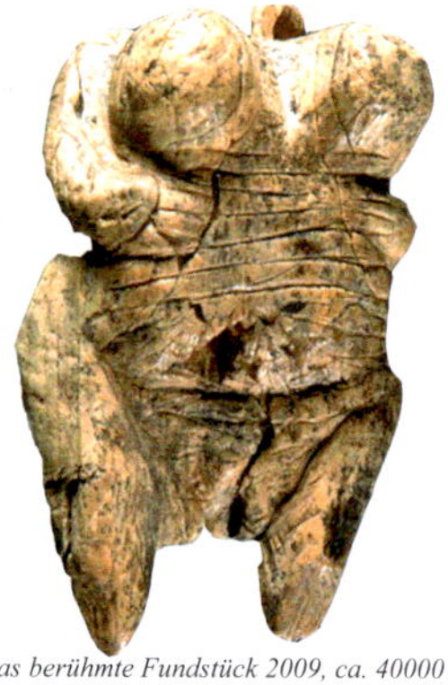

Das berühmte Fundstück 2009, ca. 40000 J. alt

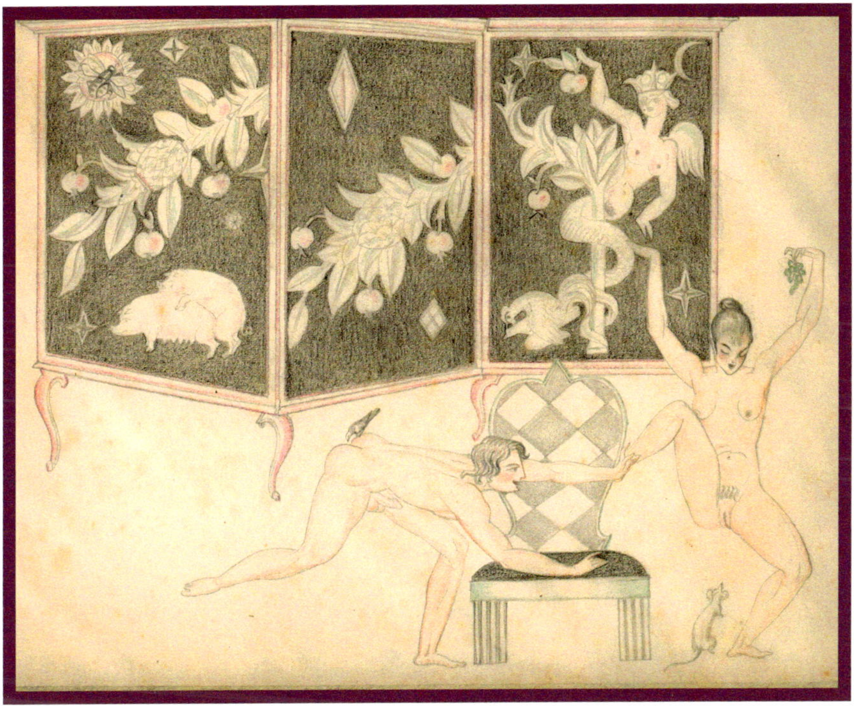

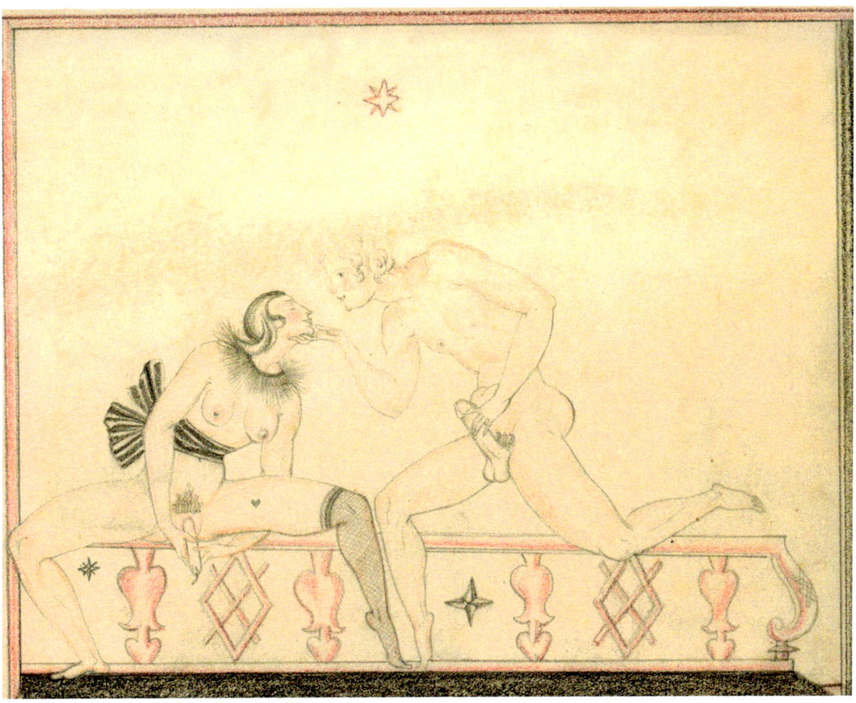

E. Danko, Adam et Eva / Romeo et Juliette

Simon Traston

Im Grunewald

In den dreißiger Jahren
sehe ich mich als Kind
auf dem Schlachtensee –
mein Vater hat gerudert,
meine Mutter und meine ältere Schwester
saßen mir gegenüber –
ich hockte am Steven.

Nach 1945 durchstreifte ich zweimal
das Strandbad Wannsee,
fand aber niemanden,
der zu mir passte.

1948 badete ich
am Großen Fenster
mit meiner Kusine,
auf die ich scharf war –
doch sie ließ mich nicht ran.

In den Fünfzigern
lief ich mit einem Freund
um den Grunewaldsee,
wir sprachen über Weininger und Nietzsche,
entschlossen zum Aufstand.

Jahre später ging ich
mit einer Frau in den Wald,
um sie zu ficken –
noch später,
als ich verheiratet war, mit meiner Geliebten –
sie besorgte es mir mit dem Mund.

Aber plötzlich war nichts mehr –
nur noch ein Duft,
ein Geräusch,
das Knacken des Unterholzes,
das Schwirren der Mücken.

Heute kann ich kaum noch laufen,
hocke an meinem Sekretär
und versuchs mit einem Gedicht
unter dem Titel
IM GRUNEWALD.

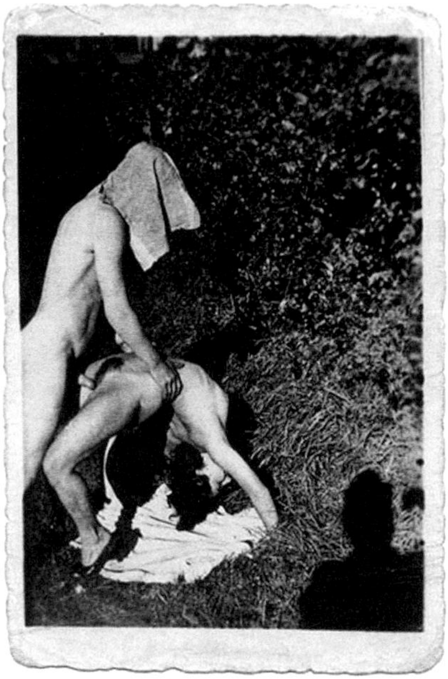

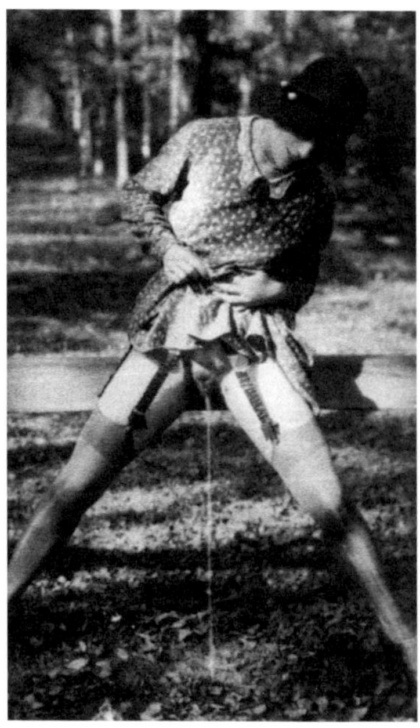

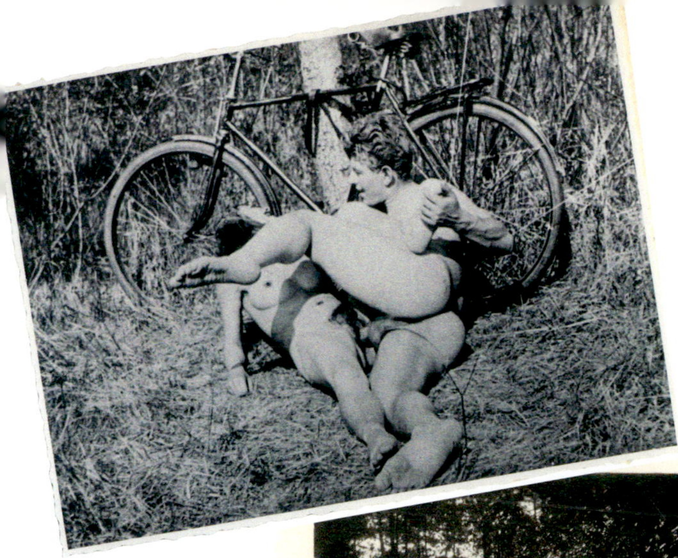

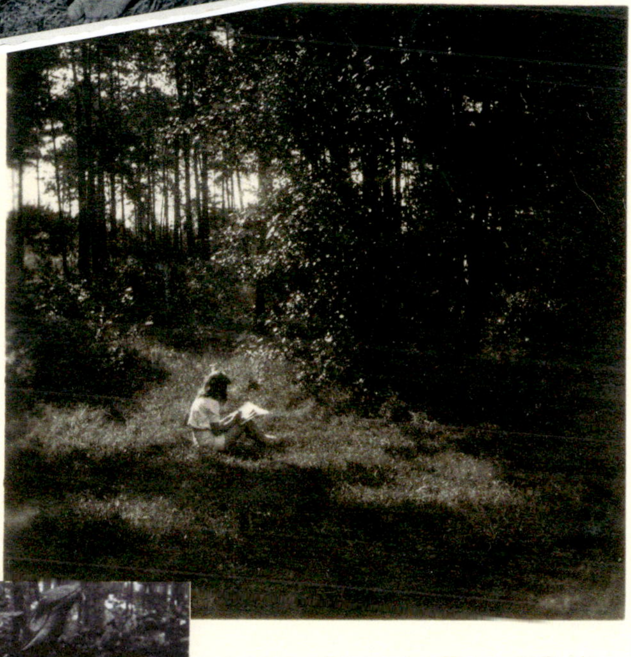

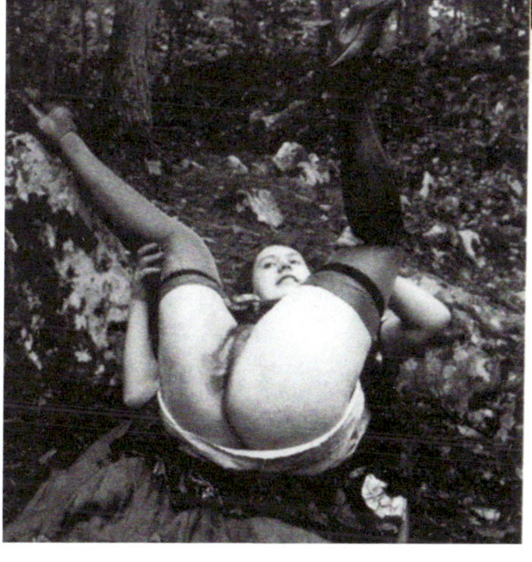

André Schinkel

Die Bäume im Rosental

Aber vorerst noch küsse ich dich, verbotener Falter,
Die Bäume im Rosental träufen, der Regen
Verzieht sich nur langsam und gibt unsern Schutz
Preis, der albern und sowieso nur trügerisch war.

Du nicht die Frau, die mir zu lieben bestimmt ist,
Und ich nicht der Mann, der begierig sein darf;
Und es schert uns einen feuchten Fotzen-Katheter,
Was die Welt von uns denkt, der seibernde Mob:

Solang du mich ansiehst, im Gewölk deiner Düfte,
Will ich vernünftig nicht sein, will deinen Leib
Nicht verschenken ins Nichts. Also du leuchtest, und
Ich sehe dich an ... und danach kommt die Angst.

Mancher Albtraum erfüllt sich, havarische Rhinos
Galoppiern in betropfter Savanne, und der Zank
Dräut in den Städten herauf; ich aber sitze und träume
Batterien von Küssen für dich, bis in die Nacht.

Louis Feria

El corro de las brujas prepara su conjura,
la luna lenta incuba su traición.
Corre una espuma espesa por la tierra:
enagüitas de niña, esconded vuestra flor.

Der Kreis der Hexen bereitet seine Verschwörung vor,
der langsame Mond brütet seinen Verrat aus.
Eine dichte Feder eilt über die Erde:
Kinderunterröckchen, versteckt eure Blume.

Aus dem Spanischen von Nicola Gehrke

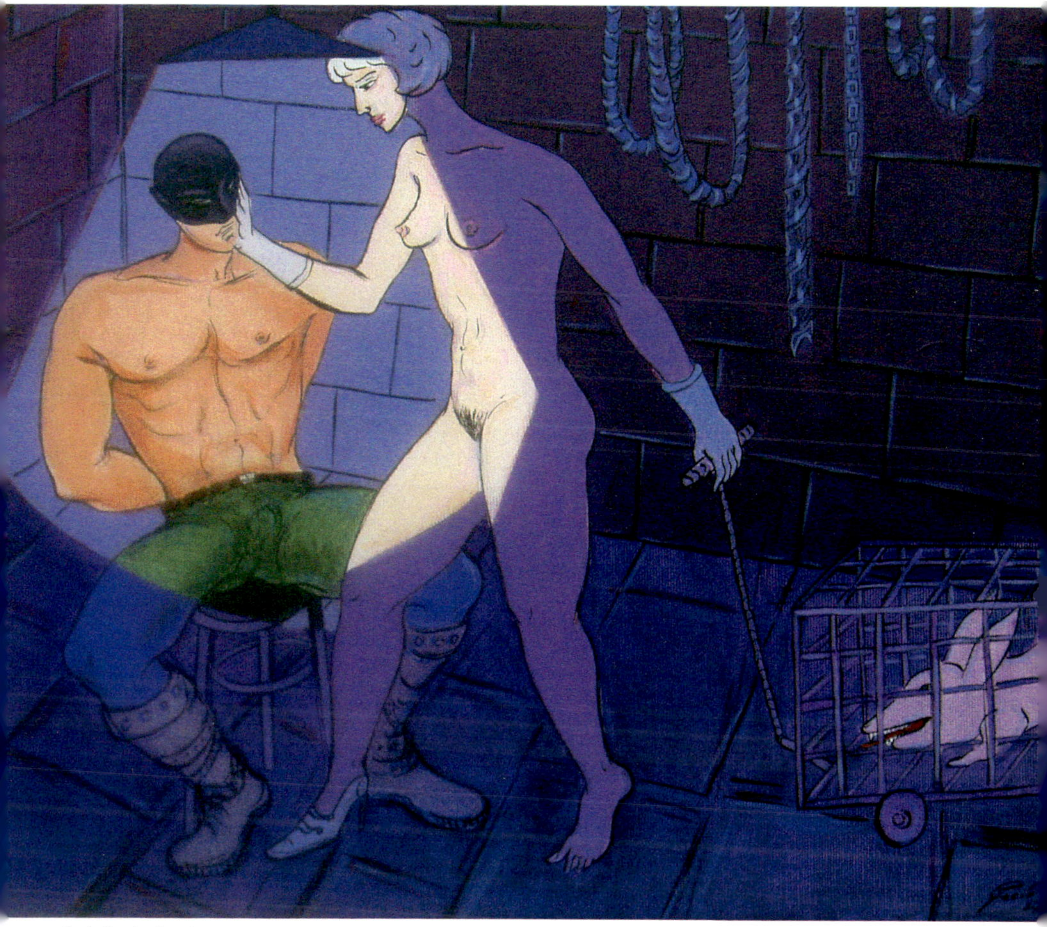

Rocio Garcia, Satanicamente tuya

Marga Simon

Quälender Traum
Ich träumte, ich bin auf einem Schiff, es ist sehr schmutzig, aber es ist eine Party. Matrosen in schlechter Kleidung, Männer und Frauen. Auf dem Deck des Schiffes haben sich alle versammelt, wir sitzen am Fußboden, neben mir sitzt ein Ehepaar, wir sprechen miteinander. Der Mann erzählt mir, dass seine Frau durch die Geburt eines Kindes Wahnsinnsanfälle bekommt. Man merkt der Frau, die sehr hübsch ist, blondes langes Haar hat, nicht das Geringste an. Sie spricht ganz normal mit mir. Als die

Party gegen Morgen zu Ende ist, bitten mich beide, bei ihnen zu schlafen. Wir gehen durch ein Hafenviertel, Schuppen, Lagerhäuser, alles sehr dreckig. Die Frau erzählt und erklärt mir ihren Zustand. Sie sagt, bei der kleinsten erotischen Berührung bekomme sie diese Anfälle. Sie sagt: „Es tut mir leid für meinen Mann." Inzwischen sind wir an dem Haus angelangt, in dem sie wohnen. Wir treten ein, es ist ein großer dunkler Raum, ein Bett steht darin. Der Mann geht durch den Raum in einen anderen; ich ziehe mich aus und lege mich neben die Frau. Sie wehrt ab und sagt, ich solle zu ihrem Mann gehen, auch die Berührung einer Frau könne diese Anfälle hervorrufen. Ich stehe auf und sie ruft mir noch nach in meinem Hinausgehen: „Er hat es nötig", und: „Sie tun mir doch den Gefallen?" Ich gehe durch einen langen Gang bis in einen Lagerraum, Fischernetze hängen an der Wand und von der Decke, in der Mitte des Raumes ist ein Wasserbecken. So wie ein Schwimmbassin. In einer dunklen Ecke steht ein Bett, der Mann liegt schon darin. „Kommen Sie", sagt er. Ich habe nur ein ganz dünnes Hemdchen an. Als er das Bettlaken zurückschlägt, merke ich, dass er stark behaart ist, sein Schwanz steht ihm steif vorn Leib weg; ich lege mich mit dem Rücken in seinen Schoß, die Haare kitzeln an meinem Rücken, er hat einen hässlichen Körpergeruch und ich ekle mich vor ihm. Er drückt mich auf den Rücken, breitet meine Beine auseinander und steckt sein Glied in mich. Ich wehre mich, aber umsonst, er hat zu viel Kraft. Ich ergebe mich, ich habe es ja selbst so gewollt. Er liebkost mich und stammelt zärtliche Worte in mein Ohr. Plötzlich geht die Tür zu dem Raum auf und mit irrem Blick steht die Frau in der Tür; sie kommt langsam auf das Bett zu. Da steht der Mann auf, ganz ruhig, und geht auf sie zu und wirft sie in das Wasserbecken. Ich habe mich aufgerichtet im Bett und schaue zu, ich kann die Frau liegen sehen im Wasser auf dem Rücken. Jetzt wirft der Mann große Eisstücke ins Wasser, immer mehr, bis die Frau fast nicht mehr zu sehen ist, dann kommt er ins Bett zurück, legt sich an meinen Leib und beginnt das Spiel aufs Neue. Dann kommen schwarz gekleidete Männer in den Raum und gehen in eine Ecke, besehen sich einen Stapel Bretter und Netze, sie stören sich nicht an uns und gehen wieder hinaus. Ich wundere mich darüber. Der Mann ist immer noch in zärtlichem Küssen und Streicheln fickend mit mir beschäftigt, er spritzt immerzu in mich hinein, er ist wild und zart zugleich. Seine Arme sind um meinen Leib gelegt und ich fühle jeden seiner Stöße. Jetzt habe ich auch Lust bekommen und will etwas aktiver werden, indem ich mich von ihm freimache, um eine andere Stellung einzunehmen, und in diesem Augenblick schaue ich, wie von einem Magneten gezogen, nach der Tür. Dort steht die Frau mit triefendem Nachthemd und flüstert immer wieder: „Ich bringe euch um", während sie sich ganz langsam unserem Lager nähert. In der Hand ein langes Messer. Schweißgebadet bin ich erwacht.

Rocío García

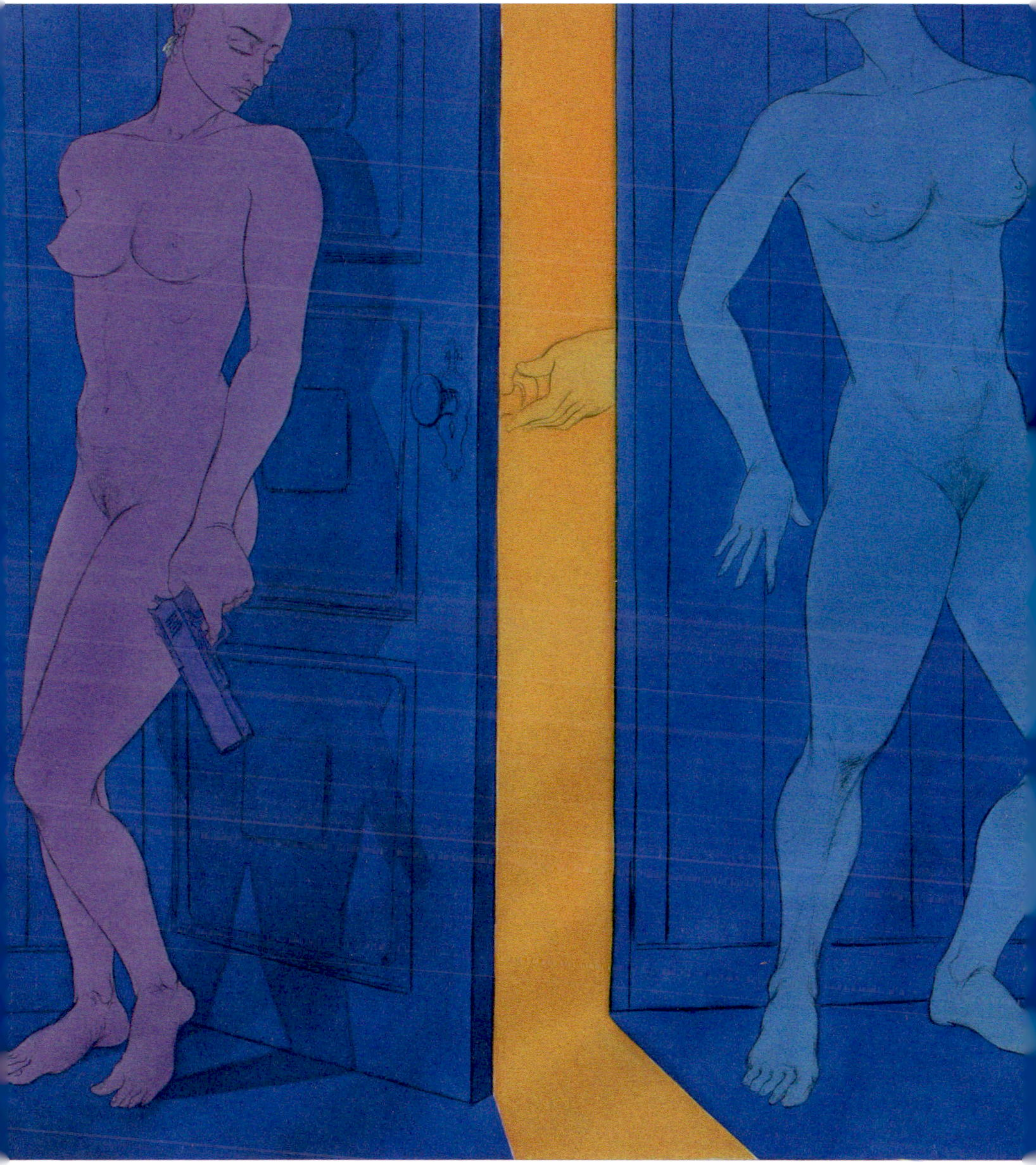

Plano 9

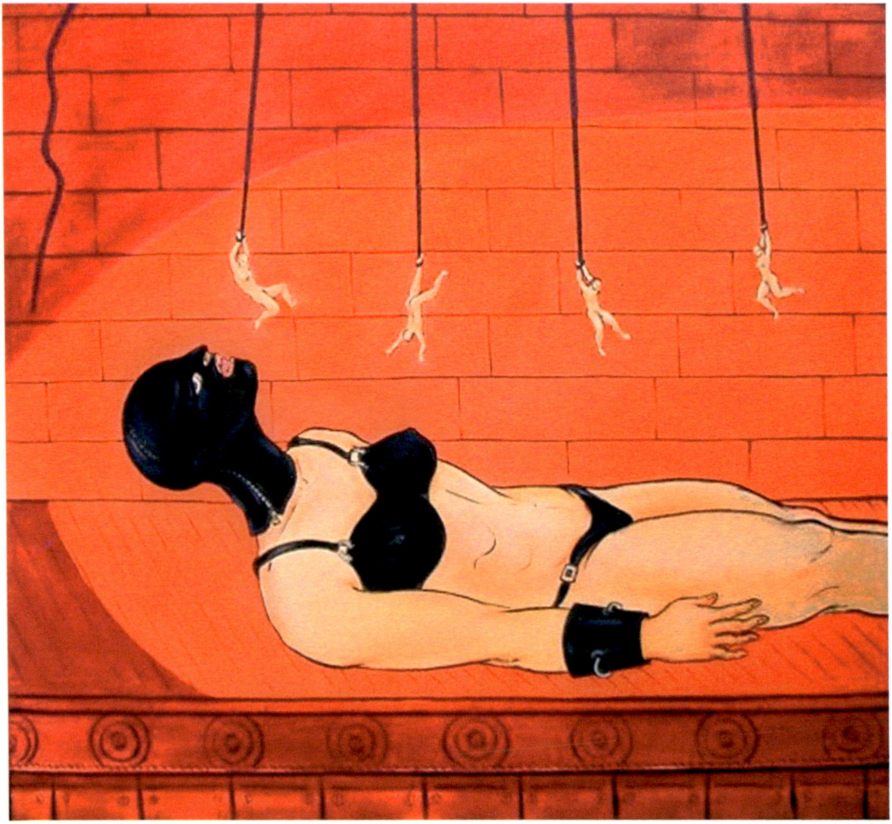

Canibal

Yoko Tawada

do und der Wort-Fetischismus

Es gibt viele japanische Wörter, die das Wort „do" enthalten. „do" („tao" auf Chinesisch) bedeutet der „Weg" und die Tätigkeiten wie Judo, Aikido, Shodo (Kalligrafie), Kado (Ikebana), Sado (Teezeremonie) sind Versuche, den „Weg", das heißt den Lauf des einzelnen Lebens oder den der Geschichte, zu begreifen. (Übrigens gefällt mir das Wort „Weg" nicht ganz, denn man bekommt das Gefühl, dass der „Weg" ein Ziel haben, ja sogar zur Wahrheit führen muss. Ich übersetzte dieses Wort deshalb manchmal mit „Straße". Dann hieße das Ikebana „Blumenstraße", die Kalligrafie „Schriftstraße" und das Judo „Elastische Straße".)

Im modernen Leben gehört Judo zum Sport, während Kalligrafie zur Kunst gehört. Sie haben dann nichts mehr miteinander zu tun. Aber das kleine Element in der Sprache – „do" – hält sie zusammen, selbst wenn dem Sprecher das nicht bewusst ist.

Einem, der in einer Fremdsprache lebt, werden solche Zusammenhänge eher bewusst, weil er gelegentlich Wörter aus

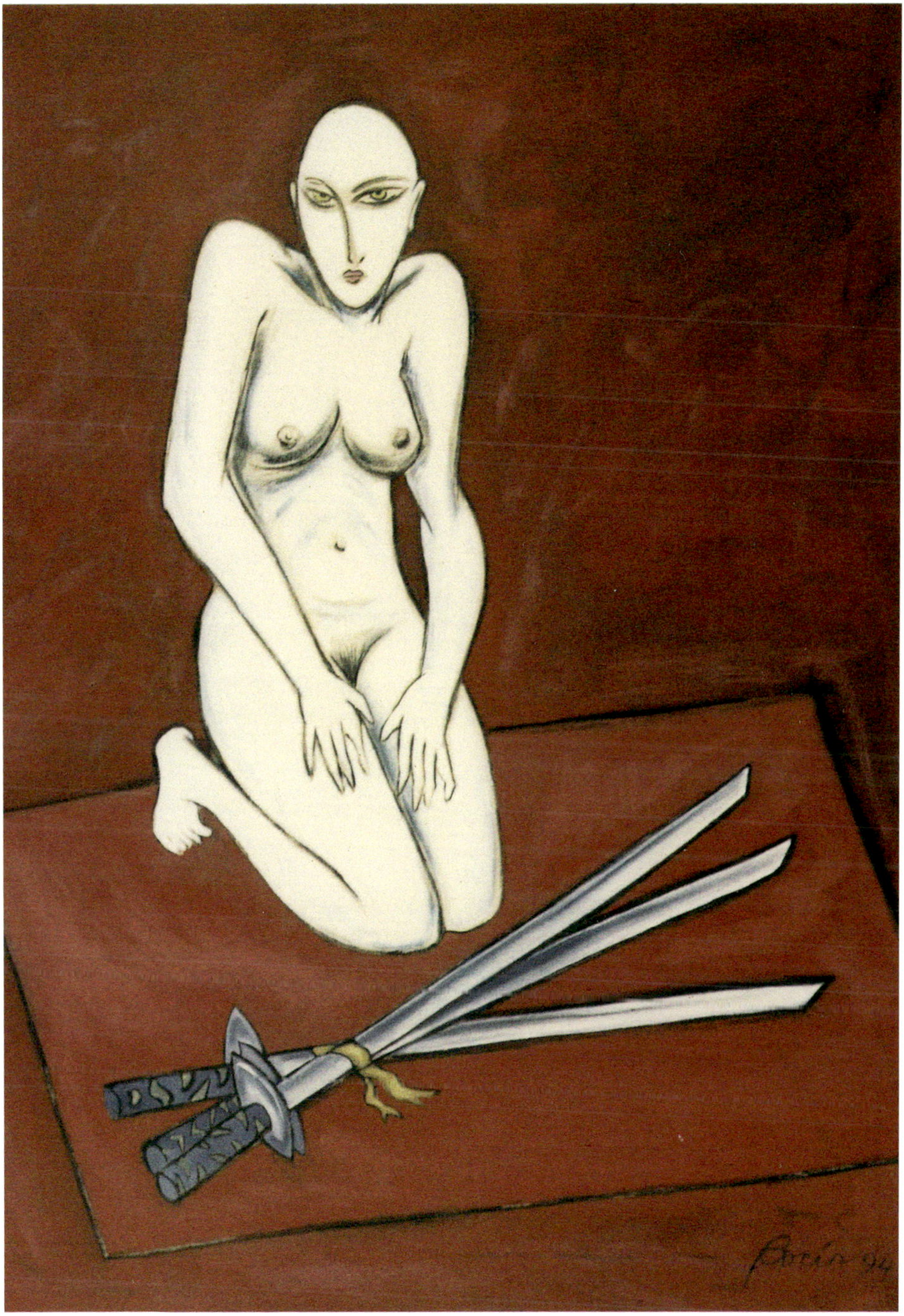

La Geisha de las espadas

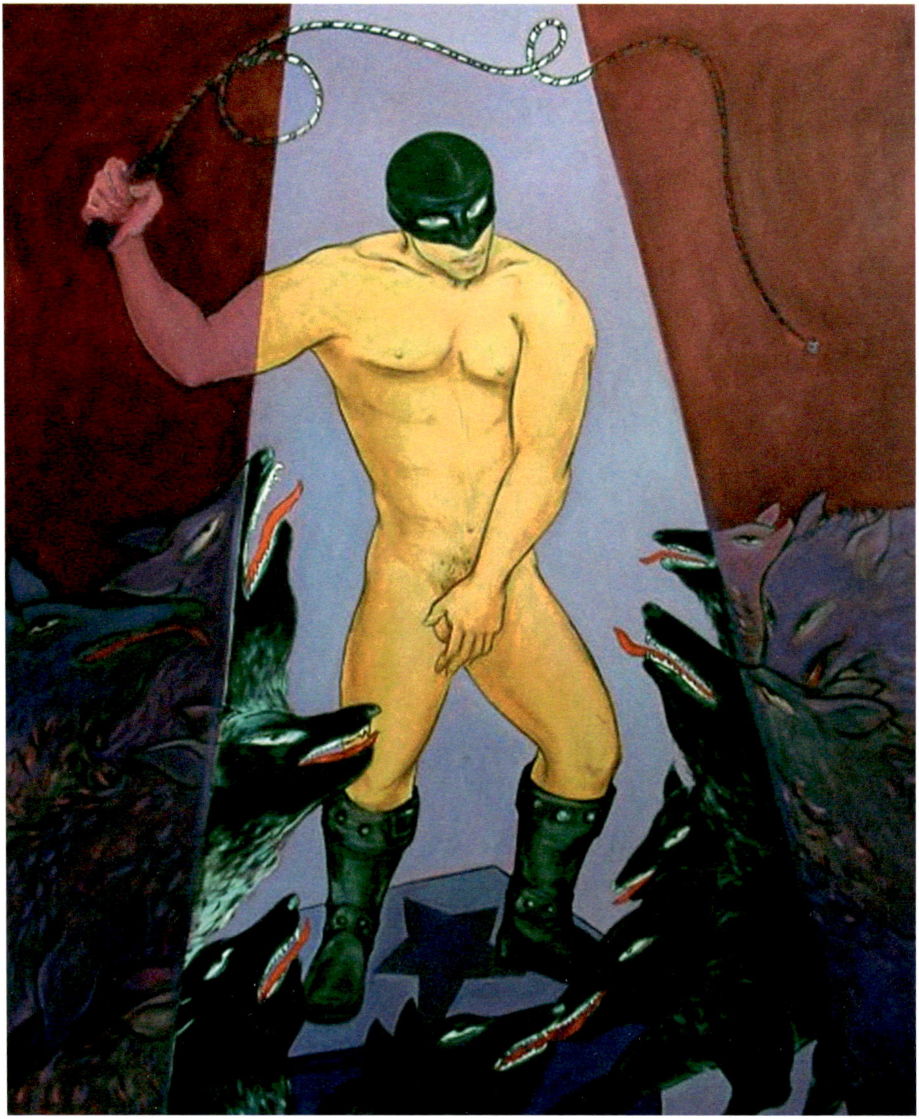

El domador

einer Sprache in eine andere übersetzen muss. Historische Spuren und versteckte Strickmuster einer Sprache werden im Spiegel der Übersetzung sichtbar, stärker präsent, gleichzeitig werden sie abstrahiert und entleibt. Ich kann zum Beispiel ein Wort wie „Hokkaido" nicht mehr einfach so aussprechen, als hätte das Wort eine unzerstörbare, natürliche Verbindung zu der Insel, die so heißt. Ich fange sofort an, den Ortsnamen auseinanderzunehmen oder direkt in eine andere Sprache zu übersetzen. Nicht wenige Autoren verabscheuen so ein krankhaftes Verhältnis zu ihrer Muttersprache und vermeiden es, im Ausland zu leben. Aber ich sehe eine Chance in dieser zerstörten Beziehung zur Muttersprache und zur Sprache überhaupt. Man wird ein Wort-Fetischist. Jeden Teil oder sogar jeden Buchstaben kann man anfassen und ändern, man sieht nicht mehr die semantische Einheit und man lässt sich nicht im Fluss der Rede treiben. Man bleibt überall stehen und macht Nahaufnahmen der Details. Die Vergrößerung der Einzelteile ist verwirrend, weil sie vollkommen neue Bilder von einem vertrauten Objekt zeigt. Genau wie man durch ein Mikroskop die eigene Mutter nicht wiedererkennen kann, kann man die eigene Muttersprache bei einer Nahaufnahme nicht wiedererkennen. Aber in der Kunst geht es nicht darum, die Mutter so darzustellen, dass man sie wiedererkennt.

Die kleinen Elemente eines Wortes verselbstständigen sich und gehen auf Reisen, um neue Verwandte in der Ferne zu finden. In meinem Fall verselbstständigte sich das Element „do“ in dem Moment, in dem eine Hamburger Bekannte mich bei einer Kalligrafie-Ausstellung fragte: „Was heißt Shodo? Hat das was mit Judo zu tun?“ Die Existenz des Wortes „do“ wurde mir bewusst, gleichzeitig wurde es entstellt, denn so wie das Wort als Fremdwort ausgesprochen wurde, gingen der Tonfall und der Unterschied zwischen

El plomero

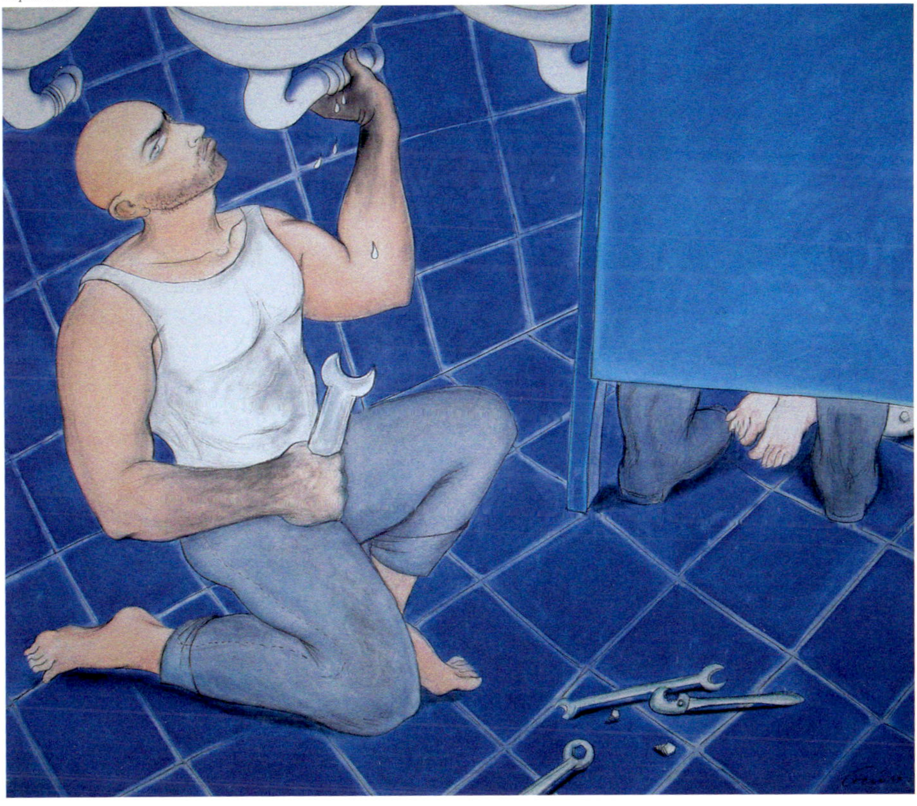

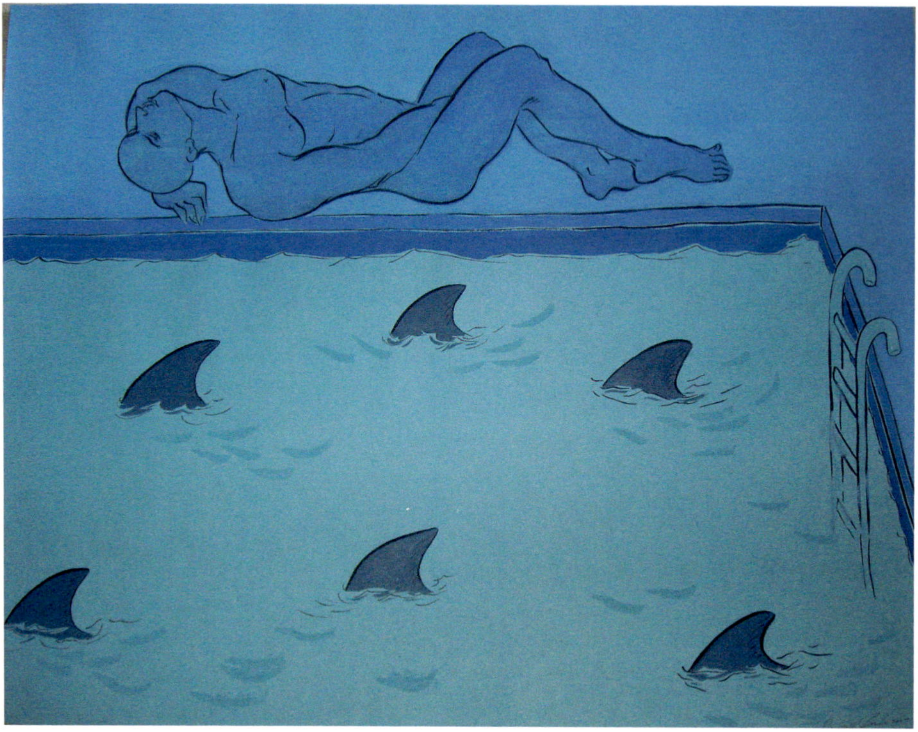

Piscinas 4

einem langen und einem kurzen Vokal verloren.
Etwas Ähnliches passiert auch auf der Schrift-Ebene: Einmal sah ich das Wort „Sado“, die Teezeremonie, auf einem Plakat in einem Teeladen in Hamburg. Mit dem Buchstaben des Alphabets geschrieben sah das Wort genau so aus wie ein Fluss in Portugal. Vielleicht sollte man zu diesem Fluss gehen, um das Wasser für die Teezeremonie zu holen. Meine Gedanken gingen weiter: Mit einer Postposition „wa“ würde das Wort „Sadowa“ heißen, dann würde es gleich aussehen wie ein Ortsname in Tschechien. In meinem Kopf ist das Wort schon durch verschiedene Sprachlandschaften gereist, seitdem es in eine andere Schrift transkribiert wurde.
In der deutschen Sprache ist es eher unwahrscheinlich, dass ein Wort auf einem „do“ endet, außer Fremdwörter wie „Avocado“ oder „Tornado“. Aber deutsche Musik kann durchaus auf einem „do“ enden, besonders, wenn sie in C-Dur geschrieben ist. Die Psychoanalyse kann auf „Libido“ enden.
Während die alte Wortkette (Judo-Aikido-Kado-Sado-Shodo usw.) eine historische Denkweise vermittelt, bietet eine neue Wortkette „Sado-Sado (der Fluss)-Sadowa-Avocado-Tornado-Libido“ Assoziationsmöglichkeiten, die viel mit der Gegenwart zu tun haben, in der die Elemente aus verschiedenen Kulturen und Bereichen in einer überraschenden Weise zusammenkommen.
Wenn ich zwei Wörter, die gleich klingen, aus dem Japanischen und aus dem Deut-

schen zusammensuche, sind sie meistens nicht historisch verwandt. Eine Sorte Nudelsuppe heißt zum Beispiel genau wie das deutsche Wort „Rahmen“. Ein Laden, in dem man diese Nudeln kaufen kann, könnte „Rahmenhandlung“ heißen. Die beiden Wörter haben natürlich historisch nichts miteinander zu tun. Deshalb wird ein solches Phänomen nicht ernst genommen und als Zufall abgetan. Menschen mit steifem Gehirn würden mich fragen: Wozu muss man sich mit so einer Wortspielerei beschäftigen?

Im heutigen Leben sieht man ständig Wörter und Bilder aus verschiedenen Welten nebeneinanderstehen. Durch Migration, Weltreisen oder Surfen im Internet befindet man sich immer häufiger in einer Situation, in der das Nebeneinander bereits existiert, ohne dass ein entsprechender Denkraum entwickelt worden ist. Manchmal fahre ich mit dem Bus durch die Stadt und bin umgeben von mehreren Gesprächen in verschiedenen Sprachen. Zwei Sätze, die zufällig direkt hintereinander in meine Ohren dringen, haben noch keinen gemeinsamen Raum. Man braucht eine Rahmenhandlung, um diese Sätze miteinander zu verbinden.

Die Geschichte der absurden Verbindung zwischen zwei Wörtern hat nicht erst jetzt angefangen. Die Surrealisten haben sich einen Operationstisch ausgedacht, auf dem eine Tretnähmaschine mit einem Regenschirm zusammenkommen konnte. Man kann auch durch den Reim in einem

La noche

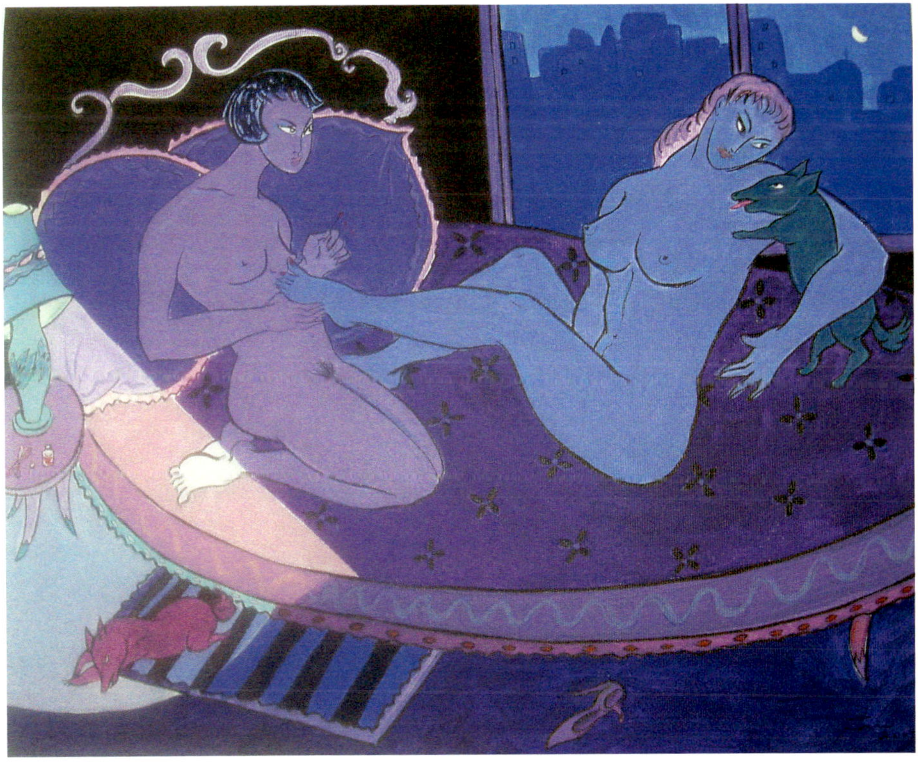

Gedicht zwei Wörter in Verbindung setzen. Ich denke manchmal an ein Gedicht aus Goethes „West-östlichem Divan“, in dem sich „fort“ auf „Wort“ reimt. An einer späteren Stelle in demselben Gedicht reimen sich auch „Orte“ und „Worte“.
Die drei Wörter „fort“, „Ort“ und „Wort“ haben etymologisch nichts miteinander zu tun, daher ist diese Verbindung auch eine „Wortspielerei“, aber weil der Reim als dichterisches Mittel zur Tradition gemacht wurde, betrachtet man den Reim nicht als Spiel.
Jedes Mal, wenn ich diese drei Wörter zusammendenke, blitzt es in meinem Kopf. Worte schaffen Orte, aber an dem Ort, an dem man sich befindet, ist man immer bereits fort.
Wenn man zwei weit auseinander liegende Wörter miteinander verbindet, wird im Kopf eine Art Elektrizität erzeugt. Es blitzt, es ist ein schönes Gefühl. Der leuchtende Bildschirm eines Computers macht uns deshalb süchtig, weil er uns an diesen Blitz erinnert. Eine E-Mail von einem langweiligen Menschen ist eigentlich genauso langweilig wie sein handgeschriebener Brief. Aber jede E-Mail kann Lebendigkeit durch die elektronisch leuchtende Schriftoberfläche vortäuschen. Die Information, die man im Internet durch das Link-Verfahren bekommt, ist nicht interessanter als die Information, die man in einer Bibliothek findet. Aber das elektrische Leuchten erinnert an jenen glücklichen Moment, in dem es im eigenen Kopf geblitzt hat. Man muss heute keine Energie mehr aus dem Körper verwenden, sie fließt aus der Steckdose. Aber Vorsicht! Der leuchtende Bildschirm ist mit dem Kokain vergleichbar. Wenn einem Menschen pausenlos Höhepunkte geschenkt werden, ist sein Körper schnell aufgebraucht.
Man kann eine ähnliche Substanz wie Drogen biologisch im eigenen Körper herstellen. Genauso kann man Elektrizität im eigenen Kopf erzeugen. Das ist zwar mühsam, geht nur langsam, klappt nicht immer, aber dieses Verfahren hat viele Vorteile gegenüber dem Kokain.
Ich rede nicht in Metaphern, wenn ich sage, es blitzt in meinem Kopf. Vielmehr möchte ich das Gegenteil sagen: was die Computertechnik mit Hilfe der Elektrizität verwirklicht, ist die Nachahmung des alten Blitzgefühls im Kopf.

Ein interaktives Spiel gab es zwischen einem Text und seinen Lesern seit ein paar tausend Jahren. Wie wir alle wissen, verwandelt sich ein Text bei jeder Lektüre. Daher muss man die Computertechnik nicht als Erweiterung unseres literarischen Lebens betrachten, sondern als eine sinnlose Formbeschränkung verstehen und damit kreativ arbeiten. Wie man bei der Regelung des Reimes, des Anagramms oder des Haikus sehen kann, spielen die strengen Formregelungen, die zuerst dem Gefühl gegenüber fremd und äußerlich erscheinen, für die Dichtung eine wichtige Rolle. Durch solche Spielregeln kann nämlich das unendliche Wissen des Autors von einer bewussten Ordnung befreit werden, die es sonst verwaltet.
Auch ich habe manchmal die Unfähigkeit des Computers als kreative Störung in meine Arbeit eingesetzt, besonders seine Unfähigkeit, die phonetischen Schriftzeichen in ein Ideogramm umzusetzen. Wenn ich mit dem Computer Japanisch schreibe, muss ich zuerst phonetische Schriftzeichen (entweder die japanische Hiragana-Schrift oder das Alphabet) eintippen. Weil nicht so viele Tasten auf der Tastatur angebracht werden können, gibt es keinen Computer mit Ideogramm-Tas-

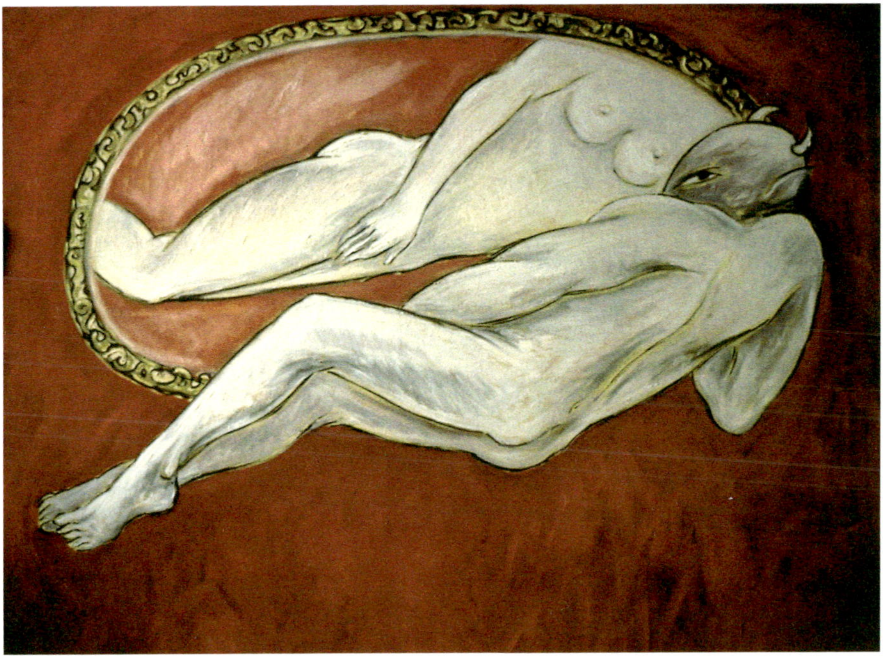

El mutante

ten. Am Ende jedes Satzteiles drücke ich die Leertaste, um die bestimmten Begriffe in Ideogramme umzusetzen. Da es aber ein paar tausend Ideogramme gibt, müsste der Computer den Inhalt des Textes verstehen, um immer das richtige Zeichen zu finden. Er kann aber den Inhalt des Textes nicht verstehen und sucht sich ein überraschendes Zeichen aus. Das ist auch für mich eine Chance, ein Wort von seinem Kontext und von seiner Bedeutung zu befreien und eine versteckte, schiefe Verwandtschaft mit einem „wildfremden" Wort zu entdecken.
Als ich gestern das Wort „Sado" (Teezeremonie) auf Japanisch schreiben wollte, tauchte plötzlich auf dem Bildschirm der Name jenes französischen Autors „Sade" auf. Wer hätte ihn mit der Teezeremonie in Verbindung gebracht? (Warum der Vokal „e" am Ende durch „o" ersetzt wurde, ist ein kompliziertes, langweiliges Problem, das ich hier nicht erklären möchte.) Nun hat der Computer den Inhalt meines Textes wieder nicht verstanden und diese beiden Wörter zusammengebracht. Die Geschichte, in der Marquis de Sade eine Teezeremonie durchführt, muss noch von einem Menschen geschrieben werden. Der Computer organisiert nur eine überraschende Begegnung, schreibt aber keine Geschichte, in der sich eine Beziehung entfaltet.

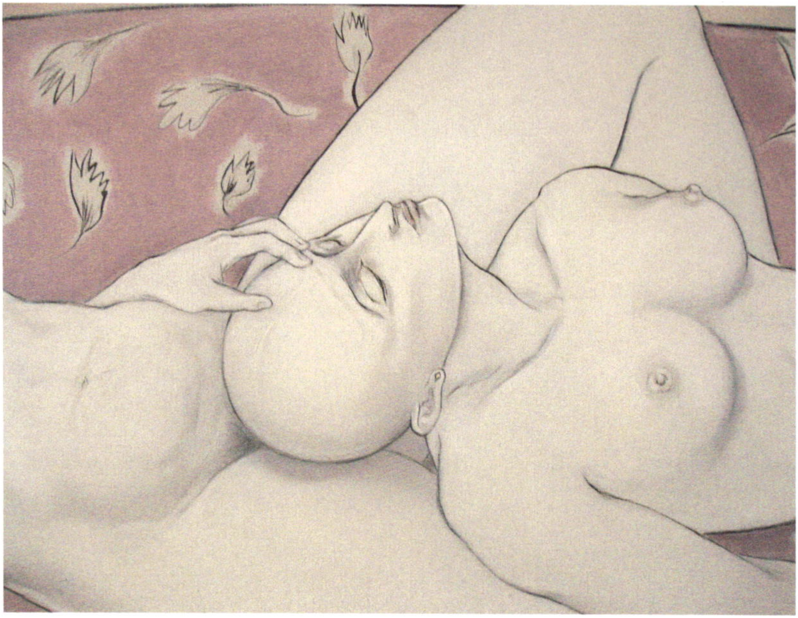

La Nieve (Detail), das ganze Bild in „Mein lesbisches Auge 9", Frühjahr 2010

Berbel

A los fabricantes del tiovivo

Caballito blanco
de mi lucha,
corazón de papel,
violeta rosa.
Cristalito de espuma,
Mariposa.
Rosario de cien besos,
de amanecer,
de olivos,
de sábanas sin tino,
de ojos,
de alondras.
Geografía de tibiezas,
pajarito de loza.
sin más tiempos
ni verbos
que
amanecer y amarte.

Auf die Karussellmacher

Weißes Pferdchen
meines Kampfs,
Papierherz,
rosa Veilchen.
Schaumkristall,
Schmetterling.
Rosenkranz aus hundert Küssen,
der Morgendämmerung,
der Olivenbäume,
der maßlosen Laken
der Augen,
der Lerchen.
Geografie der Lässigkeiten
Porzellanvögelchen.
Ohne weitere Zeiten
oder Verben
als
Morgendämmerung und dich lieben.

Aus dem Spanischen von Bettina Ahrens

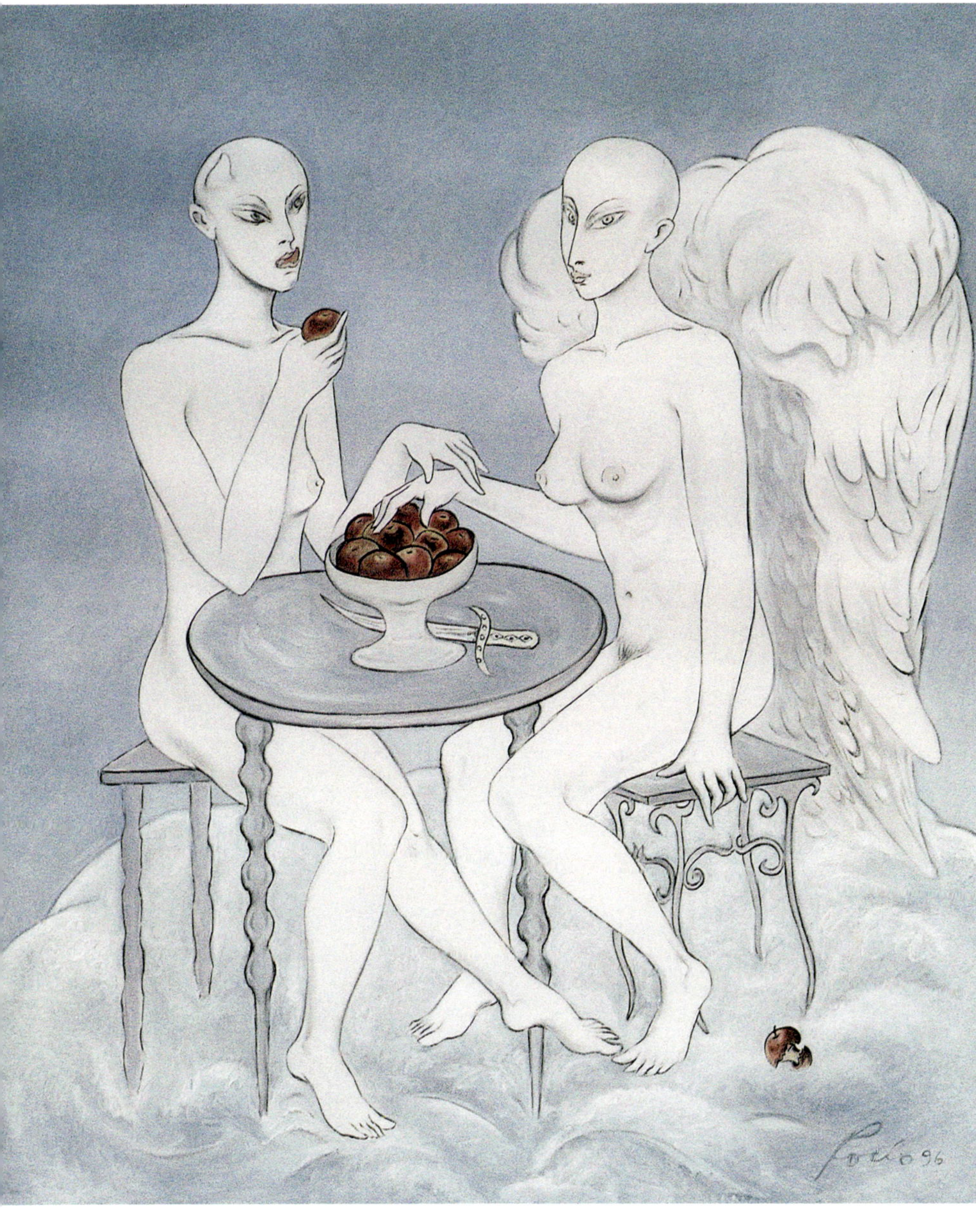

La Geisha y El Ángel

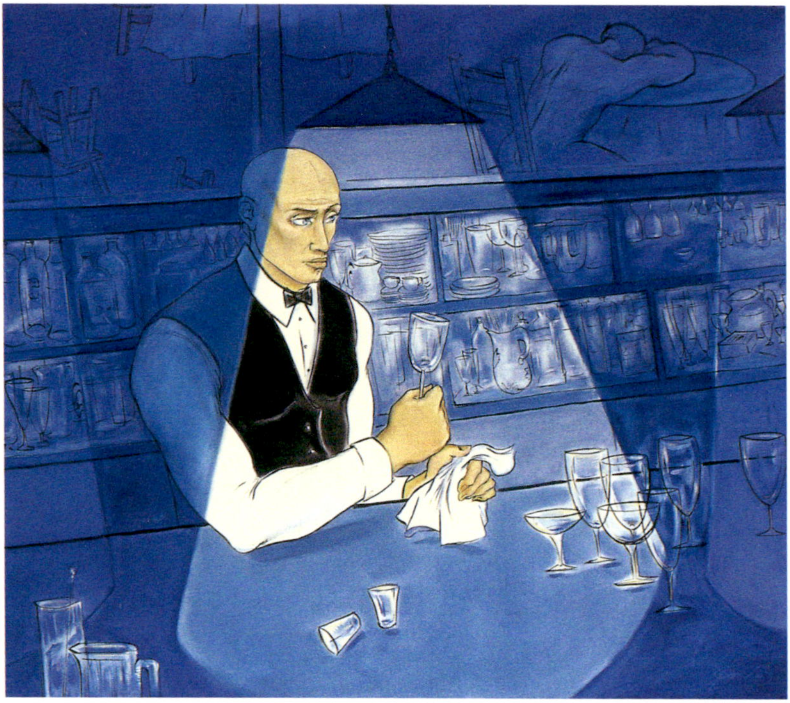

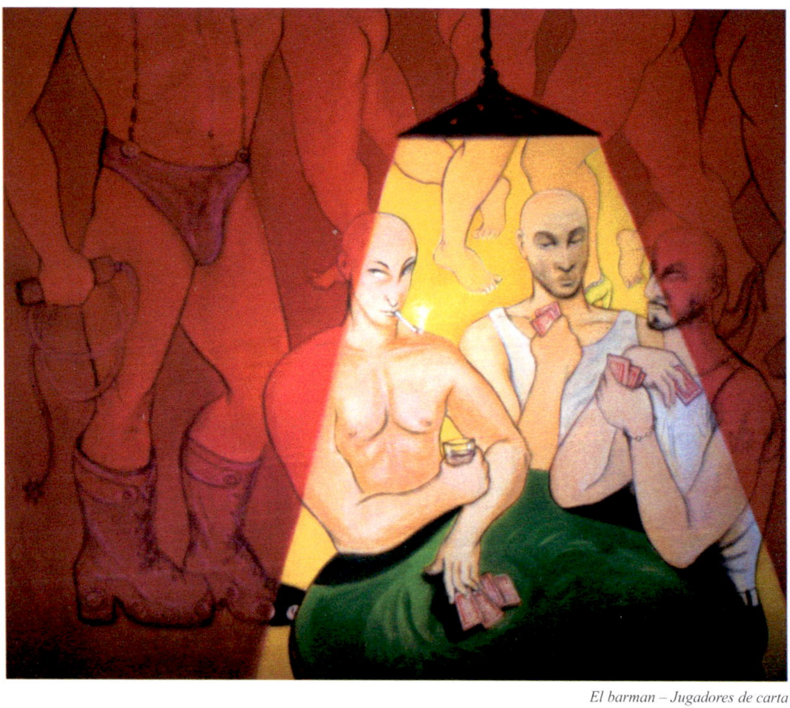

El barman – Jugadores de carta

Richard Armstrong

Begegnung mit Rocío

Die Ludwig Foundation von Kuba ist im obersten Stock eines großen Hauses in Havannas baumbestandenem Vorort Verado. Die anmutig weißen Räume und marmornen Flure öffnen sich zu einer riesigen Terrasse, von der aus man hinab über die pastellfarbenen Dächer auf das leuchtend blaue Meer blickt.

Hier war es, dass ich 2008 zum ersten Mal den aufregenden Farben und Themen von Rocío Garcías Gemälden begegnete.

Eingeladen von der Stiftung, um für Schauspieler und Künstler einen Stimmen-Workshop zu geben, auf meiner ersten Reise nach Havanna, sollte ich zu einem Begrüßungs-Lunch kommen, das die beiden Direktoren Helmo Hernández und Wilfredo Benítez ausrichteten.

Dort entdeckte ich, völlig überraschend, eine erstaunliche Ausstellung mit vibrierender homoerotischer Ausstrahlung, mit Bildern, die die Augen erstürmten und die Sinne befriedigten. Am auffälligsten war eine Phalanx aus etwa fünfzehn muskulösen Männern in schwarzen Lederstiefeln, mit Augenmasken und Jockstraps, teilnahmslos, den Betrachter anschauend, mit orange-braunen Körpern und Hintergrund.

Das Bild dringt ein.

Flash nach vorne, ein Jahr später.

Ich bin wieder eingeladen. Diesmal frage ich Wilfredo nach dem Maler. Er enthüllt ihre Identität. Rocío García. Eine neue faszinierende Überraschung. Denn ich hatte unbewusst angenommen, dass der Schaffer solcher Bildwelten männlich wäre.

„Möchtest du sie kennenlernen?“, fragte Wilfredo und nahm das Telefon in die Hand, „sie ist eine Freundin von mir.“

Drei Tage später, bei ihr zu Hause, hängen die maskierten Männer an der Wand. *Pelotón* (Trupp), aus ihrer 2003 entstandenen Serie *Der Bändiger und andere Geschichten*.

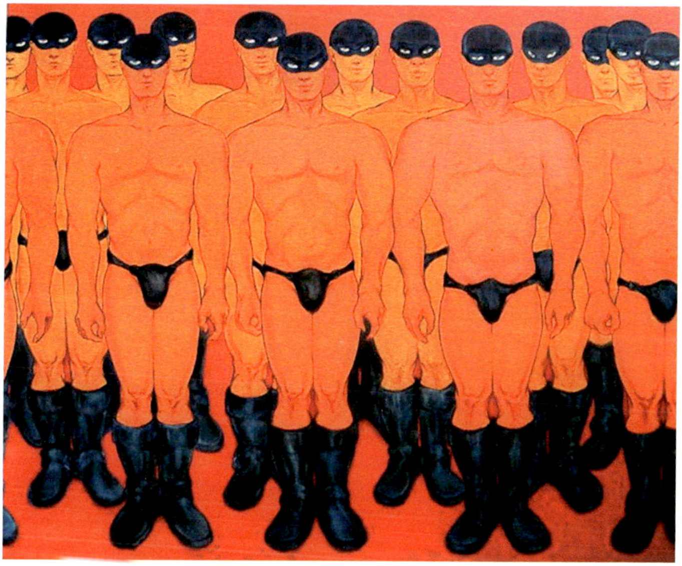

„Nicht zu verkaufen …“, sagt sie.

Ich erzähle ihr die Geschichte der zwei Lithografien, die ich mitgebracht habe, um sie um eine Signatur zu bitten.

Am Ende einer geführten Tour durch den *Palacio de Bellas Artes* besuchte ich den Museums-Shop. In dem Shop fand sich nichts von den Wundern des Museums. Doch als ich durch die Drucke blätterte, zog es mich unerklärlicherweise zu zwei

Blättern.
Ich war hingerissen von den Linien, den Farben und der Welt der Bars, der Seeleute und der Intrigen, die dargestellt wurde. Ich fragte, vom wem die Drucke seien. „Von Rocío García. Sie sind aus ihrer letzten Retrospektive.“ Es war ihr unverwechselbarer Stil, der mich zu den beiden Drucken gelockt hatte. Ich kaufte sie. Obwohl sie bereits signiert waren, bin ich furchtbar aufgeregt, als Rocío García bei unserem Treffen die liebenswertesten Botschaften hinzufügt und sie noch einmal signiert. Denn eine wunderbare Frau, vor Leben sprühend, scharfsichtig, voll Anziehungskraft und Power, auf dem Höhepunkt ihrer Karriere, hat diese Bilder kreiert.

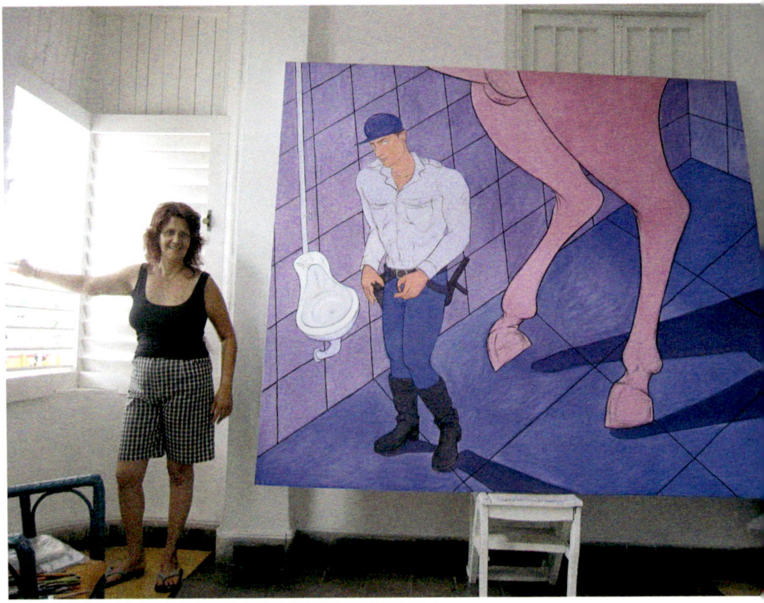

Aus dem Englischen von Bettina Ahrens

¿ Quién eres ? ¿ Batman ? No, soy un leopardo (triptico, aus der Serie „Hombres, machos, marineros“)

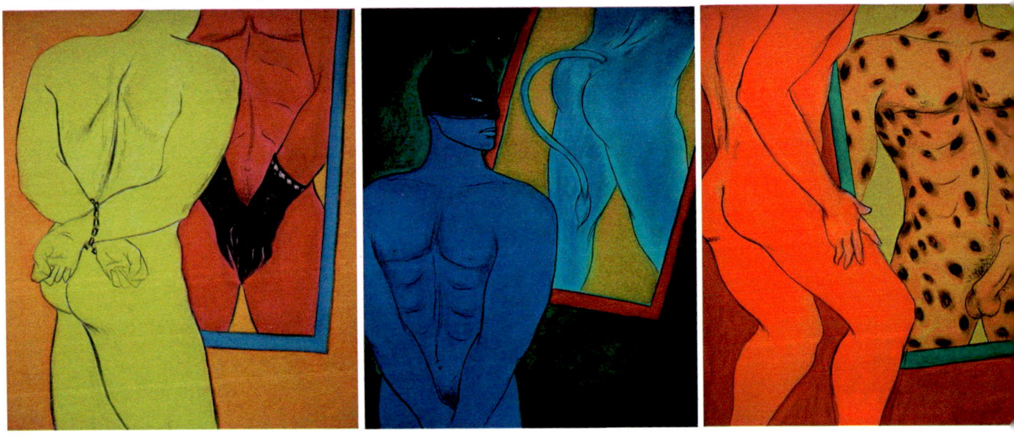

Mélanie Derouetteau

Erotik
... außerhalb des Geschlechtlich-Sexuellen. Für mich ein Gefühl innerer Spannung, ein körperliches Prickeln und eine Beteiligung von dem, was man Seele und/ oder Herz nennt. Beides zusammen ist für mich unbedingt Voraussetzung eines erotischen Gefühls. Da das völlig frei von irgendwelchen sexuellen Bedürfnissen ist (ohne frei davon sein zu *müssen*), kann ich mir eine Erotik, die nicht auf das andere oder eigene Geschlecht bezogen ist, gut vorstellen. Zärtlichkeit. Innige Gefühle, auch von Kindern zu ihren Eltern und Müttern zu ihren Kindern, ja, auch zu geliebten Tieren, zu wunderschönen Gegenden, zu wilden Wiesenblumen und -sträußen meinetwegen, die in mir nicht nur Begeisterung wecken, sondern manchmal viel mehr, ein Etwas, das sich nicht beschreiben lässt, bei dem man mit seinem vielleicht ganz unbewussten Innern beteiligt ist. Du verknallst dich in jede Krankenschwester, hat meine Mutter öfter zu mir gesagt. Sie hatte da gar nicht unrecht. Auch die Liebe zu meinem Vater und später Ersatzvater war sehr voller Zärtlichkeit und voll dieser erotischen Gefühle. Später im Leben ist es mir auch immer wieder einmal passiert. Damals und heute rückblickend aber irgendeine sexuell-körperliche Berührung dabei auch nur zu denken, hätte mir dieses schöne Gefühl, diese Erotik, völlig zerstören können. Und das nicht, davon bin ich fest überzeugt, wegen „veralteter Moralvorstellungen", wie es die Töchter bei früheren Gesprächen einmal bezeichneten. Diese Erotik kann sich nur in der Empfindung abspielen, nur geistig sein. Aber es gibt sie auch in Berührungen. Es gibt eine Körpernähe ohne Sexualität, ohne Bezug zum Geschlecht, die eine starke Erotik hat.

Ruth G.

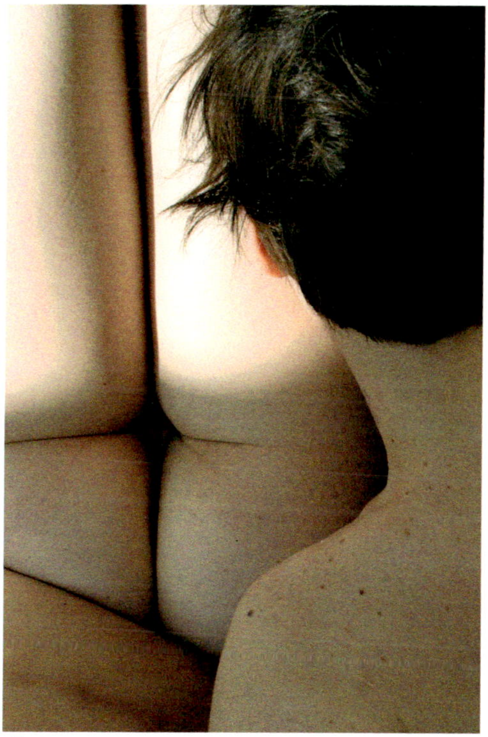
Cle, Anna, Laura, Felix, Jorgos and Jonas. Schwelle7, Berlin 2008

Ein schöner Orgasmus ist vor allem entspannend, gleichmäßig und dramaturgisch einwandfrei. Er ist fordernd und zwingt mich in die totale Konzentration auf meinen eigenen Körper. Wenn ich den Fokus verliere oder abgelenkt bin oder schlichtweg überfordert, dann geht ein Orgasmus schon einmal daneben oder biegt vorher links ab oder es macht einfach „puff" und das war's. Das geschieht dann, wenn ich

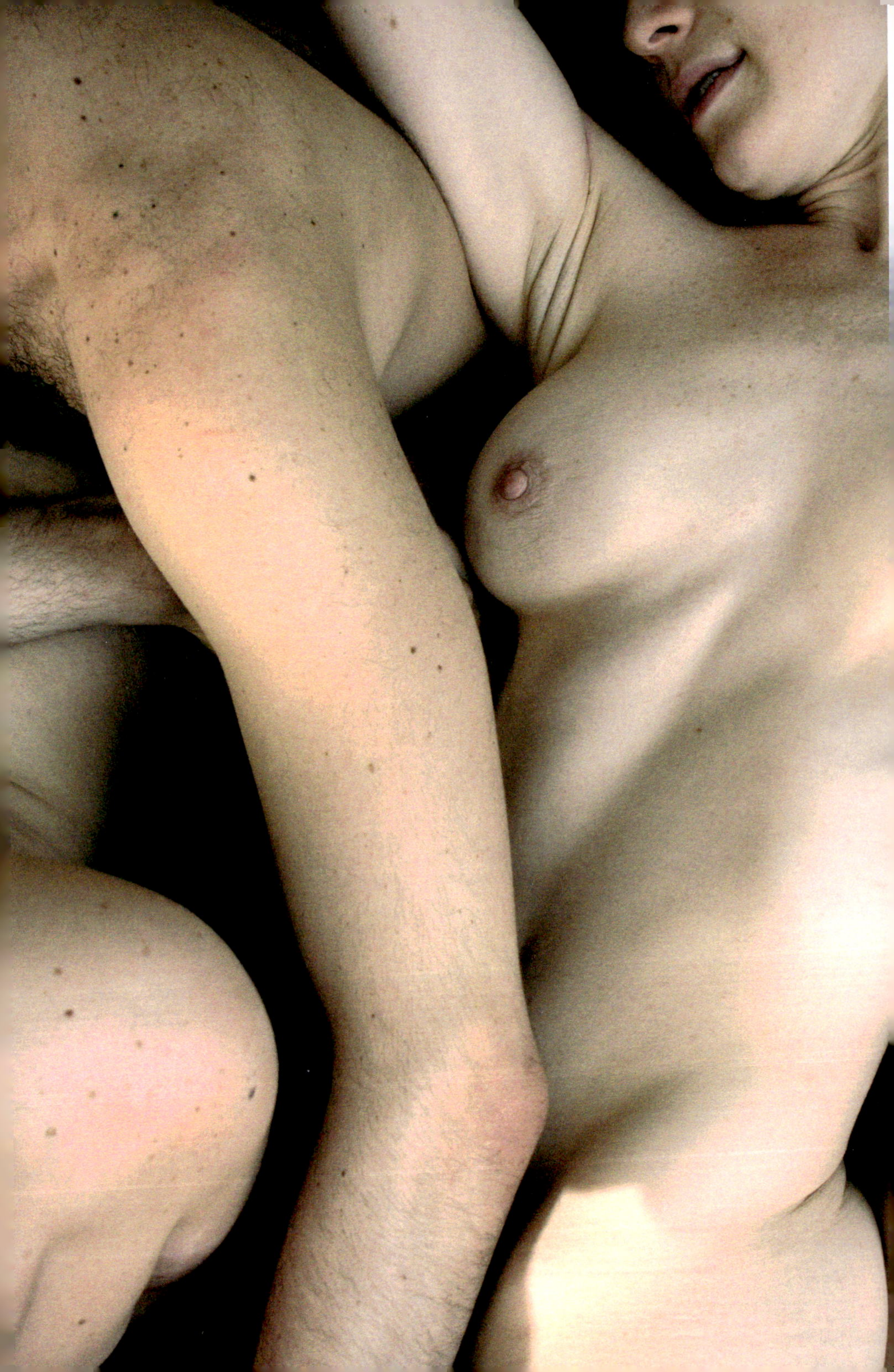

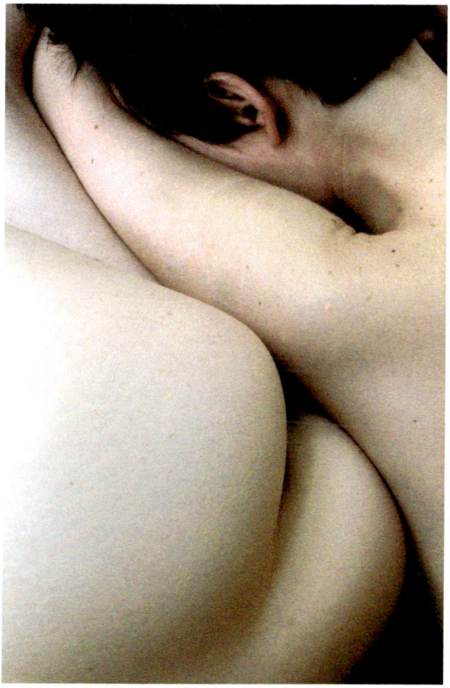

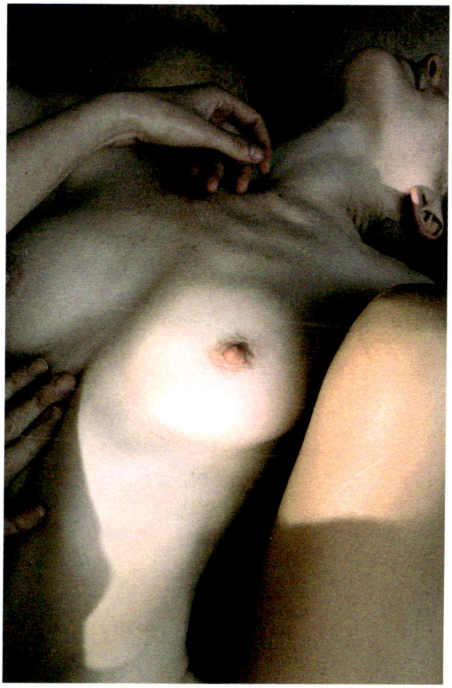

Mélanie Derouetteau, Cle, Anna, Laura, Felix, Jorgos and Jonas, Schwelle7, Berlin 2008, bis S. 121

mich von meiner Partnerin nicht für diesen Moment lösen kann. Ich sehe darin nichts Mystisches, schon gar nicht den Höhepunkt von Sex. Das ist furchtbar verklemmt und auch eher armselig, wenn das ein Höhepunkt ist, als wäre alles andere nur ein Mittel zum Zweck. Manchmal sind „schöne" Orgasmen, die man zur Beruhigung braucht, etwa wenn man den ganzen Abend scharf aufeinander war und sich erst mal wieder sammeln muss, um reziproken Sex haben zu können. Die Orgasmen sind dann „schön", weil sie voller Vorfreude sind. Bei „schönen" Orgasmen ist man ganz mit sich und seinem Körper, ohne sich einsam zu fühlen. Wenn ich meine Partnerin wieder wahrnehme, dann ist der Orgasmus vorbei, dann will ich nicht mehr mit mir allein sein.

Stephanie K.

Orgasmus

Der Allererste geschieht noch völlig unverhofft und unvorbereitet. Ein Junge entdeckt eher zufällig allein in seinem Bett liegend die Onanie: Ein bis dahin unbekanntes, wohliges Empfinden, dem schließlich ein Gefühl folgt, das er hingegen bereits kennt. Weil er glaubt, ganz plötzlich pinkeln zu müssen, rennt der Junge aufs Klo. Doch da kommt nichts. Kein Urin, aber auch noch kein Sperma. Das alles ändert sich mit der Zeit. Für die Selbstbefriedigung werden immer ausgefeiltere Methoden angewandt und der Orgasmus ist nun keineswegs mehr überraschend, sondern das angestrebte Ziel – erst allein, später dann auch zu zweit. Sex bedeutet für eine lange Zeit, möglichst gemeinsam zum Höhepunkt zu gelangen, auf jeden Fall aber gehört der erfolgte Orgasmus unabdinglich mit dazu. Ohne Orgasmus, so ein scheinbar ungeschriebenes Gesetz, ist der sexuelle Akt nicht gelungen, nicht abgeschlossen und folglich nicht befriedigend. Kommt der eine, aber nicht der andere, wird das im schlimmsten Fall als Niederlage und Versagen missverstanden. Erst mit den Jahren und mit zunehmender sexueller Erfahrung und Reife lernt man, dass der Weg das Ziel und nicht allein der Orgasmus als abschließender Höhepunkt alles ist. Dass es sexuelle Situationen gibt, in denen der Orgasmus gar nicht mehr benötigt wird, sich die Befriedigung und der Höhepunkt ganz anders auszeichnen, aber auch, dass der Orgasmus des anderen viel wichtiger und spannender sein kann als der eigene. Dass es eine besondere Befriedigung darstellen kann, den Partner kommen zu sehen und zu hören und immer wieder aufs Neue überrascht zu werden, wie der Orgasmus bei den einzelnen so völlig unterschiedlich ausfallen kann: Das Gesicht mal wie vor Schmerz verzerrt oder die Augen wie im Wahn nach oben verdreht, begleitet von einem leise rumorenden Röcheln oder einem langen, tiefen Schrei der Erlösung. Der Orgasmus, der den Atem verschlägt und nur noch ein ruckartiges Keuchen möglich macht. Der Orgasmus, der über Minuten hinweg den Körper durchzucken und schaudern lässt. In solchen Momenten erhält der Orgasmus noch einmal eine ganz andere Dimension, indem sich Selbst- und Außenwahrnehmung, Selbst-Befriedigung und Hingabe, voyeuristische und exhibitionistische Momente ineinander verflechten.

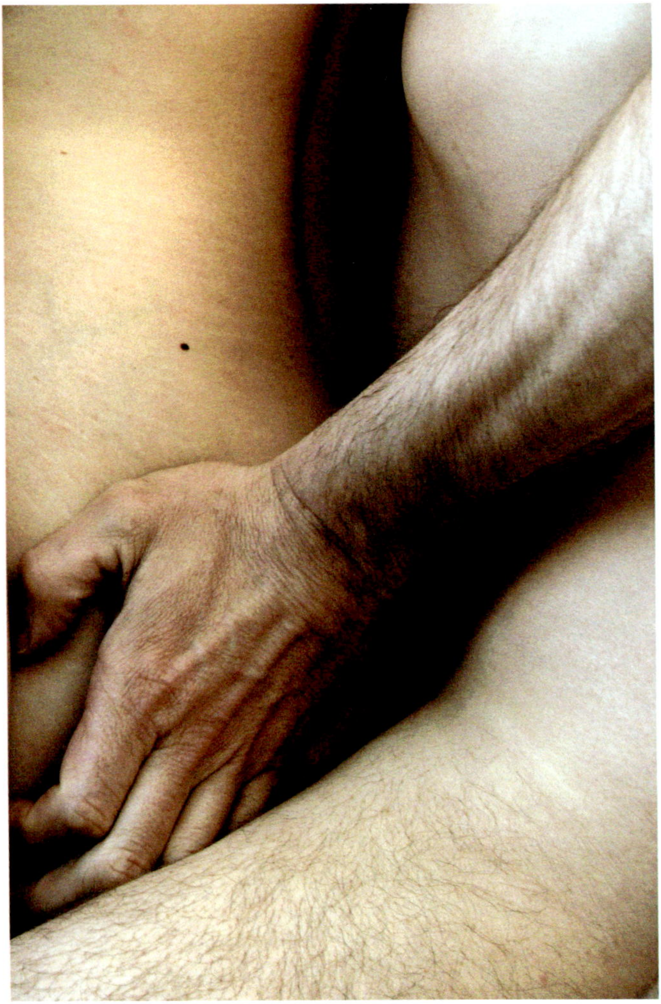

Axel S.

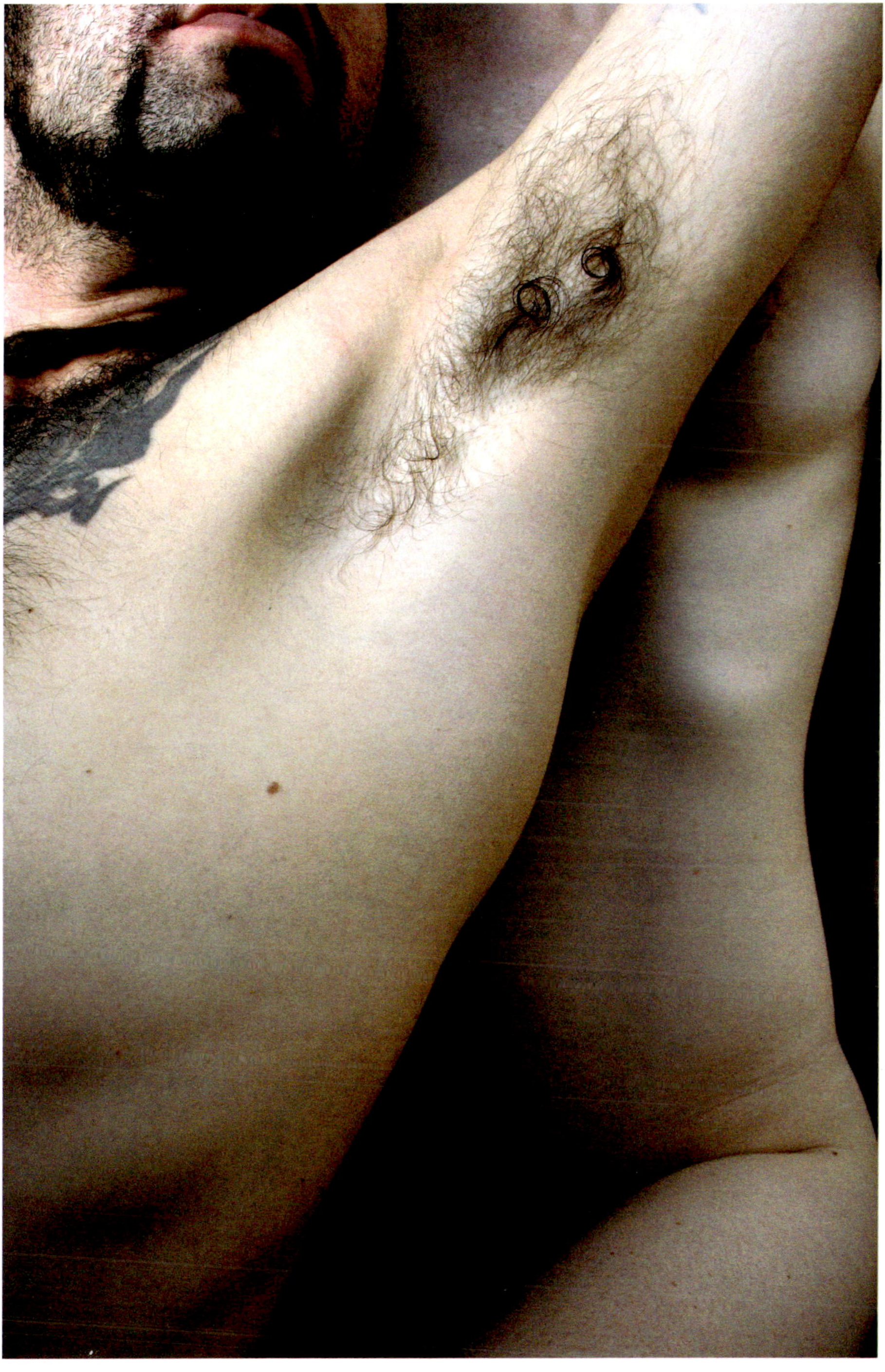

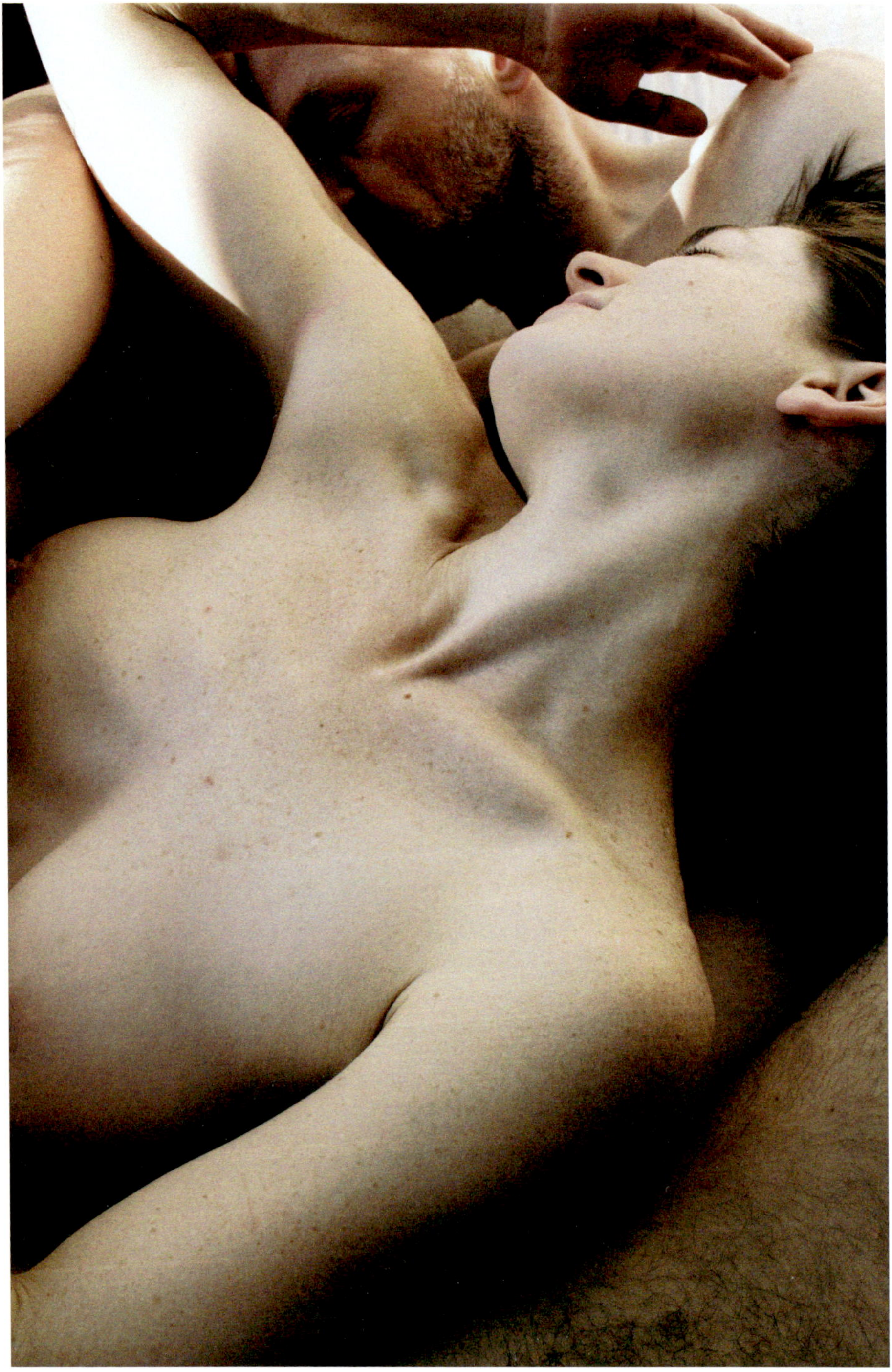

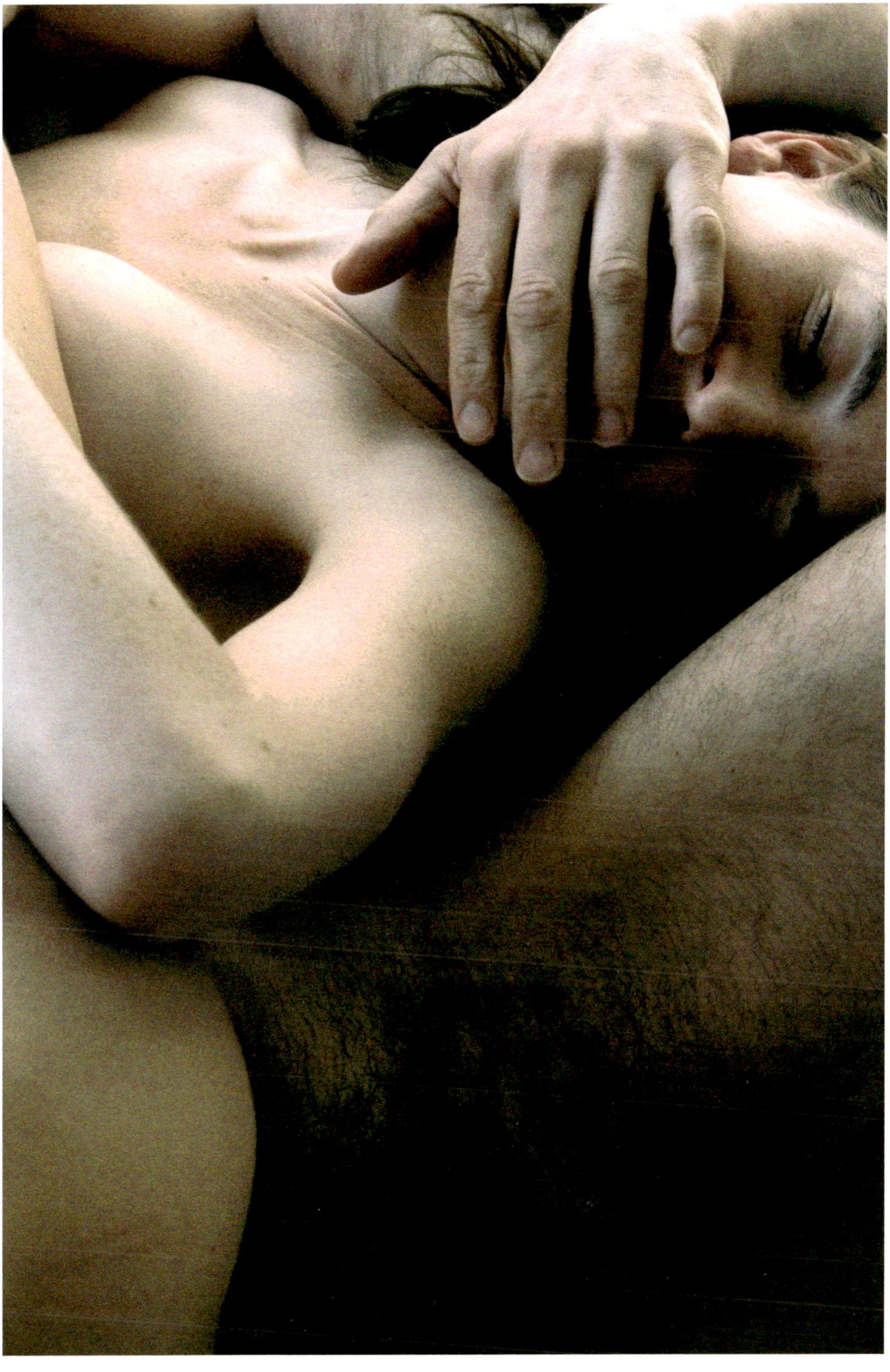

Natalie Freitag

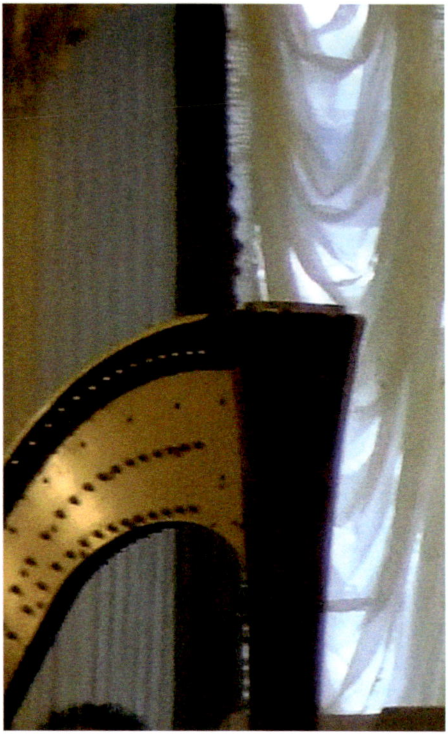

Sergej

Es ist eine Begabung, die Nadel einer Spritze in die Vene zu stecken, ohne dass man es spürt. In einem Zusammenhang, der mich nichts anging, sagte das jemand in meiner Nähe zu jemand anderem. Meistens vergisst man etwas eben mal Aufgeschnapptes gleich wieder. Manchmal aber löst gerade der Zufall einen Gedankensprung aus. Ich hörte das und dachte an Sergejs Hände.

Sergej P. spielte Harfe in einer russischen Jazzband. Er saß auf seinem Hocker und hielt die Harfe zwischen den Knien. Wie er saß und lauschte und seine Hände an die Saiten hielt, sich leicht vorbeugte, die Augen schloss und seine Finger spielen ließ, erregte mich. Wassermelodien rannen und sprudelten über seine Mitspieler, klingende Farbtupfer, weiche Blitze. Sergejs Klänge tanzten und funkelten im Metall des Beckens. Sie glühten in der Schallöffnung des Saxofons. Sie hallten durch die Rauchschwaden. Ich hielt den Atem an und merkte es erst, wenn ich beim Ausatmen seufzte. Ich gehöre nicht zu den Frauen, die Männern zuerst auf die Hände sehen, aber es zog meinen Blick und meine Fantasie beim ersten Mal, als ich den Club besuchte und die seltsame Band aus Sankt Petersburg hörte, auf die Männerhände an der Harfe. Ich ging von da an immer allein dorthin, um Sergejs Hände zu beobachten, mich auf seine Artistik zu konzentrieren und mir vorzustellen, die Harfe wäre eine Frau. Ich war die Harfe. Ich wurde so zart und sicher angerührt, dass alle meine Saiten, auch die noch unberührten, bebten und schwangen. Auf mich mussten sich die Hände des Mannes besänftigend legen, damit ich nicht zersprang.

Als ich das fünfte Mal in dem Club war und mir wieder einen Stehtisch gesucht hatte, wo das Alleinsein nicht auffällt, stand in der Pause auf einmal Sergej neben mir. Es sei ihm aufgefallen, dass ich öfter hierher käme. Ich nickte stumm und lächelte verlegen. Er winkte der Serviererin und bestellte ein Glas Weißwein für mich. Welchen Wein ich wünschte, fragte er nicht. Ich trank. Geschäftlich kam er mir vor, als er sich erkundigte, ob ich bis zum Schluss bliebe. Kaum spielte er, verging meine Enttäuschung, ich gab mich den Händen hin. Ich bin in seinen Händen, er stimmt mich, bis ich stimme. In seinen Händen versteht er mich. Seine

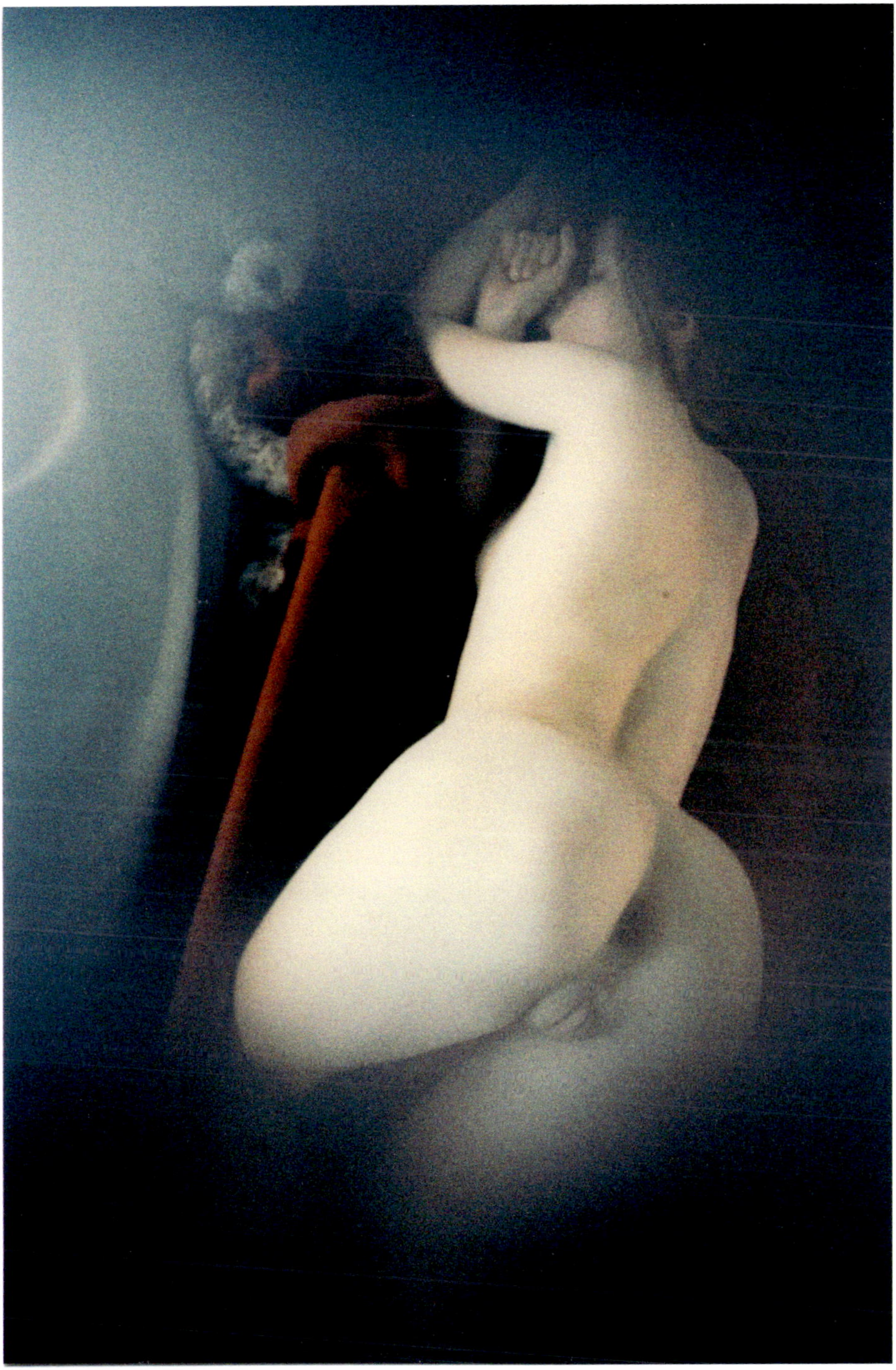

Michael Siegel

Hände, seine Augen und Ohren, sein Mund, sein Körper sind bei mir. Ohne mich wäre er verloren. Ohne ihn bin ich ein Hohlkörper und fünf Saiten. Ich liege ohne Sinn in einem Kasten, der meine Form umschließt. Mein Alltag. Verlorenes Leben. Sergej sah ein paar Mal zu mir herüber, es schmeichelte mir. Mir gefiel auch, dass er nicht lächelte. Sergej und ich tauschten einen langen, einverständlichen Blick, ein Ton schwebte von der Kuppe eines Fingers zu mir.

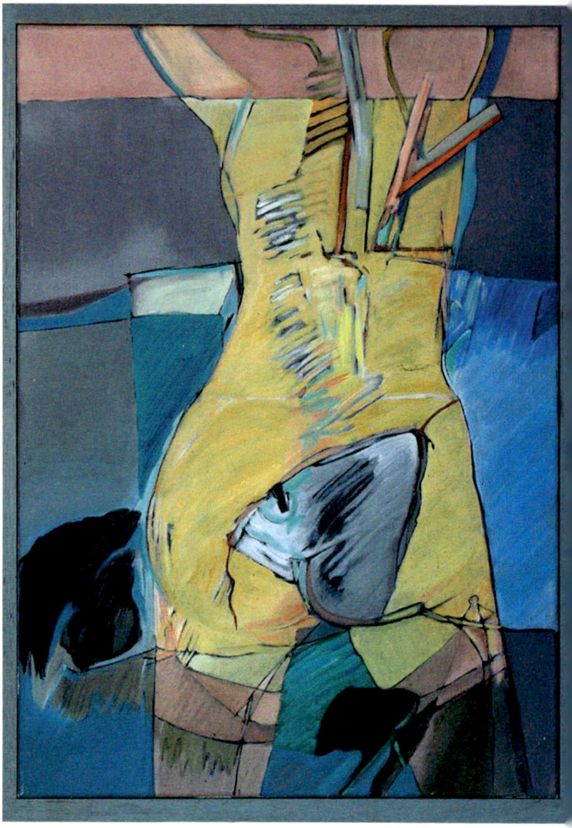

Olive Fb

Kaum in meiner Wohnung, kaum die Tür verschlossen, sind wir in meinem Bett. Die Tätigkeiten zwischen Tür und Bett geschehen unbemerkt und selbstverständlich. Ein Automatismus aus unauffälligen, eiligen Bewegungen, die man hinter sich bringt, um beieinander zu liegen, ohne Küsse, ohne einen Blick ins Gesicht. Der lange, tauchende Blick in der U-Bahn, im Auto, im Café gilt noch immer. Zwei ebenbürtige Gegner sehen sich so an in Furcht und Ernst. In ihren eigentlichen Momenten erscheint Liebe in Trauer. Wir fallen aufs Bett. Wir liegen Körper an Körper, seine Brust an meinem Rücken, meine Hinterbacken in seinem Schoß. Bis eine Hand eine Hinterbacke leicht bewegt und die Finger der anderen Hand das Innere meines Schoßes erreichen. Wie er das Präservativ über seinen Schwanz zieht, gehört zu den kaum bemerkbaren Handlungen. Er dringt in mein anderes Loch. Ich weiß nicht, wie es ihm gelingt, die sperrige Öffnung für seinen Wunsch und so, dass sein Wunsch zu meinem wird, passend zu bereiten. Wir stöhnen leise, während wir uns mit der tänzerischen Präzision von Hochseilartisten zusammenschließen. Wie kann eine solche Konzentration auf die Lust die Lust potenzieren? Ich weiß es nicht. Nur mit diesem einen ließ ich mich auf meinen Hintern ein. Meine Pobacken und die Öffnung dazwischen sind zehn oder fünf Minuten lang der Mittelpunkt der Welt. Meine Brust, mein Leib, meine Arme und Beine. Meine geschlossenen Augen. Meine Hände, die sich im Laken verkrallen. Er zieht seinen Schwanz erledigt aus mir heraus. Er beugt sich über mich und gibt mir einen Kuss. Du hast einen wunderbaren Arsch, sagt er, wir telefonieren, sagt er und findet im Dunkeln die Sachen. Die Tür, wie sie zugeht, höre ich nicht.

Wolfgang Kindermann

Kadaver

Das gleichmäßige Geräusch
Der Swimmingpool Pumpe nach
Dem Espresso und einer
Marlboro Light jetzt in der
Abendsonne Sex mit dir
Bis die Gelsen herfallen
Über unsere Kadaver.

Dusche, Schatten, Gras.

Wie deine Brüste
Wohl glänzen würden
Unter der Dusche
Neben den Rosen.

Wie deine Lippen
Wohl schmecken würden
Im schmalen Schatten
Des Sonnenschirmes.

Wie deine Möse
Wohl duften würde
Auf dem warmen Gras
Neben dem Becken.

Olive Fb

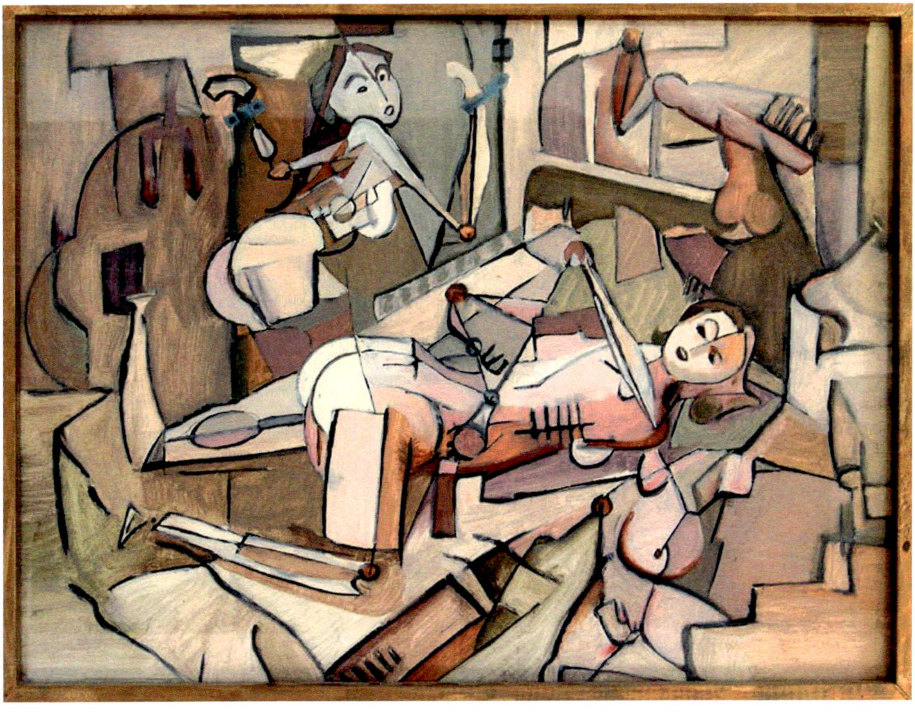

Ulrich Holbein

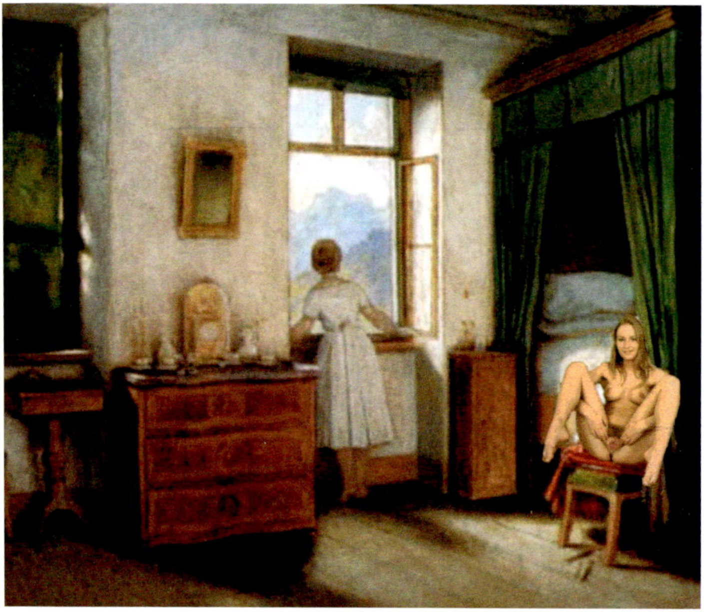

Morgenstunde

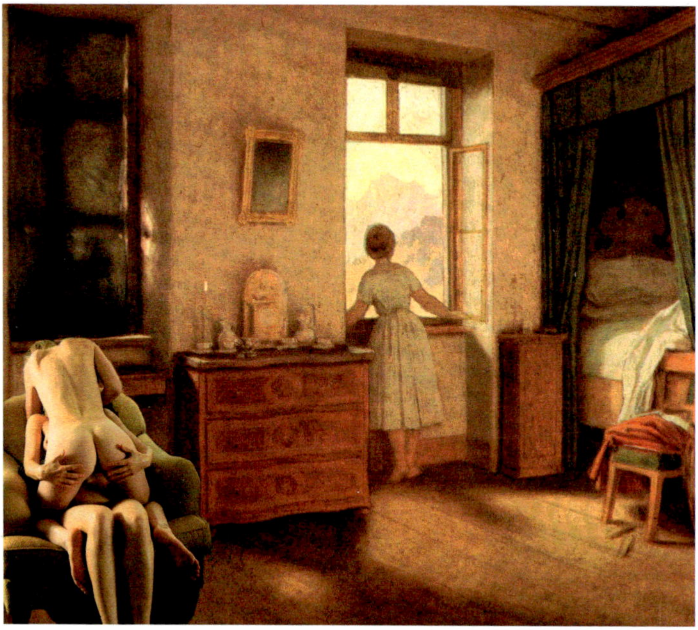

Sex könnte ganz wunderbar sein, wenn er nicht im Detail und Zweifelsfall dann doch arg unvermeidlich an Pornos erinnern täte. ☆ *Wie gern wär ich Ekstatiker, wenn ich nicht so ein blödes Gesicht dabei zöge.* ☆

Wenn ich in 24 Std. sterben müsste, würd ich die ganz anders nutzen, als wenn in 24 Std. die ganze Welt unterginge. (In beiden Fällen schnell noch Sex und Nostalgie, durch Angucken alter Fotos, wohl auch durch Droge die 24 Std. verlängern. Im Fall, dass nur ich allein davonmüsste, würd ich wohl 5 Std. lang ergreifende Abschiedsbriefe schreiben, Testamente revidieren, Manuskripte bereitlegen, verfügen, Nachlass regeln – was aber als Letztes lesen? ☆

Sophie Andresky

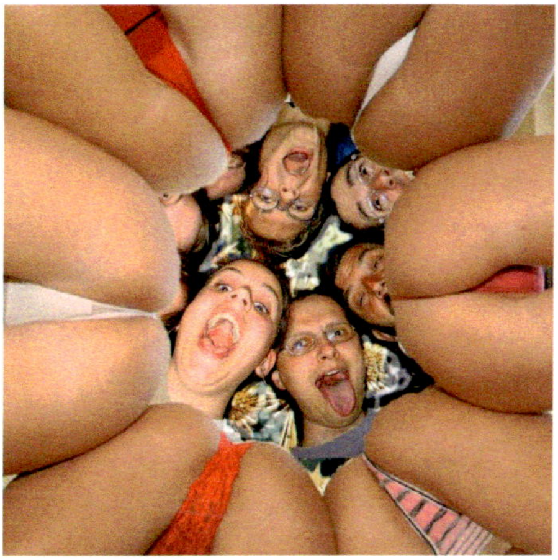

Ulrich Holbein, Selbsterkenntnis von beiden Seiten

Warm ums Herz

Ein Schwein – also das Tier mit dem Rüssel, nicht der ungewaschene Grapscher vom Glühweinstand auf dem Weihnachtsmarkt – kann zweistündige Orgasmen haben. Manches ist in der Schöpfung einfach ungerecht verteilt. Aber bevor mein Neid auf so ein Schwein zu groß wird, nehme ich doch mein Glück selbst in die Hand und löse das Nikolausgeschenk von meiner Freundin ein. Ihren Sexshop-Gutschein werde ich in einen schicken neuen Vibrator investieren, girl's best friend, den Partner für einen klitschnassen, kosmischen, Es-sprengt-mich-vom-Laken-Orgasmus, bei dem ich die Glocken läuten höre und es mir warm ums Herz wird in dieser kalten Jahreszeit. Ich betrete den Laden und denke an diesen speziellen Moment, wenn die

Ulrich Holbein, Make Love not War

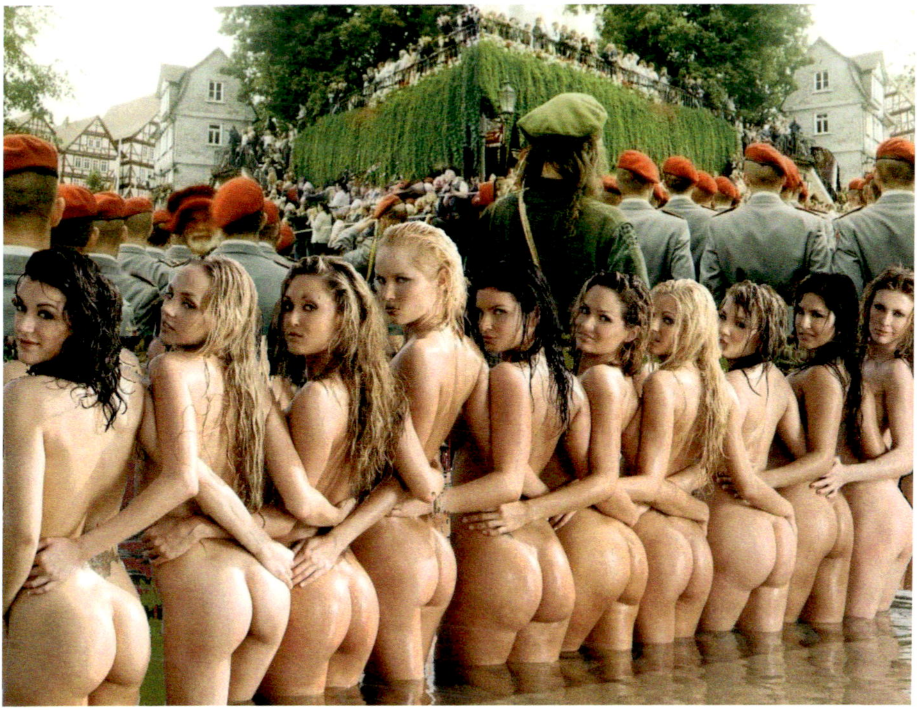

Lust nicht mehr rauszuzögern ist. Die Bauchmuskeln sind hart, der Hintern ist angespannt, um die Brustwarzen zieht sich eine Gänsehaut, der Hals spannt sich, meine Stimme klingt wie eine Mischung aus überfahrenem Eichhörnchen und sodomisiertem Weihnachtself, die Muschimuskulatur verengt sich, alles konzentriert sich auf den magischen Time Tunnel zwischen Bauchnabel und Klitoris, und dann: *Womm!* Der Weg in die Seligkeit ist glitschig von ein paar Tropfen wirklich guter Gleitcreme und einem nicht zu dicken, leicht biegsamen Vibrator, der genau an der richtigen Stelle rappeln muss, nämlich etwa zwei Zentimeter über der Spitze. Dann hat er am Ende genau die perfekte Schwingung, um erst mal die Klitoris sanft zu wecken und die Härchen aufzustellen. Später gleitet er dann wie von selbst tiefer, so dass er zwischen den Schamlippen liegt wie ein Hotdog im Brötchen. Direkt am Möseneingang kann er dann ausgiebig das tun, was Penisse oft nicht wollen: sich aufhalten, ein Stückchen vordringen und wieder zurück, und dabei gleichzeitig nie den Kontakt zur Klit verlieren. Und erst wenn das große Oje heranrollt, dann erst darf er im letzten Moment hineintauchen und sich den Muskeln entgegenstellen und so lange leicht hin- und herfahren, bis es sich völlig ausgezuckt hat.

Es sind vielleicht nicht die zwei schweinischen Stunden einer tief befriedigten Borstensau, aber: ein tiefes wohliges Grunzen wird es allemal werden.

Feucht zwischen den Beinen und mit einer nikolausroten Tüte in der Hand bummle ich mit meinem Einkauf am Glühweinstand vorbei. Jetzt habe ich so gute Laune, dass ich sogar den Grapscher anlächle. Wenn der wüsste, warum mir gerade so warm ist.

Borys S. Kurylo

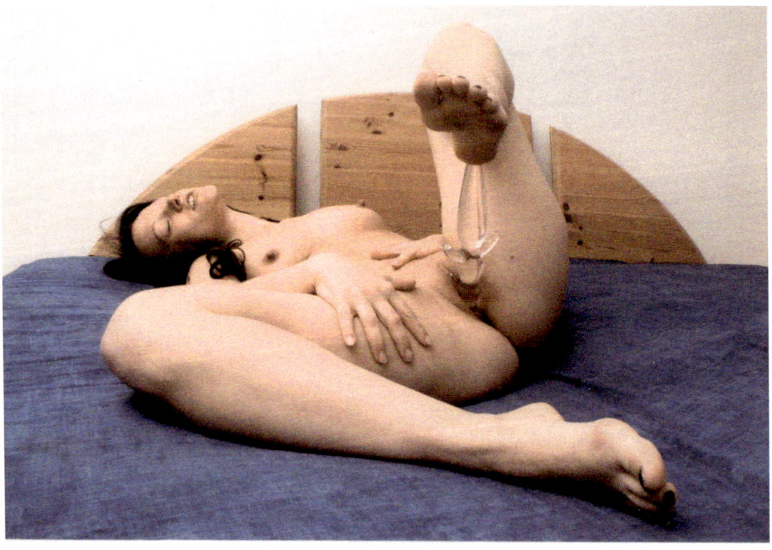

Daniel Bachmann

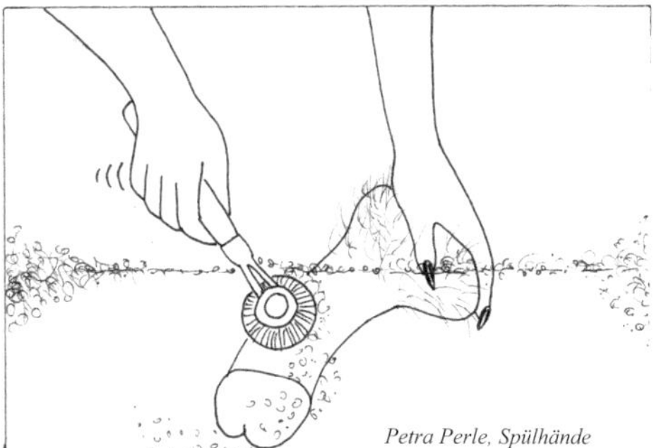

Petra Perle, *Spülhände*

Zeit der Delfine

Lange Zeit dachte ich, ich hätte alles richtig gemacht. Nicht, dass es einfach gewesen war, aber ich habe mich angestrengt, habe Gas gegeben, habe gelernt, dass gut nicht gut genug ist. Das habe ich von meinem Dad gelernt und das hab ich von meinem Mann gelernt.

„Gut, mein Kind", hatte Dad immer gesagt, „ist nicht gut genug. Wenn du vorne dabei sein willst, musst du dich doppelt anstrengen."

Also habe ich mich doppelt angestrengt, schloss mein Abitur mit 1,0 ab, schaffte meinen Bachelor in Marketing in Rekordzeit und mit Auszeichnung und machte anschließend steile Karriere in der Werbung. Ich dachte, ich hätte es richtig gemacht, dabei habe ich so ziemlich alles falsch gemacht.

„Gut, mein Schatz", sagte Jochen, „ist nicht gut genug. Wenn du mich kriegen willst, musst du dich dreifach anstrengen."

Ich habe mich dreifach angestrengt, und ich habe auch ihn gekriegt. Ich habe Jochen, meinen Mann gekriegt.

„Nur so geht's", sagt Tina. „Wer Rühreier will, muss Eier zerbrechen."

Tina ist meine beste Freundin. Mittags treffen wir uns im *Delice* zu *Gnocchi con ceci e vongole*. Auf Bistrohockern sitzen Männer und Frauen in Businesskleidung, die wissen genau, wie man Eier zerbricht. Die strengen sich alle an, doppelt und dreifach.

Die Männer und Frauen auf den Businesshockern essen und reden im Rekordtempo, sie haben keine Zeit.

„Il cibo ideale se non ha molto tempo", sagt Tina. Die ideale Mahlzeit, wenn's schnell gehen muss. Das passt zu ihr. Tina strengt sich mächtig an, kann Italienisch, Französisch und was nicht sonst noch alles.

„Das bringt mich auf eine Idee", sagt sie. „Sex in der italienischen Küche ist immer ein Thema."

Tina schreibt für die Lifestyle-Rubrik eines Online-Portals. Wie sie auf Sex in der italienischen Küche kommt, weiß ich nicht. Die *Gnocchi con ceci e vongole* im *Delice* halte ich für ziemlich sexlos.

„Spielt keine Rolle", sagt Tina. „In meiner Kolumne dreht sich eben alles darum."

„Sex ist der einzige Lifestyle, den der User noch anklickt", sagt sie. Tina weiß genau, was der User anklickt. Sie zieht einen Zettel raus. „Der Deutsche Wetterdienst", sagt sie, „hat für morgen die heißeste Nacht des Jahres angekündigt. Hör zu, was ich daraus gezaubert habe."

Sie erhebt ihre Stimme wie eine Rezitatorin: „Die Gesellschaft für Erfahrungswissenschaftliche Sozialforschung in Hamburg fand heraus, dass Hitze die Lust auf Sex steigert. Morgen Nacht kann also in doppelter Hinsicht die heißeste Nacht Ihres Jahres werden."

Ich stecke mir einen Gnocchi in den Mund. Völlig sexlos ist der, lauwarm und mehlig.

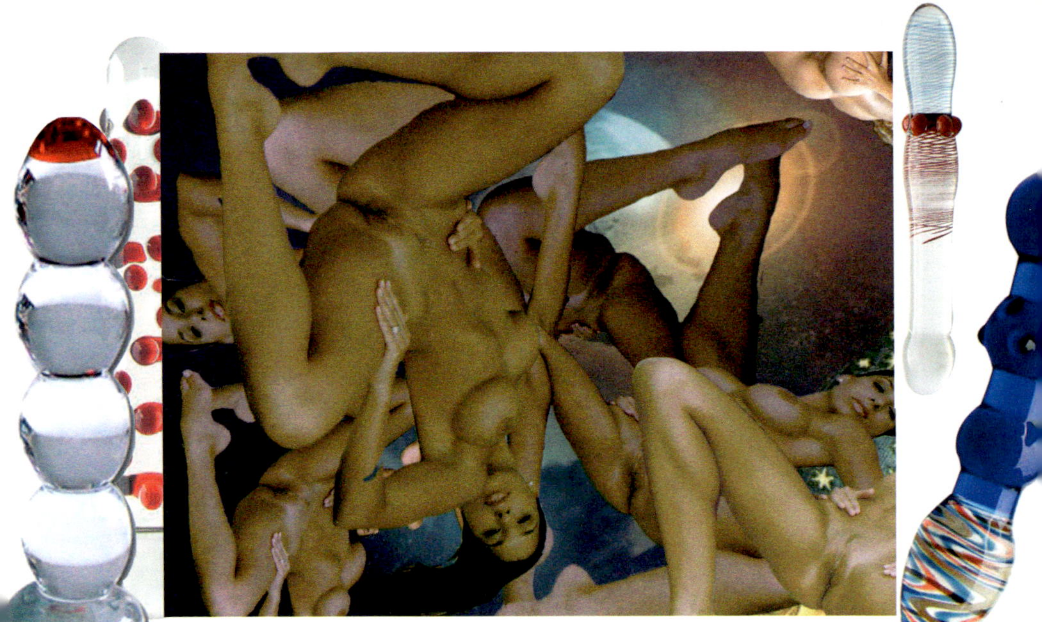

Ulrich Holbein, Kosmischer Orgasmus

„Heiße Nächte“, sage ich. „Ich kann mich vage daran erinnern.“ So spricht eine Frau, die schon lange keinen Sex mehr hatte. „Dazu brauche ich aber keine Gesellschaft für Erfahrungswissenschaftliche Sozialforschung.“

Mein Leben mit Jochen ist so sexlos wie der Gnocchi in meinem Mund.

„Redaktionsvorgabe“, sagt Tina. „Ich kann über alles schreiben, aber ich brauche eine wissenschaftliche Begründung. Einen sozio-kulturellen Unterbau.“

Das sagt sie wirklich. Sie sagt, sie brauche einen sozio-kulturellen Unterbau.

Dann sagt sie: „Pass auf, wie’s weitergeht. ‚Mein Hitze-Tipp für Sie: Nutzen Sie den Glitsch-Effekt. Reiben Sie sich gegenseitig mit ätherischen Ölen ein. Pfefferminze, Zitrone und Grapefruit wirken kühlend und …‘“

Ich schiebe den Teller weg. „Muss los“, unterbreche ich sie. Tina schaut mich fragend an, aber ich habe keine Lust auf Erklärungen. Es hat etwas mit der Kombination Glitsch-Effekt, sexlose Gnocchi und Jochen zu tun.

Jochen, der sagte: „Gut, mein Schatz, ist nicht gut genug.“

Jochen, der sagte: „Wenn du mich kriegen willst, musst du dich dreifach anstrengen.“ Ich habe mich dreifach angestrengt, ich habe ihn gekriegt. Ich bedauere auch nicht die Dinge in meinem Leben, die ich getan habe. Ich bedauere nur die Dinge, die ich nicht getan habe.

In der Agentur herrscht Ausnahmezustand. Übermorgen ist Präsentation und noch immer fehlt eine gute Idee. Dafür bin ich verantwortlich. Ich bin für gute Ideen für *PerLaDonna* verantwortlich. *PerLaDonna* ist ein 30-Millionen-Etat, der Größte der Agentur. Was zur Folge hat, dass sich meine Mittagspausen auf ein Minimum beschränken und mein Feierabend erst beginnt, wenn die After-Work-Partys zu Ende gehen.

Wer Rührei will, muss Eier zerbrechen.

PerLaDonna ist eine italienische Dessous-Marke. Nicht mehlig und lauwarm wie die Gnocchi im *Delice*. Sondern feurig und sexy, die südländische Variante von *Victoria's Secret*, unserem größten Konkurrenten. In der neuen Kollektion finden sich Push-up-BHs aus drapiertem Seiden-Voile. Bustiers mit Makramee-Broderien. Korsagen mit Spitzenbordüren. Triangel-BHs aus Plumetis-Tüll. Unter Vertrag haben wir Alessandra Ambrosio, Heidi Klum und Gisele Bündchen. Was wir nicht haben, ist eine gute Idee.
„Hm, hm", sagt Jochen.
„Ich weiß nicht", sagt Jochen.
„Das ist noch lange nicht gut genug", sagt Jochen.
Wir sitzen im *Meetingroom* des *Executive Board*, der Entscheidungsträger der Agentur. Fünf Männer, die wichtig sind,

Daniel Schmude

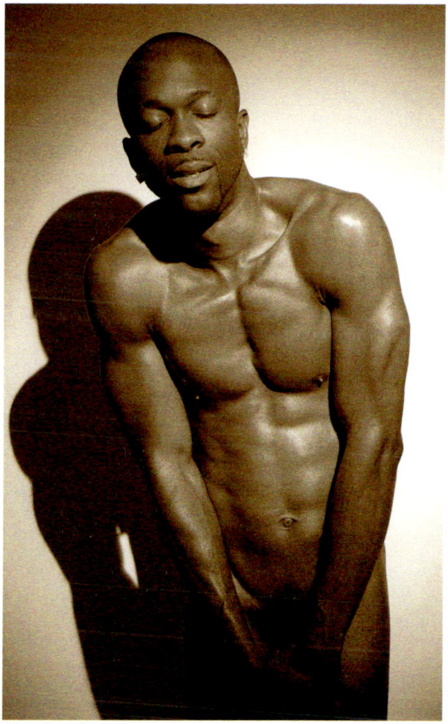

und ich, die einzige Frau. Im Grunde genommen ist Jochen mein Chef. Nein, ganz ohne Einschränkung. Jochen ist mein Chef.
„Den Catwalk rauf- und runterspazieren, das machen alle", sagt er. „*Christies* macht das. *Andres Sarda* macht das. *Cotton Club* macht das. *Rosapois* sowieso. *Victoria's Secret* lässt wenigstens die Engel tanzen. Nennen ihre neue Kollektion ‚Supermodel Obsession'. Wir brauchen was, um dagegenzuhalten. Etwas, das uns unique macht."
Jochen sagt *unique*. Tina sagt *Lifestyle*, den der *User* anklickt. Die Männer im Executive Board sagen nichts. Sie sind nicht hier, weil sie gute Ideen haben. Sie sind hier, weil sie am besten wissen, wie man Rühreier macht. Ich lasse mir Zeit. Zwei Minuten Schweigen können sehr lange sein.
Dann hole ich ihn raus und platziere ihn mitten auf den Tisch. Die Männer im Executive Board schweigen. Auch Jochen hält den Mund. Doch zumindest sehen alle auf einmal sehr wach aus.
„Darf ich vorstellen", sage ich. „Das ist *La Cilegia*."
Die Männer im Executive Board starren auf den Glasdildo. Keine Frage, er kann sich sehen lassen. Ästhetisch geformt, oben an der Spitze mit einer neckischen Amarenakirsche.
„*La Cilegia*", sage ich, „ist zwölf Zentimeter lang und dreieinhalb Zentimeter dick. Handgearbeitetes Hartglas, hypoallergisch, und – sehr, sehr nützlich."
Niemand weiß es besser als ich.
„Er ist", sage ich, „Gisele Bündchens bester Freund."
Auf einmal sehe ich Anerkennung in den Augen des Executive Board. Bisher war er für sie ein simpler Glasdildo, wenn auch ein hübscher. Nun hat er Persönlichkeit.

„Wir nennen unsere Kollektion *Lady's Pleasure*", sage ich. „Doch was ist Lady's Pleasure?"
Die Männer des Executive Board halten immer noch den Mund. Für sie ist das eine rhetorische Frage. Aber für mich nicht. Für mich ist es eine direkte Frage an Jochen, meinen Mann. Und ich will, dass er sich mit seiner Antwort dreifach anstrengt.
Aber dem Gefallen tut er mir nicht. Also muss ich es selber machen, darin habe ich ja Übung.
„Der Catwalk wird in Flammen stehen", sage ich. „Stellt euch vor: Gisele mit *La Cilegia* auf dem Laufsteg."
Ich stelle den großen Bruder der kleinen Amarenakirsche auf den Tisch. „Heidi Klum mit ihrem *Private Dancer Funky Fun* auf dem Laufsteg", sage ich.
Der *Private Dancer Funky Fun* streckt dem Executive Board seine fantastischen dreiundzwanzig Zentimeter entgegen. Das Executive Board wird unruhig.
Ich sage nicht: Fühlt euch nur nicht bedroht – auch wenn ich's gerne täte.
Stattdessen sage ich: „Der *Private Dancer* ist sportlich gebaut, seine Muskeln zeichnen sich unter der Haut ab wie Adern auf dem …"
„Schon gut", unterbricht mich Jochen. „Was ist mit dem?"
„Das ist Alessandras Liebhaber", antworte ich. „Ein achtzehn mal viereinhalb Zentimeter *Real-Harness-Strap-On*. Beste Standhaftigkeit und garantierte Ausdauer. Kommt als Strap-On zum Einsatz oder auch abgenommen."
Tina sagt *Lifestyle*, den der *User* anklickt. Ich sage, kommt als *Strap-On* zum Einsatz oder auch abgenommen.
Jochen sagt nichts. Er schaut auf den Tisch, auf *La Cilegia*, die kleine Amarenakirsche, auf den *Private Dancer Funky Fun*, auf den *Real-Harness-Strap-On* und strengt sich dreifach an. Dann sagt er: „Das ist eine Scheiße noch mal verdammt geniale Idee!"
Er sagt: „Die kleinen Freunde unserer Model-Stars."
Er sagt: „Damit pusten wir *Victoria's Secret* glatt aus dem Wettbewerb."
Die Männer vom Executive Board spenden Beifall. Natürlich sind sie seiner Meinung. Sie wissen schließlich, wie man Rühreier macht. Sie schauen mich an und ich weiß, dass sie Jochen beneiden sollten, weil er eine scharfe Ehefrau hat mit scharfen Ideen. Stattdessen bedauern sie ihn, weil er eine scharfe Ehefrau hat mit scharfen Ideen. Nur die Mistress soll scharf sein. Die Ehefrau muss kochen können. Die Ehefrau trägt Schiesser-Baumwolle, die Mistress *PerLaDonna*. Von gutem Sex ist die Schiesser-Ehefrau so weit entfernt wie der *Private Dancer Funky Fun* davon, ein echter Liebhaber zu sein. Und natürlich ist die kleine Amarenakirsche nicht Gisele Bündchens bester Freund. Sondern meiner.
Der achtzehn mal viereinhalb Zentimeter große *Real-Harness-Strap-On* gehört auch nicht Alessandra. Er gehört mir. Ich verwende ihn abgenommen.
Mein Leben mit Jochen ist so sexlos wie die Gnocchis im *Delice*. Eine weiche

Kater Kosz

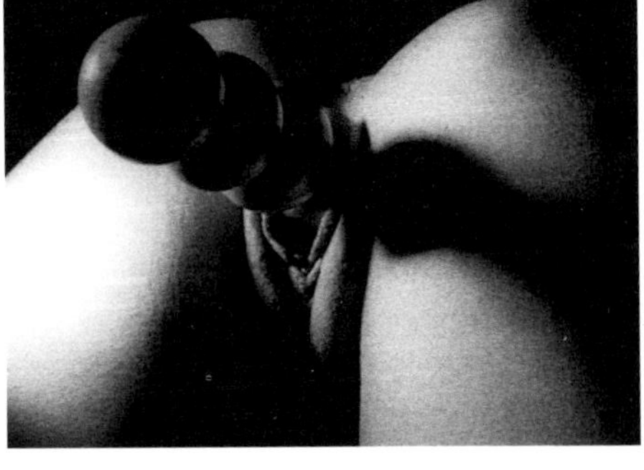

Lüge häuslichen Glücks hat jede Erotik aus unserem Leben verdrängt. Ich strenge mich an, bei Gott, das tue ich, dreifach und zehnfach und trotzdem umsonst. Eine Ehe ist ein Wettlauf zwischen Haltbarkeit und Zerfall.
On the long run kapituliert da jede Lust. *On the long run* übernimmt eine Amarenakirsche die Herrschaft.

„Oralsex", sagt Tina, „bedeutet nicht heftige Leckattacke, sondern sanftes Gleiten über empfindlichste Stellen. Maßvolles Vorgehen führt zum Erfolg."
Sie steckt sich einen Löffel Tiramisu in den Mund und will mein Lob.
„Gut, nicht?", sagt sie.
Ich nicke und frage: „Wie steht's mit dem sozio-kulturellen Unterbau?" Als ob er mich interessierte.
Aber Tina hat Feuer gefangen: „Da habe ich eine Studie der Partnerbörse amigo.de ausgegraben", sagt sie. „Wurde zum *Internationalen Tag des Kusses am 6. Juli* angefertigt. Die dehn ich aus, in Richtung Cunnilingus."
Ich starre in mein Tiramisu, das viel zu fettig ist.
„An ihren Seufzern können Sie erkennen, wie gut Ihr Zungenspiel ankommt. Gut gesagt, ich muss mir mal selbst auf die Schulter klopfen." Tina brennt jetzt
„Legen Sie eine Hand auf ihren Bauch und spüren Sie das Zucken. Die Entscheidung liegt ganz bei Ihnen: Erlösen Sie die Arme, ja oder nein?"
„An dir ist glatt ein Schiller verloren gegangen", sage ich. „Ach was. Eine Schillerin."
„Meine Rede." Tina fällt Ironie so wenig auf wie ein Pfund zu viel Mascarpone im Tiramisu. „Eines Tages schreibe ich einen Roman, dagegen sind die *Feuchtgebiete* eine dürre Wüste."
„Ich kann's kaum erwarten", entgegne ich und stehe auf.
„Heute wieder Arbeit bis ultimo?", fragt Tina. Sie kratzt das letzte Tiramisu aus der Schale und schleckt den Löffel ab.
„Bis zum Abwinken", antworte ich.
„Na dann viel Spaß", sagt sie. „See you around."
Tina sagt: „See you around."
Ich sage: „Kommt als *Strap-On* zum Einsatz."
Jochen sagt: „Aaah, du kleine Schlampe, das gefällt dir, du Luder!"
Aber das sagt er nicht zu mir.
Unsere Ehe ist ein Wettlauf zwischen Haltbarkeit und Zerfall und ich kann deutlich sehen, wer vorne liegt. Ich kann auch deutlich sehen, wer oben liegt und wer unten. Deutlich sehe ich Jochen und Tina: Er unten, sie auf ihm. Tina reitet meinen Mann und ich denke, da ist eine Menge Glitsch-Effekt im Spiel. Ob Pfefferminze, Zitrone oder Grapefruit ist auf dem Film nicht zu erkennen. Dagegen *La Cilegia* in ihrer ganzen Schönheit, als Jochen sie der verkappten Romanautorin in den Hintern schiebt.
Ich weiß nicht, was mich mehr auf die Palme bringt: Dass Jochen mich mit Tina betrügt. Oder dass er dabei meine Amarenakirsche benutzt.
Jochen sagt: „Aaah, du kleine Schlampe, das gefällt dir, du Luder!", und der Detektiv sagt: „War gar nicht leicht, nah ranzukommen. Ich musste ein 8,0/500mm-Supertele benutzen. In unserer Branche nennen wir es ‚Die Wundertüte'".
Der Detektiv ist klein und hat ein Pockengesicht. Er wollte den Film nicht mit mir zusammen ansehen.
„Den Ton", sagt er, „habe ich mit einem ECM-HGZ1 gekriegt. Zurzeit das beste Zoom-Mikro am Markt."
Aber ich sage: Was ist, wenn ich aus den

Latschen kippe? Was ist, wenn ich Beistand brauche?
„Gibt's dafür auch einen Namen?", frage ich. „In Ihrer Branche?"
„Wir sagen einfach The Gun", antwortet der Detektiv. „Weil man die Audiosignale direkt vom fokussierten Motiv erhält."
Garantiert kippe ich nicht aus den Latschen. Aber Kino ist nun mal ein Gemeinschaftserlebnis. Und ich war viel zu lange allein.
Im fokussierten Motiv ist mein Mann zu sehen, meine beste Freundin und mein bester Freund, der aus ihrem Hintern flutscht.
Ich sage: „Das ist *La Cilegia*. Zwölf Zentimeter lang, dreieinhalb Zentimeter dick, handgearbeitetes Hartglas. Hypoallergisch. Vielleicht sollte ich mir auch einen Namen überlegen. Was halten Sie von Flutschfinger?"
Im Film dreht Jochen Tina auf den Rücken. Der Flutschfinger verschwindet in ihrem Po. Der Flutschfinger verschwindet aus dem Bild.
„Ich weiß nicht", sagt der Detektiv, und tritt von einem Fuß auf den anderen. Er reicht mir einen Umschlag. „Können Sie's bar bezahlen? Bin momentan ein wenig klamm."
Ich reiße den Umschlag auf. Zweihundert Euro will er haben. Inklusive Spesen und Mehrwertsteuer. Von fokussierten Motiven versteht der Detektiv viel. Von Rührei versteht er nichts.
Ich reiche ihm drei Hunderter, ohne den Bildschirm aus den Augen zu lassen.
Tina spreizt die Beine wie eine russische Bodenturnerin. Respekt, ich wusste nicht, dass sie so beweglich ist.
Bei all dem fettigen Tiramisu, das sie in sich reinstopft.
„Hier", sage ich. „Der Rest ist für Sie."
Ich gönne es ihm. Geld ist das einzige Glück, das man anfassen kann.
Das Gute an der Leere ist, sie schafft jede Menge Platz. Das erkenne ich auf dem Flug nach Australien. Zwölf Stunden nach Hongkong, neun Stunden nach Sydney, da weiß man es zu schätzen, wenn man zwei Sitze hat anstatt nur einen. Ich habe zwei Sitze. Meinen und den von Jochen. Urlaub in Australien, das war seine Idee gewesen. Jochen wollte Kitesurfen, Jochen wollte Tauchen, Jochen wollte mit dem Geländewagen durchs Outback brettern. Dann kam ein Flutschfinger ins Spiel und machte ihm einen Strich durch die Rechnung.
Die heißeste Nacht des Jahres, der Deutsche Wetterdienst hatte recht behalten. Auch die Gesellschaft für Erfahrungswissenschaftliche Sozialforschung in Hamburg hatte recht behalten. Hitze steigert die Lust auf Sex, der Glitsch-Effekt war ungeheuerlich.
Nein, ich bedauere nicht die Dinge in meinem Leben, die ich getan habe. Ich bedauere nur die Dinge, die ich nicht getan habe. Zum Beispiel einen Urlaub alleine, ohne Ehemann.

Nachdem der Detektiv gegangen war, sah ich mir den Film nochmals an. Dann nochmals. Nochmals und nochmals und nochmals. Zehn Mal, fünfzehn Mal, ich weiß nicht, wie oft. Dann ging ich nach Hause. Zu Hause hielt ich den Mund. In der Agentur hielt ich auch den Mund und brachte die *PerLaDonna*-Show über die Bühne, sie war ein sensationeller Erfolg. Dazwischen ging ich sogar mit Tina essen und hielt den Mund. Sie bestellte Spaghetti Carbonara und schwärmte mir von ihrem neuen Artikel vor. Darin ging's um Verführung und dass Frauen sich nicht so zieren sollen. Dass Frauen endlich lernen müssen, wie man Rühreier macht.
„Den sozio-kulturellen Unterbau", sagte

Tina, „schenk ich mir dieses Mal. Der kommt aus meiner ureigenen Erfahrung.“ Manchmal lernen wir von unseren Feinden mehr als von unseren Freunden. Dann kam der Morgen des Abflugs. Jochen und ich saßen beim Frühstück. Ich sagte: „Änderung des Plans“ und knallte die DVD auf den Tisch. „Damit dir nicht langweilig wird, solange ich weg bin.“ Erst im Taxi kam die Leere. Erst am Flughafen kamen die Tränen. Ich unterdrückte sie, strengte mich an, dreifach, zehnfach, und es gelang mir auch.

Deutschland ist ein enges Land und Australien ist es nicht. Ich sitze am Strand von Byron Bay und links von mir erstrecken sich zehn Kilometer feinster Sand. Rechts von mir erstrecken sich ebenfalls zehn Kilometer feinster Sand. Ich sehe den Kitesurfern zu und denke: Jochen hätte das nie gepackt. Einer ist besonders gewandt, ein Akrobat der Lüfte und des Wassers. Für ihn scheinen keine physikalischen Gesetze zu gelten. Vom Wind über die Wellen gehoben, schwebt er an seinem Drachen zurück aufs Wasser, um dann mit Urge-

Alexander von Agoston

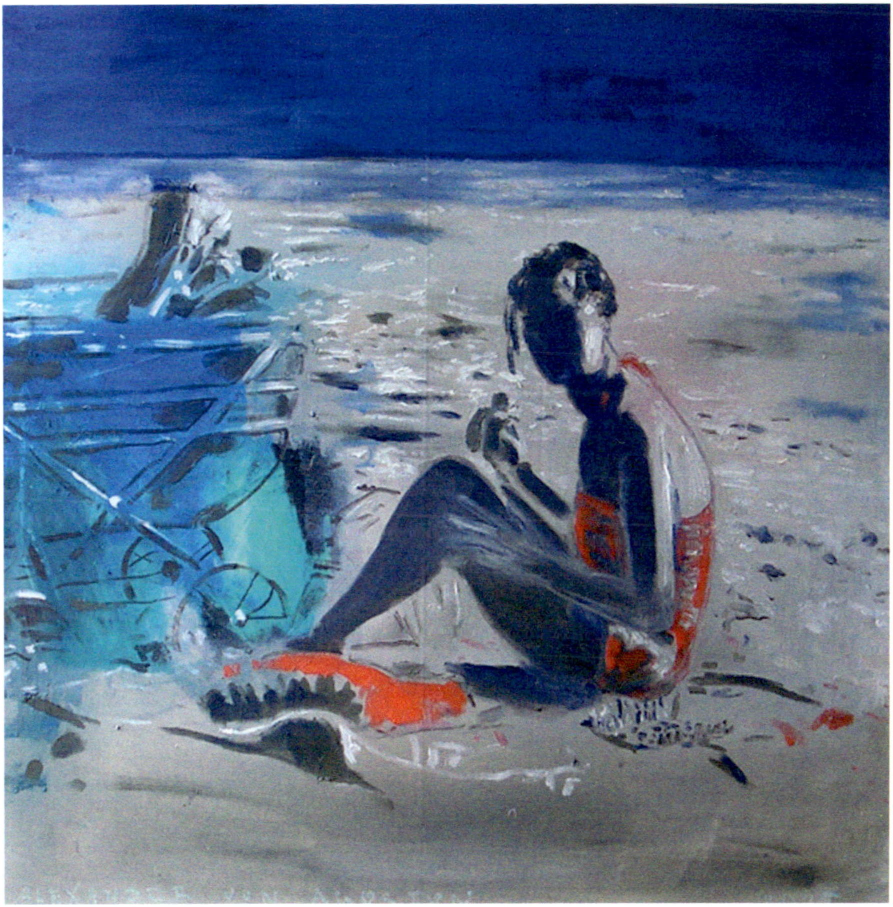

walt durch die enge Röhre des Brechers zu sausen. Darin muss er sich verlieren, in dieser brüllenden Gischt. Doch ein Zug an kompliziertem Geschnür genügt, der Wind reißt ihn aus dem Mahlstrom zurück in die Lüfte, vogelgleich. Wie ein Spiel mit den Elementen, bei dem es weder Sieger noch Besiegte gibt. Ich stelle mir vor, wie sich Liebemachen mit ihm anfühlt.
Deutschland ist auch ein Land voller Menschen und Australien ist es nicht. Ich sitze noch immer am Strand von Byron Bay und bin völlig allein. Der Wind hat nachgelassen, die Kitesurfer sind verschwunden, auch der Akrobat, kurz hat er mir zugelächelt, zumindest bilde ich mir das ein. Weit und breit ist keiner mehr. Kein Adonis, der mich zur Schaumgeborenen küren könnte. Nirgends ein Ares, ein Eros, ein Anchises, ein Hermes oder ein Dionysos, der in mir seine Aphrodite erkennt.
Vielleicht sollte ich pazifische Küsten auch nicht mit mediterranen Gestaden verwechseln. Vielleicht haben die Jahre aus mir eine Rühr-mich-nicht-an gemacht, der man schon von Weitem ansieht, dass sie niemals Sex hat.
Aber träumen darf ja erlaubt sein.
Ich stehe auf und gehe über den Sand. Eine alte Frau kommt mir entgegen, die sieht aus, wie man im Alter nicht aussehen möchte. Sie streckt mir ein paar Ketten hin und fragt, ob ich eine haben will. Das ist es, was das Schicksal für mich bereithält. Kein Adonis und kein Hermes, dafür ein zahnloses Weib mit schwarzer Runzelhaut, die mir Billigschmuck andreht.
„No!“, sage ich und das sage ich lauter als nötig.
Dann gehe ich weiter. Und schaffe nur ein paar Meter. Der Schmerz ist heiß wie Feuer. Ich schreie auf, falle in den feinen Sand von Byron Bay, der sich zehn Kilometer links und rechts von mir erstreckt. Etwas steckt in meinem Fuß. Es ist ein Dorn, vielleicht von einer zersplitterten Muschel oder dem Stachel eines Tieres, o Gott, heißt es nicht, dass Australien voll ist mit den gefährlichsten Kreaturen? Skorpione und Spinnen gibt es hier, *Redback Spiders* und *Funnel Web Spiders*.
„Porcupine“, sagt eine Stimme. „You don’t have to be worry.“
Die Runzelfrau beugt sich über mich. Obwohl ihre Finger gichtverkrümmt sind, zieht sie den Stachel geschickt aus meiner Haut.
„Spit“, sagt sie.
Ich verstehe nicht. Sie lacht, spuckt in die Hand, macht kreisende Bewegungen. Ich spucke in meine Hand, verreibe den Speichel auf dem Einstich. Sofort lässt das Brennen nach.
„Porcupine“, sagt die Runzelfrau wieder. Sie streckt mir ihre Ketten hin.
„Porcupine necklace.“

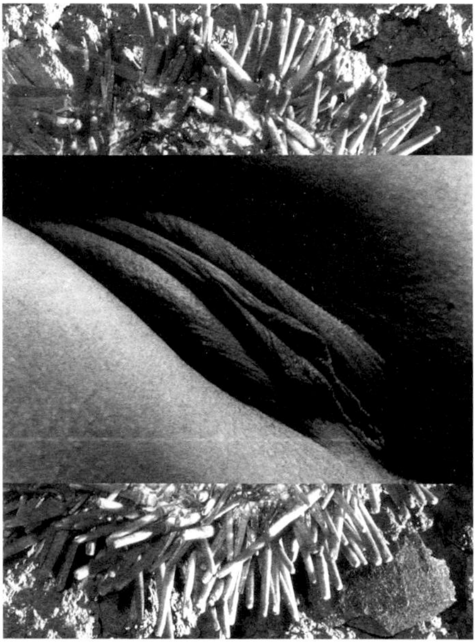

Kater Kosz

Zuerst schaue ich nicht hin, dann tue ich es doch und ich sehe: Die Ketten sind gar kein Billigschmuck. Die sehen richtig gut aus. Kunstvoll aufgereiht die Stacheln eines Stachelschweins, unterbrochen von schmalen, durchsichtigen Perlen. Ich höre mich sagen: „would you like to join me?" und kann mich nur noch wundern. Ich meine, ich bin auf der Suche nach einem Abenteuer, auf der Suche nach dem Mann, der nicht einpennt bei der Sache wie Jochen. In Australien soll es vor *horny lovers* nur so wimmeln. Stattdessen kehre ich mit einer Runzelfrau zurück in meinen Bungalow.
Ich kann nicht abschätzen, wie alt sie ist. Irgendwo in dem Alter, wo Zahlen keine Rolle mehr spielen. Ihr Englisch klingt seltsam, als wäre es nicht ihre Muttersprache. Dann fällt es mir wie Schuppen von den Augen. Sie ist eine Aborigine, die erste, die ich zu Gesicht bekomme. In Deutschland gibt es keine Aborigines und in Australien offenbar auch nicht, zumindest sieht man sie nirgends. Ich habe keine in den Straßen von Sydney gesehen, ich habe keine auf den Baustellen während der Fahrt nach Byron Bay gesehen. Keine in den Motels, in denen ich übernachtete, keine in den Lebensmittelläden und Bars, die ohnehin nur Asiaten zu gehören scheinen. Doch jetzt sitzt eine Aborigine bei mir am Tisch und hängt mir eine Kette aus Stachelschwein-Nadeln um den Hals.
Sie sagt, für diese Kette musste kein Tier sterben. Sie sagt, sie wartet auf deren natürlichen Tod. Dann, sagt sie, bringt sie es den Ameisen. Die Ameisen, sagt sie, fressen das Stachelschwein vollständig auf. Da bleibt nichts übrig als Nadeln. Die holt sie dann wieder, sagt sie, und fertigt daraus die Ketten. Sie sagt, sie will kein Geld. Diese Kette schenkt sie mir. Sie sagt, ich könne sie brauchen, aber vielleicht verstehe ich das falsch, bei ihrem seltsamen Englisch. Sie steht auf, wehrt nochmals ab. Kein Geld. Kein Geld. Ich soll die Kette tragen.
Und so stehe ich vor dem Spiegel. Um meinen Hals eine Stachelschwein-Kette; unterbrochen von schmalen, durchsichtigen Perlen kunstvoll aufgereihte Stacheln. Das Einzige, was die Ameisen zurückließen. Da kommen mir die Tränen. Dieses Mal halte ich sie nicht zurück. Ich strenge mich auch nicht dreifach an. Ich lasse sie einfach laufen.

Am nächsten Morgen bin ich früh am Strand. Die Sonne ist noch nicht aufgegangen, milchiges Licht macht Meer und Himmel zu einer Welt. In der Bucht soll es Delfine geben, wer zeitig auf den Beinen ist, kann sie sehen.
Ich bin zeitig auf den Beinen. Ich sehe keine Delfine. Links von mir zehn Kilometer einsamer Strand, rechts von mir zehn Kilometer einsamer Strand. Ich habe mich noch nie in meinem Leben so verlassen gefühlt.
Ich habe einen Bademantel an, den lasse ich fallen. Ich gehe nackt ins Wasser, es ist herrlich. Als ich keinen Boden mehr unter den Füßen spüre, fange ich an zu schwimmen. Ich will weit hinaus, dorthin, wo der Ozean zu Ende ist. Aber ich bin nicht in Form. Ich werde schnell müde und eine Stimme in meinem Kopf sagt, besser, du kehrst um. Ich will auch umkehren, aber es geht nicht. Eine Strömung hat mich erfasst und treibt mich weiter hinaus.
Ich schreie.
Der Strand von Byron Bay liegt verlassen im Morgenlicht. Da ist niemand, der mich hört. Ich schreie noch mehr und schlucke vor Aufregung Wasser.

Die Kitesurfer von Byron Bay sind noch alle in ihren Betten, neben sich die erschöpfte Geliebte.
Die Strömung zieht mich hinaus, ich werde zum Ende des Ozeans kommen, auch ohne mein Zutun. Und dann sind sie auf einmal da. Mächtige Leiber, viel größer, als ich je gedacht habe. Haie, denke ich zuerst, aber es sind keine Haie. Es sind Delfine, ein ganzes Dutzend. Manche sind schwarz und weiß, manche grau, manche gesprenkelt mit braunen und gelben Tupfern. Sie rufen sich zu, sie singen, um mich ist ein Klicken und Pfeifen und Schnattern. Ein Körper schwimmt heran, schiebt sich unter mich, hebt mich hoch. Die Haut des Delfins ist rau. Irgendwie halte ich mich an dem Tier fest. Vielleicht an seiner Rückenflosse, ich weiß es nicht. So reite ich über die Wellen. Wie ein Kitesurfer, nein, wie die Nereiden, die Nymphen des Mittelmeers, Töchter von Nereus und Doris. Jetzt werde ich doch noch zur Schaumgeborenen.

Ich liege am Strand, wie ich dahin gekommen bin, weiß ich nicht mehr.
Jemand sagt: „Hello?“
Jemand sagt: „Are you alright?“
Jemand berührt mich an der Schulter. Ich schlage die Augen auf. Es ist der Kitesurfer, den ich gestern bewundert habe, der Akrobat. In seinem Gesicht kann ich lesen, dass er nicht weiß, was er von der Sache halten soll: Um diese Zeit liegt man nicht am Strand von Byron Bay, nur mit einer Kette aus Stachelschwein-Stacheln bekleidet.
Die Kette. Ich kann mich nicht daran erinnern, sie heute Morgen angelegt zu haben. Ich kann mich an gar nichts erinnern.
„Look“, sagt mein Adonis. The dolphins.“

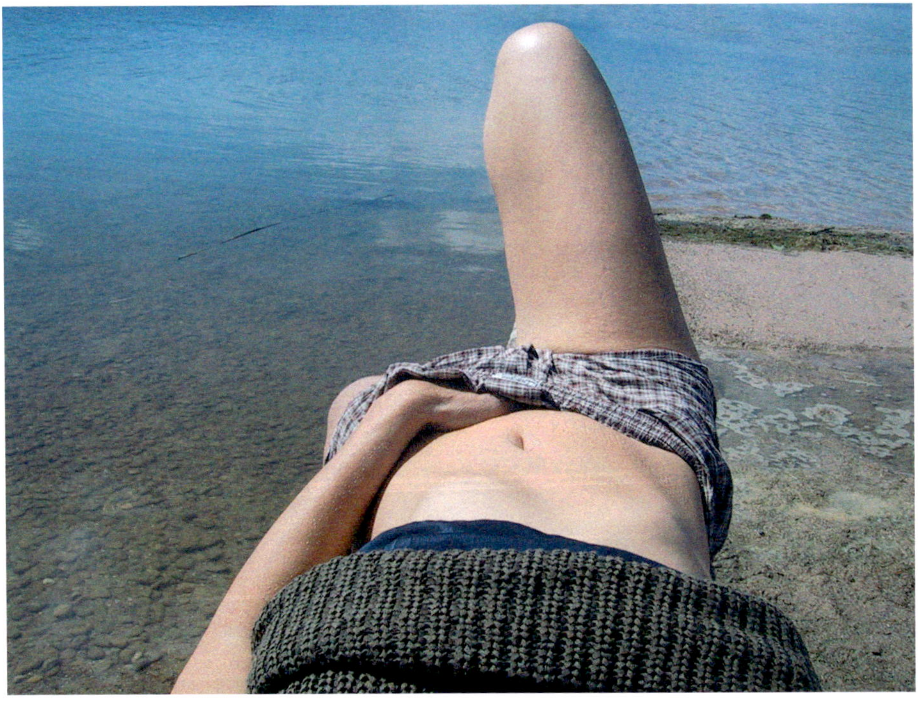

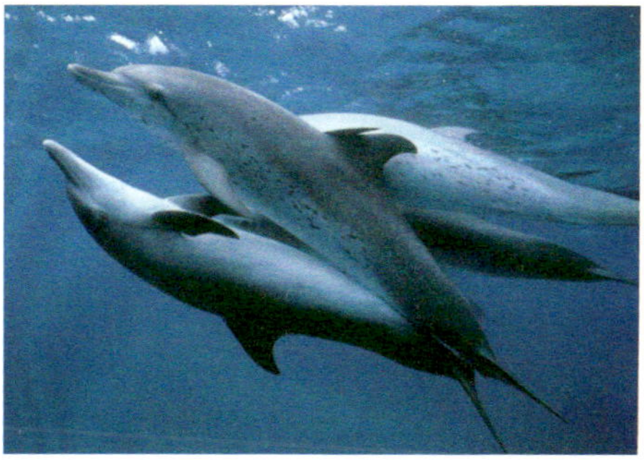

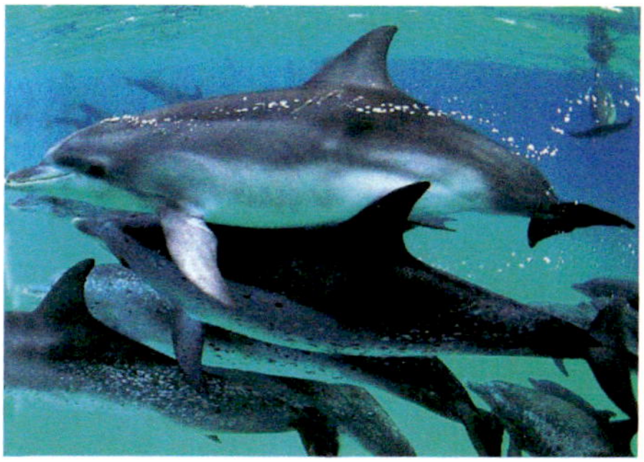

Eine Schule Delfine ist dem Strand ganz nahe gekommen. Wie Pfeile schießen sie durchs Wasser. Die Luft ist erfüllt mit Klicken, Pfeifen und Schnattern.
Irgendwie berühren sich zwei Hände.
„This month we call the time of the dolphins."
Irgendwie berühren sich zwei Körper.
„It's the best time of the year."
Irgendwie sind wir untrennbar miteinander verschlungen. Seine Zunge gleitet sanft über empfindlichste Stellen. Maßvolles Vorgehen führt zum Erfolg.
„I like the taste of salt on your skin."
Dabei weiß ich doch nicht mal, ob ich überhaupt im Wasser war.
„I saw you riding the dolphins. It was magic."
Und dabei lacht er, weil ihn die Kette aus Stachelschwein-Stacheln an einer delikaten Stelle pickt. Er lacht, weil es ein Spiel ist.

Deutschland ist ein enges Land voller Menschen. Auf dem Weg vom Flughafen nach Hause, auf dem Weg von zu Hause in die Agentur kann ich an nichts anderes denken. Zu eng, zu viele Leute. Vor allem, wenn sie Tina heißen und sich an meinem Schreibtisch breitmachen.
Sie sagt: „Dafür gibt's eine Erklärung", und dann kommt auch schon Jochen angelaufen. Er strengt sich mächtig an, dreifach, zehnfach, dabei ist es mir so was von egal. Vielleicht ist es die Kette, die mich in die Zukunft blicken lässt. In der Zukunft sehe ich Tina, die seit einer Ewigkeit keinen Sex mehr hat. Ich sehe Tina mit einer ganzen Wagenladung von Surrogat-Liebhabern.
Ich sehe Tina mit *La Cilegia* und Tina mit dem *Private Dancer Funky Fun* und Tina mit dem *Real-Harness-Strap-On*, abgenommen verwendet.
Und ich sehe Jochen. Jochen mit einer Neuen, vielleicht heißt sie Andrea, Carmen oder Lucy. Ich sehe Jochen Rührei machen.
Das Geschäftliche ist schnell erledigt. Noch einmal strenge ich mich an, noch einmal gebe ich Gas, noch einmal mache ich es richtig gut. Ich habe nämlich keine Lust zu arbeiten, drüben in Australien. Ich habe Lust, Ketten anzufertigen, zu surfen und mit meinem Adonis in den Elementen zu spielen.
Als alles geregelt ist, sage ich zu Tina: „Na dann viel Spaß."
Ich sage: „See you around."
„Was hast du vor, was machst du jetzt?", will Jochen wissen.
Ich gebe ihm einen Kuss auf die Wange.
„Dafür sorgen", sage ich, „dass die Dinge in meinem Leben, die ich bedauere, immer weniger werden."

Nora Aceval

Ich habe zwanzig Jahre lang diese „unanständigen" Geschichten von Nomadinnen und Bäuerinnen des maghrebinischen Hochlandes gesammelt. Von Frauen aller Altersstufen (von dreißig bis über achtzig Jahre). Diese heute immer noch lebendigen Fantasiegeschichten sind wahrscheinlich Äußerungen und Erfindungen von Frauen, die sie sich von Generation zu Generation weitererzählen, in den Räumen der Dampfbäder, auf den wiederkehrenden Festen, die dem Jahr Rhythmus geben. Karikaturhafte Gesten und Lachen begleiten die Erzählung. Subtile Worte, die mehr sagen als sie verschweigen, jeder weiß das. In diesen Fabeln verhindert die Schlüpfrigkeit keineswegs eine gesellschaftliche Kritik, die weder die politische noch die religiöse Ordnung ausspart. Davon zeugt die Ziege, die ihre Unschuld verloren hat und einen Ehemann sucht. Die Ironie ist oft grausam ...

Manchmal verbreiten die Männer als Sammelbecken solcher Ungehörigkeiten die Geschichten unter sich, so, als wollten sie die Zügellosigkeiten lieber in ihre Richtung lenken. Ich habe sehr lange für meine Sammlung auf diesem Gebiet gebraucht. Die Komplizenschaft der Familie hat dem Eindringling, der ich war, geholfen, mich in den geschlossenen Kreis der Männer des Stammes einzumischen, von denen mir einige mit gesenktem Blick einige Versionen anvertraut haben. Aber es wäre zu simpel, wollte man diese von Frauen erfundenen Geschichten als einfache, für Männer bestimmte „Erzählungen mit Ventilfunktion" bezeichnen. Vor allem in der Gegend, in der ich geboren wurde, in den Hochebenen Algeriens, sammle ich diese Geschichten. Ich habe sie auf Arabisch aufgezeichnet, sie übertragen und ins Französische übersetzt. Jahr für Jahr, wenn ich in mein Dorf komme, kommen die Meinen auf mich zu, um mir eine neue Fabel zu erzählen, und sie sind erstaunt, dass ich regelmäßig die Reise mache „für so wenig". „Sie ist verrückt, dass sie wegen dieser alten Geschichten aus Frankreich kommt!"
Jahr für Jahr teilen die Meinen meine Beharrlichkeit, dieses Andenken, diese Geschichten zu retten, die zu verschwinden drohen. Meine Suche geht geduldig weiter.
Sie enthüllt sehr schön die Geheimnisse, aber im Prinzip sagt man in unserer Welt „solche Sachen" nicht vor einer Frau, wenn man ein Mann ist. Einer meiner Freunde, Inhaber einer wichtigen Textsammlung, hat es dennoch gewagt, mir einige leichte Versionen anzuvertrauen, wobei er mir ans Herz gelegt hat, meine Quelle zu verschweigen.
Die „sehr gewagten" Versionen, die er zurückbehielt, ließen sich nicht sagen, nicht einmal schreiben, „aus Respekt mir gegenüber": „Die erzählten Geschichten sind lebendig, akzeptieren wir also, dass sie sterben könnten." Man muss die Zerbrechlichkeit in Betracht ziehen von dem, das bleibt. Das immer wieder neu beginnende Wunder eines freien Wortes, das der Zeit und den Sitten entschlüpft.
Ohne Tabu oder Zensur.

Die Pisserin

Ein junges Mädchen machte jede Nacht ohne Ausnahme ins Bett.
Trotzdem war sie wohlgeraten. Schön, zart, fleißig und intelligent. Unverzichtbare Tugenden, die eine gute Ehefrau ausmachen. Aber welcher Mann wollte eine Bettnässerin heiraten?
Eines Tages ließ sich ein schöner, etwas naiver junger Mann in dem Dorf nieder. Er verliebte sich in das junge Mädchen. Er bat um ihre Hand, was man ihm eilends gewährte. Um das Hochzeitsfest zu feiern, hatten sich die Frauen der Familie und die Freunde versammelt. Am Abend bat die unruhige junge Ehefrau, die fürchtete, ihren Mann zu verlieren, ihre weiblichen Gäste, mit ihr ein glücksbringendes Lied zu singen.
Sie sang: Ich bin eine Pisserin!
Der Chor antwortete: Wir sind alle Pisserinnen!
Sie fuhr fort und der Chor antwortete:
Ich mache meine Decken nass!
Wir machen unsere Decken nass!
Und den guten Wollteppich!
Und unsere schönen Teppiche!
Ich mache meine Kopfkissen nass!
Unsere Schaffelle sind nass!
Ich bin eine Pisserin!
Du bist wie wir, das ist ganz klar!
Der junge Ehemann hörte das Lied und beglückwünschte sich, eine bettnässende Ehefrau zu haben, eine, die so war wie die anderen Ehefrauen auch.
Als er mitten in der Nacht das zarte Murmeln einer kleinen Fontäne vernahm, empfand er eine große Freude.
Überglücklich wies er seine Frau an, niemals zu vergessen, ins Bett zu pissen.

Die Frau mit den zwei Geschlechtern

Ein Mann, der in ein junges Mädchen verliebt war, begab sich in eine entfernte Gegend, um um ihre Hand anzuhalten.
Die Eltern sahen in ihm eine Gans, die man rupfen konnte, und verlangten eine exorbitante Mitgift. Sie gaben vor, dass ihre Tochter außergewöhnlich sei: „Die Natur hat sie mit zwei Geschlechtern ausgestattet."
„Zwei Geschlechter?" Der Verlobte freute sich. „Ihre Tochter ist diese Millionen wert!"
Die Hochzeitsfeier fand statt, aber der Mann sah nur das erste Geschlecht, welches sich unter dem Schambein befindet. Er geduldete sich einige Zeit, bevor er das zweite Geschlecht sehen wollte, das in einem Schmuckkästchen versteckt war.
Der Tag kam, an dem die Ehefrau ihrem Mann folgen sollte. Sie verabschiedeten sich von den Eltern der jungen Frau und machten sich auf den Weg.
Unterwegs sagte der Ehemann zu seiner geliebten Frau: „Ich flehe dich an, hör auf, mich zu foltern. Zeig mir dein zweites Geschlecht! Ich kann es kaum erwarten, es zu sehen."
„Gedulde dich!", sagte sie und zeigte ihm den großen Reisekoffer, in dem sich das hübsche Schmuckkästchen befand.
„Ich kann nicht mehr warten, ich möchte es liebkosen, ich leide zu sehr!"
Die Schöne begriff, dass sie sich nun nicht mehr entziehen konnte. Sie nahm den kostbaren Schlüssel und führte ihn sorgsam in das Schloss des Kästchens ein. Der Deckel hob sich und der verblüffte Ehemann sah einen Vogel wegfliegen, der sich auf dem Ast eines Baumes niederließ.
Seine Frau fing an zu klagen: „Mein Liebling ist weggeflogen! Man muss ihn einfangen!"

Während der Vogel auf dem höchsten Ast piepste, holte der aufgeregte Ehemann sein Glied hervor und rief dem Vogel zu: „Komm zurück! Komm und setz dich auf diesen schönen Ast!"

Die zugenähte Scham

Früher dauerte die große Pilgerreise nach Mekka zwei lange Jahre, denn die Pilger aus Afrika reisten zu Fuß.
Ein eifersüchtiger Ehemann beschloss, das Geschlecht seiner beiden Frauen zuzunähen, um sich ihrer Treue zu versichern. Er ließ eine winzige Öffnung für Urin und Menstruationsblut.
Kaum war er gegangen, ließ die zweite Ehefrau, die ohne Gewissensbisse war, die Naht entfernen und genoss die Vergnügungen des Lebens. Sie war jetzt frei, sich Liebhaber zu nehmen. Sie erstrahlte und war so schön, frisch und lächelnd, dass selbst die Nachbarn dachten, sie sei ohne Tadel, unschuldig wie ein Lamm.
Die erste Ehefrau war unterwürfig und treu. Sie akzeptierte ihr Schicksal, das zugenähte Geschlecht. Sie kümmerte sich um ihr Heim und betete zu Gott, dass ihr Mann von seiner langen Pilgerreise gesund und wohlbehalten zurückkehren möge.
Sie fühlte sich schlecht, war übellaunig und unausstehlich geworden.
Die Zeit verging langsam, Tag für Tag.
Zwei Jahre später hörte man eines Morgens einen Ausrufer:
Die Pilger sind zurück! Die Pilger sind zurück!
Eine Menschenmenge stürmte auf die Pilger zu.
Auf diese Nachricht hin bereitete sich die gewissenlose Ehefrau darauf vor, ihren Ehemann zu empfangen. Sie badete, zog ihre schönsten Kleider an, parfümierte sich von oben bis unten und streckte sich auf ihrem weichen, mit einem Seidentuch bedeckten Teppich aus.
Der Ehemann, ungeduldig zu erfahren, ob seine Frauen noch immer zugenäht waren, besuchte zuerst seine zweite Frau. Gleich als sie ihn sah, spreizte sie ihre Schenkel, um ihn zu empfangen.
Als der Pilger die herrliche, offene Vulva erblickte, die aussah wie ein Schmetterling mit ausgebreiteten Flügeln, rief er: Was sehe ich da?
Seine Frau antwortete ihm fröhlich: Monseigneur, mein Herzenspilger, sieh, wie glücklich meine Vulva ist, dich wiederzusehen! Bei der Ankündigung deiner Rückkehr ist sie erblüht wie eine Rose zu Beginn des Frühlings. Komm schnell und bedanke dich bei ihr, dass sie so geduldig war!
Leise summte sie vor sich hin: Oh! Si-el Hadj ist zurück! Monseigneur ist unter uns!
Der Pilger, glücklich über solch einen Empfang und stolz auf seine Frau, gab sich ganz der Verliebtheit für seine Schöne hin. Nur widerwillig verließ er sie, um sich zu seiner ersten Frau zu begeben.
Diese umarmte ihn und beeilte sich, ihm einen Kaffee zu servieren.
Verärgert lehnte er ab: Ich habe keine Lust auf Kaffee. Zeig mir deine Scham!
Seine Frau entblößte sich. Welch ein Grauen! Der Geruch war ekelerregend …
Er wurde wütend: Deine Scham ist nicht glücklich, mich wiederzusehen? Nun, da ich hier bin, bleibt deine Vulva verschlossen! Sie weist mich ab. Sie ist schmutzig und abscheulich. Weil das so ist, verstoße ich dich!
Und fortan lebte le Hadj mit der, die eine glückliche Vulva besaß.

Aus dem Französischen von Ingrid Schulz

Lilo C. Karsten

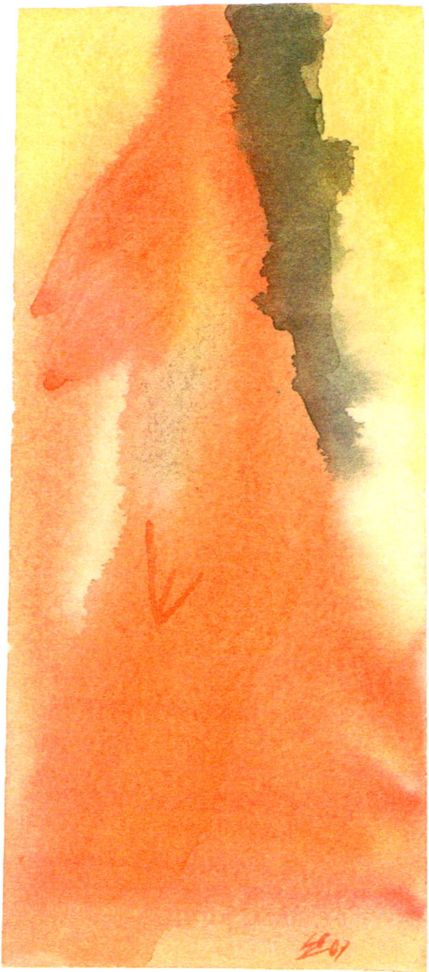

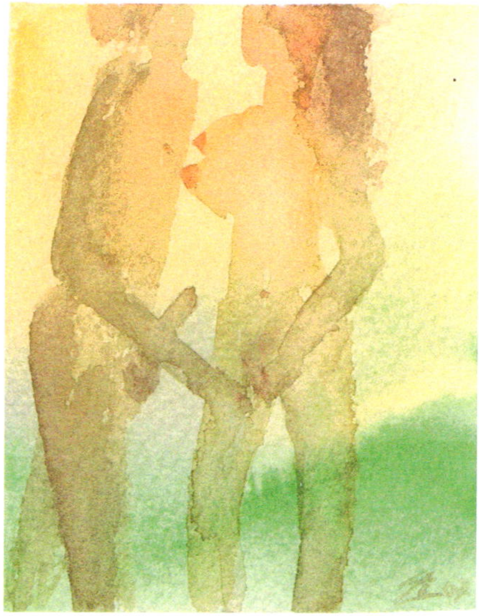

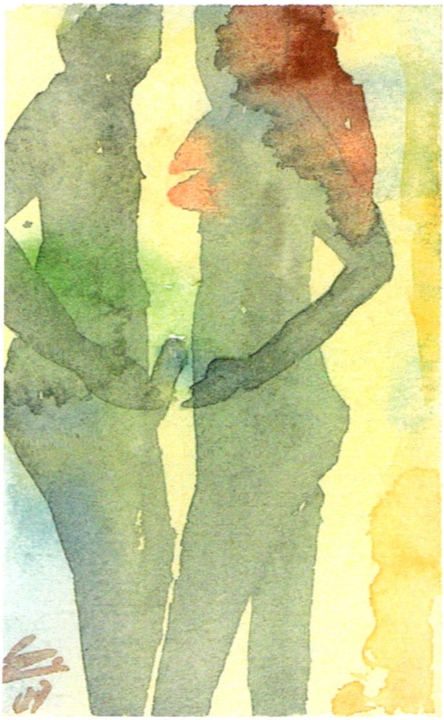

Ina Kutulas

Jannis Ritsos, These:
Alle, die Angst haben vor einem Bordell,
gehen ins Museum.
Ina Kutulas, Antithese:
Alle, die Angst haben vor einem Museum,
gehen ins Bordell.
Synthese:
Angst haben alle – Buseen und Mordelle.

Und dann wurde es …

In Athen schaute ich einmal am Ende des Tages auf die Häuser der Nachbarschaft und überlegte, welche Bezeichnung ich dem Weiß geben könnte, als es in der Dämmerstunde sich färbte und einzudunkeln begann. Ich versuchte, den Moment zu erfassen, in dem ich mich fragen musste, ob man überhaupt noch von Weiß reden kann. Wie ein japanischer Autor einst „Lob des Schattens" geschrieben hatte, übte ich mich wohl darin, ein „Lob des Lichts" zu erdenken. Und dann wurde es Nacht …

Bekannt ist, dass einiges sich nur mit Hilfe seines Gegenteils beschreiben lässt, und anderes erfasst man, indem man es nicht direkt, sondern indem man vor allem sein Umfeld beleuchtet. Jeder Eroberer weiß um das Geheimnis einer erfolgreichen Eroberung – in der Kriegsführung und in der Liebe. Verschlungen, voller Umkehrzeichen, schwer lesbar ist der indirekte Weg, auf dem in all ihren Verwischungen die falsche Spur die richtige erkennen lässt. So auch bei der Annäherung an ein Thema vor dem geisterhaften Weiß der leeren Seite, die einen Text ruft und widerruft.

Das Weiß, das Wechsellicht, die Dichtung eines Jannis Ritsos … Was war es, das uns junge Poeten damals, Mitte der achtziger Jahre, so herausforderte, gefangen nahm, liebkoste, reizte, anstachelte, inspirierte? War es die Tatsache, dass Ritsos Dinge des täglichen Gebrauchs in seine Dichtung integrierte – Schlüssel, Stuhl, Kamille, Fingerhut, Spiegel –, die in seinen Versen angehäuft wurden wie in einem Experimentorium von Joseph Beuys? Oder war es das erotische Moment, war es dieses:

„… und ich lachte sehr laut damit
auch ich endlich die Dinge beim
Namen nennen konnte
die Fotze Fotze
den Schwanz Schwanz
die Eier Eier
den Sack Sack
das Ficken Ficken"

Riss uns also die Dichtung des Jannis Ritsos so sehr vom Hocker, weil wir in Literatur verpackt hier das geboten bekamen, was ein Professor Borrmann oder Dr. Siegfried Schnabl in ihren Büchern und Artikeln so frei weg von der Leber nicht zu äußern wagten? In einem Land, in dem FKK-Strände zu paradiesischen Gefilden glorifiziert wurden, wo man glänzende Augen bekommen konnte und sich nicht zu schämen brauchte, in einem Land, in dem eine Frau, die in einer Geschichte eine Liebesszene auf einem Wildschwein- oder Bärenfell ansiedelte, im Zirkel schreibender Arbeiter zur Schnecke gemacht wurde.

War dieser Ritsos letztendlich nur ein Scharlatan, der Pornografie geschickt verpackte in einem Einwickelpapier, auf dem „Das ungeheure Meisterwerk" stand oder „Ikonenwand anonymer Heiliger", und wir alle waren notgeil und gingen ihm auf den Leim? War dieser Ritsos ein janusköpfiger Bohemien, der vom Tisch des einfachen Volkes, von Fahnen und Bettlaken schrieb, der ausrief: „Wacht auf,

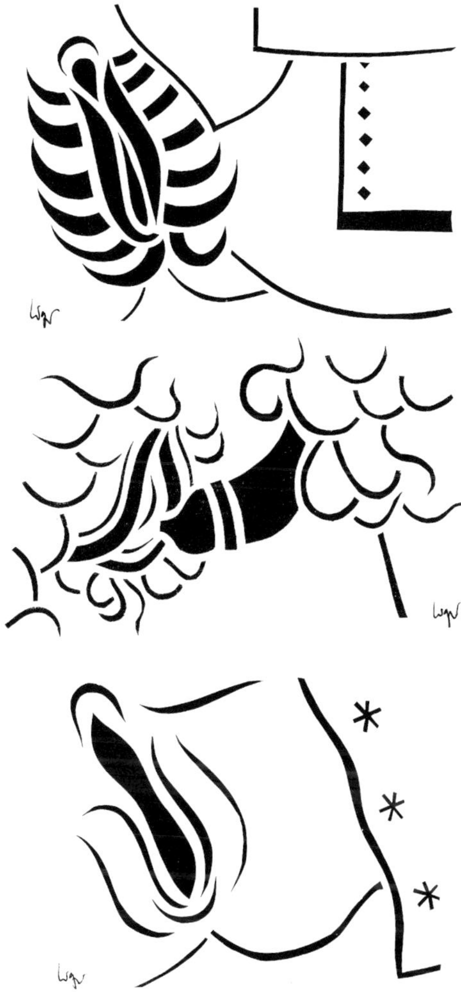

Fr. Chr. Wagner

Verarschte dieser Erde!“, der einen feinen Ring trug, auf den Verbannungsinseln im Pelzmantel herumlief, in spitzen Schuhen Tanz- und Schauspiel-Unterricht gab und mit chinesischer Tusche seine Steine bemalte? Oder war Ritsos ein Schamane, der all seine Gedichte auswendig wusste und sie vortrug wie bei Weihe-Ritualen, der eine Zigarette als weiße Geister-Eurasienbrücke gebrauchte, und der sich von dem Honig ernährt hatte, den ein Imker ihm brachte, als er zwei Jahre unter Hausarrest stand – wobei ich mir habe erklären lassen: Hausarrest bedeutete, dass Ritsos auch in den Garten bis an den Zaun herandurfte. Na bitte. Das Haus als Höhle, der Zaun als magischer Kreis, der Honig als transformierende Substanz – was Wunder, dass Jannis Ritsos mit der Zeit eine Bären-Manie entwickelte, sich mit Bären-Figuren umgab und Bären als urwüchsige Gestalten in seinen Texten eine berückende Demut an den Tag legen ließ. Und klingt nicht sogar im Wort hundert = ekaton ein wenig der Name Hekate mit: Hekate, die Göttin der Zauberkunst, die in der Walpurgisnacht ihr Regiment führen mochte, dass die Wasser sich vertieften und die Sterne niedriger über den Dächern standen und zersprangen, um Ritsos' hundertsten Geburtstag einzuleiten. Die Diktatur mit ihren Hausarresten hatte sich die Zellen ihrer eigenen Zersetzung geschaffen; im Bannkreis der Scham-Ahnen, in solch einer Bären-Bienen-Zelle belebte der Dichterfürst den Akt des Hausens. Ritsos hatte seinen eigenen Kopf. Er konnte erklären, wie man Knöpfe annäht und Tomatensalat zubereitet und dass ein Dreiecksverhältnis nicht nur aus zwei Männern und einer Frau, sondern auch aus zwei Frauen und einem Mann bestehen kann. Er beschrieb alles, indem er es mit der ruhigen Bewegung seiner Hände unterstrich, er rezitierte im Stehen und erklärte, Gedichte seien eine aufrechte Sache, er schwärmte für die muskulösen Beine der Fußballspieler und hatte es überhaupt nicht gern, wenn den Frauen die Haare ins Gesicht hingen, denn, so sagte er, man könne ihnen dann nicht in die Augen schauen. Bei mir konnte er. Ich las bereits die Gedichte von Anna Achmatowa, hatte aber auch noch den Refrain eines Schlagers im Ohr, der den

Sänger ein ums andere Mal bekennen ließ: „Ich war sechzehn und sie einunddreißig", da kam ich zu Ritsos' Dichtung wie die Träumende zu den Traumgesichten, sein Vers „Amen Hymen Amen" traf mich direkt unters Herz, und was mich am meisten anzog, wenn ich seine Texte hörte oder las, das war dieses Vage, dieses Unsichere, Tastende. Stets stolperte ich in Ritsos' Poesie über Fragen, über dieses Vielleicht und Beinah, über gewisse Stellen, die Momente der Unsicherheit, die etwas Ungewöhnliches waren in einem Umfeld von „Sag mir, wo du stehst" oder „Die Partei, die Partei, die hat immer recht" oder „Auf die Bäume, ihr Affen, der Wald wird gefegt". Ritsos schien sich seiner Sache nicht ganz sicher zu sein. Und obwohl man hätte meinen können, nach allem, was er durchgemacht hatte, müsse er doch wissen, wie es um die Welt bestellt ist und was ihren Lauf regiert, schien Ritsos hingegen immer wieder zu zweifeln: „Ich weiß es selbst nicht – was meinst du?" Ohne seine Dichtung hätte ich das Abitur nicht geschafft. Seine Verse über die Monde, die Schwänze, das Ficken und die Fotzen, über die Gitarre, den Leuchtturm, das Wasser, die Eier, über die Verkrüppelten und Irren, den Bärenführer und die abgeschnittenen Fußnägel – diese *Dichtung* war die einzige *Öffnung*, war die Tür, der Notausgang, der mich fliehen ließ und mich retten in einem Umfeld aus Staatsbürgerkundeunterricht, Volkseigentum an Produktionsmitteln, Gliedermaßstäben, Zahlen, die gegen Null tendierten, Fallgesetzen, Goldenen Hausnummern und der Straße der Besten. In Ritsos' Versen wurde die Abstraktheit von Sinus und Cosinus plötzlich anschau-

Gottfried Bräunling

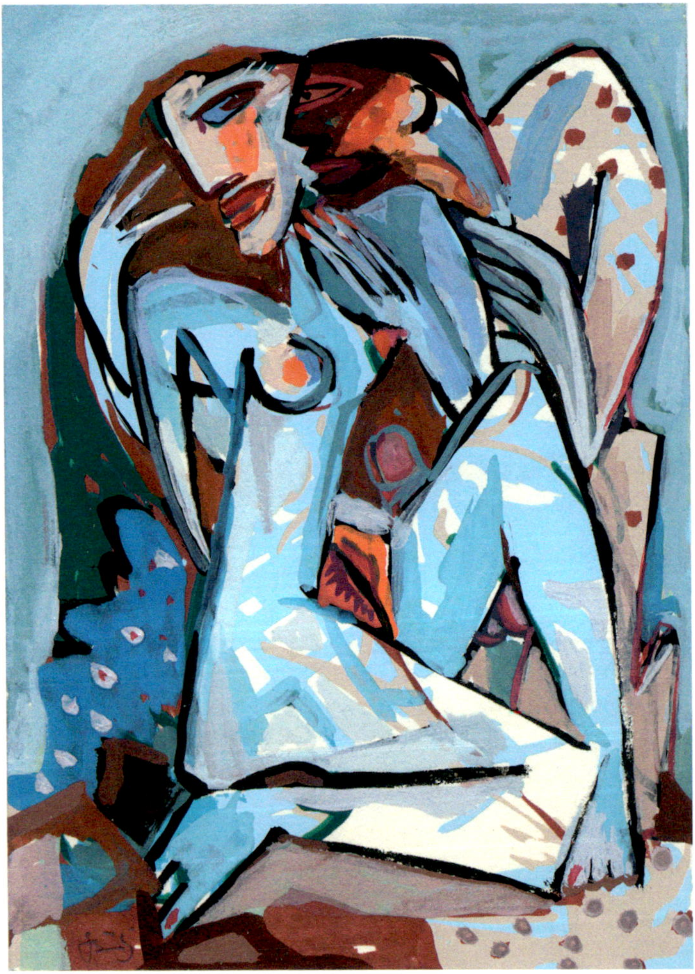

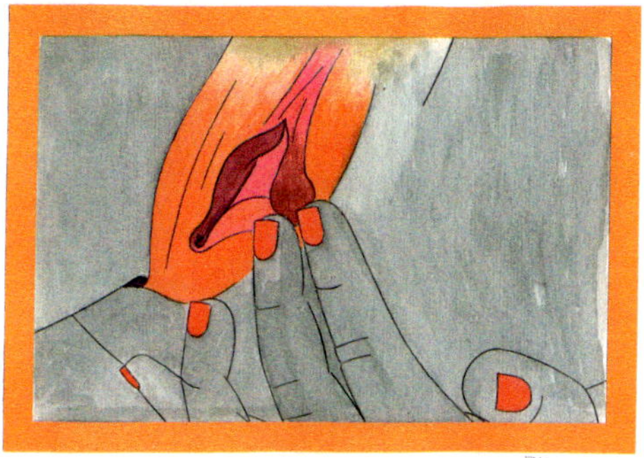

Petros Siner

lich, die Kurvenlineale erfreuten sich des Ausflugs in gebirgige Landschaften mit Tälern und Bäumen und mit einem barbrüstigen Mädchen, das eine Tomate zerquetschte am Rande eines Feldes, auf dem ein kleines wildes Pferd ausschlug; und das Rot der Ritsos'schen porno-sexuellen Flokatiteppiche warf zu guter Letzt immer ein starkes Licht auf die blauen sexuell-politischen FDJ-Hemden, so dass diese violett gefärbt schienen und draußen im verschneiten Park auch mauve – womit man augenblicklich in Ritsos' Lieblingsfarbe getaucht war.
Und dann wurde es Nacht …
Ich war achtzehn und er fünfundsiebzig und es gab An- und Durchlässe, die im Tal der Ahnungslosen in den Dresdener Kulturpalast führten, eine Hintertür zu einem Korridor, gleich um die Ecke eine Nische, da saß ein Herr in einem sandfarbenen Anzug und mit Stiefelchen im gleichen Farbton, ein Mann, der sich nicht anmerken ließ, ob mein Schulfranzösisch gut oder schlecht war. Er hatte ein Büchlein bei sich mit 99 beschriebenen und voll gezeichneten Seiten, er hatte eine Schachtel mit Papastratos-Zigaretten, die – wie man sie auch drehte und wendete – immer eine aufgemalte 69 gucken ließ und in ihrem Innern etwas anderes als Sorgenpüppchen. Und während ich mich überrascht dem von Aragon als „größten lebenden Dichter unserer Zeit" bezeichneten Poeten-Halbgott plötzlich gegenübersah, schien Ritsos in aller Stille nur auf mich gewartet zu haben, damit ich ihm verriet, was auf dem Schildchen an der Tür weiß auf schwarz stand: Frau-En-Ru-He-Raum. Übersetz das mal! Anapavstírion ginekón. Salle de repos pour femmes. Es war Dunkel und Schwarz und Vielleicht und Beinah, Ritsos' Tochter mit dem Matrosenkragenkleid sonst wo in diesem Elbflorenz und das rätselhafte Mädchen mit der roten Tasche immer gegenwärtig, es war genug Zeit, und es gab keine Zeiten, keine Zahlen, nur erotische Nullen und Achten und Sechsen und Neunen und die Eins, die Zwei, die Drei und sogar einen Aschenbecher hatte er dabei, ein kleines Fläschchen mit Tusche, einen Federhalter, ein Universum in Blau und Rot, alles, was ich schon immer mal sehen und anfassen wollte.
Und ich erfuhr in einer Sprache, die ich damals noch wusste, danach aber vergaß, dass der Tod weiblich ist. Und dann wurde es Nacht …
Als ich in Athen zusah, wie von den Häusern das Weiß schmolz und mit ihm der Tag, hörte ich jemanden leise singen: Janni me to mantili sou. Und Männer mit brennenden Klarinetten stiegen herab aus den griechischen Bergen, aus anderen Zeitrechnungen, aus einer Welt, die von jeher so scharf an Wahnsinn grenzte und deshalb dafür durchlässig war, dass es hier noch richtige echte Dorftrottel gab, in diesem Reich der Quellen, der Schlangen und Skorpione – Männer, die ihre großen atmenden Dörfer für Monate verließen und sich in kleineren Städten verdingten, während die Frauen auf sie warteten und die Männer zurückersehnten. All ihren Liebestrotz, ihre feuchtwarmen Versprechungen, ihr schwindelndes Beten sangen die Frauen und Mädchen Tage und

Nächte hinein in die Himmelsfelder, in die Schluchten und über die steinernen Brücken hinweg, sie sangen allein und zu mehreren in den Kammern, Küchen, Gärten und in ihren nach Weingeist riechenden Kleidern, bis sie ihre Männer wiederhatten und bis ans Lebensende. Janni me to mantili sou. Und dann wurde es Nacht …
Bei Ehrenburg, Aragon und Eluard, bei den französischen Surrealisten, bei Hikmet und Majakowski ging Ritsos in die Schule, viel mehr aber noch bei diesen Frauen, denen aus Ipiros, denen aus Mani, aus Monemwassia, bei denen von Kreta, denen aus Smirna, die er singen gehört hatte, werbend, spottend, aufreizend und bestrickend, Eier aufschlagend und die Männertänze tanzend, die Aufforderungen und Fragen verrätselnd, sich verbergend hinter Melodien und in Metaphern für Wollust, für Untreue, für Männliches und Weibliches. In dieser Welt war Ritsos ganz und gar zu Hause, aus ihren Fingern saugte er, was er zum Überleben brauchte als einer, den ich in meinem persönlichen Kosmos ansiedeln würde irgendwo zwischen Joseph Beuys und Helge Schneider. Von der Substanz dieser gesungenen Welt, von ihrem Eiweiß und Eigelb, von ihrem Kern, ihren Atomen, ihrem Erd-, Himmels- und Fruchtfleisch ernährte er sich und fütterte damit die nackten Statuen, die Goldfische, die Polizisten, die Verse der Frühlingssinfonie und auch mich. Und dann wurde es Tag …
Die Zeit hatte zu rasen begonnen vor fünfundzwanzig Jahren, in der Gott all seine Hände über mich hielt und außerdem ein Jannis Ritsos, der dahergekommen war, mich durch mohnschwarzes Tuschewasser lockte, mich zum Rechnen verführte und auch zum Schreiben, der mich ein eigenwilliges Vaterunser beten ließ und das Gedicht der Knopflöcher und Knöpfe aufsagen und der sich nicht nur *ent*sinnen konnte, sondern sich auch ganz und gar selbst vergessen – in seiner Irritation, in seinem omnipotenten Beinah, in Zitronenschalenduft, im Weiß der Nacht, im nimmer Satten, immer Durstigen, im sehr vagen Lächeln eines andern, im vollends verdichteten Tod, in diesem Ich-hab-dich-angefasst. Und dann wurde es …

Dieser Text entstand aus Anlass des 100. Geburtstages von Jannis Ritsos, geboren am 1. Mai 1909, gestorben am 11.11.1990

Jannis Ritsos im Gespräch mit Asteris Kutulas über das Rauchen …

Während eines unserer Interviews fragte mich Ritsos eher beiläufig: „Übrigens, warum rauchst du nicht? Du ignorierst diese heilige Handlung, die ein Drittel, ja, ein Viertel des Lebens ausmacht? Kennst du nicht die Gier nach einer Zigarette nach dem Liebesakt? Wenn man das Streichholz anreißt und dabei die winzigen Funken schlagen und dann im flackernden Licht die Brüste der Frau und der Penis des Mannes sichtbar werden ...“ Den Einwand – das Zimmer wäre bald voller Rauch, man müsse aufstehen, das Fenster öffnen und würde sich, der Kälte wegen, nicht mehr aus dem Bett trauen –, ließ er nicht gelten: „Du vergisst, dass liebende Körper gegen Kälte gefeit sind. Außerdem: Denk an den herrlichen Akt des Fensteröffnens, wenn der ganze Himmel mit all seinen Sternen ins Zimmer tritt. Denk auch an Lady Chatterley von Lawrence. Wie ihr Liebhaber während ihrer ersten gemeinsamen Nacht nach dem Beischlaf aufsteht, zum Fenster geht, es öffnet – und als er zum Bett zurückkommt,

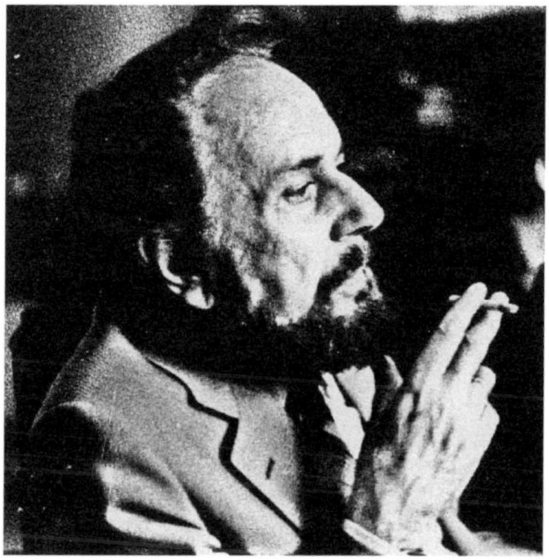

ist er schon wieder erregt. Das überwältigt Lady Chatterley, die nach seinem Penis greift und nun mit ihrer Hymne auf Gott, auf ihr Ein und Alles beginnt."
Rauchen mache aber krank, versuchte ich dagegenzuhalten. Er zeigte auf die Zigarette zwischen seinen gelblichen Fingern und fuhr fort, ohne meinen Einwand zu beachten: „Oft ist es ja so, dass die Gedanken so schnell ablaufen, dass die Hand gar nicht mit dem Schreiben nachkommt. Erinnerungen, die sich beim Schreiben einstellen – Erlebnisse aus der Kindheit, verloren geglaubte Räume und Landschaften, alltägliche Ereignisse – kannst du gar nicht schreibend einholen ... Aber dann greifst du zur Zigarette, bläst den Rauch aus, immer schneller, hastiger, als wärst du eine große Lokomotive, deren Räder sich immer schneller drehen – so hast du durchs Rauchen den Eindruck, schneller zu werden, Gedanken und Schreiben in Einklang zu bringen." Er nahm die flache Zigarettenschachtel in die Hand, drehte sie um, betrachtete sie. „Oft meine ich, ein unbändiges Feuer lodere in mir. Dann habe ich, wenn ich den Rauch ausblase, das Gefühl, ich würde etwas Dampf ablassen, was mich sehr erleichtert." Und sofort fiel ihm noch etwas ein: „Klingelt es an der Tür oder das Telefon läutet, wird dein Gedankengang unterbrochen. Eigentlich müsstest du neu ansetzen oder das Angefangene vernichten. Doch die Zigarette wird zu einer Brücke, zu einer weißen Brücke vom unterbrochenen Gedanken zu einem neuen. Du stellst dir einfach vor, die Unterbrechung geschah nur, um eine neue Zigarette anzuzünden – ein Streichholz anzureißen, die Zigarette zum Mund zu führen."
Er öffnete die Schachtel mit den Papastratos-Zigaretten und bot mir eine an. Ich lehnte dankend ab und sagte, in diesem Augenblick wirklich verärgert über seine Argumentation, ich würde das Rauchen verbieten. Seine lakonische Antwort beendete unsere Zigaretten-Debatte: „Die Revolution gegen alle Verbote bedeutet wirkliche Freiheit."

Jannis Ritsos

Γύμνια στη γύμνια,	Nacktsein im Nacktsein
να κρύψεις,	zu verstecken,
να κρυφτείς,	dich verstecken
να είσαι,	du sein,
δαγκώνοντας	beißend
χείλη με χείλη	Lippe an Lippe
το ίδιο φύλλο.	ins selbe Blatt.

Übersetzt von Ina Kutulas

Svato Zapletal

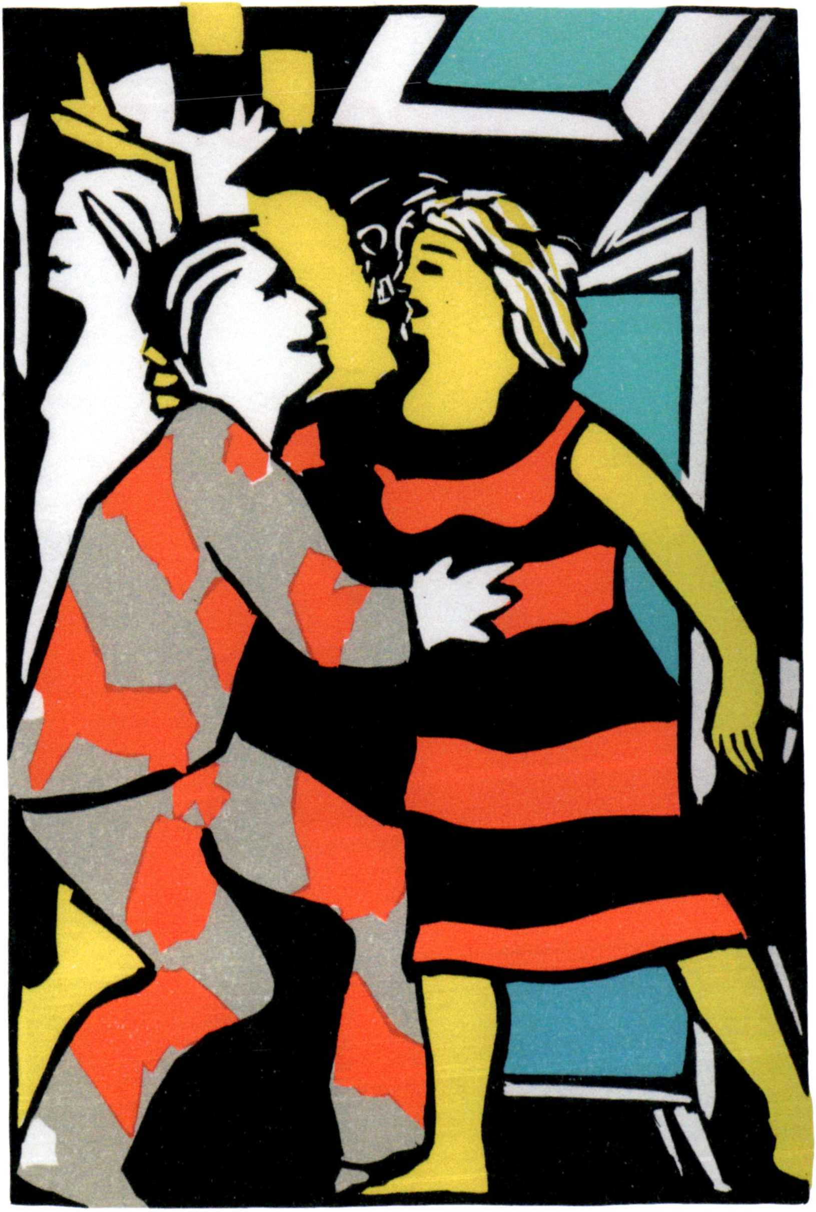

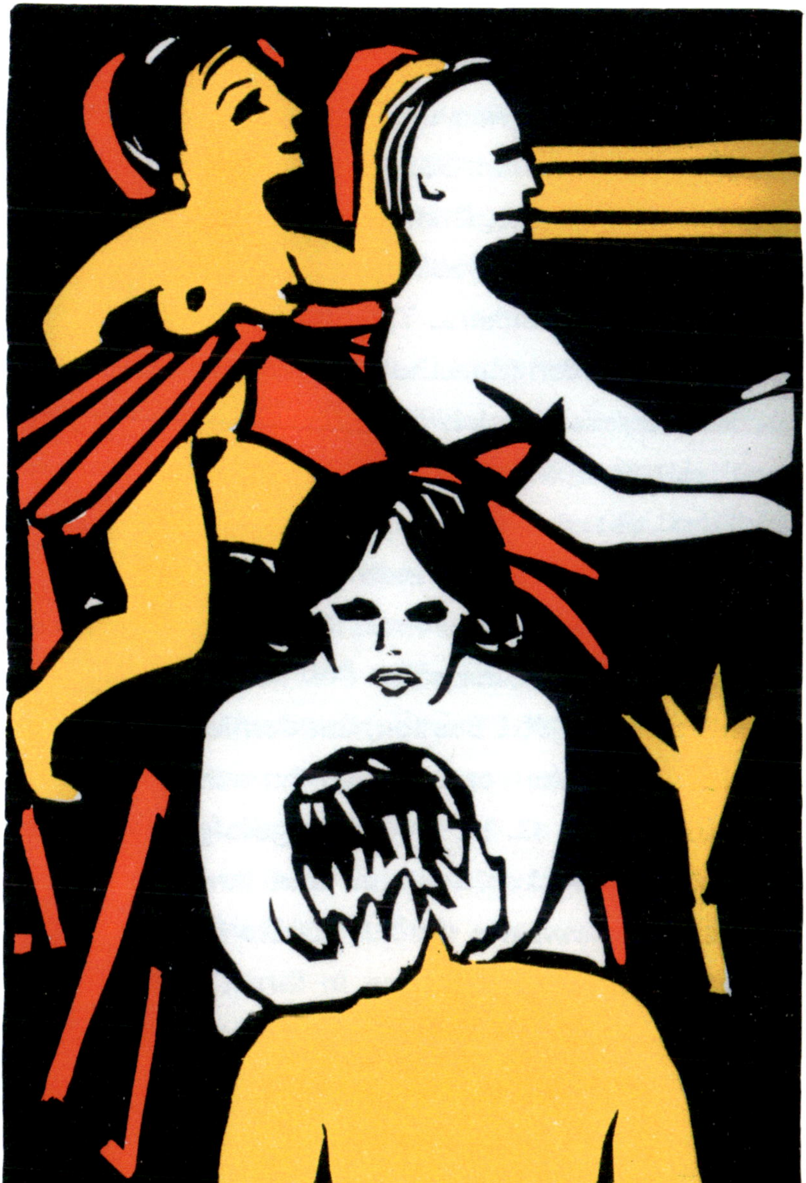

Mike F. K.

S. war meine erste Liebe. Ich war amerikanischer Student in Westberlin. Klar, es gab Frauen vor ihr, aber das waren Verhältnisse unter Studenten, wir waren zwar schon ein wenig älter als jugendlich, aber noch nicht gerade fertige Menschen. Diese Verhältnisse waren kaum mehr als Stücke im Prozess des Heranwachsens. Sie waren peripher.

Mit S. war es anders. Wir konnten zusammen aufwachen. Sie musste nicht in irgendeinen Schlafsaal zurück. Ich nicht in mein Zimmer nach Westberlin. Es war eine andere Art des Lachens zwischen uns. Ein größerer Sinn für Ruhe. Ich konnte entspannen und ich selbst sein. Niemand von uns beiden erwartete eine lebenslange Festlegung. Es war etwas da in diesem Moment und das war es, was wir beide suchten und brauchten.
Wir lernten uns im Frühling 1961 kennen. Es gab einen Song, „Schöneberg ..." und genau so war es. Wir haben beide unterschiedliche Erinnerungen daran, wie wir es das erste Mal miteinander machten. Ich füge mich ihrer Erinnerung. Aber wie ich sie das erste Mal gesehen habe, das weiß ich noch ganz genau. In dem Laden. Sie stand hinter der Theke. Aber ich näherte mich ihr von der Seite, so dass ich ihr volles Profil sah. Sie trug einen karierten Rock. Die einzigen Farben waren schwarz und weiß. Die Karos auf dem Rock waren sehr groß. Er endete knapp unterhalb des Knies (es war vor den Zeiten der Miniröcke). Und er saß nicht locker. Im Profil waren die Konturen ihres Körpers sehr klar.

Einmal verbrachten wir einen Sonntag in Köpenick. Ein ländliches Dorf etwas außerhalb von Ostberlin. Es war ein klarer blauer Tag im späten Frühling. Die Blätter waren schon da, aber sie hatten noch die saftige frische Farbe des Frühlings. Es war angenehm warm, keine Spur mehr von Winter. Leute picknickten. Kinder spielten. Alte Leute saßen herum. Da waren russische und polnische Offiziere, in voller Uniform, aufrecht und formal, ihre Frauen im Arm, sie bummelten am Rand des Sees inmitten der Bäume. S. machte mich darauf aufmerksam, wie schick die Frauen der polnischen Offiziere gekleidet waren. Hätten die Offiziere Schwerter getragen, es wäre nicht weiter aufgefallen. Es ging nichts Drohendes von ihnen aus. Sie passten einfach ins Bild. Die Gegend war nicht überlaufen. Wir hatten das schöne Gefühl der Weitläufigkeit. Es war die Stimmung einer sehr alten Welt. Europa. Es hätte eine Szene in einem Gemälde französischer Impressionisten sein können. Als würde das zwanzigste Jahrhundert nicht existieren.

Wir berührten uns. Wir lachten. Wir rieben unsere Nasen aneinander. Wir waren albern. Wir waren unerhört. Wir neckten uns. Wir machten Witze. Wir waren ernst. Wir umarmten uns. Und natürlich küssten wir uns. Wir ruderten in einem Boot auf dem See. Wir aßen in einem Gartenlokal.

Später an diesem Nachmittag gingen wir in den Ostberliner Zoo. Es dämmerte. Der Zoo war menschenleer. Ein Tiger hängte seinen Schwanz aus dem Käfig. Ich streichelte ihn. Er ignorierte mich.

S. konnte die Lieder von Bert Brecht singen, als hätte er sie eigens für sie geschrieben. Oft stand sie auf einem niedri-

gen Tisch oder einem Stuhl, um zu singen. Sie hatte eine kräftige resolute Stimme, die Noten halten konnte – für immer. Es war, als wollte sie die Kronleuchter zum Tanzen bringen. Wenn Sie jemals Helen Reddy „I'm a woman" singen gehört haben, dann wissen Sie, was ich meine. Nur, dass S. besser ist.
Ich mochte auch später nie zierliche, kleine, flatterige Frauen.

Wir haben ein Schlafzimmer zusammen angemalt. Deutsche Stufenleitern haben keine Stufe ganz oben, sie enden in einem spitzen Winkel, und S. stand breitbeinig über einer solchen Leiter, ein Bein auf jeder Seite, und strich die Decke. Manchmal hat S. ein zurückhaltendes, scheues, fast schüchternes Lächeln, bevor sie zu sprechen ansetzt. Als sie meinen Blick von unten bemerkte, lächelte sie und sagte: „Mike, wir brauchen uns keine Sorgen mehr zu machen. Ich bin nicht schwanger."

Wir konnten auch gut kämpfen. Lang hingezogene Partien mit lautem Geschrei. Aber der Ärger störte nie unsere Liebe. Er reichte nie über den Abschied hinaus. Er bildete keine Wurzeln. Wenn das Geschimpfe vorbei war, war es vorbei. Und vergessen.

Ich nannte sie oft „Gouvernante". Sie hatte einige ziemlich spezifische Ideen, wie ich mich ändern könnte. An was ich mich am klarsten erinnere, ist der Schnitt meiner Hosen. Ich trug noch immer diese weit geschnittenen Hosen der Fünfziger, die Sorte, die an Elefantenohren erinnert, in dem Moment, in dem sie sich sanft Luft zufächeln. Sie hatte recht, natürlich. Aber ich konnte ihr nicht mal zuhören. Für mich erschien es, als würde sie bestimmen wollen, wie ich zu sein hätte. Sie sagte oft zu mir: „Mike, du bist hochmütig wie ein Panzer!" Ich versuchte zu erklären, dass ich eine sehr verantwortungsbewusste Person sei, die sehr ernsthaft versuche, den Standpunkten anderer Menschen zuzuhören.
Meine zukünftige Frau sagte später genauso oft: „Mike, die einzige Person, die glaubt, du wärest nicht stur, das bist du selbst." Ich glaube, dass meine beiden geliebten Frauen da falsch lagen.

Die Tage, die auf den August 1961 zugingen, waren reich und warm.

Am 13. August 1961 wurde die Mauer gebaut.

Sigrun Casper

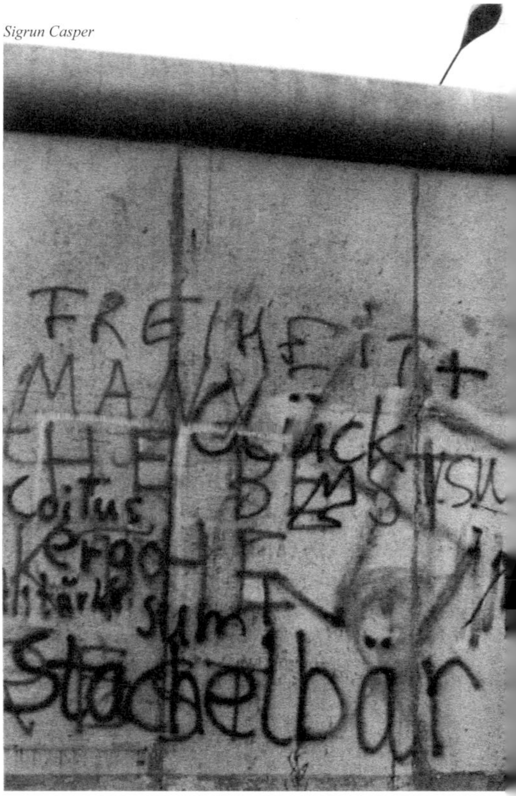

Chris Herdel

Aus dem Memory-Skizzenbuch

Als ich vor mehr als zehn Jahren nach Prag zog, ging ich immer in eine *Kavarna* (ein Kaffeehaus) in der Malostanske Namesti, aß ein Stück Sachertorte und trank einen Cappuccino, um mich für das kommende Nachtleben zu stärken.

Was heute einem Starbucks mit dem Charme globalisierter Ketten gewichen ist, war damals ein beliebter Platz mit einer Menge tschechischer *Babickas* (diesen älteren Damen), schick angezogen in ihrer aus der kommunistischen Ära übrig gebliebenen Nylon-Mode, deren hervorstechendsten Farben grau, auberginengrau oder senfgrau waren.

Der dicke Rauch in diesem Café war ebenso grau und vielleicht hat er Vaclav Havels Lungenkrebs provoziert. Die grauen Gesichter der Kellner drückten Unmut aus und Verachtung für die ausländischen Gäste. Nur zu denen, die als Stammgast galten, waren sie freundlich. Einmal saß ich mit einem französischen Geschäftsmann dort an einem Tisch. Und der sagte, die Tschechen seien für ihn vorgetäuschte Genießer. Er hat danach all sein Geld in diesem Land verloren. Dann traf ich Lenka. Sie saß am Nebentisch. Ihre eindrucksvolle Nase fiel mir auf, eine Reinkarnation von Casanovas Riechorgan. Gegen Ende seines Lebens, gegen Ende des achtzehnten Jahrhunderts, schrieb Giacomo Casanova seine Memoiren an einem Ort namens Dux, ganz in der Nähe von Prag. Zehn Jahre später, zehn Jahre, in denen er vielleicht mit den tschechischen Kellnern gekämpft hatte, starb er.

Die Frau hatte lange braune Haare und riesige braune Augen. Ewig lange Beine in einem fast unsichtbaren Minirock.

Ich nahm meinen ganzen Mut zusammen – es war das erste Mal, dass ich hier eine Frau ansprach – und fragte sie, ob sie mit mir eine Tasse Kaffee trinken wolle. Sie sagte ja und nach einem kurzem einleitenden Blabla lud sie mich direkt zu sich nach Hause ein. Ich war überrascht. Und stimmte zu. Sie erklärte mir, dass sie bei ihren Eltern in Kolin, ca. sechzig Kilometer von Prag entfernt, wohne und ich dort übernachten könne.

Am Wochenende darauf fuhr ich nach Kolin. Ich sagte Hallo zu ihren Eltern. Die Mutter inspizierte mich von der Ecke aus, der Vater drückte mir nach einem knappen *„Dobry den!"* einen Tonkrug in die Hand und bat mich, in der nächsten *Pivnice*, einer Bierhalle, fünf Liter Bier zu holen. Ich

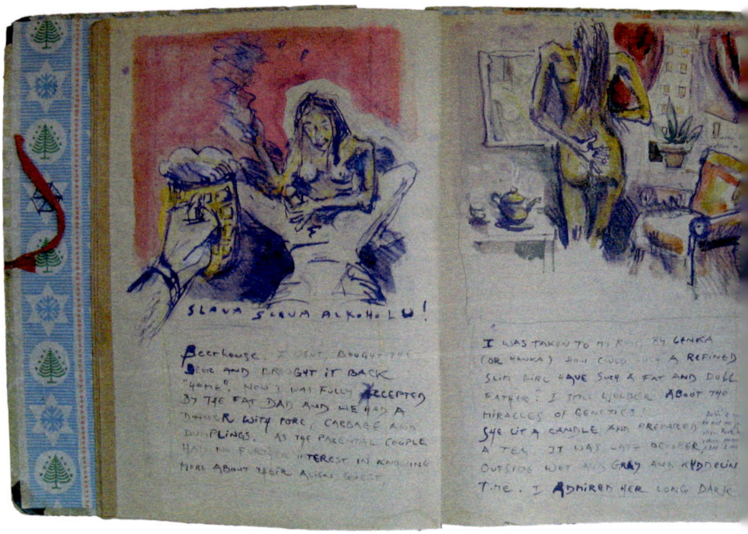

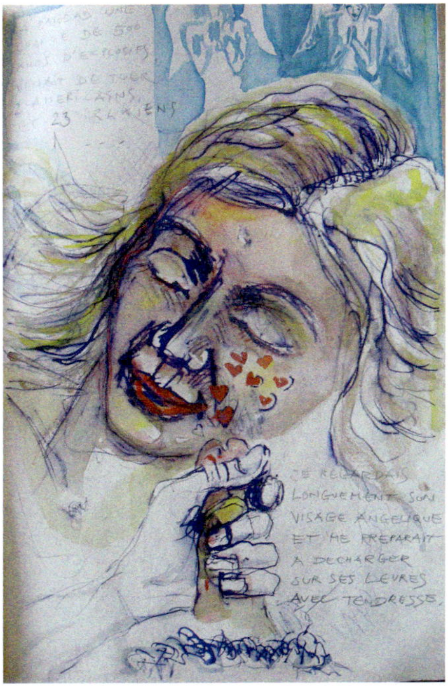

holte das Bier. Kam zurück in der Dunkelheit dieses trüben Novemberabends und wurde mit Bier ganz von Lenkas Daddy akzeptiert. Wir aßen rund um die fünf Liter *vepro, knedlo, zeli* Schweinefleisch, Kohl und Knödel. Nach dem Essen wollte das Elternpaar nichts mehr von mir wissen und Lenka nahm mich mit in ihr Zimmer nach oben.
Sie zündete eine Kerze an, es war ein nasser Novemberabend, es war Schmusezeit. Sie erzählte mir, dass sie Multiple Sklerose habe, im Moment aber gerade keinen Schub, und einen Freund, der sich rührend um sie kümmern würde. Mit diesem Freund spiele sie immer Prostituierte. Er besuche sie und würde für ihre Dienstleistungen bezahlen. Und genau dieses Spiel sollten wir doch jetzt auch spielen! Mit flehendem Blick und zärtlicher Stimme überredete sie mich. Wir zogen uns aus und ich musste ihr tausend Kronen geben.
Ihre Fingernägel erkundeten meine Haut und ich roch ihren aufregenden Frauenkörper.
Nach einer Weile schönen Schmusens kletterte sie auf einen alten Ledersessel, setzte sich rittlings drauf, schloss die Beine hinter der Sessellehne, hob die Hüften leicht an und legte ihren Kopf nach vorn über das Polster. Mit einem Lächeln in ihrem umgedrehten Gesicht sagte sie: „Du kannst mich in den Mund ficken, wenn du lieb bist.“
Ihre warmherzige Stimme berührte tiefe Gefühle in mir. Was für ein Start in unsere Liebesgeschichte!
„Und wie kann ich lieb zu dir sein?“, fragte ich.
„Gib mir noch mal tausend Kronen und lass dir langsam meinen kleinen Klit-Knopf auf der Zunge zergehen. Aber langsam! Ich will keinen Orgasmus haben, weil ich an tantrische Liebe glaube und meine Energie nicht in Orgasmen mit dir verausgaben will.“
So machten wir weiter. Und ich hatte den größten Mundfick meines Lebens. All das, ihre raffinierten Lippen, ihre süße Klit, ihr wunderbarer Duft, ihr zarter Körper, versetzte mich in Trance für ... ich weiß nicht, wie viel Zeit.
Irgendwann kam unser Spiel zu einem Ende. Ihr Gesicht war bedeckt mit meiner Liebescreme. Ich half ihr zurück auf die Füße. Wir umarmten uns in einem zärtlichen Tanz. Ihr schöner zarter Körper!
Am nächsten Tag fuhr ich zurück nach Prag. Wir trafen uns danach noch öfter, irgendwann gab ich ihr auch kein Geld mehr. Ich versuchte, einen Platz für sie auf den Kanarischen Inseln zu finden, denn das Klima dort mildert die Schübe. Doch sie wies mein Angebot zurück und brach eine Weile darauf den Kontakt mit mir ab. Vielleicht langweilte sie unsere

Beziehung, vielleicht war sie mit ihrem Freund irgendwo im tschechischen Dunst verschwunden ...
Ich denke noch oft an die dunklen Novemberwolken damals an unserem ersten Abend in Kolin.

P.S.: Ich bin eigentlich Nostalgiker der Achtundsechziger-Kultur, in der Sex als Ausdruck einer freien emotionalen Verbindung zwischen Menschen galt und Geld nicht dazugehörte. Wieso ich das Spiel bei Lenka mitspielte, weiß ich nicht.

Aus dem Englischen von Bettina Ahrens

Thomas Frahm

In dich

In dein Gesicht verwundert.
In deinen Bauch verklebt.
In deine Wangen geschmolzen.
Bis mir der Körper bebt.

Bis jenes scheue Flackern.
Auflegen deiner Hand.
Bis jenes hilflose Stöhnen
vor der gekälkten Wand.

Bis jene grünen Wässer.
Bernstein unter Licht.
Bis jene klagenden Seufzer:
Komm, aber komm noch nicht.

Bis ich mich ganz ergebe.
Bis jene Einsamkeit.
Bis ich die Augen hebe.
Sei bitte nie mehr weit.

Bis –
In diesen Momenten,
diesem verwunderten Glück
lieb ich mein ganzes Leben
wieder in dich zurück.

Haltestelle

Die Sonne brannte nicht, sie flutete die Stadt. Im Gegenlicht war das lang gezogene Gebäude des Bahnhofs schon von Weitem zu erkennen. Die beiden Bögen des Eingangsportals wirkten wie die hochgezogenen Augenbrauen eines schläfrigen Pförtners, der ihn verwundert fragte: „Nanu, Sie schon wieder? Sie waren doch gestern erst da!“ Der maigrüne Fassadenanstrich stach ihm so stark ins Auge, dass er auf einmal das Gefühl hatte, ihm stiege Waldmeisterduft in die Nase. Derlei passierte ihm zwar nicht zum ersten Mal, aber eine so starke Täuschung, dass der Sinnesreiz den Gestank nach Staub, Dieselbenzin und Braunkohle auf dieser viel befahrenen Zubringerstraße vollkommen überdeckte, hatte er schon lange nicht mehr gehabt. Erst als er das Gewirr der Straßenbahnschienen auf dem Straßenabzweig vor dem Bahnhofsgebäude sah, die im Mittagslicht blinkten wie hingeworfene Klingen, hörte die Sinnestäuschung auf und das *beunruhigende Wissen* breitete sich in ihm aus, *dass er gleich da war.*
Er hatte die allein im Unterstand stehende und auf den letzten Bus wartende Frau beim Vorüberschlendern durchaus bemerkt. Er hatte sogar einen kurzen, frontalen Blick auf ihre gedrungene Gestalt riskiert. Dabei war seinem sekundenkurzen Hinschauen nicht entgangen, dass sie eine

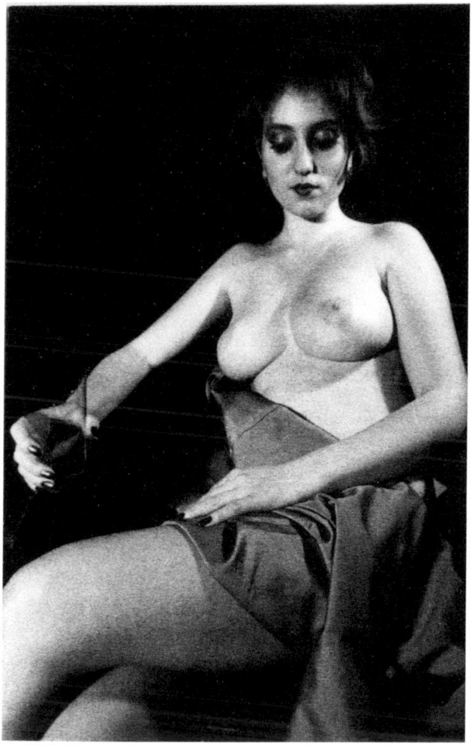

Vitaly Butyrin

niedrige Stirn hatte, die schwer wie ein Querbalken auf Augen drückte, die den stechenden Ausdruck eines in die Enge getriebenen Wolfes hatten. Bisher hatte er immer behauptet, Frauen mit flacher Stirn nicht anziehend zu finden. Wenn das wirklich so war, warum hatte er dann sofort begonnen, nach einer Formulierung zu suchen, um sie anzusprechen? War er denn schon so frustriert, dass er drauf und dran war, unter die Aufreißer-Typen zu gehen?
Als er merkte, dass auch die Frau ihn gesehen hatte, nickte er ihr einen wortlosen Gruß zu. *Sie soll ja nicht denken, du wärst ein verklemmter Spanner!* Kostedde sah noch gerade eben, wie sie seinen Gruß erwiderte, da schaute er auch schon wieder auf den Weg vor sich, als hätte er bloß höflich sein wollen, und – ging weiter, als wäre ihm gar nichts widerfahren.
Nach wenigen Metern hatte er gespürt, wie ihm die Kraft aus den Beinen wich. Sie hatten sich einfach geweigert, weiterzugehen. Er schaffte es noch bis zur Ecke. Dort schien das dunkle Grau der Schienenstränge, die sich hier verzweigten, den vor ihm liegenden Weg regelrecht durchzustreichen. Sein Kopf ließ anfragen: *Überhaupt, wo willst du denn auch noch hin, Junge?* Gleichzeitig redete sein Gewissen dazwischen: *Du kannst doch nicht einfach so umkehren, was soll sie denn von dir denken?*

In diesem Zustand ebenso gespannter wie unrealistischer Erwartung, dass Zeza ihn an der Haltestelle schon erwartete, die Bilder des gestrigen Geschehens *Erinnerung* zu nennen, war vielleicht unzutreffend; aber schon der Gedanke an Zezas Silhouette in dem nüchternen Unterstand aus Plexiglas, das an blau gestrichenen Vierkant-Stahlrohren befestigt war, schoss ihm konvulsivisch in die Weichteile und löste dort ein Pulsieren aus, das ihn schwindlig machte. Sein ganzes Gedächtnis schien ihm in die Hose gefahren zu sein. Er schaute, als käme von dort Erlösung, auf zum Himmel – vergeblich. Sogar der Luft wurde es eng in ihrem hellblauen Kleid. Wenn das Firmament auch nur ein bisschen tiefer einatmete, musste der Stoff zwischen den üppigen Brüsten der Wolken reißen und die ganze Pracht zitternd über ihm ausschütten …
Unter seinen Schulterblättern hatte ihn plötzlich etwas geschmerzt. Er war das Gefühl nicht losgeworden, dass Zeza ihren Wolfsblick hineingeschlagen hatte. Also hatte er, um Zeit zu gewinnen, suchend umhergeschaut, als müsste er die richtige Straße finden, um seinen Weg

fortsetzen zu können, hatte sich kurz an das Geländer gelehnt, das den Bürgersteig von der gefährlichen Rechtskurve trennte, ein, zwei hilflose Schritte nach links gemacht, dann ein, zwei hilflose Schritte nach rechts, und als er geglaubt hatte, Zeza und seinem Gewissen genug Vorwände geboten zu haben, hatte er kehrtgemacht und war wie unter Diktat zurückgegangen.
Zeza war, als hätte sie nur auf diesen Moment gewartet, aufgestanden.
Uff!
Kostedde war nicht grundsätzlich ein Fan üppiger Brüste, aber *diese* Oberweite in *diesem* dünnen ärmellosen Kleid, und *dieses* knielange geblümte Kleid an *diesem* drallen Kurvenwahnsinn von Körper, der kaum einen Meter sechzig über *diese* offenen Riemchenpumps aufragte, an deren Spitze *diese* dunkelrot lackierten Nägel ihn ankirschten, hatte ihn unter Strom gesetzt. Das war so plötzlich geschehen, als hätte die Frau mit ihren Brustwarzen

Michael Siegel

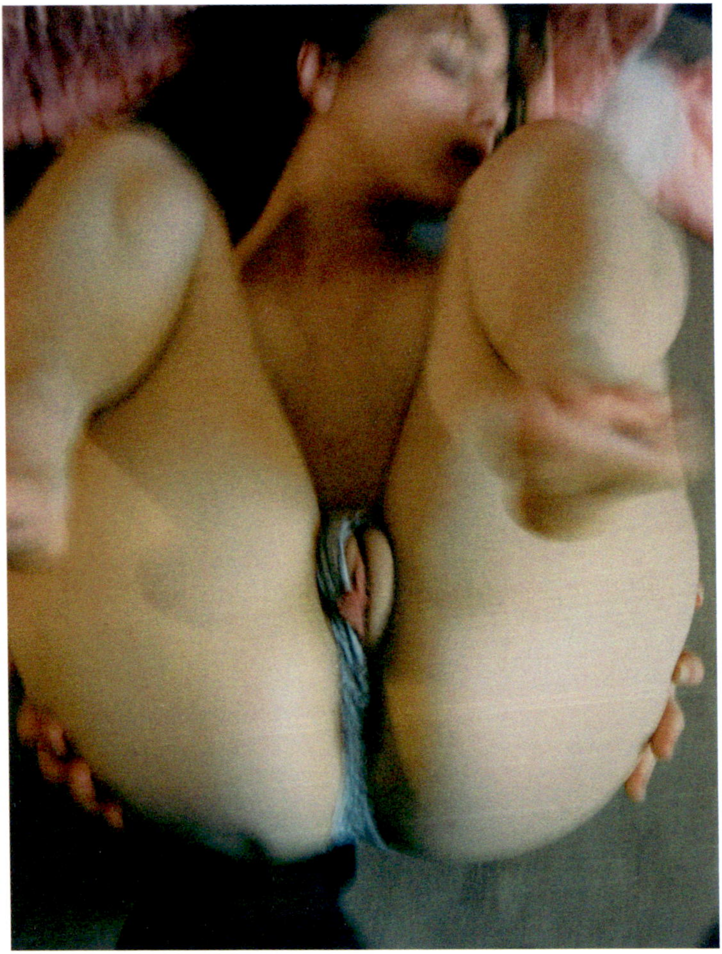

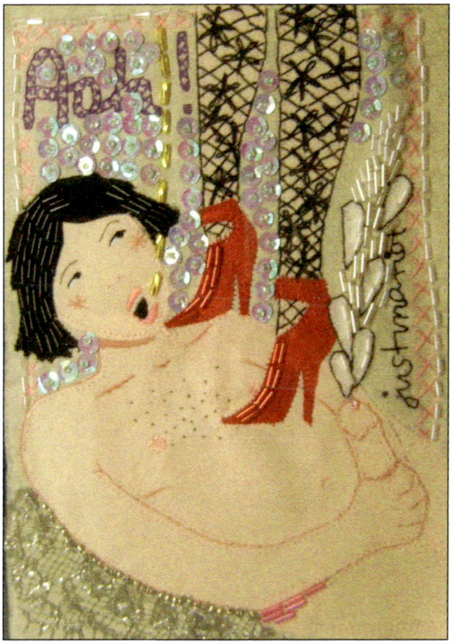

Mari Otberg

auf verborgene Schalter in seinen Augen gedrückt. Und wie er sich so an diesen Moment erinnerte, wurde ihm bewusst, dass er sich genau das wünschte. Oder vielmehr wünschte er sich, jemand anderes zu sein. Ein einfacher, in sich ruhender Kerl, der einen Blaumann trug, in dem ein Zollstock baumelte. Er, Kostedde, war der Mann, der mit dieser Frau lebte, sagen wir, in einem freistehenden Häuschen in einer Stadt, in der man „Grüß dich, Heinz“ und „Wie geht's, wie steht's?“ sagte, und in der man scherzend darauf antworten durfte: „Gehen tut's gut, so lang er noch steht!“ Er war der Mann, der das Recht hatte, sich ihr – während sie sich nach vorn über die Spüle beugte – schlurfend von hinten zu nähern, ihr mit großen, behaarten Händen das Kleid über den Po hochzuschieben, bis das quellende Weiß ihrer fleischigen Hüfte, in die der Slip tief seine roten Riemchen einschnitt, seinen Handtellern Sinn verlieh, und sagen durfte: *„Zeza-Schätzchen, du bist heute wieder so ... na, du weißt schon, wie, hm?“* Und Zeza-Schätzchen würde eine warme, feuchte Hand voller Schaum aus dem Spülbecken heben, sie langsam nach hinten führen und mit ihrer kehligen Stimme und ihrem slawischen Akzent sagen: „Waas wirr habben denn daaa für Prachtjunge?“

Nun stakste sie bereits auf ihn zu. Der Stoff ihres Kleides flatterte aufgeregt um ihre Knie, rutschte gleichsam darauf aus. Die Stoffblumen strichen über ihre Schenkel, schmiegten sich an sie, unsicher irgendwie, als fänden sie keinen Halt an den kleinen, feinen Härchen darauf, ja, als bräuchten sie Hilfe, seine, Kostereddes Hilfe …

Seine Gewissensnot verwandelte sich in blanke Angst. *Die ist ja angetrunken!* Er blickte sich noch einmal hastig um. Nein, *da ist niemand außer dir!*

„Entschuldigen Sie“, sagte sie in einem Tonfall, als wäre das „Sie“ nur ein overdresstes „Du“, „können Sie mir vielleicht sagen, wo ich hier eine Toilette finde?“

Kostedde, dem die Gegend nicht völlig unbekannt war, antwortete unsicher: „Um diese Uhrzeit sieht das eher schlecht aus, würde ich sagen.“

„Ja, was mache ich denn dann jetzt?“, fragte sie und versuchte, seinen feige schweifenden Blick einzufangen. „Ich komme von einer Hochzeit, da haben wir natürlich getrunken, und bis zu Hause ist es weit.“

Diese einfache Erklärung ihres Interesses an ihm erleichterte ihn. So sehr, dass er es endlich wagte, ihr unter die Stirn zu schauen. Dort dräuten Augen, die auch ohne diese vorgerückte Stunde tiefschwarz gewesen wären. Bann, dachte er, Beschwörung, dachte er, Magie …

Plötzlich fuhr eine nasse, harte Zunge in einem reptilienartigen Reflex über seine Lippen. *Wie trocken sie doch waren, diese Lippen.* Einen Moment lang hatte er den Eindruck, es wäre die Zunge der Frau, und er hatte zu wünschen begonnen, sie möge einfach weitermachen damit. Hin und her, hin und her, Oberlippe, Unterlippe, Oberlippe, Unterlippe, dann – nach kurzem, überlegenden Innehalten – in der Mitte, wo etwas aus seinem Munde ihr entgegenkam … Lang, feucht und muskulös, hatte diese Zunge den Meter zwischen ihnen mühelos überwunden. Es dauerte etwas, bis er gewahr wurde, dass es seine eigene Zunge gewesen war, und dies enttäuschte ihn maßlos.

„Wenn es Ihnen nicht ungehörig erscheint …", begann er.

„Ja …", sagte sie. Kostedde hatte das Gefühl, ihre schmalen, aber feuchten Lippen bewegten sich kaum merklich, ganz so, als knabberten sie zart an seinen Lippen, Lippen, die sie weich machen musste, zum Sprechen. Zum Sprechen und zum Küssen.

„… Wenn es Ihnen nicht ungehörig erscheint: Da drüben" – er zeigte mit der Hand nach rechts – „könnten Sie sich einfach hinter die Büsche hocken. Ist doch dunkel, sieht doch um diese Zeit keiner."

Eine Sekunde lang herrschte betretenes Schweigen. Er wollte sich schon zum Gehen wenden, da bat sie: „Würden Sie denn dann vielleicht hier warten und aufpassen, ob nicht jemand Fremdes vorbeikommt? Ein bisschen bange ist mir ja schon um diese Uhrzeit …"

Kostedde war sprachlos. *Ich bin doch auch jemand Fremdes,* dachte er. Und er brauchte gar nicht mehr vorbeizukommen: *er war schon da!*

Doch seltsam: selbst jetzt noch, zwölf Stunden später, ergriff ihn bei der Erinnerung an diesen Moment eine solch nackte Erregung, dass ihm Hören und Sehen verging. Das überraschte ihn umso mehr, als er seit Monaten, was das Sinnliche anging, einfach nur taub gewesen war. Er konnte sich des frustrierenden Gefühls nicht erwehren, dass sich seine Freundin Martina, seit sie sich seiner Treue vollkommen sicher geworden war, beruhigt anderen Aufgaben zugewandt hatte. In der Hast des Existenzkampfes für sich und ihr Kind in diesem wirtschaftlich immer noch arg am Boden liegenden Land am Rockzipfel Europas hatte gewissermaßen *sie* ihn rasch zu dieser Haltestelle gelotst – und dann einfach dort sitzen gelassen. Etwas, das hier ja keine Ausnahme war, denn die Frauen wussten, es war besser, sich nicht auf einen Mann und seine Beteuerungen zu verlassen.

Anfangs hatte sie ihm noch den Eindruck vermittelt, als müsse sie nur kurz etwas erledigen, und er übte sich in Geduld und Verständnis, wie man es von einem Mann, der auch nicht mehr der Jüngste war, ja wohl erwarten durfte. Doch dann hatte sie aus der Mühle ihrer Aufgaben, Sorgen und Engagements einfach nicht mehr heraus- und zu ihm zurückgefunden und Kostedde hatte sich gefühlt wie auf einer geologischen Streckbank, die ihn täglich um Bruchteile von Millimetern weiter auseinanderriss.

Inzwischen stand er Zeza direkt gegenüber. Sie schaute ihm flackernd, aber fest in die Augen. Kostedde kämpfte mit sich, um diesen schwarzen Wolfsaugen nicht ständig auszuweichen. Ja, fand sie denn wirklich, dass er, der elende kleine Reisebegleiter mit soliden Kenntnissen der Landessprache, Gruppenführung wahlweise in Deutsch oder Englisch, der sich so unscheinbar fühlte wie eine Katalog-Offerte, die ohne Anmeldungen geblieben

war, Beschützerqualitäten hatte?
„Gut, wenn Sie meinen, gern“, hörte er sich antworten.
Ob Zeza zwanzig Jahre alt war oder fünfundzwanzig, hätte er nicht sagen können. Sie kam aus dem Nordosten des Landes und ihre ganze üppige Erscheinung schien geknetet zu sein aus dem gaumig-vollmundigen Akzent, mit dem dort gesprochen wurde. Eine ländliche Region, in der das Sinnliche und das Göttliche noch nicht gespalten waren, weil dort alles noch durch die Hände ging, das tägliche wie das festtägliche Brot. Das Leben erschien Kostedde dort wie ein Teig, die Frau und der Teig bildeten eine zyklische Einheit; der Mann, das Feld und die Arbeitsschritte, die von dort zum Mehl führten, die andere Einheit. Alles atmete, alles musste gedrückt werden, damit es aufging, und alles ging auf, wenn Handballen es wärmten und eine Stimme darüber sang und salziger Schweiß aus dem Trichter der Nasenwurzel darauf tropfte, der Frau auf den Teig, dem Mann auf die Frau – so geriet das Kneten und Aufgehen beim Brotbacken zum Atem, der in der Vereinigung von Mann und Frau verlängert wurde zur Welle, und wenn sie beim Herausschießen des Samens zur Milchstraße hinaufschauten, setzte sich diese Welle fort: hinaus, hinein in die Peristaltik des Alls, sternenbestäubt, sonnenwindumspielt.
Zeza trat auf das Rasenstück, das sie überqueren musste, um zu dem Gebüsch zu gelangen, das Kostedde ihr für ihre kleine Verrichtung vorgeschlagen hatte. Es war leicht abschüssig. Plötzlich strauchelte sie, als wäre sie mit dem Fuß umgeknickt. Kostedde, als hätte er nur auf diesen Moment gewartet, fuhr seinen Arm aus.
„Huch, ist der Boden aber weich hier“, rief Zeza erschrocken und schnappte, geschmeidig und zielsicher wie ein Kätzchen, nach seiner ausgestreckten Hand.
Was für ein traumwandlerischer Treffer!
Nun sah er, dass auch ihre Fingernägel in der Farbe reifer Sauerkirschen lackiert waren. Zezas Finger waren keineswegs plumpe Teigknetefinger, wie er beim Anblick ihres drallen Körpers vermutet hatte, sondern beinahe feingliedrig. Als er auf den Boden schaute, um festzustellen, wie rasch und tief ihr Absatz in den weichen Boden eingesunken war, sah er, dass auch ihre Zehen schlank waren und in länglichen Nägeln endeten.
Er wollte seinen Blick wieder heben und kurz Blickkontakt aufnehmen, um ihren Gesichtszügen zu entnehmen, ob sie okay war. Doch komisch: er hatte plötzlich gar keine Eile mehr, diese einhundertundsechzig Zentimeter Weib von den nackten Fersen bis zu dem markanten Scheitel zurückzulegen. Als er in der Mitte angelangt war, hörten seine Augen, wie sie atmete, sahen seine Augen, wie sie ängstlich ihren Bauch einzog. Die Luft staute sich unter ihren Brüsten, die sich mächtig hoben und senkten. Wenn sie auch nur ein bisschen tiefer einatmete, musste dieser quellende Teig die Blumen des Kleides zerreißen und sich zitternd über ihm ergießen.
Inzwischen hatten sie die Hälfte des rutschigen Weges über die Rasenfläche zurückgelegt und der weiche und unebene Untergrund hatte Zeza gezwungen, seine Hand immer fester zu drücken. Die damit verbundene zuckende Greifbewegung löste Nervenimpulse aus, die wie auf einer mautfreien Autobahn ohne Geschwindigkeitsbegrenzung eine Etage tiefer sausten. Sein Glied fing langsam an zu schmerzen vor Blutandrang und richtete sich auf wie ein Notnagel, an dem sich Zeza im Falle eines Fallens immer noch festhalten konnte. Kostedde war aber nun schon seit fast

einem halben Jahr daran gewöhnt, dass es ihn an ganz anderer Stelle schmerzte, und so packte ihn auf einmal ein derart heftiges Schuldgefühl, als wäre er Martina bereits untreu geworden.
Martina war der Mensch, mit dem er die Langsamkeit erfahren hatte. In der Zeit, als sie noch nicht arbeitete, aber schon von ihrem Mann getrennt lebte, hatte bereits die Art, wie sie ein gewürfeltes Stück Gurke mit Dill, neckisch in Joghurtsauce getunkt, zum Munde führte, obszön auf ihn gewirkt, einfach, weil er spürte, wie viel Lust sie darauf hatte. Schon beim Öffnen der Lippen schien sie in Vorfreude darauf, wie sie es mit einem Schluck Anisschnaps aus dem weiß beschlagenen langen Glas hinunterspülen würde, regelrecht dahinzuschmelzen. Nachdem er das *einmal* gesehen hatte, löste schon das Öffnen ihrer Lippen Speichelfluss und Kribbelgefühle unterm Bauchnabel bei ihm aus. Dabei war es vollkommen gleichgültig, *was* sie auf die Gabel spießte …
Diese unglaubliche Lust auf den bevorstehenden Moment, den sie mit ihrem hoch entwickelten Bewusstsein gleichsam zu kitzeln schien, bis er sich vollkommen nackt vor ihrer sinnlichen Begierde räkelte, hatte sie nicht nur beim Essen, sondern auch beim Schauen gehabt. Es war Kostedde noch nie im Leben passiert, mit einer Frau ein so erfülltes Schweigen zu erleben. Sie weidete mit ihren Augen, die breit und wissend waren wie alte Brücken, auf ihm, als wäre er die grüne Aue, auf die der Herr sie geführt hatte, und ihre Augen lasen voller Vertrauen und Dankbarkeit den Vers des Psalmisten von seinen Gesichtszügen: *Mir wird nichts mangeln …*
Bald schon hörte er, wie die Quellen in ihm zu sprudeln begannen. Bald, wie Bienen summend um die Blütenkelche seiner Organe schwirrten. Gras flüsterte und sang, von Grillen und Faltern bespielt. Pappeln silberten in seinem Zwerchfell ihr aufgeregtes Blätterkonzert …
… da hatte Martina ihm auf einmal langsam eines ihrer seidenbestrumpften Beine in den Schoß gelegt, ihren Fuß mit den kräftigen Zehen, die reifen Weintrauben glichen, unter seine Gürtelschnalle geschoben und kaum merklich hin und her bewegt. Kostedde hatte beinahe die Besinnung verloren vor Erregung. Er hatte bis dahin nicht gewusst, dass das in den Fuß umgeleitete Begehren einer Frau genügen konnte, um den Mann, den sie wollte, mit ganz wenig Reiben über den Reißverschluss seiner Jeans zum Erguss zu bringen.
Inzwischen hatten Zeza und er die glitschige Strecke bewältigt. Die Bilder der unvergleichlich intimen Momente zwischen Martina und ihm hatten ihn so stark vereinnahmt, dass er auf den letzten abschüssigen Metern zwei-, dreimal beinahe selbst ausgerutscht wäre. Das hatte ihm auf simple Weise klargemacht, dass keineswegs nur er Zeza festhielt, sondern auch sie ihn. Da sie links von ihm gegangen war, das Gebüsch sich aber zur Rechten befand, musste sie nun einen Bogen um ihn herum machen. Die ganze Art und Weise, wie sie das tat, hatte etwas so Graziöses, als wäre sie ein Flusspferd und befände sich unter Wasser. Kostedde spürte, wie sie ihm vor dem Urinieren noch einmal zeigen wollte, dass sie keineswegs zu den primitiven Schlampen gehörte, wie gewisse Leute in ihrem Umkreis offenbar meinten. Als er seinen Kopf nach links wandte, sah er, wie sie genau in diesem Moment den kleinen Finger der Hand, mit der sie sich an ihm festhielt, ein ganz wenig abspreizte.
Kostedde hüstelte. Seine Stimmbänder waren plötzlich so rau, so belegt.

„Ich geh dann mal zurück nach oben auf das Trottoir, Wache schieben“, sagte er, bemüht, trotz heillosen inneren Aufruhrs einen gemessenen Kavalierstonfall zu wahren.

hatte selten einen so zerreißenden Kontrast aus Erregung und Panik erlebt. Er tastete nach dem Handy in seiner Jackentasche. Das hatte er völlig vergessen.

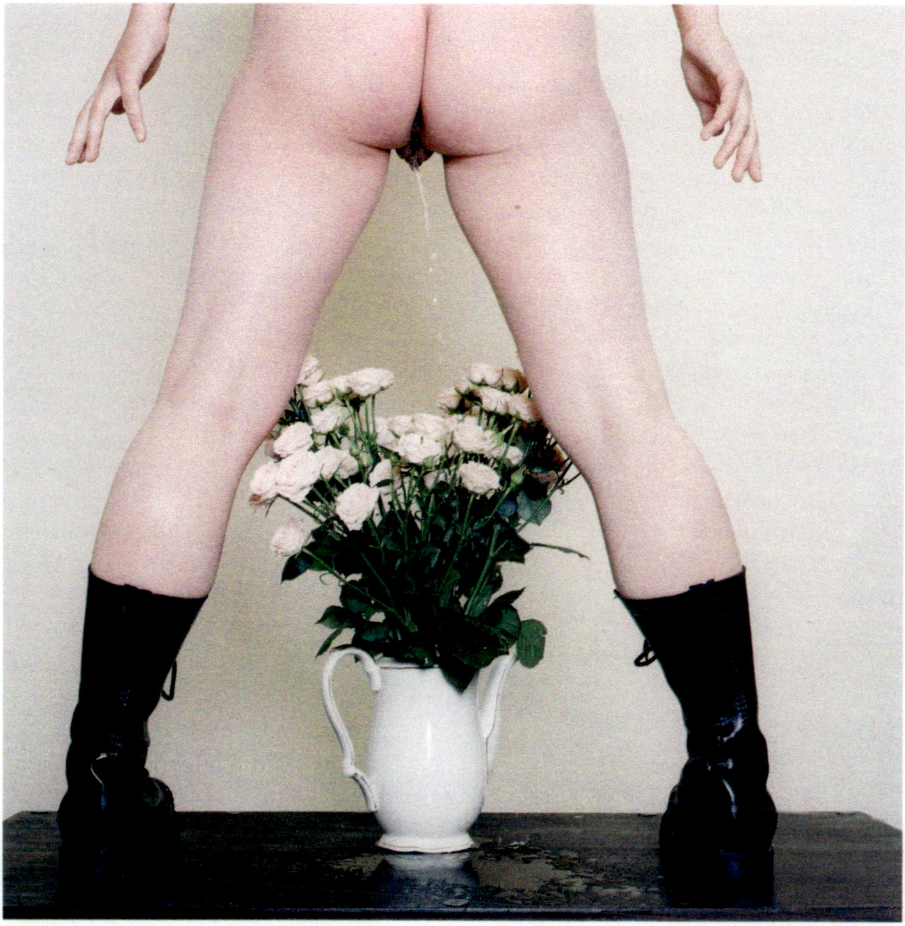

Paula Rosengarthen Inszenierung/Foto: Marcel Steger

„Nein, bleib hier“, stieß Zeza heftig und in einer Mischung aus Erschrecken und Befehl hervor, „wenn du da oben stehst, dann gucken die Leute doch erst recht.“ Welche Leute? O mein Gott! Kostedde

Was war, wenn Martina jetzt anrief und – wie sie es früher oft getan hatte – fragte, ob sie nach dem Geschäftsabendessen noch auf einen Sprung bei ihm vorbeischauen könne? Wo war er dann? Er über-

legte fieberhaft, gab sich einen Ruck und schaltete den Klingelton aus.
Zeza nestelte an ihrem Kleid. Raffte es an den Seiten zusammen. Es lag so eng an ihrem Körper an, dass sie ihr Becken regelrecht herausschälte, nein, herausquälte! Gleich musste der Moment kommen, in dem sie ihn bat: *Guck mal einen Moment zur Seite!* Aber der Moment kam nicht. Stattdessen kam ihr v-förmiger Spitzenslip zum Vorschein, den sie wohl eigens für die Hochzeitsfeier angezogen hatte. Und während sie in zufriedenem Ton erzählte, dass sie auf ihre Mutter warte, die gleich mit dem Bus hier ankäme, in den sie dann zusteigen müsse, damit sie gemeinsam nach Hause fahren könnten, hockte sie sich auch schon hin.
Kostedde stockte der Atem.
„Kommt jemand?", fragte Zeza gepresst.
Er warf einen Placeboblick um den Strauch zur Haltestelle, die merkwürdige Schlieren auf seiner Netzhaut zog, rang nach Luft, dann sagte er beinahe flüsternd: „Die Luft ist rein!"
Als er den Blick wieder auf Zeza richtete, hörte er es bereits plätschern.
„Was für ein Glück, dass du gekommen bist", sagte sie.
Da auf einmal packte ihn etwas, das keinen Widerspruch mehr duldete.
Er tat – ganz gemächlich, so gut das bei seinen zittrigen Knien ging – erst einen, dann noch einen Schritt nach links. Die Straße konnte er nun gar nicht mehr sehen. Dafür umso besser das wunderbar wulstige, rosige Filetstück zwischen Zezas Schenkeln, das an den Rändern bräunlich auslief und von dem breit und gluckernd herauslaufenden gelblichen Strahl wie aufgedunsen wirkte.
Zeza schaute, während sich auf dem Rasenstück zwischen ihren weichen weißen Beinen eine Pfütze bildete, Kostedde so ruhig an wie eine Frau, die einen Mann hatte, der auf sie aufpasste. Der Mann hatte inzwischen vergessen, wie er hieß und fragte sich nur eins: Was, wenn er sich jetzt vor sie hinkniete, seinen Reißverschluss öffnete, sein Glied unter ihren warmen Strahl hielt und es dann, wenn sie versiegte, langsam hineinschob in ihr Weiches, um sie zu füllen und zu verschließen mit sich?
Doch da stand Zeza schon auf, und Kostedde durchfuhr das bizarre, ja, perverse Schuldgefühl, dass er das Nötige nicht getan hatte. Der bewundernde Blick, den Zeza ihm zuwarf, verwirrte ihn vollends. Zezas Blick sagte ihm, dass es keinen Unterschied gab zwischen dem Wunsch und seiner Erfüllung. Der Vollzug war etwas, für das unter so ewigen Himmeln wie dem ihren auch später noch Zeit war.
„Ich hatte gar keine Angst", sagte sie und streckte ihm mit vollendeter Grazie ihren fleischigen Arm entgegen. Zeza und er schritten auf die zerkratzte Plexiglas-Bude der Haltestelle zu, als wäre sie ein Traualtar. Als sie vom Rasen auf die zerplatzten Sandsteinfliesen des Gehsteigs traten, fühlte Zeza offenbar instinktiv, dass Kostedde wieder in sein Früher zurückzufallen drohte, denn sie zog nun gewaltig an seinem Arm und sagte:
„Komm, bitte, setz dich doch noch so lange zu mir, bis meine Mutter ankommt. Mir wäre komisch, plötzlich so ganz alleine hier zu warten."
Kostedde erinnerte sich gut an den Kloß, der sich in diesem Moment in seinem Hals gebildet hatte, prall und erstickend wie ein Airbag. Aber er hatte sich doch zu ihr gesetzt. Die Bank war schmal gewesen, hatte gerade eben Platz für sie beide geboten, aber auch nur, wenn sie ganz eng zusammenrückten, ein Brautpaar, das auf seine Gäste wartete, die mit einem Bus

kommen würden, auf dessen Stirnseite „Sonderfahrt“ stand.
Kostedde spürte das Kratzen ihrer Stimme wie Tüll an seiner Wange. Er schüttelte seinen Kopf ein paar Mal, um das Bild abzuschütteln und in die Gegenwart zurückzufinden. Dann ging er die kleine Stufe hinab, mit der der schmale Weg zwischen dem lang gestreckten Plattenbau zu seiner Linken und dem Gesträuch zu seiner Rechten endete, und nach ein, zwei Schritten sah er den Unterstand der menschenleeren Haltestelle mit den blauen Stangen und dem trübe das Licht reflektierenden Plexiglas vor sich. Die Bushaltestelle war so grauenvoll leer, dass es ihm wie ein Aufschrei in den Ohren klang, was er Zeza geantwortet hatte: „Mir auch“, hatte er gesagt,
„mir auch.“

Peter Pörtner

Was ich beobachte?
Der Dinge Verwehen.

Ich nehme ein Zittern wahr
In der Welt.

Soviel zu Thema:
Innerer Karneval

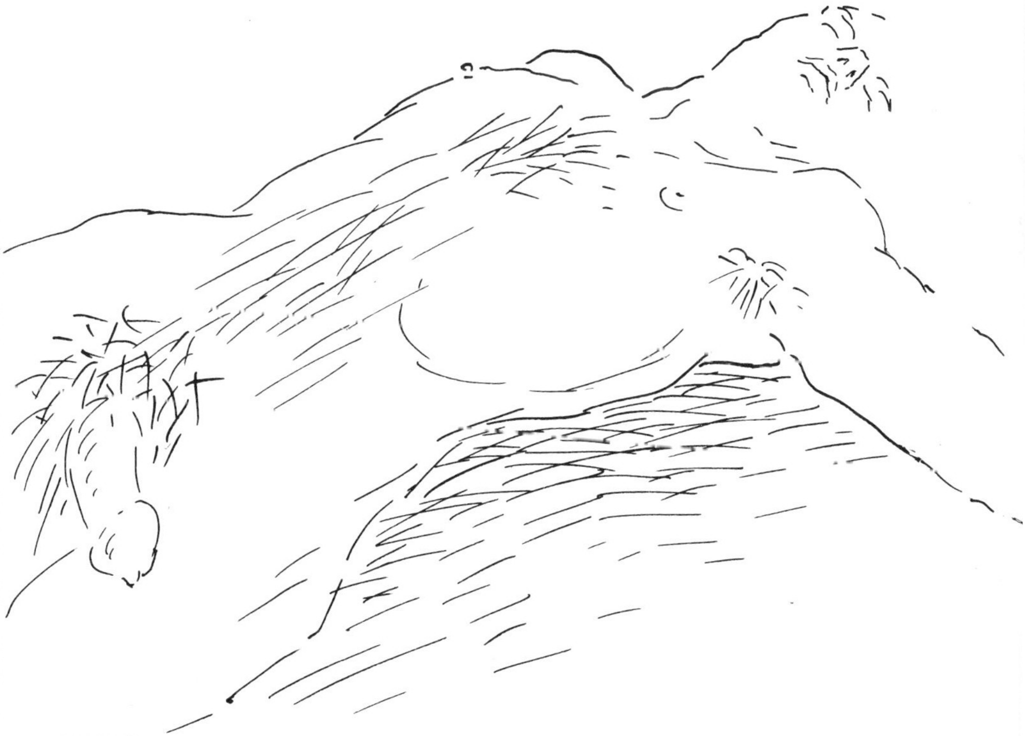

Doris Lerche

Gerhard Killet

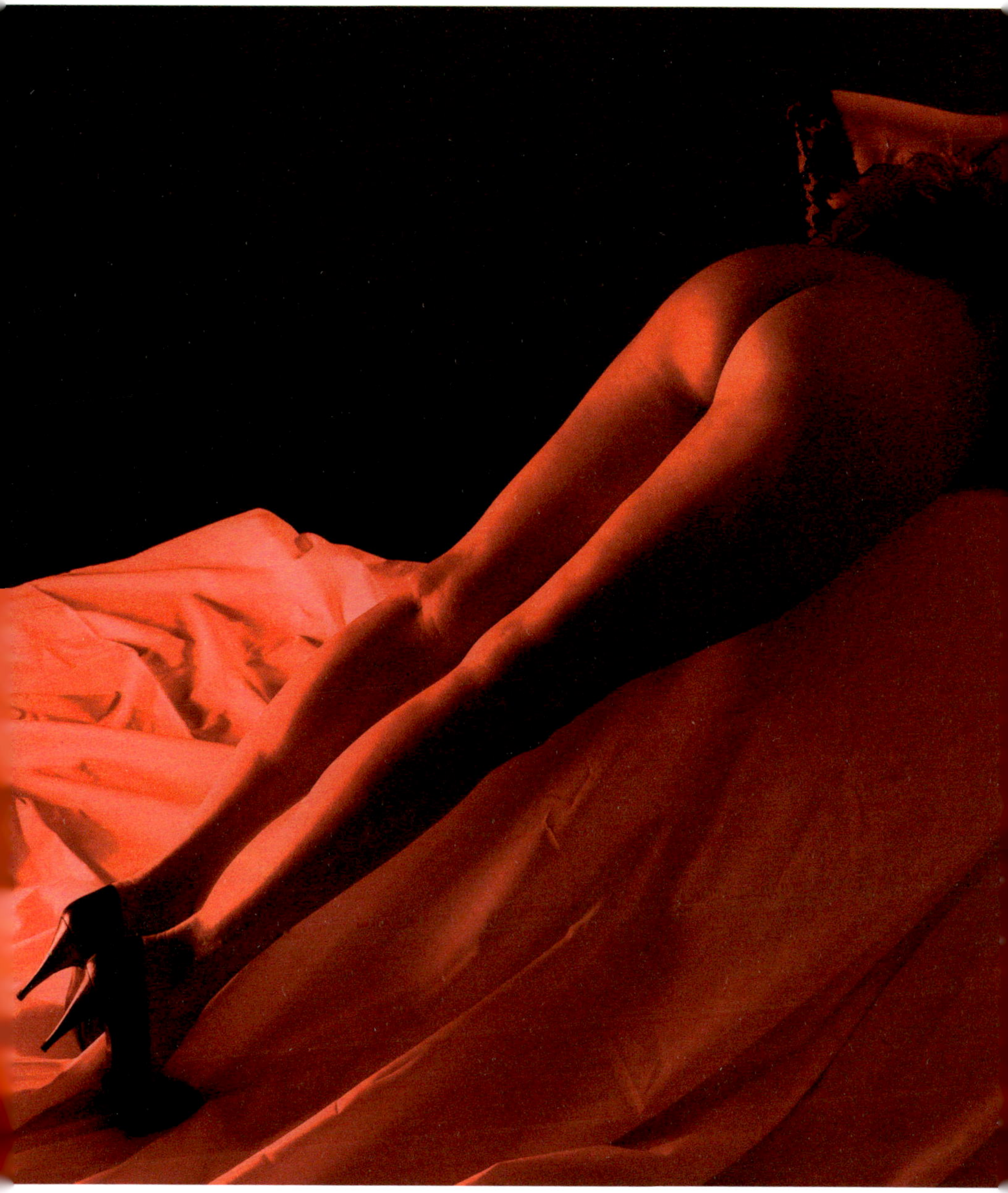

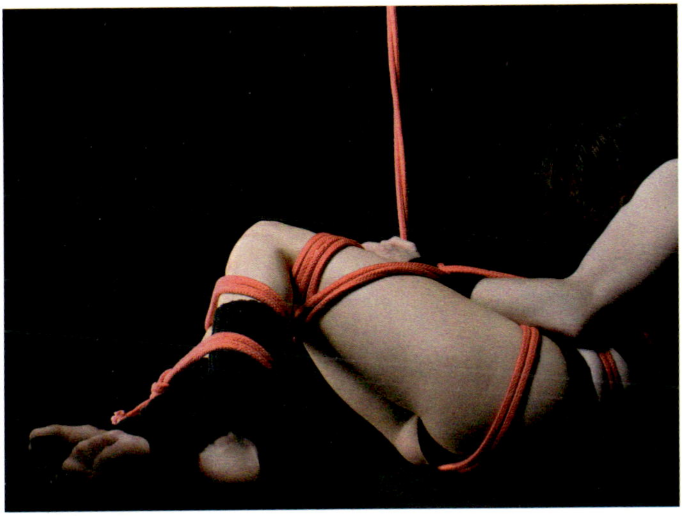

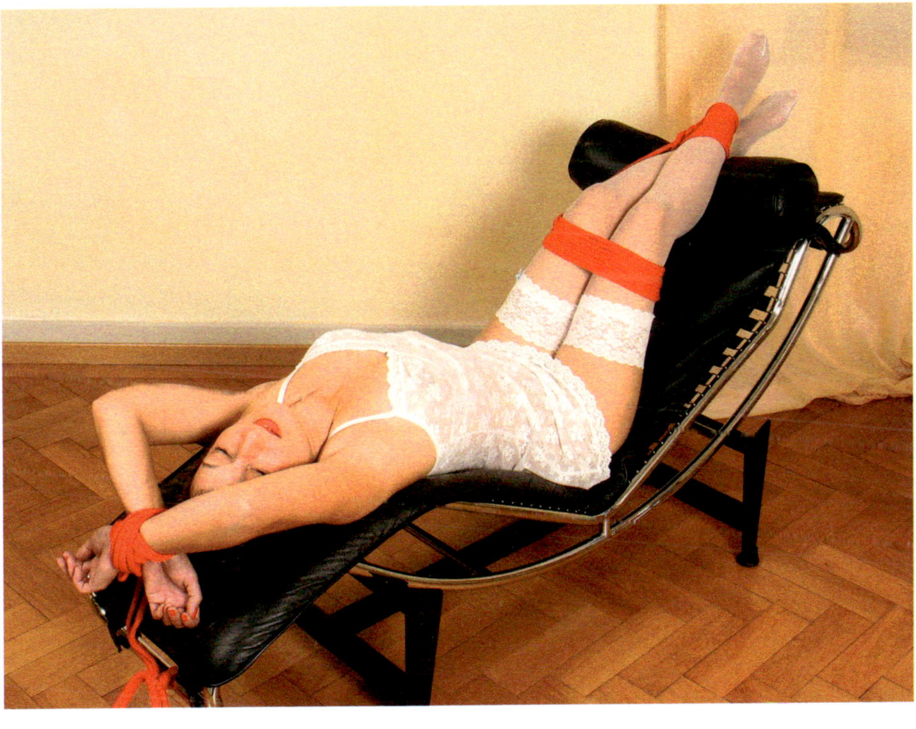

Dagmar Schumann

Prisma

Ich war pünktlich am Bahnhof. Es nieselte leicht und ich hatte Eriks alte Ballonmütze aufgestülpt; ihr Schild bot Schutz vor der Nässe. Anne schien nicht gekommen zu sein, der Zug hielt schon eine Weile. Ich war zum Bahnsteig gegangen, dem einzigen, den man nur durch das Bahnhofsgebäude erreichen konnte. Jetzt wartete ich am Auto, die Kofferraumklappe schon offen, um Annes Koffer verstauen zu können, aber Anne kam nicht.

Anne war immer gut für eine Enttäuschung und meine Enttäuschung war groß. Erik war verreist, für längere Zeit, und allein sein in diesem großen Haus, danach war mir nicht zumute, besonders am Wochenende nicht.

Zu Erik war ich wieder zurückgekommen, nachdem ich die kurze, aber heftige Affäre mit der schlanken, blonden Bürgermeisterin aus D. beendet hatte.

Ich kam also wieder zu Erik, wusch seine Wäsche, er kam von der Arbeit und fand mich bei dieser Tätigkeit. Zunächst war der Abend wortlos, aber dann kamen wir ins Gespräch. Ich übernahm die Hausarbeit, wie er es von mir gewohnt war.

Wir fuhren wieder gemeinsam zur Arbeit, ich ging in meinen früheren Betrieb zurück, die Stelle war noch unbesetzt, und meinen neuerlichen Umzug, ich nannte es Rückzug, kommentierte der Chef entsprechend. Es war alles beim Alten.

Bis die Reise Eriks kam, dienstlich, unaufschiebbar, wochenlang, und er fuhr ungern. Erik ist älter als ich, vom Naturell her ruhig, überlegend, intelligent, mit einem unerschütterlichen Maß an Toleranz und freundlicher Zuneigung zu mir. Freundschaft ist das richtige Wort dafür, das aber ist es nicht allein, unser Zusammenleben gleicht schon eher einer Verschwörung: wortloses Blickspiel, nur gelegentlich getrübt von meinen Frauenbekanntschaften.

Nur – Anne war nicht gekommen.

Der Zug fuhr langsam an, es waren zehn Minuten vergangen. Ich nahm den großen Rosenstrauß vom Sitz, die alte Frau Seyer hatte mich beim Rosenschneiden beobachtet, so wie sie alles beobachtete, was ich tat, und es wäre mir nicht recht gewesen, würde sie mich mit den Rosen im Arm wiederkommen sehen. Den Strauß legte ich in den Kofferraum, eine Rose knickte ab, ich hielt die Blüte lange in der Hand, schmerzhaft erinnerte ich mich wieder an Anne, ich spürte jetzt, auch fast schmerzhaft, die durch meinen Pullover gedrungene Nässe.

Ich stand wohl eine ganze Weile so, denn ich bemerkte sie nicht. Da ich, die geköpfte Rose in der Hand, überhaupt nicht aufgeblickt hatte, waren das Erste, was ich sah, rote hochhackige Riemchenschuhe, die die schlanken Fesseln betonten.

Sie fahren nach P.? Ich meine, es könnte doch sein, dass Sie nach P. fahren. Sie wurde unsicher unter meinem Blick, der ihr gar nicht galt. Ich hatte tatsächlich einen Augenblick gedacht, es wäre Anne. Ihre Unsicherheit übertrug sich einen Moment auf mich, mich verblüffte ihre Jugend, ihre Eleganz, bei Mädchen ihres Alters war ich auf Jeans gefasst. Sie trug ein weißes seidenes Kleid, durchgeknöpft, der Halsausschnitt rund und halsfern, die Ärmel in der Weite durch ein Bündchen gefasst, durch den Nieselregen lag es an ihrem Körper an, und sie trug eine rote Tasche über die Schulter gehängt. Die Rocklänge ließ ihre schlanken Beine sehen.

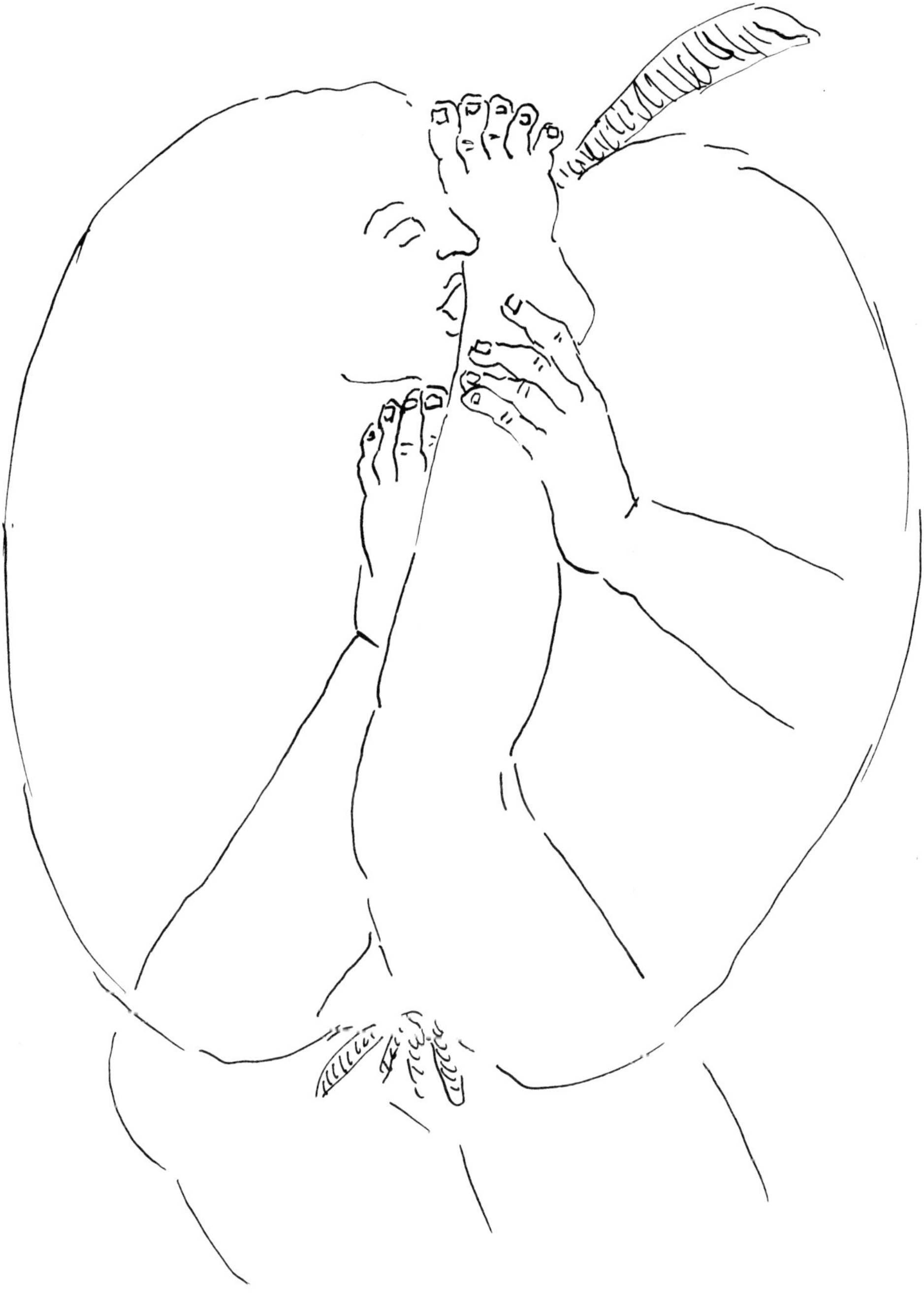

Doris Lerche

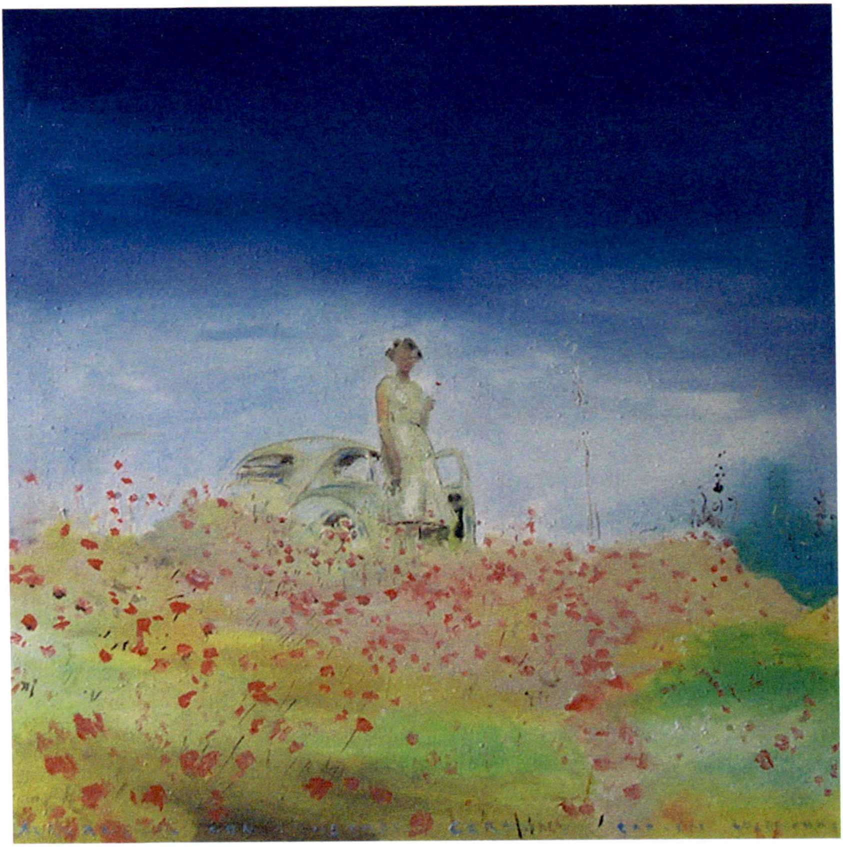

Alexander von Agoston

Ich fragte nochmals nach dem Namen des Dorfes. Es gab im Umkreis dieser Kleinstadt eine Reihe von Dörfern mit ähnlich klingenden Benennungen; Überbleibsel aus einer wendischen und slawischen Besiedlung, aber es war P., wohin sie wollte, und ich wohnte dort.
Als sie ins Auto stieg und einen Augenblick lang mit dem Gurt kämpfte, bemerkte ich ihre kleinen Brüste, die Zartheit ihres Körpers. Beim Engerstellen des Gurtes berührte ich absichtlich ihre Hüfte, sie schaute kaum auf, als ich mich entschuldigte.
Ihr Ziel nannte sie mir während der Fahrt. Ich nahm den Fuß vom Gaspedal:
„Zu Frau Weiler wollen Sie?"
Sie nickte. „Ja, zu Frau Weiler. Sie ist eine Großtante von mir, ich habe sie nur einmal gesehen, da war ich ganz klein."
Ich musste lächeln, „ganz klein" konnte ich mir sie bei ihrer Zartheit nicht vorstellen. „Und", sprach sie weiter, „sie schrieb mir vor einem Monat, dass ich sie besuchen kommen solle." Ich fuhr bis vor das Haus und als sie aussteigen wollte, sagte ich ihr, dass Frau Weiler vor drei Wochen gestorben war. Sie sah mich das erste Mal seit unserem Zusammensein richtig an. Ihre großen Augen faszinierten mich, sie war wohl erstaunt, überrascht, betroffen, sie hatte eine Reise unternommen, deren

Ziel nicht zugänglich war. Sie lehnte sich ruckartig wieder in den Autositz, senkte den Kopf, ihre Hände lagen geöffnet in ihrem Schoß und wegen dieser hilflosen Geste ihrer Hände und ihrem Blick verliebte ich mich mit einer Plötzlichkeit, die mir selbst bisher unbekannt war.
Ich riss die Ballonmütze vom Kopf und wieder sah sie mich mit diesem überraschten Blick an. Meine Stimme war heiser, als ich ihr anbot, im Hause Eriks zu übernachten, ich wäre sowieso gerade allein, ein Bett stand bereit – und, da ich Besuch erwartet hatte für dieses Wochenende, wäre auch alles andere vorhanden.
Nach einigem Zögern sagte sie zu.
Ich fuhr in die Tiefgarage. Frau Seyer sollte nicht sofort erkennen, dass es nicht Anne war. Es war Reni. Sie nannte mir Namen und Herkunft. Ihr Beruf, Sekretärin, passte zu ihr.

Der Sommer war in diesem Jahr kalt und feucht, ich versuchte, das Feuer im Ofen wieder zum Brennen zu bringen, unsere nassen Sachen mussten trocknen.
Ich sah Reni an, sie hatte Eriks Bademantel übergezogen. Sie kauerte sich in den Sessel nahe am Ofen, die Füße zog sie dicht an ihren Körper. Durch diese Bewegung wurden ihre Brüste sichtbar.
Sie erstarrte, als ich sie streichelte, sie war immer noch starr, als ich sie fest berührte, aber ihre Starrheit löste sich, als ich sie zu mir zog. Sie gab mit einem kleinen Wehlaut nach, und ich dachte das letzte Mal an Anne.

Als Erik das Schlafzimmer betrat, war die Situation eindeutig.
Er fuhr Reni zum Bahnhof.
Ich stand am Fenster und wartete auf ihn.
Er blieb lange. Dann hörte ich den Motor, die Garagentür, seine Schritte.
Wir sahen uns an, dann machte er einen Schritt auf mich zu und löste meine hochgesteckten Haare, er drückte sein Gesicht an meine Schulter: Du bist eine schöne Frau!
Ich flüsterte in sein schmerzerfülltes Gesicht: Wie hältst du das mit mir aus?
Erik lächelte plötzlich und presste mich gegen die Zimmerwand: Es gibt eine Stelle, die nur ich berühren kann.
Über Eriks Schulter sah ich, dass der Regen aufgehört hatte, die Abendsonne schien durch das Fenster, ihr Licht brach sich an der Weinkaraffe in sieben sanfte Farben.
Ich schloss die Augen.

Alexander von Agoston

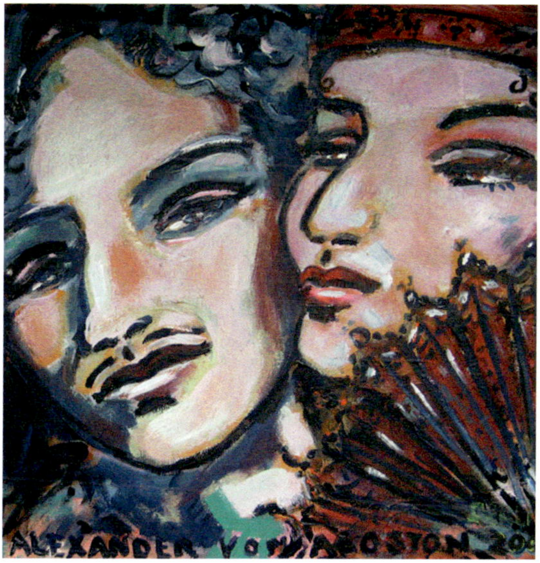

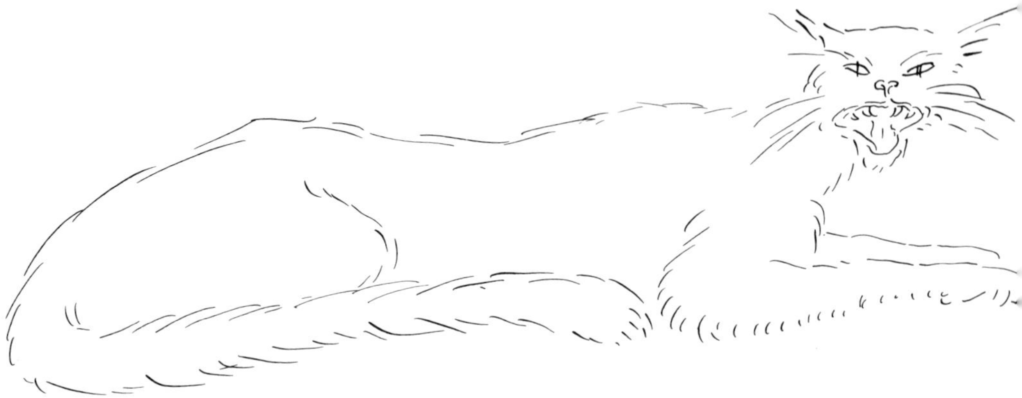

Doris Lerche

Ulf Großmann

sie ist nicht sicher
ob sie Lust hat
ob sie Zeit hat
ob sie Lust hat
Zeit zu haben
da schläft er
schon mit ihr

für sie
zitiert er mit Verve
lyriklegal die Lettern
aufs Papier für sie
schimmern im Tintenfeuer
schönste Schriftzeichen
eines Fried eines Kunze
fallen an die Strände
wo sie drin baden soll
doch verwehend lässt sie
das Blatt fallen
für einen
wie Houellebecq

Rumpelholz spinnt
sein Stroh dumm das Garn in ihre Möse
bewahrheitet Sprichwörter ohne zu reden
wie dumm und fickt gut und Ähnliches
ist sie trotzdem unbefriedigt müde
wie er sich preiskrönt bittet sie ihn
aufzutrampeln

Anne Bergmann

Über die Verführung von Morgenmuffeln

„Ach, lass mich“, murrte ich. „Wie kann man um diese Zeit nur schon wach sein?“ Meine Worte ertranken in meinem Gähnen. Ich blinzelte, öffnete die Augen einen Spalt, nur einen Spalt, und blickte auf den Wecker. Irgendetwas zwischen sieben und acht – meine verklebten Lider verursachten eine gewisse Heisenberg'sche Unschärfe der Uhrzeiger – und mein Freund hatte sich an mich geschmiegt und versuchte, mich nun mit seiner Munterkeit anzustecken. Diese spürte ich hart an meinem Po und nicht nur sie, sondern auch seine Hand, die über meine Schulter strich und zu meinen Brüsten vorzudringen suchte. Ich stieß sie weg wie eine Motte und knurrte ungnädig.

Aber er gab nicht auf, sondern streichelte mich einfach weiter, und zwar am Rücken, wo ich seine Hand nicht so leicht fortstoßen konnte.

„Ich bin müde!“

Langsam, aber sicher begann mein Knurren, gefährliche Ausmaße anzunehmen … machte dem eines Säbelzahntigers alle Ehre, aber mein Freund ließ sich davon nicht beunruhigen. (Vielleicht ist das der Grund, warum die Säbelzahnkatzen ausgestorben sind, man hat sie einfach nicht ernst genommen.)

Ich versuchte, die Kreise und Spiralen, die er mit seinen Fingern auf meinen Rücken malte, zu ignorieren und wieder einzuschlummern, was mir auch eine Zeitlang gelang. Bis ich seine nackte Hand an meiner nackten Haut spürte, was ein wenig kitzelte – er hatte still und heimlich das Oberteil meines Pyjamas aufgeknöpft! Dieser Schuft … aber so einfach machte ich es ihm nicht. Ich gähnte, rutschte ab von ihm und schlang die Bettdecke um mich, was einzig eine kleine Verzögerung seiner Liebkosungen zur Folge hatte, denn sogleich begab er sich wieder in meine Nähe, schlüpfte mit unter die Decke und begann, mich von Neuem zu streicheln. Warm und weich fühlte sich seine Berührung an … was war das? Ich tastete das Bett um mich herum ab. Wo war ...? Mein Plüschfrosch! Er versuchte, meinen Plüschfrosch gegen mich aufzubringen! Jäh drehte ich mich um, riss ihm den Frosch aus der Hand und presste das Tier an meine Brust.

„Was würde ich dafür geben, jetzt dieser Frosch zu sein.“

Ich drehte mich um, blickte meinem Freund ins Gesicht und sagte:

„Du *bist* ein Frosch.“

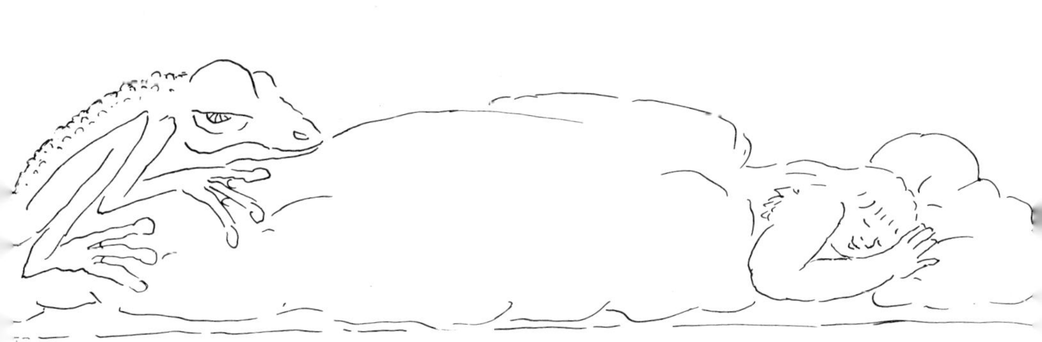

Doris Lerche

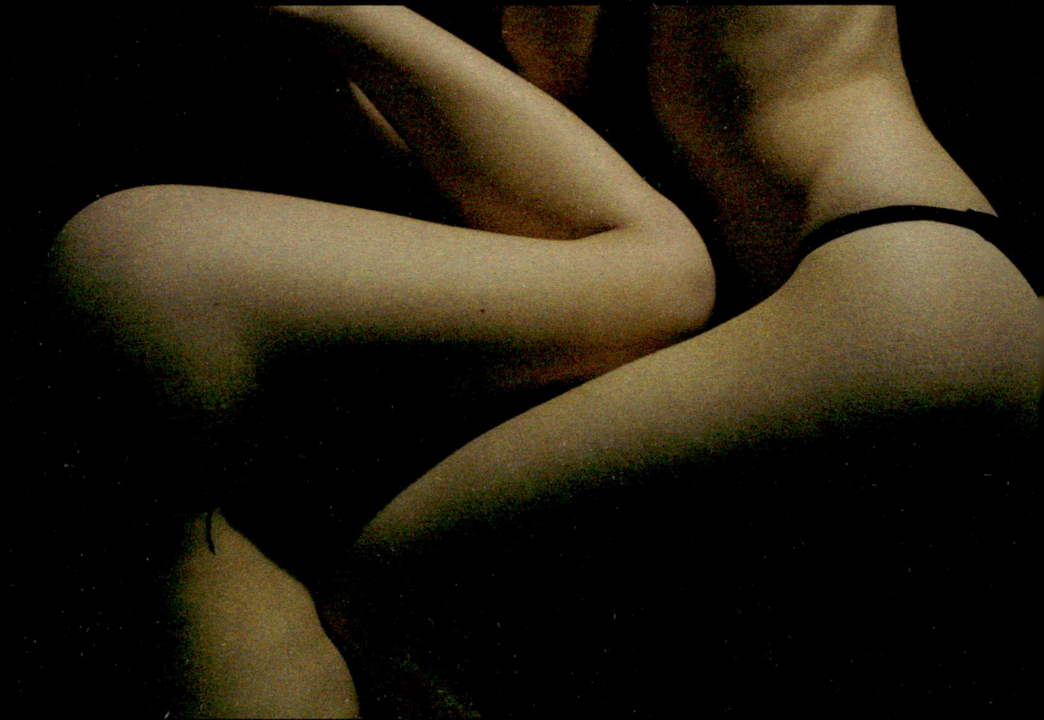

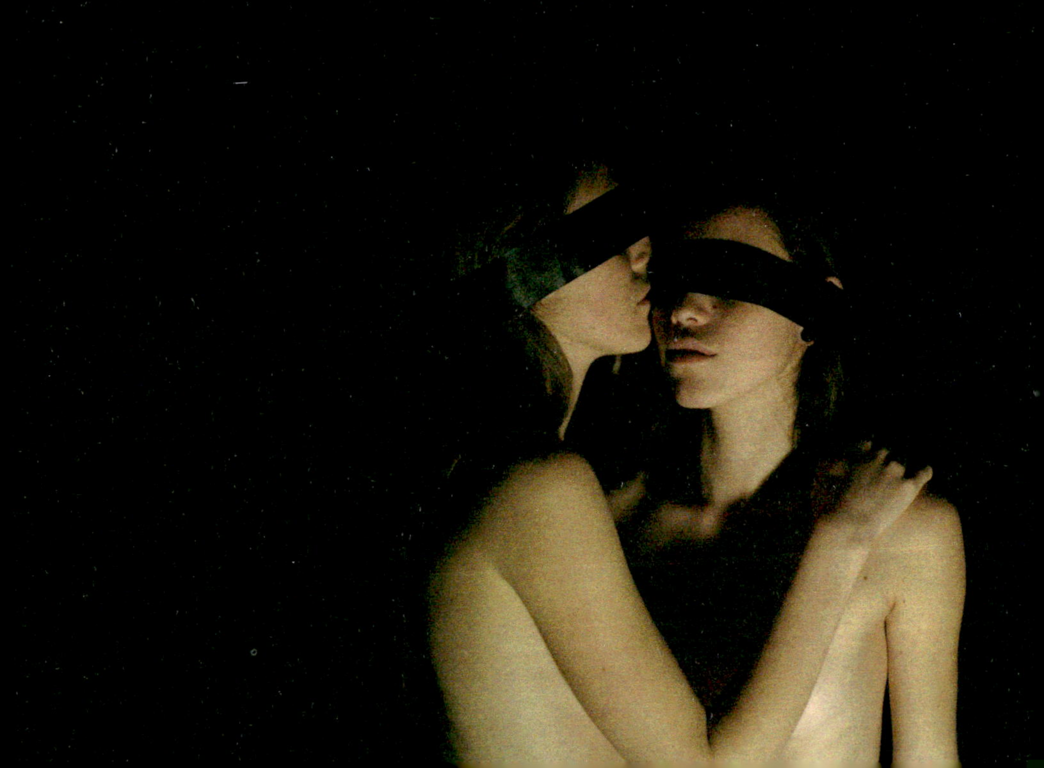

Mauro Brancorsini

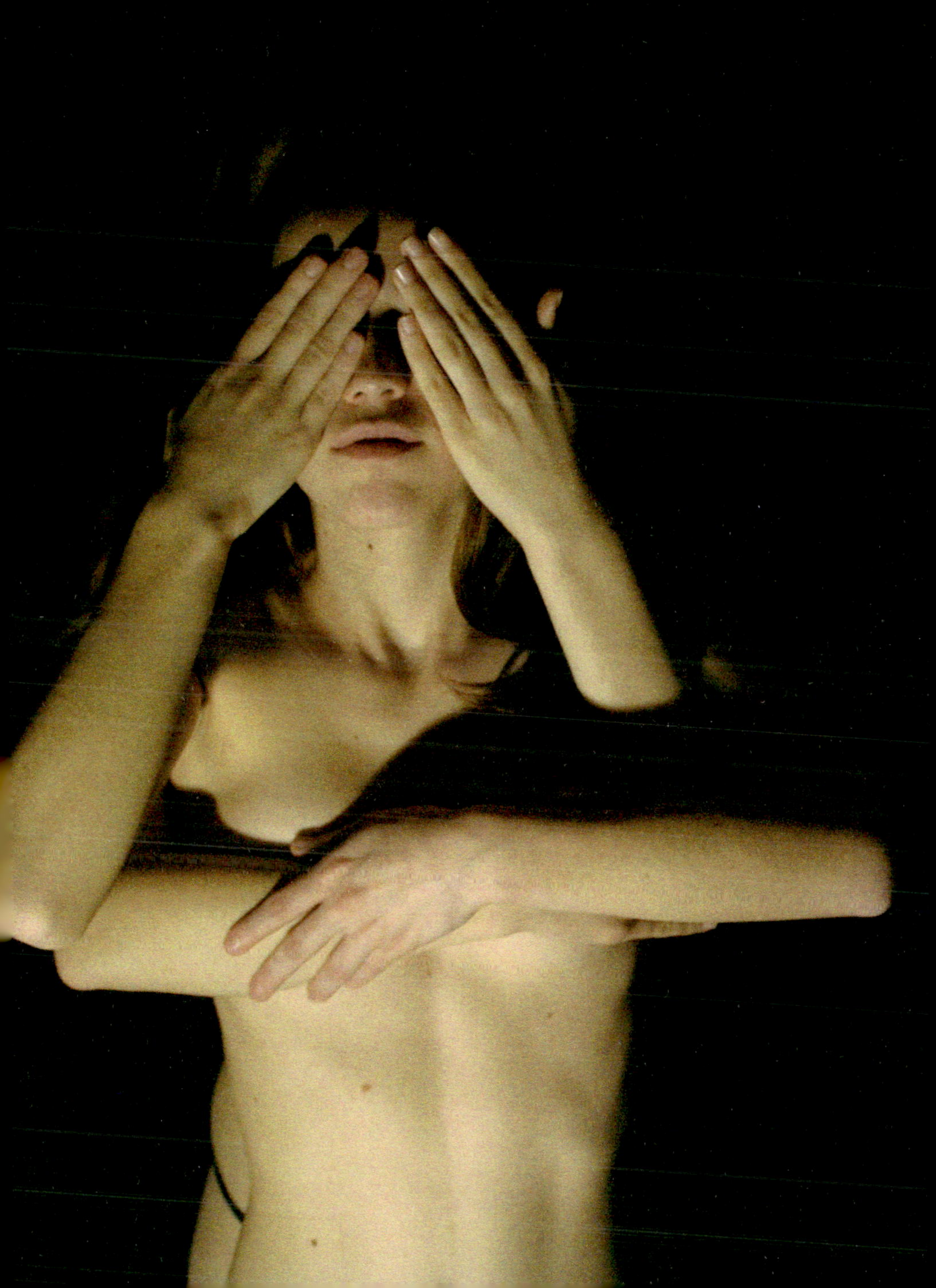

Litt Leweir

You can't hurry love
Sie kommt heute, ich habe alles für sie vorbereitet. Der Tisch ist gedeckt, der Wasserkessel für den Tee steht bereit und die Platte mit dem Kuchen. Ich habe sie noch nie zuvor zum Tee eingeladen, dabei kenne ich sie schon lange. Und ich habe noch nie zuvor einen Kuchen für sie gebacken.
Ich habe sogar für sie eingekauft. Mein Kühlschrank ist voll mit Schinken und Käse, Lachs und Dorschleber fürs Frühstück. Irgendwann hat sie gesagt, dass sie Dorschleber besonders gerne mag, ich weiß nicht mehr, wann.
Heute beginnt unser achtes Jahr. Acht ist meine Glückszahl.
Ich hoffe, sie bleibt.

Der Wasserkessel pfeift, aber ich bin mir nicht sicher, ob ich den Tee schon aufgießen soll. Zwischen 16 und 18 Uhr hat sie sich angekündigt, und jetzt ist es gleich halb sechs. Ich gehe noch einmal durch die Wohnung, sehe nach, ob alles in Ordnung ist. An der Schlafzimmertür bleibe ich stehen, blicke auf das frisch bezogene Bett, dann auf die Schüssel mit Wasser, auf dem Rosenblätter schwimmen, der ganze Raum duftet danach. Ich gehe zum Bett, streiche über die Decke, seufze tief. Ich hoffe, sie mag Rosen.

Gleich wird sie wieder vor der Tür stehen. Hoffentlich trägt sie wieder ihren blauen Overall mit dem Reißverschluss vorne. Meistens trägt sie ein Flanellhemd darunter. Letztes Jahr war es recht warm für Oktober, da trug sie Jeans und ein weißes T-Shirt und ich konnte ihre muskulösen Arme sehen. Meistens riecht sie ein wenig nach Rauch und Pfefferminz. Dass sie raucht, gefällt mir überhaupt nicht. Vielleicht kann ich es ihr ja abgewöhnen. Lasse ich sie erst durch die Wohnung gehen oder soll ich sie gleich zum Tee bitten? Vielleicht mag sie keinen Tee und keinen Mohnkuchen. Vielleicht will sie lieber erst ihre Arbeit tun. Meistens beginnt sie im Bad und macht das Schlafzimmer zum Schluss. Ich sehe sie vor mir, wie sie auf dem Boden kniet, ihr Gerät in der Hand. Früher hat sie sich immer alle Werte notiert, seit sie dieses Gerät benutzt, nicht mehr. Seither bekomme ich auch keine Durchschläge mehr, muss nichts mehr unterschreiben. Ich sehe, wie sie das Gerät in ihrem Koffer verstaut. Und ich stehe in der Tür und werde dort stehen bleiben. So wie damals vor sieben Jahren, bei ihrem ersten Besuch.

„Pardon“, sagt sie und versucht, an mir vorbeizukommen. Ich weiß nicht, warum ich stehen bleibe, ihren Arm berühre, ihre Hand in meine nehme. Sie lächelt, ist freundlich, ganz anders als ihr Vorgänger. Ob es wohl daran liegt? Oder ist es einfach nur der schmale Streifen Haut zwischen Hose und Hemd, der sichtbar wird, als sie vor der Heizung kniet, und der mich so fasziniert?
Sie wehrt sich, aber nur für einen Augenblick. Sie sieht mich an, zum ersten Mal wirklich, und es verschlägt ihr den Atem. So muss es gewesen sein, denn sie legt ihre Hand in meinen Nacken und küsst mich. Dann lässt sie erschrocken von mir ab, packt ihren Koffer, drängt sich an mir vorbei und geht.
Ich denke das ganze Jahr an sie.
Beim zweiten Mal bleibt sie länger. Ich nehme sie an der Hand und führe sie zum Bett. Sie hat Mühe, den Verschluss meines

BHs zu öffnen, und es gefällt mir. Ich spüre ihren Atem an meinem Hals, dann ihre Hände auf meinen Brüsten. Ich schließe die Augen, genieße. Doch dann schiebt sie plötzlich ihre Hand zwischen meine Beine. Sie ist ungeschickt, fast grob. Ich versuche, ihre Hand zu führen, doch das scheint ihr nicht zu gefallen. Sie blickt auf die Uhr, sagt, sie muss weiter, und ich bin enttäuscht. Ein Jahr lang nagt es an mir. Doch ich hoffe, sie kommt wieder.
Und sie kommt wieder. Von Jahr zu Jahr bleibt sie länger. Und sie wird geschickter. Und mutiger. Wie mutig sie dieses Jahr wohl sein wird? Und wie mutig bin ich?

Gleich ist die Zeit um. Gleich wird sie kommen. Sie wird es so eingerichtet haben, dass sie kommen kann, da bin ich mir sicher. Seit unserem ersten Mal, jenem überraschenden Kuss, lässt sie sich immer dieselbe Tour geben, Jahr für Jahr. Sie hat es nie gesagt, ich weiß es.
Soll ich sie wirklich zuerst zum Tee bitten? Ihr ein Stück Mohnkuchen auf den Teller legen, ihre Hand nehmen, ihr sagen … Was? Was soll ich ihr sagen?
Oder soll ich es so machen wie immer, in der Schlafzimmertür stehen, ihr den Fluchtweg versperren. Ihre Hand nehmen und sie zwischen meine Beine legen, ohne ein Wort? Ja, ich bin mutiger. Sie stößt einen erstaunten Seufzer aus, als sie bemerkt, dass ich keinen Slip trage. Sie muss sich erst vertraut machen und ich helfe ihr ein wenig, führe ihre Finger, bis sie sich wieder etwas auskennt. Ein Jahr ist schließlich eine lange Zeit. Sie hat gelernt, es macht ihr nichts mehr aus. Sie taucht ein, holt sich etwas Feuchtigkeit, streicht über meine Perle, streichelt sie prall. Ich lecke ihr übers Gesicht, über den Hals, übers Ohr. Sie ist geil, das spüre ich an ihrem heißen Atem. Sie hilft mir aus meinem Kleid, aber mit dem Verschluss meines BHs hat sie auch nach Jahren noch Schwierigkeiten. Diesmal hebe ich meine Brüste aus den Körbchen und strecke sie ihr hin.
„Komm, leck meine Titten und fick mich!“ O ja, ich bin wirklich sehr mutig. Sie leckt meine Warzen und der Saft schießt mir zwischen die Beine. Sie fickt mich, bis es in mir pulsiert, bis es mir kommt, heftiger, als ich es je für möglich gehalten hätte. Doch das ist noch lange nicht alles. Ich öffne den Reißverschluss ihres Overalls und es ist so, wie ich es mir immer erträumt habe. Sie trägt nichts darunter und ihre dicken Brüste fallen mir entgegen. Ich drehe die Warzen in meinen Fingern, bis sie schreit. Doch es nützt ihr nichts, ich stoße sie aufs Bett, ziehe ihr Schuhe und Socken aus, streife ihr den Overall ab, spreize ihre Beine. Ich rieche den erdigen Duft ihrer Muschi, sauge ihn tief in mich ein. Ich lecke sie, bis es anfängt zu zucken, dann rutsche ich zu ihr nach oben.
„Mach weiter“, fleht sie.
„Bleibst du diesmal?“, frage ich.
„Ja, ja, ja, ja ...“

Es hat geklingelt. Benommen stehe ich vom Bett auf. Meine Finger riechen nach Mösensaft, aber ich habe keine Zeit, sie zu waschen. Wenigstens streiche ich die Bettdecke glatt.
Sie sieht mich kaum an, als sie sich an mir vorbei in die Wohnung drängt. Irgendetwas stimmt nicht, das merke ich gleich. Doch bevor ich etwas sagen kann, ist sie auch schon im Bad, kniet vor der Heizung, liest mit ihrem Gerät den Zählerstand ab. In fünf Sekunden ist sie fertig. Auch Küche und Schlafzimmer sind schnell erledigt, dann kommt das Wohnzimmer.

Sie wirkt außer Atem, Schweiß steht auf ihrer Stirn. Dabei trägt sie nicht einmal den Overall sondern nur ein dünnes T-Shirt. Sie verstaut ihr Gerät im Koffer und seufzt, dann nimmt sie eine Plastikflasche heraus und trinkt einen Schluck. Ich sehe sie mir genau an. Jetzt weiß ich, was nicht stimmt.
„Wo ist ...“ Ich stocke, ich weiß nicht einmal ihren Namen. Sie sieht mich fragend an. „Sie sind neu?“, frage ich.
Sie antwortet nicht einmal, zuckt nur mit den Schultern und verstaut ihre Flasche im Koffer. Dann geht sie in Richtung Tür. Sie wartet nicht einmal, bis ich die Tür für sie öffne. Sie öffnet sie selbst und schwupps ist sie weg.

Ich renne zum Telefon, als ich wählen will, fällt mir ein, dass ich keine Nummer habe. Ich blättere in alten Ordnern nach der Telefonnummer der Firma, die bei mir die Heizungen abliest, finde eine, aber es geht niemand ans Telefon. Ich werde es morgen noch einmal versuchen.
Als ich auf dem Sofa sitze, schlägt die Verzweiflung über mir zusammen. Ich habe sie verloren, denke ich und weine zwei Stunden lang.
Dann putze ich mir die Nase und beiße in ein Stück Mohnkuchen. Der Duft des Kuchens mischt sich mit dem Mösenduft meiner Finger. Ich seufze. Vielleicht hat sie gespürt, was ich vorhabe, und hat Angst bekommen. Vielleicht ist sie einfach noch nicht so weit. Und wer weiß, vielleicht bin ich es ja auch nicht. In der Liebe sollte man nichts überstürzen. Gibt es nicht sogar ein Lied, das davon singt? Liebe braucht Zeit.

Ich packe den Ordner wieder weg, ich werde nicht anrufen. Wenn ich ihr Zeit lasse, dann wird sie nächstes Jahr wiederkommen. Dann kennen wir uns acht Jahre, trotzdem werde ich es ruhiger angehen. Keine Dorschleber, Tee vielleicht, aber besser noch keinen Mohnkuchen, den backe ich erst beim neunten Mal. Falls nicht doch noch etwas Unvorhergesehenes geschieht. Acht ist schließlich meine Glückszahl.

Maria Beatty, „Sex Mannequin“

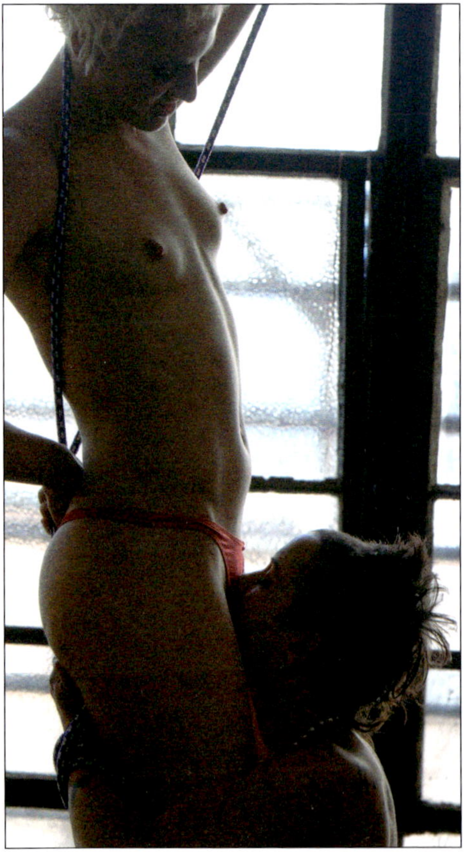

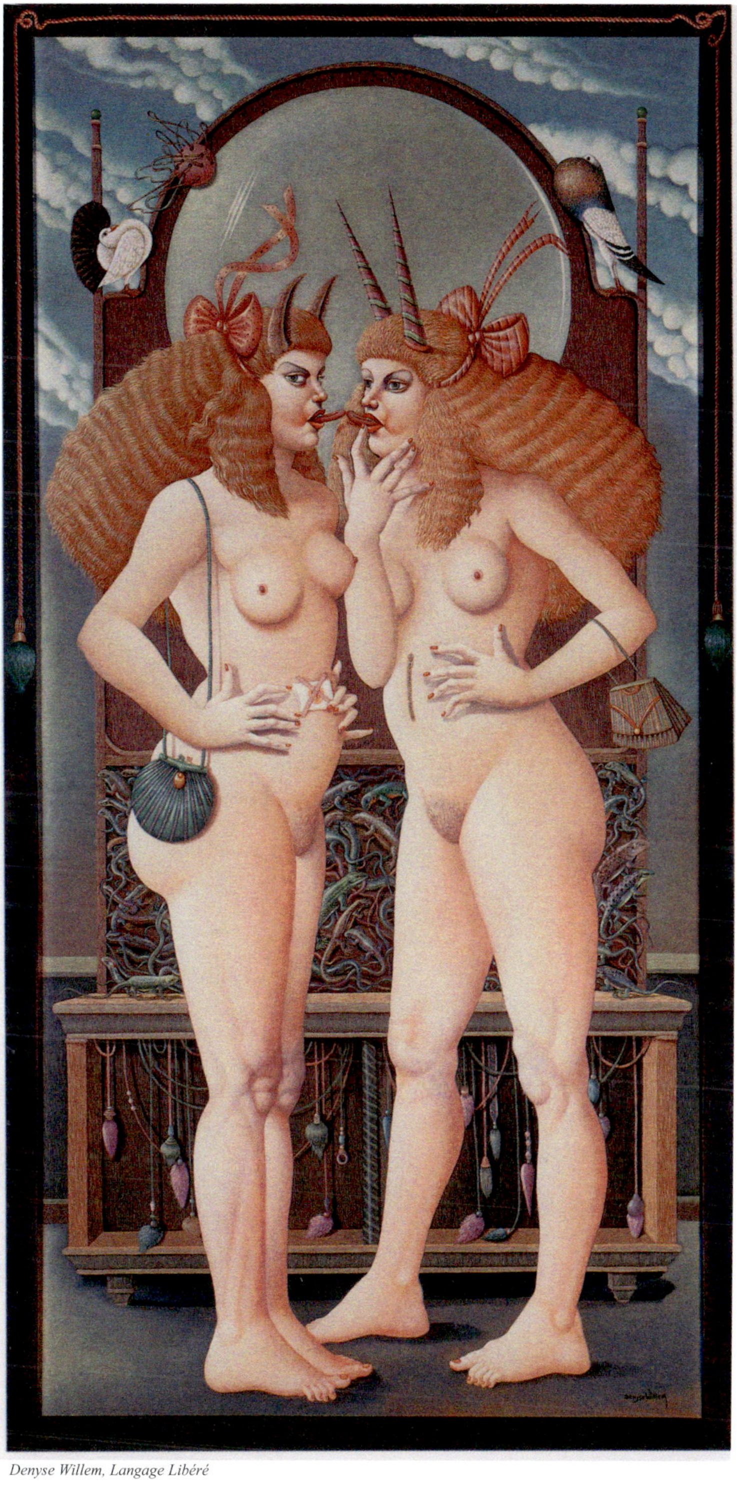

Denyse Willem, Langage Libéré

Wiebke Arndt

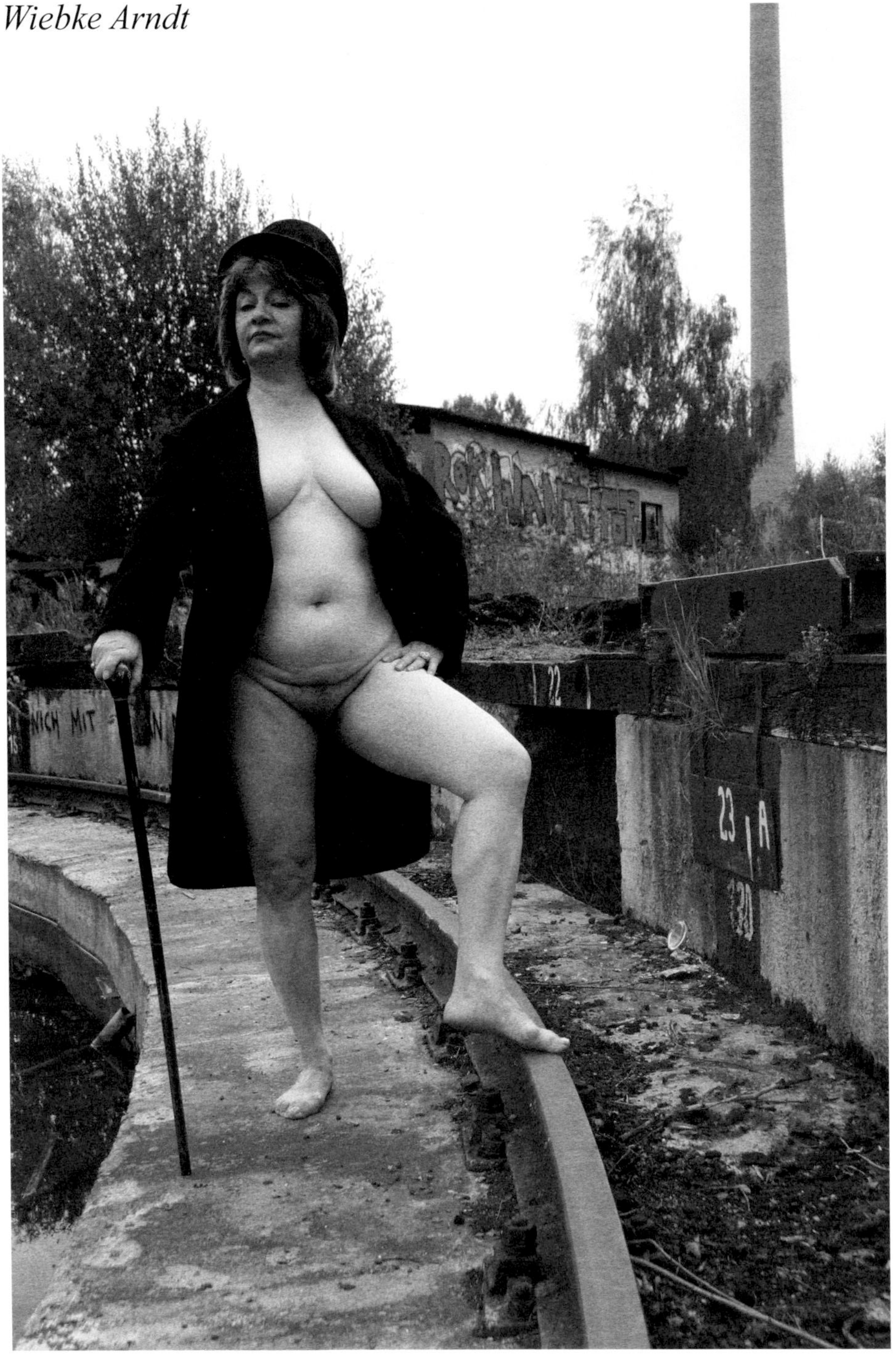

Danielle de Santiago

Schöne Scham

Im Alter von vier Jahren lernte ich schreiben und hörte seitdem nicht wieder auf. Anfangs schrieb ich kleine Sätze wie „Ich liebe meine Oma“ oder „Ich spiele mit meinem Hund“, was man halt so schreibt, wenn man vier Jahre alt und ein kleiner Klugscheißer ist. Dann fing ich an zu malen, klebte Hunderte von DIN-A-4-Blättern aneinander und malte darauf Bildergeschichten, in denen sich alles um Drachen drehte. Meine Drachen waren eine Art Eidechsen in Ritterrüstung, die aufrecht gingen und miteinander kämpften. Dazu schrieb ich kleine Untertitel wie zum Beispiel „Der Drache ist tot“ oder „Der Drache blutet“. Irgendwer blutete oder starb auf meinen Bildern immer. Als ich eingeschult wurde, war die Tatsache, dass ich schon schreiben konnte, ein unschönes Problem zwischen meiner Lehrerin und mir. Ich war eines von diesen furchtbar altklugen Kindern und lebte mit der Illusion, dass ich perfekt schreiben könnte (was ich bis heute nicht kann). Erst als wir anfingen, Aufsätze zu schreiben, war sie von meiner Art zu schreiben angetan. Ich schrieb Seite um Seite über Erlebnisse auf Reisen und zu Hause. Manche Reise war von meiner Mutter offiziell als krankheitsbedingte Fehlzeit erklärt worden, das gab neue Probleme mit der Lehrerin. Im selben Maß, wie ich schrieb, las ich auch. Ich hatte das Glück, dass mein Lesestoff in keiner Weise zensiert wurde und ich Zugang zu den Bibliotheken meiner Großmutter (eher langweilig) und meiner Mutter (sehr aufregend) hatte. Und meine Mutter kaufte mir auch allen Lesestoff, den ich mir wünschte. Besonders mochte ich alles, was gruselig war, ich las Stephen King und Anne Rice, Tanith Lee und John Saul, jeden Horrorsammelband aus dem Hause Bastei und entwickelte eine lang andauernde Obsession für die Heftromane von Jason Dark. Und natürlich spiegelte sich, was ich las, in dem, was ich schrieb. Ich kann gar nicht genau sagen, wann sich mein Thema änderte. Ich weiß nur, dass ich irgendwann anfing, in den Büchern meiner Mutter nach „heißen“ Stellen zu suchen. Meine Mutter ist Künstlerin und war dementsprechend sehr liberal. Soweit ich mich erinnern kann, waren mir erotische Kunst und Literatur immer zugänglich. Meine Mutter sprach sehr frei über ihr eigenes Sexleben. Das führte bei mir zu widersprüchlichen Reaktionen. Einerseits versperrte ich mich ihren Erzählungen, es war mir unangenehm zu wissen, dass meine Mutter ein sexuell aktiver Mensch war, dass sie eine „Frau“ war. Und dennoch, obwohl ich vorgab, kein Interesse an diesem Thema zu haben, und obwohl ich mich sofort beschämt fühlte, sobald sie über Sex sprach, entwickelte ich ein geheimes Interesse, eine neue Leidenschaft. Ich las alles, was ich fand und als „ schmutzig“ oder „scharf“ einstufen konnte. In einem Alter, in dem andere Jungen fast noch „Fünf Freunde“ oder Ähnliches lasen, verschlang ich Bücher von de Sade, Lautreamont, Henry Miller, Benoîte Groult und Anaïs Nin. Mein Großvater versteckte einen kleinen Stapel Pornomagazine hinter der Vertäfelung in seinem Badezimmer, die ich irgendwann per Zufall fand, aber im Gegensatz zu dem, was ich las, als langweilig empfand. Ich war versessen auf das Kopfkino, das durch meine Lektüre ausgelöst wurde und das mir half, eigene Fantasien zu formen. Mir wurde bewusst, dass ich schon früher Fantasien und Träume gehabt hatte, die ich erst jetzt verstehen konnte. Ich begann, nach einem Zugang zu dieser geheimnisvollen Welt zu suchen. Meine erste „feste“ Beziehung ging ich im Alter von dreizehn ein und begann im selben Jahr auch, regelmäßig Tagebuch zu schreiben. Leider besitze ich die ersten Bände nicht mehr, denn das Versteck, in dem ich sie verbarg, war sehr klein, und so verbrannte ich irgendwann diese ersten Tagebücher, um Platz für neue zu schaffen. Heute bereue ich das, denn was ich dort schrieb, waren wohl meine ersten Schritte im Schreiben von Erotika. Ich erinnere mich noch, dass ich viel über zwei großformatige Tuschezeichnungen schrieb, die im Schlafzimmer meiner Mutter hingen. Beide Bilder hießen „Die Schöne und das Biest“ und zeigten eine wunderschöne nackte Frau, die mit einem schrecklich-schönen Wesen, halb Mann, halb Reptil, schlief. Ich weiß nicht mehr, was ich darüber schrieb, aber ich erinnere mich noch, dass ich oft von diesen beiden Bildern träumte. Mit sechzehn schrieb ich bewusst und offiziell meine erste erotische Geschichte. Und in der Zeit begann auch eine Beziehung mit einer wesentlich älteren Frau, eine Frau, die fast so alt war wie meine Mutter, aber sie war ruhiger und konventioneller als meine Mutter. Sie unterstützte mich dennoch, diese Geschichte zu schreiben. Die Geschichte schrieb ich für einen Schreibwettbewerb. Ich musste meine Altersangabe fälschen.

Meine Mutter las bis heute nur zwei meiner Geschichten. Die erste wurde von ihr noch als „interessant“ beurteilt, bei der zweiten gestand sie mir ganz offen, dass es ihr unangenehm sei, sie zu lesen. Ich war erstaunt. Jahrelang hatte sie mich

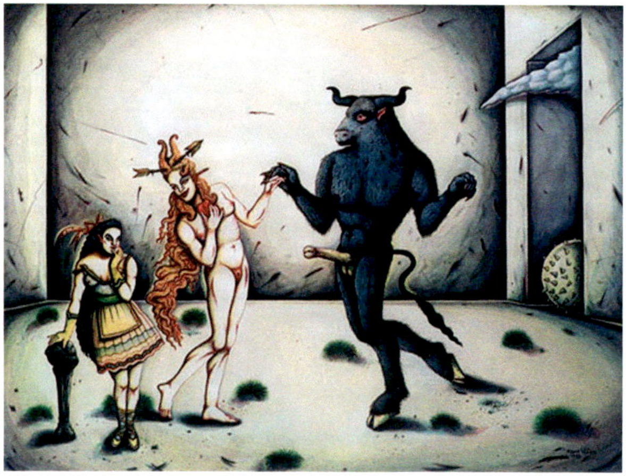

dazu erziehen wollen, offen mit meiner Sexualität umzugehen, hatte mir immer wieder erklärt, dass Scham albern und etwas für ungebildete Menschen sei. Sie selbst war mehr als nur freizügig im Umgang mit ihrer Sexualität. Nichts war zu intim und nichts war zu peinlich, um es nicht zu erzählen. Ehrlich gesagt hasste ich es. Ich wollte nicht wissen, mit wem sie wann und wo schlief. Ich beteuerte immer wieder, dass es mir unangenehm sei, und dennoch wurde ich mit Details über den Sex, den sie hatte, und über die Körper ihrer jeweiligen Partner informiert. Selbst noch, als ich schon nicht mehr zu Hause wohnte. Bis vor ein paar Jahren klingelte meist am Sonntag mein Telefon. Ich hob ab und am anderen Ende schnurrte eine Stimme etwas wie: „Michael und ich haben es letzte Nacht in seinem Jaguar getan. Zweimal. Es war göttlich.“ Noch bevor ich „Guten Morgen, Mutter“ hätte sagen können, wusste ich alles über Michael und seinen potenten Wagen. Und obwohl meine Mutter und ich ein sehr

Denyse Willem

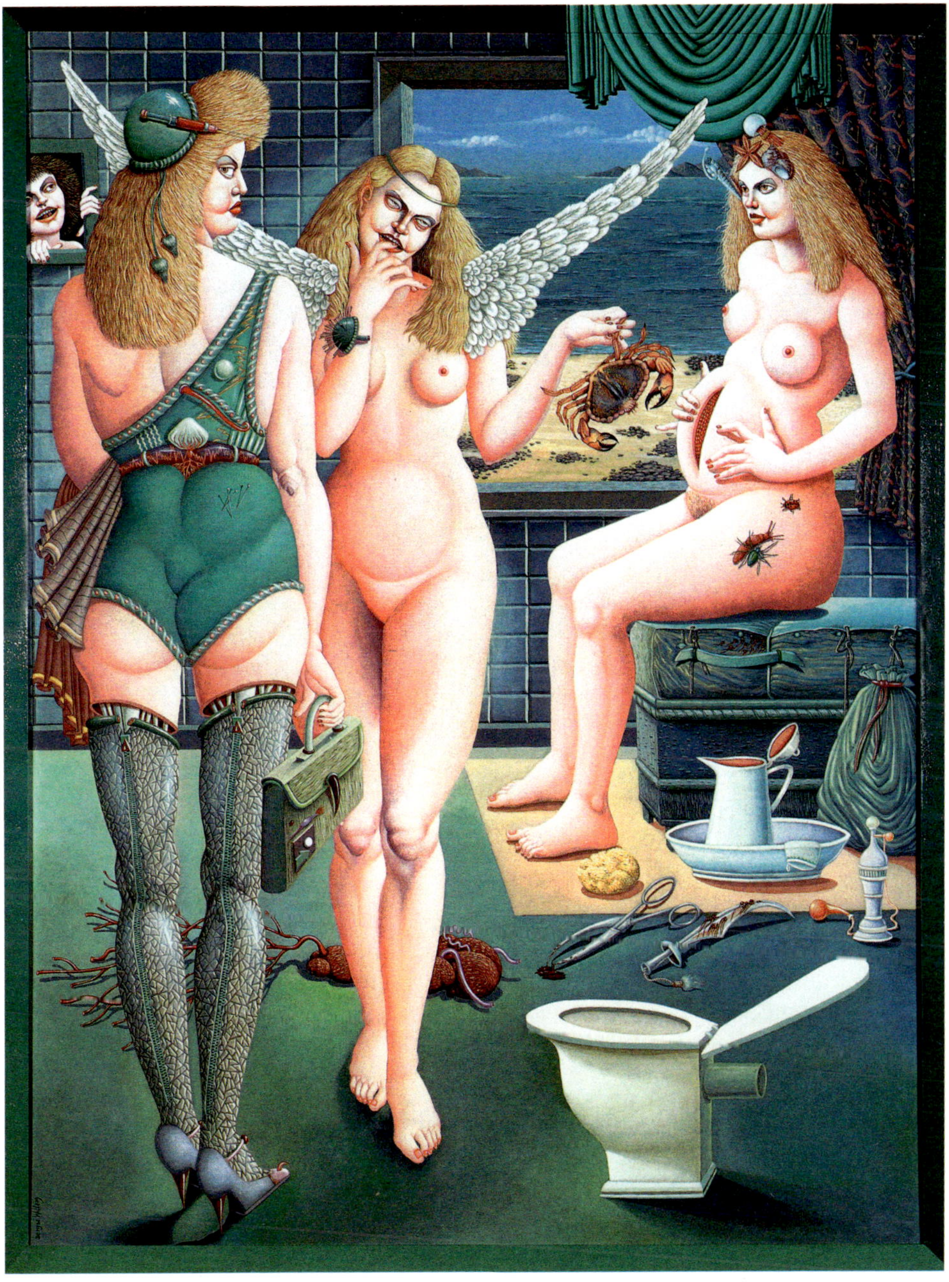

L'annonciation prématurée

enges Verhältnis zueinander hatten, trieb das Gerede über ihren Sex einen unerträglichen Keil zwischen uns. Einen Keil, der, wenn man meine Mutter gefragt hätte, nur auf meiner Intoleranz und Verklemmtheit beruhte.

Und nun, konfrontiert mit meinen Geschichten, war es ihr unangenehm. Sie sagte, dass sie weiterhin hinter ihrer Meinung in Bezug auf Sexualität stehen würde, aber dennoch unangenehm berührt sei, weil sie sich beim Lesen meiner Geschichten als Zuschauer fühle. Ich habe sie dann nie wieder gebeten, etwas von meinen Arbeiten zu lesen. Sie weiß, dass ich schreibe, aber wir tun beide so, als würde sich meine Arbeit auf meine Kolumnen und Artikel beschränken.

Jetzt, Jahre später, beschäftige ich mich erneut intensiv damit, wie man wohl am besten sein Familienleben und seine Erotik und sein erotisches Schreiben unter einen Hut bringt. Was wäre, wenn ich Kinder hätte? In meiner Wohnung ist Sex genauso offen verfügbar wie in dem Haus, in dem ich aufwuchs. In einer Kommode in meinem Schlafzimmer verwahre ich meine Spielzeuge und Utensilien, die mein sexuelles Privatleben betreffen. Ebenso privat sind die Tagebücher, die zu kleinen Türmen auf meinem Sekretär aufgestapelt sind. Dessen Schubladen quellen über von Briefen und Fotos, im PC sind E-Mails gespeichert, alles Relikte meines Liebeslebens. Und im Wohnzimmer Bücherregale, in denen, Rücken an Rücken, alles steht, was in den letzten zweihundert Jahren im Bereich Erotika relevant war, und Bildbände über pornografische Kunst. Würde ich alles so belassen, wenn ich ein Kind hätte? Oder würde ich alles verstecken? Was ist mit den Abendessen, bei denen meine Freunde und ich ganz offen über intime Dinge diskutieren? Würde ich die Gespräche etwa mit Sätzen wie zum Beispiel „Bitte, nicht vor dem Kind!“ zensieren? Es fällt mir schwer, diese Fragen zu beantworten. Als Autor von Erotika und als Mann mit einer liberalen Kindheit glaube ich natürlich nicht an Zensur, auch deshalb, weil ich weiß, dass der Akt des Zensierens und des Verbergens nur die Neugierde der Kinder verstärkt. Doch glaube ich nicht, dass es gut ist, Kindern Erotika und Pornografie zu zeigen, bevor sie reif genug für diese Themen sind. Andererseits möchte ich auch nicht, dass meine Kinder auf der Straße aufgeklärt werden. Wahrscheinlich ist hier, wie so oft, der goldene Mittelweg gefragt. Ich denke, man sollte Kindern alle Fragen beantworten, die sie von sich aus stellen, aber ihnen nichts erzählen, wonach sie nicht fragen. Eine Distanz aufrechterhalten.

Ich bin stolz auf meine Arbeit. Fraglos schreibe ich gerne erotische Literatur und, wenn ich bei einer Ausstellung, einem Dinner oder auf einer Party nach meinem Beruf gefragt werde, habe ich keinerlei Probleme zu antworten, dass ich Pornografie schreibe. Ich sage nie Erotika, immer ist es das Wort Pornografie, das ich mit meinem schönsten Lächeln serviere. Ich schäme mich nicht für das, was ich schreibe. Aber wo sind mein Stolz und meine Selbstsicherheit, wenn ich bei meiner Großmutter oder meinen jüngeren Schwestern bin? Wenn sie mich fragen, was ich schreibe, gebe ich ausweichende Antworten, umschreibe es als „ wild“ oder „pikant“. Ich will nicht, dass meine Kernfamilie meine Geschichten liest. In letzter Zeit kommt es vor, dass meine Großmutter etwas von mir lesen möchte. Größtenteils ist daran mein Stolz schuld, denn obwohl ich diesen Teil meines Lebens, das Schreiben pornografischer

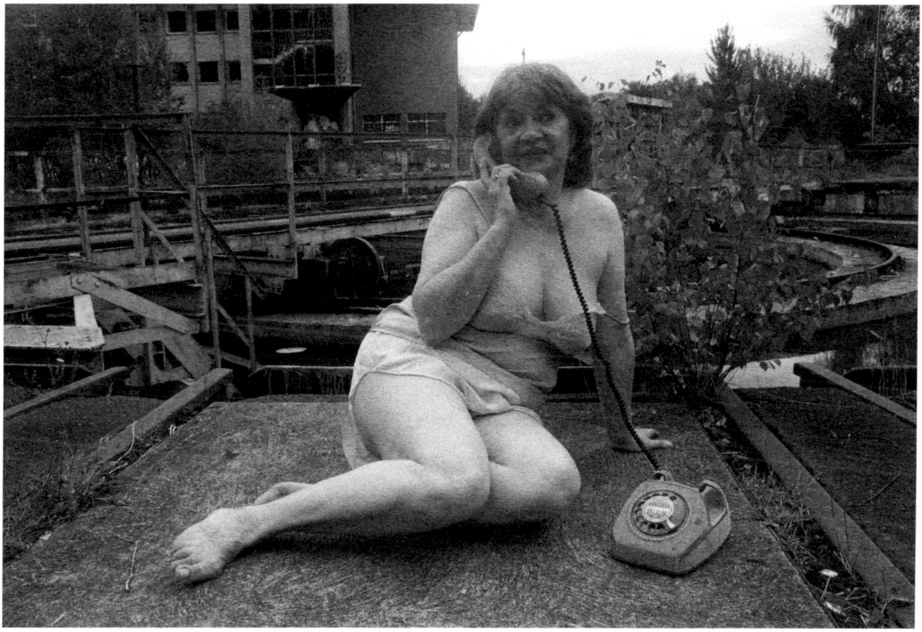

Wiebke Arndt

Texte, vor ihr geheim halten möchte, bin ich so stolz darauf, dass ich es ihr einfach sagen muss, wenn ein Text in einem Magazin oder einer Anthologie veröffentlicht wurde. Sie bittet mich dann sofort darum, ihr eine Ausgabe mitzubringen. Ich sage, dass dies nicht möglich sei, da die betreffende Geschichte „unanständig" sei. Meine Oma ist theoretisch ein sehr liberaler Mensch, aber nur theoretisch. Meine Großmutter, eine Tochter aus „gutem Hause", wie es damals hieß, genoss eine fast viktorianische Erziehung und trat mit neunundzwanzig unberührt und als Jungfrau in den Stand der Ehe. Meine Oma betitelt Frauen wie Marlene Dietrich und Madonna als „läufige Hündinnen" und ich erinnere mich, dass sie mich irgendwann während der Clinton-Affäre fragte, was denn Fellatio sei. Als ich es ihr erklärte, wurde sie ein wenig blass um die Nase und flüsterte, dass sie sich wohl erbrechen müsste, wenn ein Mann so etwas von ihr verlangen würde. Nun wissen Sie bestimmt, warum ich ganz sicher bin, dass meine Oma ganz gewiss keine Geschichten lesen möchte, in denen es nur so von oralen Vergnügen wimmelt, Geschichten, in denen es um Fesseln, Leder und Unterwerfung geht, in denen sich alles um schnellen, unverbindlichen, aber auch um liebevollen und leidenschaftlichen Sex dreht. Allein schon die Tatsache, dass ich oft über lesbische und schwule Beziehungen schreibe, würde sie wahrscheinlich zutiefst verwirren. Ähnliche Probleme hätte ich, wenn meine Schwestern lesen würden, was ich schreibe. Ich möchte nicht, dass sie meine Fantasien kennen, dass meine Bedürfnisse enthüllt werden, und vor allem möchte ich nicht, dass sie wissen, was ich wann und wo und mit wem getan habe, denn ich bin mir sicher, dass sie sofort ahnen würden, was von den Dingen, die ich beschreibe, Fiktion und was davon autobiografisch

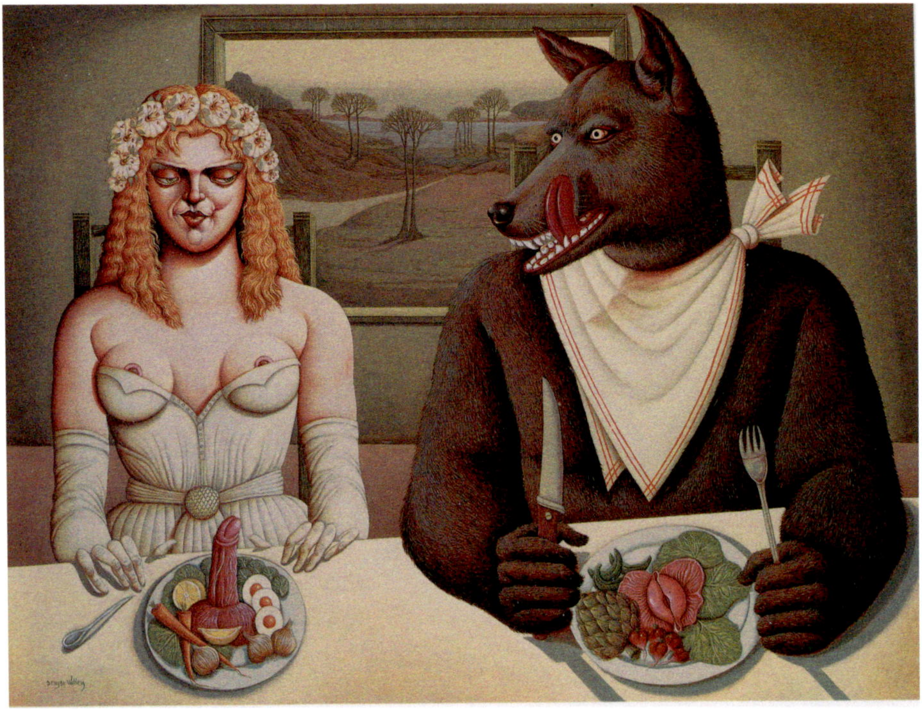

Denyse Willem, Repas de noce

ist. Meine Versuche, diesen Teil meines Lebens zu verheimlichen, nehmen schon recht bizarre Ausmaße an. Ich habe im letzten Jahr eine erotische Anthologie mit einem Kollegen veröffentlicht. Ich ließ eine Widmung für meine Schwester Jadine hineindrucken, weil ich ihr damit ein besonderes Geschenk machen wollte. Das Buch erschien, aber ich erzählte meiner Schwester nichts davon. Ich brauchte ganze vier Monate, um darüber mit ihr zu reden, und bevor ich es ihr zeigte, nahm ich ihr das Versprechen ab, dass sie das Buch nicht lesen würde. Wenn das nicht total und komplett verrückt ist, dann weiß ich es auch nicht.

Vor Kurzem habe ich mit einer Bekannten über dieses Thema diskutiert. Sie ist Mitte dreißig, Juristin, die Tochter einer Autorin und Performancekünstlerin. Ihre Mutter hat zwei sehr explizite Novellen geschrieben und ein Buch mit ebenso expliziten Selbstporträts veröffentlicht. Okay, das waren die wilden Achtziger, aber dennoch war es Porno und es war bestimmt nicht einfach für meine Bekannte, damit umzugehen. Dachte ich zumindest. Auf meine Frage, wie sie damit klarkommt, lachte sie nur und erzählte mir, dass sie bis heute weder die beiden Bücher ihrer Mutter gelesen noch je auch nur einen Blick auf die Fotos geworfen habe.

Diese Unterhaltung gab mir ein wenig Hoffnung, denn wenn selbst eine wirklich coole und weltoffene Frau wie meine Bekannte sich zu einem solchen Schritt nicht überwinden kann, dann wird mein Kind hoffentlich auch der Versuchung widerstehen können.

Sylvia & Daniel

„FICKEN“

Sylvia (*1967): Im Jahrbuch XXIII von „Mein heimliches Auge“ gibt es die Auswertung der Fragebogenaktion zu *„Sprache und Sex“*. Eine breite Palette von Frauen und Männern bewertet da unter anderem positiv oder negativ Worte wie „Schwanz“ und „Fotze“. Und „ficken“. Daniel und ich werden durch solche ungeschminkten Ausdrücke sexuell erregt.

Daniel (*1965): Als ich um die zehn Jahre alt war, hatte ich während eines Ferienaufenthalts bei meinen Großeltern eine Freundschaft mit einem gleichaltrigen Mädchen. Sie hieß Thekla. Wir machten die klassischen Doktorspiele miteinander. Sie erzählte mir, dass sie ihre Eltern heimlich belauscht hatte, als diese „fickten“.

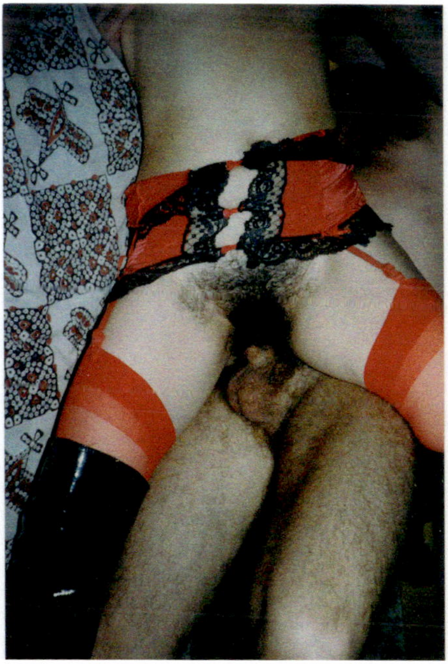

Ich konnte mir damals nicht vorstellen, was „ficken“ bedeutet. Ich erinnere mich aber noch heute, dass durch dieses Wort „ficken“ und den besonderen Klang, mit dem sie es aussprach, in mir ein wohliges Gefühl voller Verheißung aufkam.

Sylvia: Bei mir war es ähnlich. Als ich zehn war, ließen sich meine Eltern scheiden. Unser Haus wurde verkauft und ich lebte bei meiner Mutter in einer großen Altbauwohnung. Meine Mutter hatte nun wechselnde Beziehungen zu Männern. Ich bekam Süßigkeiten, Taschengeld und freundliche Worte.

Eines Nachts, als ich aufwachte, weil ich zur Toilette musste, hörte ich am Ende des langen Flurs aus dem Schlafzimmer meiner Mutter Geräusche. Seufzen und Stöhnen im Wechsel. Und Wortfetzen, die ich nicht verstand. Ich war irritiert. Ich öffnete die Schlafzimmertür. Meine Mutter lag fast nackt und breitbeinig auf dem Rücken im Bett. Sie hatte lange schwarze Lackstiefel an, die bis auf ihre Oberschenkel reichten. Und sie hatte eine schmale schwarze Augenmaske im Gesicht. Ein nackter Mann, ebenfalls maskiert, machte Liegestütze über ihr. Sein Hintern pumpte auf und nieder in ihrem Schenkeldelta. Auf und nieder. Der Mann rief mehrmals mit einem seltsamen Knurren in seiner Stimme: *Ich fick dich durch! Ich fick deine Fotze, du Sau!* Und meine Mutter antwortete ihm mit ebenso seltsamer Freude in ihrer Stimme: *Fick mich!*

Die beiden waren so in Ekstase, dass sie mich nicht bemerkt hatten. Der Mann richtete sich auf und kniete über dem Unterleib meiner Mutter. Er knetete grob an ihren Brüsten und zog ihre Brustwarzen lang, was Mami zu kurzen spitzen Schreien trieb. Sein Unterkörper bewegte sich kraftvoll. Meine Mutter rief immer wieder *Ja! – Jaa! – Fick mich! – Jaaah!* Diesen

Anblick im Schlafzimmer und die Worte und das Stöhnen der beiden habe ich im Gedächtnis gespeichert. Heute fahre ich auf schmutzige Worte ab. Damals wusste ich natürlich noch nicht, wie schön das ist, *geil* zu sein. Später gurrten sie sich gegenseitig wohlig an. Am Morgen danach war der Mann nicht mehr da und meine Munter in der Küche am Frühstückstisch bester Laune. Sie summte und trällerte vor sich hin und sah glücklich aus.
Ich hatte bald den ersten Orgasmus meines Lebens. Ich zitterte und bebte! Es war ein wunderbar süßes Gefühl, das durch meinen ganzen Körper flutete. Ich masturbierte heimlich nachts im Bett.
Ich habe meine Mutter in der Folgezeit mehrfach heimlich mit ihren Liebhabern beobachtet. Es gab auch Männer, die meine Mutter mit flachen Händen und mit Peitschen und Paddeln auf ihren Hintern schlugen. Und sie jauchzte! Sie trug immer diese glänzenden langen Stiefel.
Irgendwann heiratete sie erneut. Diesem neuen Vater zuliebe habe ich meine heimlichen Beobachtungen eingestellt. Er ersetzte meinen abwesenden, richtigen Vater komplett. Ich wuchs behütet auf, machte Abitur, studierte Medizin, lernte Daniel kennen. Wir heirateten, haben zwei Kinder. Wir lebten viele Jahre zufrieden wie Familie Normalverbraucher, ohne sexuell über die Stränge zu schlagen. Wir vermissten nichts im Bett.
Daniel: Doch eines Tages kaufte ich von Bekannten ein authentisches Video. In dem Streifen filmte ein Mann seine Frau mit verschiedenen Liebhabern. Dieses Video wurde für Sylvie und mich eine Art Fetisch. Es peppte unser Liebesleben mächtig auf. Wir installierten eine Video-Anlage im Schlafzimmer. Wir sahen uns dieses Video gemeinsam an. Wir fantasierten jeder auf seine Weise und hatten

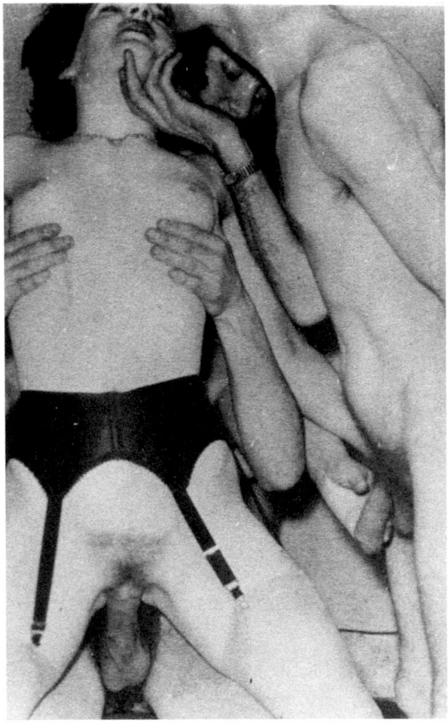

dabei guten Sex miteinander. Bei Sylvie brachen sich erotische Bedürfnisse Bahn, die ich nie für möglich gehalten hatte.
Sylvia: Mich suchten beim Sex mit Danny in steigendem Maße erotische Fantasien heim, mit anderen Männern zu schlafen. Irgendwann habe ich Danny mein Kopfkino ungeschminkt mitgeteilt. Das erregte ihn.
Daniel: Ich dachte mir erotische Geschichten aus, die ich Sylvie ins Ohr flüsterte, während ich sie fickte. Wir veranstalteten Rollenspiele, bei denen ich verschiedene Liebhaber gab. Wir trieben es nachts auf einsamen Autobahn-Raststätten und stellten uns vor, wir würden von Spannern beobachtet.
Sylvia: Nach einiger Zeit wollte ich wirklich fremde Hände auf meinem Körper spüren. Das habe ich Danny gesagt.

Daniel: Das war nicht einfach. Mir hätten unsere Rollenspiele als Stimulanz genügt.
Sylvia: Doch die Würfel waren gefallen. Danny und ich hatten wunderbaren Sex. Wir schweinigelten im Bett und malten uns aus, wie es wohl bald sein würde, echte sexuelle Abenteuer zu erleben.
Daniel: Wir entschieden uns für das Internet. Es kamen aufregende Nächte mit meinem Laptop im Bett. Wir chatteten und fickten dabei. Nicht mit Paaren, mit einzelnen Männern, die Sylvia auswählte.
Sylvia: Vielleicht haben die Erlebnisse in unserer Jugend eine Rolle in unserer Sexualität gespielt. Was wir nicht bedauern. Aber trotzdem wollen wir nicht, dass sich das bei unseren Kindern wiederholt. Sie sollen sich erotisch frei entwickeln. Ich bin dafür, dem Leben freie Bahn zu gewähren. Eltern können nicht alles zum Wohl ihrer Kinder beeinflussen.
Daniel: Ich möchte auch nicht, dass unsere Kinder unser Liebesleben belauschen. Ich könnte mich nicht entspannt gehen lassen, wenn ich befürchten müsste, dass die Kinder zufällig neugierig vor unserer abgeschlossenen Schlafzimmertür stehen. Wir haben extra noch eine zweite gepolsterte Tür, draußen auf dem Gang vor dem Schlafzimmer, eingebaut.
Sylvia: Es wurde also Realität.
Daniel: Das wollten wir nicht zu Hause machen. Ein Freund stellte uns dafür sein Ferienhaus (mit S/M-Studio) zur Verfügung. Wir leisten uns vier oder fünf ausgefeilte außereheliche Eskapaden im Jahr.
Sylvia: Ich genieße den sich steigernden sexuellen Reiz Wochen vor einer neuen Begegnung. Meine erotischen Fantasien. Dannys Andeutungen. Neue Dessous. Neue Stiefel. Ich liebe Stiefel! (Wie meine Mutter.) Ich möchte dem Eindruck begegnen, dass Danny und ich verrückt nach Sex sind. Es stimmt, wir beide ficken gerne. Aber diese süße Sehnsucht verfolgt uns nicht ständig und beeinträchtigt nicht unser anderes Leben.
Vor einiger Zeit hatten wir uns mit einem spanischen Geschäftsmann verabredet. Wir holten ihn vom Flughafen ab. Alfonso. Der mit uns ein frivoles Wochenende in Hamburg verbringen wollte.
Ich trug meinen schicken schwarzen Lack-Mantel mit den breiten Revers, den wir ein paar Wochen vorher gekauft hatten. Unter meinem Mantel war ich nackt! Ein rotes Seidentuch kaschierte meinen Ausschnitt. Ich muss zugeben, dass ich in der Ankunftshalle des Flughafens eher Beklemmungen als erotische Gefühle hatte. Danny hingegen fand die Situation aufregend.
Daniel: Wir hatten Alfonso noch nie gesehen. Wir hatten nur über das Internet Fotos ausgetauscht. Aber wir erkannten ihn sofort, als er die Schwingtüren passierte. Sein markanter Cäsarenkopf mit den krausen, grau melierten Haaren stach aus der Menge heraus.
Sylvia: Ich möchte betonen, dass es sich um keinen aufgesetzten Porno-Plot handelt, wenn ich sage: Vom ersten Moment, als ich Alfonso am Flughafen erblickte, fing meine Möse an zu saften. Ich begehrte diesen attraktiven Mann!
Daniel: Es war faszinierend! Wir gingen freudig aufeinander zu. Sylvie und unser Gast küssten sich wie Verliebte, die lange voneinander getrennt waren. Sylvie umhalste den langen Alfonso. Ihr Mantelsaum rutschte gefährlich hoch zum Abschlussrand ihrer Strümpfe und bis zu ihrem nackten Schenkelfleisch! Aber das hat niemand außer mir bemerkt.
Sylvie: Unsere Fahrt in das Ferienhaus begann mit Smalltalk. Alfonso spricht relativ gut deutsch und französisch und sehr gut englisch. Dannys und meine

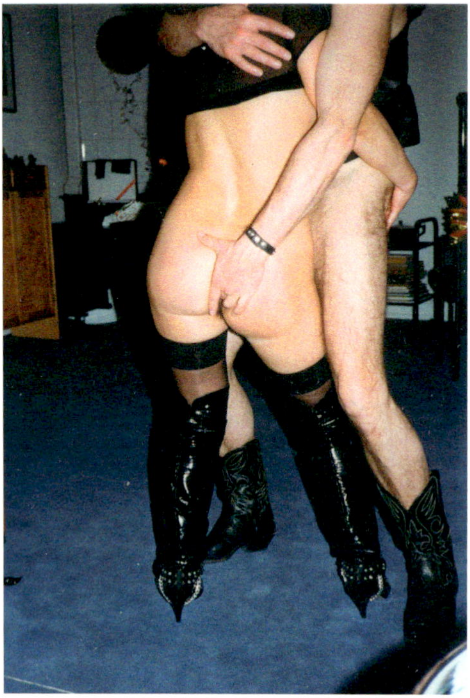

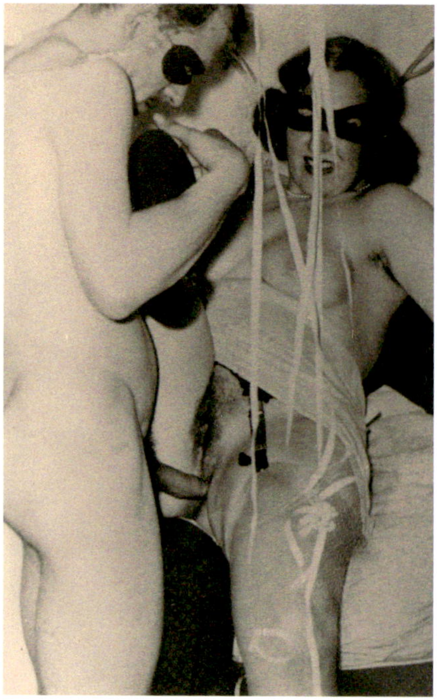

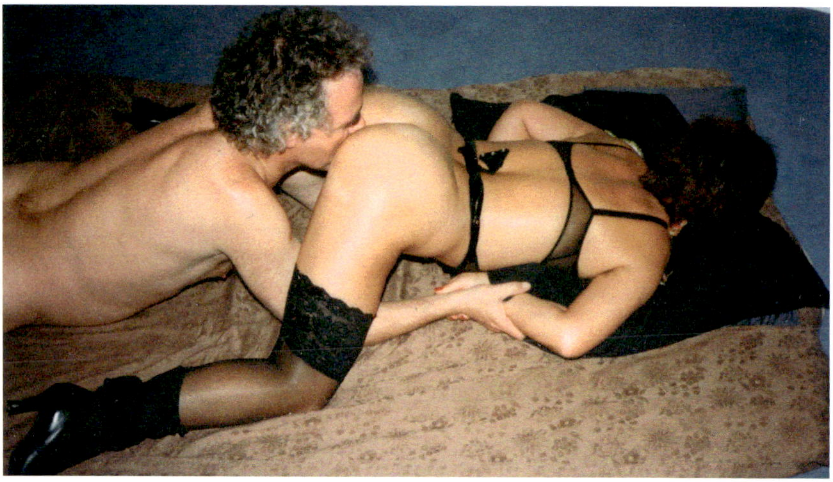

spanischen und französischen Sprachkenntnisse sind begrenzt. Englisch sprechen wir gut. Wir verständigten uns in einem aufregenden Mix dieser Sprachen. Doch unser Gespräch versiegte, als Alfonso und mich schon im Auto die Geilheit anflog. Wir küssten uns leidenschaftlich. Er verzierte meine nackten Brüste mit einer Brustkette aus roten Strass-Steinen, die er aus seiner Westentasche fingerte

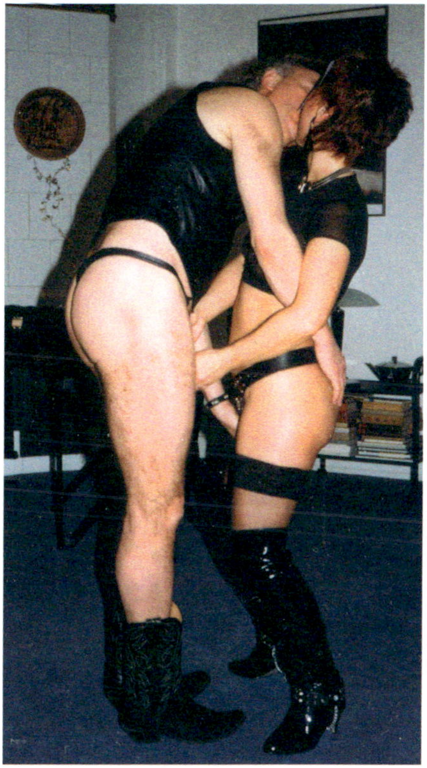
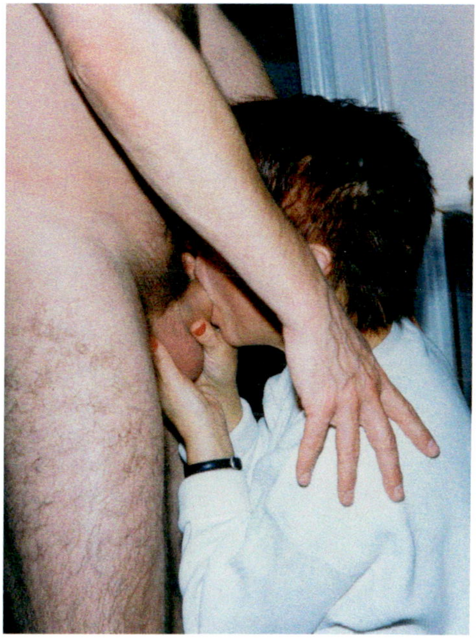
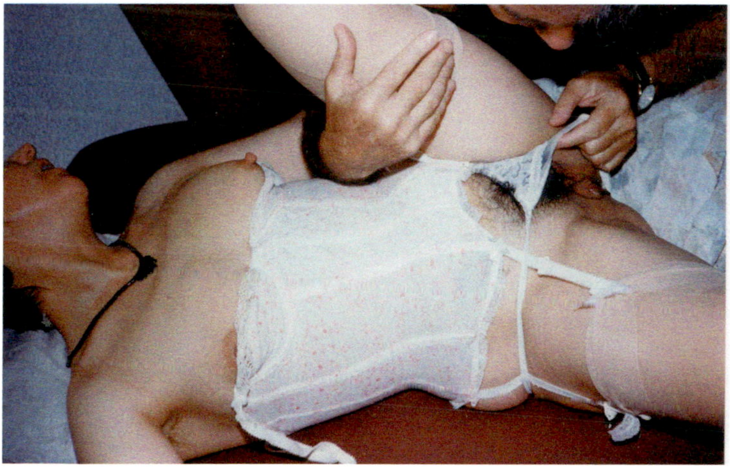

und mit Gummischlaufen fest an meinen harten Nippeln befestigte. Das zischte voll aus meinem Gehirn über die Schnellstraße des Rückgrats bis in die Möse! Ich antwortete Alfonso mit einem intensivem Blow-job. Sein Glied war noch anmutender als auf den Internet-Fotos!

Daniel: Die beiden hinten auf dem Rücksitz drehten ab. Ich hatte Mühe, mich als Fahrzeugführer zu konzentrieren.

Sylvia: Ich konnte nicht mehr warten, bis wir an dem Ferienhaus angekommen waren. Ich war geil! Geil, wie schon lange nicht mehr! Danny und ich hatten einen Aids-Test machen lassen und auch einen von Alfonso erbeten. Denn ich hatte begonnen, mit dem Geruch, dem Gefühl von Sperma zu fantasieren. Mit den anderen vor Alfonso war es immer mit Gummi. Ich setzte mich rücklings auf Alfonsos Prügel und hielt mich an den Kopfstützen der Vordersitze fest. Seine Eichel dockte an meinem Muttermund an. In weniger als fünf Minuten hatte ich einen überwältigenden Orgasmus! Alfonso hatte noch nicht abgespritzt. Er hielt mich in seinen Armen und blieb für den Rest der Fahrt in mir. Ein wunderbares, inniges Gefühl.
Daniel: Ich war in diesem Moment nicht eifersüchtig, überhaupt nicht. Ich freute mich, dass es Sylvie gut ging. Als wir ankamen, verschwanden Sylvie und Alfonso sofort. Ich lud die Koffer aus und fand Sylvies Lack-Mantel auf dem Fußboden vor der Wohnzimmertür. Ich spähte hinein. Sylvie kniete in einem der wuchtigen englischen, genoppten Ledersessel und hatte ihren Oberkörper auf der dick gepolsterten Rückenlehne abgelegt. Alfonso fickte Sylvie anal. Ich staunte. Wie hatte der Typ Sylvie so schnell rumgekriegt, sich von ihm in den Arsch ficken zu lassen? Das hatte Sylvie weder mir noch einem anderen Mann bislang gewährt. Wir hatten das Ferienhaus bereits am Vorabend hergerichtet. Der Kühlschrank war gefüllt. Zehn Minuten später saßen wir froh gelaunt zu dritt bei Kerzenschein am wärmenden Kaminfeuer im Wohnzimmer und tranken Champagner.
Ich blieb angezogen, weil ich kurz danach nach Hause musste, um mich um unsere Kinder zu kümmern, für die wir im Vorfeld leider keine Betreuung gefunden hatten. Um es auf den Punkt zu bringen: Ich war in jener Nacht angefressen von Eifersucht. Und habe zu Hause versucht, mich abzulenken und mit Portwein ziemlich zugedröhnt. Bin am Sonntag gleich nach dem Mittagessen vibrierend vor Ungeduld zum Ferienhaus gefahren. Ich fand Sylvie und Alfonso in bester Laune vor. Das ungelüftete Haus duftete nach Sünde. Im Kamin gloste ein Feuer. Die glimmenden Scheite rochen nach Pfirsich. Abgebrannte Kerzen, leere Champagnerflaschen, Dildos und Vibratoren, Peitschen, Handschellen, Dessous waren überall verstreut. Es waren nicht nur unsere Sex-Toys. Dieser Alfonso hatte eigenes Spielzeug mitgebracht! Sylvie ist seit zwei Jahren Nichtraucherin. Als ich eintraf, hatte sie eine Zigarette im Mundwinkel. Sie bereitete Espresso in der Küche. Sie war nackt. Trug nur lange, hochhackige, rote Lack-Stiefel. Sie beachtete mich nicht. Kein Begrüßungskuss. Sie war in dem Moment total Alfonsos Frau. Das war gewöhnungsbedürftig. Auf Sylvies Hinterbacken, die beim Gehen aufreizend bebten, stand das Wort *PUTA*. Je zwei Buchstaben auf jeder Hälfte. *PU TA*. An einigen Stellen waren leicht blutunterlaufene Striemen zu sehen. Ich mag keinen Espresso und schenkte mir einen Gin Tonic ein. Ich ging ins Schlafzimmer und zog mich aus. Als ich in die Küche zurückkehrte, saß Sylvie bei Alfonso auf dem Schoß. Sie hatte ihn umhalst und bewegte lasziv ihren beschrifteten PU TA-Arsch. Ich bekam eine Erektion. Die mich drängte, in das Liebesspiel einzusteigen. Bei den vorangegangenen Begegnungen mit anderen Männern hatte ich mich zurückgehalten und nur den Voyeur gegeben. Wir landeten zu dritt im Schlafzimmer. Ich erinnere mich noch heute an die eingetrockneten weißlichen Flecken

auf dem schwarzen Satin-Bettlaken. Die Sperma- und Frauen-Flüssigkeitsreste auf dem Laken törnten mich an!

Sylvia: Ein wahrlich überwältigender Taumel. Ich glaube, das war einer der schönsten Orgasmen bisher in meinem Leben. Auch wenn mir Danny diesmal zunächst ein wenig leidtat.

Daniel: Sylvie tobte bei ihrem Höhepunkt minutenlang wie eine Furie! Ich war Sylvie, der Mutter unserer wunderbaren Kinder, in diesem Augenblick ganz nah! Sylvie war total erschöpft und gab kleine Laute des Wohlbehagens von sich. Alfonso und ich bedankten uns mit Streicheleinheiten überall an ihrem nackten Körper. Sylvie blickte hinunter zu ihrem Schoß, zu Alfonso, der die dunkelbraunen Venuslippen mit vorsichtigen Fingern teilte und zu einer trichterförmigen Calla-Blüte formte. Die mit dem Perlmutt-Rosa von Sylvies Muschelfleisch ein betörendes Ensemble bildete. Sylvies Kitzlerstamm war noch dick. Das augenlose Mönchsgesicht ihrer Klitoris lugte aus ihrer Kapuze heraus. Alfonsos Sperma sickerte langsam zurück.

Sylvies durchgerittene, klaffende Fotze, ihre tiefe, runde Arsch-Trompete und unsere Schwänze waren glitschig von unseren Eruptionen zu dritt.

Ich verstehe nicht, dass es Menschen gibt, die solche animalisch erotischen Momente nachträglich verbrämen. Mit gedrechselten Metaphern und Umschreibungen.

Sylvia: Mit Alfonso sind wir noch immer befreundet. Ich habe ihn inzwischen auch öfter in Barcelona besucht. Eine tolle Stadt.

Daniel: Ficken macht frei!

Sylvia: Ja.

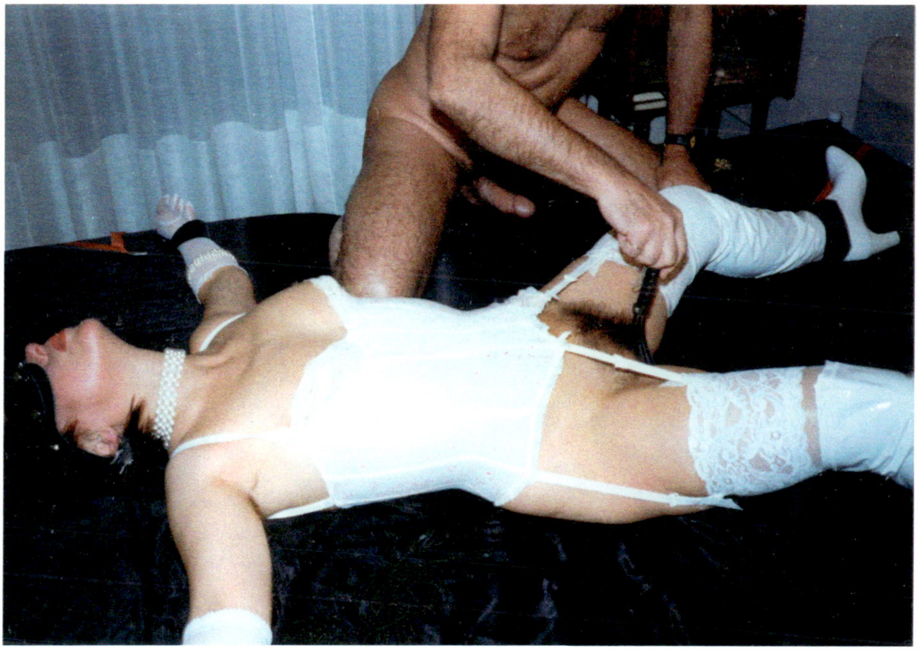

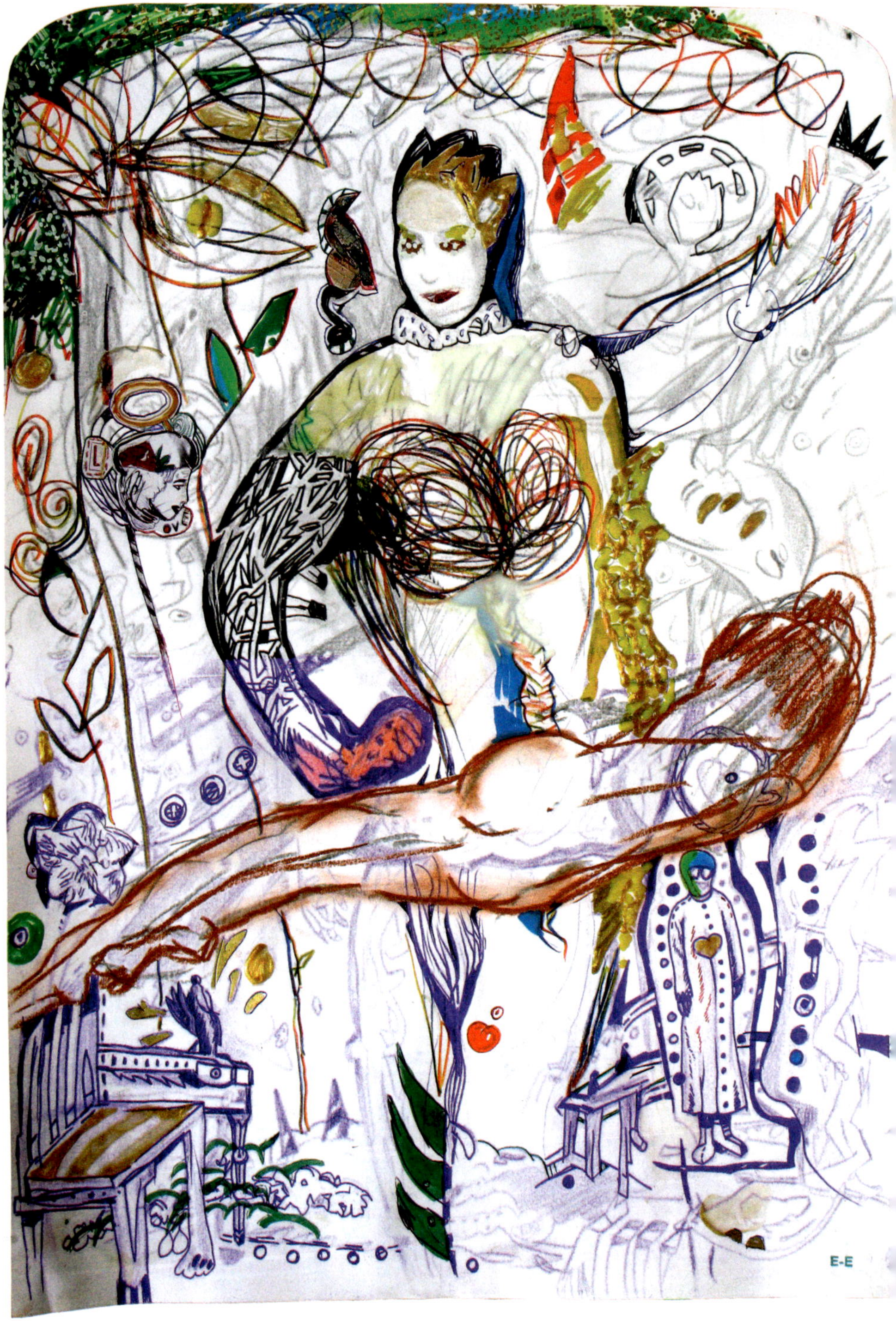
E-E

Evgenij Kozlov

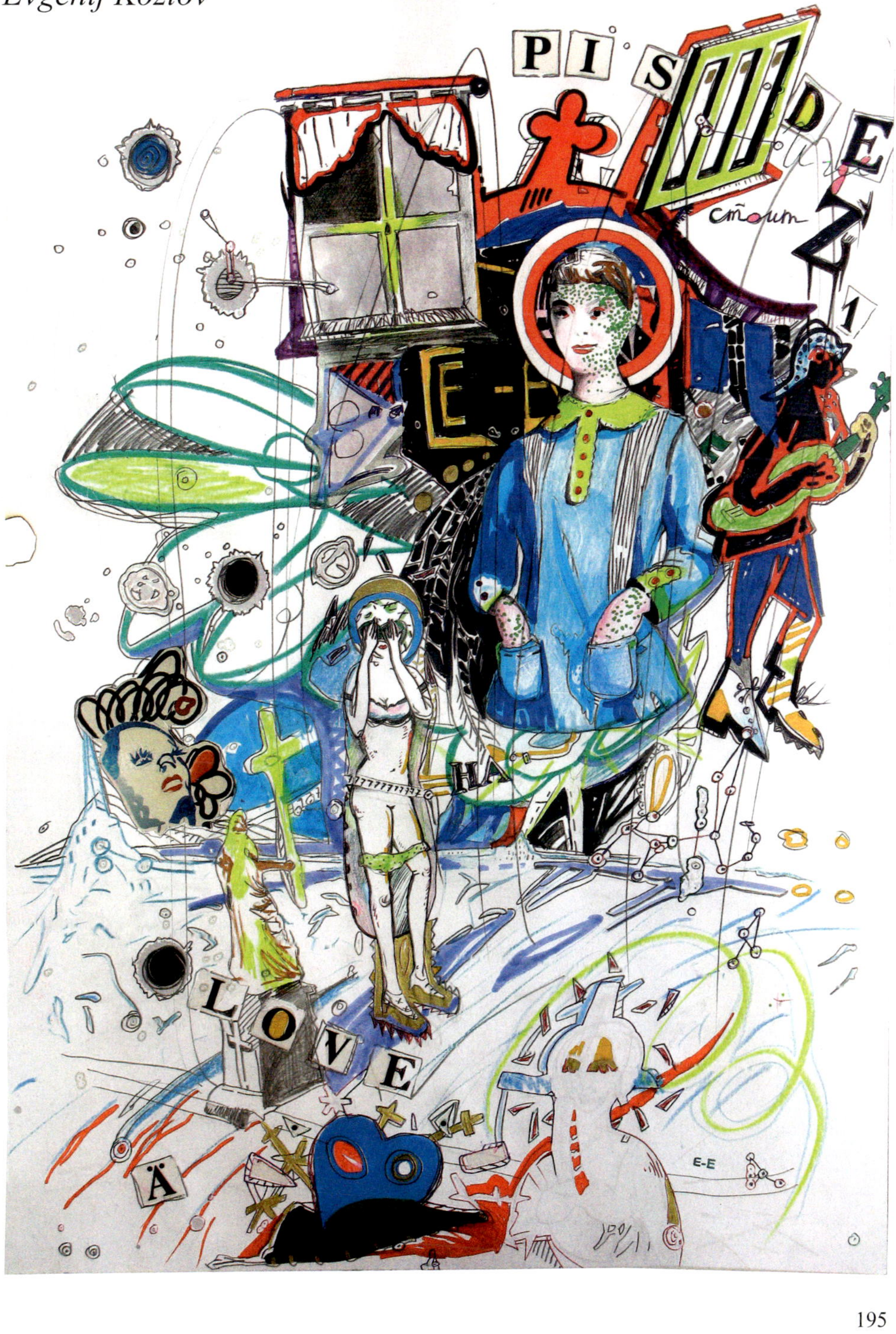

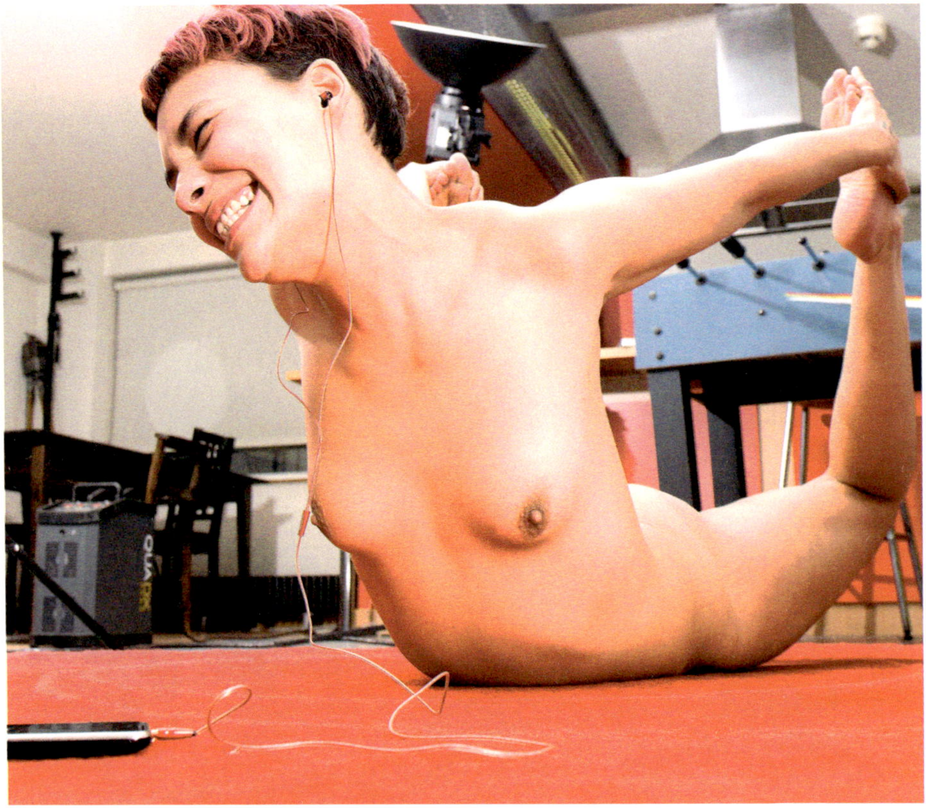

Mein Vater, ein leidenschaftlicher Fotograf, schenkte mir eine Kamera, als ich neun wurde. Es war eine dieser ganz billigen Plastikkameras, mit einer Linse zum Herausschrauben, und sie hatte so einen kleinen roten Sucher auf der Rückseite, in dem man die Bildnummer sehen konnte. Ein Freund von mir schmiss große schwere Steine in den Fluss in der Nähe des Dorfes in Ungarn, in dem ich aufgewachsen bin. Ich versuchte wieder und wieder, das Spritzen einzufangen. Da ich am Anfang vergaß, den Film weiterzuspulen, zeigten einige Bilde zur Hälfte mein Schlafzimmer und zur anderen diese ins Wasser platschenden Steine. Mit vierzehn erbte ich die ostdeutsche Practika-Kamera von meinem Vater, eine Kopie der Nikon FM2. Ich benutzte sie viele Jahre lang und machte wunderschöne Bilder auf Reisen in Palästina und Israel, dort lebte ich ein Jahr und lernte Englisch. Bis ich mit Mitte zwanzig begonnen habe, professionell zu fotografieren, benutzte ich diese Practika. Es fühlte sich für mich dann äußerst passend an, mir unbedingt eine Hasselblad kaufen zu wollen. Ich kam aus einem sehr kleinen armen Ort und war nun sehr stolz auf meine neue Ausrüstung.

Ein Jahr später knipste ich damit meine Freundin am Nipigon Lake Ontario und schmiss sie ins Wasser. Und musste sie und meine Fotoleidenschaft erstmal vergessen.

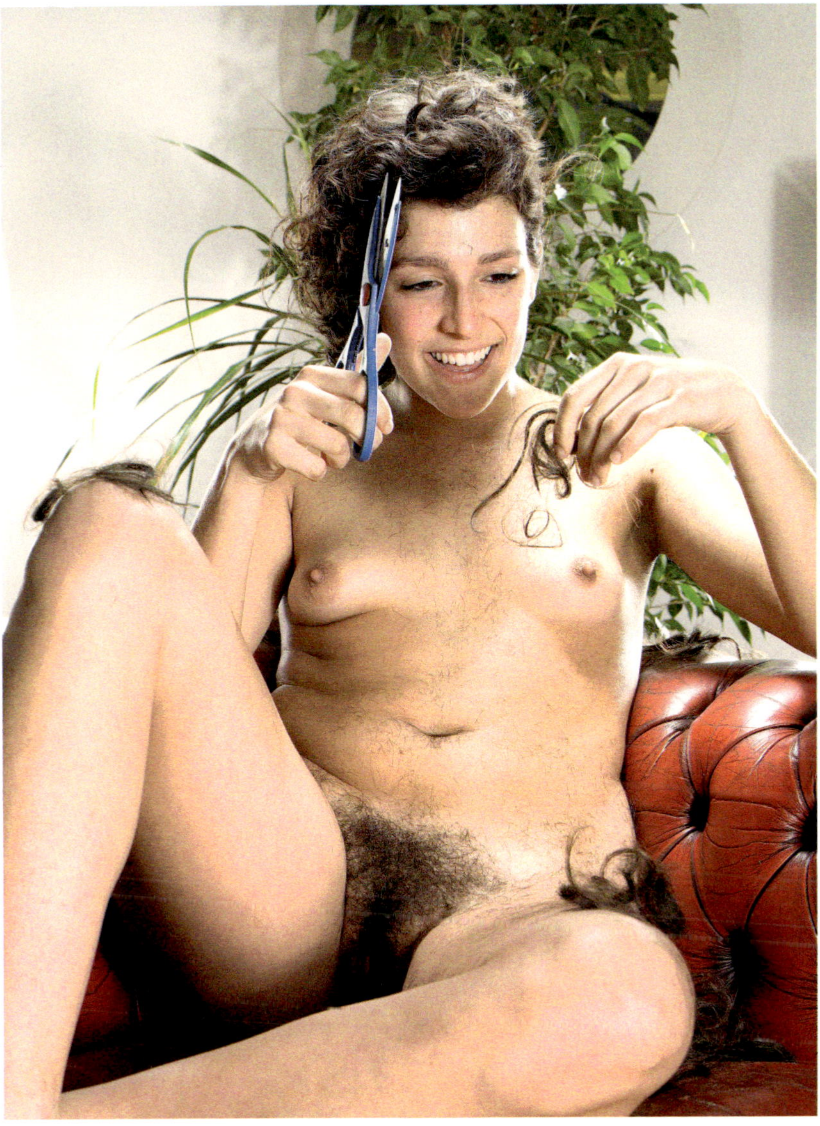

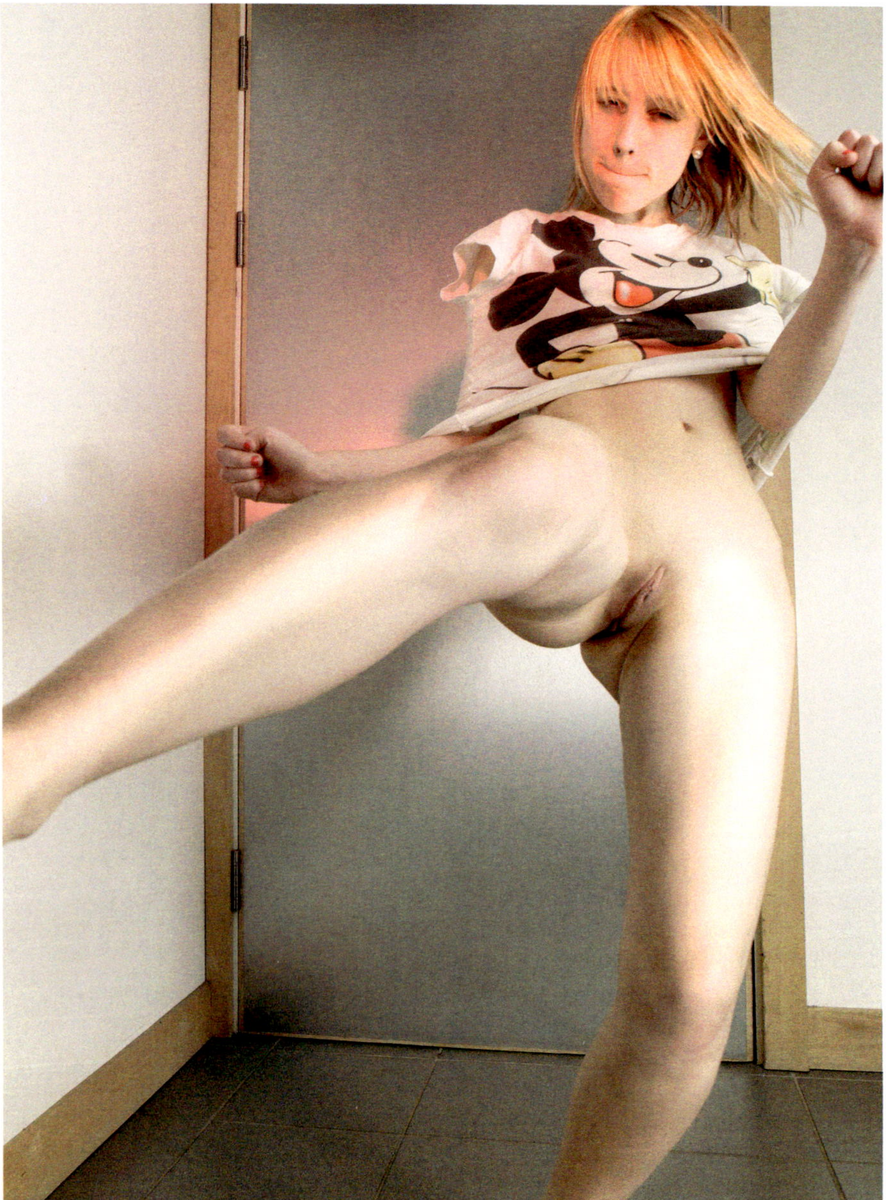

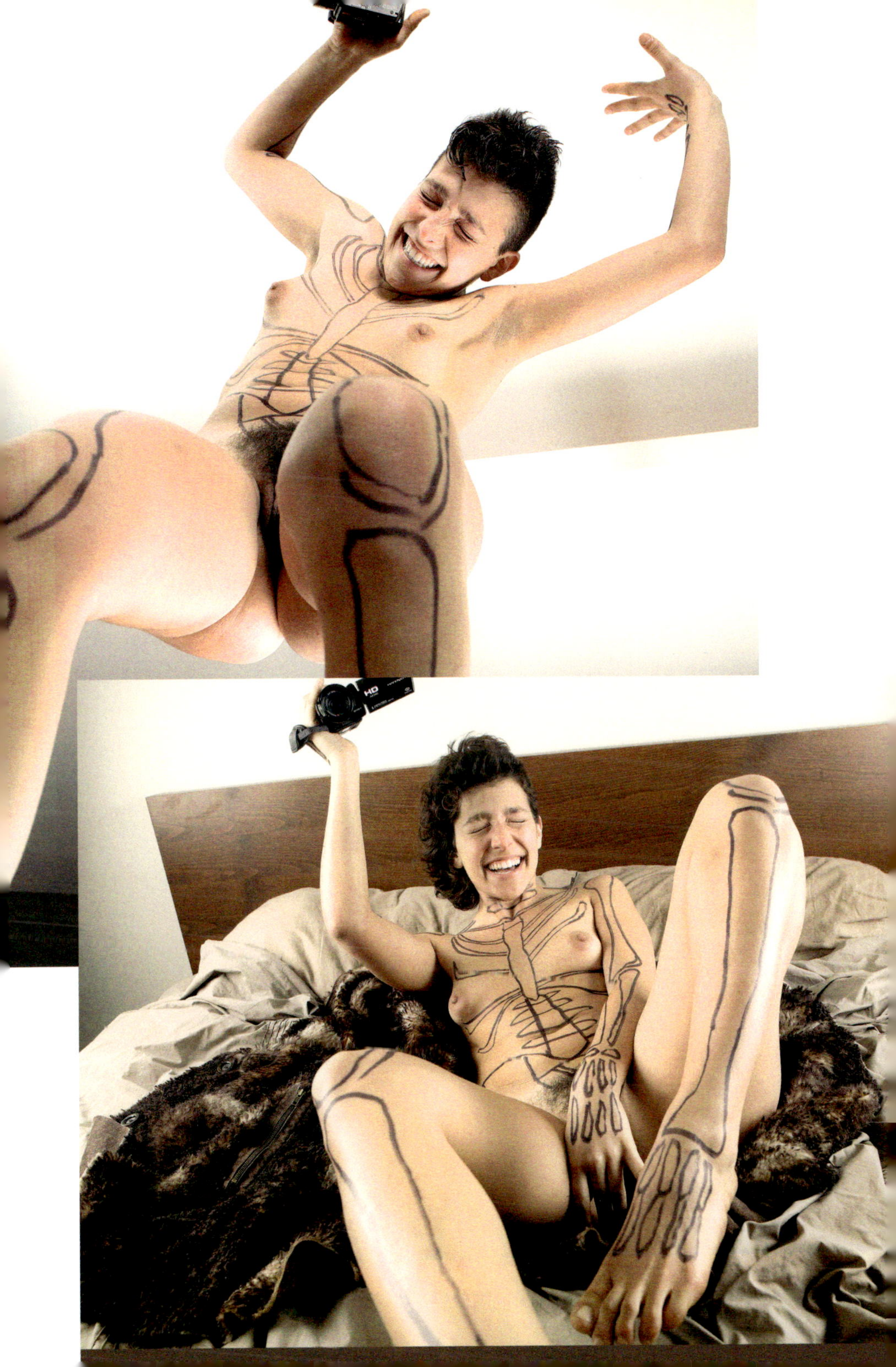

Meine Leidenschaft reifte, als ich eine Weile als Kellner auf einem Kreuzschiff jobbte und die amerikanischen Touristen dabei beobachtete, sich vor den lächerlichsten Kreuzschiffhintergründen zu fotografieren. In der Zeit zeigte mir auch ein bulgarischer Freund, mit Studiolicht umzugehen. Als ich 2003 nach Toronto zog, träumte ich schon davon, freier Fotograf zu werden, aber ich brauchte noch mal ein paar Jahre, bis es mir hier in London gelungen ist.
In Toronto habe ich alle meine Freundinnen fotografiert, in Aktion, verspielt, fröhlich, es wurde so eine Art visuelles Tagebuch meines Liebeslebens. Es waren offene Fotos meiner Loverinnen, wie sie bei mir herumhingen, lachten, kochten, Party machten, plauderten und schliefen. Es war nicht voyeuristisch, es war gemeinsames Vergnügen. Die schönsten, die erotischsten Bilder sind meiner Sichtweise nach die, in denen sie überhaupt nicht befangen waren. Keine von ihnen hat diese hingebungsvolle Attitüde gehabt, sich zu fragen, ob sie sich auch wohl in ihrem Körper fühlt oder ob ihr Körper genügt und so weiter. Und so lag, wie ich empfand, auf diesen wirklich erotischen Bildern etwas nachdrücklich Ehrliches. Wenn ich so ein Glamour-Magazin öffne, da turnt mich nichts an. Aber ich mag Bilder, auf denen die Mädchen sehr real rüberkommen, ihren Charakter zeigen, Esprit und so ihre wirkliche Schönheit. Diese Bilder meiner Freundinnen regten mich jetzt zu meinem Projekt *Girls I never Knew* an. Ich wollte unbekannte Frauen fotografieren. Die Frauen kommen, einen Fremden zu treffen, der sie

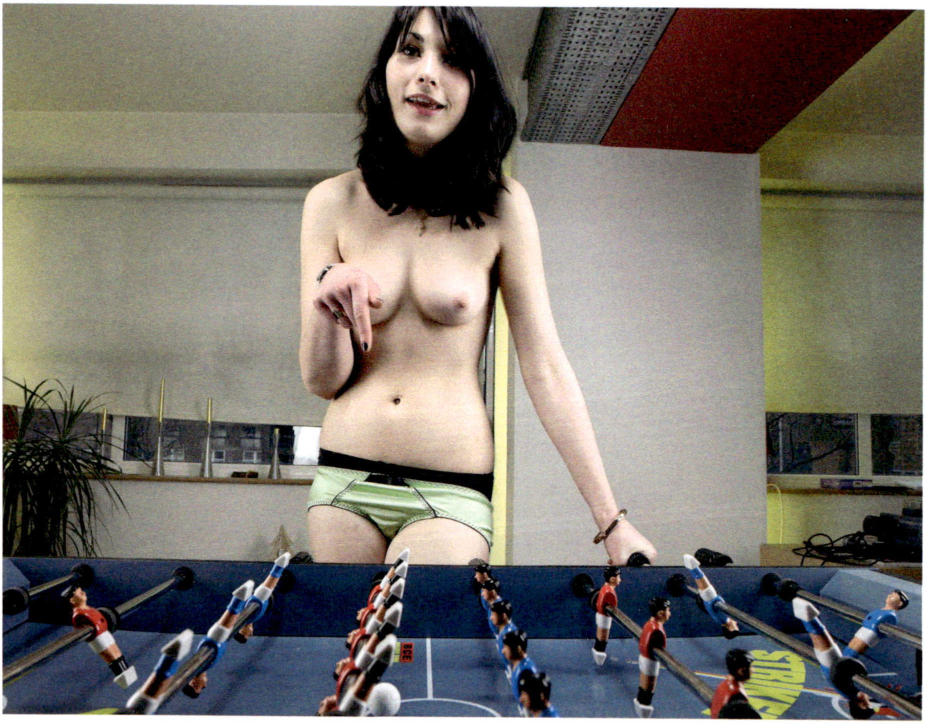

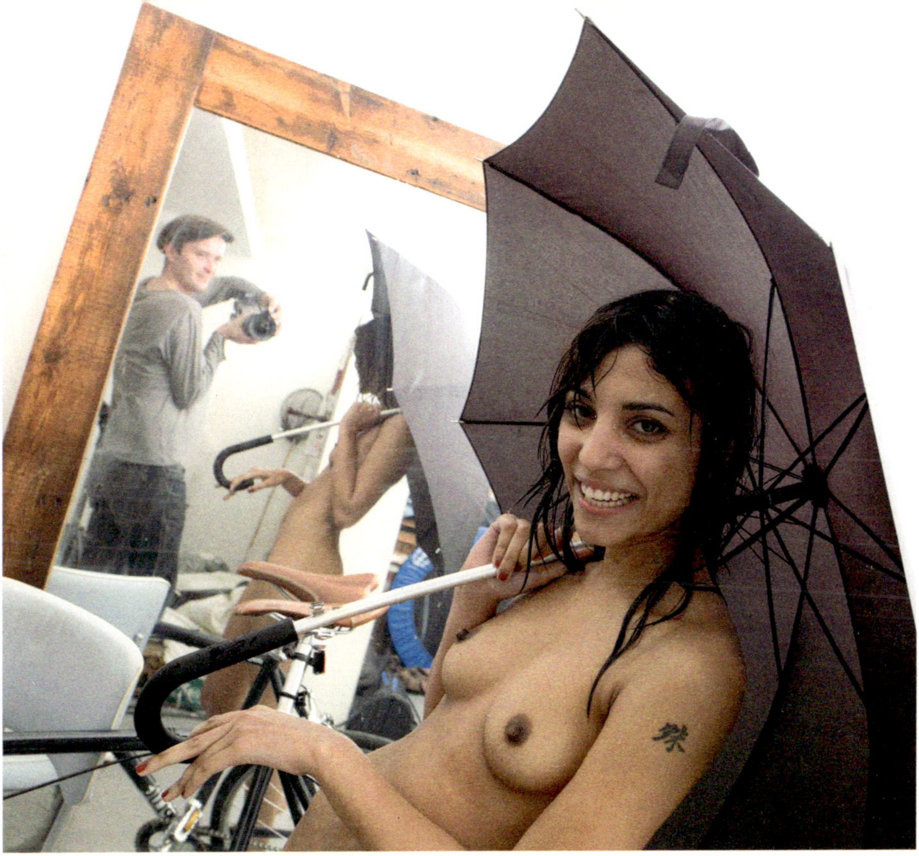

fotografiert. Ich frage sie nie, warum sie gekommen waren. Ich fürchte, dass eine Antwort auf diese Frage meine Art, sie zu fotografieren, beeinflussen könnte.
Ich dachte natürlich darüber nach, was sie veranlasst hat, mich für ein Fotoshooting aufzusuchen, aber widerstand dem Impuls zu fragen. War es eine Fantasie, der Wunschtraum, Fotomodell zu werden, die Idee, heimlich Bilder machen zu lassen, um einen Lover zu überraschen, ein erotisches Abenteuer, ein Akt der Freiheit oder einfach die Lust daran, sich zu zeigen?
Es waren nun keine Schnappschüsse von Freundinnen mehr. Es waren Tableaus. Ich hatte eine vage Idee des Szenarios, aber ich wollte es nicht zu sehr strukturieren, ich fürchtete, sonst dem Ganzen die Spontanität zu nehmen. Peter Gorman zum Beispiel hat Tanz-Studentinnen ausgewählt, um sie zu fotografieren, Menschen, von denen er annehmen konnte, dass sie sich wohl in ihren Körpern fühlten. Bei mir war es Zufall. Keine von beiden Seiten wusste, was passieren wird. Alle Fotos entstanden in meiner Wohnung. Keine Frau wurde bezahlt. Viele von ihnen fragten nicht einmal nach Abzügen, die Erfahrung, fotografiert zu werden, war ihnen seltsamerweise genug. Ich zeigte ihnen bei einem ersten Treffen vorher natürlich die Art von Bildern, die ich machen wollte, manche kamen dann nicht wieder, aber die meisten kamen wieder. Beim zweiten Treffen machten wir die Fotos.

Aus dem Englischen von Bettina Ahrens

Ida Pyl

Fetisch
ist für mich Spiel mit Kleidung, Gefühlen, Erleben. Verpacken, einpacken, hübsch machen. Betonen, im Verstecken zeigen – andeuten und Aufmerksamkeit erregen. Sich wünschen, gesehen zu werden, und Sorge, dass jemand guckt: Ich jogge, die enge Lycrahose, dünn, fast durchsichtig, zeigt mehr vom Lycra-String-Body als sie verdeckt. Leute drehen sich um – ich laufe weiter, ganz schnell, und lasse

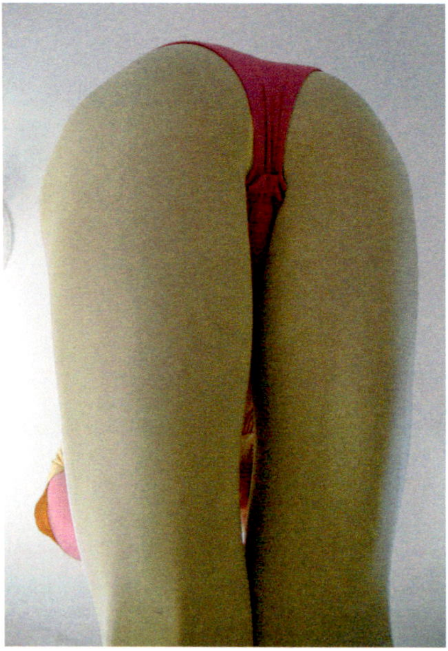

mich von ihren Blicken berühren. Kleidung, die sich gut anfühlt – warm und eng: Ich sitze im Lokal – eins, in dem man auf dem Boden sitzt und die Schuhe auszieht. Unter meine enge schwarze Hose malt mein Lieblingsstrapsgürtel sexy Linien, die Strümpfe halten meine Beine wohltemperiert. Oh, wie schön fühlt es sich an, die Füße warm, und wie schön sehen die Nägel aus – rot lackiert unter schwarzem Nylon. Kleidung, die sich nicht leicht vergessen lässt und ihren Weg aufzwingt: Wie das Korsett, das ich unter dem Schlabberpulli zur Arbeit trage. Ich frage mich, ob es jemand sieht. Spiel mit Spannung, Anspannung und Entspannung. Nicht nur sexuell – im ganzen Körper und Geist. Die Geilheit, verbunden mit Stoffen, weicht der Ästhetik und einem allgemein positiven Gefühl.

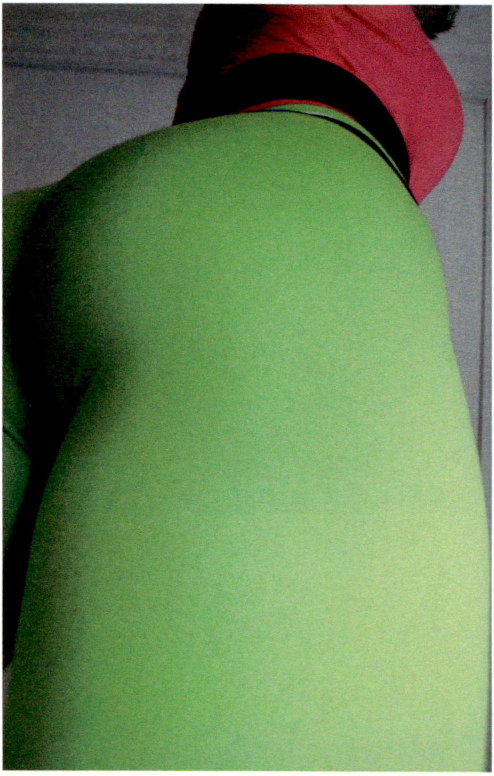

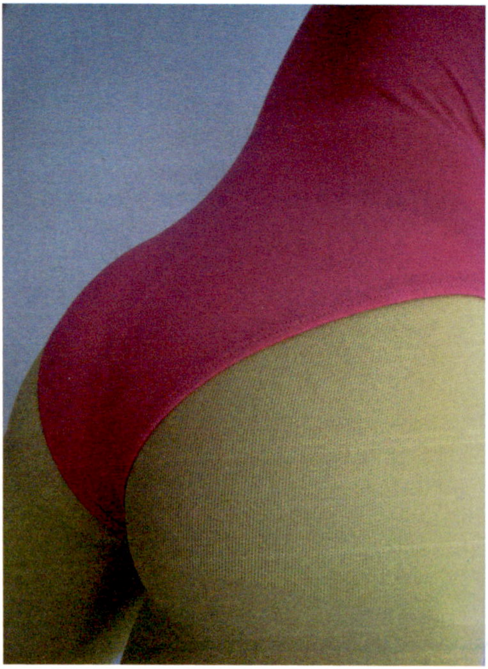

Anton G. Leitner

Sag mir doch, Liebe

Charlotte, ich
Lieb dich und

Du liebst Latte
Macchiato, meine

Kleine
Schmeckt mehr

Aufgeschäumt wie
Seine

Große / in der
Unter

Hose kehr ich
Dir den Rücken

Besser jetzt als
Später wieder

Runter
Mit dem ganzen

Fummel, / bitte
Hol mir einen

Strohhalm
Für die Dose

Reicht der
Dicke, wildes

Hüpfen in die
Daunen kommt

Bewegung und sie
Stillt nicht

Das Verlangen
Wenn die Schreie

Durch die Ritzen
In das Freie

Dringen, flitzen
Auch die

Nachbarn
In den Ohren

Schwitzen
Pfropfen, eine

Schwalbe
Rückwärts

Salbe mir die
Wunden

Punkte, *aber*
Danach

Steht er dir
Noch immer

Auf dem
Schlauch.

Die Flotte

Motte Lotte frißt
Das Oberteil unten

Zittert die Wolle
Für Sekunden

Volle Konzentration
Auf das Wesentliche

Loch. Aber es ist
Allein unter

Vielen Löchern
Daheim

Kommt Mona
Lisa gut mit

Schmerzen im
Kopf. (Sog.

Orgasmus
Migräne packt

Lotte, die alte
Hyäne, beim

Schopf.) Mona
Linst, Lisa

Grinst
Adam an.

Sein Kostüm
Steht ihr gut

Steht er schon
Auf dem Apfel

Und stopft sich
Birnen rein.

A. S.

Fremde Worte
Ich habe als Kind meine Eltern nackt gesehen. Nie beim Sex. Mit Erotik hatte diese Nacktheit nichts zu tun. Woran ich mich als erotischen Kitzel erinnere, ich weiß nicht mehr, wie alt ich war, sind Fantasien, die mit einer Geschichte meiner Mutter zu tun hatten. Dass sie zu Zeiten des Kriegsendes in einen Russen verliebt war. Er habe aufregende Hände gehabt. Schöne aderndurchzogene Handteller und elegant-kräftige Finger sah ich vor mir. Diese aufregenden Hände und die Figur einer Kriegsliebe setzten sich als Abenteuergeschichte in meine Fantasie. Eine Zeitlang holte ich sie mir bewusst zum Einschlafen. Ich erlebte Kämpfe. Feuer. Flucht. Eine plötzliche Begegnung mit einem Mann. In meiner Fantasie hatte er blaue Augen. Meine Mutter hatte nie erzählt, welche Augenfarbe er hatte. Er hatte lockiges, leuchtend blondes Haar. Ich weiß nicht mehr, wann und wieso uns unsere Mutter von ihrer ersten Liebe vor unserem Vater erzählt hatte. Jeden Morgen sah ich, wenn ich mich zur Schule fertig machte, unseren Vater im Schlafanzug und im Sommer nackt vom Klo kommen. Er stand kurz vor uns auf. Die Eltern nackt zu sehen, war nicht spannend. Meine Mutter ließ überall die Türen offen, auch die zum Klo. Wir guckten nicht hin. Sichtbare Nacktheit erzeugte keine Fantasie. Sie war selbstverständlich. Die Fantasie mit dem Russen war nicht direkt sexuell, aber erregend. Ich weiß nicht einmal, ob es Küsse gab. Er rettete mich. Wir flohen. Wir waren zusammen. Aber wie? Später liebte ich kaum einmal blonde Männer, sondern vor allem dunkelhaarige Frauen. Unsere dunkelhaarige Mutter hatte uns auch einige russische Worte vorgesprochen. Waren es Worte, die dieser Mann gesagt hatte? Ich weiß es nicht. Aber diese Worte, deren Sinn ich nicht wusste, tauchten an besonders kitzligen Stellen in meinem Abenteuerroman auf. Wir begegneten uns. Er sagte mir etwas, was ich nicht verstand. Die Worte brachten meinen Körper zum Vibrieren. Die Szene mit den ersten Worten stellte ich mir immer wieder vor. Dann nahm er mich mit, in eine andere Welt. Manchmal rettete ich auch ihn.
Abenteuergeschichten spielen in der Entwicklung erotischer Fantasien eine Rolle. Heute sind es andere Abenteuer, wohl kaum noch von Bildern und Geschichten der Generation meiner Eltern beeinflusst. Die haben natürlich auch Angstträume von Krieg und Feuer und Schuld erzeugt. Was für Geschichten hat die folgende Generation in Deutschland ihren Kindern erzählt, und die danach, die jetzt Kinder bekommt? Welche Geschichten erzählen Migranten? Erzeugen unsere Geschichten auch Einschlaf-Abenteuer? Oder kommen sie anderswoher? Das, was die vorigen Generationen erlebt haben, setzt sich auch in der erotischen Fantasie fort, egal, wo auf der Welt, das „ganz Neue", Unerlebte wird berührt von der Vergangenheit.
Fremde Worte spielen eine Rolle in meiner Lust. Einmal sagte mir eine Geliebte beim ersten Mal Sex mit ihr Worte, die ich nicht verstand. Eins davon klang wie Aliesha – etwas mit „a" und langem „i" und weichem erregendem „sch". Vielleicht war es der Name einer anderen Freundin, aber das fragte ich mich erst später und sie habe ich nie danach gefragt. In dem Moment drangen mir diese kurz vor meinem Orgasmus geflüsterten heißen Worte direkt ins Herz. Und ich kam gewaltig. Ich hatte mit dieser Frau nur ein

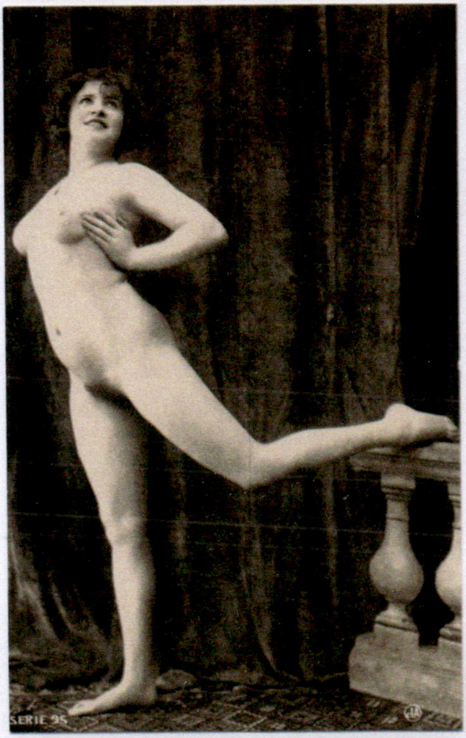
SERIE 95

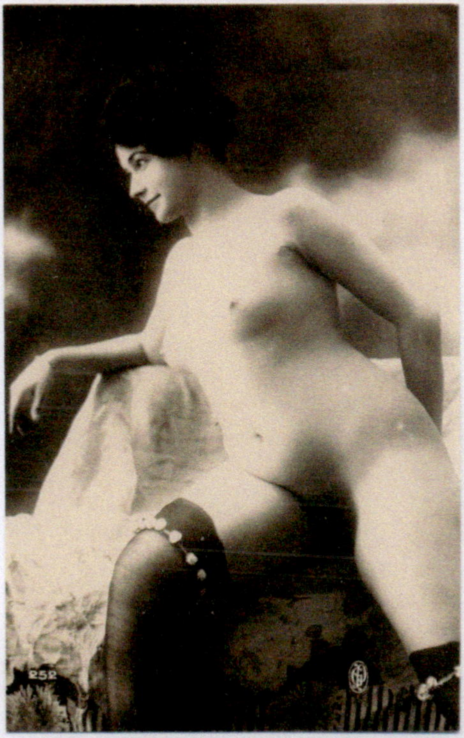
252

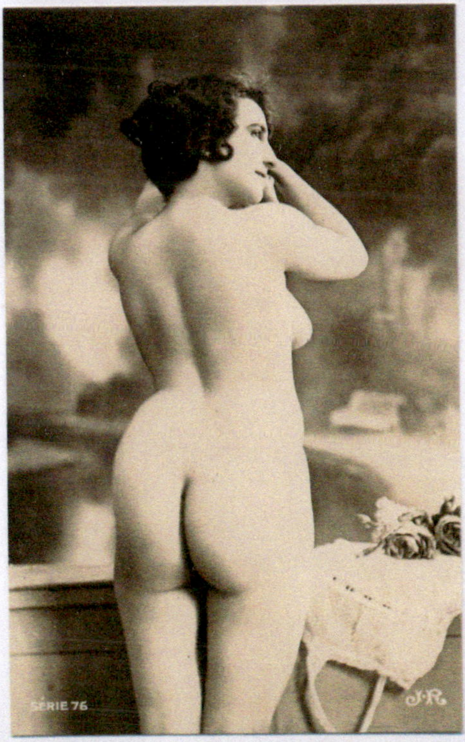
SÉRIE 76

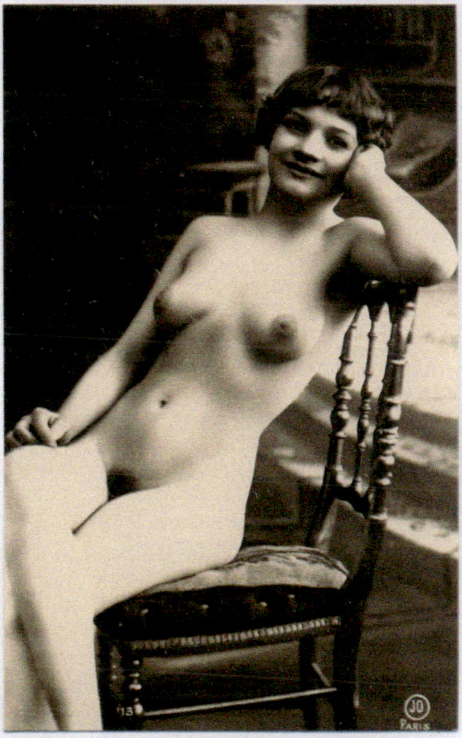
JO
PARIS

paar Mal Sex und später flüsterte sie diese Worte nicht mehr. Irgendwann hatte ich eine spanische Geliebte. Ihre Stimme und dass ich (mit meinen schlechten Spanischkenntnissen) nur ahnte, was sie erzählte, erregte mich bei unserer ersten Begegnung. Sex machten wir ein paar Tage später ... beim zweiten Mal, am Morgen, ihre Finger in mir, ich wachte gerade auf und hatte von ihr geträumt, flüsterte sie mir dieses „cariño“ ins Ohr, mit dem sinnlichen „nj“-Laut und dem „a“ und „i“. Wie sie es flüsterte, öffnete mich und die Hitze schoss durch meinen Körper aus mir hinaus. In dem Moment begann ich, sie zu lieben. Ein Wort, ein Klang ließ eine Liebe losgehen. Ein banales, häufig gebrauchtes Wort.
Auch im Alltag heute, mit meiner Liebsten aus Leipzig, kann ihre Stimme unvermittelt einen fremden Klang bekommen. Sie sagt ein fremdes Wort. Vielleicht nur, weil sie etwas heiser ist. Vielleicht, weil ich mit den Gedanken woanders war und den Sinn des Gesagten nicht verstanden habe. Vielleicht, weil ihr Sächsisch in diesem Wort besonders durchgeklungen ist. Angeblich ja kein schöner Dialekt, aber wie sie das spricht, diesen Mischlaut aus g und k zum Beispiel ... Etwas, das aus dem Fluss des Geredeten herausfällt. Es bricht den Alltag auf und stößt mich in eine andere Welt.
Jede erotische Empfindung ist vielleicht ein solches Heraustreten ins „Fremde“ des Moments. Das kann dann durch den ganzen Körper gehen, vom Gefühl ins Herz in die Möse und zurück. Körper und Gehirn sind ja nicht zu trennen. Auch ein Orgasmus entsteht aus diesem sich hochschaukelnden Hin und Her zwischen Mösennerven, -muskeln und Gehirn.
Bei mir mögen es fremde Worte sein, bei anderen vielleicht ein Gegenstand, Accessoires, ein Geruch, ein Bild, ein Lied, die das in Bewegung setzen können. Und natürlich auch die Kunst, richtig zu berühren. Manche können es wirklich.

Meine Leipziger Geliebte hat zwar selbst nicht mehr Russisch gelernt, aber ihre Eltern. Einmal sagte sie mir ein paar russische Worte. Und ich sah und hörte meine Mutter diese russischen Worte sagen, hörte im Klang ihrer Stimme, wie in diesen russischen Worten die Lust steckte, die sie mit dem Mann kennengelernt hatte, gleich nach dem Krieg, das erzählte sie mir erst viel später, wie er ihr mit seinen aufregenden Händen und seiner sanften eindringlichen Sinnlichkeit ihren ersten Orgasmus geschenkt hat, den sie sich schon in der Zeit mit ihm zwischen ihren Begegnungen und auch später in ihrem Leben selbst wieder herbeizauberte und so auch in mich gezaubert hatte, mit ein paar russischen Worten.

Angelika Gilberg

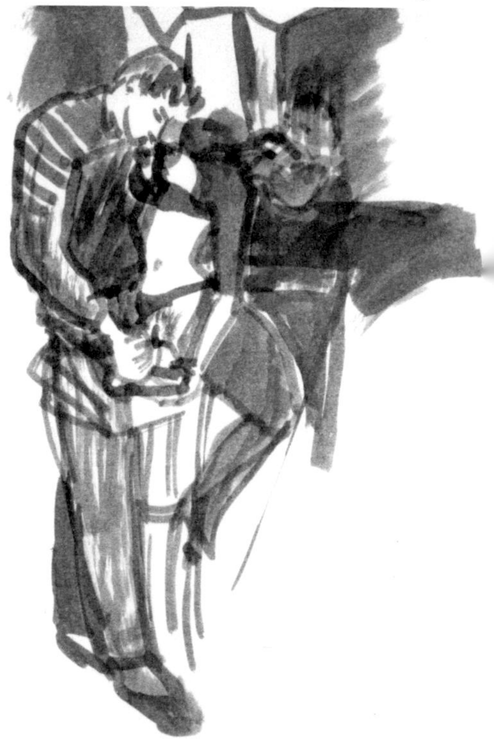

Salean A. Maiwald

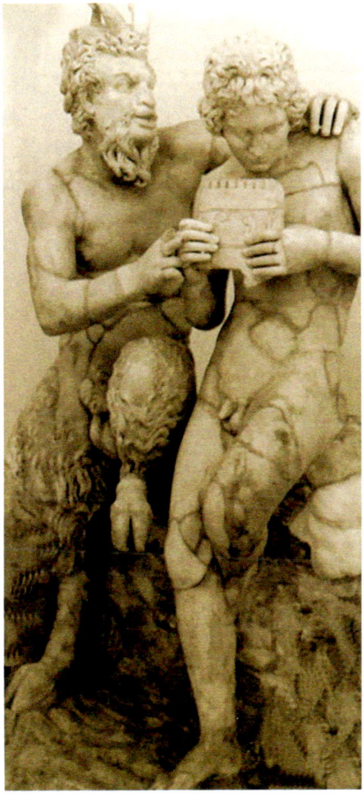

Verführerischer Ton

Eine Gestalt, groß und schlank im schwarzen Hosenanzug. Auf dem weißen Hemd eine rote Krawatte, weiß getupft, das Haar unter einem schwarzen Hut verborgen.
Die steife Haltung wird nicht lockerer, als ich die Schultern straffe, das Kinn nach vorn schiebe und die Lippen entschiedener aufeinanderpresse. Ich muss kichern. Beweg dich, gestikuliere!, befiehlt die Fotografin. Sie legt Musik auf, Trommeln erklingen, erst sanft, dann stärker. Tastend schwebt ein Ton darüber. Spröde und lockend zugleich wirft eine Flöte ihr Band aus, knüpft es zum Netz.
Kleiderwechsel. Die Fotografin drapiert mich auf einer Liege und baut ihr Fotostativ in der Nähe meiner Füße auf. Ihr Blick fährt die hochhackigen Lackschuhe entlang, gleitet über die Netzstrümpfe, unter den Tigerrock, auf das strassbesetzte Mieder. Der dick aufgetragene Lippenstift klebt meine Lippen aneinander. Räkel dich!, fordert sie.
Sie drückt mir ein Glas Wein in die Hand und dreht an dem Knopf der Musikanlage. Der Ton der Flöte wird drängend. Ich schließe die Augen, lasse mich berühren, von Tönen, Stoffen und Händen. Finde mich im Smoking wieder und zwänge mich in ein Abendkleid mit Spaghetti-Trägern. Die Fotografin füllt das Weinglas nach, deutet auf eine Jeans, einen breiten Gürtel und Cowboystiefel. Im Spiegel verfolge ich den Wandel. Rascher Wechsel. Frau, Mann, Frau-Mann, Mann-Frau. Die Konturen verschwimmen, ein Drittes schwingt mit. Mir schwindelt, der Flötenton reißt mich wieder hoch. Klingt so Pans Flöte?

Pan. Eine Gottheit aus Arkadien, dem Berggebiet im Herzen der Peloponnes. In der griechischen Götterwelt verkörperte er das Instinkthafte. Er fühlte sich wohl in der Natur und beschützte die Tierherden. Sein Name Pan bedeutet „allen". Er versuchte, jedem mit Fröhlichkeit und Scherzen zu gefallen. Pan, der immer verliebt, doch unglücklich verliebt war. Wurde überall zurückgestoßen, weil er hässlich und bocksbeinig war. Sein unverhofftes Auftauchen löste Entsetzen aus, erregte panischen Schrecken.
Auch die Nymphe Syrinx floh vor ihm, als Pan ihr seine Liebe gestand. Er stellte ihr nach. Kurz bevor er sie eingeholt hatte, rief sie die Flussnymphen um Hilfe. Umgehend wurde Syrinx in Schilfrohr verwandelt, das der Wind bewegte, als Pan es erreichte. Der Unglückliche riss

es aus, schnitt daraus sieben Rohre unterschiedlicher Länge und band sie zu einer Flöte aneinander. Er hielt sie in den Händen, betrachtete sie lange und führte sie dann zu seinem Mund. Seine Lippen berührten und liebkosten die Flöte. Er blies hinein, ein Ton, mehrere Töne schwebten hervor. Syrinx' Körper war zu einer Flöte geworden. Pans Flöte. Er spielte sie in den Bergen, an den Seen und am Meer. Überall erklang der sehnsuchtsvolle verführerische Ton.
So auch in der Töpferei bei Panopeus in Böotien. Prometheus, sein Name bedeutet „der Vorausdenkende", nahm einen Klumpen Ton und ließ ihn von einer Hand in die andere gleiten. Er hing einer Idee nach, wollte etwas Besonderes schaffen. Er galt als rebellischer Gott, der sogar dem mächtigen Zeus widersprach. Versonnen knetete Prometheus den Ton, formte einen Rumpf, setzte einen Kopf darauf, fügte Arme, Beine hinzu. Sah sich das Gebilde an, stupste Öffnungen hinein und knetete halb kugelige Formen und kleine Schwänze auf den Rumpf. Er bückte sich, nahm einen neuen Klumpen feuchten Tons und durchwalkte ihn. Er formte weitere Wesen, gestaltete sie unterschiedlich, versah einige mit Halbkugeln im oberen Drittel des Rumpfes, andere mit kleinem Schwanz am unteren Rumpf. Spielerisch ließ er sich treiben, glättete die Oberfläche der Wesen mit flacher Hand und setzte in die Köpfe Augen ein, die ihn ausdruckslos anstarrten. Prometheus überlegte. Athene! Sie konnte Leben einhauchen.
Er rief nach ihr und sie erschien. Schließlich war Prometheus dabei gewesen, als sie geboren wurde, keine gewöhnliche Geburt. Ihr Vater Zeus hatte seine Gattin Metis, als sie mit Athene schwanger war, verschlungen. Zeus hatte erfahren, dass Kinder von Metis ihn an Weisheit übertreffen und ihm die Herrschaft über den Himmel entreißen würden. Als die Geburt nahte, überfiel Zeus rasender Kopfschmerz. Er schickte nach dem Himmelsschmied Hephaistos und befahl ihm, mit einer Axt seinen Schädel zu spalten. Sofort entsprang Athene in Kriegsrüstung dem Schädel des Vaters.
Ursprünglich war Athene eine Kriegsgöttin, bewaffnet mit Lanze und Schild, auf dem das Haupt der Medusa prunkte. Meist war sie mit der Ägide bekleidet, einem Schutzpanzer aus Ziegenhaut. Athene hatte viele Befugnisse; ihrer Stadt Athen galt sie als Friedensgöttin. Sie gab Anregungen zu Gesetzen und wachte über ihre gerechte Anwendung. Sie pflanzte Ölbaume und lehrte die Athener, Öl aus Oliven zu pressen. Eine Athenische Tetradrachmon-Münze zeigt auf der einen Seite die Göttin mit Helm und auf der anderen Seite eine Eule als Symbol der Weisheit. Prometheus betrachtete Athene. Sein Blick fragte, ob ihre Schutzkleidung aus Ziegenfell nicht zu warm sei. Er sprach es nicht aus, wusste er doch, dass Athene Pan verbunden war. Noch bevor sie Schutzpatronin der Stadt geworden war, hatte sich Pan auf die Seite der Athener gestellt, als sie von den Persern bedroht wurden. Nach dem Sieg verehrten die Athener Pan. So auch Athene.
Luft, frische Luft. Athene öffnete ein Fenster in der Werkstatt, ließ sich von Prometheus herumführen und betrachtete die Wesen aus Ton. Leben sollte sie ihnen also einhauchen. Die Göttin zögerte nicht lange. Prometheus tanzte vor Glück.
Seine Freude blieb nicht lange ungetrübt. Zeus schäumte vor Wut, als er von dem neuen Geschlecht der Menschen erfuhr und beschloss, es umgehend zu vernichten. Er rief Hephaistos. Gemeinsam tüftelten sie ein weibliches Wesen aus.

Hephaistos führte den Plan aus und Zeus gab ihr den Namen Pandora, was bedeutet „die alle Beschenkende“. Zeus nahm eine Büchse, füllte sie mit Übel- und Gräueltaten und verschloss sie. Er gab die Büchse Pandora, verriet ihr aber nicht, was sie enthielt. Er musste nicht lange warten, neugierig öffnete Pandora die Büchse. Sofort strömten die Gräuel- und Übeltaten heraus, überschütteten die Menschen mit Tod, Krankheit und Leid. Von allen unbemerkt kauerte auf dem Boden der Büchse die Hoffnung. Doch auch sie konnte trügerisch sein.
Es ist dunkel geworden. Im Spiegel flackern Kerzen. Die Fotografin hängt in einem Sessel mit hoher Lehne, ist eingeschlafen. Ihre rechte Hand berührt ein umgefallenes Weinglas auf dem Beistelltisch. Ein kurzer Trommelwirbel, dann erfüllt die Flöte wieder den Raum. Töne, die ans Herz greifen. Als ob Pan den in eine Flöte verwandelten Körper seiner Syrinx liebkoste. Verwandelte Körper, vielfältige Körper. Pan, Mensch und Tier, Syrinx, Mensch und Flöte. Für Prometheus gab es keine normierten Körper. Er spielte, schuf Pandrogynes. Weiblichmännlich, männlichweiblich, menschlichtierisch. Beleben mit Zwischentönen.
Klingt verführerisch.

Javier Gil

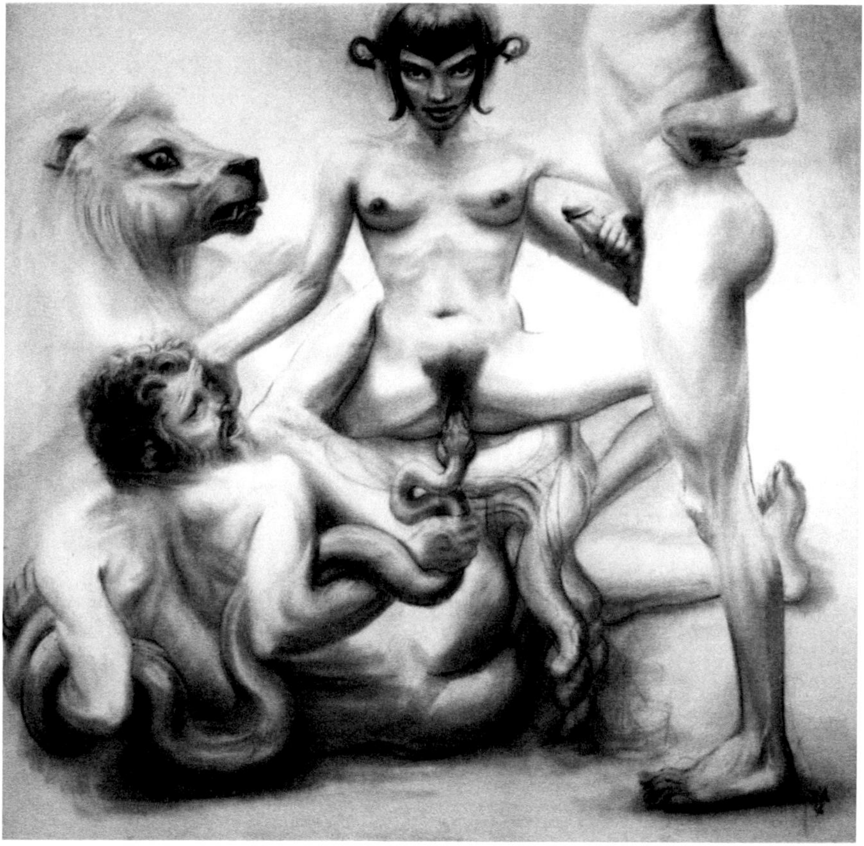

Diana Weis

Girls at war

„She was a girl, unfit to become a woman.“ A.M. Homes, The End of Alice

Die Geschichte dieses kleinen Mädchens beginnt und endet im Krieg. Die Füße mit schwarzen Schnürstiefelchen bekleidet, das dunkelblonde Haar zu Zöpfen geflochten, läuft das etwa fünfjährige Kind durch die Wirren des in Liquidation befindlichen Warschauer Ghettos. Es trägt einen Mantel, so rot wie die Liebe und das Blut. Später erkennt der Zuschauer es auf einem Leichenwagen wieder.

Nicht erst seit ihrer funktionalen und institutionalen Vermarktung im zwanzigsten Jahrhundert ist die Figur des kleinen Mädchens als Opfer und Heldin diejenige kulturelle Ikone, an der die äußersten Grenzen des gesellschaftlich Akzeptablen verhandelt und fassbar gemacht werden. Im Bedeutungsgeflecht von Schuld und Unschuld, Gewalt und Sexualität ist diese Figur sowohl Trumpfkarte als auch kleinster gemeinsamer Nenner. Als Prototyp des Opfers garantiert das weibliche Kind maximale Fallhöhe, so dass die an ihrem Körper verübten Verbrechen umso abscheulicher erscheinen. Das „Mädchen im roten Mantel“ ist das Schlüsselmotiv in Steven Spielbergs Film „Schindlers Liste“ (1993), einem Versuch, den Schrecken des Holocausts in einem Hollywood-kompatiblen Format abzubilden. Spielberg entschied sich für die Figur des kleinen Mädchens, um Gewalt auf angemessen verstörende und dabei leicht konsumierbare Weise fassbar machen.

Die symbolische Bedeutung des kleinen Mädchens als Opfer und Heldin und ihre Strahlkraft als Märtyrerfigur sind keine Erfindung des Regisseurs, vielmehr bedient er sich eines etablierten, kulturell durchgeformten Archetyps.

Indem Spielberg das Rot ihres Mantels mit einem tautologischen Kunstgriff als einzigen Farbflecken dem ansonsten in schwarz-weiß gehaltenen Material gegenüberstellt, wird die Figur des kleinen Mädchens überdeutlich als Ikone markiert: Millionen Opfer, Männer, Frauen und Kinder, komprimieren sich in ihrer zierlichen Gestalt zu einem Körper von unendlicher Dichte.

Ist von der Figur des kleinen Mädchens die Rede, so ist eine Figur gemeint, deren visuelles Erscheinungsbild in besonderer Weise dazu geeignet scheint, die moralischen Werte der Gesellschaft, die ihr Bild hervorbringt, zu bestätigen und zu reproduzieren. Aus dem Figurenkatalog der westlichen Populärkultur zeigen die Beispiele Rotkäppchen, Anne Frank und die beiden in spektakulärer Weise durch die Medien gegangenen Verbrechensopfer Jon Benet Ramsey und Madeleine McCann, dass die Vertreterinnen dieses Typus mehr als nur eine „Familienähnlichkeit“ (Wittgenstein) verbindet. Es handelt sich um ein im Idealfall blondes, jedenfalls aber hellhäutiges (weißes) Kind, dessen Gesichtszüge dem werbetauglichen Schönheitsideal entsprechen und dem jegliche Attribute einer nostalgischen Mädchenhaftigkeit, wie Schleifen, Rüschen, Zöpfe etc., zuträglich sind. Der Figur stehen die potenten Feinde Böser Wolf, Nazi und Pädophiler („Schwarzer Mann“) als Personifizierungen des *Anderen*, des Bösen gegenüber. Im Unterschied zu C.G. Jungs Beschreibung des Kinderarchetyps als „zwiegeschlechtige Urwesen“[1] handelt es sich bei den hier genannten Konstellationen eindeutig um *gendered bodies*. Im Kontext Märchen, Krieg, Pornografie ist die

Stoßrichtung der Gewalt festgelegt und bestätigt auf den ersten Blick die patriarchale Machtstruktur, welche den Täter als männlichen und das Opfer als weibliches kennzeichnet.
An einem weiteren Kriegsschauplatz begegnen wir dem kleinen Mädchen erneut: Wieder ist ihr blondes Haar zu Zöpfen geflochten und diesmal noch mit hellen Schleifen versehen. Sie läuft über ein Feld, vorbei an Bäumen und bunten Blumen, im Hintergrund sind bereits ihre Verfolger, berittene Soldaten, zu erkennen. Das kleine Mädchen ist nackt, das Leuchten ihrer rosafarbenen Haut verdeutlicht ihre Schutzlosigkeit und ihr Ausgeliefertsein auf herzzerreißende Weise. Erst auf den zweiten Blick fällt dem Betrachter auf, dass sich zwischen ihren Beinen ein Penis befindet.
Die Darstellung stammt aus dem Nachlass des Hausmeisters Henry Darger. Nach seinem Tod 1972 wurde in seinem Chicagoer Zimmer ein aus über 15 000 handgeschriebenen Seiten bestehender Roman mit dem Titel „The Realms of the Unreal“ gefunden, der einen Krieg zwischen Mädchen und Männern beschreibt.[3] Faszinierender als der sich im militärischen Details erschöpfende und bis heute bis auf wenige Auszüge unveröffentlichte Text sind die über 300 Illustrationen, die Darger seinem Roman beigefügt hatte und die ihn posthum zu einem der berühmtesten (und teuersten) amerikanischen Künstler des zwanzigsten Jahrhunderts machen sollten. Seine Bilder zeigen hunderte kleiner Mädchen, platziert in einer bizarren Psychogeografie aus utopischen Landschaften, Konzentrationslagern und blutigen Schlachtenszenen. Oft sind die Figuren nackt und fast immer haben sie einen Penis.

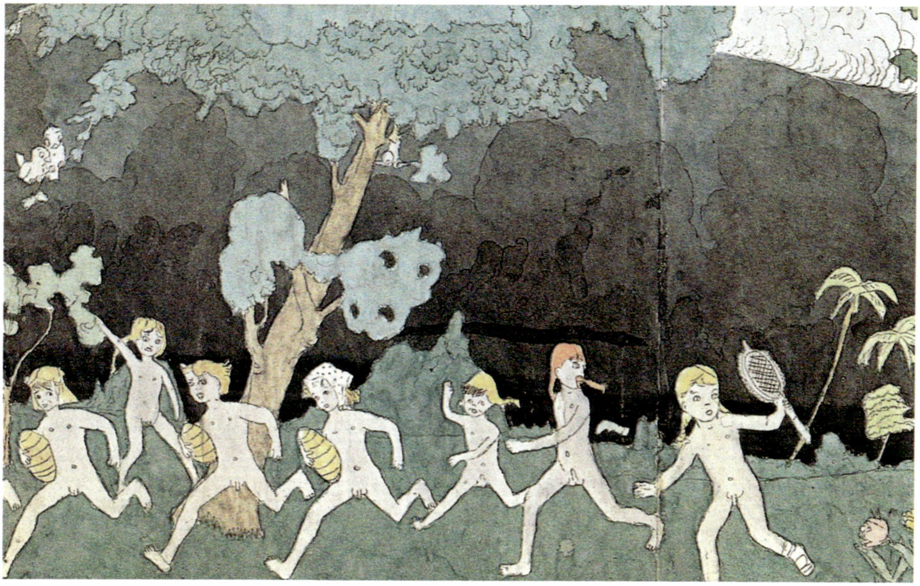

Henry Darger

Darger, der keine künstlerische Ausbildung genossen hatte und sich selbst als nicht in der Lage dazu sah, den menschlichen Körper zu zeichnen, entwickelte mit der Zeit eine eigene Technik, die im obsessiven Sammeln, Ausschneiden, Durchpausen und Fotokopieren von Mädchendarstellungen bestand. Ein geeignetes Arsenal an Mädchenfiguren fand Darger in Werbebroschüren und Cartoons. Im Zuge dieser stetigen Re-Produktionsprozesse wurde die Kleidung der Mädchen subtrahiert, der Penis addiert. Viel ist über Dargers psychosexuelle Verfassung spekuliert worden. Während die eine Seite Darger die Naivität eines Kindes unterstellt, sammelt die Gegenseite Indizien. Im Mai 1911 wurde in Chicago die zehnjährige Elsie Paroubek ermordet aufgefunden, der Fall wurde nie aufgeklärt. In Dargers Zimmer wurden Zeitungsausschnitte und Bilder des Mädchens gefunden. Über Dargers eigene Kindheit sind nur wenige Fakten bekannt: vier Jahre nach seiner Geburt im Jahr 1892 verstarb seine Mutter, mit acht Jahren gab ihn sein Vater in ein katholisches Kinderheim, von dort wurde der Junge in das berüchtigte Lincoln Asylum für „schwachsinnige" Kinder verlegt, einer geschlossenen Anstalt Dickens'schen Zuschnitts. Niemand weiß genau, welche Misshandlungen Darger am eigenen Leibe hat erfahren und welche er hat mit ansehen müssen. In seinen Bildern wechseln märchenhafte Darstellungen friedlich spielender, von mächtigen Fabelwesen beschützter Kinder mit albtraumartigen Schlachtenszenen, bei denen Mädchen auf unerträglich grausame Weise getötet werden. Neben den überaus plastischen Darstellungen von Gewalt ist es die verwirrende Anatomie der Opfer, die beim Betrachter ein Gefühl des Unbehagens auslöst.

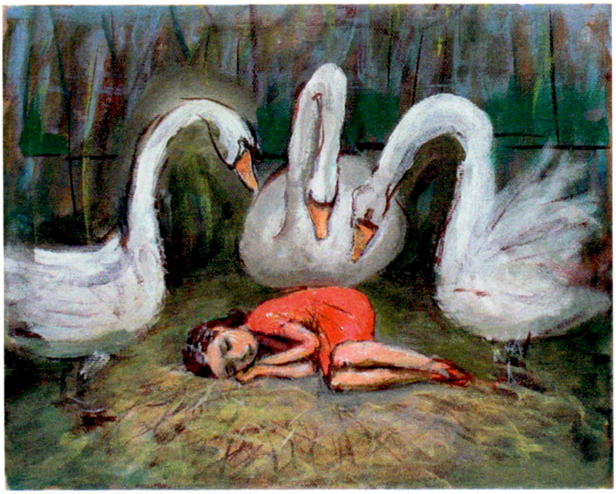

Stu Mead

Da Freud kein Philosoph war, lehnte er es ab, die Geschlechtkategorie vom Genitalen loszulösen und ins Metaphysische zu erweitern. Geht es nach ihm, wäre ein Kind, das Zöpfe trägt und einen Penis besitzt, ein Transvestit, also ein Knabe, der sich als Mädchen verkleidet. Der in Berlin lebende Künstler Stu Mead hat sich in einem Interview, als Antwort auf die Frage, warum er in seinen Bildern immer wieder auf die Figur des kleinen Mädchens als Projektionsfläche zurückgreifen würde, einmal selbst als „Transvestiten" bezeichnet, obwohl er keine Frauenkleidung trägt. Wegen ihrer puppenhaften Hübschheit und ihrer in Gefahrensituationen aggressiv zur Schau gestellten Unschuld wurden Meads Mädchenbilder oft mit denen von Darger verglichen. Was sie unterscheidet, ist ihr explizit sexueller Gehalt: die Mädchen lüpfen ihre Kleider, stellen ihre Körper lasziv zur Schau, räkeln sich auf Betten, Diwanen und in öffentlichen Badeanstalten, sie masturbieren, defäkieren und urinieren mit ungehemmter Lust am eigenen Körper. Sodomie, Zoophilie, Inzest, Fellatio, Homosexualität und Blasphemie vervollständigen das Panoptikum der Per-

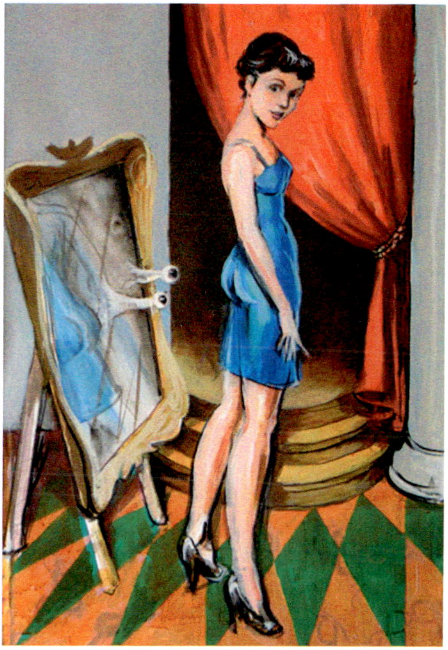
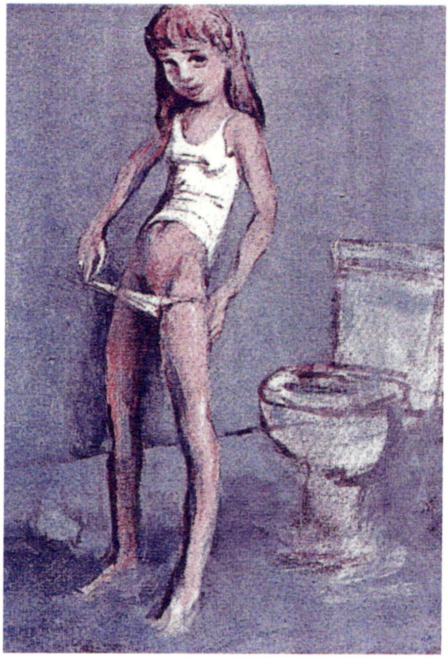

Stu Mead

versitäten, in dem die kleinen Mädchen nicht als Opfer, sondern als raffinierte Verführerinnen agieren. Der (männliche) Zuschauer als Voyeur ist dabei nicht nur implizit anwesend, sondern oft Teil der Komposition. Ähnlich wie Darger bedient sich Mead bei der Physiognomie seiner Mädchen-Figuren bei Vorbildern aus der Populärkultur und den Massenmedien, schon als Kind schnitt er die in den USA auf Milchkartons gedruckten Fotografien vermisster Mädchen aus, um sie aufzuheben, wenn sie „hübsch" waren. Auch seine Mädchen tragen Schleifen im Haar und weiße Söckchen zu kurzen Rüschenkleidern. Auf die Ausarbeitung der männlichen Figuren verwendet Mead weit weniger Sorgfalt, oft erscheinen sie als lächerlich, hässlich und deformiert.
Texte, die sich mit den Arbeiten von Stu Mead befassen, ziehen immer wieder seine Körperbehinderung als mögliches Erklärungsmodell heran, indem angedeutet wird, Mead würde sich aus einem Gefühl der Minderwertigkeit heraus mit der Figur des Mädchens identifizieren.[5] Mead kam 1955 in Minneapolis mit Arthrogryposis zur Welt, einer angeborenen Fehlbildung der Gelenke. In einem Interview erzählt er: „Als ich ein Kind war, haben mich Ärzte auf ein Podest gestellt und haben Fotos von mir gemacht, für ihre medizinische Forschung. Ich fand das furchtbar, da so nackt angestarrt zu werden. Ich glaube, ich projiziere diese Erfahrung auf Frauen, weil sie da kulturell besser hinpasst."[6]
Die Figur des kleinen Mädchens wird hier nicht als Identifikationsmodell einer als defizitär verstandenen Männlichkeit genannt, vielmehr repräsentiert sie die universelle Erfahrung des Ausgeliefertseins und der Schutzlosigkeit. Doch ebenso wie auf Dargers Bildern sind Meads Mädchenfiguren dazu in der Lage, sich

erfolgreich gegen ihre Verfolger zu wehren. Sie können Männer quälen, verletzen und sogar töten. Meads Bilder sind von „unzähligen offenen oder versteckten Spiegelungen, Dopplungen und Parallelisierungen“[7] durchzogen.
Das Mädchen als Hermaphrodit taucht in Meads Bildern vereinzelt auf: es zeigt seinen Penis stolz, benutzt ihn sogar, um ein anderes Mädchen damit zu penetrieren. Oft wird der Phallus auch nur angedeutet: das defäkierende Mädchen hat einen „Penis aus Scheiße“[8], der Urinstrahl deutet eine Ejakulation an.
Begreift man den Phallus nicht als Objekt, sondern als Signifikanten innerhalb einer symbolischen Ordnung[9], offenbart sich die tiefe Gespaltenheit des Subjekts. Durch die künstlerische Aneignung des Körpers des kleinen Mädchens sind die Künstler Mead und Darger dazu in der Lage, eigene, traumatische Kindheitserfahrungen abzubilden und gleichzeitig Gewaltfantasien, die sich auf diesen Körper richten, zu bannen. Henry Darger gründete zu Lebzeiten zusammen mit William Schloeder, dem einzigen Freund, den er jemals hatte, einen Geheimclub zum Schutze der Kinder („The children's protective society“), dessen Aktivitäten hauptsächlich darin bestanden, kleine Mädchen auf dem Spielplatz zu beobachten: Bei der Sorge um ein Kind wird das, was dem Kind angetan werden könnte, immer mitgedacht. Der Missbrauch ist also stets Teil der Beschützerfantasie.
Der „umgestülpte“ Körper[10] des Penis-Mädchens verweigert den voyeuristischen Blick, indem es Aspekte des (weiblichen) Opfers und des (männlichen) Täters in sich vereint. Geht man von der These aus, dass sich Frauen Erzeugnissen der männlichen Bildproduktion nur durch die Maskerade annähern können, indem sie die als männlich konnotierte Position des Betrachters einnehmen[11], so zwingen die Bilder von Mead und Darger umgekehrt den männlichen Betrachter dazu, die Maskerade des kleinen Mädchens anzulegen.
Indem sie die eng gesteckten Grenzen des binären Geschlechtermodells transzendiert, wird die Figur des kleinen Mädchens an ihren mythologischen Ursprung zurückgeführt und zeigt sich nicht als Zwitterwesen, sondern als ein „pandrogynes Geschöpf, das dem Reich des Kindes entstammt, das wir alle gewesen sein werden“.[12]
Draußen in der Welt wird währenddessen die Haut des kleinen Mädchens weiter zu Markte getragen, um die bürgerlich-heterosexuelle Matrix zu repräsentieren und manifestieren. Dass die weiße Kind-Frau als Trophäe überaus begehrenswert ist, steht außer Zweifel. Täglich erfährt man in den Zeitungen von männlichen Unholden, die es darauf abgesehen haben, das kleine Mädchen an einen finsteren Ort zu verschleppen. An einen Ort, an dem die Grenzen zwischen Fürsorge und Missbrauch verschwimmen. Als der österreichische Unhold Josef Fritzl im Polizeiverhör gefragt wurde, *warum* er seine Tochter Elisabeth 24 Jahre lang in einem Kellerverlies gefangen hielt, antwortete er: „Um sie zu beschützen.“

[1] C.G. Jung: Zur Psychologie des Kinderarchetypus (1940), München 2006, S. 130
[3] Der vollständige Titel lautet: „The Story of the Vivian Girls, in what is known as The Realms of the Unreal, of the Glandeco-Angelian, caused by the Child Slave Rebellion“
[4] Andreas L. Hofbauer: Aus dem Guckkasten des Singulären, für stmead.com 2006
[5] Z.B. Ghazi Barakat: The Late Great Aesthetic Taboos, in: Apocalypse Culture 2, Kalifornien 2000
[6] „Da gibt es irgendwie keinen Weg raus.“ Stu Mead im Gespräch mit Sarah Diehl, erschienen im Kompendium *Brüste kriegen*, Berlin 2004
[7] Hofbauer [8] ebd.
[9] Vgl. dazu Jaques Lacan: La Signification du Pahllus, in: ders., Ecrits, Paris 1966.
[10] In einem Text zur Kunst Henry Dargers verwendet A.M. Homes den englischen Begriff „inside-out“, in: ArtForum, Mai 1997
[11] Vgl. dazu: Joan Riviere: Weiblichkeit als Maskerade (1929), in: Liliane Weissenberg (Hg.): Weiblichkeit als Maskerade, Frankfurt a.M. 1994
[12] Hofbauer

Torsten Flüh

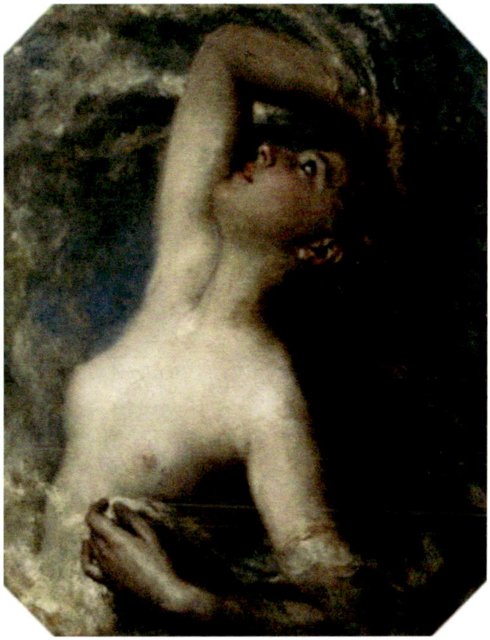

Gustav Graef, Die Allegorie des Windes

Psyche

Meine kleine Psyche. Immer wieder murmelt er im Fieberwahn: „Meine kleine Psyche". Dabei ist die Psyche gar nicht klein. Weder die eine noch die andere Psyche ist klein. Sie ist nackt. Sie ist begehrenswert. Langes Haar. Mädchenhaftes Antlitz. Meine kleine Psyche. Sie hat das feste Fleisch eines Mädchens, das an der Schwelle zur Frau steht. Die Brüste sind straff. Das Haar weht offen. Meine kleine Psyche. Als er neulich Louis Pasteur in Paris besucht hat, zeigte der ihm ein neues Gemälde von Bouguereau. Amor und Psyche. Pasteur sagte Psyche et L'amour. Die Psyche und die Liebe. Er aber liebt Psyche als Amor. Er trägt sie hinweg in himmlische Gefilde. Ekstatisch. Meine kleine Psyche. Wenn er sie liebt, dann gerät seine kleine Psyche in Ekstase. Er ist nicht mehr ganz der junge Amor, aber er sieht sich, wie Bouguereau ihn gemalt hatte. Meine kleine Psyche. Ja, so warf sie ihren Kopf in den Nacken, wenn er sie liebte. So hielt sie ihm ihren Hals entgegen. Amor und Psyche. Meine kleine Psyche.

Das Fieber steigt. Der Unterarm schmerzt. Er wirft sich auf dem Lazarettbett im Labor hin und her. Am Mikroskop auf dem Labortisch ihre Fotografie. Sie hinter einem Stuhl stehend. Mehr Evchen als Psyche, bis zum Hals geschlossenes Kleid. Graef hat seine Psyche entdeckt. Graef hat sie gemalt. Langes, offenes Haar. Der feste, nackte Körper einer jungen Frau. Die Seele des Wasserdrachens. Die Orientalin. Bianchina. Frauen wie seine Psyche. Alle Männer sind verrückt nach diesen Frauen. Fatal. Die Injektionsstelle schmerzt.

Er hatte keine andere Wahl gehabt. Er weiß nichts. Er weiß gar nichts über die Wirkung der Injektion. Aber wann, wenn nicht jetzt, sollte er sich die Injektion gesetzt haben. Wenn die Injektion tödlich sein sollte, dann hatte er wenigstens alles genau notiert. Bis hierher. Jetzt kann er nichts mehr notieren. Der Arm schmerzt. Die Injektionsstelle brennt. Nein, die Versuche an den Meerschweinchen hatten nicht mehr ausgereicht. Das war klar. Aber die Meerschweinchen waren nicht krepiert. Er hatte mit kleineren Dosen an den Meerschweinchen experimentiert. Versuchsreihen. Versuchstiere. Jetzt gilt es. Es ist ihm unmöglich, vom Feldbett aufzustehen, geschweige denn, Notizen zu machen. Er befindet sich im Delirium. Das weiß er. Zu wissen, dass man sich im Delirium befindet und dass es das Ende bedeuten kann, ist ein erregendes Gefühl. Befreiend. Meine kleine Psyche.

Im Delirium ist die Psyche groß und weit und weich. Alles weitet sich. Mögen die Leute doch denken, was sie wollen. Jetzt gilt es. Er steht am Abgrund. Und er weiß es. Es ist ein köstliches Gefühl. Er sieht die roten Blutkörperchen, wie sie in seiner kleinen Psyche pulsieren. Köstlich. Das Leben selbst. Kampf der Tuberkulose. Er zwingt sich dazu, jetzt, gerade jetzt, als er das Gefühl hat, dass es zu Ende geht, dass er auf das Ende zugeht … La petite mort. Fiebermessen. Er hat das Labor verriegelt. Von innen verschlossen. Wenn es umkippt, wenn er kollabiert und gar stirbt, werden sie schon die Tür aufbrechen können. Er muss trinken. Er zwingt sich, Wasser zu trinken. Die Injektionsstelle brennt. Sie brennt mörderisch und hält ihn wach. Im Krieg 70/71 hat er die Soldaten ohne Narkose verarzten müssen. Verarzten müssen! Amputiert haben sie. Reihenweise. Er sieht die Schlachtfelder. Zelte sind Schlachtfelder. Das Blut spritzt in Fontänen. Rot von innen die Lazarettzelte. Wundbrand. Exitus. Seine Wunde brennt. Aber das ist kein Wundbrand! So weit ist er gekommen. Hurra, hurra, so weit sind wir gekommen. Selbst jetzt im Delirium weiß ich, dass die brennende Wunde kein Wundbrand ist. Das Thermometer. Ich habe das Thermometer bereitgelegt? Die Wunde brennt. Aber es ist kein Wundbrand. Da hab ich der deutschen Sprache aber ein Schnippchen geschlagen. Ein Schnippchen mit der Bakteriologie. Endlich. Das Thermometer. Ansetzen. Unter die Achseln? In den Mund? Rektal? Rektal ist am genausten. Oh, mein Gott. Seitenstellung und rektal einführen. Konzentration. Der Arm schmerzt. Gut, dass er schmerzt. Es hält mich wach. Er schmerzt nicht so sehr, dass ich ohnmächtig werde. Wenn die Soldaten sich bis in den Wahnsinn geschrien hatten, wurden sie ohnmächtig. Ohnmächtig sollte ich nicht werden. Virchow hat das Schreien nie gehört. Meine kleine Psyche. Der hat sich immer nur mit Leichen beschäftigt. Memme! Leichen schreien nicht. Stumm, alles stumm in der

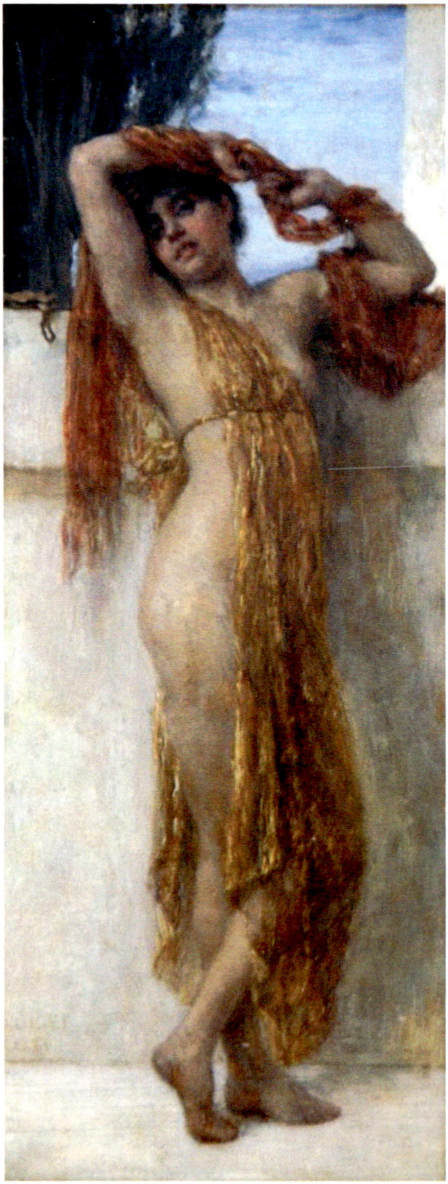

Gustav Graef, Orientalin

Pathologie. Die Stille kann ganz schön laut sein. Virchow verachtet mich. Ich weiß es! Soll er doch, wenn mich das Fieber nicht krepieren lässt, dann werde ich der Sieger sein. Machen Sie das mal nach, Herr Kollege. Zelltheorie. Von wegen. Stillliegen! Das Fieberthermometer steckt im Sphinkter. Herr Kollege, Sie mit ihren Zellen und mit Ihren Toten. Wie langweilig. Sterbenslangweilig. Diese laute Stille. Schnippschnapp. Sie, Virchow, schneiden einfach die tuberkulösen Teile vom Körper ab. Was hilft das schon! Das hilft gar nichts. Geht nur bei 'ner Leich. Im Leben geht das nicht. Ich darf das Trinken nicht vergessen. Kühlung. Das nasse Tuch auf die Stirn. 39,6 Grad! Weiter sollte es nicht steigen. Meine kleine Psyche. Wo ist meine kleine Psyche? Idiotisch, in so einer Situation an das Fiebermessen rektal zu denken. Was heißt idiotisch? Ich mache es doch nur, um das Fieber zu messen. Quatsch. Jetzt werden wir aber ordinär. Aber Herr Professor! Ist trotzdem Quatsch. Also, neununddreißigkommasechs ist schon kritisch. Eine wundervolle Reaktion auf die Injektion. Ich will jetzt an meine kleine Psyche denken. An ihren Leib. An das Haar. An ihre Ekstase. Psyche et L'Amour. Psyche macht Liebe. Ich muss mich wach halten. Ich darf nicht einschlafen. Wenn es klappt, dann heirate ich sie.

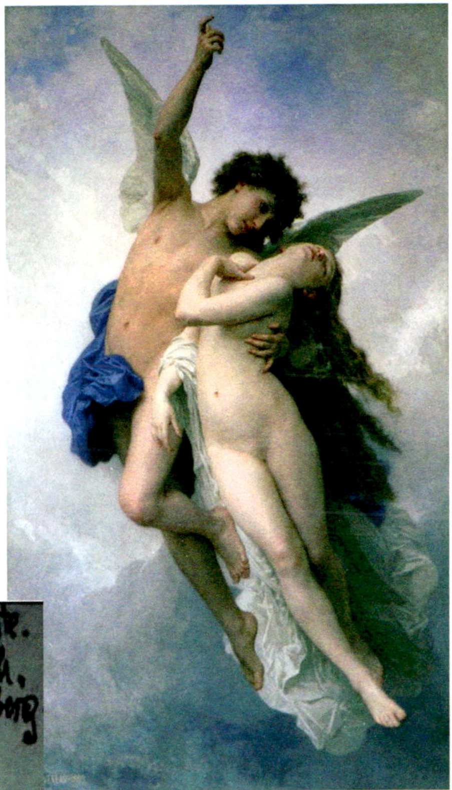

William Adolphe Bouguereau , Psyche et l'amour

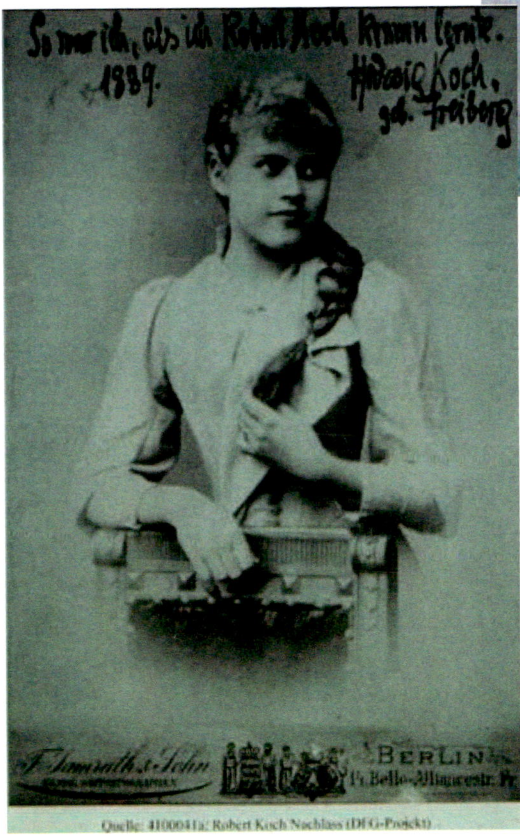

Quelle: 4100041a: Robert Koch Nachlass (DFG-Projekt)

Später notierte Robert Koch: *Nach etwa zwölf Stunden ließen sämtliche Beschwerden nach, die Temperatur sank und erreichte bis zum nächsten Tage wieder die normale Höhe; Schwere in den Gliedern und Mattigkeit hielten noch einige Tage an, ebenso lange Zeit blieb die Injektionsstelle ein wenig schmerzhaft und gerötet. Die Injektion von 0,25 cm ³ ist eine reichliche. Weniger tut es auch, um eine heftige Reaktion zu erzeugen.* Nach dem, was er im Sommer 1890 über die Immunisierung wissen kann, sieht es so aus, dass Robert Koch sich gegen die Tuberkulose immunisiert hat. Zwölf Stunden Fieberwahn schützen vor Tuberkulose.

Notiz zu Psyche

Das Jahr 1890 liegt sehr weit zurück. Doch gerade in der Berliner Boheme und ihrem Umfeld setzt um dieses Jahr eine erotische Revolution ein, die wesentlich zur Bildermaschine des Sexuellen bis in die Gegenwart und bis an die Grenzen des Pornografischen beitragen sollte.

Als ich im September 2008 einen Vortrag von Beate Wonde, Leiterin der Mori Ogai Gedenkstätte, zu dem 1910 gestorbenen Nobelpreisträger, dem Entdecker der Erreger von Tuberkulose und Cholera, Robert Koch, in Japan hörte, fiel mir eine erotische Konstellation auf, die Potenzial für eine Erzählung hatte. In der Sprache des Koch-Biografen Bernhard Möller: *Als Robert Koch im besten Mannesalter stand, trat eine entscheidende Wendung in seinem Privatleben ein. Bei dem bekannten Maler Professor Graef, der sein Bild malen sollte, lernte er dessen Schülerin Hedwig Freiberg kennen. Die vielseitige Begabung des hübschen, damals siebzehnjährigen Mädchens fesselte ihn besonders und erweckte in ihm das Verlangen, ein neues Glück an der Seite dieser Frau zu suchen.*[1]

Die Formulierung klingt ebenso patriarchalisch wie bieder. Allein das Verb „fesseln“ deutet nicht ganz selbstbestimmte Handlungen an. Wer war das siebzehnjährige Mädchen, das den siebenundvierzig Jahre alten Professor Koch zu „fesseln“ vermochte?

„Psyche“ ist nicht nur ein historisches Schlüsselwort, das exakt um 1890 aufkommt. Vielmehr noch hat Hedwig Koch in sehr viel späteren Jahren einmal angegeben, dass Robert sie „meine kleine Psyche“ genannt habe.[2] Als ich das las, dachte ich: Das ist stark. Nicht zuletzt wird nämlich um 1890 die Darstellung des weiblichen Orgasmus Bild unter dem Namen „Psyche“. Das Bildwerden der weiblichen Sexualität und des weiblichen Orgasmus reicht weit in unsere aktuellen Bilderwelten hinein.

Angeregt also durch den Vortrag und weiteres biografisches Material, begann ich, einen Roman über Robert Kochs Reisen und seine Tuberkulinversuche und seine Liebe zu Hedwig zu schreiben. Das zentrale Kurzkapitel darin ist „Psyche“.

Bilder zu erkennen, ist abhängig von Wissenskonstellationen. Den heutigen BetrachterInnen mag die Erotik von Gustav Graefs „Die Seele des Wasserdrachens“ oder „Die Allegorie des Windes“ wenig pornografisch erscheinen. Beide Gemälde lassen sich nur an entlegenen Orten im Internet finden, nicht in angesehenen Staatlichen Kunstsammlungen. Doch in einem Kunstbuch aus dem Jahr 1902[3] über „Meisterwerke der Welt“ kommt Graef mit zwei Gemälden vor. Der Maler Gustav Graef (1821-1895) deckt das zeitgenössische Spektrum von der Porträt- über die Historienmalerei bis hin zum Orientalismus ab, das aber nicht nur aka-

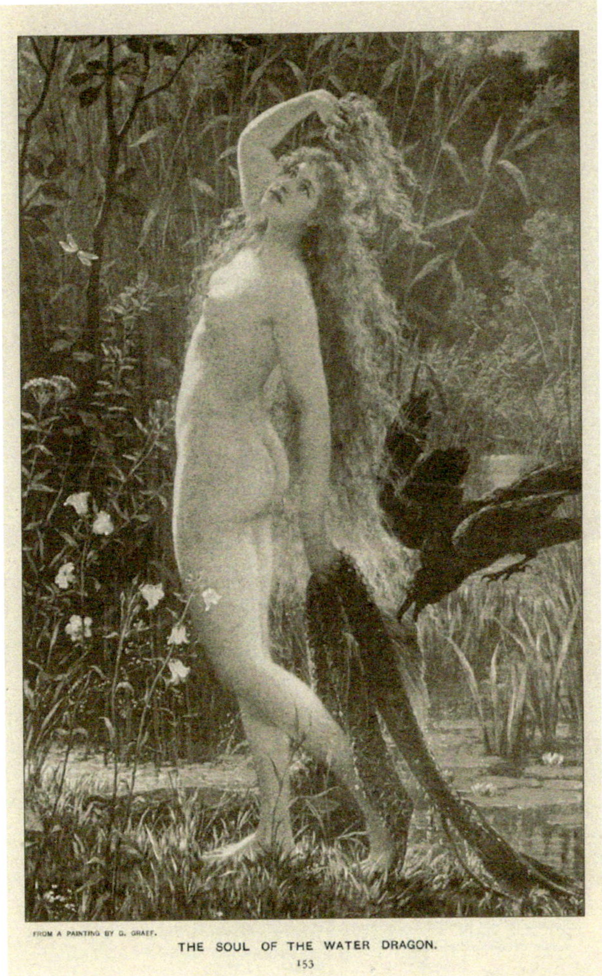

Postkarte nach Gustav Graef, Die Seele des Wasserdrachens

sondern von Psyche und dem Gott Amor, der in der griechischen Mythologie Eros heißt. Indem nun aber Amor zur *L'Amour* wird, deckt der Titel das mythologische Bild als körperliche Handlung auf.

Das Wechselspiel von Wissenschaft, Sichtbarkeit und Kunst treibt just zu diesem Zeitpunkt seine schönsten Blüten. Um 1888 hatte Jean-Martin Charcot (1825-1893) in Paris seine *Leçons du mardi* veranstaltet, die das Repertoire des Sichtbaren, insbesondere der weiblichen Sexualität, beträchtlich erweitern. Den Sitz einer sagenumwobenen Frauenkrankheit vermutete man in den Geschlechtsorganen. In Charcots *Leçons* werden junge Frauen, Hysterikerinnen genannt, unter den Augen des wissenschaftlich interessierten, ausschließlich männlichen Publikums durch Hypnose zu exaltierten Bewegungen veranlasst. Im Publikum

demisch. Für nackte Schönheiten standen Frauen Modell. In vergleichbaren zeitgenössischen Darstellungen wie *Psyche et L'Amour* (1889) des französischen Malers William Adolphe Bouguereau (1825-1905) gleitet das Bild religiöser Ekstase in eine neue sexuelle Ekstase über. Im Titel von Bougureaus Gemälde findet eine winzige sprachliche Veränderung statt. Die Mythologie handelt nämlich nicht einfach von Königstochter Psyche und der Liebe,

ein junger Arzt und Schüler, Sigmund Freud (1856-1939).

Es ist die Geburtsstunde einer neuen Wissenschaft, eines neuen Wissensbereichs überhaupt – der Wissenschaft von der Psyche. Auch Bouguereau dürfte von den Lektionen Charcots profitiert haben, Graef blieb nicht uninteressiert. Bereits 1887 hatte André Brouillet (1857-1914) das heute häufig zitierte Gemälde einer dem männlichen Publikum vorgeführten

„Hysterikerin", der *Leçon clinic à la Salpêtière*, geschaffen. In dieser Zeit, in diesem Umfeld lernten sich Robert Koch und Hedwig Freiberg kennen. Hedwig Freiberg hat Ähnlichkeit mit der jungen Frau beim Wasserdrachen, laut Schadewaldt ist sie „Malermodell".[4] Sie hat ihr Mädchenbild mit dem Vermerk versehen: „So war ich, als ich Robert Koch kennenlernte."
Graefs Tochter Sabine (1864-1942), auch Malerin, gehörte seit 1897 zu den frühen Förderinnen und Verehrerinnen des exzentrischen, jungen Dichters George in Berlin.[5] Sabine und ihr Mann, der Maler Reinhold Lepsius (1857-1922), führten einen tonangebenden Salon in der Kantstraße, dann im Berliner Westend. Das Malerehepaar Lepsius wohnte ab 1903 im Westend. Robert und Hedwig Koch zogen ganz in die Nähe.

Schließlich kommt es nach Hedwigs späteren Angaben 1890 zu einem spektakulären Medikamentenversuch.[6] Robert Koch macht zunächst das Experiment an sich selbst. Testet seinen Impfstoff gegen Tuberkulose. Später an ihr. Wie es genau zum Versuch mit Tuberkulin an Hedwig gekommen ist, ist nicht überliefert. Koch selbst hatte den Versuch an Hedwig nicht in seinen Testreihen erwähnt. Sehr wohl aber genau Verlauf und Ergebnisse der Tests an seinen Institutsmitarbeitern niedergeschrieben. Die Versuche waren teilweise lebensgefährlich. An Tuberkulose erkrankte jedoch niemand, so dass Koch annahm, er habe eine wirksame Impfung gefunden. Dies sollte sich wenig später als Irrtum erweisen.

Als Hedwig Koch im Herbst 1944 Berlin verließ, „übergab sie vieles von dem, was sie besaß, nicht dem inzwischen nach Robert Koch benanntem Institut, sondern dem Märkischen Museum in Berlin-Mitte, einige wenige Stücke nahm sie mit."[7]

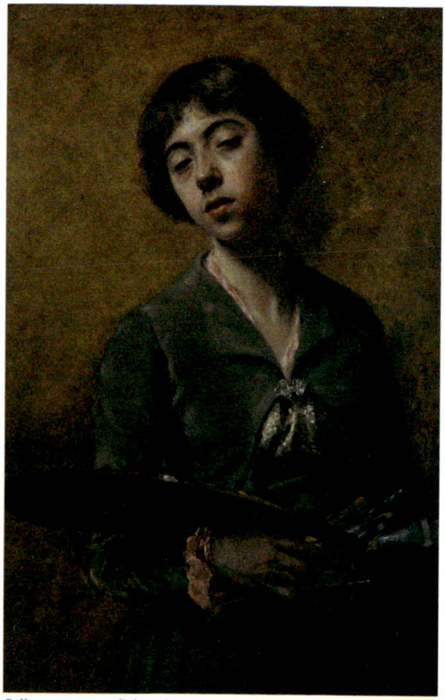

Selbstporträt von Sabine Lepsius, geb. Graef

Hedwig Koch dürfte 1944 nicht ganz unempfindlich dafür gewesen sein, was sich mittlerweile am Institut und im Namen ihres Mannes ereignet hatte.

[1] Möllers, Bernhard: Robert Koch. Persönlichkeit und Lebenswerk. (Schmorl & von Seefeld Nachf.) Hannover 1950. S. 224
[2] Schadewaldt, H.: Die Entdeckung des Tuberkulins. In: Deutsche Medizinische Wochenschrift. Nr. 39, Jahrgang 100, Stuttgart, 26. September 1975. S. 1928
[3] Master Paintings of the World. Edited by Dupont Vicars. The White City Art Co., Chicago, 1902, 12 chapters, 192 pages. (Anm.: Mary S. Van Deusen gibt auf www.iment.com vor allem an, dass das Buch für sie wichtig sei, weil es ihrer Großmutter gehört und sie über ihre Mutter dadurch die Kunst kennengelernt habe.)
[4] A.a.O. Schadewaldt
[5] Ebenda S. 221 ff
[6] a.a.O. Schadewaldt, S. 1928
[7] Münch, Ragnhild: Robert Koch und sein Nachlass in Berlin. Veröffentlichungen der Historischen Kommission zu Berlin. Band 104, Berlin 2003. S. 98

[1]

Laura

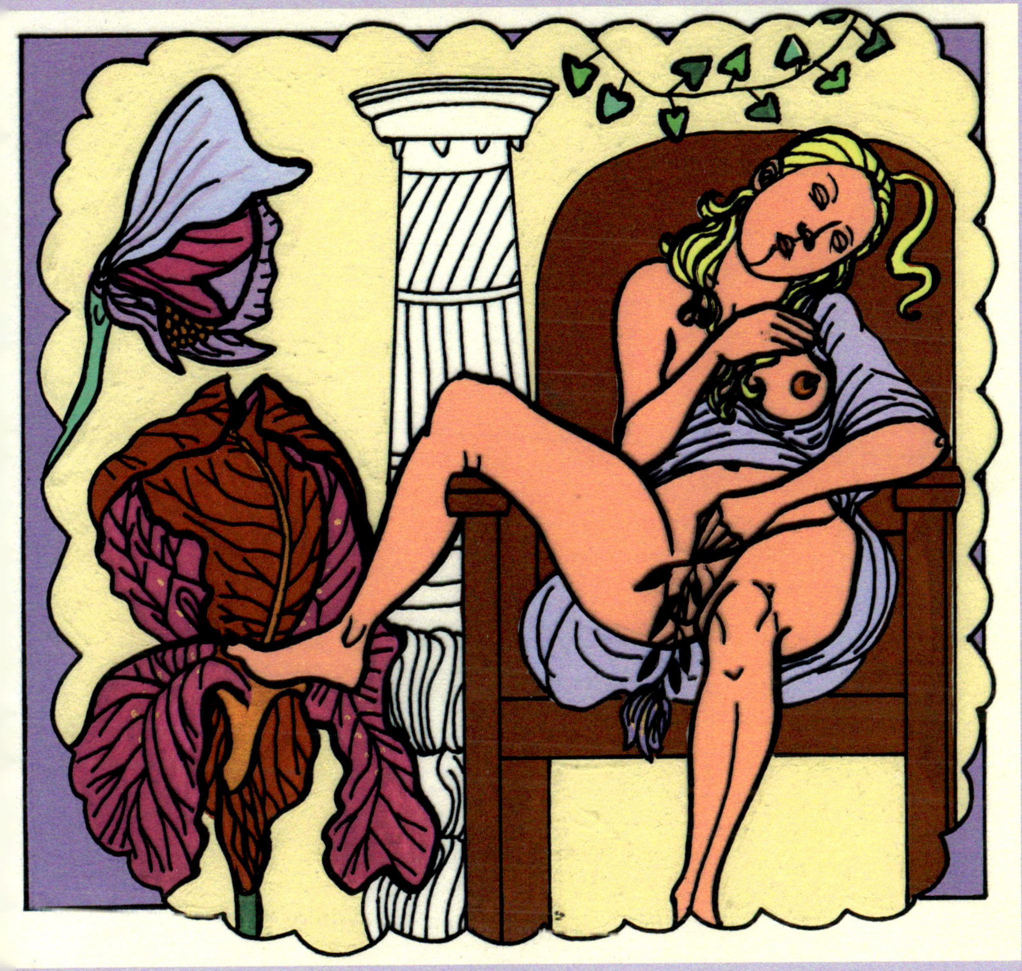

Claudia Wessel

Alles vorbei

Er ist tot. Mein Gott, warum nur, wo ihr gemeinsames Leben doch gerade erst begonnen hat. Er ist tot, ein Mann, dessen Zunge sie noch immer in ihrem Ohr spürt, wie sie dort eindringt, schmäler und länger wird, sich in ihren Gehörgang hineinschlängelt und im Inneren ihres Körpers hinab bis an die Eierstöcke dringt, ihre Eingeweide leckt, und das alles in diesem Gewölbe, das wabert und wackelt und springt und hüpft und bunte Kugeln eiern an Spiralen über Köpfen, Federn kitzeln die Luft, Boas sprühen ihr Gift aus, zuckersüß. Schweiß klebt in mehreren Schichten an seinem Körper. Auf dem Oberhemd, das mit Absicht schief geknöpft ist, passend zum Dreitagebart und den schmutzigen Fingernägeln und der schief sitzenden Wollmütze auf seinem großen Kopf. Auf dem rostfarbenen Pullover und auf dem grauen Unterhemd und auf seiner Haut, die weich sein muss und fast haarlos, er gibt es offen zu. Und auf der filzigen Fleecejacke. Die Schweißperlen fließen auf seiner Stirn hinab, über dicke Faltenfurchen und über seine Nase, er könnte die Tropfen mit der Zunge von seiner Oberlippe lecken, wäre sie nicht zu beschäftigt, tastete ihre Spitze nicht nach ihr, führe sie nicht immer wieder ihre Lippenränder nach.

Er war Motorradfahrer und in diesen ersten sonnigen Märztagen hat er sich auf seine Maschine gesetzt und er ist losgefahren, im Kopf die Gedanken an seine mögliche Arbeitslosigkeit, im Nacken noch das Gespräch mit dem Chef. Alle Kollegen der Spedition hatten sich zusammengetan, Solidarität konnte man das

Laura

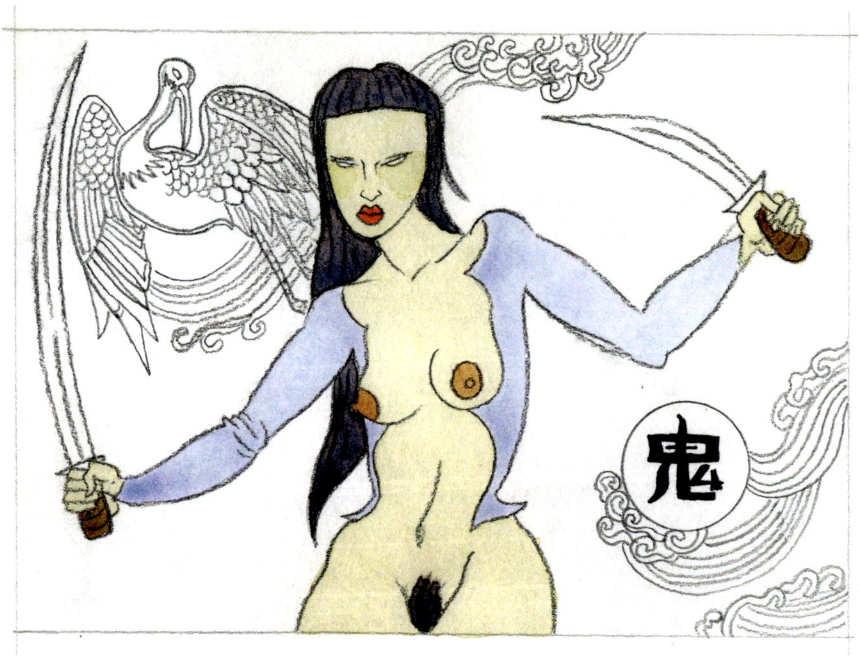

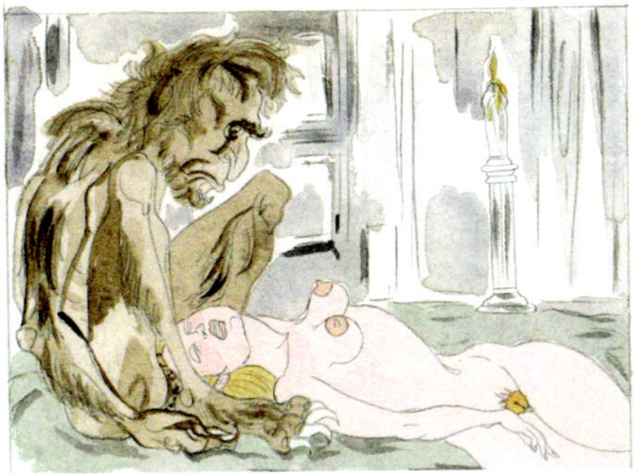

ruhig nennen. Sie wollten sich selbst am Schopf aus dem Sumpf ziehen, in den die Wirtschaftskrise sie hatte sinken lassen. Sie wollten ihrem Chef sagen, ihm gemeinsam mitteilen, dass sie seine Politik der Angst nicht mehr ertragen würden. Sie nicht mehr hinnehmen würden. Dass dies der Aufstand sei, er vor sich den kollektiven Widerstand sehe. Sie alle bereit seien, auf der Stelle zu gehen, sollten sie kein Gehör bei ihm finden.

Dann bin ich eben arbeitslos, sagte er ins Gelb seines Bieres und ins Perlen ihres Proseccos. Ach, arbeitslos, das klang an dieser roten Theke wie ewige Zungenzeit, wie Lust-Gewinne und schwarze Zahlen, die wirklich zählen. Seine wasserblauen Augen unter hellhaarigen Brauen waren kleine Schwimmbecken, in die sie eintauchen würde, schon bald, wenn er auf ihr liegen würde im Warm ihres Bettes, dorthin wollte sie ihn bringen, ihm alle Türen öffnen und ihre Zukunft würde mit Macht beginnen, sie herausreißen aus aller Vergangenheit, sie klebten aneinander wie Fliegen auf dem Fänger, wo warst du die ganze Zeit, fragte er, und sie sagte, an der Tanzfläche, und all die Jahre vorher? Was für ein perliges Lachen er in ihr anstoßen konnte, kleine Glockenklänge, die sich hell über alle Menschen in diesem Untergrund erhoben, über das sich auffressende Paar gleich neben ihnen, den Vampir, der seine Maske abgenommen hatte, und die Engelin, deren Blondhaar in den Nacken rutschte, ihre Unterleiber drängten zueinander. Schau dir das an, sagte sie, die sind noch schlimmer als wir, hinein in seine lächelnden Augen, möchtest du noch etwas trinken, antwortete er, einen Prosecco, sagte sie, auf dich sagte sie, auf uns, sagte er. Und Auf uns uns uns tropfte es tief in ihre Kehle und sie hauchte ein Ja und es fand wundersamen Widerhall, sie verschmolzen im Ententanz, der noch drei Stunden währte, und um Punkt Mitternacht war alles vorbei.

Nichts war vorbei, es begann ja erst. Mit der magischen Anziehung ihrer Körper, die die Seelen schon im Sog hatte. Mit dem Mobilfunkgerät, das er auf die Theke legte, ganz alleine aus dem einen Grund, damit sie ihm ihre Nummer diktiere und er sie hineinspeichern könnte, was sie auch tat, und dann sein Anruf auf ihrem Handy, alles so wasserweich, und seine Finger, die ihre Zärtlichkeit nachahmen auf ihrem Gesicht. Er kann lernen, er wird gut sein, er wird hinreißend sein. Hör nicht auf, hör niemals auf, jammert er ihr ins Ohr, ihre Hände in seinem Ausschnitt unterwegs, sie finden eine aufgestellte Warze, die sie vor sich sieht, wie er unter ihr liegt, sie möchte ihn entführen, für immer.

Er ist tot und sie kann nicht einmal zu seiner Beerdigung gehen. Doch, sie könnte in die Zeitung schauen und auf die Aushänge aller Friedhöfe, denn sie weiß seinen Namen und seinen Wohnort, doch sie weiß nicht das genaue Sterbedatum und vielleicht wurde er ja nach Norddeutschland überführt, dorthin, wo er vor zwölf Jahren herkam und sich hier sofort zu Hause fühlte. Am richtigen Fleck. Seine Eltern und seine ehemalige Lebensgefährtin und die erwachsenen Kinder, die doch

nicht seine waren, würden die ganze Sache in die Hand nehmen. Jeder hatte sich nur um sich gekümmert in dieser Beziehung, keiner um den anderen. Sie würde sich um ihn kümmern, ihn überschütten mit Fürsorglichkeit. Doch nun durfte er es nicht mehr erleben.
Stattdessen hatte das Schicksal genau in dem Moment zugeschlagen, in dem er sein Glück gefunden hatte, etwas Außergewöhnliches und noch nie Dagewesenes. Er fuhr mit seinem Motorrad um zirka 7.45 Uhr los, gleich nachdem er ihr seine letzte SMS geschickt hatte, die um 7.41 Uhr und 48 Sekunden bei ihr angekommen war. Seine Worte hatten sie noch in der Nacht heimbegleitet. Schreib mir, wenn du gut zu Hause angekommen bist. Gute Nacht. Träum süß. Guten Morgen. Er sendete ihr seine E-Mail-Adresse und den Satz, der sich auf ihr künftiges Leben bezog: „Ich freu mich."
Dann starb er.
Mit Gedanken an sie und seinen Chef und seine mögliche Arbeitslosigkeit. Es war ein wunderschöner Märzmorgen und die Sonne blendete und er war unkonzentriert.
Er war sofort tot.
Oder liegt er im Koma?
Seit 7.41 Uhr und 48 Sekunden am Aschermittwoch hat sie nichts mehr von ihm gehört.

Its a Gas

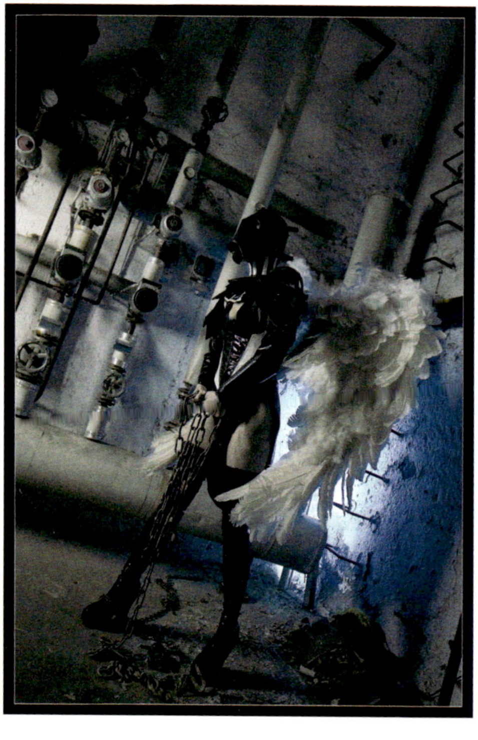

„Ich bin nicht provokant. Provokant ist das, was andere empfinden, wenn die Regeln zu starr sind." Gabriele Pauli (*1957), bayrische Politikerin

Wen provoziere ich mit meiner Verbindung von Bibelzitaten und Fotografien? Doch nur diejenigen, welche in der „heiligen" Schrift das einzige und wahre Wort einer übernatürlichen Kraft sehen. Dabei ist die Bibel in erster Linie eine redaktionelle Zusammenstellung oder Sammlung von Schriften, in denen, je nach Glaubensgemeinschaft, das Wort Gottes „verkündet" wird. Sie enthält eine Vielzahl

„Mein Odem ist schwach und, und meine Tage sind abgekürzt; das Grab ist da." (AT; Hiob 017/001)

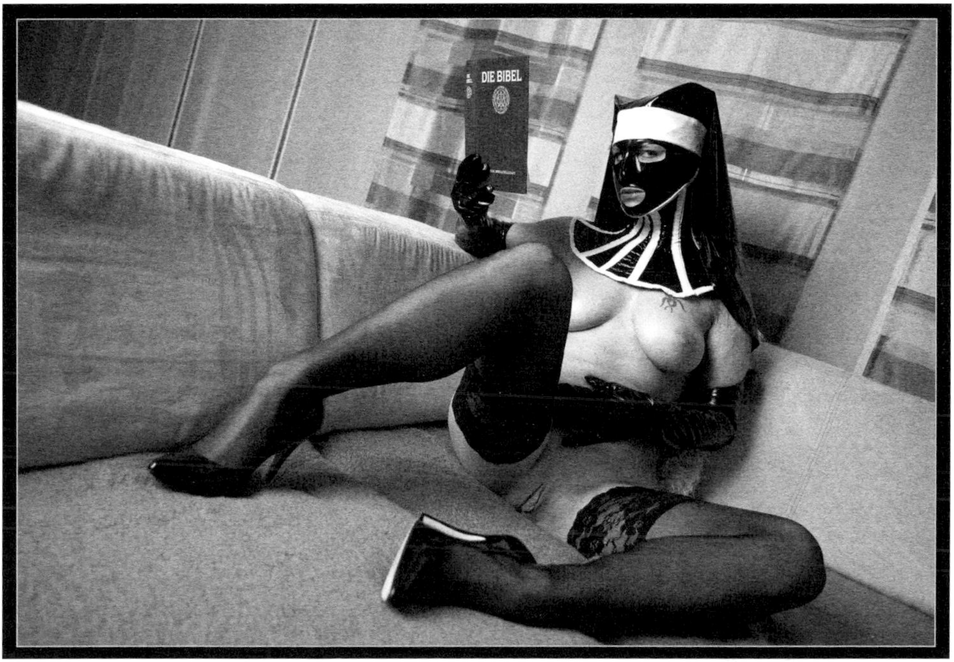

Wachet und betet, daß ihr nicht in Versuchung fallet! Denn der Geist ist willig; aber das Fleisch ist schwach. (NT, Markus 140/038)

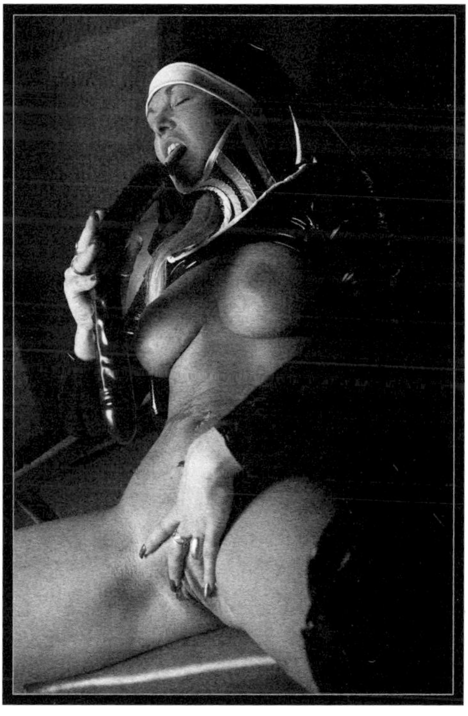

verschiedener Texte und ist keinem Genre zuzuordnen. Wir finden
Legende, Historie, Lehre, Warnung, Biografie und Märchen. Alles dient einem Zweck: Dem Lesenden einen Weg zu zeigen, mit sich oder seiner Umwelt zurechtzukommen. Dafür bedarf es, meiner Meinung nach, keinen Bezug zu Gott. Meine Arbeiten verkünden also nicht die Worte Gottes, sondern meine Sicht auf Dinge, die ich wahrnehme.
Vielleicht fördere ich damit ja die positiven Aspekte der Lehren? Gebe ich nicht indirekt der Bibel recht, indem ich mich ihrer Worte bemächtige?
Urteilt selbst ...

Die Frucht aber des Geistes ist Liebe, Freude, Friede, Geduld, Freundlichkeit, Gütigkeit, Glaube, Sanftmut, Keuschheit. (NT, Galater 005/022)

Lorenz Widmaier

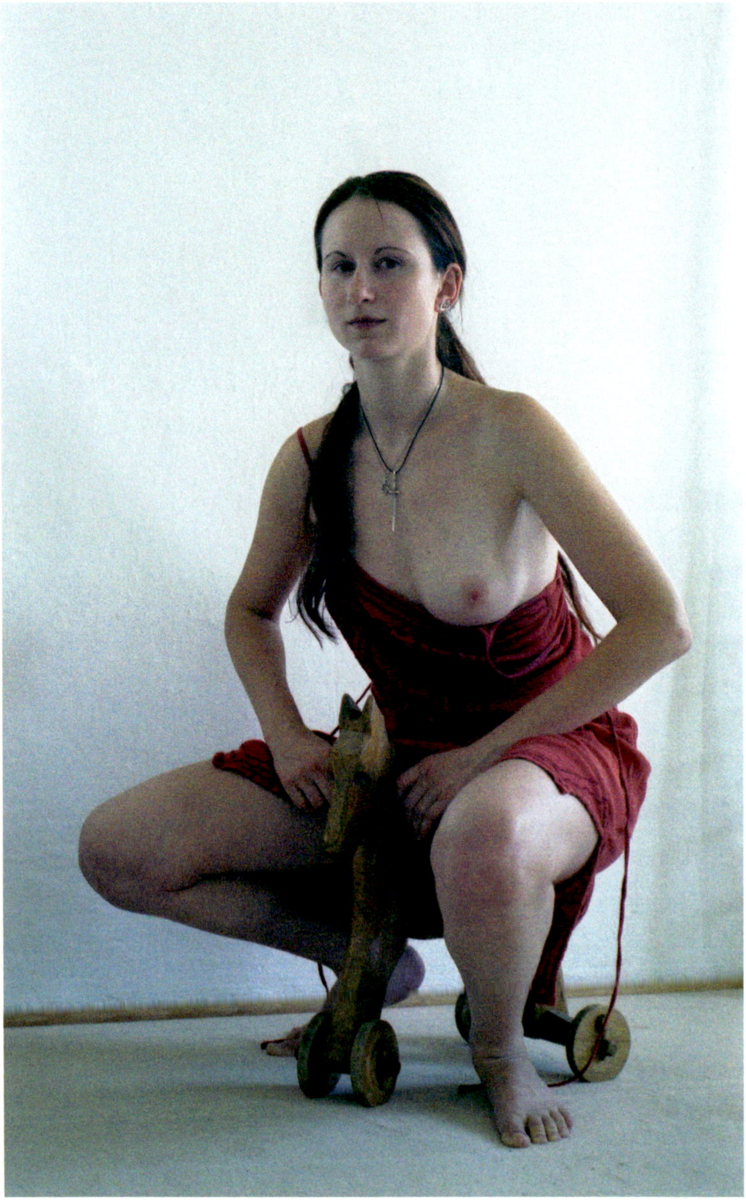

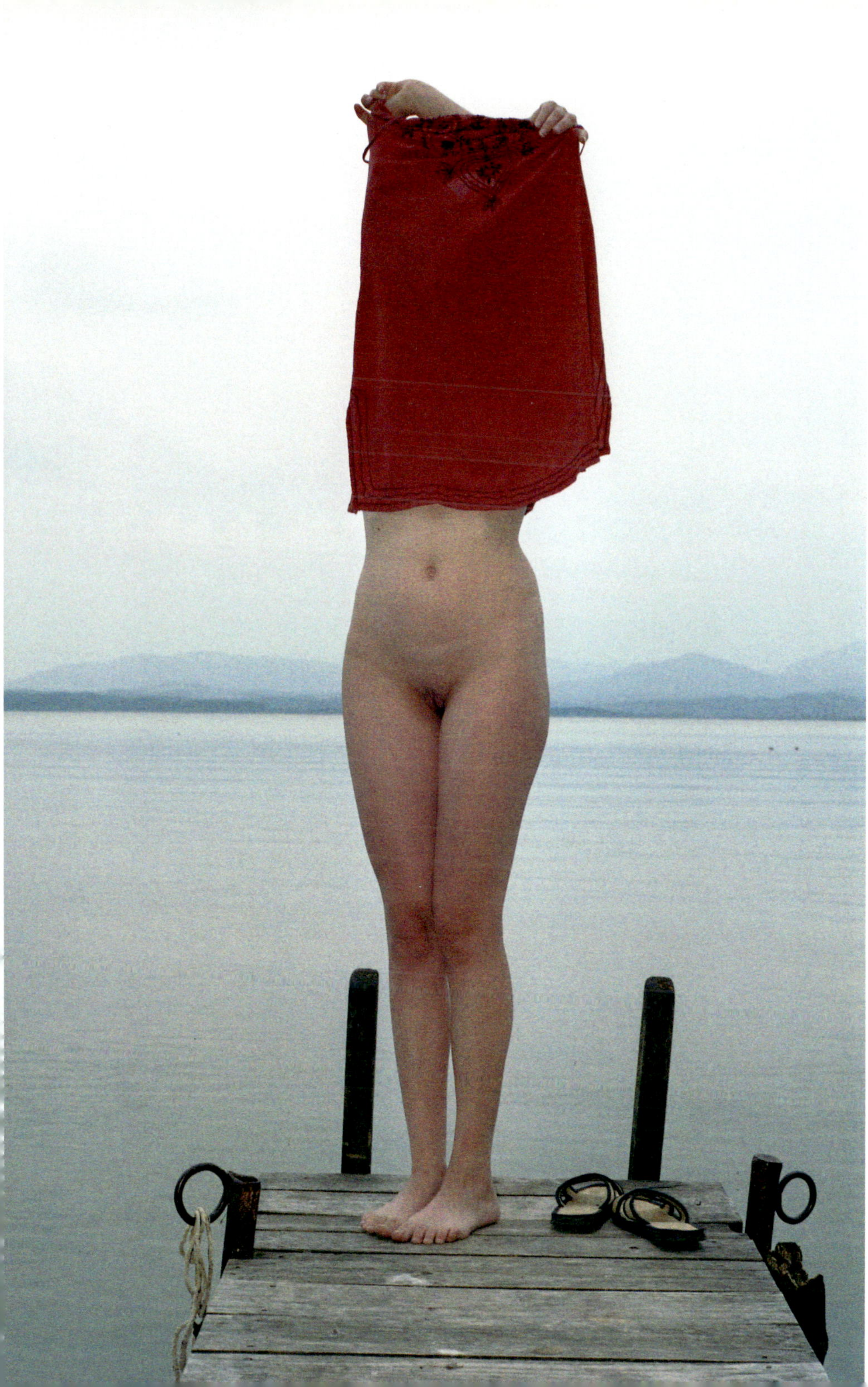

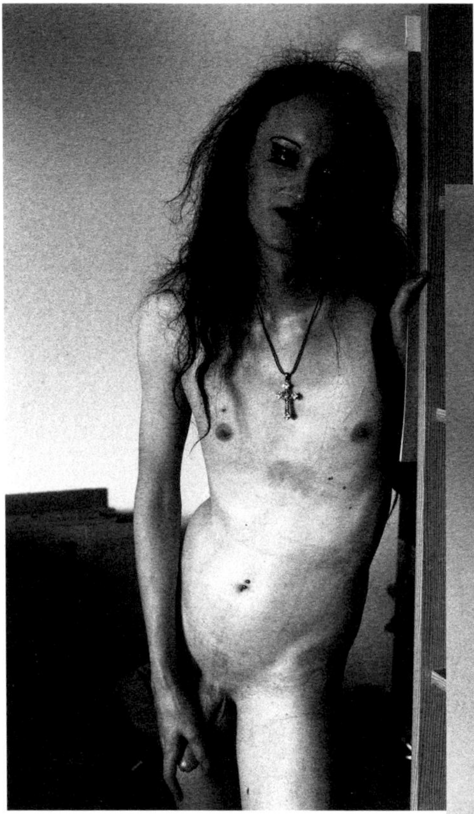

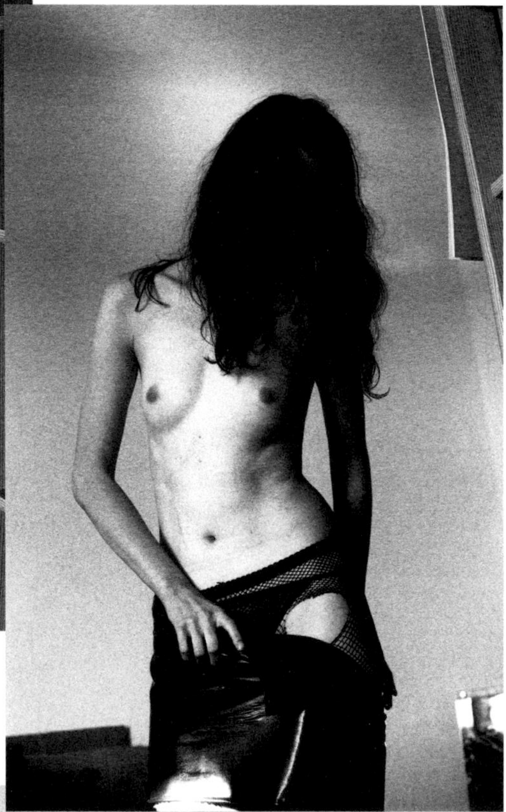

Lorenz Widmaier

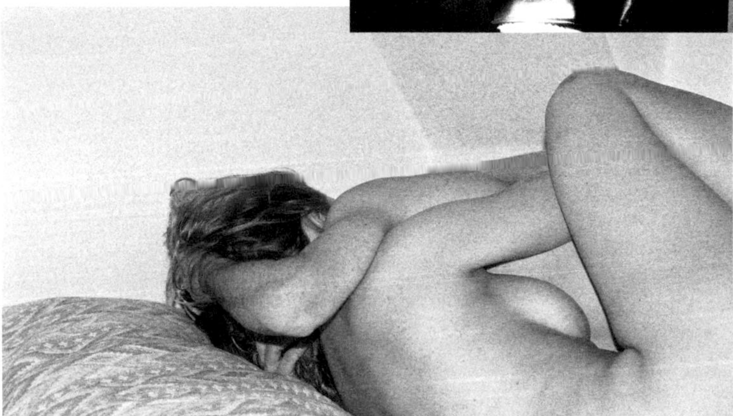

KatdelaKat

Bezaubernde Jeannie

oder Tribut an Bukowski

Hank war flohmarkt- und sperrmüllverrückt. Obwohl er ein armer Schlucker war, hatte er eine gemütliche Wohnung, die er sich in liebevoller Arbeit über die Jahre zusammengestellt hatte. Alte schwere Möbel aus massivem Holz, Ölgemälde, die vorwiegend Frauen in erotischen Posen zeigten, die Wohnung war voller Akzente, jedoch nicht voll gestopft.
Er trank gerne einen über den Durst, lebte von Gelegenheitsjobs und vom Sozialamt. Er liebte sein Leben und wollte nicht allzu viel Zeit davon mit Arbeiten verbringen, die ihm keinen Spaß machten.
Er stand gerne früh auf. So um acht oder neun Uhr. Nach zehn durfte es nicht sein, sonst fühlte er sich wie gerädert und war den ganzen Tag deprimiert. Nach dem Aufstehen schlürfte er erst mal ein Bier und las die Morgenpost. Am meisten interessierten ihn natürlich die Flohmarkt- und Sperrmülltermine in der Umgebung. Und es gab fast jeden Tag was.

Hank schlug die Augen auf. Es war sieben Uhr dreißig. Er hangelte sich aus dem Bett und schlurfte ins Bad. Heute war Rasieren angesagt. Er pinselte sich den Bart ein und machte sich ans Werk. Was für ein Akt! Und das zwei Mal die Woche. Aber danach fühlte er sich einen Tag lang astrein. So richtig seriös. Er setzte Kaffee auf und stieg in seine Klamotten. Hatte noch zwanzig Mücken drin, damit konnte er verdammt weit kommen. Das Amt war auch schon wieder überfällig mit dem Geld. Aber er verbrachte nur einen sehr geringen Anteil seiner Lebenszeit mit Dingen, die ihm keinen Spaß machten. Das war schon mehr, als neunundneunzig Prozent der Menschheit von sich behaupten konnte. Draußen schien die Sonne, ein guter Tag. Der Flohmarkt heute war ganz in der Nähe. Er schwang sich in seine Jacke und machte sich auf die Socken. Unterwegs kaufte er noch eine Dose Bier, die er gemütlich auf seinem Spaziergang trank.
Der heute war einer seiner Lieblingsflohmärkte, er war ziemlich groß und hatte eine Riesenauswahl an Antiquitäten und Kunstgegenständen und so gut wie keine Stände mit neumodischem Zeug wie Mixern oder Staubsaugern. Als er ankam, war schon ganz schön was los. Die meisten Händler kannten Hank schon.
Am Stand von Pierce hielt er als Erstes. Pierce machte Haushaltsauflösungen. Viele Ölgemälde, aber auch schönes altes Porzellangeschirr und Gusseisernes. Einmal hatte er ihm ein altes Klavier für fünfzig Klötze abgeschwatzt. Das Ding machte sich prächtig in seinem Wohnzimmer, auch wenn er selbst nicht spielen konnte. Aber heute war nichts dabei, was Hank hätte brauchen können.
Er schlurfte weiter. Er wurschtelte sich so durch den halben Flohmarkt, als ein kleiner, ihm noch unbekannter Stand seine Aufmerksamkeit erregte. Verzierte Hand- und Wandspiegel, massive Vasen und wunderschöne metallene, mit Steinen verzierte Kannen und Kelche. Eine der Kannen gefiel ihm besonders gut. Sie war schwer und groß und silbern und stellte im Gesamten einen Drachen dar, der sich eingerollt hatte. Wirklich eine außergewöhnliche, prächtige und massive Handarbeit. Der Verkäufer schien Inder zu sein, er trug einen weiten orangefarbenen Kaftan und Turban.
„Wie viel?“, fragte Hank.

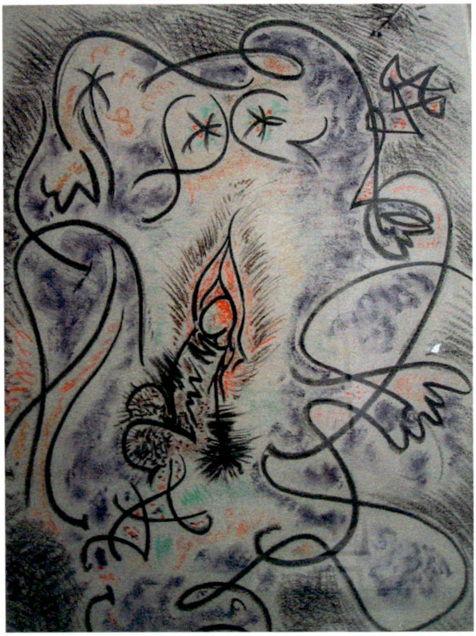

Sammlung Dupouy

„Dreißig!“, antwortete der Inder.
Schließlich sagte Hank: „Ich zahl höchstens fünfzehn!“ und schickte sich an wegzulaufen.
„Du warten! Also gut, fünfzehn gut.“
Die Kanne würde einen Ehrenplatz ins seinem schweren Eichenholzregal bekommen. Pfeifend und vor Freude über seinen hübschen Fund beschwingt lief er nach Hause. Er hatte noch drei Kröten, die investierte er in ein Sixpack.
Daheim angekommen stellte er den Drachen vor sich auf den Tisch, knackte eine Dose Bier auf und genoss die Aussicht. Er hatte ihn jetzt schon saugern und das Gefühl, dass er sich noch oft im Leben an ihm erfreuen würde.
Es klingelte. Verdammt, wer konnte das sein. Wahrscheinlich seine Immer-mal-wieder-Freundin Becky.
Ausgerechnet jetzt!, dachte er.
„Na ja, Baby “, sagte Hank zu dem Drachen, „wir müssen unser Schäferstündchen wohl auf später verschieben“, nahm ihn und stellte ihn ins Eichenregal.
Er ging an die Tür. Sie war schon oben. Sah gut aus. Hatte so ein hautenges rotes Minikleid und weiße High Heels an. Ihre Figur konnte sich echt sehen lassen.
„Hi, Baby, ich hab gedacht, ich schau mal rein, was mein kleiner Süßer so treibt“, sagte sie.
„Nett von dir, Baby. Komm doch rein, siehst heiß aus in dem Fummel!“, sagte Hank und gab ihr einen Schmatz auf die Wange.
„Haste ein Bier für mich, Baby?“
„Klar, Süße.“
Sie ließ sich in Hanks Lieblingssessel fallen und er brachte ihr das Bier. Sie knackte es und trank einen ordentlichen Schluck.
„Danke, Daddy, das tut gut.“
Sie legte ihre sagenhaften Beine über eine Armlehne und schaukelte mit ihnen herum. Hank bekam einen Ständer. Er starrte auf ihre Beine. Er ging zu ihr rüber und küsste sie. Sie erwiderte den Kuss.
Hab ich’s doch geahnt!, dachte er, sie will’s heute besorgt kriegen.
Er schälte sie aus dem Kleid, fummelte an ihrem Arsch und ihren Brüsten und saugte daran. Sie lachte und stöhnte ein bisschen. Inzwischen war sein Rohr stahlhart. Er griff ihr zwischen die Beine. Sie war ganz schön nass da unten. Er packte sein Ding aus und steckte ihn ihr rein. Jetzt quiekte sie. Er hob sie hoch und trug sie zu seinem großen Esstisch, setzte sie drauf und fickte sie. Dann drehte er sie um, nahm sie von hinten und bearbeitete mit einer Hand ihren Kitzler. Da hatte er den Dreh raus. Jetzt quietschte sie richtig laut.
Er spielte noch ein bisschen mit ihr und ließ sie ihren Höhepunkt auskosten. Packte sie sich nun auf die harte Tour, bis er es nicht mehr halten konnte und es ihm kam. Er zog sein Ding raus und verstaute es. Sie stieg wieder in ihren roten Fummel.

„Noch ’n Bier, Baby?“, fragte er sie.
„Gerne, Honey“, entgegnete sie lächelnd. Sie war befriedigt.
Nichts sieht man einer Frau mehr an, als wenn sie zufrieden ist, dachte Hank.
Sie nippten an ihren Bieren. Nach einer Weile setzte sich Becky auf seinen Schoß und sagte ihm dreckige, neckische Sachen ins Ohr. Sie war immer noch scharf.
„He Baby“, sagte Hank, „sorry, aber ich bring’s kein zweites Mal mehr heute.“
„Verdammt, die läppische Nummer da soll’s gewesen sein oder was?“, kreischte sie ihm hysterisch ins Ohr. Wütend nahm sie ihre Bierdose, rannte aus der Wohnung und knallte die Tür hinter sich zu.
Hank lehnte sich zurück.
Hat wohl ihren Eisprung, dachte er sich.
Aber ein bisschen traf es ihn trotzdem. Er hatte die Nummer als guten Durchschnitt und nicht als läppisch empfunden. Kommt vorbei, fickt mit einem und schafft es trotzdem, einem den Tag zu vermiesen!
Na ja, noch ein Bier dann würde er auch darüber stehen.
Ihm fiel die Teekanne ein, sein silberner neuer Freund. Er holte sie aus dem Regal und setzte sich mit ihr an den Tisch. Was

Gilberto Giardini

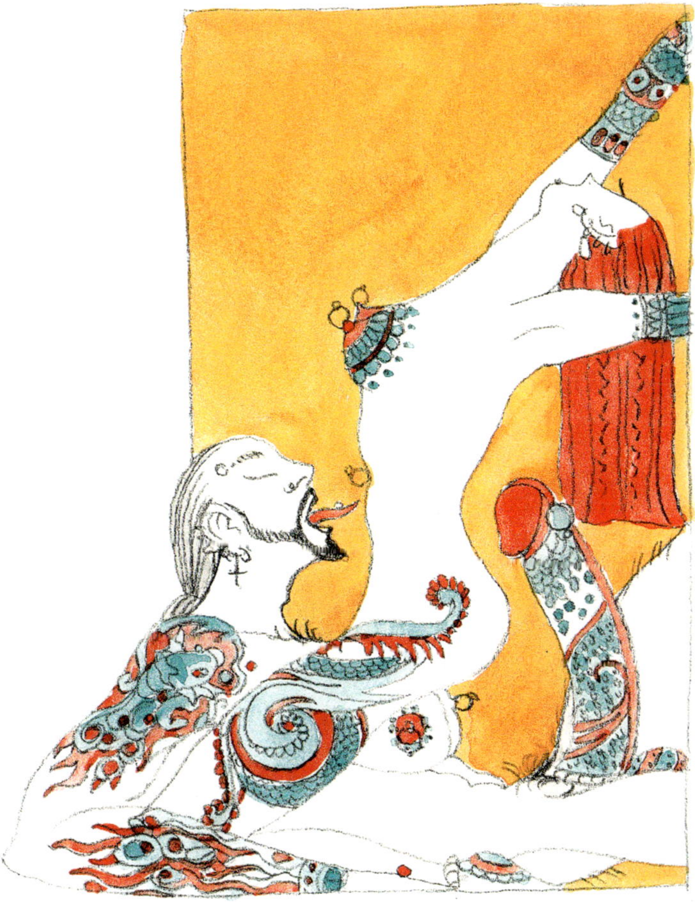

für ein hübsches Ding. Er bekam Lust, sie auf Hochglanz zu polieren. Er holte ein frisches Schwammtuch und die Metallpolitur. Knackte das letzte Bier auf. Er stellte das Radio an. Klassik. Es lief gerade ein Prèlude von Bach. Dann machte er sich an die Arbeit. Fing mit der Schnauze an. Da kam schon gut Dreck runter.
„Yeah, Baby, wenn ich mit dir fertig bin, wirst du alle anderen Kannen dieser Welt in den Schatten stellen!“, sprach er stolz zu ihr. Er arbeitete sich voran vom Kopf über den Hals zum Bauch. Er schüttete frische Politur auf den Schwamm und rieb ihr den Wanst.
Auf einmal kam blauer Rauch aus den Nüstern des Drachen. Erst nur ganz leicht. Hank dachte, er fantasierte ein bisschen. Doch dann wurde es immer mehr. Er riss die Balkontür auf und stellte den Drachen raus.
Hank setzte sich auf seinen Sessel und beobachtete das Spektakel. Auf einmal kam rosafarbenes Licht aus den Nüstern der Kanne, zog sich wie ein Streif langsam vom Balkon durchs Zimmer, immer länger werdend, bis vor seine Füße.
Hank war baff. Was für ein Trick. Vielleicht hatte der Drache mal einem Zauberer gehört und der hatte noch eine Rauchbombe mit Lichteffekten da drin gelassen, die beim Putzen vorhin aktiviert wurde, dachte er sich.
Dann zuckte ein Blitz vom Balkon durch das Wohnzimmer, so dass Hank geblendet war und die Augen zusammenkniff. Als er sie wieder aufschlug, lag zu seinen Füßen eine wunderschöne Blondine. Sie hatte sexy Tausend-und-eine-Nacht-Klamotten an, eine Sultanshose in rosa und gold und einen knappen verzierten BH in denselben Farben, der aufreizend über große dralle Brüste spannte. So eine sah er normalerweise höchstens in der Penthouse. Mit ihren grünen Katzenaugen schaute sie ihn an und lächelte.
„Herrgott, was ist das für ein Trick?“, fragte Hank in ihre Richtung.
„Kein Trick“, entgegnete sie mit einer Stimme, von der allein schon jeder Mann sofort eine Latte hätte, „ich bin eine Jeannie und du nun mein Meister, da du mich nach fünfhundert Jahren endlich aus meinem Gefängnis geholt hast. Nun hast du drei Wünsche frei.“
Hank glotzte sie an. Mein Gott, was für eine Granate. Sollte er sich als Erstes einen Fick mit ihr wünschen?
„Drei Wünsche“, fuhr sie fort, „sind jedoch verboten und können nicht erfüllt werden. Der erste ist der Wunsch, unendlich viele Wünsche zu haben. Der zweite ist der Wunsch, dass ich dich liebe, der dritte ist der Wunsch nach ewigem Leben. Diese Dinge kann ich dir nicht erfüllen. Außerdem darf ich dir keine Antworten auf die ewigen Fragen wie den Sinn des Lebens, des Universums und so weiter geben. Noch Fragen?“
„Jetzt nicht mehr, verdammt. Wie lange habe ich Bedenkzeit?“
„Drei Tage und Nächte, danach werde ich wieder in einer Kanne gefangen sein, außer, man schenkt mir die Freiheit.“
„Wie schenkt man dir die Freiheit?“, fragte Hank interessiert.
„Indem man einen seiner drei Wünsche dafür aufbraucht. Aber das tut keiner. Im Inneren des Drachen ist es zwar schön und prachtvoll, doch die Jahre sind sehr lang, einsam eingesperrt in einem goldenen Käfig.“
„Verdammt, was für eine Verschwendung, eine wie dich Jahrhunderte lang in so eine Kanne zu sperren!“, sagte Hank. „ Und auch noch alleine! Mein dritter Wunsch soll Gott verdamm mich deine Freiheit sein.“

„Das haben schon viele versprochen", sagte Jeannie, „doch dann fällt ihnen immer noch etwas ein, das sie unbedingt wollen. In all den Jahrtausenden, seit ich Menschen gedient habe, bin ich noch keiner Ausnahme begegnet."
„Scheiße, verdammt, die meisten sind zu dumm zum Scheißen, verdammt."
„Wie meinst du das?"
„Ach nix, vergiss es."
Es klingelte an der Tür. Dass musste Becky sein. Sie hämmerte gegen die Tür.
„Hank, mach auf, ich hab es vorhin nicht so gemeint, ehrlich. Bitte, Baby, mach die Tür auf."
„Der werd ich's zeigen!", sagte sich Hank und öffnete die Tür. Becky rauschte rein, ließ sich in den Sessel fallen und einen Schrei los, als sie die wunderschöne Jeannie auf dem Boden liegen sah.
„Verdammt, Hank, wer ist das Flittchen und was soll dieser Aufzug? Bist du jetzt total durchgeknallt und bestellst dir Nutten im Sultanskostüm hierher? Und zu mir sagen, du kannst keine zweite Nummer schieben!"
Sie sprang aus dem Sessel und ging auf ihn los. Zerkratzte ihm das Gesicht.
„Du hundsgemeiner Dreckskerl!", sagte sie unter Tränen und rannte raus. Diesmal knallte sie die Tür noch lauter hinter sich zu.
„Sorry, Jeannie, das war meine Freundin, so was verkraftet sie nun mal schlecht und bei deinem Aussehen kann man's irgendwie auch verstehen. Aber die kriegt sich schon wieder ein. Was dagegen, wenn ich die Musik ein bisschen aufdrehe? Da läuft gerade Beethoven."
Die Jeannie war einfach perfekt. Überirdisch. Er hätte sie wahrscheinlich nicht mal vögeln können, wenn er gedurft hätte. Sie war von solcher Reinheit und Vollkommenheit, dass er sie einfach nur anstarren konnte. In drei Tagen würde sie wieder weg sein. Er sollte langsam anfangen, über seine Wünsche nachzudenken. Der letzte war klar. Dann hatte er noch zwei für sich übrig.
Viel Geld vielleicht ? Aber dann würde er bestimmt durchdrehen und sich totsaufen mit teurem Whiskey, der einen schließlich genauso killte wie der billige Fusel. Nein, viel zu gefährlich. Oder vielleicht Frauen ohne Ende, die auf ihn flogen? Himmel hilf, er wurde ja nicht mal mit einer fertig. Nein, das wäre genauso sein Tod wie der Whiskey, nur qualvoller und mit weniger Spaß. Eigentlich war er ziemlich zufrieden. Manchmal fehlten ein paar Kröten, um Bier zu kaufen.
„He Jeannie, ich wünsch mir, dass Zeit meines Lebens jeden Morgen, wenn ich aufwache, ein Fünfziger zwischen meinen Arschbacken klemmt, weil, da klaut ihn mir garantiert keiner, und ein Sixpack neben mir steht. Dann wär ich ein gemachter Mann."
„Deine Wünsche sind zwar ungewöhnlich, aber bescheiden. Viele haben sich direkt in ihr Verderben gestürzt mit ihrer ganzen Gier. Deine zwei Wünsche sollen erfüllt sein. So hast du noch einen übrig."
Hank erhob sich von seinem Sessel, streckte seine Bierdose in die Höhe und sagte so feierlich er konnte: „Jeannie, ich wünsche mir, dass du frei bist und nie wieder in diese olle Kanne zurückmusst, und ich wünsch dir einen Haufen Spaß und lass die Sau raus. Auf dich, bezaubernde Jeannie. Cheers!"
Er prostete ihr zu und nahm einen großen Schluck.
Es gab einen kleinen Blitz und die Drachenkanne auf dem Balkon war verschwunden. Dafür lagen da jetzt 'n Haufen Edelsteine.
„Gar nicht dumm!", bemerkte Hank,

„abgebrannt hättest du hier keinen Spaß haben können, aber die Steine sehen aus, als hättest du ausgesorgt.“
„O Hank“, sagte sie, „ich danke dir. Du bist die erste menschliche Person, die mir je begegnet ist.“
Sie schien von goldenem Licht umgeben vor lauter Glück und strahlte ihn an. Dann ging sie auf ihn zu, nahm seine Hand in die ihre und fuhr fort: „Und da auch ich jetzt ein Mensch bin, können wir uns lieben. Hank mach mit mir, was die Menschen machen, wenn sie sich lieben.“
Er gab ihr Küsse auf ihre Pfirsichwangen und atmete ihren süßen Pfirsichblütengeruch tief ein. Keine Blüte der Welt kam da auch nur annähernd ran. Und dann roch er sich selbst. Er stank nach Bier. Er fühlte sich alt, fett und hässlich, während er sie berührte.
Er trat zurück und sagte: „Es tut mir leid, Jeannie, du bist wunderschön, das Schönste, was ich je gesehen habe, bist du, aber ich kann's einfach nicht. Du bist zu gut für mich. Ich bin nur ein Old Dirty Bastard und du eine unglaubliche Traumfrau. Ich kann es nicht. Du hast was Besseres verdient.“
Sie ging auf den Balkon, stopfte sich die Edelsteine in ihre Sultanshose, ging durchs Zimmer und legte einen der Steine, der genauso grün funkelte wie ihre Katzenaugen, für Hank auf den Tisch.
„Zur Erinnerung“, sagte sie lächelnd.
„Danke, Baby.“
Dann fiel die Tür hinter ihr ins Schloss. Und Hank ins Bett.
Am nächsten Morgen weckte ihn ein Zwicken im Arsch.
„Verdammte Scheiße, was is'n das für ein beschissenes Mistvieh!“, fluchte er im Halbschlaf. Er lüpfte den Hintern und griff sich mit der rechten Hand zwischen die Pobacken. Er bekam es zu fassen. Es war aus Papier.
„Verdammt!“, jetzt fiel's ihm wie Schuppen von den Augen. Er hielt sich den Wisch vor die Nase. Ein druckfrischer Fünfziger. Er würde für den Rest seines Lebens mit 'nem juckenden Arsch aufwachen. Auf den Schock brauchte er erst mal was zu trinken. Er schwang sich aus dem Bett und kam mit dem rechten Fuß auf etwas Hartem auf. Es war ein Sixpack. Hank ließ sich wieder zurück ins weiche Nest fallen, stopfte sich ein Kissen unter den Rücken, knackte die erste Dose auf und genehmigte sich einen ordentlichen Schluck Bier. Er war äußerst zufrieden mit sich.

Lorenz Widmaier

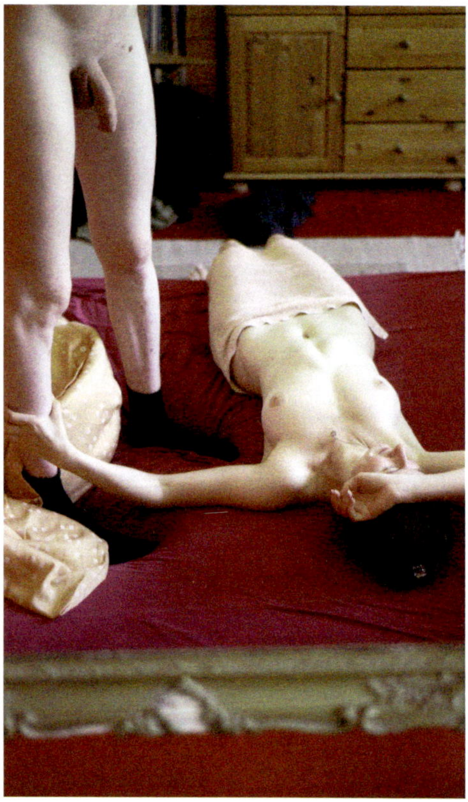

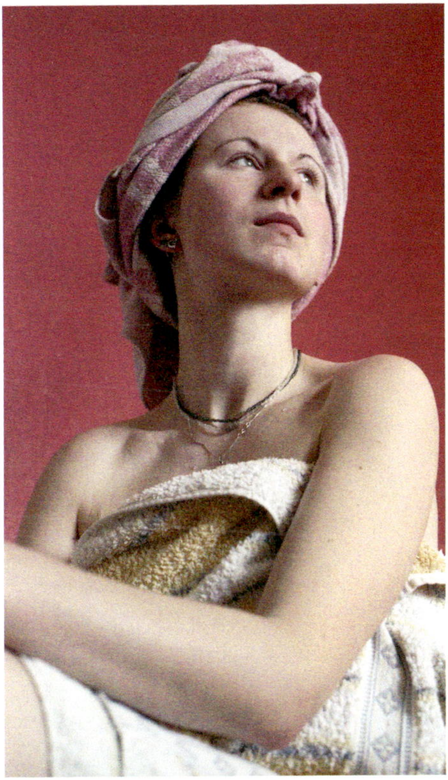

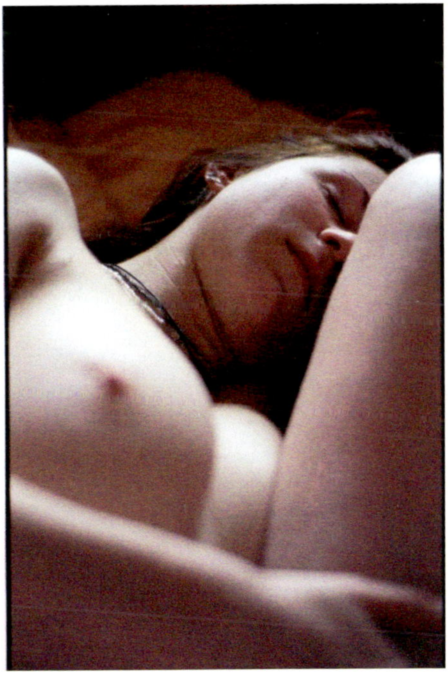

Marion Bache

Dämon

gerufen
gebraucht
festgehalten

geliebt
gelebt
gefickt

ekstatisch
umarmt
gezeugt

durch ihn
in mir
gerettet

küssender
kennen
begreifen

er sollte
die nächste
retten

in ihrer
Hölle
erscheinen

und mich
einer Elfe
überreichen.

M. Schiller

Doch nicht vor der Madonna!

Jetzt bin ich schon seit fünf Monaten mit Kreon zusammen und jeden Tag fällt ihm was Neues, noch Verrückteres ein. Als Clara sagte, dass sie eine aufregende Tosca spielen, fiel mir erst auf, dass wir die ganzen Monate vergessen hatten, ins Theater zu gehen, obwohl ich doch ein Theaterfreak bin. Also habe ich einfach Karten besorgt.

Kreon war begeistert. Und wie immer kam er rechtzeitig; er bestimmt dann, was ich anziehen darf, das gehört zu unserem Spiel. Natürlich war ich aufgeregt, er könnte ja das ultrakurze Hängerchen auswählen oder etwas Durchsichtiges oder einen Rock mit skandalösem Schlitz. Aber diesmal hat er mein bewährtes elegantes Kostüm aus changierender anthrazitgrauer Seide genommen, weißt du, das vom Staatsexamen. Früher hätte ich ein feines Hemd unter den langen Revers getragen, doch das kam jetzt nicht in Frage. Nur die dunklen Strümpfe. Er sagte, er will sich unter der seidenen Hülle meinen nackten Körper vorstellen.

Um den Hals natürlich mein silbernes Kettenband. Dazu die großen Ohrringe. Und dann hat er noch gesagt, dass auch eine Kette zwischen meinen Brustwarzen interessant wäre. Das war einer von den Scherzen, bei denen ich nie weiß, wann er doch Ernst macht. Ich hatte meine besten italienischen Schuhe an und Kreon einen fast schwarzen Anzug mit weißem Seidentuch.

Vom Parkhaus waren schon die Leute zum Theater unterwegs; dazu musste man am Bretterverschlag einer großen Baustelle entlang. Um die Treppe zur Fußgänger-Unterführung war der Verschlag wie ein Kasten herumgeführt. Wir gingen Hand in Hand und dann packte er mich fester: „Komm!“

Im Bretterzaun war ein Tor für die Baufahrzeuge. Er drückte es einen Spalt auf und zog mich hinein. Drin herrschte das typische Durcheinander von Stützen, Schalungen, Paletten und Moniereisen, wie es die Arbeiter am Abend verlassen hatten. Doch er ging nicht weiter vor, sondern zog mich wortlos an die Bretterwand hinter der Treppe, machte seine Hose auf und drückte mich in die Knie.

Ich dachte zuerst gar nicht an ihn, sondern an meine Strümpfe, aber da lag zum Glück so ein Stück Karton. Er wartete einfach, ich zog ihm den Slip runter, nahm seinen Halbsteifen in den Mund und holte dann seine Bälle raus. Nach wenigen Zungenschlägen war er so steif, dass ich die Haut hin- und herschieben konnte, und mit der Linken massierte ich seinen Hodensack, weißt du, schnell, vibrierend, zwischen Daumen und Zeigefinger. So oft, wie wir es in der letzten Zeit getrieben hatten, kam er ja nicht mehr so leicht; ich musste mir ein wenig Mühe geben.

Die Situation war irre: Einen Meter hinter dem Bauzaun eilten die Bürger der Stadt in die moralische Anstalt, und ich hockte hier im Freien hinter ein paar Brettern und lutschte einen Schwanz. Und in wenigen Minuten würde ich mich mit einem Lächeln wie die Mona Lisa zwischen sie setzen. Ihre Köpfe hinter dem Zaun waren etwa auf gleicher Höhe. Wer zufällig genau Acht gab, hätte mein Schlurpen hören können. Und ein Voyeur würde sicher eine Ritze in den Brettern finden. Das war so geil, ich ließ seine Eier los und fasste mir unter den Rock.

Da drückte er meinen Kopf zurück, winkte mich hoch und lehnte mich gegen den

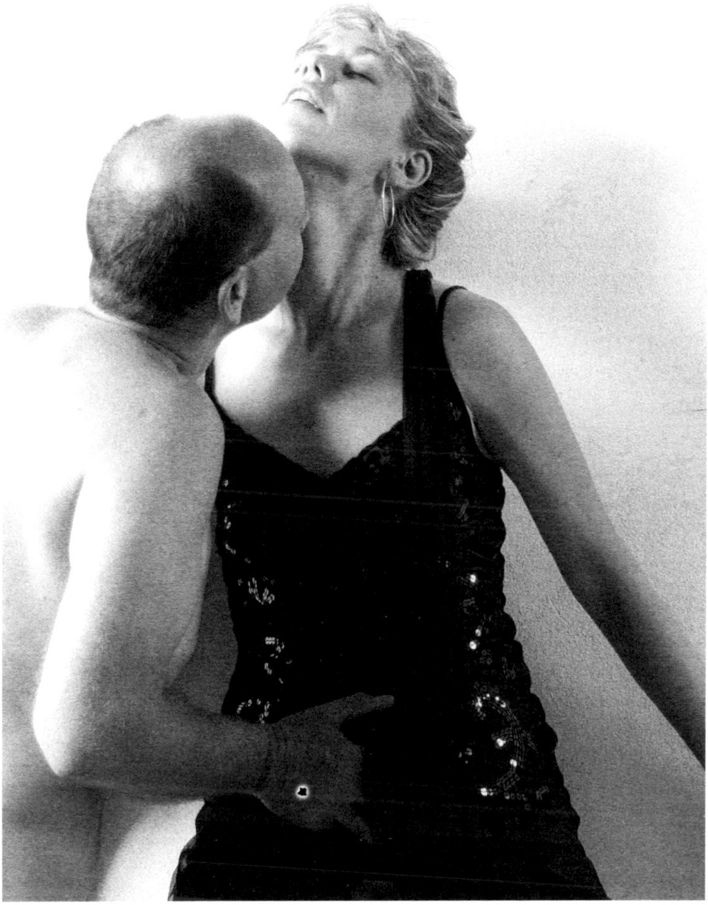

Ulrich Kreichgauer

Zaun. Er wird mich doch hier nicht vögeln wollen! „Oh! Nicht vor der Madonna!“, flüsterte ich, das Zitat aus der Tosca, und als Nächstes dachte ich an mein Kostüm, das der Bauzaun nicht ruinieren durfte, und zischte: „Mein Kostüm!“
Und was machte der Kerl? Er stutzte, aber statt einzuhalten, griff er mir an die Jacke, knöpfte sie auf und streifte sie mir ab. Er hielt sie in der Linken und lehnte mich mit meinem nackten Rücken an die Bretter. Ich wollte noch einwenden, er solle doch bitte die Jacke nicht zerknittern, da schob er meinen Rocksaum bis zur Hüfte hoch, drückte meine Beine auseinander, spießte mich mit einer einzigen Bewegung auf seinen Speer und mit der freien Hand packte er meine Brust. Er machte das brutal wie ein Bauarbeiter, dachte ich noch, und er fickte mich in aller Seelenruhe. Kannst du dir das vorstellen, mitten in der Stadt? Ich musste mich wahnsinnig zusammennehmen, damit die Passanten hinter dem Zaun nichts merkten! Aber der Zaun schwang mit und mein Keuchen war sicher auch zu hören.

Weiter drin stand ein stabil aussehendes Gerüst aus Metallrohren.
„Moment, komm hier rüber."
Ich lehnte mich dagegen und hielt mich an einem Holm in Schulterhöhe fest. Er legte meine Jacke über ein anderes Rohr und dann streifte er mir auch noch den Rock ab und legte ihn dazu. Da stand oder vielmehr hing ich splitternackt in einem Labyrinth von Stahlstreben. Und im nächsten Moment war er wieder in mir, ich schlang beide Beine um ihn und er warf meinen Unterleib mit jedem seiner Stöße in die Höhe. Und dabei saugten wir uns ineinander, bissen, schleckten, schnappten einander wie verhungernde Fische an der Wand ihres Aquariums und meine Zunge arbeitete in seinem Mund wie verrückt. Auch das Metallgerüst knarrte, aber irgendwann war mir alles egal. Ich war bloß noch weicher Körper, der gevögelt werden wollte; schwingend in seinem Rhythmus, Hirn in der Möse, und als ich kam, musste er mir den Mund zuhalten. Sonst wäre vielleicht jemand zu Hilfe geeilt. Wir haben einander angesehen, beide dampfend, keuchend, entspannt, glücklich und aufgekratzt.
„Danke. Du warst unglaublich!"
„Come again Sir, any time!"
Er wischte sich die Stirn und blies mir beim Ausatmen Kühlung zwischen die feuchten Brüste. Und dann tupfte er mit dem schönen seidenen Einstecktuch meinen Saft und seinen Samen von seinem Schwanz. Doch als ich es haben wollte, steckte er es ein – und dann verrieb der unmögliche Mensch die ganzen Sekrete, die aus mir herausliefen, auf meinem Bauch und meinen Schenkeln. Dann hielt er mir Rock und Jacke hin, klopfte vorsichtig den Staub ab, grinste und zog mich auf die Straße hinaus. „Komm, gleich beginnt der erste Akt."

Etwas derangiert rannte ich auf meinen hohen Schuhen einen Schritt hinter ihm zum Eingang. Jetzt eine Dusche oder wenigstens ein paar Erfrischungstücher! Oder zumindest etwas Parfum! Mit dem letzten Läuten ließen sie uns gerade noch hinein. Und natürlich mussten unsere Plätze mitten in der Reihe liegen! Mir stand der Schweiß im Nacken, als ich mich mit kleinen Halbschritten an gut einem Dutzend Besuchern vorbeidrängen musste. Der Dunst von Samen und Sex, der von meinem heißen Leib aufstieg, musste ihnen in die Nase stechen, und ich sah sicher aus wie eine Tomate. Und jeden Moment fürchtete ich, jemand würde mir unter den Rock fassen, meine triefende Muschi berühren und den Finger triumphierend in die Höhe heben: „Da, schaut einmal her, so eine ...!"
Die Leute um mich herum merkten schon, dass ich glühte. Ob sie auch was gerochen

Zsuzsanna Szabó

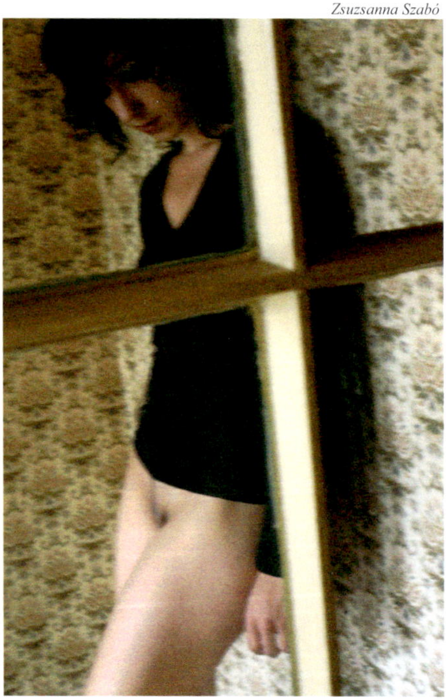

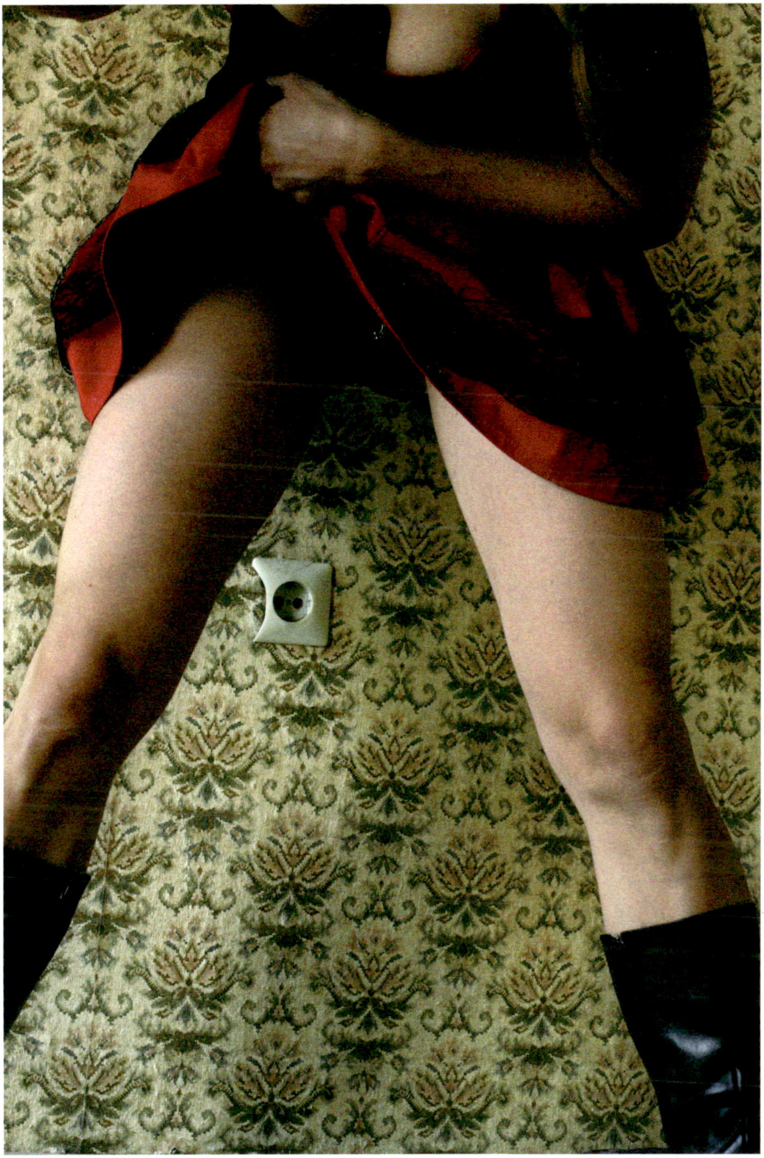

Zzuzsanna Szabó

haben, weiß ich nicht, ich jedenfalls schon. Aber trotz aller Irritation war das ein irres Gefühl. Weißt du, in diesem Theatermilieu ist man ja jemand anderes. Das Unwirkliche auf der Bühne ist das Wahre und hebt die Realität in sich auf. Als Schauspielerin würde man ja auch alles tun, wenn es die Rolle verlangt, und nichts davon wäre obszön.

Ich hab dann doch das Tuch geschnappt und unter meine Muschi gelegt, damit ich das Kostüm nicht versaue. So schnell wie in dieser Pause war ich noch nie auf der Toilette. Und dann war ich doch froh, dass

ich diesmal kein allzu gewagtes Kleid tragen musste, denn natürlich waren bekannte Gesichter da. Und ich war immer noch überdreht, hab mich an Kreon gehängt und die meiste Zeit nur gekichert. Und der hatte noch immer nicht genug.
„Im Theater könnte man tolle Späßchen treiben. Stell dir vor, ich flüstere: Zieh deinen Slip aus und gib ihn mir, und zwar so laut, dass es alle drumherum hören. Und du flüsterst ebenso hörbar zurück: Geht nicht, ich bin doch nackt!"
„Du bist pervers!", rief ich, viel zu laut, und dann schauten mich alle an und ich lief wieder rot an und musste mich an meinem Saftglas festhalten.
Und weißt du, was er gemacht hat, als wir wieder auf unseren Plätzen saßen, kurz vor dem Vorhang? Er hat genau das gesagt, was er sich ausgedacht hatte, und ich bin noch einmal im Boden versunken.
Ich weiß nicht, wieso ich dir das alles erzähle, aber das gehört wohl auch dazu. Kreon hat mich in einen Rausch von Erlebnissen hineingezogen. Ich komme mir vor wie in einem Strudel und ich kann noch nicht mal ahnen, wo das hinführt. Ein bisschen mulmig ist mir schon. Am meisten wundert mich, wie schnell und wie sehr ich mich selbst verändert habe. Vor einem halben Jahr hätte ich das, was ich jetzt oft mache, gar nicht für möglich gehalten, weder bei mir noch bei irgendeiner Bekannten. Das Verrückte ist, dass ich alles freiwillig tue und hinterher ganz stolz bin. Manchmal denke ich, vielleicht bin ich auch ein bisschen pervers.

Gundula Glueck

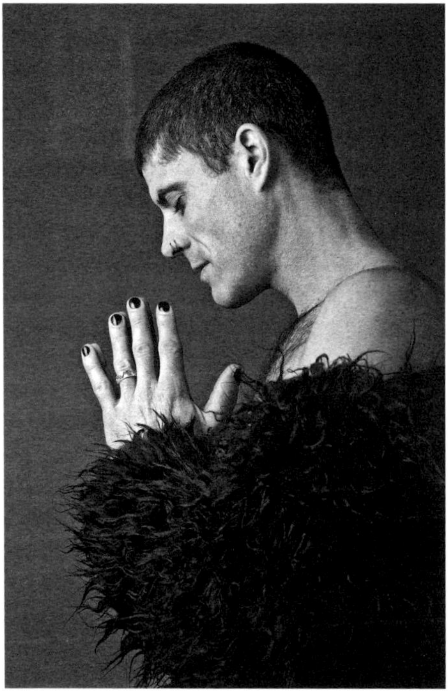

Ulja Krautwald

Ich möchte deinen Nacken küssen, sagt er. Wir sitzen uns an einem schmalen Tisch beim Italiener gegenüber. Der Wunsch ist Wochen alt. Wir saßen am großen Tisch eng nebeneinander. Glasstahlgebäude, zuerst der Vortrag, dann die Führung über gläserne Brücken und durch den Keller. Der Vortrag besteht aus Tabellen und Kreisdiagrammen, ich kann nicht zuhören. Sein Körper so dicht, mit sommerschweißigem Duft. Unbequeme Schwingstühle, eiskaltes Metall. Er rutscht herum, als könnte er nicht sitzen auf diesen lederquadratischen Vortragsstühlen, stößt mich an und entschuldigt sich. Ich möchte näher, meinen Arm dicht neben seinem fühlen, so dass unsere feinen Härchen sich berühren. Plötzlich habe ich die Armlehne für

Gundula Glueck

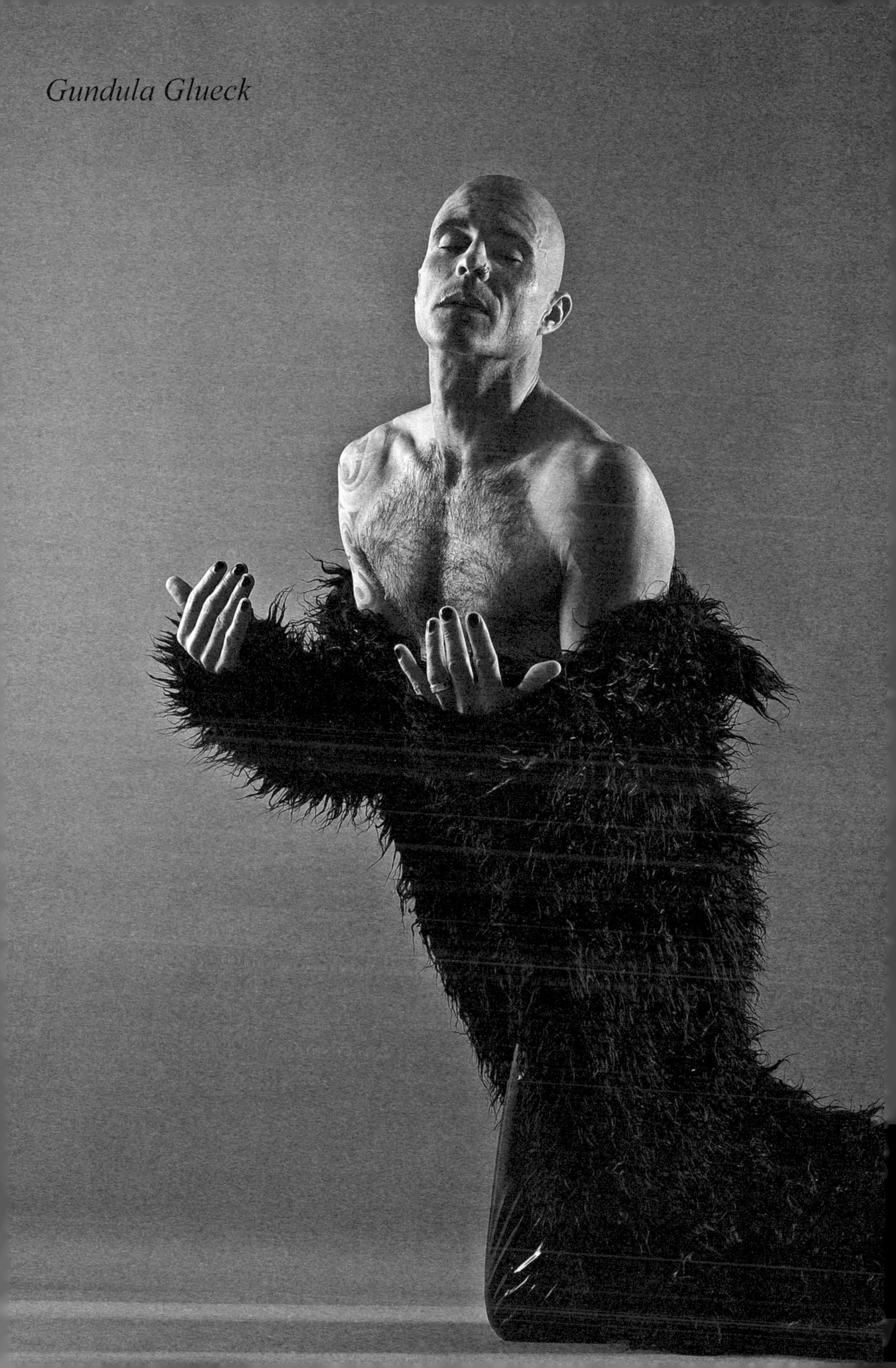

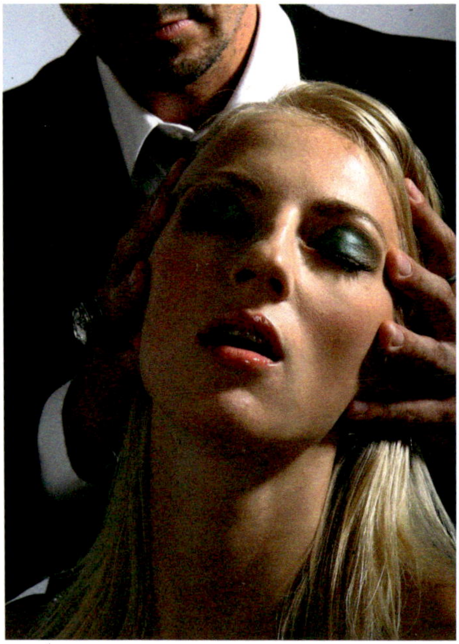
Zsuzsanna Szabó

mich allein. Als wir uns nach links drehen, der Overheadprojektor wirft graublaue Tabellen an die Wand, wünsche ich mir, er würde meinen Nacken küssen, leicht seine Zähne schlagen in meine verspannten Schultermuskeln. Seine Lippen meine Ohren tasten und seine Zunge meine Ohrmuschel auslecken. Meine Haare sind an diesem Tag mit einem Holzfisch hochgesteckt, so dass mein Nacken leicht zu küssen wäre. Ich spüre nur einen Hauch seines Atems an meinen Ohren.
Nun sitzen wir uns gegenüber. Er bestellt sich Steinpilze. Du hast mir einen Brief geschrieben, sagt Hans.
Ja, sage ich. Das ist schon lange her.
Ich weiß, sagt Hans, was hast Du Dir dabei gedacht?
Nichts.
Du musst doch Vorstellungen gehabt haben, sagt Hans.
Erinnerst du dich noch an den Vortrag? Wir saßen dicht beieinander. Unbequeme Schwingstühle. Da wünschte ich mir, dass du meinen Nacken küsst, sage ich.
Ich hätte Dich am liebsten in eine Besenkammer gezerrt und wild mit Dir herumgefickt, sagt Hans.
Warum hast du das nicht getan, frage ich.
Ich möchte Deinen Nacken küssen, sagt er.
Er nimmt meine Hände quer über den Tisch. Er hat große, raue Hände.
Ich würde am liebsten den Nachtisch in deinen Ausschnitt kippen und ablecken, sagt Hans leise.
Jetzt?, frage ich.
Nicht hier im Lokal. Ich blicke mich um und sehe nur einen Kellner, der gelangweilt Gläser poliert.
Du musst schon mitkommen, sagt Hans.
Ich soll mitkommen mit ihm. Warum nicht hier? Die schönen Kellner würden fragen, ob sie auch einmal lecken dürfen, während sie die zweite Portion bringen. Einer hielte meine zuckenden Beine, der andere würde mich ganz übergießen mit Schaum, der alle Männer des Lokals wie Ameisen lockte, sie hätten kleine langsame Zungen. Stattdessen löffeln wir Zitronenschaum, der mit seinem Sperma gemischt ist, aus einer Glasschale vom Tisch.
Vor seiner Wohnungstür steht eine liebeskranke Stehlampe. Er schließt von innen ab. Hat er vergessen, dass wir allein sind, will er sich mit mir einschließen? Wenn seine Frau überraschend zurückkommt, hat er noch Zeit, mich schnell irgendwo zu verstecken. Ich hoffe nur, er wird mir als Versteck nicht den Hohlraum unter dem Ehebett vorschlagen.
Er führt mich in das Wohnzimmer und setzt sich auf den Teppich. Ich ziehe meine Schuhe aus. Komm, sagen seine ausgebreiteten Arme. Komm. Ich spüre nichts von ihm in meinem Nacken.
Seine Hände greifen meine Brüste. Ich fühle seine Lippen nicht. Ich drehe mich

um und betrachte seine Lippen. Sie sind flach und breit und weich. Hans umarmt mich und rollt mit mir auf den Teppich. Du bist mir zu schnell, sage ich.

Ich massiere seinen Rücken. Davon lässt er sich aufhalten. Friedlich wie ein Baby liegt er und saugt jede Berührung auf. Seine Füße fühlen sich schwebend an, als hätten sie kein Gewicht, zu klein und zu zart für diesen Mann.

Ich kaufe dir ein Palais, sagt Hans, und dann wartest du dort jeden Tag auf mich. Küss mich! Ich komme nicht dazu. Hans ist schnell, stürzt voran, so als würde jeder Winkel, jede Höhle, jedes Loch meines Körpers ihm gehören. Sein Gesicht, von Dichtem so fremd. Wer ist er? Am Bogen der Augenbrauen erkennen, wer er ist, den schräg stehenden Zahn sehen und mit der Zunge tasten, welche Geschichte eingeschrieben ist. Die Wölbung seines Nackens fühlen, seine Lippen auf meiner Haut, am Hals, hinter dem Ohr und in der Ellenbeuge. Warum sind diese Füße so leicht? Wie ist es möglich bei so einem Fels? Lass sie mich fühlen, mit den Händen, Lippen, Zähnen.

Hans ist weit weg. Als ich ihn etwas frage, dauerte es lange, bis er mich verstanden hat.

Meine blaue Hose hakt an keiner Stelle, als er sie mir von den Beinen zieht. Hans ist noch angezogen. Mir fällt ein Lied ein. Es ist lange her, dass ich es mitgesungen habe. Es handelt von einem Mann, der träumt, er würde Sophia Loren und den

Gundula Glueck

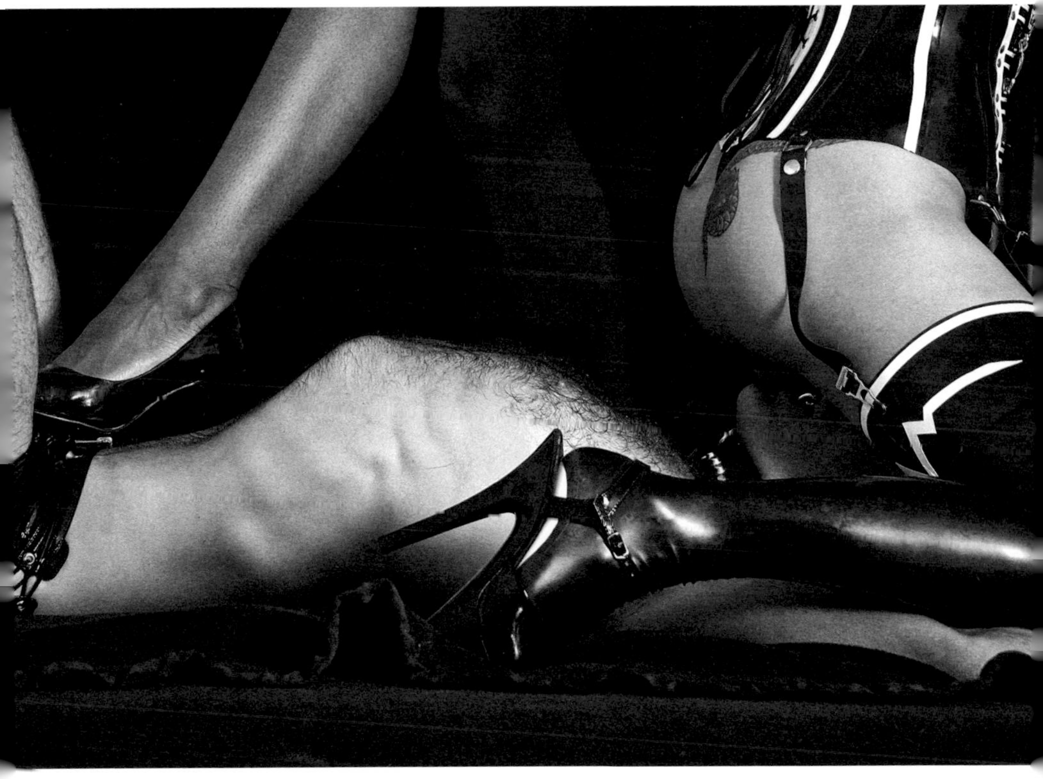

Papst verführen, aber immer hat er im entscheidenden Augenblick Probleme mit seiner Hose: „Aber ich hatte diese Latzhose an". Hans trägt einen schwarzen Ledergürtel.
Warum lachst du? Er kennt das Lied nicht. Hans hat eine schnell schlagende Zunge. Meine Lust schläft noch, unter den Fußsohlen, in den Kniekehlen und den Achselhöhlen. Wild sein Mund, schnell, fremd und hart der Zungenschlag. Auf allen vieren verfolgt er mich. Seine Knie sind blutig aufgescheuert und hinterlassen rostrote Flecken auf dem gelben Wohnzimmerteppich. Ich gebe auf, sagt er.
Ich krieche zu dem großen fremden Mann, streichle seine Brüste, die gewölbt sind wie die eines jungen Mädchens, und küsse seinen Hals. Hast du Angst?, hat er mich vor seiner Haustür gefragt.
Wovor soll ich Angst haben?, habe ich gesagt. Wenn er mich festhält, beiße ich ihn, seine Haut ist weich und nachgiebig, wie geschaffen dafür, ich tue es auch, um ihn zu warnen. Aber er hat Angst, ich könnte große Stücke herausbeißen, die seine Frau später vermissen würde.
Stattdessen bietet er mir seinen Schwanz an, seine Augen leuchten und sein Mund lächelt. Der Gesichtsausdruck, wie auf einem Foto, das sein Sohn von ihm gemacht hat. Das ganze Bild ist angefüllt mit Hans und seinem Gesicht und diesem Lächeln.
Bitte setz dich dahin, sagt Hans, und zeigt auf den braun-orange gestreiften Sessel. Bitte. Aber ich kann nicht tun, was er will. Ich tue nie etwas nach Anweisungen. Als er stöhnt: Ja so, genau so, mehr, höre ich sofort auf.
Denke nicht soviel nach, sagt Hans, setz dich auf den Sessel, bitte.
Sessel sind mit ihren breiten Armen und Schenkeln wie Großmutterahninnen, sie nehmen jeden auf, der sich auf ihren Schoß setzt, speichern alle Gedanken und Geräusche und geben alles wieder frei. Man muss sich nur tief genug in sie hineinpressen. Ich will nicht das Stöhnen seiner Frau, die Geschichten von Onkel Hannibal und das Fiepen der Tanzmäuse hören, das sie von sich geben, wenn er sie mit seinen Händen greift, während sie sich voll Freiheitsdrang den Sessel hochkrallen.
Etwas ist passiert, es braucht keinen Anlass. Er hat aufgegeben, seine Knie, inzwischen mit dicken Verbänden umwickelt, hindern ihn, und ich nehme ihn so, wie er ist.
Sein Gesicht dicht an meinem. Gesichtslandschaft. Momente.
Ich höre Schreie und es sind meine, aber sie kommen mitten aus der Erde. Er ist es, der sie aus der Tiefe durch meinen Hals hinaufstößt, so dass sie zusammen mit den Innereien herausquellen. Dunkle, raue Töne. Er hält mir eine seiner großen Hände vor den Mund. Diese Töne könnten sich Wege suchen, durch die Ritzen der Holzdielen unter dem Teppich die Lampe der Nachbarin hinunterrieseln. Doch kaum nimmt er seine Hand von meinen Lippen, kommen neue Töne, denn er hört nicht auf. Der Teppich, auf dem wir liegen, schwebt über den Fernseher und um die Wohnzimmerlampe. Verstreute Spielsachen, ein Kinderhelm und eine rote Plastikfeuerwehr fallen über uns.
Das Funkeln der Sterne, das uns trifft, als der Teppich versucht, durchs Fenster zu fliegen, glimmt noch tagelang, egal wo ich bin, egal was ich tue.

Eine Woche lang wohnt Hans in meinem Pullover. Immer wieder höre ich seine Worte, fühle jede Einzelheit. Ich brauchte nur meine Nase tief in die Wolle einzutauchen, dann tritt er heraus und streut mehr Funken über mich.

Billie

Darf ich dir wehtun?
Das kurze, kräftige Klingeln an der Haustür durchdringt für einen Moment ihre Dachgeschosswohnung, ohne zu stören, ohne die Musik aus dem Takt zu bringen. Vier Sorten von Besuch kennt diese Tür: Manche klingeln so kurz und zögerlich, dass die Klingel sich gerade mal zu räuspern scheint, so unsicher ist der Gast. Die zweiten, aus Angst, überhört zu werden, schicken die Klingel auf sekundenlangen

Gundula Glueck

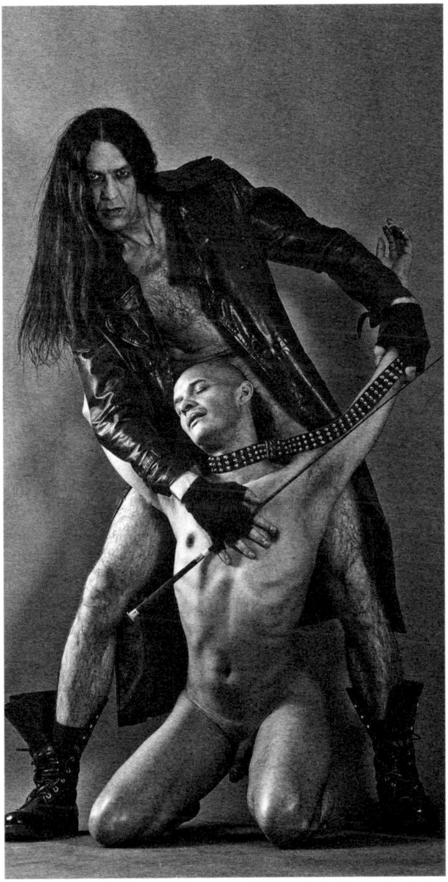

Dauerlauf. In Eile scheint die dritte Art zu sein und gibt die Flucht vor sich selbst mit Intervallklingeln zu erkennen. Doch dieser Gast sendet einen kurzen und selbstbewussten Impuls, ein fröhliches Hallo.
Sie reibt sich die Hände mit einem Geschirrhandtuch trocken, das sie auf dem Weg zur Tür in eine Gesäßtasche ihrer weiten Cargohose steckt. Früher hätte sie das nicht gemacht, ein so offensichtliches Zeichen von Hausarbeit zu tragen. Zu viel weibliche Konnotation. Damals fuhr sie auch eine extra große Crossmaschine, trug karierte Flanellhemden und war immer in schwerem Schuhwerk unterwegs, um nur nichts Mädchenhaftes an sich erkennen zu lassen.
„Pünktlich wie die Schweizer Eisenbahn", sagt sie leise in einem Tonfall, der „ich freue mich, dich zu sehen" bedeutet. Er zieht sie an sich heran, Begrüßung einfordern. Sie legt ihre Arme über seine Schultern, alles andere wäre unbequem, denn seine ein Meter sechzig überragt sie deutlich. Mit einer Hand fährt sie durch seine kurzen Haare, den Hinterkopf abwärts unters Hemd. Mit der anderen streicht sie über die Vorderseite.
„O je, hast du dich heute mal wieder in deinen engsten Trag-doch-welches-Hemd-du-willst-Binder gezwängt?" Sie zieht eine Augenbraue hoch. Mitfühlend. Er fragt sich bei jedem Fahrgast in der U-Bahn: Sieht man's?, anstatt sich auf diejenigen zu verlassen, die mit dem inneren Auge sehen. Er ist alles andere als androgyn, nennt einen schlanken, wohlproportionierten Frauenkörper sein Werkzeug, das, was er bekommen hat, um durchs Leben zu gehen.
„Latte macchiato?"
Kerzen stehen in unregelmäßigen Abständen auf dem Fußboden, das Flackern an den Wänden und den schrägen Decken

verrät ihm die halbe Hundertschaft an Teelichtern, die sie über die Wohnung verteilt haben muss. Seine olivgrüne Armeetasche aus schwerem verwaschenem Stoff schmiegt sich an die Dielen. Gedämpftes metallisches Klirren gibt den Inhalt seines Gepäcks und den Verlauf des Abends zu erkennen. Sie hat es auch gehört, doch verkneift sich im Gegensatz zum ihm ihr Grinsen.
„Gern", sagt er. Nebeneinander an die Küchenzeile gelehnt, reden sie eine Weile, schweigen immer wieder kurz, genießen die wortlose Zweisamkeit. Langsam nur kommen sie sich körperlich näher. Nicht aus Unsicherheit, sondern weil diese Zweisamkeit etwas Besonderes ist. Seit Jahren gewohnt, aber immer wieder belebend. Berührungen gehen tiefer, wenn sie bedachter sind. Beinahe zelebriert wird das Leiserwerden ihrer Stimmen.
Unauffällig schiebt er ein Bein zwischen ihre Beine, schaut dabei in die Luft wie ein Schabernack treibender Lausbub. Sie präsentiert ihren Hals. Nur mit den Fingerspitzen zeichnet er sanfte Linien über den Wangenknochen und die Haare an ihrer Schläfe, setzt ab, um am Kinn neue Linien zu entwerfen. Er dreht ihr Gesicht zu sich, fixiert sie mit seinem Blick. Sein Griff wird fester, sie gibt ihm Gegendruck und ihre Nase beschreibt einen kleinen Bogen, als wollte sie mit der Nasenspitze etwas anheben. Mit dem Zeigefinger hakt sie sich an einer Gürtelschlaufe seiner Jeans ein. Sein Becken trifft ihres, seine Hand kommt auf ihrer Gesäßtasche zum Stillstand. Er krallt seine Finger durch den Stoff in sie, schiebt kraftvoll von unten nach oben. Sie schlägt die Augen auf. „Na Kleiner, wohin willst du denn? Wird dein Stuffer schon hart?" Wie zwei Cowboys in der sengenden Mittagshitze auf einer staubigen Straße mustern sie einander.
Er verliert das Duell. Mit betont tuntiger Melodie in der Stimme sagt er: „Huch, na, was haben wir denn da?", als er das Küchentuch aus ihrer Gesäßtasche zieht.

Wenig später liegt sie auf dem Rücken, alle viere von sich gestreckt, mit breiten Ledermanschetten an Hand- und Fußgelenken und Spanngurten an die Bettpfosten fixiert. Das weiche Licht der Kerzen lässt die Muskeln ihres gut trainierten Körpers feine Schatten werfen. Bis auf das Küchentuch als Augenbinde und einen Knebel ist sie nackt. Er steht neben dem Bett und betrachtet sein einfaches Werk zufrieden. Das ganze Zeug in seiner Tasche hätte er heute nicht anschleppen müssen. Er lässt seine weite Jeans etwas runterrutschen, schiebt die Boxershorts hinterher und fährt gedankenversunken über die weichen Ledergurte seines Harness. Sie wartet, lauscht. Für einen Moment herrscht absolute Stille. Er sucht

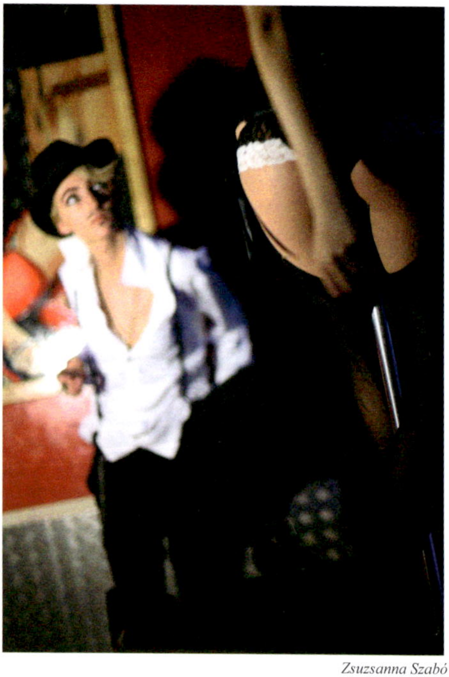

Zsuzsanna Szabó

im Halbdunkel in seiner Tasche, nimmt den mittelgroßen und führt ihn durch den Stahlring an seinem Harness. Mit der Flasche Silikonöl sitzt er neben ihr auf dem Bett und schaut sie an. Sie spürt seinen Blick. Und seine Hand, die ihrem Hals hinab den Konturen folgt, jeden Quadratzentimeter ehrt. Wie ein Kind. Er bewundert, was er sieht, aber versteht es nicht. Einen Moment zögert er, so zerbrechlich scheint ihm dieses Wesen, hilflos und geborgen, in der einsamen Zweisamkeit mit ihm. Heilig ist ihm das. Ihre Hingabe. Jedes Mal kostet es ihn Überwindung, dieses Geschenk anzunehmen. Doch er geht auch heute wieder den entscheidenden Schritt, senkt seine Hand, berührt ihr Gesicht. Die Schwelle ist überschritten. Sie schmiegt sich in seine Hand, klemmt sie zwischen Wange und Schulter. Er stellt die kleine schwarze Flasche auf dem Nachttisch ab und betrachtet diese Frau ein letztes Mal von Kopf bis Fuß, beugt sich über sie, schließt seine Augen und brennt das Bild ihres Körpers in seine Gedanken. Küsst ihre Lippen um den Knebel herum. Ihr Brustkorb hebt und senkt sich mit einer Intensität, als würden ihr seine Berührungen Leben einhauchen. Sie ist nicht sein Spiegel, aber das Puzzleteil, das ihn ergänzt. Für diesen Moment kann er sich und seine Selbstdefinition spüren, indem er mit ihr eins wird.

Er schiebt seine Unterschenkel unter ihre Kniekehlen und hakt sich ein. Seine Hände wandern über ihren trainierten Körper, der jede Bewegung durch Anspannung beantwortet. Sie hält für kurze Zeit den Atem an, dann wird ihre Bauchdecke weich. Er versteht ihr Signal, nimmt die Ölflasche, schnippst den Deckel auf und lässt einen langen glänzenden Strahl über ihren Oberkörper laufen, dann in ihren und seinen Schritt. Er übernimmt den Rhythmus ihrer Atmung, bewegt sich so sanft, so langsam, dass Minuten vergehen, bis sich ihre Hüften treffen.

Er genießt das Schattenspiel auf ihrer Haut. Ein Gefühl von Macht durchfährt ihn, auch wenn es nur eine Illusion ist, denn ohne Fesseln wäre er kein Gegner für sie. Weil in diesem Moment nur die Illusion eine Rolle spielt, legt er seine Hand mit festem Griff an ihren Hals, bis Adern auf ihrer Stirn hervortreten und sie bockt. Er packt ihren Nacken, zieht ihren Kopf zu sich. Stützt sich auf ihre Oberarme, spürt ihren Bizeps und Trizeps, an denen er Halt findet. Seine Hände sind viel zu klein, um ihre Oberarme zu umfassen. Er folgt den Hügeln der Schultermuskulatur zum Schlüsselbein, mit jeder Demonstration ihrer Kraft gießt sie Öl ins Feuer seiner Lust, auf jede seiner Bewegungen reagiert sie wie in einem Tanz, vervollständigt die Figur. Er soll sich nehmen, was er braucht, sie ist bereit, es ihm zu

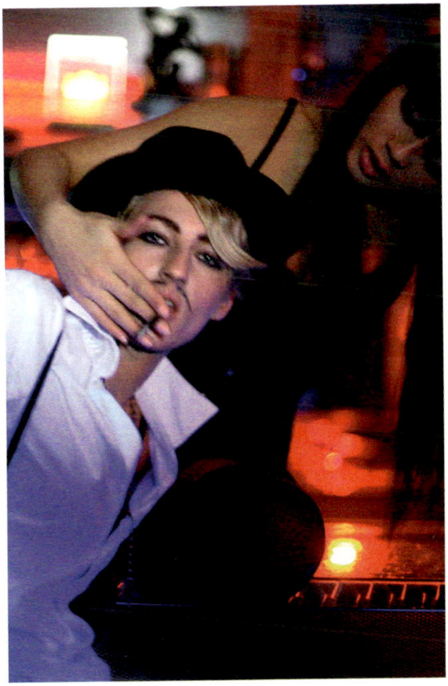

Zsuzsanna Szabó

geben. Seine Fingernägel hinterlassen rote Striemen beim Versuch, sich festzukrallen. Er versucht, ihre Brust ganz zu umschließen, unmöglich. Tastet sich die Rippen seitlich hinab, bis er von der links und rechts hervorstehenden Muskulatur aufgehalten wird.
Seine Sehnsucht liegt personifiziert vor ihm, er hält sie fast schon in den Händen, doch sie bleibt unerreichbar für ihn. Nichts auf der Welt kann das ändern. Aber sie gibt ihm die Chance, für einen kurzen Moment in ihrem Körper das zu finden, was er in sich spürt. Ihren Körper zu sehen, zu fühlen, zu liebkosen und zu quälen, als wäre es sein eigener, ist Trostpreis. Aber der beste, den er bisher hatte. Er würde seinen Körper tauschen mit ihrem. Diese Tatsache trifft ihn nicht zum ersten Mal, aber diesmal extrem hart. Sein Atem stockt, sein Kinn verkrampft, seine Augen werden glasig. Beinahe macht die Lust der Verzweiflung Platz. Er blendet den Schmerz aus. Seine Hand gleitet unter seinen Harness. Er fragt leise und schüchtern: „Darf ich dir wehtun?“ Sie nickt zunächst zögerlich, dann deutlich sichtbar. Er macht eine Faust, nur sein ausgestreckter Zeigefinger schreibt kreisförmige Linien auf ihrem Bauch, ihrer Brust, huscht über einen Oberschenkel und wieder zurück. „So wunderschön, du bist so wunderschön.“ Er genießt sie, ihren Körper. Damit ist der Nagel eingeschlagen, sie mag Komplimente über ihren Körper nicht. Ihr Körper ist für sie nur ein Mittel, das Ziel ist ein anderes. Das Gefühl, harte körperliche Arbeit leisten zu können, im Alltag und in der Natur. Sie genießt die Freiheit abseits bekannter Wege, sie weiß, sie kann Herausforderungen meistern.
Ihr Körper ist ihr ein Zeichen dieser Unabhängigkeit. Muskeln als männlich zu interpretieren, ist für sie eine Form von

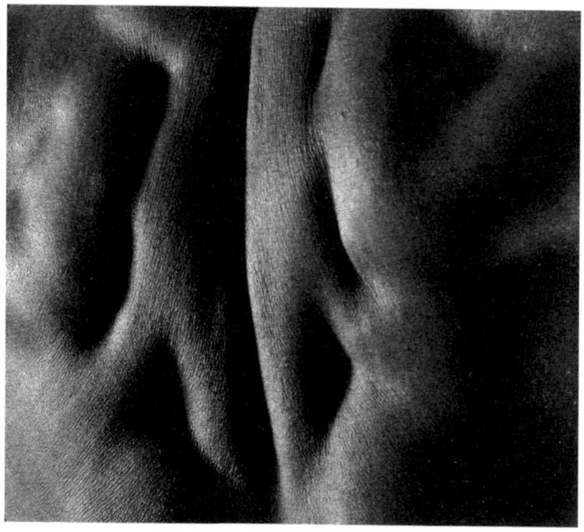

Gundula Glueck

Normativität, auf die sie verzichten kann. Mit einem unsportlichen Körper käme sie nicht klar.
Für ihn ist ihr Körper in Momenten wie diesen viel mehr. „Du solltest dich mal sehen, so wie ich dich sehe. Dein Bauch, so austrainiert, jeder einzelne Huckel ist schön.“ Er nimmt ihren Rhythmus wieder an. Sein Zeigefinger wird hart. Als Brücke für seine Worte in ihren Bauch. „Dein Rücken ist so breit geworden im Lauf der Jahre, die wir zusammen sind.“ Jetzt sind sie wieder synchron, doch sein Finger ist bedrohlich geworden. „Deine Schultern, so schön, und die Haare auf deinen Armen ...“ Seine Worte eine Klinge. Sie schiebt seine Hüfte mit ihrer im Takt. „Und die Haare auf deiner Brust, auch wenn du sie immer abrasierst, die Stoppeln … ich mag sie.“ Sie schnauft und spürt seine Worte als Druck auf ihrer Bauchdecke, dem sie nicht mehr lange standhalten kann. Seine Hand wandert wieder. „Die Haare auf deinen Beinen ... deinem Bauch … hier, unterhalb des Bauchnabels … ich liebe jedes einzelne davon … deine kleinen Brustwarzen, so süß.“
Sie legt den Kopf zur Seite, ihr Atmen wird lauter.
„Deine Haut ist eigentlich viel zu weich

… für …die Adern auf deinen Armen“ Sie drückt mit ihren Beinen auf seine Unterschenkel unter ihren Kniekehlen. Hält sich fest. „Und auch die Adern auf … auf deinem …“ Er stockt.
Sie bockt, als wollte sie sich seine Finger in die Magengrube rammen.
„Darf ich … anfassen?“ Sie nickt so deutlich, dass es bedeutet: Frag nicht so blöd, du Idiot! Eine Hand unter seinem Harness, nimmt er ihren Schwanz in die andere. Er massiert sie im selben Takt, wie sie sich bewegen. „Und auch die Adern auf deinem Schwanz, ist das geil!“ Das tat weh. Doch sie hält den Takt.
„Ich liebe jeden Zentimeter von deinem Männerkörper.“ Der Stich geht tiefer. Er atmet schwerer. Sie ringt mit sich. „Alles an dir ist einfach perfekt, so kerlig, deine Taille, deine muskulösen Schenkel.“ Seine Augen verzehren ihren Körper. Sie spürt den Blick. Sie kennt schwule Blicke. Sie weicht ihnen aus. Er ist der Einzige ... „Deine Stimme, das Brummen deines Oberkörpers, wenn du sprichst …“
Er ist am Limit, sie auch. „Du bist so ein unglaublich schöner Mann.“ Dieser Satz füllt ihre Magengrube mit einer Glut, die alles verkrampfen lässt. Sie kennt ihre schwule Seite, hat damit Frieden geschlossen. Doch wenn sie etwas nie sein wollte, dann ein Mann. Diesen letzten Satz hätte er nicht sagen dürfen. Ihr Körper als Spiegel seiner selbst. Er schließt die Augen und spürt, wie sie zuckt. Er wird schneller und schafft sie beide, bevor ihr Damm bricht. Es kann nicht mehr lange dauern, bis die Erregung abklingt und den Schmerz freigibt. Er rutscht aus ihr heraus.
Es beginnt. Sie dreht ihren Kopf zur Seite. Dann fängt ihre Bauchdecke an zu zucken, sie will es runterschlucken, kann aber nicht. Ihr Magen brennt. Der Druck macht ihr stechende Kopfschmerzen, übernimmt ihre Atmung, die abgehackt

Gundula Glueck

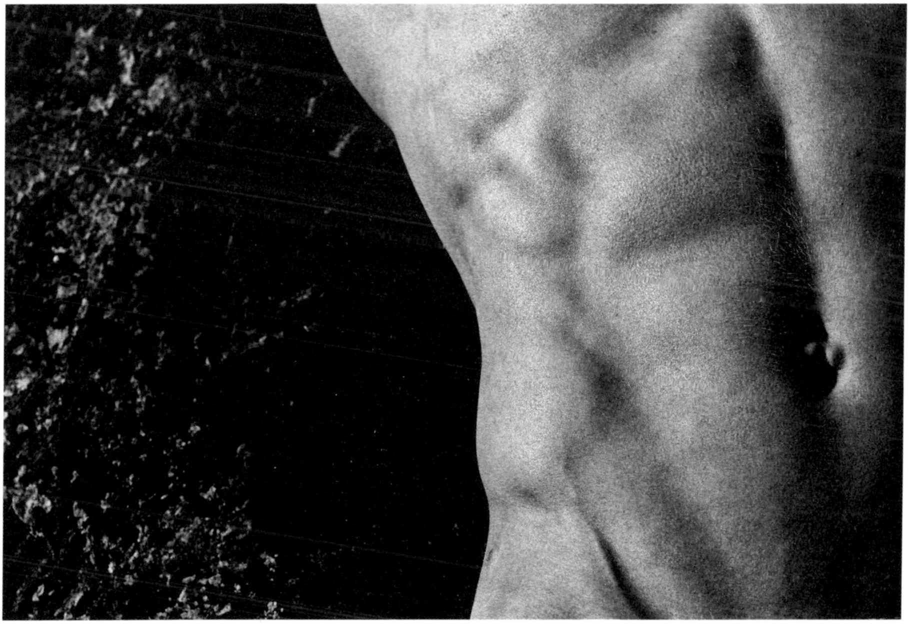

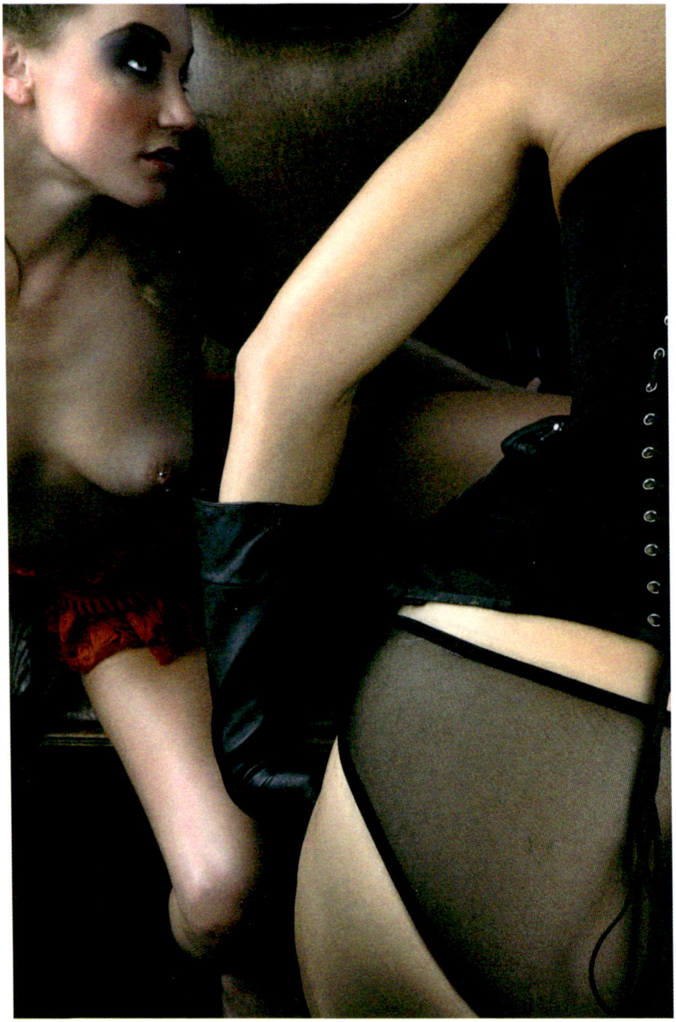

Zsuzsanna Szabó

wird, dann tief, als wollte sie brüllen. Er beugt sich nach vorne und nimmt ihren Kopf in die Hände, löst die Schnalle des Knebels, nimmt ihn heraus, küsst sie und schiebt die Augenbinde herunter. Die Augen öffnen sich nicht. Sie weint. „Ich wünschte, ich hätte deinen Körper", sagt er, „wie gern gäbe ich dir meinen." Es sind die einzigen Sätze, die ihm einfallen. Langsam kommt sie zur Ruhe.
So oft hatte er sich ihr bereits auf die gleiche Weise hingegeben, ihr seinen Körper als Projektionsfläche ihrer lesbischen Sehnsüchte zur Verfügung gestellt.

Was soll ein gay boy wie ich mit einer guy dyke wie ihr?, fragte er sich, als sie sich kennenlernten. Groß war seine Furcht, sie könnte ihn als Frau lesen und begehren. Doch sie war nicht nur auf den ersten Blick alles, was er sich wünschte, sondern wurde Partnerin mit der gleichen

Angst in sich. Die Angst, durch den Körper als das gesehen und begehrt zu werden, was das Gegenteil ihrer Selbstwahrnehmung darstellte. Heute hatte er ihr selbst diesen Schmerz zugefügt. Sie hat es ihm erlaubt. Doch er war heute härter als sonst. Seine Männlichkeit ist stark geworden in der letzten Zeit. Zu stark?
Er gibt ihr einen zärtlichen Kuss und haucht ihr ein kaum hörbares „Danke" ins Ohr.
Am Anfang war er anders. Erst, als er spürte, dass sie ihre Männlichkeit nicht in Anspruch nahm, sondern allzu gerne abtrat, wuchs seine ihr gegenüber auf dünnem Eis wandelnde Gewissheit, ein Mann sein zu können. „Aber meine Männlichkeit kann nur Bestätigung finden, wenn ich von einem schwulen Mann geliebt werde", war sein zweiter Irrglaube. Auch wenn die Vorstellung, als Mann mit einer Frau zusammen zu sein, zunächst gewöhnungsbedürftig war, konnte er diesen durch seine Sozialisation in der homonormativen Welt tief sitzenden Stachel ziehen. Manchmal kamen aber Momente, in denen er sein Weiblichsein spürte. Und sich dafür hasste. Der Umbruch kam ganz langsam. „Genieß deine Gefühle! Sie sind einzigartig und du bist wunderschön. Du bist beides: Mann und Frau!", sagte sie ihm, als sie schon lange zusammen waren und schweigend an einem See saßen und in die Ferne schauten. Sie sagte es nicht nur zu ihm. Auch wenn seine schwule Sehnsucht blieb, sie als Mann zu nehmen, kam langsam etwas hinzu. Und verhalf auch seiner männlichen Identifikation zu neuer Größe. Er akzeptierte seine weiblichen Anteile, gegen die er so lange gekämpft hatte. Das Ende dieses Krieges war ein Gewinn an Menschlichkeit, kein Verlust an Männlichkeit.
Und er fühlt diese wunderschöne Frau in seinen Armen, die er eben als Mann geliebt hat, die ihn vorbehaltlos begehrt. „Warum liebst du mich so sehr?" Sie zuckt mit den Schultern. Er gibt ihr noch einen Kuss auf die Stirn, fühlt sich wie ein kleiner Junge dabei und vergräbt seinen Kopf an ihrer Brust unter der Decke. Wenn es an manchen Tagen nur nicht so schmerzhaft wäre, nicht eins zu sein, sondern beides.

Jürgen Stelling

Ruhelos

Die Nacht mit Schutz-
Bier: alle Liebe die
wir gemacht haben
Hände aber aus den
Taschen Albert herum
Austausch von Speichel
im Traum sagen wir
sie zueinander

Maiandacht

Äußerer Rand: wir treiben
mutwillig dahin du machst
es mir mit der schönen Hand
und ich kann meinen Mund
nicht lösen von Deiner
Zuckerschnute

Andreas Reimann

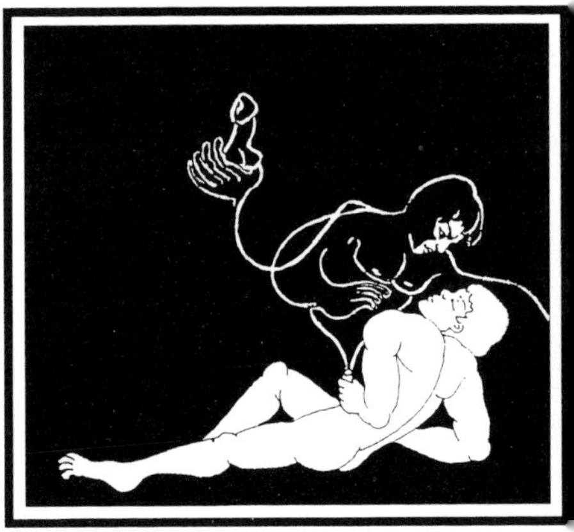
Andreas Reimann

In allen nächten atme ich dich ein.

Und doch, im traum, und wenn ich manchmal keuche:
die legen sich doch glattweg auf die bäuche!
Ich sag noch: „nein!“, jedoch mein glied, das schwein,
vergisst, derweil ich schlafe, die dressur!

Und ich wach auf. Jedoch das schwein wühlt weiter.
Soll es jetzt dich? Nein, danke! Oder: leider?
Legt sich der anstand jetzt vor die natur?

Tags ist das leichter. Tags, bis es zu hart wird,
weil es zu hart wird, such ich stets aufs neue
des schönen anblick, der mich sanft durch-lüstelt.

Was machtst schon aus, solang nur fremd-gestarrt wird?
Und ohne die versuchung wär die treue
ein wort, so hohl, als wenn es adam hüstelt.

Rosangela Bett (Transit in „Nu“)

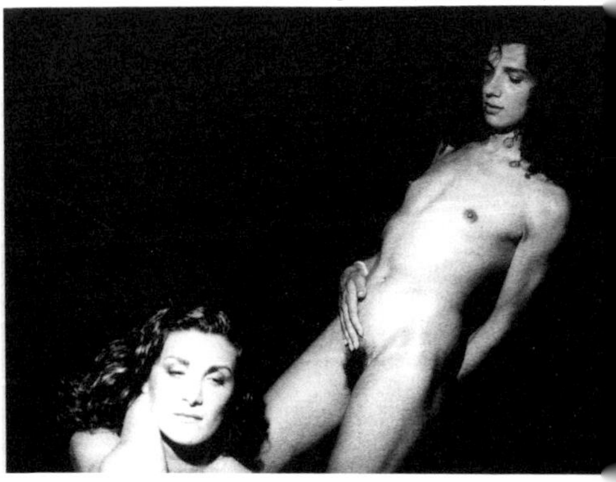

Christian Weichselbraun

Regen

Der Regen prasselte auf sein Haar und Jonar versuchte, die Straße schnell zu überqueren. Doch der rege Verkehr hinderte ihn daran und als ein vorbeirauschender schwarzer Kombi ihn auch noch mit dem Wasser aus einer Pfütze bespritzte, gab er es auf. Resigniert ließ er die Jacke vom Kopf gleiten. Wenn er schon komplett durchnässt sein würde, dann konnte er es auch *genießen*!

Er blickte zum Himmel, graue Wolken türmten sich auf, die Regentropfen waren schwer und zahlreich. Das Wetter schien eine Metapher auf sein Leben zu bilden: trostlos, öd und kalt. Er schüttelte sich und das Wasser lief in den Kragen und suchte sich in grausamer Langsamkeit einen Weg seinen Rücken hinab. Verflucht, war das kalt! Das mit dem Genießen schien heute nicht hinzuhauen. Er atmete tief ein, versuchte, die Natur um sich herum zu spüren, die reinigende Kraft des Schauers, die Freude der Pflanzen über das erfrischende Nass. Ein weiteres Auto raste durch die Pfütze und der Fahrer *hupte* dabei noch, als wäre es eine Frechheit, sich so an den Straßenrand zu stellen, dass gestresste Autofahrer gezwungen wären, einen Bogen zu fahren, wollten sie ihn nicht komplett einweichen.

Jonar ließ die Schultern hängen und seufzte. Blöde Pflanzen, dumme Reinigung. Eine überhitzte, staubige und schmutzige Großstadt wäre ihm im Moment lieber gewesen. Immerhin wäre sie *trocken*!

Er setzte sich in Bewegung und trottete den Straßenrand entlang. Die Dämmerung setzte ein. Erste Neonlichter erwachten mit kurzem Flackern zum Leben. Jonar hatte nie verstanden, was daran so tröstlich sein sollte, wie es in dem Lied *Downtown* hieß. Trotzdem begann er es nun zu pfeifen. *You can forget all your troubles, Downtown!* Okay, in einer *town* war er ja, und *down* war er auch, nur das mit dem *forgetten* haute nicht so recht hin.

Er zwängte sich zwischen einem Paar hindurch, das ihn nicht einmal bemerkte, so sehr waren sie in ihr Gespräch über den neuesten Geniestreich ihres Sprösslings im Kindergarten vertieft. Leider konnte Jonar nicht mehr hören, was die große Kunst gewesen war, aber sicher war es etwas so Weltbewegendes wie die Windel alleine ausziehen zu können, um genüsslich auf den Boden zu …

Ein Plakat ließ ihn seine gehässigen Gedanken stoppen. Charline, nächste Woche, live in Konzert! Die bekannte Schlagersängerin würde hier in dieser Stadt ihren Tourneeauftakt geben. Er wäre gegangen, mit *ihm*! Obwohl er Charline hasste, okay, nicht sie persönlich, aber ihre Lieder. Aber er wäre hingegangen. *Ihm* zuliebe. Seiner großen Liebe.

Aber *er* hatte ja letzten Monat mit ihm Schluss gemacht. Obwohl Jonar am Boden zerstört war, musste man auch das Gute daran sehen. Er ersparte sich Charline und ihre bescheuerten Lieder. Hits wie „In deinen Augen könnte ich ertrinken“ oder „Schön wie ein Alpensee!“.

Wenn es nach Jonar ging, dann könnte sie ruhig ertrinken und zwar in einem Alpensee, einem eiskalten. Okay, er hasste sie doch persönlich. Wie oft hatte er sich „Ich weine wenn du gehst!“ anhören müssen, bis er einmal sagte: „Und ich gehe, wenn sie nicht bald aufhört zu weinen!“ Mensch, war *er* damals eingeschnappt gewesen.

Das Plakat lag nun hinter ihm, die damit

aufgezwungene Erinnerung nicht. Die Bar, in der sie sich die ersten Male getroffen hatten, die Promenade am Fluss, wo sie spazieren gegangen waren, zusammen mit *seinem* blöden Hund, der so klein und verzogen war, dass Jonar ihn am liebsten in den Fluss gekickt hätte. Die Töle hatte immer gebellt und gejault, und zwar in einer Tonlage, die seinem schwulen Herrchen gerecht wurde. Es fehlte nur noch die rosa Schleife, dann hätte man das Mistviech in einem Korb durch die Gegend tragen können und zufällig getroffenen Bekannten Kommentare wie „Och ist der gewachsen“ oder „Geht er schon ganz alleine aufs Töpfchen?“ entlocken können. Da lobte er sich seine Katze, mit dem netten Glöckchen um den Hals, ihrem selbstständigen und doch anhänglichen Wesen. Er hatte sie mit der Flasche hochgezogen und hatten nicht alle seinen Freunde gesagt, wie gut sie sich entwickelt hatte?

Der Regen hatte immer noch nicht nachgelassen und Jonar schaffte es endlich, die Straße zu überqueren. Es wären zwar genug ampelgeregelte Übergänge hier gewesen, aber als echtes Großstadtkind weigerte er sich, sie zu benützen. Ampeln waren etwas für Weichlinge oder Landeier.

Auf der anderen Seite angekommen, kassierte er einen strafend empörten Blick von einer Frau, die ein kleines Kind an der Hand hielt und mit einem kleinen Kopfnicken in Richtung Kind ihm zu verstehen gab, welch schlechtes *Vorbild* er doch war! Dabei hatte die Kleine gar nichts mitbekommen, sie ärgerte gerade einen Obdachlosen mit Grimassen. Schrulle. Wenn er Kinder haben könnte, würde er darauf achten, dass sie tolerant und großzügig würden, und nicht, dass sie Ampeln benützten. Das Gehirn muss benützt werden, Kondome auch, aber Ampeln können vernachlässigt werden.

Endlich kam er zu Hause an und beim Kramen nach dem Schlüssel fiel ihm lediglich die Butter hinunter, die Milch hatte er fest im Griff. Na eben, es geht schon aufwärts. Normalerweise müsste an so einem Tag doch die Milchtüte aufplatzen und sämtliche Einkäufe einweichen. Optimistischer gestimmt eilte er durch den Hausgang auf die Schwingtür zu, die zum Treppenhaus führte. Er wollte gerade die Hand danach ausstrecken, als sie heftig aufgestoßen wurde. Die Milch blieb immer noch heil, aber der Schmerz auf seiner Nase trieb ihm die Tränen in die Augen. Durch den schwarzen Schleier, der sich langsam auf ihn herabsenkte, vernahm er eine männliche Stimme: „Ach Gottchen, das tut mir aber leid!“

Ach Gottchen! *Ach Gottchen*? Na, wenn es das nicht wert war, die Augen zu öffnen. Der Schleier war verflogen, die letzten Tränen blinzelte er weg. „Geht schon wieder!“, meinte er und zeigte sein strahlendstes Lächeln. Der Typ, der da vor ihm stand, musste jeden zum Lächeln kriegen! Sogar, wenn einem gerade Blut aus der Nase lief.

„Du blutest ja! Komm mit, mein Onkel wohnt im fünften Stock, da kann ich dich verarzten!“

Doch Jonar schüttelte den Kopf: „Ich wohne im zweiten, das ist näher!“ Und mit wackeligen Beinen begann er, die Treppen emporzusteigen. Sein „Attentäter“ folgte ihm und kaum war die Wohnungstür geöffnet, düste er an ihm vorbei ins Bad, mit den Worten: „Ich weiß genau, was man da machen muss, mein Exfreund war Krankenpfleger! Ich brauche kaltes Wasser!“

Exfreund! Eigentlich ein schönes Wort! Und während seine neue Bekanntschaft im Bad herumwerkelte, blickte Jonar lä-

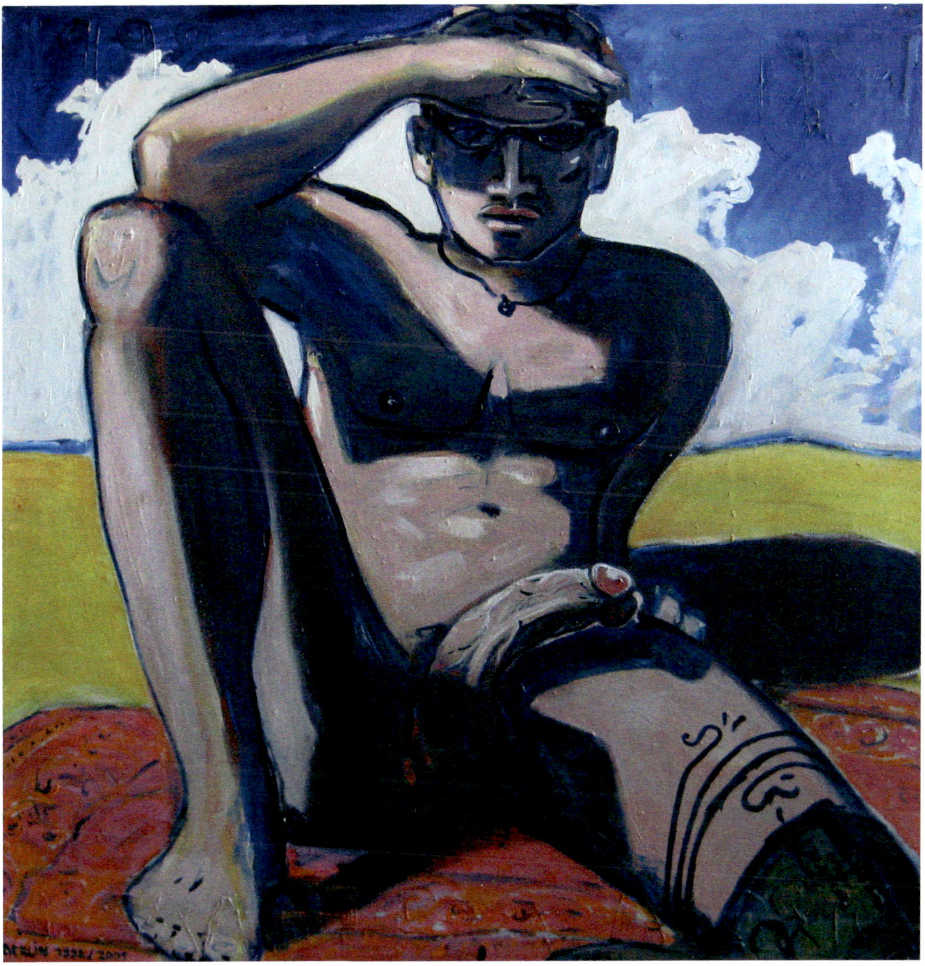

Alexander von Agoston

chelnd aus dem Fenster, um zu sehen, ob sich erste Sonnenstrahlen durch die grauen Wolken drängten. Natürlich nicht, wäre auch zu kitschig gewesen. Er hatte sowieso nie geglaubt, dass unterschiedliche Wetterlagen Metaphern des Lebens sein könnten. Aber es wäre ein schöner Liedertext. „Du hast die Wolken vertrieben." Vielleicht sollte er ihn schreiben. Und dann an Charline schicken.

Aranka Skarba

hinter dem Vorhang, weiß genadelt, geadelt sommersprossig sein Haupt, die Haut verhüllend – enthüllend. Federnd der Kopf auf Händen, das Gesicht als Maske wie im Traum, in Trance, Beine angewinkelt freigebend das Glied in der Kette

Betrachterin wird nervös

Jan Gympel

Was Frauen wünschen

Kuck mal, Kathleen! Endlich treff ich die mal hier. Schwimmbad ist 'ne feine Sache. Nicht nur, weil man sehen kann, was andere haben. Auch weil man zeigen kann, was man hat. In meinem Falle einiges. Die Stunden im Studio sind nicht umsonst gewesen. Und auf der Sonnenbank. Erfolg ist entsprechend. Nur Kathleen hat sich immer geziert. Rumgezickt. Blöde Kuh. Okay, vielleicht hab ich auch zu wenig gebaggert. Hätt öfter mal mit ihr was rauchen sollen. War mir aber nie so sicher, ob es sich lohnt – bei den Schlabberklamotten, die sie immer trägt. Dabei hat sie 'nen tollen Body. Und Badeanzug hat ja auch was. Sogar im Kontrast zu der Bikini-Schönheit neben ihr. Hab die noch nie gesehen. Oder? Nee, bestimmt nicht. Wär mir aufgefallen, mit den – ey, Mike! Soll ich die beiden für uns klarmachen? Null problemo, ich helf dir doch gern! Musst aber auf meine Bermudas aufpassen. Weißt doch: Hab immer meine knappe Badehose drunter, für solche Fälle, die rote, die so gut zu meiner braunen Haut passt. Ja, Kumpel, solltest auch mal was für dein Aussehen tun. Nimm's mir nicht übel, aber 'n bisschen hühnerbrüstig, und dann der käsige Farbton, die Leberflecken und die drei Haare … Na, pass mal auf. He, Kathleen! Ja, lang nicht gesehen. Mann, wie die mich gleich mustert! Das gefällt dir, was? Und deiner Freundin offenbar auch. Jackie, eigentlich Jacqueline. Wo die hinkuckt! Werd mal 'n bisschen meine Brustmuskeln spielen lassen. Macht die Weiber verrückt. Ja, Ronny weiß, was Frauen wünschen. Schon lange hier? Bleibt aber noch 'n bisschen? Danach könnten wir vielleicht … Ach, jetzt zickt sie wieder rum! Und ihre Freundin auch. Dabei – wo die dauernd hinkuckt. Schlampe. Na ja, ihr könnt's euch ja überlegen. Jetzt umdrehen und ganz cool, ganz lässig weggehen. Nicht zu langsam, aber auch nicht zu schnell. Damit sie in Ruhe meine Rückseite abchecken können. Stehen die Weiber doch drauf. Würd ich auch, wenn ich eins wär. Zum Brett. Passt mal auf, wie ich spring. Und dann durchs Becken schwimm, Schmetterling. Nichts sieht besser aus. Schade, dass der Zehner nicht geöffnet ist. Na, drei Meter tun's auch. Ey – Mann, wo glotzen die denn jetzt hin? Schnattern miteinander. Blöde Gänse. Muss ich eben – ja, ist ja gut, ich spring ja schon. Toll, wie mir das wieder gelungen ist. Hoffentlich haben sie's gesehen. Und jetzt quer durchs Becken. Raus, das Wasser von der Rübe streichen. Ein Glück, dass ich mir die auch immer rasier. Sieht doch dämlich aus, wenn du rauskommst und die Zotteln kleben dir überall im Gesicht. Sowieso bist du bei langen Haaren dauernd mit waschen, föhnen, frisieren beschäftigt. Das soll'n mal schön die Tussen übernehmen. Und die Glatze steht mir auch gut. Jetzt könnten die beiden aber wirklich mal herschauen. Lauf ich eben an ihnen vorbei. Sieht bestimmt scharf aus, wie die Tropfen auf meinen Muskeln glitzern. Kuck ich sie an? Nee, ich geh ganz cool an ihnen vorbei. Nicht zu viel Interesse zeigen, das macht sie umso wilder. Ey, Mike, Klappergestell! Geh mal rüber, sorg mal dafür, dass die beiden Chicas wirklich zusehen, wenn ich das nächste Mal spring. Nee, nee, die sind schon fast reif. Und soll ich dir was sagen? Ich überlass dir, welche du nimmst. Ist doch klar. Bist doch mein Kumpel. Ja, klar, Umarmung. Wenn der mich nicht hätte … Okay, letztes Mal hat er die Weiber klargemacht. Vorletztes Mal

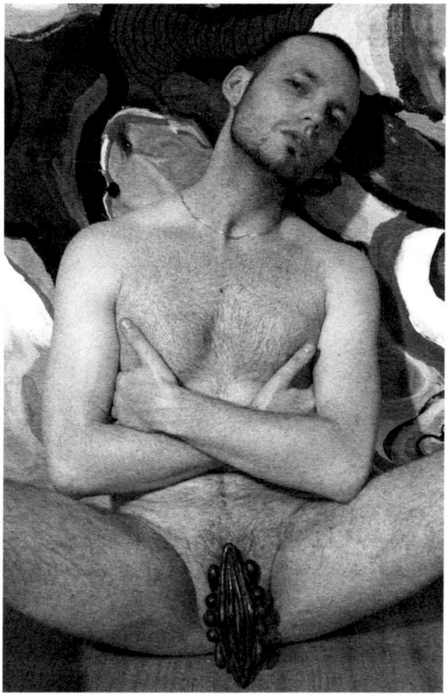

Daniel Schmude, feminin

auch. Und das davor. Na ja, ein blindes Huhn … Aber vor vier Wochen, da wär er ohne mich – oder war das vor fünf? Bah, die dünnen Beinchen! Ein Glück, dass man seine Oberschenkel nicht sieht. Die Waden und die Ärmchen sind schlimm genug. Ja, Mike, quatsch mal mit den Mädels. Damit sie meine Meisterleistungen beachten. Ach, der Kleine kniet sich hin. Ist auch besser so – je weniger sie von seinem spillerigen Käsekörper sehen … Dann wollen wir mal wieder. Kucken die? Ach, die werden schon kucken. Rauf aufs Brett. Supersprung. Ich sollt an Wettkämpfen teilnehmen. Durchs Becken, Glatze gestrichen. Diesmal geh ich auf der anderen Seite zurück. Mal schauen – ja, sie kucken. Lächeln sogar. Hast du gut gemacht, Kleiner. Laber die nur voll. Erzähl ihnen, was für'n toller Kerl ich bin. Wenn du mich nicht hättest. Werd mich mal hinsetzen, ihnen noch 'n bisschen Gelegenheit geben, meinen Body zu bewundern. Vor allem Jackie – wo die schon wieder hinkuckt. Hoffentlich ist die so hemmungslos auch wenn – Ja, Kleine, diesen Körper kannst du haben. Schau dir mal meine Beine an! Die meisten trainieren ja nur oben, dicken Bizeps, breite Brust, und dann dünne Schenkel, fast wie Mikes. Bei mir ist alles schön ausgewogen. Und dazu diese Badehose … Kleine Schlampe! Denkst wohl, ich merk das nicht, wie du dich an mir aufgeilst. Kannst auf die Entfernung natürlich nicht sehen, dass meine Augen nicht ganz geschlossen sind. Dass ich genau erkenne, wie du rüberschielst. Wollen mal hoffen, dass du Glück hast und Mike dich nicht will. Muss dem Kleinen auch mal was Gutes tun. Der hat's nötig. Dann werd ich mal wieder. Kuckt's euch noch mal an: Ronny in Aktion! Richtiger Kerl. Kann mit seinen dicken Muckis auch was anfangen. Genau das, worauf ihr steht! Aufs Brett. Perfekter Sprung. Noch 'n paar Bahnen schwimmen. He, Mike! Kucken die Mädels gerade? Dann werd ich mich hier am Beckenrand hochziehen, rausklettern. Ist jetzt alles klar? Na ja, manchmal stehen die Weiber eben drauf, wenn man sie erst mal vollquatscht. Glück für dich. Ja, komm ruhig nahe ran. Okay, ich leg meinen Arm auch um deine Schulter. Ey, ich kann riechen, was du gegessen hast. Welche willst du denn? Kathleen oder das geile Luder? Wie die mich angestarrt ... Was? Die ist fast blind? Sieht bestenfalls vage Umrisse? Und das auch nur auf einen Meter? Aber dann, dann habt du und Kathleen ihr erzählt, wie ich ... Nein? Aber die will mich trotzdem? Nur durch dein ... ey, was sagst du denn den Weibern immer? Worauf sie am meisten abfahren. Und zwar? Dass wir beide ein Paar sind, es aber auch mal mit Mädchen versuchen würden. Vielleicht.

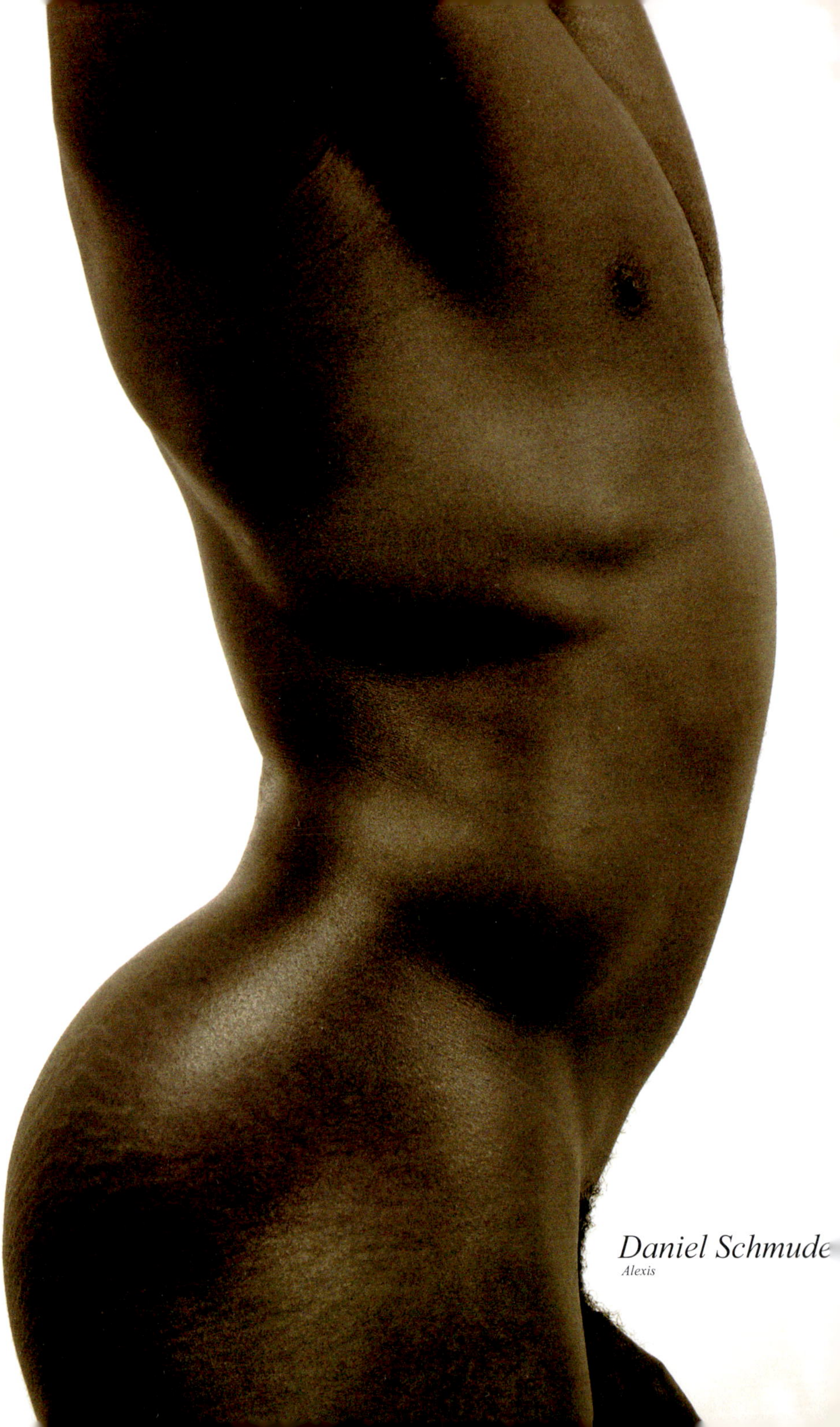

Daniel Schmude

Alexis

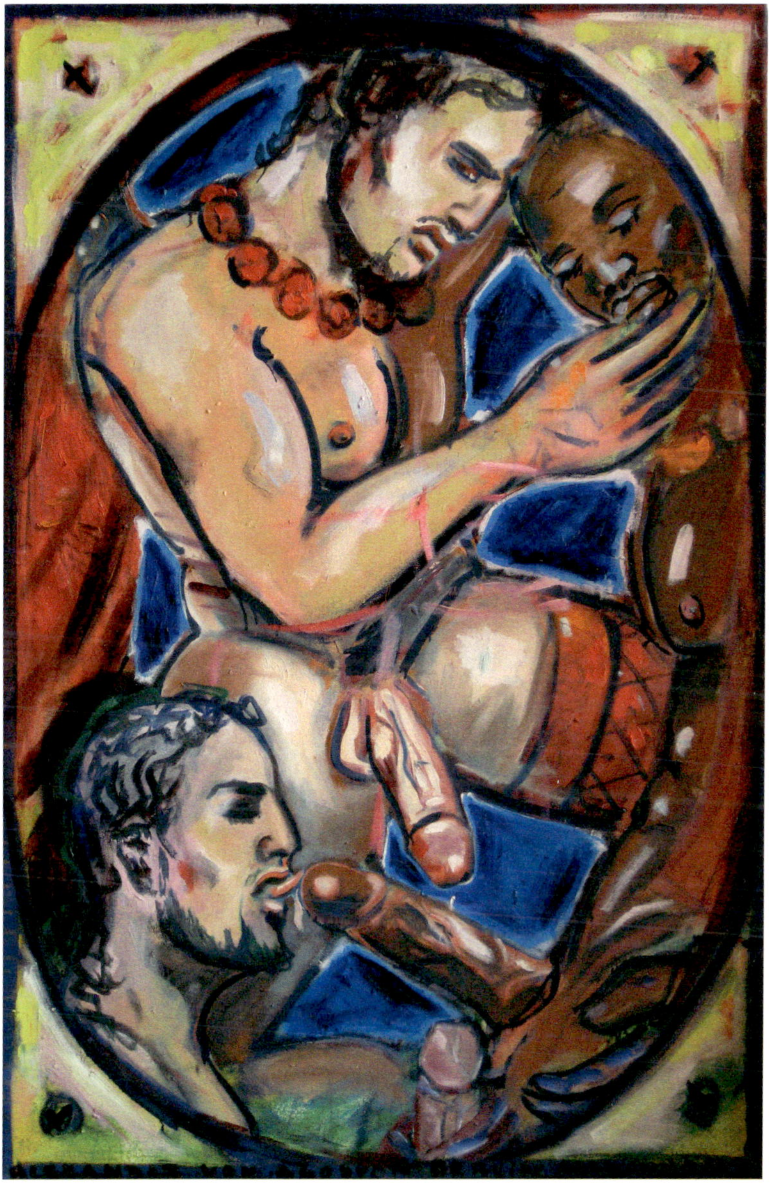

Susanne Schmidt

Schäfer

Unser Ferienhaus auf Korsika liegt mitten in der Macchia. Leider hat es vor Kurzem in der Gegend gebrannt und es gibt viele bizarre, schwarz verbrannte Landstriche auf meinem liebsten Wanderweg. Aber ich gehe doch täglich ein wenig. Heute ist es besonders heiß. Auch eine der Hütten dieses unsympathischen Schäfers hat was abbekommen. Ein großer muskulöser Mann mit bösen blauen Augen. Soweit ich mir habe erzählen lassen, ein deutscher Auswanderer, der mit alternativer Romantik angefangen hat, jetzt aber seine Schafzucht hier fast industriell betreibt. Er meckert immer, wenn wir unseren Hund frei springen lassen. Sonst ist das kein Problem in dieser verzauberten steilen grünen Macchiawelt. In der letzten Zeit bin ich ihm oft begegnet, mal saß er in seinem Geländewagen, mal war er mit den Schafen auf einer der Weideflächen, die er, hier sonst auch nicht üblich, eingezäunt hat. Wir hatten uns immer nur fixiert, kein Wort gewechselt. Der Hund ist in diesem Urlaub nicht mit, Andrea ist mit ihm zu Hause geblieben.
Es ist zu heiß. Ich will umkehren, aber vorher noch einige besonders unheimliche schwarz verbrannte Astgestalten fotografieren. Ich bin an seinem angebrannten Stall. Sein Auto steht nicht da. Ich hocke gerade verrenkt vor einem verbrannten Busch, um ein Detail aus Nahperspektive zu fotografieren. Da höre ich das Quietschen der Tür. Drehe mich um und er steht vor mir, bevor ich mich aufrichten kann. Ich weiß nicht, liegt es an der tagelangen Hitze, dass ich plötzlich geil werde, wie dieser mächtige Mann vor mir steht und mich fixiert, nicht einen Hauch von Freundlichkeit im Gesicht. Aber ein wilder Duft nach Schaf und Schweiß. Starke Arme, verschränkt, auf denen Adern spielen. Ich stehe auf. Er weicht keinen Schritt, ich muss an ihm vorbei, um auf den Weg zurückzukommen, nach vorne ist ein Abgrund. Da fasst er mich an.

Er will mir nur helfen, damit ich nicht doch noch stürze. Die körperliche Berührung lässt mich zurückzucken und zugleich schießt mir Wasser in die Möse. Jetzt lacht er. Das erste Mal sehe ich in seinen Augen nichts Böses. Doch ich sehe Erregung. Ich vermute, er hat Familie, denn manchmal habe ich ihn mit einer Frau im Auto gesehen. Es ist egal. Wir starren uns an. Ich halte es fast nicht aus. Ich will nichts anderes als mit ihm in den angebrannten Stall oder hier, sofort, auf dem stachligen schwarzen Boden. Ich halte mein Schreien zurück, denn ich bin nass wie kurz vor einem Orgasmus. Er fasst mich noch immer. Und fragt: „Was ist los? Brauchst du was zu trinken?“ Ich will es. Ich will es jetzt und hier, dass er meine Jeans runterreißt, die ich tragen muss, um mir nicht die Schenkel von der Macchia zerkratzen zu lassen, und in der Schweiß und Mösensaft hängen. Er muss es riechen, denke ich noch, als er mit mir in Richtung Stall geht. Brandgeruch hängt in der Luft. Schafe sind keine drin, er hat Glück gehabt, der Brand hat nur die Außenwand angekokelt. Hinter dem Stall, auf der Nordseite im Schatten, hat er sich einen kleinen Garten eingerichtet, auch der angebrannt. Ich lehne an der Wand. Er holt ein Wasser. Ich beruhige mich. Meine Möse zuckt. Als er mit dem Wasser vor mir steht, schaffe ich es nicht mehr, ich stöhne, ich bin verrückt, ich werfe mich in seine Arme und er, er weiß es, er drängt

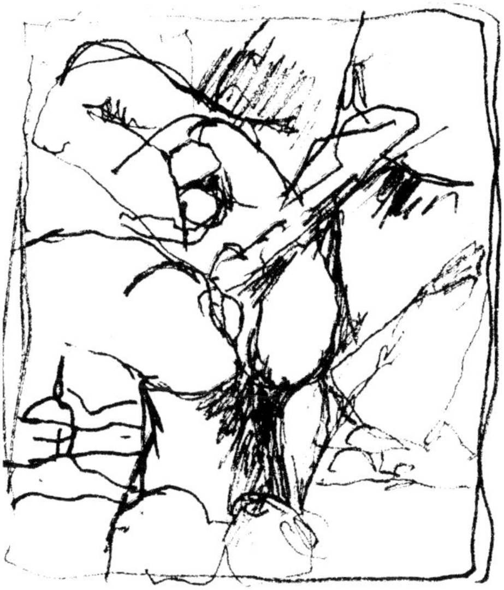

Günter H. Seidel

mich an die Wand, reißt mir den Reißverschluss auf, die Wasserflasche fliegt in die Asche, meine Digitalkamera auch, seine Hand greift in mich, sofort, ohne eine Sekunde des Zögerns fickt er mich mit Fingern, fixiert mich mit diesem furchtbaren Blick, dem ich von nun an nicht mehr aus dem Weg werde gehen können, der in meine Träume eindringen wird, in meine Sexfantasien. Ich schreie nun laut und er zerrt die Jeans weiter herunter, öffnet seine und ein aufregender Schwanz springt in die Höhe, er packt ihn, stößt in mich, fickt mich an die Wand, und ich klammere mich um ihn, ich muss wahnsinnig gewesen sein in der Hitze, kein Kondom, nichts, nur ein großer schöner Schwanz hart in mir, wir gleiten auf den Ascheboden und er stößt mich in den Boden, dreht sich schließlich auf den Rücken und sagt: „Hol's, hol's dir, los!" Ich sitze auf ihm und schreie und ficke ihn, ich glaube, beim Sex habe ich noch nie so geschrien, und ich komme und komme und die Möse klammert und zuckt und sein harter Bauch ist nass von mir, als er fragt: „Jetzt?". Ich nicke. Dann stößt er einmal so hart zu, dass ich fast von ihm katapultiert werde, reißt sich raus und spritzt mich an. Ich lasse mich fallen, spüre seinen schönen Schwanz zucken und langsam kleiner werden, ein warmes Streicheln des sich sachte bewegenden Schwanzes, in den Säften, die auf mir kleben und zwischen uns zu trocknen beginnen.

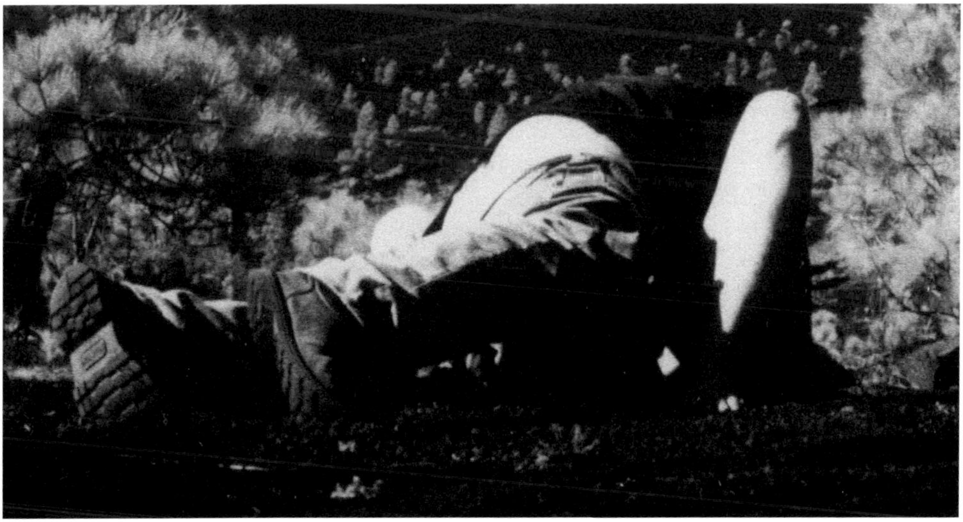

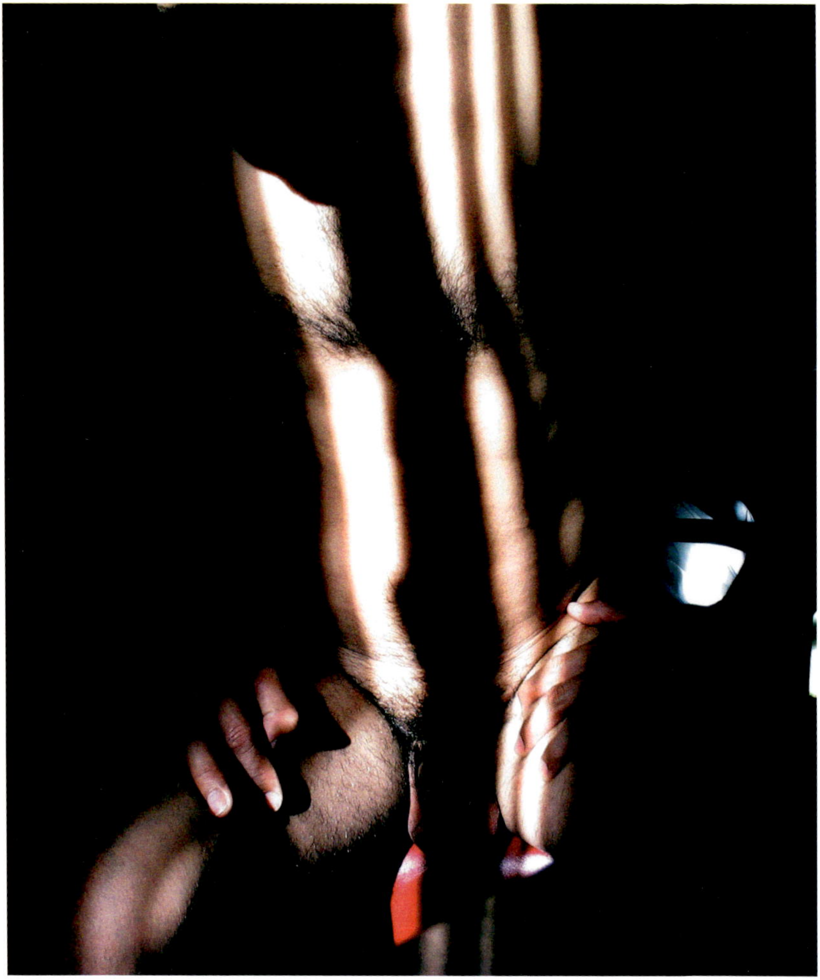

Aranka Skarba

innen leben

in deinen Händen zu liegen wie das runde Obst
in einer Waagschale goldbeziert fiel ich
in deinen Garten hing an deinem Hals

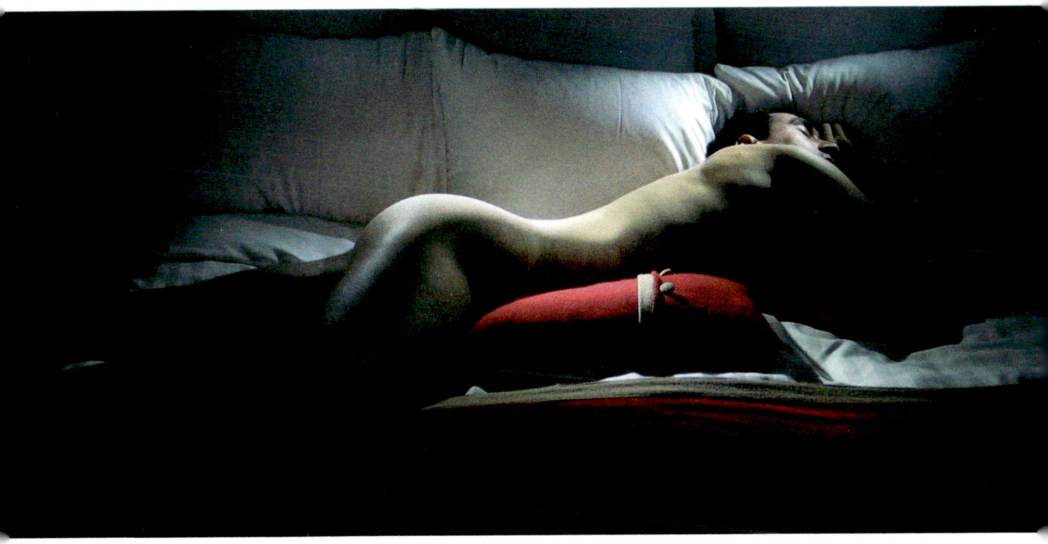

lauschte deinem Mund der mich entblätterte
ergriffen mich deine Worte an den Pfirsichlippen
breit schimmernd schamlos wie die Jungfrau im Paradies

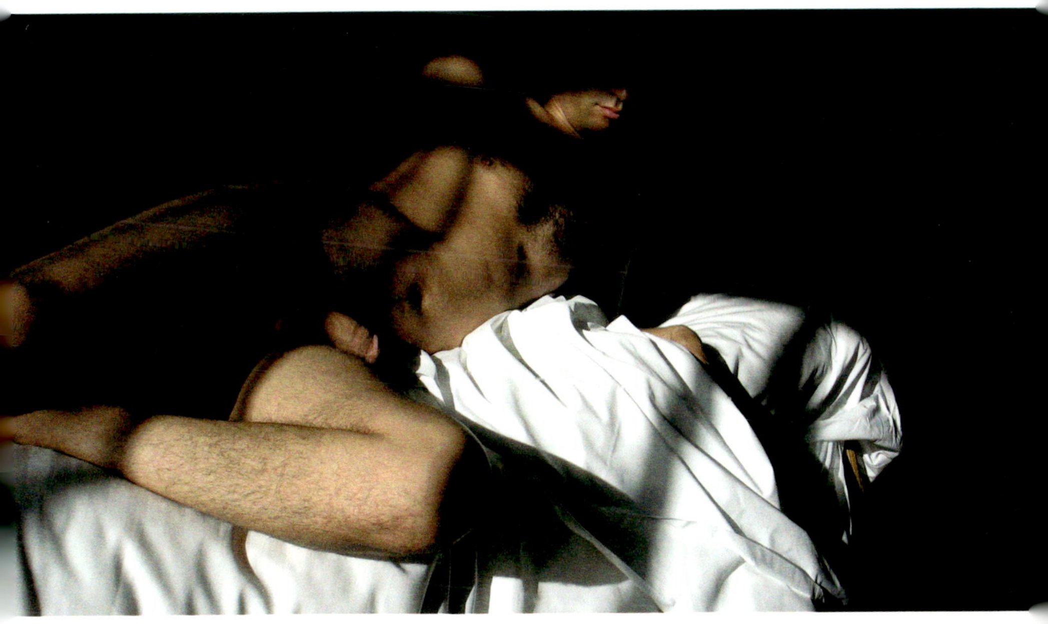

Jürgen Brauerhoch

Die ganz andere Bedeutung von „Leck mich am Arsch“ im Leben der Bajuwaren

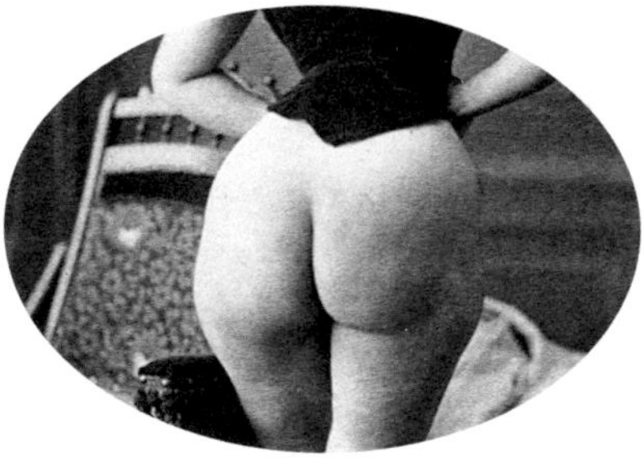

Als Goethe auf der Reise nach Italien nach einem Crash bei München die rasche Reparatur seiner Kutsche verlangte, erwiderte der bajuwarische Postillion: „Geh, leck mi doch grad du am Arsch ...“ Der Dichterfürst (und Minister!) aus Weimar war nicht wenig erstaunt über diese bodenlose Frechheit eines Mitglieds der unteren Klassen, zumal er – wie die meisten Touristen – noch nicht informiert war über den völlig anderen Wert, den der Bayer mit dem kräftigen deutschen Wort „Arsch“ verbindet.
Einerseits ist ein Arsch natürlich auch im Bairischen ein Arsch und ein Depp, sogar ein depperter, andererseits aber bedeutet der Ausruf „Mi leckst am Arsch“ keine Injurie, sondern eine unangenehme wie auch angenehme Überraschung, eine Floskel des Erstaunens, der Verwunderung, sogar des Mitleids oder aber der Anerkennung einer bedeutenden Leistung ... ein Riesenunterschied zum groben hochdeutschen Imperativ! Denn wenn der Bayer sagt: „Mi leckst am Arsch“, dann kann das viel heißen, zum Beispiel: Mensch ist das toll! Ja, so eine Sauerei! Mein Gott, ist das teuer! Oh, welche Freude! Das ist ja Wahnsinn!
Durch das Vorziehen des Objektes verliert der Satz seine Aggressivität und wirkt statt eines Kommandos eher als eine Art Stimmungsbekundung. Nun gibt es ja Landstriche und Gesellschaftsschichten, die „Arsch“ nur in der Gossensprache dulden und die vielen hundert Synonyme von Anus bis Popo für diesen Körperteil benutzen, den die japanisch-amerikanische Künstlerin Yoko Ono „ehrlich und wehrlos“ nennt. Wenn man ihn der Welt zeigt, sagt Ono, beweist man großes Vertrauen zu den Menschen, und drehte einen abendfüllenden PO-Film mit dreihundertsechzig entblößten Hintern von Promis, allesamt „kraftvolle Halluzinationen“.

Pierre Louÿs

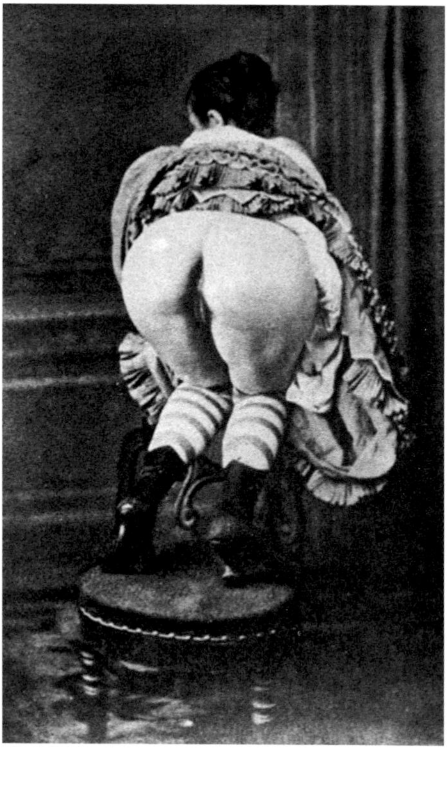

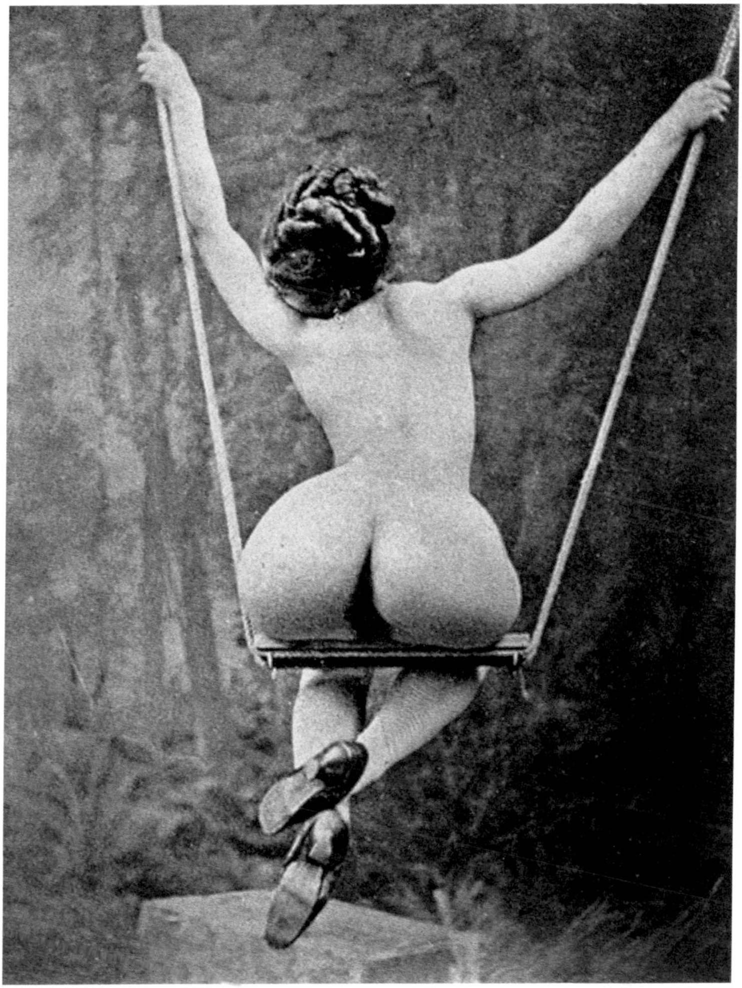

Pierre Louÿs

Der selbstverständliche Einbezug von „Arsch“ in die bairische Umgangssprache hängt sicher auch mit der bäuerlichen Herkunft des Dialekts zusammen, der die Dinge beim Namen nennt und den „Arsch mit Ohren“ nicht zum ausdruckslosen Gesicht verkünstelt. Der einfache Soldat und jeder andere Befehlsempfänger ist und bleibt „Schütze-Arsch“, oft auch ein „Arschkriecher“, der Polizist ein „Arschfahnder“, der Lehrer ein „Arschpauker“, der Arzt ein „Arscheologe“ und der Depp eben ein „Arschloch“.

Ein nackter Po sei nicht unsittlich, hat vor einiger Zeit das Oberste Schweizer Bundesgericht entschieden. Die Verurteilung einer Frau, die einer Nachbarin im Streit den nackten Arsch entgegengehalten hatte, wurde rückgängig gemacht, „da keine Geschlechtsorgane zur Schau gestellt worden seien“.

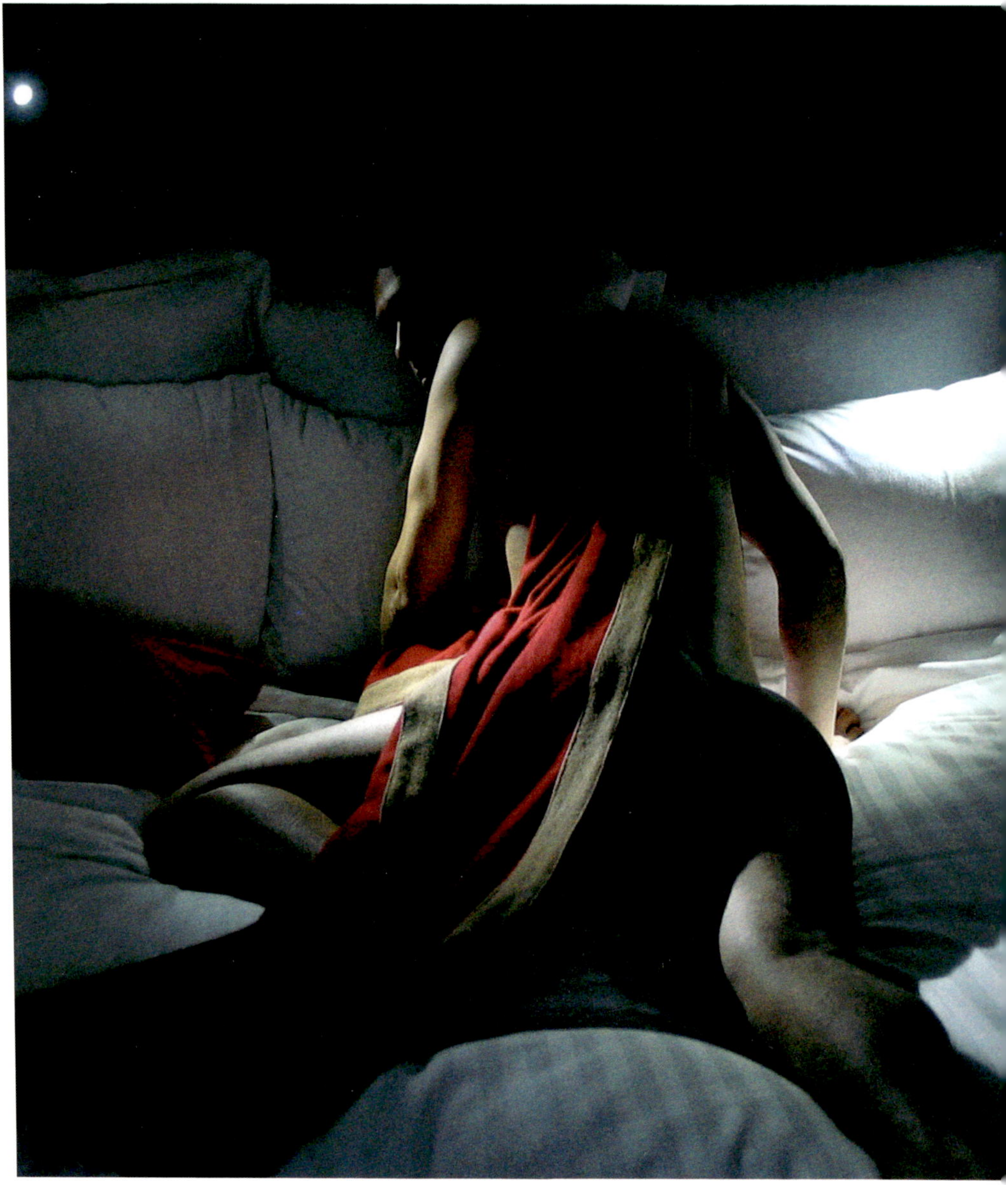

Ipedia 1

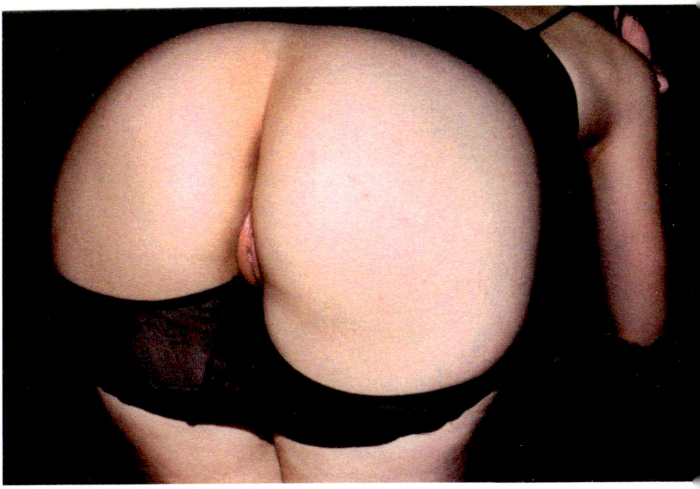

Hier irrt das Gericht allerdings erheblich; denn gerade ein schönes Hinterteil lässt sexuelle Freuden erwarten und ist oft Gegenstand der Poesie. So schreibt zum Beispiel der auch sonst etwas verrückte Friedrich der Zweite, Erbauer des apulischen Castel Monte, über den Hintern seiner Geliebten: „... sie wusste, dass meine Blicke mit Vorliebe an jenem Teil ihres Körpers ruhten ... ihrem noch immer festen, dabei zartfleischigen Hintern ... dem weiß leuchtenden Symbol. Aus keiner Form ziehe ich mehr Kraft und Fantasie für meine Arbeit am Reich!“

Wer nach Bayern fährt, sollte sich deshalb mit der „Folklore“ etwas vertraut machen und danach wissen, dass die häufige Verwendung von „Leck mi am Arsch“ nicht beleidigend oder profan, sondern eben symbolisch gemeint ist. Mit diesem Wissen entgeht der gutwillige und neugierige Tourist von heute dem Kulturschock, der seinerzeit dem Herrn Geheimrat Goethe und nach ihm unzähligen Besuchern und Touristen zu schaffen machte.

Sammlung Brauerhoch

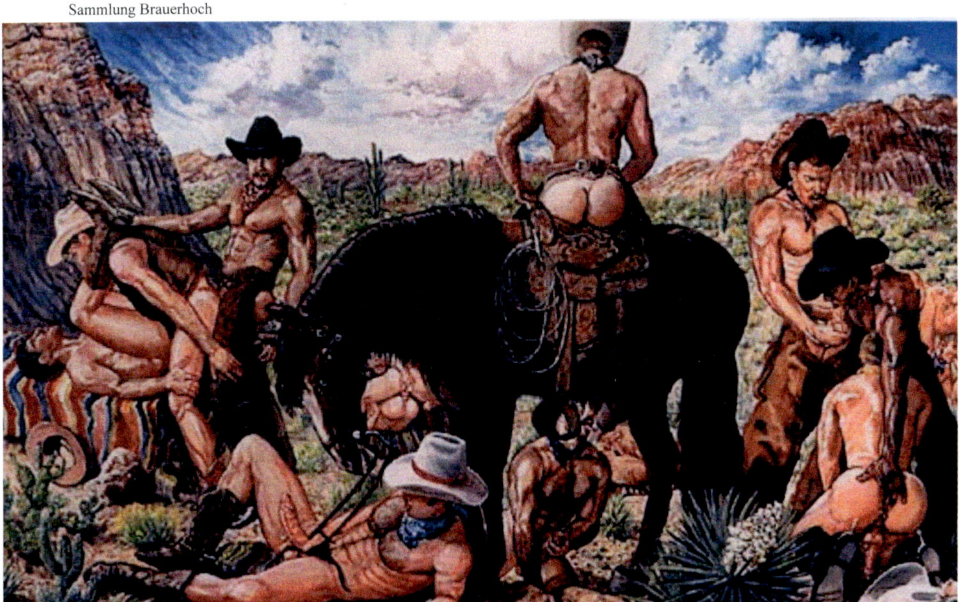

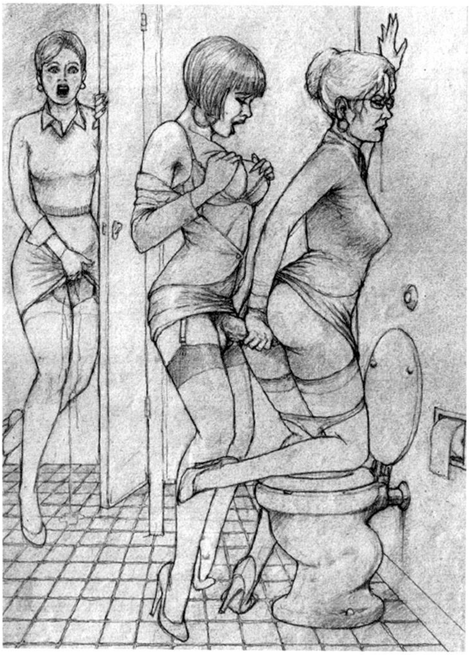

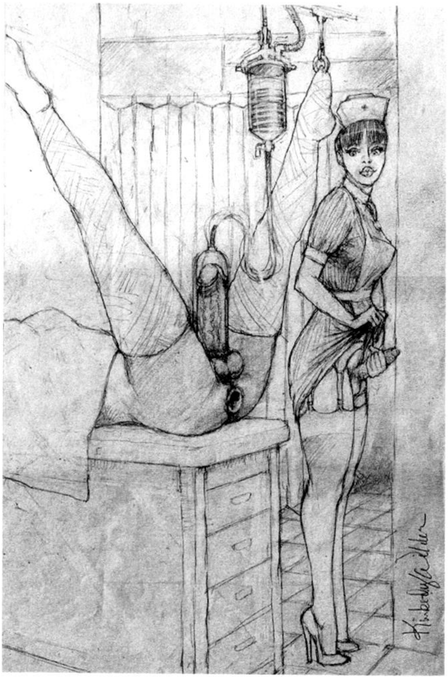

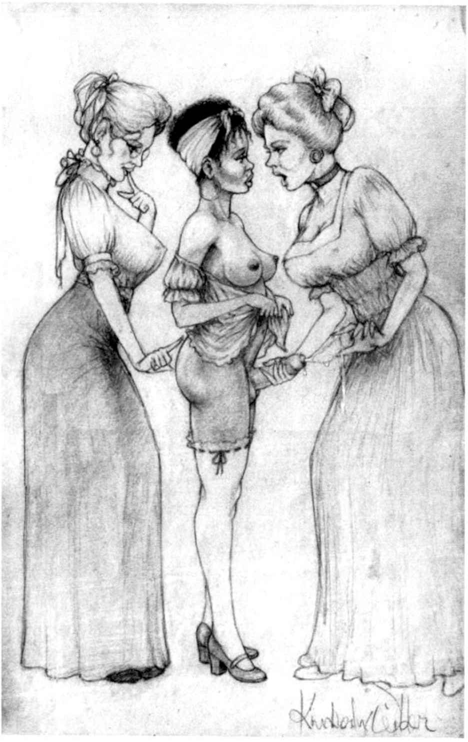

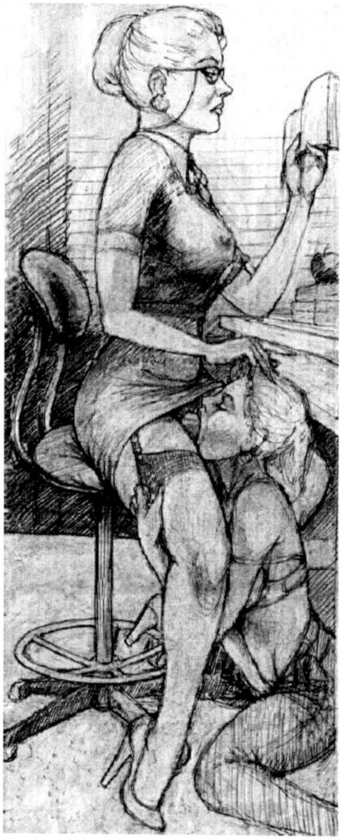

Kimberly Wilder

Nana Schwarzkopf

Krankenschwester Elena und der bandagierte Dr. Keiler

Als Schwester Elena den Verband von Dr. Keiler wechselte, dachte sie an ihren Mann Robert. „Dieser erbärmliche Versager", murmelte sie und riss ein bisschen fester an der joddurchtränkten Ganzkörperbandage, in die Dr. Keiler, von Berufs wegen Doktor der Volkswirtschaft in der Milchindustrie, gewickelt war. Elena überhörte ein leichtes Stöhnen. Sie dachte an ihren Mann. Ihr Robert hatte ihr gestern Abend nach zehn Jahren Ehe seine Bisexualität gebeichtet. Als wenn das nicht genug wäre, nein, er hatte ihr weiterhin gestanden, sich regelmäßig als Sklave seines Herrn auf einen aufgebockten schwarzen Riesendildo schnallen und kräftig mit einer Lederpatsche den Arsch versohlen zu lassen. Sein Herr, dessen Name er Elena partout nicht verraten wollte, „ein bekannter Mann", flüsterte er nur, rief ihm dabei Dinge zu wie: „Sag, dass du es genießt, du schwule Drecksau", schnallte ihn danach von dem Dildo und fickte ihn unter dem Zuruf weiterer Obszönitäten, die Robert seiner Frau vorenthalten wollte, kräftig in den Arsch. Als Elena dies erfahren hatte, hatte sie sich schreiend die Ohren zugehalten, war weinend in die Küche gelaufen und hatte ihren Kopf auf die lackierte Fichtenholzplatte des Küchentischs gelegt und den Kummer mit Poire Williams ertränkt.

Und nun stand Elena vor diesem Dr. Keiler, den sie vor drei Tagen eingeliefert hatten, und fühlte sich als zerstörte Frau. Jahrelang, so hatte sie zumindest geglaubt, hatten sie und Robert eine gute Ehe geführt. Er als Chirurg in dem Krankenhaus, in dem sie arbeitete, nach Jahren Ehe noch einmal in der Woche passablen Sex, der beiderseits zur Befriedigung führte, gute Freunde, drei Urlaube im Jahr, zwei Autos. Und nun das, aufgeschnallt auf einem Bock, das konnte sie sich nicht vorstellen. Sie blickte auf Dr. Keiler oder das, was von ihm zu sehen war. Das Missgeschick, das zu seinen Ganzkörperverletzungen geführt hatte, war Gesprächsstoff der gesamten Station 3 C im Kreiskrankenhaus St. Grazius. Schließlich war Dr. Keiler eine stadtbekannte Persönlichkeit. Er war durch die Unterdrückung der lokalen Milchbauern und seine Forderung, auch ausländische Milch in die Produktion von original Schweizer Appenzeller Käse einfließen zu lassen, zu schändlichem Ruhm gelangt. Diese delikate Geschichte durfte unter keinen Umständen an die Öffentlichkeit gelangen.

Was war passiert?

Dr. Keiler hatte sich nachts in einer Art selbst geschneidertem Batmankostüm an einem zwanzig Meter langen Seil von einem Baseler Hochhaus in ein gläsernes Bankgebäude schwingen wollen. Tatsächlich hatte er das anvisierte Fenster getroffen und war erfolgreich hindurchgeschwungen. Er hatte aber leider ein wichtiges Detail vergessen, nämlich, sich einen Batmananzug aus Titan schneidern zu lassen, und hatte sich daher an den Glasscherben die Haut zerschnitten. Er war mit Schnittwunden am ganzen Körper hier eingeliefert worden. „Toller Batman", murmelte Elena. Wieder dachte sie an Robert und stellte sich vor, wie er sein entblößtes und gerötetes Hinterteil dem ihr unbekannten Herrn anbot. Elena stieß einen Seufzer aus und riss Dr. Keiler ein Stück Bandage ab. Dr. Keiler stöhnte leicht auf. „Du Sau", hörte Elena sich sagen. Sie kniff die Augen zusammen, musterte den unsichtbaren Volkswirt der

Milchindustrie und dachte darüber nach, was diesen Batmanverschnitt wohl dazu bewogen hatte, sich nächtens durch die Ruhe der Baseler Innenstadt in ein gläsernes Hochhaus zu schwingen.
Elena dachte wieder an ihren Mann. Ihr graute bei der Vorstellung, dass er seinen Pimmel in einen Männerarsch gestoßen hatte und danach in ihre Möse. Ja, es machte sie wütend. Elena nahm ein weiteres Stück Mullbinde und riss sie mit einem Ruck von Dr. Keilers Bein. Das Bein zuckte. Dr. Keiler stöhnte. Elena dachte an ihren Mann, stellte sich vor, wie er mit nacktem Arsch auf dem Boden saß, Wäscheklammern an seinen Brustwarzen und Hoden, und wie er dann am nächsten Tag, als sei nichts geschehen, mit unschuldigem Blick wieder als Chirurg am OP-Tisch in St. Grazius stand. Elena nahm ein weiteres Stück Mullbinde und rüttelte daran. Ein Stöhnen kam aus Dr. Keilers unsichtbarem Mund. Elena erkannte eine wachsende Wölbung unter der Mullbinde. Sie konnte es nicht glauben. Was waren das nur für Tage. Sie rüttelte noch ein bisschen mehr, die Wölbung wuchs. Tatsächlich. „Vielleicht sollte ich Robert heute Nacht auch ein paar Wäscheklammern an seinen Sack klemmen", dachte sie verächtlich. Heute Morgen hatte sie ein Riesen-Sparpack Holzwäscheklammern im Supermarkt gesehen. Und was die Geschichte von Dr. Keiler anging, dachte sie, wurde weiterhin erzählt, er sei mit seiner zerschlissenen Haut noch eine Weile durch die Schweizer Bank gesprungen, kläglich kickboxend und in die Luft hüpfend und sei dann von einem Polizisten im ersten Ausbildungsjahr überwältigt worden. „Lächerlich", sagte sie, „einfach lächerlich."
Elena schaute auf die Wölbung Dr. Keilers, dachte: Heute ist der Tag, wo auch

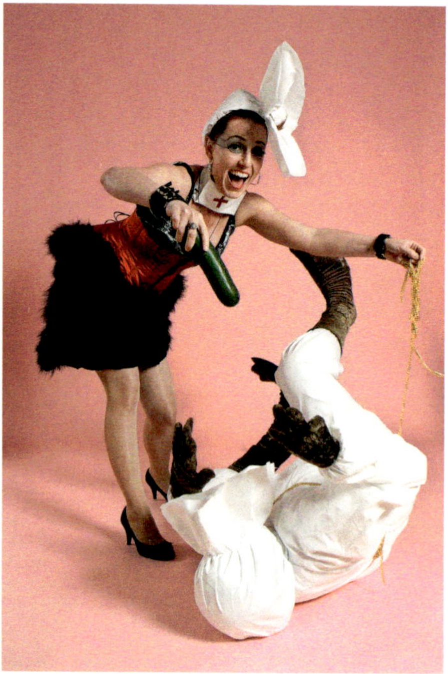

Susanne Lencinas

mir alles egal sein wird, und öffnete ihren Schwesternkittel, Knopf für Knopf. Sie holte ihre großen Brüste aus dem BH und drückte die rechte Titte gegen die Nase von Dr. Keiler. Der Batmanverschnittschwanz dort unten wuchs zu einem Berg, das sah sie genau. Dr. Keiler schnaufte schneller. „Na, du Held", flüsterte Elena abfällig, „das war ja in der Tat eine Heldentat, sich so mutig durch die Luft zu schwingen." Elena griff entschlossen an den Berg dort unten, der inzwischen ein Matterhorn geworden war. Ein Schütteln lief durch den Leib des gebeutelten Dr. Keiler. Elena nahm ihre Brust, zog ein bisschen an ihrer Brustwarze, so dass sie schön hart wurde, und stopfte sie durch das kleine Loch in der Mullbinde, das zu Batmans Mund führte. Sie spürte, wie ihr Held augenblicklich begierig daran saugte, nuckelte und zog. Ihr wurde ganz schwindlig, als sie sah, wie ihre Titte in das weiße Loch gesaugt wurde. Das Matterhorn Dr. Keilers wuchs zu einem Mont Blanc. Elena blickte verstohlen zur Tür und zog ein bisschen an ihrer Brust. Dr. Keiler ließ nicht los, Elenas Brustwarze zog sich etwas mehr in die Länge. Wieder dachte sie an Robert, diese devote schwule Sau, „lass los, du Drecksack", flüsterte sie zu Dr. Keiler. Elena erschrak über sich selbst. Dr. Keiler ließ augenblicklich gehorsam los. Der Mont Blanc dort unten wurde zu einem K2. Elena hörte ein neues Stöhnen. Sie gab sich innerlich einen Ruck, zog sich ihr Höschen aus und legte es vor Dr. Keilers Nasenlöcher. Neugierig beugte sie sich vor sein Gesicht. Leicht konnte sie seinen Atem wahrnehmen, der den Duft ansaugte. Elena schaute sich den K2 an und beschloss, ihn von seiner Hülle zu befreien. Sie zog fest an der Mullbinde von Dr. Keilers Mannespracht. „Sogar den Schwanz hat er sich zerschnitten", staunte sie und schaute sich interessiert den langen Schnitt am prallen Schaft an. Dr. Keilers Pracht stand nun exakt neunzig Grad senkrecht, perfekt wie ein Schwcizer Bergsoldat beim Morgenappell. Wäre sein Schwanz nicht so riesig gewesen, hätte er nicht den verruchten Makel dieses Schnitts gehabt, dachte Elena später, und die Sache wäre nicht passiert. So aber konnte sie nicht anders. Sie beugte sich über ihn und leckte ein bisschen an der Wunde entlang. Es brannte in ihr wie ein Vulkan, es loderte wie ein Bergfeuer. Elena schaute noch einmal zur Tür, schloss sie, kletterte auf Dr. Keilers Bett und rammte sich augenblicklich seinen Bergsoldatenschwanz in ihren Vierwaldstädter See. War das geil. Sie dachte an Robert und stellte sich vor, wie er den Riesenschwanz seines Herrn lutschte. Ihr Vierwaldstädter See trat über die Grenzen. Rauf und runter ritt sie Dr. Keilers Pracht, die Mullbinden rieben an ihr, rieben sie wund, wurden nass von ihrer Flut, Dr. Keiler stöhnte, sein Grenzsoldat dehnte sich weiter und weiter in ihr aus und explodierte schließlich mit einem Kanonenkrachen in ihr, so gewaltig, dass es ihr sofort kam, sie krallte sich mit ihren roten Fingernägeln in die Mullbinde über seiner Brust, riss ihm die Dinger von der

Susanne Lencinas

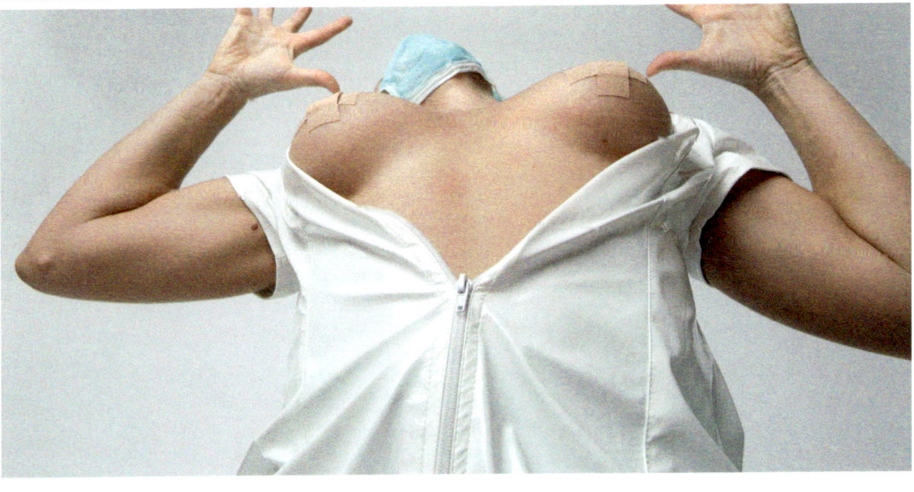

Brust, krallte sich in die schnittdurchfurchte Haut, leckte und küsste die angehenden Narben und rieb sich noch einige Male an ihm, bis er ganz erschlafft war. Elena wachte auf, wie aus einem Traum und schämte sich plötzlich. Was um Gottes willen hatte sie getan. Sie stieg von Dr. Keiler, nahm ihr Höschen von seinen Nasenlöchern, verband den erschlafften Grenzsoldaten und die Brust wieder mit frischen Mullbinden, trug in die Krankenakte das Auswechseln der Verbände ein und verließ das Zimmer.
Abends, daheim, beim Nachtmahl, saß Elena ihrem Robert gegenüber und fühlte sich gleichzeitig erregt, verwirrt und schuldig. Sie wollte ihm gleich den Vorfall gestehen, mit einer Mischung aus Reue und Schadenfreude wollte sie ihm alles beichten. Robert las die Zeitung. „Hör mal das", rief Robert, „was hier steht: Anschlag direkt in das Herz der Schweiz. Kommt nach Gotham City nun auch Sodom und Gomorrha nach Basel? Eidgenosse springt in Batman-Kostüm in den Hauptsitz einer Schweizer Bank. Haben wir keine nationalen Helden mehr? Ist Basel noch sicher?" Robert legte die Zeitung zur Seite und schaute seine Frau an. „Unglaublich. Wieso hat er das getan? Er hatte mir schon gesagt, dass er mich mal als Batman rannehmen wollte, aber dass es so weit mit ihm kommt, das hätte ich nicht gedacht ..."
„Auch ich habe heute Batman gefickt", hauchte Elena.
Dr. Keiler lag noch eine Weile auf Station. Der Krankheitsverlauf beschäftigte Station 3 C noch lange. Er heilte am ganzen Körper, doch sein Glied blieb wund. Robert und Elena gingen täglich zu Dr. Keiler auf Visite und trugen den Verlauf in seine Akte ein.

Ulrike Gramann

Haut

Stirnhaut mit einer waagerechten Falte, leicht gebogen, wie ein zu tief gerutschter Nimbus,
deine Schläfe, und Poliander fragt sich, ob ihr Pulsieren eine Augentäuschung ist, Haut unter der Augenbraue, mit hellblonden Härchen bedeckt, und eins steht quer, rötlich verbrannte Haut auf den Wangenknochen, ja, es ist Sommer, Poliander nähert sich dir mit geschlossenen Augen und wedelt mit den Wimpern über die Wangen, bis du kicherst,
ein blasser Bauch, an dessen unterem Ende die Haut dunkler wird, als ob dich dort die Nacht erwartet, im Unteninnen, und du ringst nach Worten,
ein Fußrücken, auf dem sich Adern abzeichnen, rechts anders verzweigt als links, ihr seid den ganzen Tag gegangen, es muss Sommer sein, durch die offene Tür drängt Wind und ein bisschen goldenes Licht, und das rosige Gewölbe unter Polianders Fuß ist von dünnen Runzeln durchzogen, du umgreifst Polianders Fuß und legst den Zeigefinger auf eine der Adern, die nachgibt und zur Seite rollt, zwischen Polianders Haut und deiner eine unsichtbare Grenze, die Hand ist die Grenzgängerin, wieder fühlst du Besorgnis über dein Bild, das du in Spiegeln siehst.

„Du bist so weich“, sagte sie, und du rolltest ihre Strumpfhose zu den Füßen, „du bist so weich“, sagtest du und zogst das Laken weg, das vor dem Fenster hing, im Hinterhof fing sich der Mond, durch ihre Milchhaut leuchteten die Adern. Als du aufwachtest, lag ein Blatt auf dem Schreibtisch, auf das sie geschrieben hatte „verloren, vergessen, ich umarme mich selbst“, das war ein Zitat, aber woher?, du wusstest nicht, was gewesen war, du sahst ihre Brust erst wieder auf einem Foto, das sie vom andern Ende der Welt schickte. Die dunklen Adern auf ihrer Brust, die dunklen Haare auf dem Kinderkopf, du wusstest, was gewesen war: du hattest mit dem Mund ihre Brüste abgesucht, ihren Bauch und die bränlichen Lippen ihrer Vulva. Du bliebst allein.

K.s Mund war ein weicher Muskel, er war überraschend geschickt damit, der Mund streichelte und griff Abschnitte deiner Lippen, er küsste sie abschnittsweise, er stülpte sie nach außen, er punktierte dein Zahnfleisch mit der Zunge. Haut, das war deine Haut, deine Zunge, deren raue Oberfläche beinahe ein Geräusch erzeugte, wenn sie über seine Zunge raspelte. Du hast zugebissen, er hatte Angst, du könntest durchbeißen, sein Konzept sah Bisse nicht vor, für dich die gewöhnlichste aller Zärtlichkeiten. Du schliefst ein überm Küssen, du hast weitergeküsst und nach jedem dritten Kuss zugebissen, er wurde ärgerlich, obwohl es nichts bedeutete als Müdigkeit, sein Mund war klein, beinahe kein Mund, sein Gesicht rasiert, aber nach wenigen Stunden schon drückte der Bart in Buckeln von innen gegen das Glatte. Deine Verbindung zu ihm blieb locker und hielt acht Jahre, in denen er heiratete, drei Kinder in die Welt setzte und mehrere Affären hatte. Dir fehlte das Zeug zur Liebe wie zur Freundschaft, du versprachst nichts, hättest nichts gehalten, in seiner Abwesenheit dachtest du immer nur an die ganz glatte Haut, die die Fläche zwischen Hüftbein und Geschlecht bedeckte. Er war Läufer, du bist gern seitlich an seinem asketischen Oberschenkel auf- und abgeritten. Niedergeschlagen vom Zwiespalt zwischen Ehefrau und Freundinnen kam er eines Nachmittags zu dir, losgeeist, sagte er, eurer alten Freundschaft zuliebe, sagte er, und dann also, als du mit der rechten Hand unter seine noch immer langen Haare griffst und sie zum Zopf drehtest und dich über ihn beugtest, da roch er plötzlich anders, roch er wie dein Kinderschreck, dir standen die Haare zu Berge, „Gehen wir in den Park“, hast du gesagt und ihm abends ein Bett im Nebenzimmer gemacht und den Schlüssel an deiner Tür gedreht. Poliander, dem du es später erzähltest, sagte: „Endlich bist du den depressiven Blutsauger los.“ Wenn dir nachher was fehlte, dann nur diese glatte, konkave Fläche unterm Hüftbein, passend zur Größe deiner Hand.

Du warst da auch schon mit S. zusammen, der sich von dir gern das Hemd aufknöpfen ließ, damit du unter den Haaren auf seiner Brust nach der festen Haut darunter tasten solltest, S. fror nie und du musstest lange an seinen Brustwarzen zupfen, ehe sie sich aus dem schwarzen Fell erhoben. Eines Tages erschien er mit entblößter Brust, haarlos, meine ich, das gefiel dir auch, nur es war: er hatte wen kennengelernt, du wolltest ihn kratzen, damit er Narben bekäme, die sich nie mehr auflösen sollten, aber deine kurz gefeilten Nägel drangen nicht tief genug ein, das Blut, das du sahst, war nur fantasiert, und es tat nicht weh, nicht richtig weh.

Du verfielst auf die künstliche schwarze Haut an einem Sexzeug, das ein Ökoversender verkaufte, Beckenbodentraining, du hattest keine Probleme mit dem Beckenboden, nur Spaß daran, du hast es unter den Pullovern versteckt, obwohl niemand zu erwarten war, der an Sexzeug unter deinem Kissen Anstoß genommen hätte. Es war einfach das Beste an diesen schwarzen, starr verbundenen Kugeln, dass du, jedes Mal wenn du mit der Hand unter dem Pulloverstapel danach suchtest, einen Moment glaubtest, jemand hätte sie gefunden. Du gewöhntest dich an ihre immer etwas stumpfe Oberfläche, an den kleinen Schmerz, wenn deine Hand den Widerstand überwand, den der sprachlosere Mund deines Körpers ihr entgegensetzte.

Als du dich in D. verliebtest, hast du die Kugeln absichtlich im Bad liegen lassen, sie kam ins Zimmer und hielt sie in der Hand, aber ihr habt sie nie benutzt. D. bekam leicht Gänsehaut und stöhnte böse, wenn du die Härchen, die sich aus der Gänsehaut erhoben, gegen den Strich anschobst. Es gab eigentlich nur eine Stelle an ihrem Körper, an der nie Gänsehaut entstand, das war am Ende ihrer Wirbelsäule, wo der eine Wirbel zu viel sich abzeichnete, eine fragile Erhebung unter blondem Flaum, es war so warm, dass sich winzige Schweißtropfen dort sammelten, auf der Haut über dem feinen Knochen stand der bittere Schweiß. Du hast mit D. auf ihrem Sofa gelegen, dessen feste, samtige Bespannung die Haut reizte, die von eurem Aufeinander- und Ineinanderliegen verklebt und aufgequollen war. Ihr habt Kaffee getrunken, den D. auf den Satz gebrüht hatte, ihr Löffel klapperte wie wild in der Tasse, ihr rauchtet wie wild, und du legtest die Beine von hinten über D.s Beine, was leicht war, denn du warst größer als D., und auch in ihrem Nacken hatte sie diesen Flaum. Du hattest eine Bernsteinkette, die für euch beide reichte, im Licht des Vormittags bandest du eure Beine zusammen, die gelben Lichter wanderten, du löstest dich aus dir und sahst euch von oben, etwas tat weh, etwas riss, Bernsteinperlen spritzten wie wild, dein Gesicht vergrub sich in D.s Bauch, als du hochkamst, sahst du den Wirbel winziger Haare um den Nabelknoten. Getrennt habt ihr euch doch.

Die Haut liegt an der Grenze von dir zur Welt, die Körper bleiben zwei, auch wenn sie sich ineinander verschränken und neu ordnen. Poliander fährt dir ungestüm mit dem Daumen über den Mund, Poliander ist zu nah und liegt unter dir, kompakt, dein Gewicht auf Poliander quetscht eine Hautfalte, du richtest dich auf und fährst mit der Hand zwischen die Körper, „früher hast du nicht erst die Falten geordnet", sagt Poliander, „früher hatte ich keine Falten", sagst du, du ziehst ein Gummi aus der Packung und ziehst die klare Folie über die in allen Schattierungen von Rot getupfte Haut, es riecht wie immer ein bisschen zu sehr und mit einer leichten Abstoßung darin, du lehnst dich zurück, da sind Polianders Knie, du biegst deine Arme nach hinten und umklammerst Polianders Beine, wenn du siehst, was Poliander jetzt sieht, ist es deine eigene Haut, die du zu weiß findest, zu nackt und da ist auch diese Stelle, wo der Gürtel scheuert, seit zwanzig oder hundert Jahren, was einen permanenten blauen Fleck geschaffen hat, zu viel Realität und eine kleine Abstoßung von dir selbst, und das trägt dich so leicht an den Ort, wo lautlos die Spiegel zerplatzen und ihre silberne Haut in Flittern zu Boden schwebt.

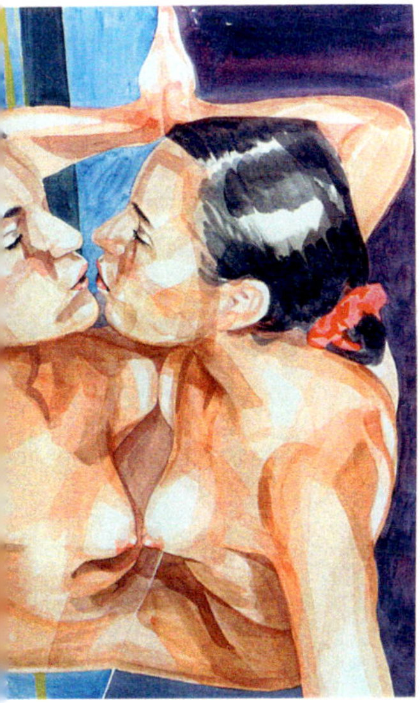

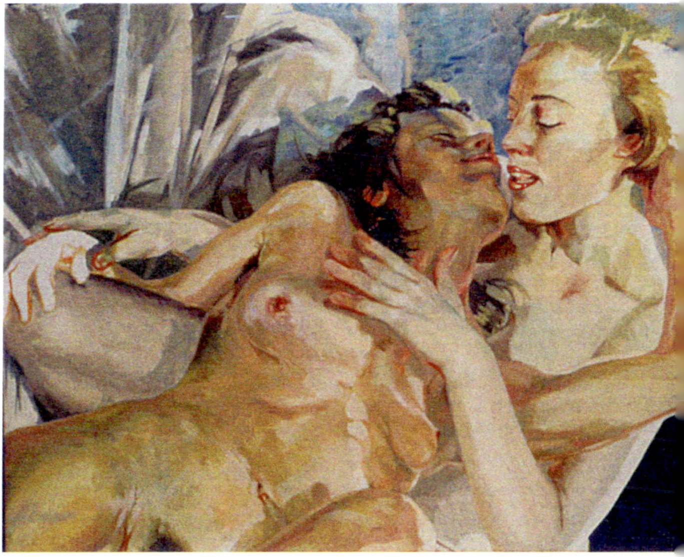

Sigurd Wendland

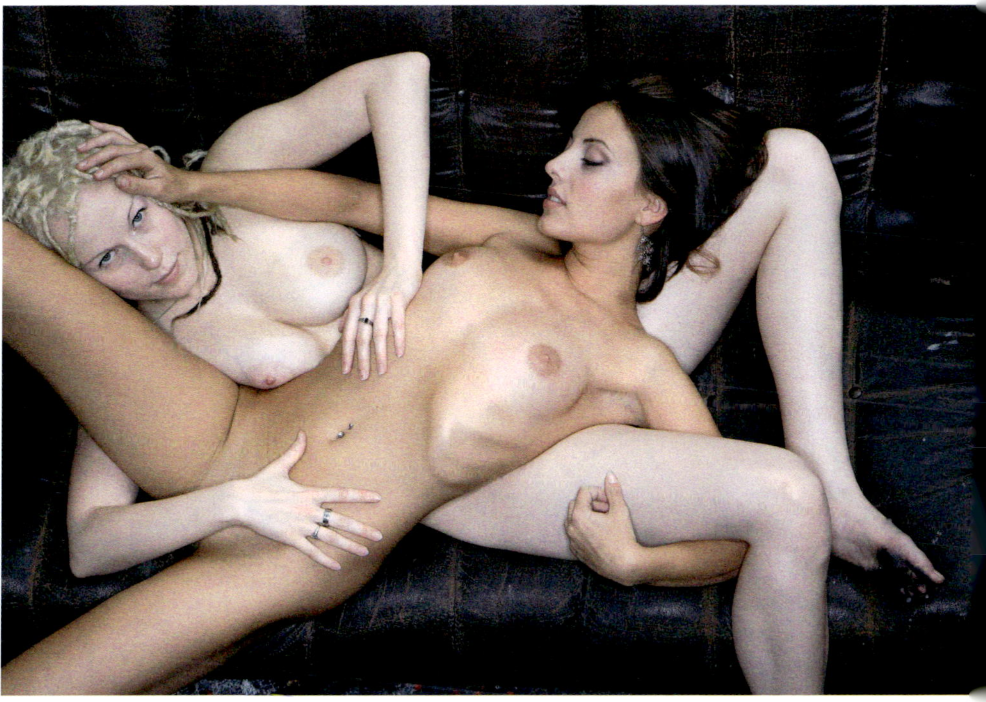

Thomas Karsten, Bianca und Jana

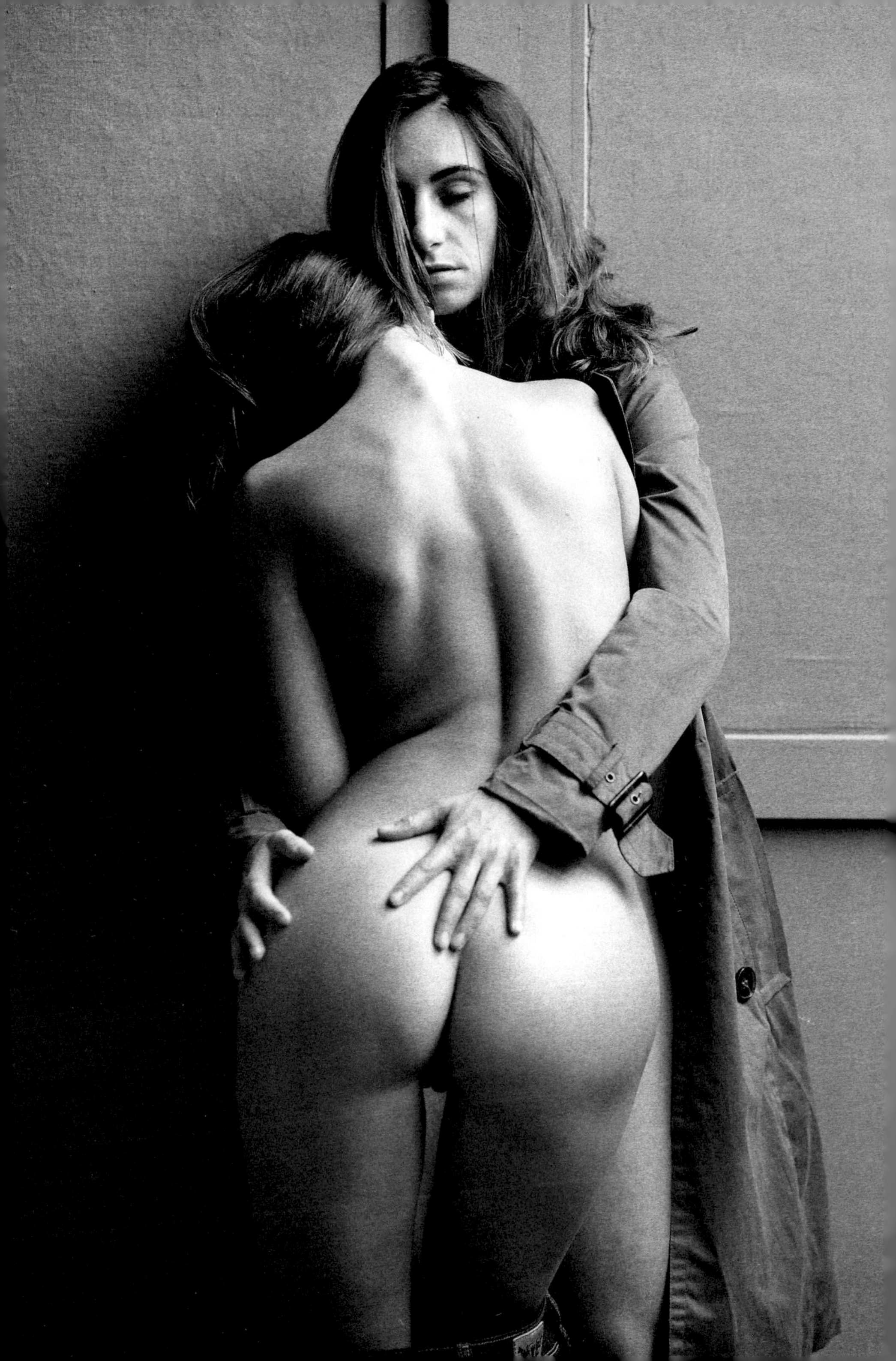

Thomas Karsten, Bianca und Tania.

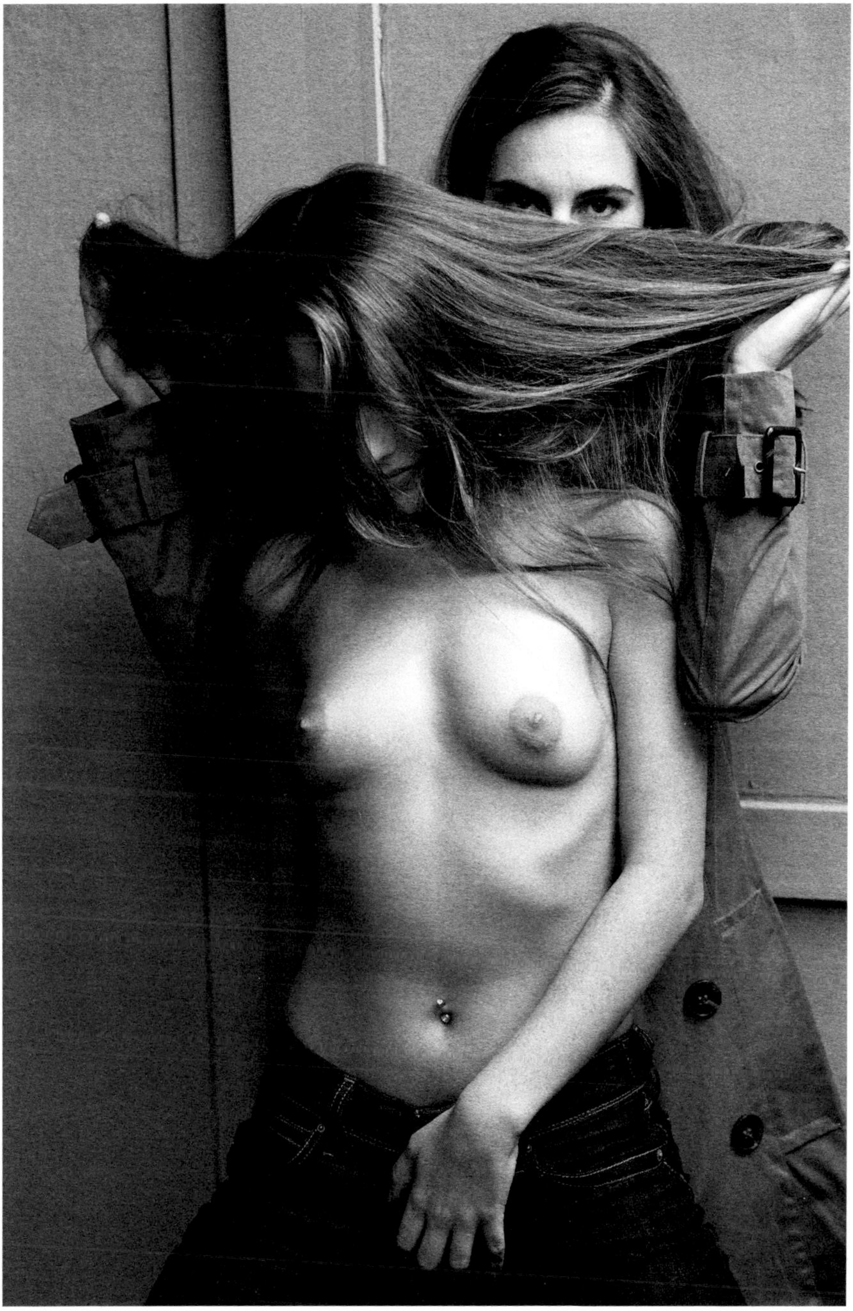

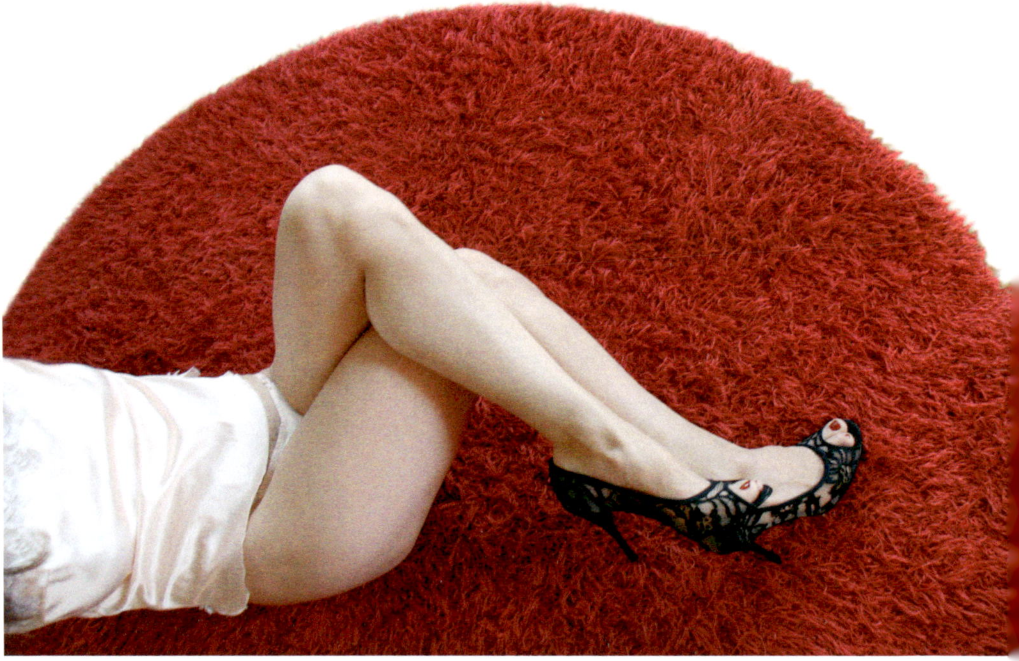

Stanislav Kutac

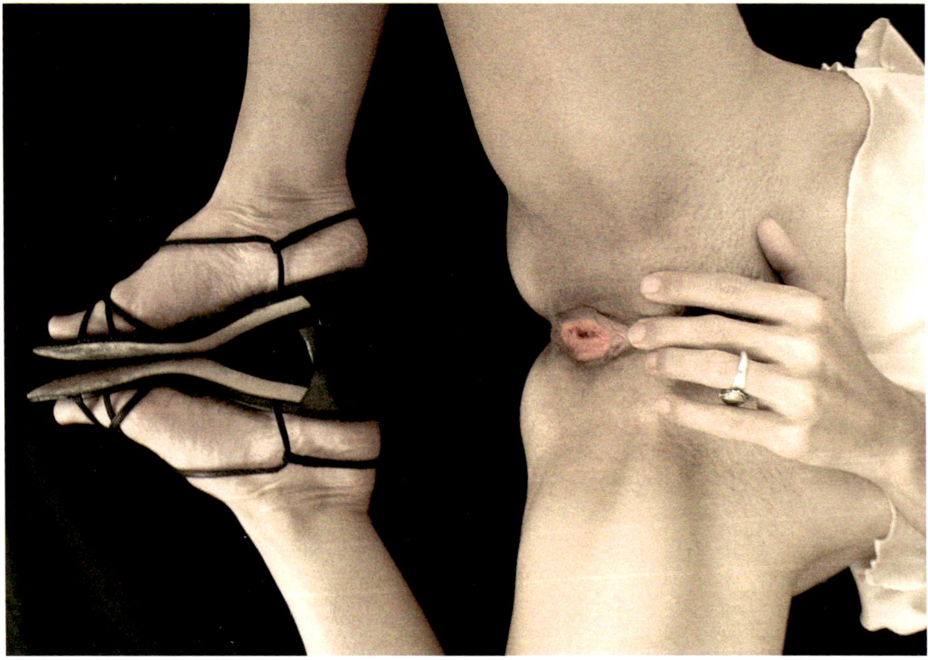

Andrea (*1970)

Lippen und Küssen. Als ich ihre Lippen küsste, verliebte ich mich in sie. Mir scheint, es gibt nicht wirklich viele Frauen, die gerne Lippen anschauen, ich schon. Ich schaue mir nicht nur die Lippen meiner Liebsten an – der das manchmal rührend peinlich ist und doch erregt es sie – sondern auch Vulvabilder. In Büchern und Fotos. *Femalia. Das Tor zur Welt.* Manche sind mir unangenehm, andere bezaubern mich. Manchmal mag ich das Samtweiche, Glatte, manchmal

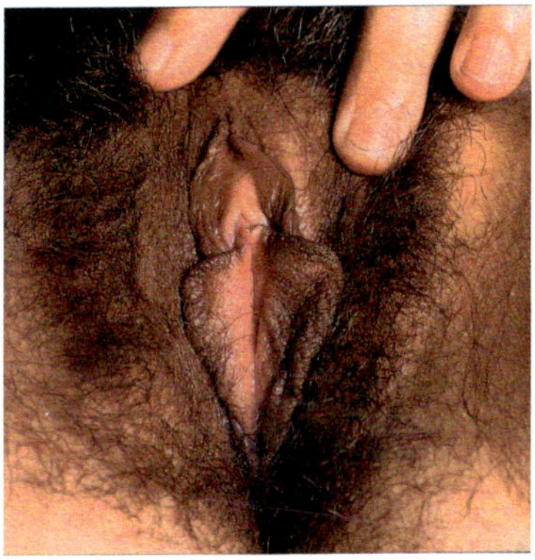

mag ich die Haare. Besonders dunkles Haar, aus dem sich Dunkles wölbt, und in dem Dunkel helles Rosa leuchtet. Manche sind so bezaubernd ästhetisch geformt, Blumen und Herzen! Andere sind wildes Fleisch.
Einmal küsste mich jemand – er war eins meiner ersten Verhältnisse, ich kannte das bis dahin nicht, dass ein Zungenkuss die Schamlippen öffnet –, er nahm mein Gesicht zwischen Daumen und Finger, dass ich mich kaum bewegen konnte und den Druck der Hand spürte; mit langsamer, nicht zu nasser Zunge öffnete er meine Lippen und fickte mich mit der Zunge in den Mund, in harten Schlägen. Ich spürte parallel meine Lippen unten sich öffnen

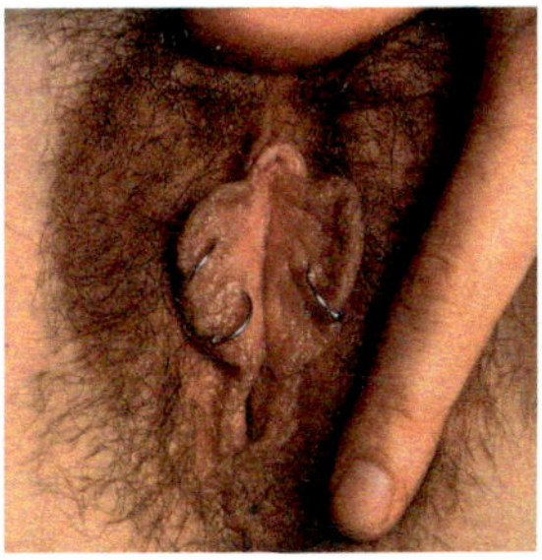

und schließen und saugen und kommen. Ich war in den Mann nicht verliebt. Aber dieser Kuss brachte mich zum Orgasmus. Als wir später miteinander schliefen, kam ich nicht.

In den nächsten Mann war ich verliebt. Ich erinnerte mich bei fast allen späteren Geliebten, ob Frauen, ob Männer, an diesen Kuss und übte.
Und versuche, ihn an die Geliebte weiterzugeben, ihr Gesicht zu packen, sie atemlos werden zu lassen und mit dem Schenkel ihre Beine leicht zu spreizen und hinter dem Hosenstoff die Bewegungen der Lippen zu spüren …

Stanislav Kutac

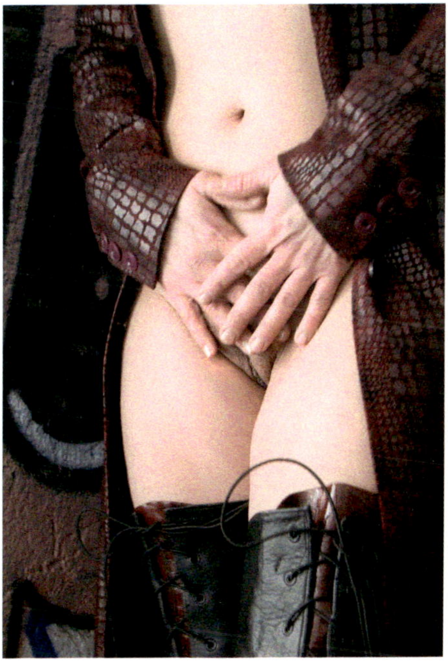

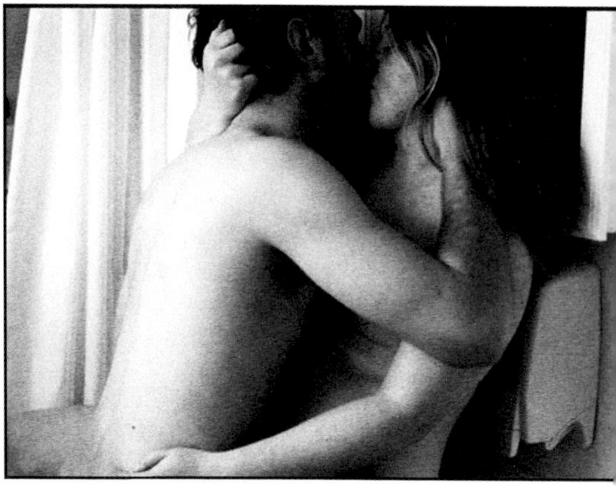

Samanstha Wolov

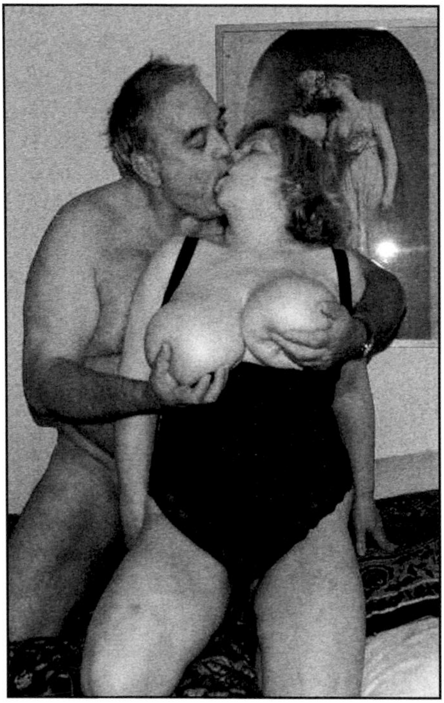

Bea Mandel

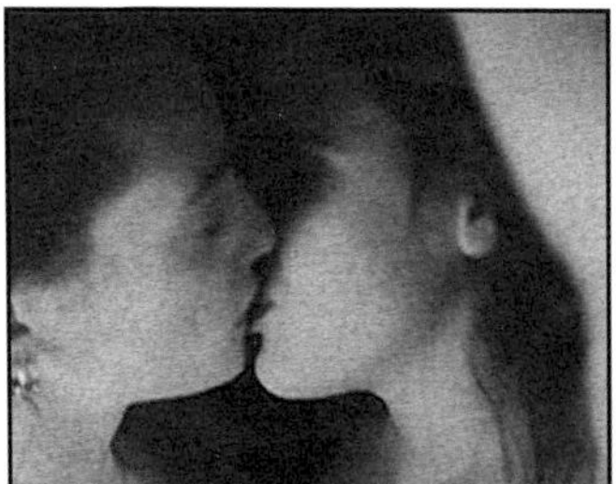

Sasha Funk

Ina Paul

Von Dir geküsst

Es ist sehr schön, von Dir geküsst zu werden,
ob auf den Mund, ob ganz woandershin,
bei Tages Ausklang, Tages Neubeginn,
im Mittagslicht, im Himmel und auf Erden,

zwischen zwei Worten, zwischen zwei Gebärden
mit tiefem oder ohne jeden Sinn,
mein Schüler Du, ich Deine Schülerin,
beim Küssen gibt es keine Herzbeschwerden.

Um mich zu küssen, hast Du Deine Lippen,
hast Deine Hände, um mich zu berühren,
und Deine Worte, um mich zu verführen.

Mein Herz schlägt heftig gegen meine Rippen,
beim Küssen öffnen sich geheime Türen,
in Wahrheit brauchst Du mich nur anzutippen.

Salean A. Maiwald

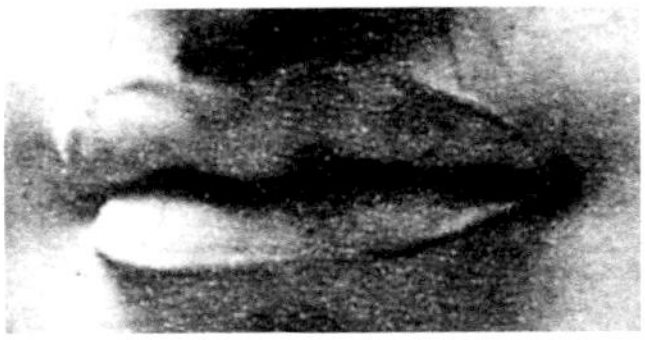

Davidslippen
Pflanzenlippen
Tierlippen
Feenlippen
Hexenlippen
Frauenlippen
Männerlippen
belippten und umlippten meine Insel

Ich nahm sie hin und auf –
so wie Regen und Sonne
ein Gebiet vorbereiten
mal eindringend, mal an der Oberfläche –
war Ankerplatz für rastende Münder
und Lippen
und kultivierte mein Festland
all die Zeit
nur für deine Lippen
David

Welch göttlicher Narr führte seine Hand
als er aus dem Stein
deine Lippen schälte?

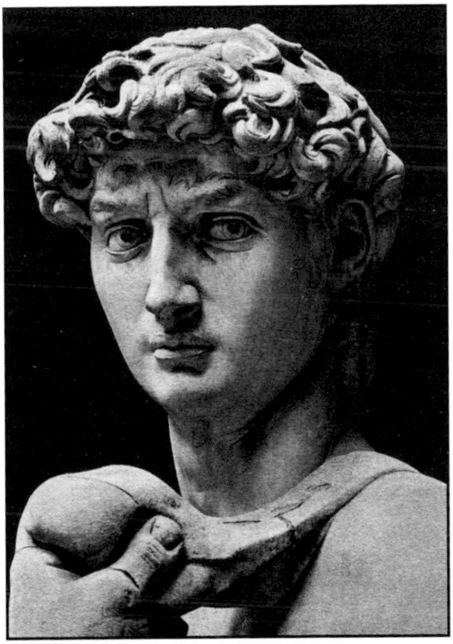

Zartfühlend dein Schöpfer
Michelangelo
Glätteten seine Finger
den spröden Marmor
lamellenweich
Doch: Er ist Staub
du lebst und ich will
deine Lippen

nicht den Mund
der stumm alles behält
und verschluckt

deine Lippen
die mich lianenhaft umjagen
dann – endlich – packen
necken, bevor sie
als Blitze hochgespannt
mein Gebiet überrollen und ...

Ich fantasiere
donnert sein Schöpfer
denn: Davids Mund ist geschlossen

Stimmt nicht für mich
Ich schau' so lange hin
bis dein Mund
aufblitzt
als Davidslippen

Gonzorro

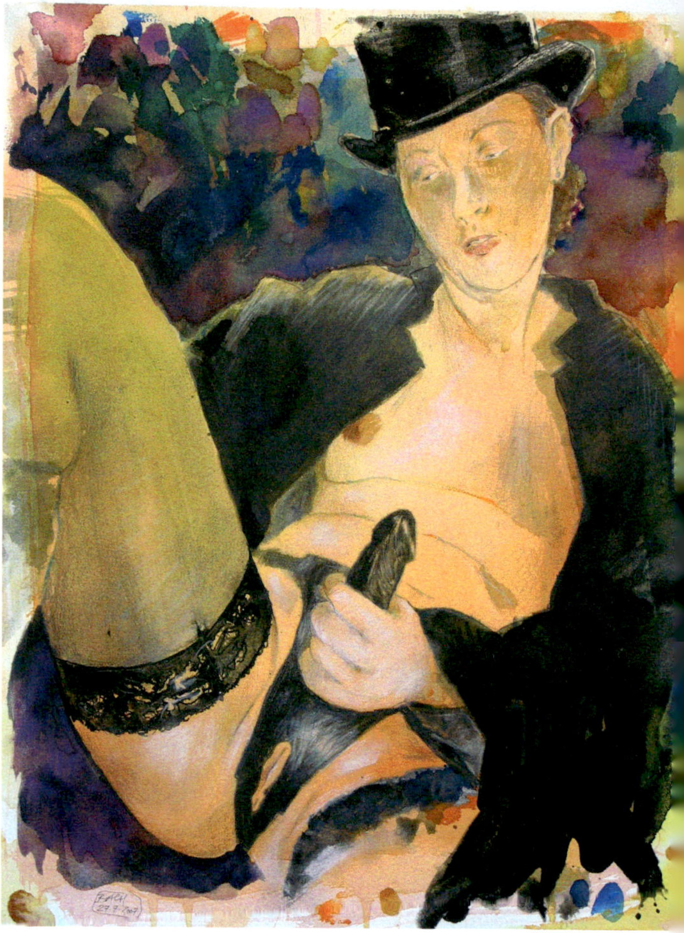

Detlef Bach

Spam-Porn-Poem

Nun sind zwar, dank dem wundertätigen Schutzpatron, in Padua schöne Mädchen mit rosigen Fotzen eben keine Seltenheit, wohl aber Mädchen von so seltener Schönheit wie diese DA, die ich dort sah, splitterfasernackt, im Cabrio der Sonne entgegen brausend, die Capri Sonne geschickt zwischen den geschürzten Lippen haltend, soviel Sonne, sogar der Geruch von Sonnencreme über dem ganzen Land, toll!
Wenn ein Fremder in der Stella d'Oro oder im Imperatore romano Fuckhotel abstieg und sich beim Lohnbediensteten nach den Merkwürdigkeiten der Stadt erkundigte, so war es der Name der reizenden Eusemia Pappagalli, welcher regelmäßig den ersten Platz einnahm; dann erst folgte der Santo, der Prato della Valle, der Palazzo della giustizia und die anderen Kuriositäten bis hin zu Petrarchs ausgestopfter Katze in Arqua. Aber die güldene Fotze mit künstlicher Sekretproduktion war mir die liebste – zugegeben ein Geheimtipp für Sekretfreunde wie mich und Margerete Roche, der Erfinderin der Smegma-Magerine und dem Actimell-Fotzenpuder für die gute Fotzenflora UND Fauna! Und, bei der Seele des heiligen Filippo Neri!, diese Ehrenstelle verdient sie mit vollem Fug und Recht. Woher dieses lyrische Gerüst ist? Aus

Wolfgang Sperl

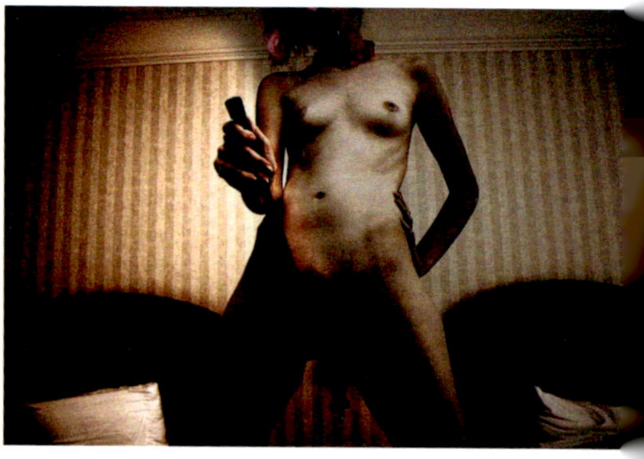

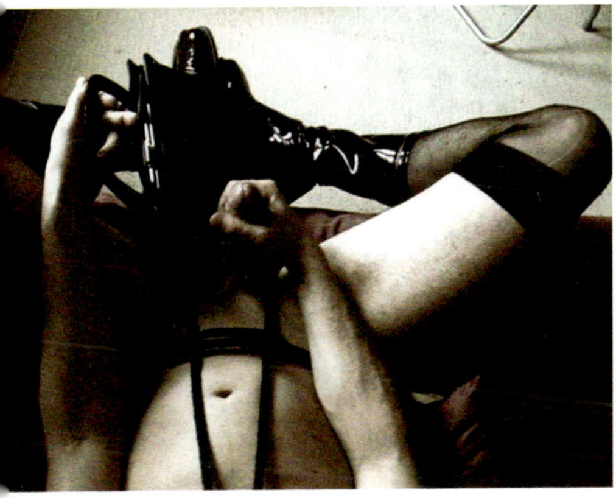

Wolfgang Sperl

meiner täglichen Spampost natürlich, die immer in meinem Mailkasten landet und von mir unbeachtet bleibt. Fraglich, ob ein geheimer Code dahintersteckt. Wenn ja, kann nur die Verarbeitung durch Anreicherung, also Expansion ins weiter Unsinnige, dem Phänomen „Spamlyrik" näherkommen, immer näher, bis unter den Nillenrand, groß wie ein Zierteller.
Weiter im Text, Freunde der Unterhaltung

Detlef Bach

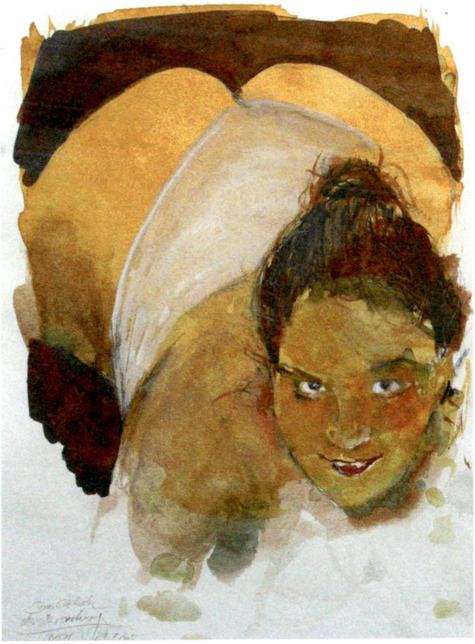

und der gepflegten Onanierkunst: Es war die reizendste Blondine, die man sich denken konnte. Ja, die reizend dicktittige mit den dürren Schenkeln, die meine Aufmerksamkeit an sich riss wie ein Trunkenbold auf Entzug das Rasierwasser des Krankenhausnachbarn. Der Bettkollege mit dem eitrigen Knorpelschaden und den feuchten Träumen, in denen Lernschwester Hildegard eine zentrale Rolle spielte (beatmend und sezierend und einen Kübel Buchstabensuppe herbeischaffend). Das Goldgitter der Wimpern fiel von tiefblauen Augen herab; ihr Mund strotzte vor sexuellem Tatendrang! Super! Da konnte man drauf aufbauen! Auf diesen Mund! Eine halbe Stadt mit Opernhaus und Loge für den toten Klaus K. Ich schweife ab. Münder lassen schweifen, abschweifen, so ist das im Buchstabenbetrieb DES INSTITUTS.
Ich könnte euch erzählen, wie ihre Stirn die der Kapitolinischen Venus, ihr Arm den der Hebe von Canovo im Palazzo Albrizzi bei Weitem an Schönheit übertroffen haben. Das sind aber nur Worte, frostige, hohle Worte. Jeder meiner verehrten Zuhörer denke sich die erste Geliebte seiner Jugend, wenn er eines Gleichnisses bedarf; jede meiner schönen Zuhörerinnen wolle sich ihr eigenes Spiegelbild vergegenwärtigen – so und nicht anders kann es mir gelingen, Ihnen ein treues Bild von der holden Brenta-Blume, wie Eusemia von allen genannt wurde, zu entwerfen.
Dann spreizte sie urplötzlich ihre langen Beine, öffnete ihre Öffnung und der Held, ein lustiger Mensch im Affenkostüm (ganz im Innern ein Ferkel), stieß zu mit seinem Penis und dann begann das muntere Quieken, das wir alle kennen aus dem Nachbarzimmer im Ibis-Hotel.
Bis zum nächsten Mal, euer Gonzorro aus Matahari!

Thomas Schweizer, Essence

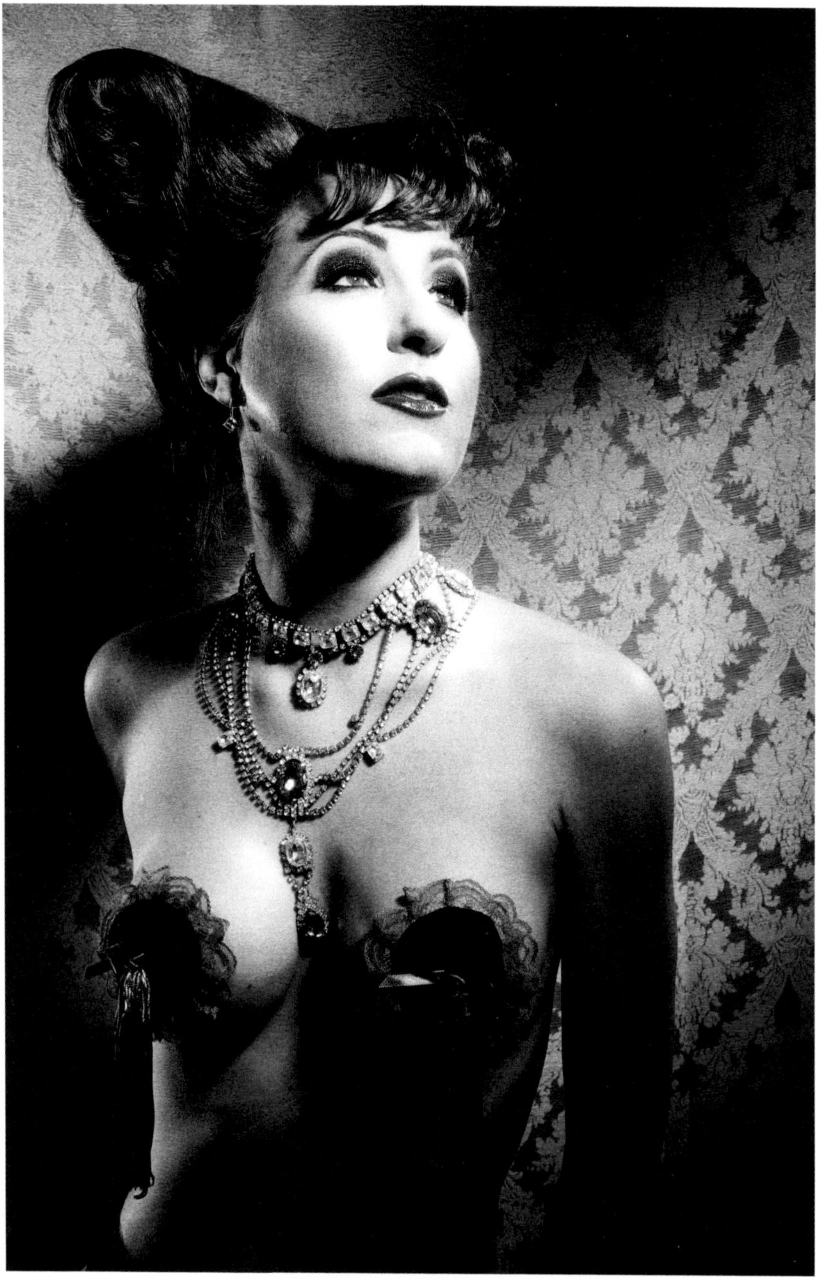

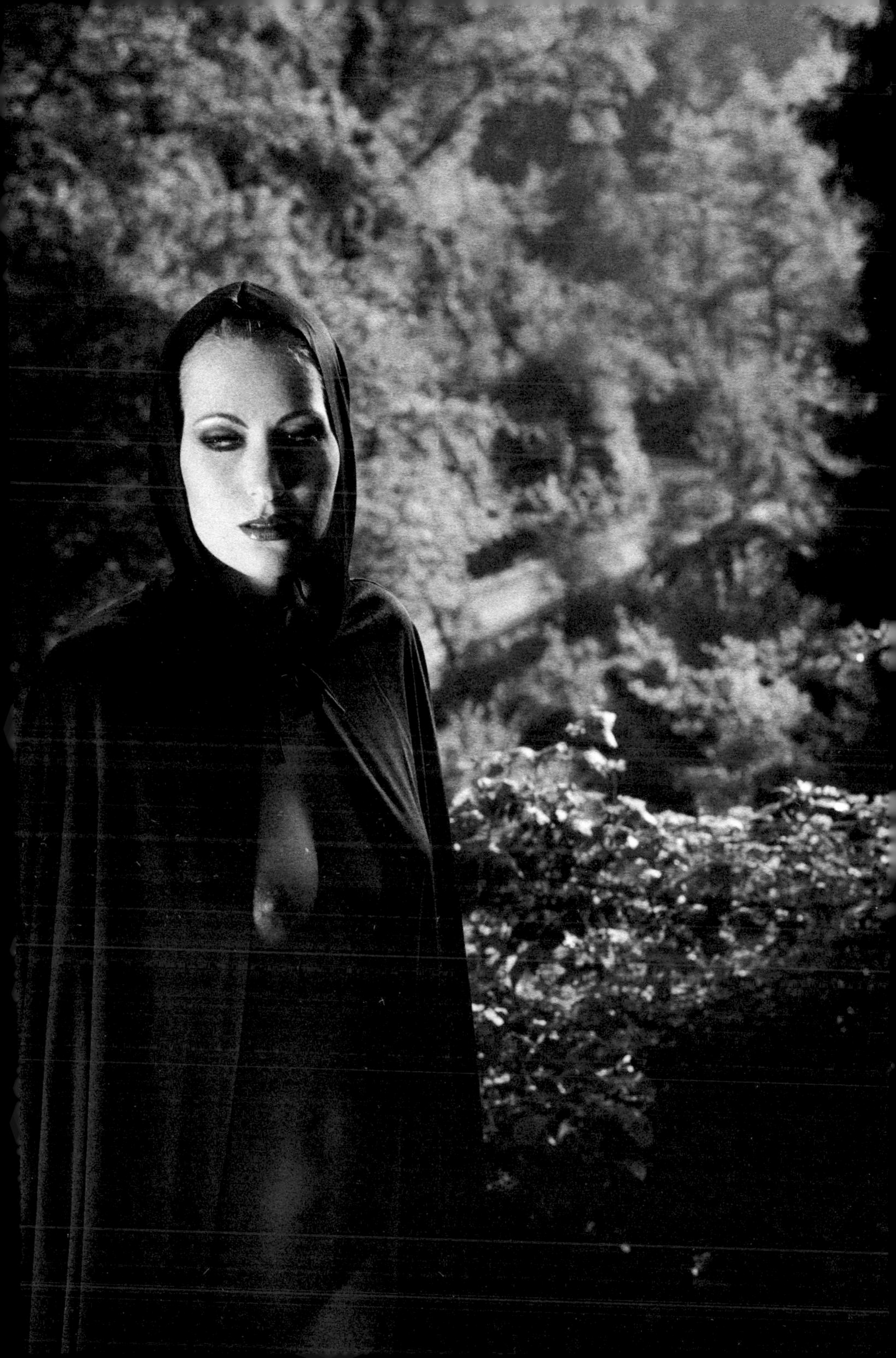

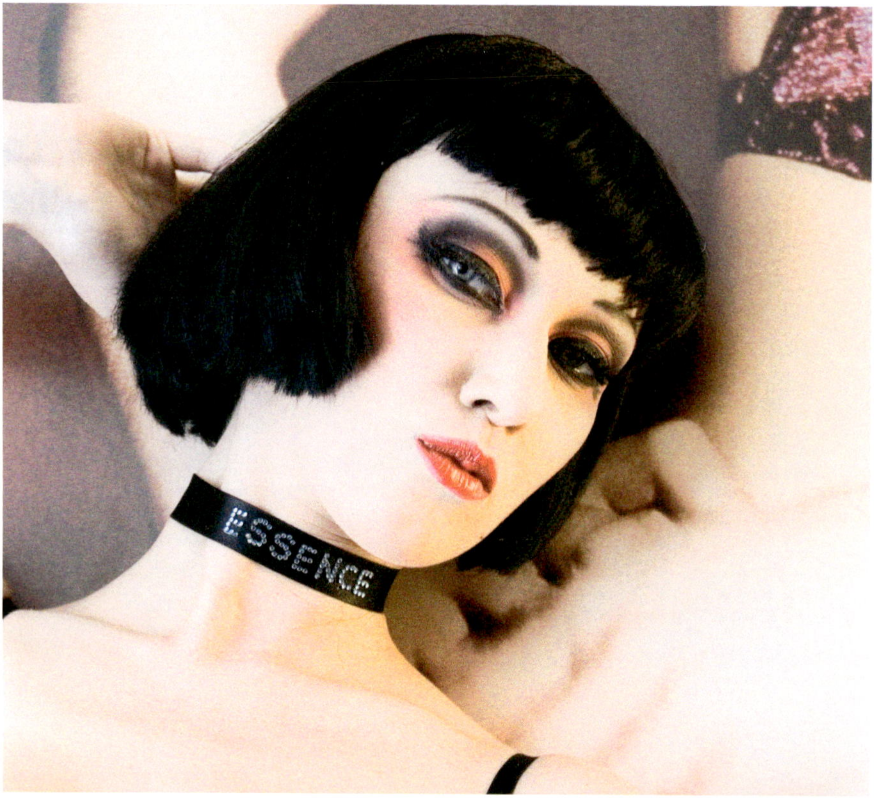
ESSENCE

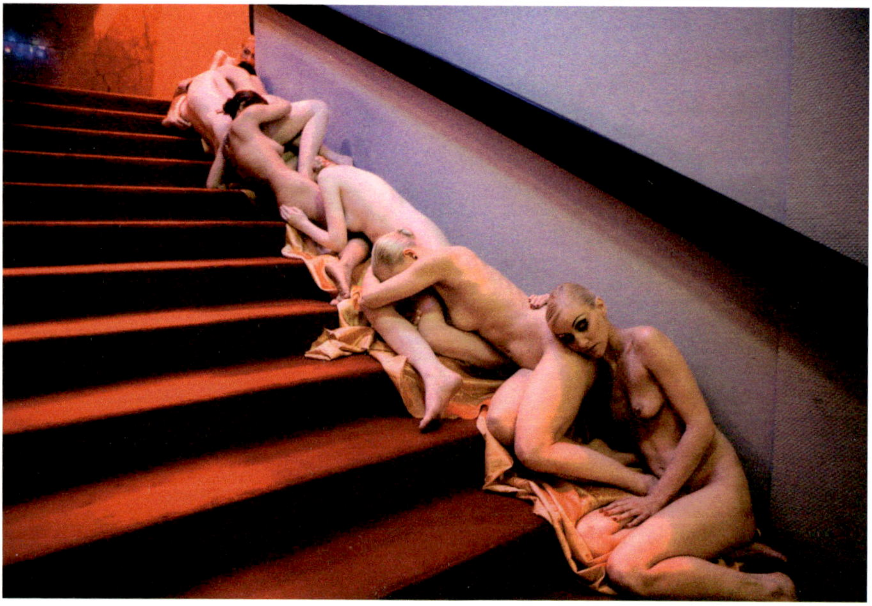

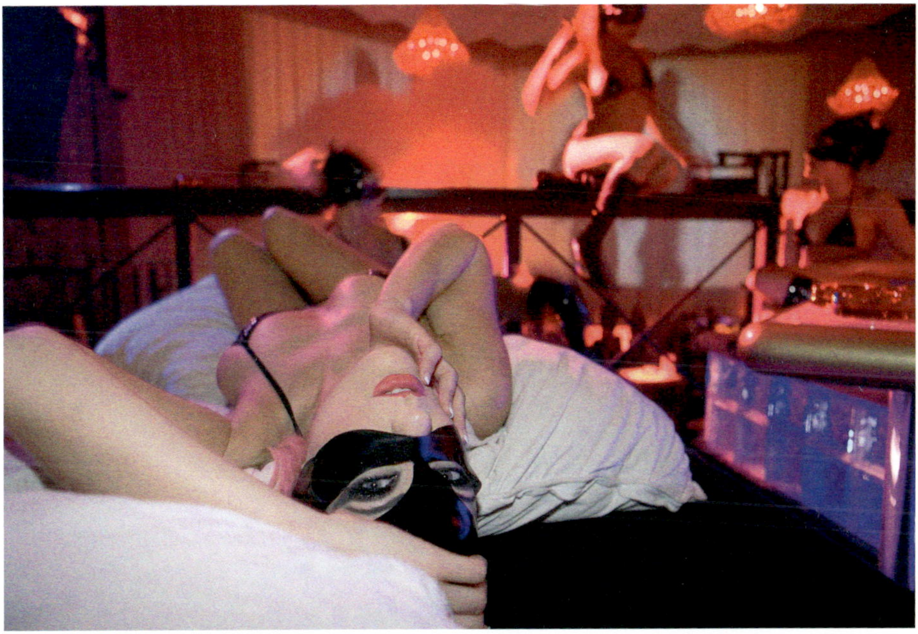

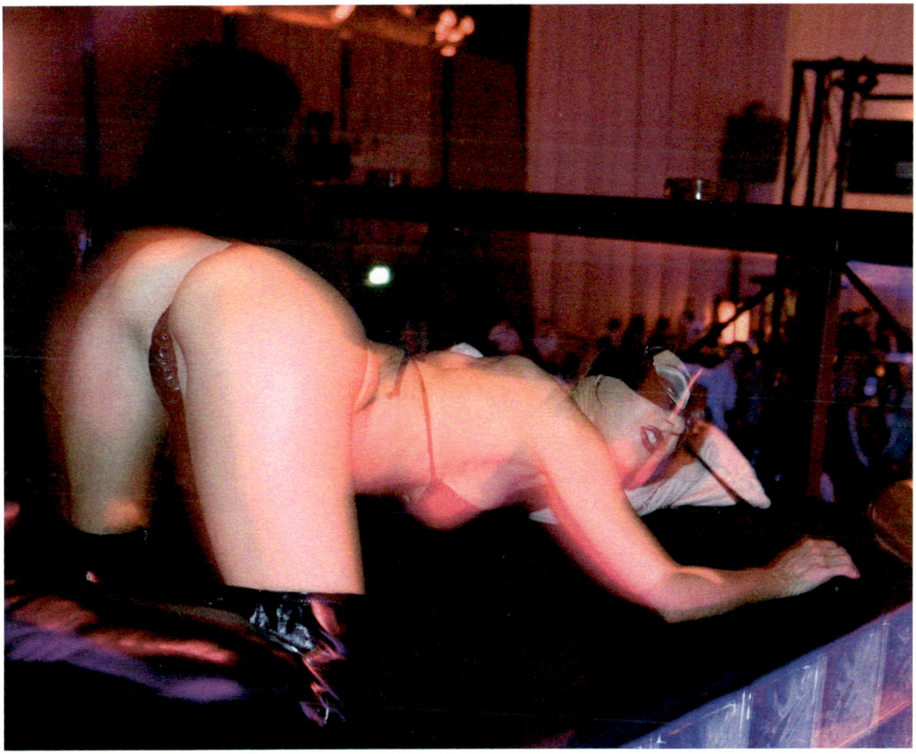

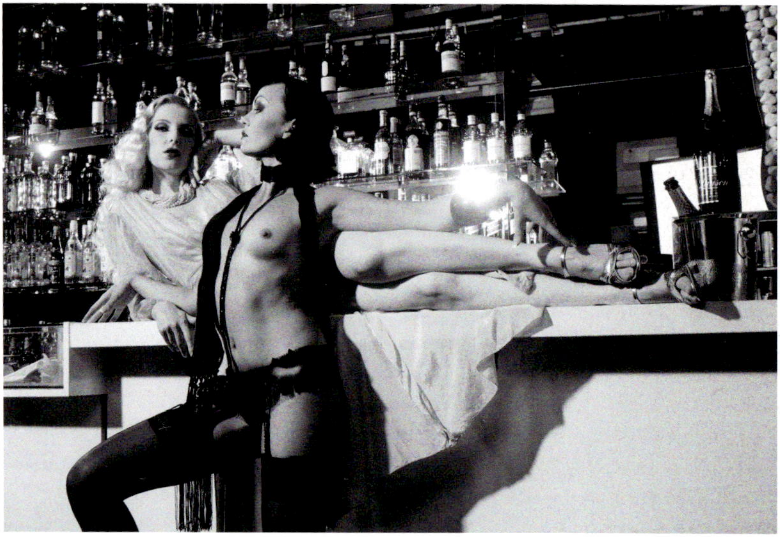

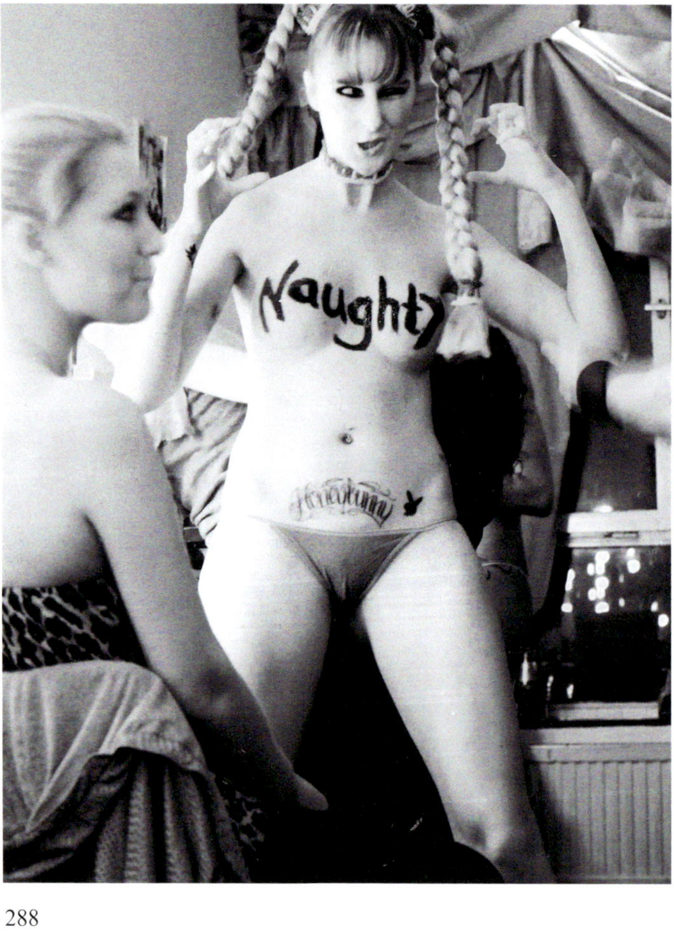

Seit über
zwei Jahren
begleite ich die
Showgirls des
noblen Essener
Nachtclubs
„Essence“
durch die
Samstagnacht.
Während der
Show, auf
der Bühne,
im Publikum,
in der Pause,
Backstage.

Thomas Schweizer

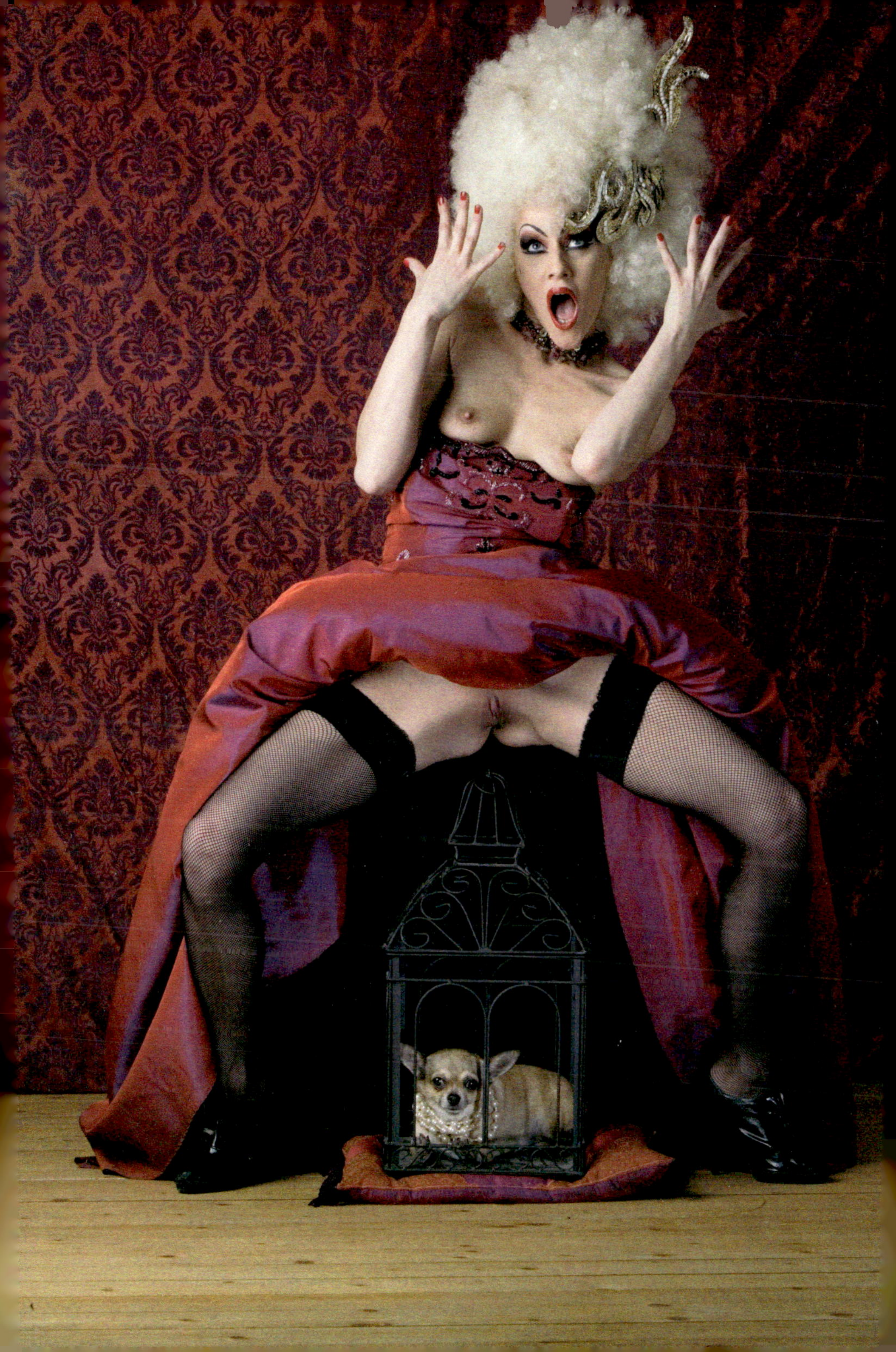

Klaus Imbeck

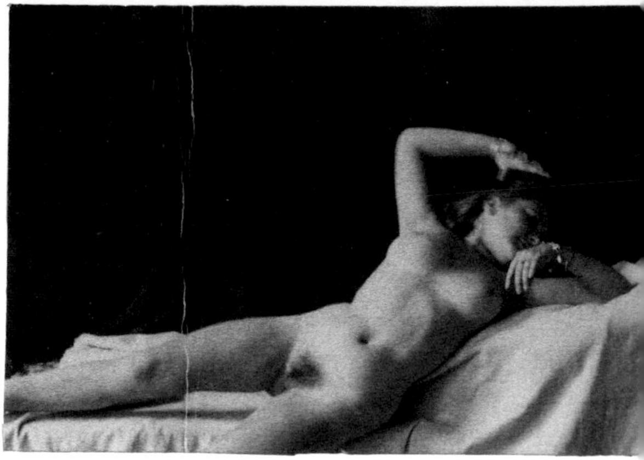

Das erste Mal

Die Kleine schämte sich. In den Büschen summten Maikäfer. Es gab in diesem Jahr besonders viele. „Jetzt du", drohte ich. Verschämt hob sie ihr Röckchen an, fasste mit der Hand an den Gummi ihrer grauen Unterhose und zog sie nach unten. Ich glotzte. Zwischen ihren Beinen war ein kleiner Spalt zu erkennen. Er sah aus wie ein kurzer Strich und sein Umfeld war leicht gerötet. Ich überlegte, wie viele Maikäfer ich ihr bieten sollte, um anfassen zu dürfen. Noch einmal zehn? Ich zögerte. Da kam ihre große Schwester aus den Büschen gestürzt, schrie „du alte Drecksau!", gab mir eine Ohrfeige und zog der Kleinen das Höschen wieder hoch. Die Kleine begann zu heulen. „Soll ich das deiner Mutter erzählen?", zischte mir die große Schwester zu, riss die kleine Schwester an der Hand in die Büsche und verschwand, wobei sie mir noch einmal „du Drecksau!" zurief. Wenigstens hatte ich zehn Maikäfer gespart.

Die große Schwester war vierzehn, es war schon etwas Busen unter ihrer Bluse zu erkennen, aber sie musste noch Zöpfe tragen. Ich war zwölf und eigentlich kräftiger als sie. Aber irgendwie hatten alle vor Gisela Respekt und wenn wir Völkerball spielten, wurde sie fast immer als Erste in die Mannschaft gewählt. Sie ging mit Peter. Wir versuchten vergeblich, die beiden in den Büschen zu ertappen. Einmal hatten wir sie auf dem verrosteten Bagger bei den Bombentrichtern ertappt. Aber sie küssten sich nur.

Ich stieg auf mein Fahrrad und fuhr zum dicken Acker. Er war ein Schlüsselkind. Seine Mutter arbeitete „beim Siemens im Büro". Der dicke Acker, genauer gesagt seine Mutter, besaß einen Volksbrockhaus. Unter „G" wie Gesundheit gab es eine Klapptafel. Sie zeigte eine nackte, stehende Frau und du konntest dich in drei oder vier Schichten durch die inneren Organe blättern. Uns interessierte natürlich nur die Außenseite. Eine Farbzeichnung und statt der Muschi waren dunkle Schamhaare zu sehen. Aber es war die einzige Abbildung einer Nackten, von der wir wussten. Wir hatten zwar von den legendären Gondel-Heften gehört, einer in Sepiatönen gedruckten, nur knapp über DIN A 5 großen Monatszeitschrift, die aus amerikanischen Pin-ups und vorsichtigen Aktfotos bestand, die mit ein paar Artikeln über Jazz legitimiert wurden, aber es gab sie nur unter dem Ladentisch und der Besitzer des Schreibwarengeschäfts kannte unsere Eltern.

Wir holten die schuhkartondicke Schwarte aus der Glasvitrine, wo sie zwischen Felix Dahns „Kampf um Rom" und dem „Großen Universum – Jahrbuch für Jungen" steckte, und schlugen sie vorsichtig auf, um ja keine Spuren zu hinterlassen. Der dicke Acker knöpfte seinen Schniedel aus der Lederhose und onanierte. Ich überlegte, wie viele Schamhaare Gisela wohl

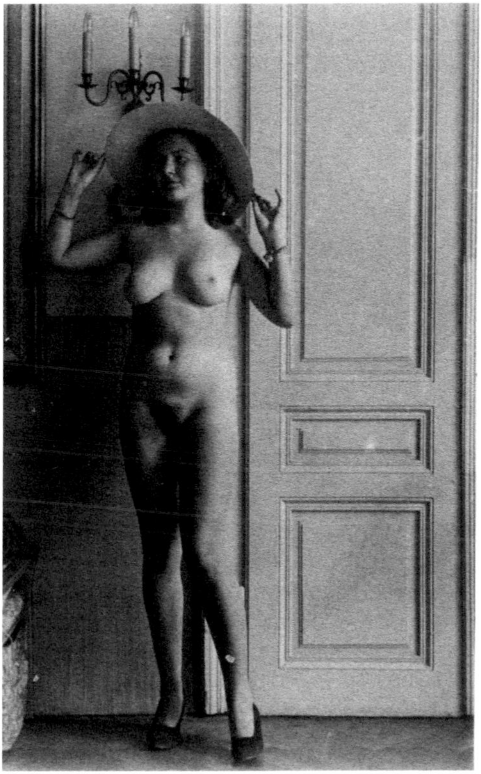

schon auf ihrer Möse haben mochte und womit ich einen Blick darauf eintauschen könnte. Gisela sammelte Wiking-Automodelle wie wir Jungen, aber ich würde mindestens einen Feuerwehrleiterwagen springen lassen müssen. Leider besaß ich keinen. Mein bestes Stück war ein Polizeikäferwagen und von dem hatte ich schon das Blaulicht verloren.
Der dicke Acker verschwand im Badezimmer, um in das Waschbecken abzuspritzen. Ich stellte den Volksbrockhaus wieder in die Vitrine, schloss die Glastür und wischte meine Fingerabdrücke ab.
„Lass uns zum gesprengten Bunker fahren", sagte der dicke Acker. Er hatte seine Hose wieder zugeknöpft und sich die Haare gekämmt.
Wie wir gehofft hatten, lungerte die Wels schon am gesprengten Bunker herum. Sie hieß Sabine, aber warum sie niemand mit ihrem Vornamen ansprach, wusste ich nicht. Die Wels war schon fünfzehn, aber so oft sitzen geblieben, dass sie dieselbe Klasse wie wir besuchte. Sie hatte zwei kleine, stramme Tittchen, die jeder anfassen durfte, der „nett" zu ihr war.
Wir boten ihr einen Jungscharfahrradwimpel und sie stieg sofort mit uns in den Schacht. Der gesprengte Bunker war nur ein besserer Luftschutzraum. Übrig geblieben waren eine kurze Treppe, ein mit Leuchtfarbe an die Treppenwand gemalter Pfeil mit den Buchstaben LSR und ein halb zugeschüttetes niedriges Zimmer.
Es war gegen halb drei Uhr nachmittags und durch die Löcher in der Decke fiel ein bisschen Licht. In der linken Ecke lag eine zerbeulte Stahltür neben einer halbvermoderten Matratze. Den angerosteten Gasmaskenbehälter hatte sich längst Erwin unter den Nagel gerissen. Erwin sammelte den ganzen Kriegsschrott und es wurde behauptet, er besäße sogar eine Panzerfaust. Sonst lagen nur Betontrümmer in der kleinen Kammer, die einst etwa drei mal fünf Meter groß gewesen war.
Der dicke Acker setzte sich schnaufend auf einen Betonklotz. Ich drückte mich von hinten an die Wels und griff nach ihren Titten. Sie fühlten sich unter dem dünnen Pullover warm und fest an. Ich zog die Wels dichter an mich und begann zu kneten. Ich bekam sofort einen Ständer. Die Wels begann, als sie meinen Steifen bemerkt hatte, ihren Hintern daran zu reiben. Der dicke Acker hatte schon wieder seine Hosenklappe geöffnet und wichste. Ich knetete und fühlte die kleinen Nippel. Sie roch nach Pfefferminz und bewegte ihren Arsch heftiger. Ich griff nach unten und versuchte, meinen Schwanz aus der Hose zu ziehen. Aber da spritzte er schon. Ich ließ ihre Titten los, drehte sie herum und griff ihr zwischen die Beine. Obwohl

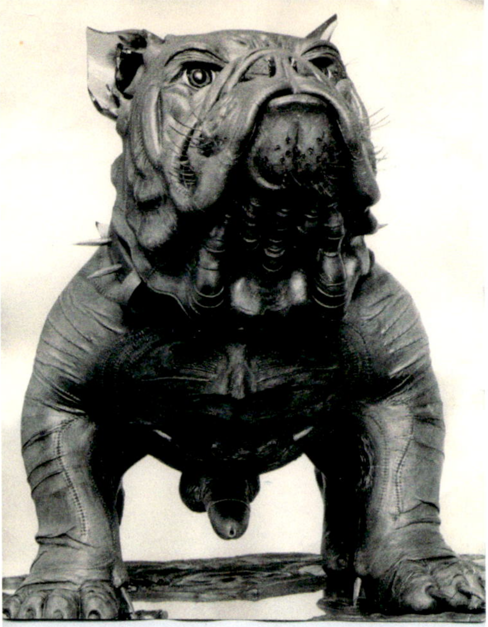

Jean Benoît, Le bouledogue de Maldoror

ich kräftig zulangte, war durch den dicken Jeansstoff nichts zu spüren. Der dicke Acker, mit geöffneter Hosenklappe und ziegelsteinhart stehendem Schwanz, stellte sich hinter sie und zerrte den Pullover nach oben. Die Brüste hatten winzige helle Warzenhöfe, von denen zwei dick geschwollene dunkelrote Nippel nach oben standen. Sie schnaufte erregt. So weit waren wir mit ihr noch nie gegangen. Ich spürte, wie mein Schwanz wieder steif wurde, knöpfte ihr die Hose auf und riss die Jeans bis zu den Knien herunter. Sie trug keine Unterwäsche und ihre Muschi war genauso behaart wie die der Klappfrau aus dem Volksbrockhaus. Aber sie fühlte sich heiß und feucht an. Die Wels nahm ihren Kaugummi aus dem Mund, klebte ihn hinter ihr linkes Ohr und versuchte, mich zu küssen. Ich mochte das nicht und drückte ihren Kopf zurück. Der Kaugummi löste sich von ihrem Ohr und fiel zu Boden. Von hinten drückte der dicke Acker seinen Schwanz an ihren Arsch. Sie schnaufte.

Draußen waren Stimmen zu hören. Wir gaben die Wels frei, die blitzschnell ihre Hose hochzog und den Pullover wieder nach unten riss. Der dicke Acker knöpfte seine Hosenklappe zu. Schritte kamen die Treppe herunter. Es war Hermann, der ältere Bruder der Wels, und sein Freund Peter. Beide waren schon achtzehn und lernten Maschinenschlosser. Hermann befahl uns nur „Los! Abhauen!" und verpasste seiner kleinen Schwester eine Ohrfeige. Wir stolperten die Treppe hoch und waren froh darüber, so billig davongekommen zu sein.

Ich aß drei Brote mit Zuckerrübensirup, der mir wie immer durch die Löcher im Brot auf die Hand tropfte, und trank eine Flasche rot gefärbter Limonade. Den Heringssalat und einen Schluck Bier, den mir mein Vater wie fast immer anbot, lehnte ich ab. Ich sagte Gute Nacht, tat, als ob ich mir die Zähne putzte, und verschwand in meinem Zimmer. Ich las noch eine Geschichte aus „Der gute Kamerad. Jahrgang 1953" („Kabeljau vor Island – mit der deutschen Hochseeflotte auf See"), dann legte ich mich ins Bett, löschte das Licht und onanierte, wobei ich mir vorstellte, auf dem nackten Arsch der Wels zu liegen. Als meine Mutter zum Gute-Nacht-Sagen mein Zimmer betrat, war ich gerade fertig geworden und tat, als ob ich schliefe.

Ich träume nur noch Unanständiges in der letzten Zeit. Kann es sein, dass sich mein Körper dringend Sex wünscht, den ich eine Weile nicht hatte, und deshalb jedes banale Erlebnis am Tag in Sexuelles in der Nacht umwandelt?

Ich lag mit einem Mann im Bett, der sich in unseren Hund verwandelte und dann wieder in den Mann zurück. Im Träumen

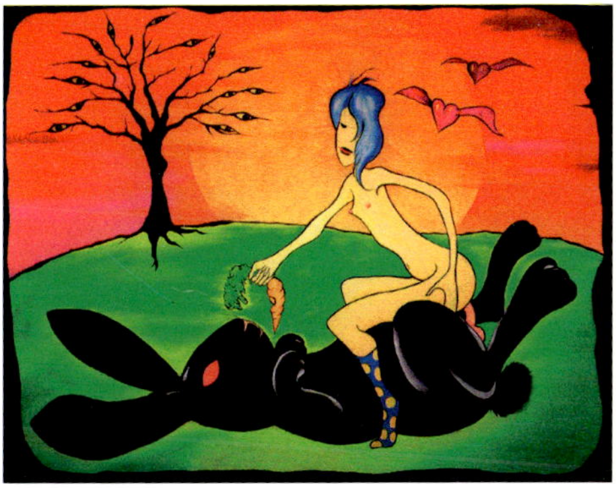

Der Träumer

dachte ich noch, warum ist es mir nicht eklig, wenn unser großer Hund hier legt und sich an mich drängt und ich Fell spüre und seine nasse Zunge auf mir, dann spreizt er meine Beine und ist wieder Mann.
Ein paar Tage später – meine Tochter hatte den Hasen einer Freundin in Pflege und wollte ihn frei laufen lassen, in einem kleinen von ihr gebauten Gehege im Garten. Das hatte leider kein Dach. Als unser großer schwarzer Hund in die Nähe kam, machte der kleine Hase einen Satz und sprintete davon. Er war nur noch ein braunweißer fliegender Fellball, der schwarze Hund raste los und meine Tochter hinterher. Doch der Hase war schneller. Sie hat ihn wiedergefunden, er hatte sich nur hinter einem Stein versteckt.
In der Nacht träume ich, ich renne mit dem Hasen, der immer größer wird und schließlich menschengroß und so weich, so weich, so weich ist kein anderes Tier, das ich bisher angefasst habe, ich verliere mich rennend in seinem Fell, meine Haut fühlt sich überall von Fell umschlossen, diese wahnsinnige seidige Weichheit, ich erwache erregt. Ich muss B. anrufen.
Ich will Sex! Jetzt!

Die Träumerin

Denyse Willem, Le grand chaperon-rouge conduisant le petit loup à l'école

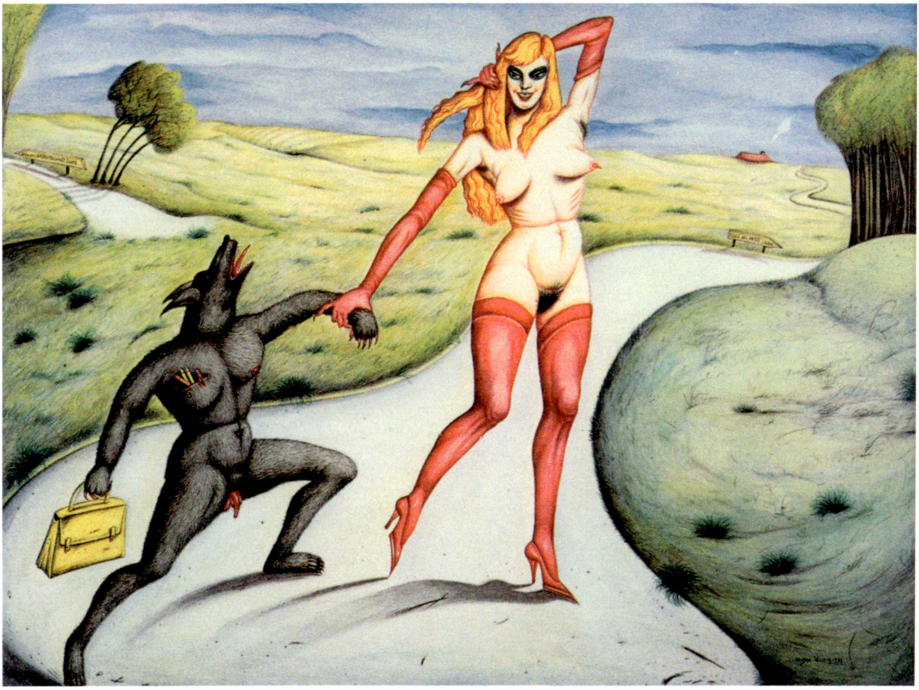

Anke Gebert

Elsa und die Schattenmänner
Elsa ist in einem Alter, in dem man zu sterben pflegt, wenn man so krank und so allein ist wie sie. Sie ist neunundsechzig Jahre alt und lebt in Randsdorf, einem Stadtteil, der durch das Gewerbegebiet der Großstadt entstanden ist. Sie hat eine kleine Eigentumswohnung, im Parterre mit Balkon. Elsa kann direkt auf ihr eigenes Stück Wiese gehen. Drei mal drei Meter gehören ihr.
Randsdorf ist eigentlich nur eine breite Straße, von der die Abfahrten zu den einzelnen Firmen und zu den wenigen Neubauten führen. Am Wochenende ist es dort nicht ganz so laut, denn dann wird im Gewerbegebiet kaum gearbeitet. Dann pflegt Elsa ihre zwei selbst gepflanzten Lebensbäume und die Rosen auf der Wiese. Auch die Balkonkästen machen Arbeit, jedes Jahr zur gleichen Zeit. Ein chinesisches Lokal gibt es in Randsdorf und einen Supermarkt. Da hat sie neulich diese modernen Balkonmöbel bekommen, inklusive Sonnenschirm, sehr preisgünstig. Nur spannt Elsa den Schirm zurzeit nicht auf. Und das hat seinen Grund.
Seit zweiundzwanzig Jahren lebt Elsa hier. Die Wohnung hat ihr ihr Zweiter hinterlassen. Dafür zahlt sie ab, jeden Monat. Ihr Zweiter kam bei einem Arbeitsunfall ums Leben. Ein Jammer war das. Er war ein guter Mann. In ihrem Schlafzimmer hat sie die Ehebetten bis heute stehen gelassen. Auf der Garderobe liegt seine „Schmidtmütze". Sein Rasierzeug steht neben Elsas Zahnbecher. Auf der Hammondorgel, die sie damals gemeinsam so preiswert erworben hatten, sind auf den Tasten noch die Noten, die Elsa ihm daraufgezeichnet hatte, damit er spielen konnte. An den Wänden hängen seine Bilder. Malen nach Zahlen, das hat ihr Zweiter sehr gern gemacht. Er war ein musischer Mensch. Und dann dieses Unglück. An den Bildern sieht man, dass er ein Künstler hätte werden können. Genauso wie Elsa eine Künstlerin hätte werden

Ono Ludwig

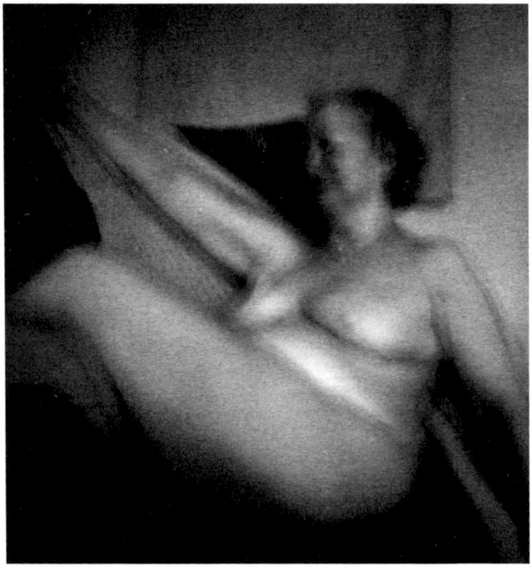

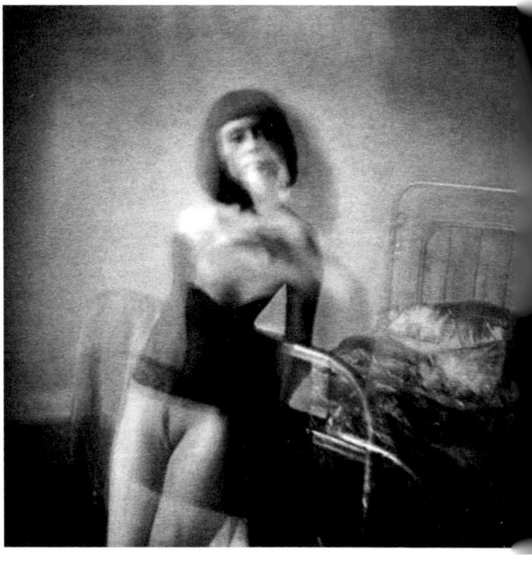

können. Wenn das Leben anders verlaufen wäre. Das Schicksal. Dann müsste Elsa jetzt auch nicht im Randsdorfer Altenchor singen. Den Tenor immerhin. Es sind zu wenige Männer im Singkreis.
Es gibt Leute, die behaupten, Elsa hätte als junge Frau gemeinsam mit ihrem damals noch kleinen Sohn auf dem Hamburger Kiez gesungen. Um Geld zu verdienen. Ihr eigener Sohn behauptete noch heute so etwas. Das ist aber nicht wahr. Das hatte Elsa nie nötig. Und wenn sie mal singen ging, dann in anständigen Lokalen.

Den Sohn hat sie von ihrem Ersten. Beide, Sohn und erster Mann, waren der größte Reinfall. Der Sohn hat sogar die Familiengeschichte an die Bildzeitung verkauft, um Geld und Rummel für sein neues Lokal zu machen. Nur Lügen hat er erzählt. Elsa sei auf den Strich gegangen und er sei als Kind ins Heim gekommen. Alles Lügen.
Den ersten Mann hatte sie mit neunzehn Jahren geheiratet. Sie war schwanger. Zu dumm war das. Trotz der schlechten Zeiten flehte ihr Vater sie damals an, diesen Mann nicht zu heiraten. Ihre Eltern wollten das Kind auch so durchbekommen. Aber nein, Elsa wollte weg, unbedingt raus aus der Souterrainwohnung, in der sie damals mit ihren Eltern lebte. Ihr Vater war Gärtner wohlhabender Pöseldorfer Familien gewesen. Elsa wollte endlich selbst in einer solchen Villa leben. Das tat sie dann auch, sie hatte es geschafft.
Kaum war der Sohn geboren, klebte schon der Kuckuck an den Vitrinen und an Elsas Flügel auch. Keine Ahnung, wie das passieren konnte. Krumme Geschäfte ihres ersten Mannes wohl, was sonst. Sie hat nie danach gefragt. Der Sohn ist nach seinem Vater geraten. Ganz eindeutig. Offenbarungseide, Schulden, Leben von der Sozialhilfe, Leben auf Pump. So war Elsa nie gewesen, sie wusste sich immer zu helfen. Und trotzdem, der Sohn hat inzwischen schon wieder eine Kneipe aufgemacht, besser gesagt, einen Klub. Für einen „Klub“ muss man keine Steuern bezahlen. Eine unverschämte Trickserei

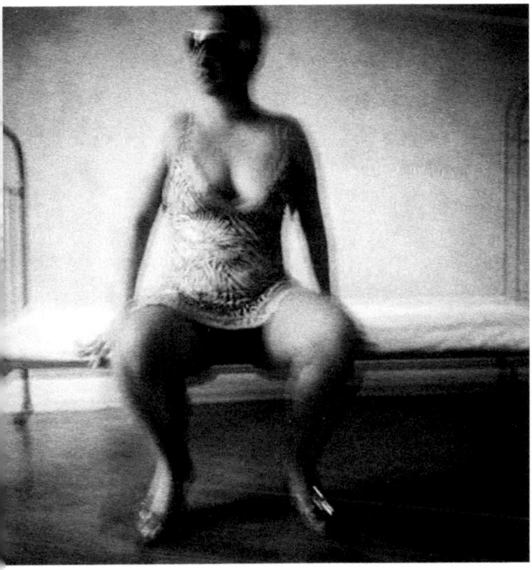

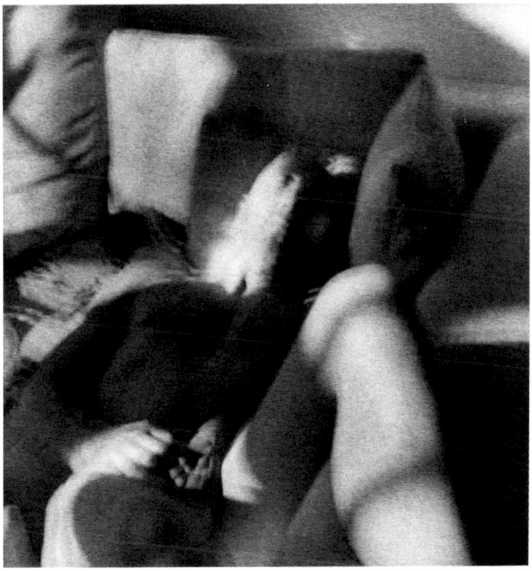

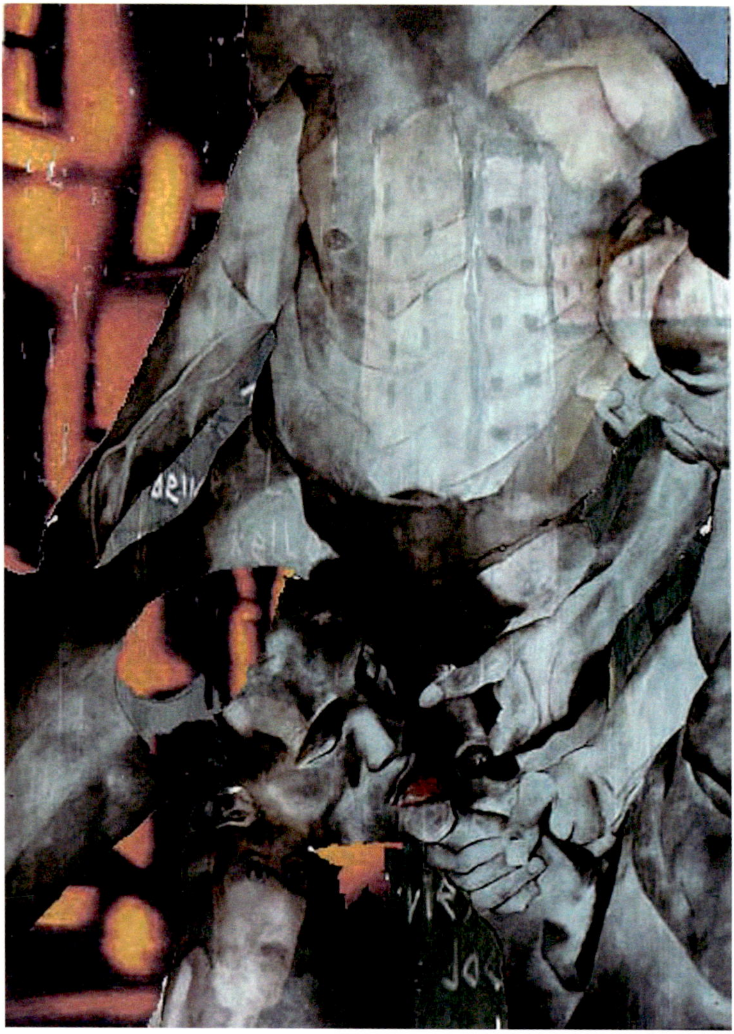

Antonietta Susanne Fischer

ist das. Elsa hat von dem Klub in der Zeitung gelesen. Ein Foto war auch dabei. Ihr Sohn ist darauf zu sehen, wie er sich von zwei Tresenmännern auf Schultern tragen lässt. Wie er jubelt. Wo er das Geld herbekommen hat, möchte Elsa gern wissen. Immer wieder findet er Dumme, die sich für seine abstrusen Ideen einsetzen und anpumpen lassen. Und dann erleben sie solche Reinfälle, wie Elsa sie oft mit ihrem Sohn erlebt hat. Wahrscheinlich erzählt er immer noch von seiner Glanzzeit, dass er es war, der Leute wie Udo Lindenberg und Otto zuerst in seinem Lokal hat auftreten lassen und somit auch berühmt gemacht hat. Aber auch zu der Zeit kann es nicht nur mit rechten Dingen zugegangen sein, das hat Elsa gleich gespürt. Da war bestimmt schmutziges Geld im Spiel. Sie hat ihren Sohn damals mal in seinem

gerade eröffneten Lokal besucht. Welche Typen dort herumsaßen! Und welch eine Sprache die hatten. Diese Menschen verstand Elsa gar nicht. Die hatten ganz eigene Begriffe von Geld und Geschäften. Sie will es ja nicht hoffen, aber sie vermutet, dort waren Drogen im Spiel. Wirklich, anders kann sie sich nicht erklären, wie sich ihr Sohn damals aufgeführt hat.
Wenn Elsa auf der Straße gefragt wird, ob sie ein Kind hat, würde sie am liebsten verneinen. Sie antwortet dann immer, ihr Sohn würde in Australien leben. Als kinderlos möchte sie auch nicht gelten, denn das ist für eine Frau ja auch nicht normal. Und dann erwähnt sie ihren zweiten Mann und das tragische Unglück. Dann fragen die Leute meist nicht weiter nach.
Als Elsa im letzten Jahr todkrank im Krankenhaus lag, hätte sie gern gewusst, wem sie ihre Eigentumswohnung vererben könnte. Nach der Operation hatte sie geglaubt, mit ihr wird es nichts mehr werden. Einfach nicht mehr aufzuwachen, das wäre vielleicht am besten gewesen. Darum haben die im Krankenhaus ihren Sohn benachrichtigt. In einer schwachen Minute hatte Elsa die Adresse angegeben. Der Sohn hatte nichts Besseres zu tun gehabt, als sie auf der Intensivstation anzurufen und ins Telefon zu rülpsen. Danach wollte Elsa nicht mehr leben.
Inzwischen geht sie immerhin schon wieder zum Singkreis. Manchmal gönnt sie sich ein Mittagessen beim Chinesen. In der Woche sind die Preise dort sehr günstig. Hinterher isst sie noch ein italienisches Eis. Für genau fünf Euro fährt sie dann mit dem Taxi nach Hause. Ein oder zwei Mal im Monat muss ein sol-

Antonietta Susanne Fischer

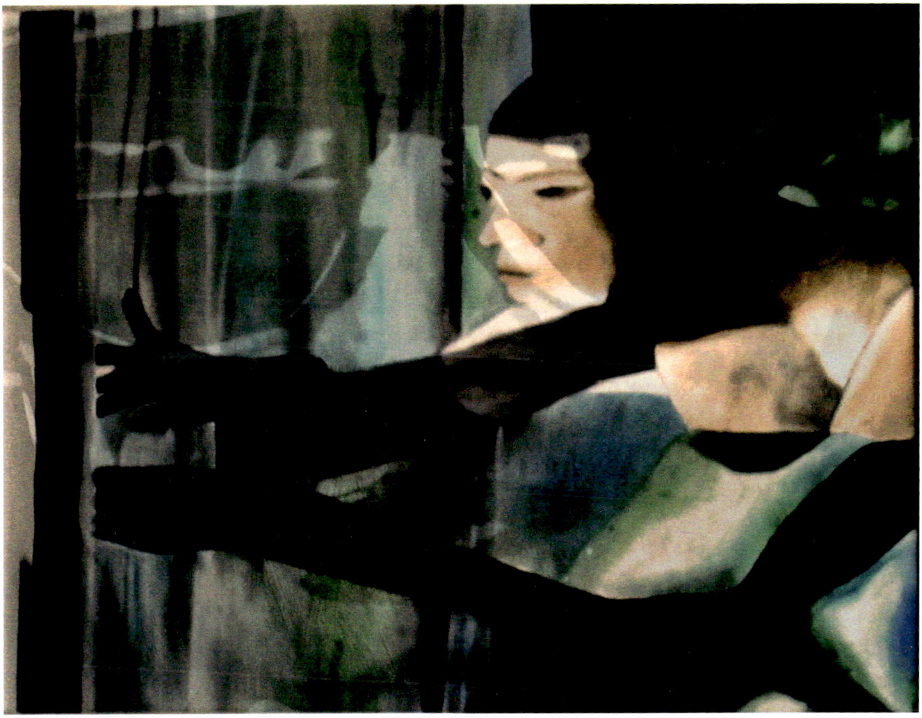

cher Luxus sein. Was hat man denn sonst vom Leben? Bevor sie chinesisch essen ging, leistete sie sich eine andere Art von Luxus. Sie ging regelmäßig zum Friseur. Sie hätte sich ihr kurzes Haar zwar selbst waschen und legen können, aber sie liebt das Gefühl, wenn sie am Kopf und im Nacken berührt wird. Heimlich schloss sie dann die Augen und betete zu Gott, er möge machen, dass die Berührung ganz lange anhielte. Gott hat ihre Gebete noch nie erhört. Nach der letzten Operation verlor Elsa fast alle Haare. Sie trägt jetzt eine Perücke.
Eigentlich kennt sie in Randsdorf keinen Menschen. Sie hält sich überall zurück. Manchmal ein kurzes Gespräch auf der Straße, wenn es sich nicht vermeiden lässt. Und weil sie Angst hat, das Sprechen zu verlernen.
Von ihren Nachbarn lässt sie keinen in ihre Wohnung. Bei einer Reise würde sie die Blumentöpfe in die mit Wasser gefüllt Badewanne stellen. Die Leute wollen doch sowieso nur bei Fremden die Blumen gießen, um in deren Sachen herumzukramen. Elsa verreist nicht mehr. Mit einer Reise hat alles angefangen.
Nach dem Tod ihres Zweiten war sie an die See gefahren. In dieselbe Pension, die sie mehrmals auch gemeinsam mit ihrem Mann besucht hatte. Alles war dort noch so gewesen, wie sie es in Erinnerung hatte. Als sie am Abend etwas später aus einem Lokal heimkam, wurde sie von der Wirtin begrüßt: „Nicht, dass Sie denken, wir stellen vor unserem Haus eine rote Laterne für Sie auf ..."
Elsa war so fassungslos gewesen, dass sie nichts erwidern konnte. Am nächsten Morgen reiste sie sofort ab. Wie die Wirtin nur darauf kam? Und dann dort, an der See, so abgelegen? Aber die Bildzeitung gibt es ja überall. Anders konnte sie es sich nicht erklären. Wieder in Randsdorf eingetroffen, schlich sie sich in ihre Wohnung und schloss sich für den Rest der Zeit, die sie eigentlich weggewesen sein wollte, ein. Welche Erklärung hätte sie denn für ihre vorzeitige Rückkehr geben sollen?
Als die zwei Wochen endlich um waren, ging sie erst einmal zum Chinesen. Ordentlich essen und Wein trinken.
Im Lokal hatte sie plötzlich das Gefühl, den Mann, der am Tresen stand, zu kennen. Er unterhielt sich vertraulich mit dem Kellner. Sie hatte diesen Mann vorher hier noch nie gesehen. In Randsdorf kannte man eigentlich beinahe jedes Gesicht.
Zwei Tage später begegnete sie diesem Mann im Supermarkt wieder. Er lächelte Elsa an. Sie verließ sofort den Supermarkt und versteckte sich seitlich des Ausgangs. Kurz nach ihr erschien auch der Mann draußen. Er hatte nichts gekauft und ging auf einen großen teuren Wagen zu. Das Auto hatte ein Hamburger Kennzeichen. Elsa konnte unbemerkt in ihre Wohnung entkommen. Als sie die Tür schloss, schaute sie schnell noch einmal durch den Spion. Im Treppenhaus war jedoch niemand.

Sie muss jetzt einen Portwein trinken. Portwein ist zwar erst am Abend erlaubt und auch dann nur ein Glas. Aber es gibt Ausnahmesituationen, das würde auch ihr Arzt verstehen.
Hinter der Wohnzimmertür hinter dem Zeitungsständer stehen die Flaschen für den Abend und Situationen wie die jetzige. Elsa dreht die Portweinflasche auf, in solchen Momenten ist keine Zeit mehr für ein Glas. Sonst trinkt sie immer aus einem Glas. Auch wenn sie so allein ist wie jetzt. Elsa stellt die Flasche auf den Korkuntersetzer auf dem Couchtisch. Sie muss gleich etwas die Beine hochlegen und nachdenken. War da nicht ein Geräusch?

Schnell noch einmal durch den Spion sehen. Abgeschlossen hat sie auch.
Das Telefon klingelt. Sie muss erst einmal durchatmen, bevor sie den Hörer abnimmt.
„Hallo?"
Sie meldet sich nie mit dem Namen. Dafür hat sie ihre Gründe. Am anderen Ende antwortet niemand. Doch dort ist jemand, sie hört dessen Atem.
„Hallo!", ruft Elsa ins Telefon. Dann legt sie schnell auf.
Im Wohnzimmer setzt sie sich aufs Sofa. Was will dieser Mann von ihr?
Er hatte ein schönes Lächeln. Er kann noch nicht ganz in ihrem Alter sein. Früher haben Elsa auch nur jüngere Männer angelächelt. Das war ihr Unglück. Auch ihr Zweiter war jünger, aber der war ein guter Mann.
Ist die Balkontür eigentlich richtig verschlossen?
Elsa steht mitten im Raum.
Sie muss sich beruhigen.
Wie viele Schlucke sind eigentlich ein volles Glas?
Den Abwasch lässt sie heute stehen.
Es gibt Wichtigeres.
Den Abend muss sie so gestalten, als wäre sie nicht in der Wohnung.
Wäre sie nur nicht ans Telefon gegangen.
Vorläufig wird sie den Hörer nicht mehr abnehmen.
Wenn der Mann es wieder versucht, soll er denken, sie sei nicht zu Hause.
Verreist.

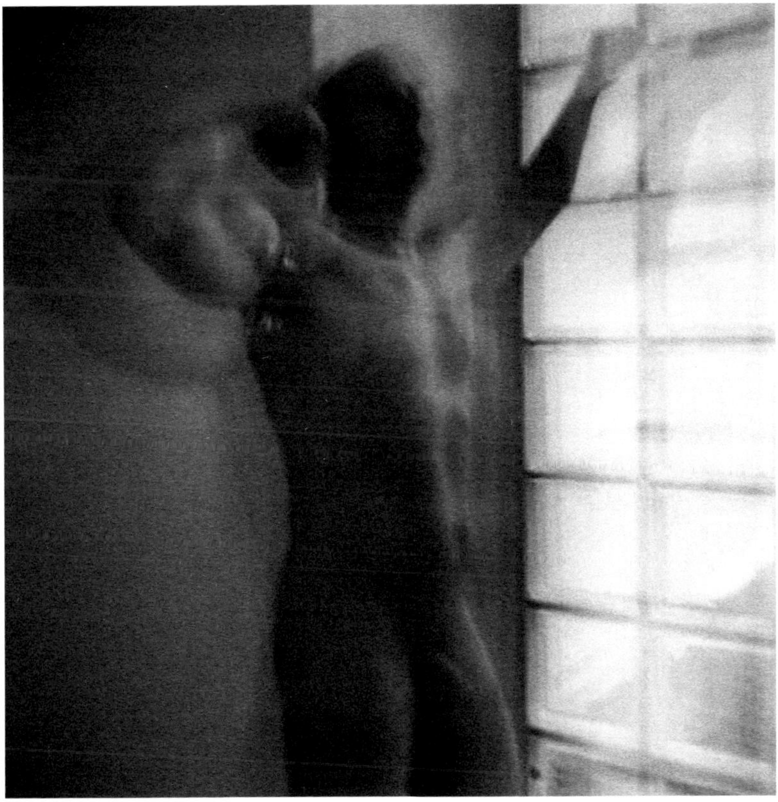

Ono Ludwig

Nicht da.
Einfach weg.
Ihr Sohn bekommt es auch fertig, sie manchmal anzurufen.
Sie zu terrorisieren.
Aber das vorhin, das war nicht ihr Sohn gewesen.
Das war dieser Mann, dieser ...
Was er nur will von ihr?
Ist doch alles schon so lange her.
Inzwischen sind Elsa und er sehr alt geworden.
Kaum wiederzuerkennen.
Jetzt schleicht dieser Mann vielleicht gerade um Elsas Haus. Weshalb hatten sie und ihr Zweiter sich nur für die Wohnung im Parterre entschieden?
Zu dumm.

Draußen wird es dunkel. Elsas zwei Lebensbäume werfen vom Garten aus mannsgroße Schatten auf den Teppich im Wohnzimmer. Licht kann Elsa heute auf gar keinen Fall einschalten. Das Windlicht, das sie eigentlich für den Balkon gedacht hatte, wird sie auf den Fußboden stellen. Ein wenig Licht muss sein, sonst läuft sie noch gegen die Möbel. Schnell muss sie sich in der Küche noch eine Scheibe Brot machen, bevor sie dort nichts mehr erkennen kann. Sie wird ein kleines Dosenbier zum Abendbrot trinken. Nein, sie bleibt lieber beim Portwein. Fernsehen kann sie heute auch nicht, das Flackern wäre verräterisch.
Einen Hund hätte sich Elsa zulegen sollen, als ihr Zweiter starb. Dann würde sie sich jetzt besser fühlen. Aber ihr Zweiter hat immer gesagt, im Alter käme man auf den Hund. Und ein Hund sei wie ein Krückstock. Da hatte er auch wieder recht. Alte Damen, alte Hunde. Elsa will nicht alt sein. Das mit dem Hund lässt Elsa also lieber. Das Beste wäre eben doch ein Mann. Mit einem Mann müsste sie jetzt hier nicht allein im Dunkeln sitzen und Portwein trinken.
Was passt eigentlich auf Portwein? Sherry vielleicht. Viel ist nicht mehr in der Flasche. Elsa muss unbedingt die Beine hochlegen. Nach jedem Schluck stellt sie die Flasche ganz leise auf dem Tisch ab. Die Flamme im Windlicht ist ganz still. Die Schattenmänner auf ihrem Teppich sind noch größer geworden. Elsa schließt die Augen.
Dieser Mann sieht immer noch sympathisch aus. Was soll sie tun, wenn er ihr gegenübersteht? Was möchte er nur von ihr? Weshalb ruft er nicht noch einmal an? Er hat extra den Weg von Hamburg hier raus ins Gewerbegebiet gemacht. Elsa war eben immer schon beliebt. Alle wollten etwas von ihr. Bis heute ist es so geblieben. Wie lange brennt eigentlich eine Kerze? Sie muss eine neue als Reserve bereitlegen. Elsa schleicht um die großen Schatten herum zur Vitrine, in der sie auch den Weihnachts- und Osterkarton aufbewahrt und eben auch die Kerzen. Ihr ist leicht schwindlig, als sie sich wieder aufrichtet. Schnell ruhig aufs Sofa legen.
Durch das Flackern des Kerzenlichts bewegen sich die Schatten.
Es sieht aus, als bekäme einer der Schattenmänner Arme und richtete sich auf.
Er richtet sich auf.
Dieser Mann sieht wirklich sympathisch aus.
Er kommt auf Elsa zu.
Was will er nur?
Elsa weiß es genau.
Was sie immer alle gewollt haben.
Der Mann ist ihr jetzt ganz nah.
Er legt seine Arme um sie.
Elsa schließt die Augen.

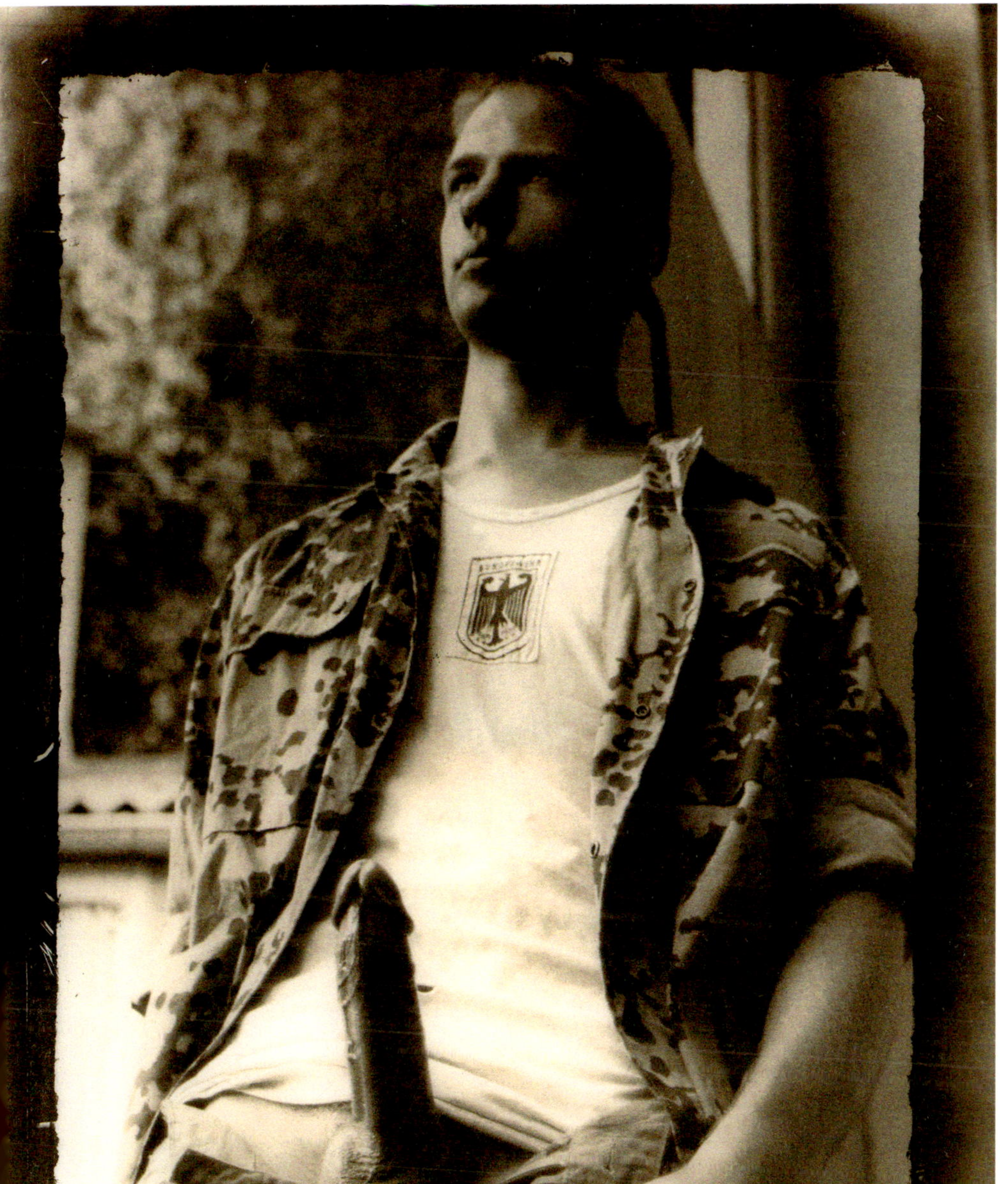

Kingdome 19

Olive Feuerbach

Teresas Berichtsheft

Veras Vorwort

Am Abend jenes Tages, als ich meine neue Freundin Teresa an den Händen hochzog, die Füße gespreizt, bis sie gerade noch mit Mühe auf den Zehenspitzen balancieren konnte, und sie dann so fürchterlich gezüchtigt habe, bis ihr die Stimme und mir beinahe das Herz brach – die Striemen waren noch eine Woche zu sehen –, an diesem Abend habe ich ihr die Aufgabe gestellt, ihre erotischen Fantasien und Tagträume aufzuschreiben.
Danach hatte sie sich mir wie eine Süchtige in die Arme geworfen und sehr lange nicht mehr losgelassen. Ich wollte wissen, ob sie wirklich eine Masochistin ist, also jemand, die aus den Schmerzen selbst ihre erotische Erregung zieht (wobei ich mit erotischer Erregung mehr meine als einen momentanen Geilheitsreflex im Bauch oder im Kopf), denn dann wäre ich auf Dauer nicht die richtige Partnerin für sie gewesen. Mir gibt es nichts, jemanden zu quälen und Schmerzen zuzufügen; und wenn ich einmal mit körperlichen Schmerzen arbeite, dann nur, um einen inneren Prozess oder einen einmaligen erotischen Höhenflug auszulösen. Ich vermutete, dass Teresa diese fürchterlichen Schmerzen nur ausgehalten hat, um mir zu beweisen, welch großes Opfer sie zu bringen bereit war. Die Liebe ist ein seltsames Spiel und wenn ich jetzt sagen würde, dass ich sie liebe wie meinen Augapfel … nein, würde ich sagen: Sie liebe ich mehr! Im Betasten ihrer Haut und im Atmen ihrer Gerüche könnte ich mich verlieren. Und genauso in ihren Worten, in ihrer Stimme, wenn sie spricht und haucht und kichert und lacht, knurrt und faucht und stöhnt und schreit. In ihren Säften. Selbst ihre Tränen, und sie weint gerne, schmecken süß unter dem Salz, zumindest bilde ich mir das ein. Und dann ihr Mund: dieser lebendige, elastische, unaufhörlich bewegte Mund mit den feinen Lippen und den Grübchen daneben. Ich kenne keine andere, die die vielen Muskeln und Müskelchen, die den Mund und die Lippen formen, so aufregend, variantenreich und differenziert spielt wie Teresa. Sie kann gleichzeitig küssen und schmollen, schreien und lachen, träumen und Gier ausdrücken. Ich habe sie überredet, dass sie ihre dunklen welligen Haare kürzer und hoch trägt, denn gerade bei einer Devoten ist es wichtig, dass sie den Nacken frei und stolz trägt, und ich liebe den feinen Flaum dort, der mir erlaubt, sie mein Küken zu nennen.
Ihre Bereitschaft zu lieben, erotisch zu fühlen und denken, zu genießen und andere genießen zu lassen, ihre Fähigkeit, sich in einem Orgasmus nach dem anderen zu vergessen und zu verströmen – ach, davon will ich gar nicht sprechen, sonst nimmt mir sie am Ende noch jemand weg, so wie ich sie ihrer vorigen Freundin weggenommen habe. Das wäre furchtbar, ich liebe sie nämlich! Ich liebe sie, wie ich noch nie jemand anderes geliebt habe! Doch nun: Teresa selbst.

Ich bin nicht Teresa! Zumindest ist die Teresa, welche dies schreibt, nicht identisch mit der Teresa, über die geschrieben wird. Und auch die Vera der Fantasien ist nicht einfach identisch mit meiner süßen und herben, starken und manchmal ganz zarten Geliebten Vera, auf deren Wunsch und hoffentlich zu deren Vergnügen ich dies aufschreibe.

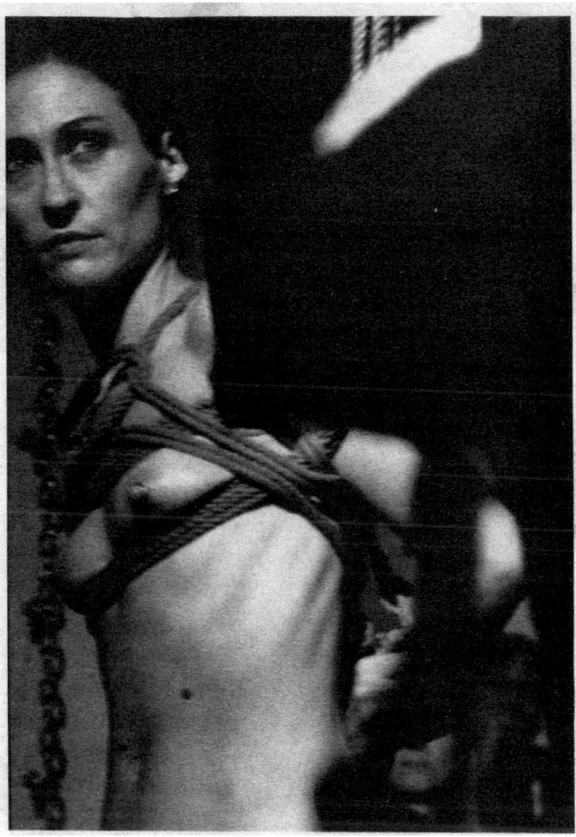

Ursula Hillmann: Love Bites Grande Opera Offenbach. Bondage: Chat Sauvage &Xanoo

maßlosen Tag- und Nachtträume haben sie geformt, die auch nicht davor zurückschrecken, sich eine eigene, ebenfalls oftmals überzeichnete Vera zu schaffen, wie sie eben nötig ist, um alle Unterwerfungs-, Demütigungs-, Liebes- und Verschmelzungswünsche ihrer Sub realistisch unterzubringen. Freilich, ganz so literarisch abgehoben ist die Sache nicht, denn in all diesen Fantasien steckt der Kern und heimliche Wunsch, dass etwas davon wahr werden könnte, dass ich sie auch leben möchte – neben dem anderen Leben, in dem ich eine praktische Frau bin und meinen Beruf ernst nehme und eine vernünftige Partnerschaft haben möchte –, dass Vera oder die von ihr beauftragten anderen Frauen all das mit mir anstellen, wonach es mich in meinen Fantasien verlangt, um mich damit restlos in der Rolle

Teresa also liebt an Vera auch diese wunderbar reine und zugleich nicht bloß oberflächliche, sondern dreidimensional in der Tiefe zu tastende Haut. Sie hat die Farbe von älterem Porzellan und wenn Teresa daran nippt und züngelt, fühlt sie sich an wie die Haut einer Aprikose, die soeben gepflückt wurde. Dazu passt das Parfum, das Vera benutzt, sehr spärlich benutzt, das nach Blütenwiesen am Morgen duftet, in die Teresa sich mit geschlossenen Augen fallen lassen möchte. Das alles sagt sie der Geliebten und diese lächelt, sie quittiert es mit vielen kleinen Küsschen überall hin.

Die Teresa auf diesen Seiten entspringt meiner Fantasie; meine süchtigen und oft

als Liebesobjekt aufgehen zu lassen. Morgen darf ich wieder mit ihr zusammen sein. Wir wollen in ein neues Szenelokal zum Essen gehen. Alles wird stimmen, die Speisen, der Wein, die Gespräche, es wird auch kein Wort von sexuellem Innuendo fallen, das ahnen ließe, was für eine gierige und genusssüchtige Schlampe ich manchmal bin. Manche werden uns für Mutter und Tochter halten. Ich glaube übrigens, ich werde ihr auch im Gesicht schon ähnlich, und das hängt sicher nicht nur am Stil des Make-ups, sondern an meiner Liebe. Ja, und danach werden wir zu ihr gehen und uns lieben, ihre Lippen und Hände werden leicht sein wie Schmetterlinge und wenn sie Zärt-

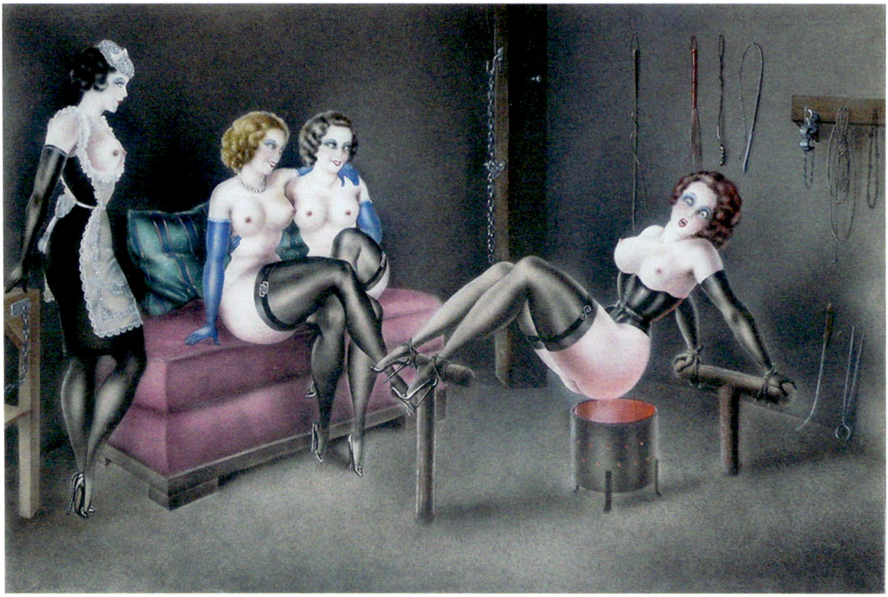

Carlo, Illustrationen zu sadomasochistisch-fetischistischen Romanen, Paris um 1929

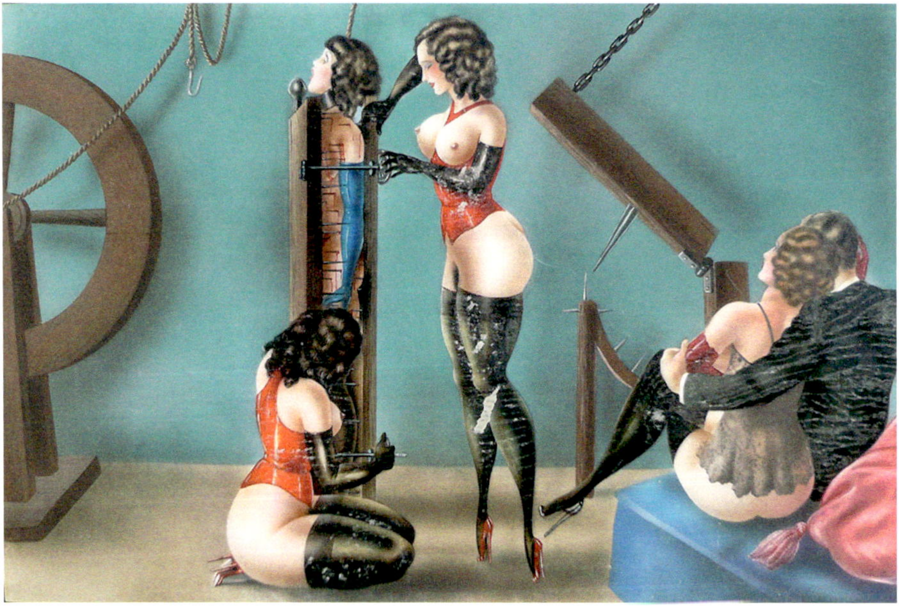

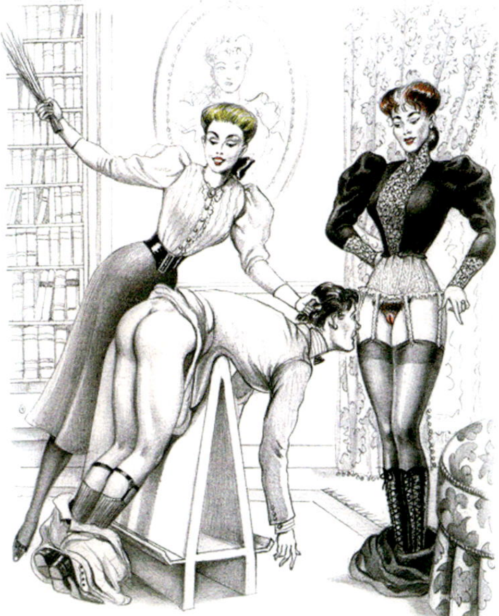

Bernard Montorgueil

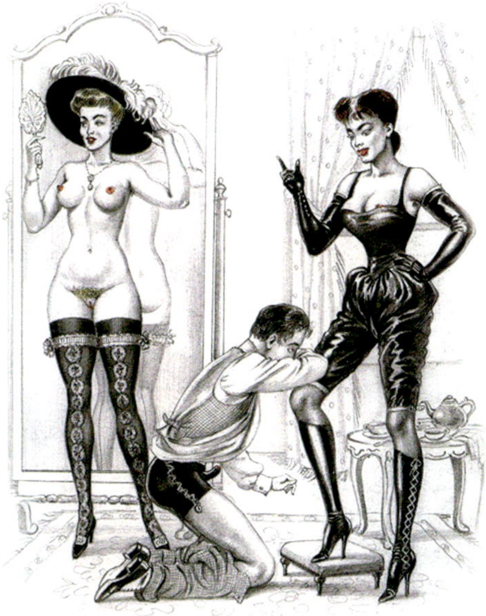

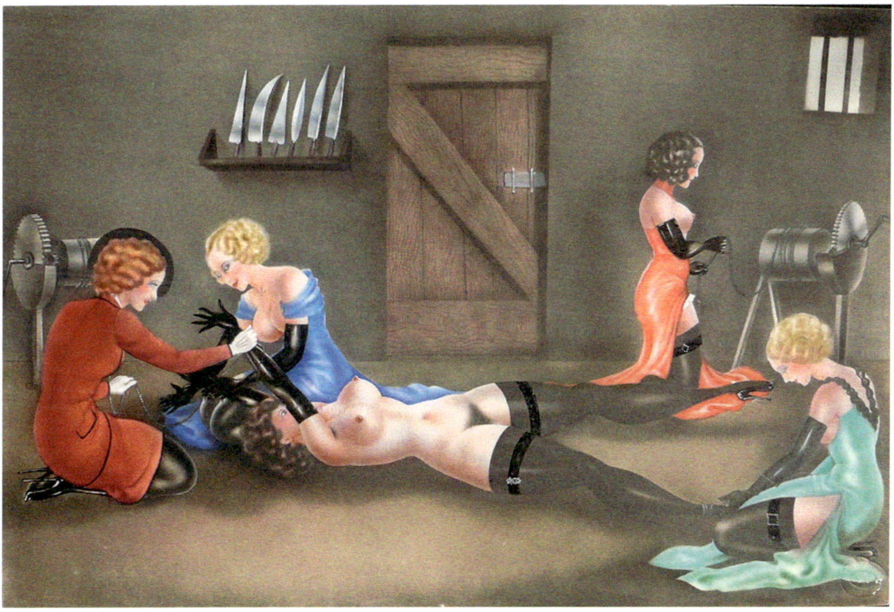

lichkeiten sagt, schickt mich schon das gurrende Vibrieren ihrer schönen Altstimme beinahe durch die Decke. Die Musik, die sie spielt, wird mich betören: Respighi vielleicht, Lalo, schwüle Salonmusik und ruppigen frühen Jazz und den Grunzer Tom Waits, später dann Schumann und Schubert, gespielt von ihren Lieblingskünstlern, die ich fast alle nicht mehr kenne. Sie wird mir Cocktails einflößen: Bellini, Mischungen aus Campari und Blutorange, Limonenlikör, Eis und Wein. Sie wird mich unter die Dusche nehmen und in den Duschgels und den Cremes danach alle Wohlgerüche Arabiens loslassen.
Aber schonen wird sie mich nicht. Wenn ich erschöpft bin wie ein ausgewrungener Lappen, wird sie ganz fürsorglich darauf bestehen, mich noch nach Hause zu fahren. Sie wird nicht zulassen, dass ich ein Taxi rufe, sondern selbst fahren, sie fährt gern Auto. Vielleicht zieht sie fürs Auto nur ihren Kimono an, damit ich ihn beim Abschiedskuss noch einmal öffnen und sie streicheln kann.
Meine Fantasien überwältigen mich immer wieder. Und sie hat gesagt, ich muss sie alle aufschreiben, so wie früher die Lehrlinge ein Berichtsheft geführt haben über ihre Fortschritte. Sie will alle Berichte lesen – und am Ende wird sie mich vielleicht besser kennen als ich mich selbst!
Einer der raffiniertesten Kniffe von Vera hat gar nichts mit meinem Körper zu tun und lässt mich doch jedes Mal erschüttert zurück. Wir treffen uns jeden Mittwoch in einem belebten Café und da muss ich ihr die aufgeschriebenen Fantasien seit dem letzten Mal vorlesen. Na, und?, mag man fragen. Aber wenn jemand einen Text vorliest, dann spitzen sich an den Nebentischen ganz von allein die Ohren. Vera stellt dazwischen wenige, meist ganz technische Fragen, aber es ist für alle Lauscher klar, dass die Vorlesende sich selbst als das Objekt dieser Maßnahmen beschreibt. So dass ich am Schluss, nachdem Vera gezahlt hat, nur schamrot und mit niedergeschlagenen Augen hinter ihr hinausschleiche.

Die erste Fantasie, die sich beim Anhören eines Quartettsatzes von Borodin einstellt: Man sieht, wie Teresa hereinkommt und sich wie eine Verhungernde an Veras Hals wirft. Wo andere sich Ringe schenken, bekam Teresa für die Dauer des Urlaubs chromblitzende Ketten um Fesseln und Handgelenke. Und von Anfang an war Teresa darauf aus, der Geliebten alle erdenklichen Zeichen ihrer süchtigen Hingabe darzubringen. Wenn diese, wie häufig, gleich sagt: „Zieh dich aus!“, kommt es Teresa gar nicht in den Sinn, auch nur

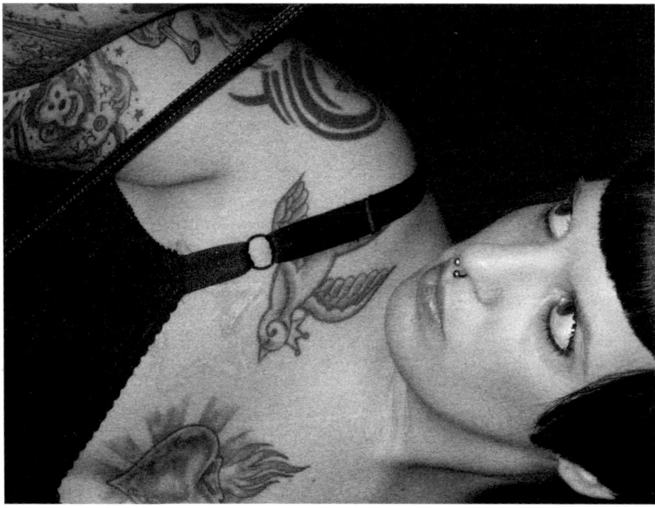

Martina Pisbach

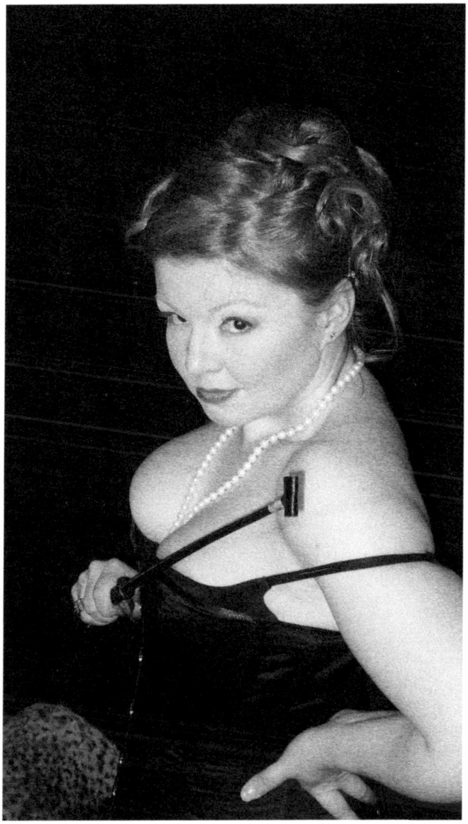
Martina Pisbach

eine Sekunde zu zögern, egal, wer sonst vielleicht in der Wohnung sein könnte. Vera hat eine solche Intensität der Unterwerfung nicht erwartet, aber lässt sich darauf ein, und dann gibt es für eine lange Zeit nur Küssen, Tasten, Lecken, Fühlen, Streicheln, Stammeln, Kichern, Seufzen, Zufassen, Lecken, Saugen, Glucksen, Lachen, Reiben, Reizen, Juchzen ... Vera hat gute Lust, dieses süchtige Wesen gleich ohne Rückhalt zu lieben und sich von ihr lieben zu lassen, aber irgendwann sagt ihr Instinkt, es sei besser, zuerst etwas zu bremsen und die Gangart festzulegen. „Pause!“ Vera greift sich ein Paar Klettbänder und fesselt Teresas Arme auf dem Rücken zusammen und zwar von den Handgelenken bis zu den Ellbogen so straff, dass der Zug in den Schultern ein bisschen wehtut.
„Ja, mach mich zu deiner Lustsklavin“, sagt Teresa noch. Dafür bekommt sie den Knebel, einen ziemlich großen schwarzen Ball mit Atemlöchern. Den Mund so weit aufgesperrt zu bekommen, ist nicht angenehm, und dann trieft auch noch der Speichel. „Damit du nicht so viel plappern musst!“ Teresas Brustwarzen signalisieren, wie erregt sie schon ist, aber sie kann jetzt ihre Freundin und Herrin nur noch mit den Schultern, den Brüsten, den Bewegungen des Halses und des Schoßes liebkosen. Aber findet Teresa darin nicht ihren eigenen Wunsch wieder? Bringt nicht jeder Schritt mehr an Hilflosigkeit auch mehr Abhängigkeit und damit mehr Zuwendung der Geliebten mit sich – in der Perspektive, dass sie am Ende nur noch Ausdruck von deren Willen, am liebsten als ein Teil deren Lebens, gelebt werden wollte?
Vera hat wohl ihr Abschweben gespürt. „Ich glaube, wir werden noch viel Schönes mit dir anstellen, *mein Hürchen*.“
Das gänzlich unerwartete Wort schmerzt, die Assoziation mit einer Hure, die ihr Geschlecht gegen Geld auch da anbietet, wo keine Liebe ist, kam in Teresas Welt bisher nicht vor, und von der sensiblen und verehrten Vera hätte sie das zuletzt erwartet; aus Protest rollt Teresa mit den Augen. Aber Vera kennt kein Pardon: „Ich weiß, so was hört man als kleine spießige Bürgerin nicht gern. Aber bist du nicht ein Hürchen, wenn du zu allem bereit bist, sofern man dich nur in der Währung von Geilheit und Demütigung bezahlt?“
Touché! Das Stichwort funktioniert, auch wenn Teresa das nicht wahrhaben will. Natürlich ist etwas dran und prompt beginnt sie in ihrem erregten Zustand, sich

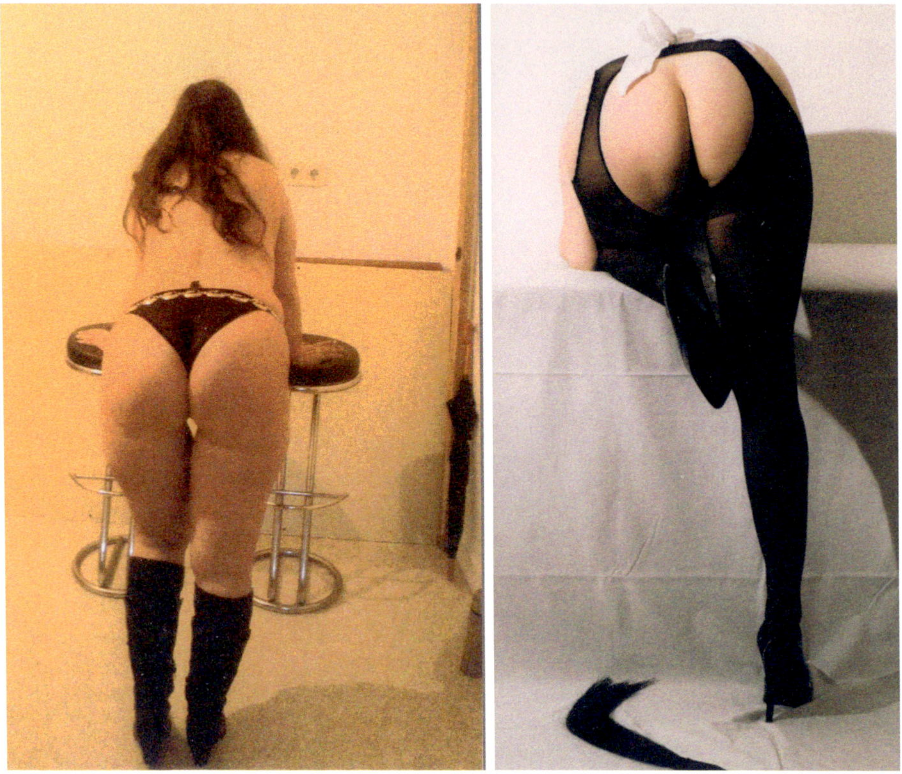

Margitta Kühl-Polat – (Bild rechts anonym)

auszumalen, wie es denn wäre, wenn sie unter irgendwelchen Umständen in ein Bordell käme und dort einer Frau, einer selbstbewussten, anspruchsvollen Frau als Freierin ausgeliefert wäre. Wie diese sie berühren, benützen, durch die Decke schicken, aber auch erniedrigen, demütigen und vielleicht sogar quälen könnte. Oder, wenn sie mit ihren Diensten nicht zufrieden wäre, sie einfach gemein bei der Sklavenhalterin anschwärzen könnte, um sie schmerzhaft züchtigen zu lassen, was vielleicht gar vor einer Art Öffentlichkeit von fremden Leuten ausgeführt würde, die sich dann an ihrem Zucken und Schreien ergötzen, über ihr Bittgestammel und ihre Tränen und Orgasmen lachen würden. Was geht eigentlich in mir vor, fragt sich Teresa, dass ich in dem Moment, in dem meine Liebste meinen Körper anfasst und für sich modelliert, zugleich darüber fantasiere, dass sie mich anderen ausliefern könnte? Bin ich geil geworden, weil es für mich vorstellbar wird, dass eine andere, eine fremde Frau, ja nicht nur das, sondern eine zahlende Kundin, in mir die Kataklysmen der Wollust auslösen und mich mit dem ozeanischen Gefühl überschwemmen könnte – solange das nur mit der Geliebten zusammenhängt? So, wie sich die Vorstellung auf ihre Erregung auswirkt, kann sie das nicht ausschließen. Ein Klaps auf den Hintern reißt sie aus diesen Gedanken. „Was träumst du, Schätzchen? Denk dir lieber aus, wie man eine Sklavin bestrafen sollte, die allzu gedankenlos in der Gegend herumsteht." Sie möchte erklären, sie sei doch nicht gedankenlos herumgestanden, aber kann jetzt ja nur den Kopf schütteln.

Vera packt sie an den Brustwarzen. „Aber ein geiles Stück bist du schon." Sie greift nach den Klemmen, der Augenbinde und den vibrierendes Spielsachen. „Komm!" Und beschert ihr dann die schönsten Orgasmen.

Die zweite Fantasie, vor einer größeren Zahl von Menschen ganz nackt entblößt zu werden, wobei sich die Stimmung mit der Furcht und Hoffnung verknüpft, dass sie am Ende von der Meute in quälende schreiende Orgasmen getrieben und erst

Mario A., Meine ewige Liebe

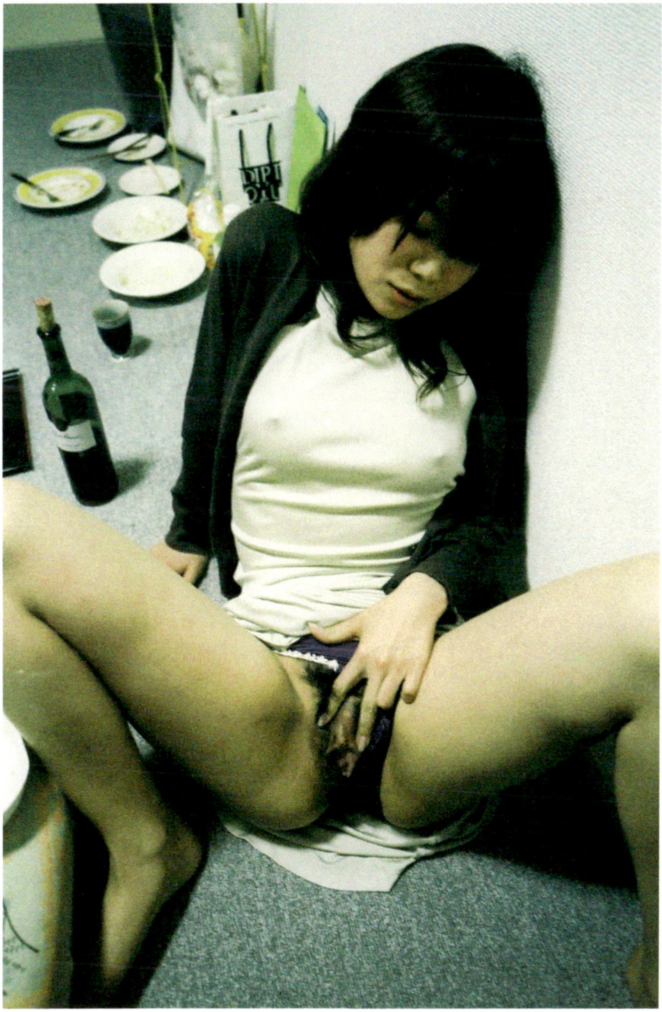

danach von der Geliebten getröstet und belohnt werden wird, kommt in vielen Formen vor. Anscheinend ist ihre Fantasie die ganze Zeit dahinter her, sich solche Gelegenheiten auszudenken, übrigens auch in Zeiten, in denen sie ihren Kopf bei der Arbeit haben sollte oder anderes erledigen.
Man kennt ja die Albträume von dem naiven Mädchen, das auf Reisen ist, spätnachts in einer Jugendherberge oder auch mitten in der Nacht in einer menschenleeren Stadt im Waschsalon, die gedankenverloren ihre ganzen durchgeschwitzten Klamotten, alles, was sie auf dem Leib trägt, in die Waschmaschine steckt, die dann nicht mehr zu öffnen ist. Und bald kommen doch Leute, sie versucht, sich unauffällig und still in eine Ecke zu drücken, aber die Leute finden immer Mittel und Wege, sie zum Aufstehen zu bringen, anzufassen, ihre Erregung zu konstatieren – es sind die Frauen, die das tun, aber die Kerle bilden auch in meiner Fantasie ein durchaus nicht passives Publikum, wenn sie ihre Schwänze herausholen und fragen, ob sie diese lutschen wolle. Sie will das natürlich nicht, aber dann hat ihre Fantasie immer den Kniff parat, dass sie, um dem zu entgehen, irgendetwas anderes Beschämendes tun muss. Zum Beispiel sich mit einem anderen Mädchen, das auch zur Clique gehört, vor aller Augen zu vergnügen.

Wenn Teresa so in die Zukunft zu spähen sucht und dabei ihrem Verstand das schaudernde Zugeständnis machen muss, dass in ferner Zukunft auch eine Zeit ohne Vera denkmöglich ist, so wie zuerst ihr erster Freund und dann die erste Geliebte vor Vera aus ihrem Leben verdrängt zu sein scheinen, ist sie sehr schnell in der Gefahr, sich mit monströsen Angstfantasien des Alleinseins selbst zu erschrecken. Dagegen hilft nur eines: die Nähe der Geliebten. Wenn sie ihre Finger, ihre Lippen spürt, muss sie sich nicht mehr fürchten und nichts mehr schreiben.

Veras Nachwort
Teresa hat dieses Berichtheft für mich immer weitergeschrieben. Es war zunächst nur für vier Augen bestimmt, ihre und meine. Sie ist noch immer meine Geliebte, meine heiß geliebte, und die Liebe ist so wunderbar wie am ersten Tag, also würde ich nie etwas tun können, das sie verletzt oder unsere Beziehung beschädigen könnte. Aber diese Geschichten zeigen, wie stark in ihr das Begehren ist, dass diese Liebe sie auch in die dunkleren Bereiche ihrer Persönlichkeit – der Angst, der Scham, der Demütigung – führt. Bezeichnend erscheint mir, dass die Quelle ihrer Fantasien lebhaft zu sprudeln beginnt, sobald dritte Personen einbezogen sind. Einmal hat sie gesagt, je schrecklicher diese Fantasien sind, desto schöner ist für sie der Genuss der Rettung durch unsere Liebe. Sie braucht das Erlebnis, Aschenputtel zu sein, um sich zu glauben, dass sie als die Prinzessin darin aufersteht, die erwählt wird. Und darum haben wir beschlossen, einen Auszug aus ihrem Berichtsheft der Öffentlichkeit zur Verfügung zu stellen. Ja, meine Prinzessin, das bist du, meine Erwählte!

Zwei Gespräche über Liebe & Orgasmus

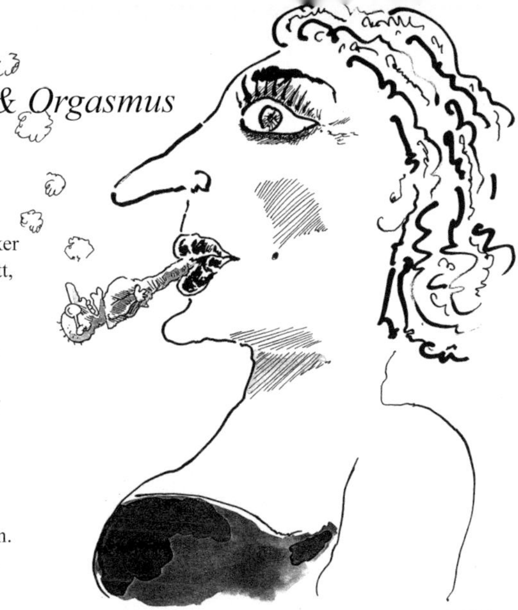
MIRK

Fernanda (*1939)

Kannst du beschreiben, was ein „guter Kuss" ist?
Auf keinen Fall sabberig. Wenn ich manche Politiker anschaue oder Mick Jagger, dann denke ich: O Gott, die haben ja solche Sabbermünder! Ein schöner Kuss muss fordernd, umfassend sein, aber nicht bohrend. Langsam und fest, nicht schlabbernd und nicht bohrend.
Hast du bestimmte Gerüche, Räume, Dinge, die du spontan erotisch besetzt?
Ein bestimmter Schweißgeruch bei Männern, den ich nicht beschreiben kann. Ein leiser tierischer Schweißgeruch macht mich sehr an. Nicht jeder natürlich, er muss kompatibel mit meiner Nase sein. Eine Haltung. Eine Nackenpartie bei einem Mann. Einmal saß ich im Taxi. Der Taxifahrer vor mir hatte einen Nacken, in den hätte ich hineinbeißen können. Kräftig und zart, anmutig, wie der Hals in die Schultern übergeht. Die Form von Männerschenkeln. Kräftige Männerschenkel finde ich auch sehr erregend. Auch Münder. Wie einer lacht. Dinge, die man nicht in die Hand nehmen, nicht erfassen kann. Der Augenblick, in dem ich einen Mund sehe, bevor er mich küsst. Man kann diesen Moment nicht halten – dann wäre der Zauber vorbei. Es sind immer Details. In einem Gesicht, das ich anziehend finde, ist es oft der Mund, der mich erregt. Schon dessen Anblick kann mich erotisch stimmen.
Details rufen Erinnerungen hervor. Ich habe mal das Muster eines Sommerkleides gesehen. Da stand die ganze Kindheit vor mir auf. Das hat nichts direkt mit Erotik zu tun, ist aber sehr aufregend.
Hast du schon mal geträumt oder dir vorgestellt, du wärst ein Mann?
Geträumt vielleicht nicht. Aber in meiner Jugend habe ich darunter gelitten, dass ich für einen Jüngling gehalten wurde. Weil ich ein großer Typ war, kurze Haare hatte und kein liebliches Mädchengesicht. Ich wurde öfter angesprochen: „Junger Mann, können Sie mir mal die Uhrzeit sagen?" Und auf einem Fasching, für den ich mich besonders schön gemacht hatte, wurde ich von Schwulen angemacht. Damals habe ich einer geistigen Bezugsperson von mir erzählt, dass ich unglücklich sein würde, weil ich so männlich wäre. Da antwortete er mir, und das war mir ein großer Trost, dass das sehr typisch für künstlerische Menschen sei; der Kampf in sich selbst zwischen dem Männlichen und dem Weiblichen sei ein Motor für künstlerische Betätigung. Ich war ja noch nicht einmal mit meiner Frauenrolle „fertig", wusste nicht, was das sein sollte – und da musste ich mich gleich schon mit dem Männlichen in mir befassen. Aber ich wollte in diesem Alter eine Frau sein und Männern gefallen. Wie oft hörte ich: „Du siehst ganz schön männlich aus!" Einen großen Busen hatte ich immer, auch wenn er im Alter noch größer geworden ist. Das Männliche und Weibliche wird also wohl nicht zuerst an diesen sekundären Geschlechtsorganen festgemacht.

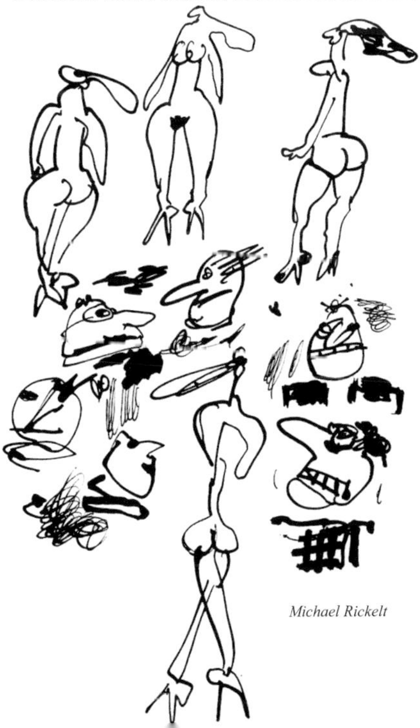
Michael Rickelt

Später bin ich mit einer Kommilitonin öfter ins Café Keese gegangen, zum Ball Paradox, an dem Frauen Männer aufgefordert haben. Einmal habe ich mir gesagt: Jetzt spiele ich die Männerrolle und gehe männlich wirkend und mit männlichem Blick die Tische entlang, und bin mit dem Blick, mit dem sonst Männer Frauen abchecken, losgegangen. Ich habe es genossen, wie die Männer unter diesen Blicken zusammengezuckt sind, und zuletzt den „hässlichsten" aufgefordert. Ich habe einen Blick geworfen, den ich hasste, den abschätzigen Blick von Männern auf eine Frau. Irgendwann später hat das Männliche in mir sich in einen erotischen Reiz verwandelt. Ich hatte gelesen, dass sich Frauen in den zwanziger Jahren oder noch früher als Männer kleideten und gaben und zum Beispiel auf Schiffen mitgereist sind. Aufregend. Etwas, das Lust hervorkitzeln konnte. Was ist ein Mann, was eine Frau. Im Nachdenken über den Orgasmus kann ich mir vorstellen, dass Männer mehr auf Orgasmen angewiesen sind als Frauen. Ich war auch mit Männern zusammen, mit denen mein Orgasmus keine große Rolle spielte. Aber der Sex mit ihnen hat mir dennoch unglaublich gut getan, auch der Moment, ihn zum Orgasmus zu bringen. Scharf nur auf Orgasmen war ich höchstens bei One-Night-Stands, bei kurzen Begegnungen mit wildfremden Männern. Da ging's schon auch für mich als Frau um diese Geilheit der Anonymität, die nichts anderes will als Orgasmus. Aber mit jemandem, den man liebt, da ist der Orgasmus nur ein Moment von vielen, der nicht stattfinden muss.

Kannst du einen besonderen Orgasmus erzählen?

Ja. Ich erinnere mich an einen, wo ich dachte, ich werde wahnsinnig. Ich musste den Mann bitten aufzuhören. Es war ein so ungeheurer Reiz, den er lange Zeit mit der Zunge auf mich ausgeübt hatte. Ich war dabei, durchzudrehen, wirklich irre zu werden.

War es die Situation, der Mann?

Es lag an dem Mann. Er war ein guter Liebhaber! Nicht im Sinne von sportlich und Ratgebertipps befolgend. Er ging einfach ganz unkompliziert mit seinem und meinem Körper um, es war unglaublich. Ich hatte immer und viele Orgasmen mit ihm. Aber dieser in Richtung Wahnsinn, den nur einmal. Und den musste ich stoppen.

Du bist ja mit diesem Mann nicht mehr zusammen, mit dem du den Wahnsinnsorgasmus hattest, auch mit anderen nicht, die du geliebt hast. Wie ist es mit der Liebe? Kennst du die Umkehrpunkte, wo sie beginnt bzw. aufhört?

Ja. Ich habe mich immer getrennt. Wenn ich irgend wann plötzlich von etwas abgetörnt war. Von etwas Menschlichem, also nicht beim Sex. Plötzlich habe ich etwas in dem jeweiligen Mann gesehen – ich finde das sehr ungerecht von mir, aber so war es –, was mich davon abgehalten hat, ihn weiter zu begehren.

Eine konkrete Geschichte?

Bei einem Mann beobachtete ich, dass er so unglaublich ängstlich darauf bedacht war, Geld zurückzukriegen, was er anderen geliehen hatte. Es war ganz klar, dass er es zurückkriegt. Da bekam er fast einen hysterischen Misstrauensanfall. Das hat mich derart abgetörnt. Es mag sein, dass dem schon etwas vorausgegangen war, was mich abgetörnt hat, und dass diese Situation dann der Tropfen war. Ich setze mich auseinander und kämpfe mit Partnern, aber ich bin nicht die Frau, die es Liebe nennt, unter bestimmten Dingen zu leiden oder bestimmte Dinge, die ich einfach nur doof finde, weiter zu ertragen, bloß um eine Beziehung zu haben.

Das heißt du hast immer die Beziehungen verlassen und bist nicht verlassen worden? Ja.

Hast du auch erlebt, dass die Lust einschläft, wenn die Liebe noch groß ist?

Dazu war ich nie lange genug in einer Liebesgeschichte. Ich war ja nie länger als vier oder fünf Jahren mit jemandem zusammen. Dass die Häufigkeit, Sex zu machen, nach der wilden Anfangszeit Gott sei Dank etwas weniger wird, das ist ja normal. Aber dass die Lust als solche weniger wird oder gar einschläft, das kenne ich nicht. Das könnte ich auch nicht. Mir ist sehr wichtig, mit einem Mann auch erotisch zusammenzusein, ein Begehren zu spüren, Begehren zu geben und zu nehmen.

Warst du also auch nie so lange mit jemandem zusammen, dass fremdgegangen wurde?

Ich war furchtbar eifersüchtig. Vor allem bei einem.

Bist du selbst fremdgegangen? Ich war immer treu.

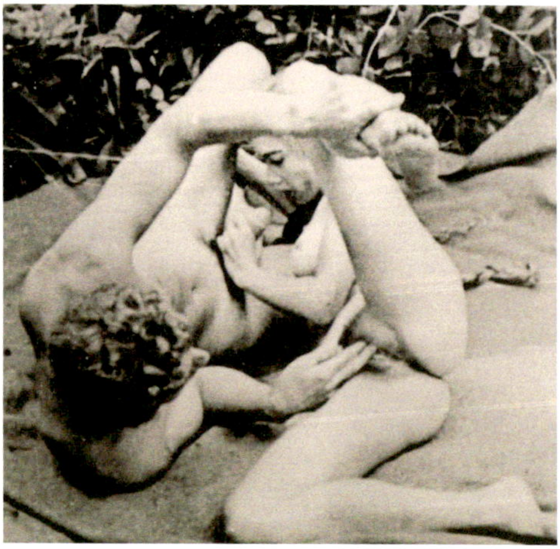

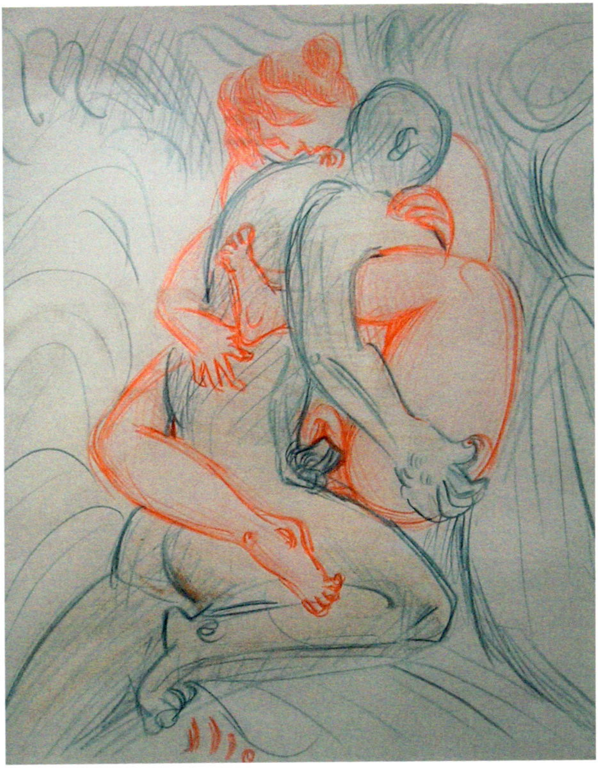

Du hast gesagt, in den warst du verliebt wie „nie" in einen anderen. In der Situation am Anfang einer neuen Liebe, sagt man da nicht oft „wie noch nie"? Würdest du von heute aus auch sagen, dass du in diesen „am meisten" verliebt warst?
Ja. Ich liebe den immer noch. Ich freue mich wahnsinnig, wenn ich den sehe. Diese Freude, das muss ja Liebe sein. Es hat nichts direkt mit Sex zu tun. Mit Erotik schon. Aber nicht, dass ich ihn jetzt wieder ins Bett zerren wollte. Ich würde auch nicht sagen, dass wir „enge Freunde" sind.
Und wieso bist du mit ihm nicht mehr zusammen?
Weil ich mich getrennt habe. Es gab diese Situation, in der ich ihn so blöd erlebt habe, dass die Achtung vor ihm verloren ging. Und dann kannst du nicht weitermachen. Die Situation, die mich dazu brachte, nicht mehr mit ihm zu wollen, ist verarbeitet. Vielleicht ist es sogar gut so: dass man eine Aufmerksamkeit dem anderen gegenüber hat und eine negative Situation, statt darüber wegzusehen – jeder macht ja mal etwas Blödes –, wirklich wahrnimmt. Und wenn eine solche Situation so ist, dass man mit ihr nicht klarkommt, zu sagen: Es ist nicht mehr gut. Die Beziehung ist nicht mehr gut. Ich höre auf. Jetzt, viele Jahre später, kann ich erzählen, was damals vorgefallen ist, aber es ist für mich abgetan. Die Zuneigung ist immer noch da. Aber vielleicht, wenn wir die Beziehung an der Stelle weitergeführt hätten, wäre die Zuneigung jetzt nicht mehr da.
Im richtigen Moment aufzuhören ist schwer ... Er war aber nicht der Mann mit dem Wahnsinnsorgasmus? Von dem hast du dich auch getrennt, wieso?
Es war sehr leidenschaftlich mit diesem Menschen. Das mit dem irren Orgasmus, das war nicht ganz zu Anfang der Geschichte, sondern mittendrin. Irgendwann wurde diese Leidenschaft fast krank.
Ich brauche meine Freiheit. Wenn ich mit ihm weitergemacht hätte, wäre ich ihm hörig geworden, oder wie man das nennen würde. Ich habe mich vor einer sexuellen Abhängigkeit geschützt, als ich mich getrennt habe. Seine Berührung, das Vögeln mit ihm, das – ja – hat extrem süchtig gemacht.
Was bedeuten für dich die ersten Male Sex mit jemand Neuem, was die späteren, wenn man sich schon länger kennt?

Und dieser eine hatte ab und zu mal eine andere?
Ach. Kaum. Ich habe es ihm nur unterstellt, ich blöde Kuh. Ich war in diesen Mann verliebt wie nie zuvor. Die Eifersucht hing mit dem Anfang der Beziehung zusammen. Er musste in dieser ersten Zeit gleich längere Zeit verreisen, beruflich. Plötzlich blieben seine Briefe aus. Da wusste ich: Er hat dort eine Frau getroffen und mit ihr Sex. Ich habe das auch rationalisiert: Er ist ja ein Mann. Er braucht seine Orgasmen. Doch diese Frau hat ihn dann nach Berlin verfolgt. Er hat das zugelassen. Ich habe ihn schließlich vor die Alternative gestellt: Die oder ich. Er hat sich für mich entschieden. Aber das war ein Knacks für mich. Dieser Knacks hat mich misstrauisch gemacht. Und mit allem Schönen und aller Liebe lief dieses Misstrauen einher und suchte sich Gelegenheiten, bestätigt zu werden. Es ist doch klar, dass man guckt. Eine heterosexuelle Frau guckt Männer an, ein heterosexueller Mann guckt Frauen an. Wenn ich das bei ihm merkte, konnte es geschehen, dass ich furchtbar verunsichert war und schrecklich und ohne Grund eifersüchtig wurde. Er hatte nur eine Frau freundlich angeguckt. Es war lächerlich.

Das erste Mal oder die ersten Male mit jemandem, das ist einfach die durchbrochene Fremdheit, körperlich: Jeder Mann, jeder Mensch ist anders, die Gefühle sind andere, die ästhetische Begeisterung, ihn anzugucken, ist eine andere, er ist anders als Liebhaber – und ermöglicht auch mir, anders zu sein. Dieses Anderssein, dieses Sich-selbst-anders-Erleben als bisher gekannt, das ist immer die Erregung, das Besondere der ersten Male Sex. Ich habe darüber nie nachgedacht, aber wo du mich jetzt fragst, sehe ich, dass es dieses Anderssein-Dürfen ist. Das habe ich sehr genossen. Wenn dieses Anderssein Gewohnheit wird, vertraut wird, das eigene und das des anderen, kann der Sex wunderbar bleiben. Man erwartet eine Bewegung und springt
schon kurz vorher darauf an.

Katharina (*1984)

Hattest du schon eine, mehrere Liebesbeziehungen?
Beziehungen ist vielleicht zu viel gesagt, aber Erfahrungen, ja, mehrere.
Verändert sich der Sex? Die ersten Male mit einem neuen Menschen, in den du frisch verliebt bist im Vergleich zu später in der Beziehung?
Es war alles nicht sonderlich lang. Die längste Beziehung, die ich hatte, dauerte zwei Jahre. Und diese Beziehung war in einer Phase, in der immer Party war. In der diese Euphorie auf künstliche Art und Weise aufrechterhalten wurde. Dass das künstlich ist, ist mir irgendwann aufgefallen. Danach entwickelte ich eine komische Distanz. Ich glaube, ich habe noch nicht erfahren, wie es ist, wenn Sex wirklich zum Alltag wird.
Die ganze Lebensweise, die mit diesen Partys zusammenhing, wurde mir fremd. So ist diese längere Beziehung auseinandergegangen. Bei den anderen ist es immer ziemlich schnell wieder auseinandergegangen. Kann schon sein, dass ich Angst davor habe, wie es wäre, wenn diese Spannung weg ist. Angst vor dem Alltag. Dass ich es vorher wieder kappe.
Kannst du ein besonders schönes sexuelles Erlebnis beschreiben, einen speziellen Orgasmus?
Dieses total Euphorische und der Sex und auch tolle Orgasmen waren immer in diesem Zusammenhang des Künstlichen, das ich nicht mehr möchte. Partys und Drogen. Und auch etwas Künstliches war das Gefühl, unbedingt dazugehören zu wollen: Sich diesem Lebensgefühl dazugehörig fühlen zu wollen, es aber gar nicht zu sein und es trotzdem zu leben. Die Erinnerung an die schönen Orgasmen – sie haben sich damals wirklich toll angefühlt! – ist durch das andere überlagert. Als die Distanz größer wurde, war es nicht mehr toll, und so kann ich jetzt nicht erzählen, dass dieser Sex das Schönste war, ich ihn wiederhaben möchte. Und weil ich noch nicht weiß, wie sich das andere anfühlt, wie es ohne dieses künstliche Drumherum ist, kann ich dir im Moment also noch nicht von einem besonderen Orgasmus erzählen.
Gibt es für dich bestimmte Dinge, die besonders erotisch besetzt sind?
Ja. Ich finde Männerschweiß doch ziemlich erotisch! Süßliche Gerüche mag ich nicht. So Richtung Patschuli. Da würde ich vielleicht sagen, schön, aber dann träge werden statt erotisch angeregt.
Blicke. Und vor allem Berührungen. Auch die Angst, die dabei mit hochkommt. Etwas geht nicht weiter, weil die Angst zu groß ist, aber im Grunde ist das auch der Kitzel. Auch zufällige Berührungen können einen großen Reiz auf mich ausüben. Es kann ganz plötzlich aus dem Alltag kommen.
Was bedeuten für dich Küsse?
Leider habe ich auch beim Küssen oft eine blöde Erwartungshaltung. An mich selbst. Die steht mir im Weg. Ich mag es, wenn es zart ist. Spielerisch. Ich habe eine Erinnerung an solche Küsse, weiß gar nicht mehr, wie es dazu kam. Dieses Zarte. Der Abstand. Dann wieder küssen. Diese zarten Küsse konnten einen Weg zeigen, dass es auch anders geht als in dieser totalen künstlichen Euphorie, dass es nicht gleich zu diesem „Jetzt fallen wir übereinander her" kommt. Ansetzen, wieder absetzen – das könnte ich total lange machen, das ist sehr erotisch. Doch dann kommt meine Erwartungshaltung dazwischen und stört. Meine Gedanken, ob der andere jetzt meint, dass es nun weitergehen müsste. Ich aber könnte ewig mit den zarten Küssen weitermachen, wieder aufhören, wieder küssen, immer weiter …
Hattest du denn schon Momente – unabhängig von diesem Künstlichen –, dass diese Selbstkontrolle, dieses Sich-Fragen „was will der andere jetzt?" aussetzte und du dich hineinbegeben konntest?
Ja. Wenn ich mich so weiter hineinbegeben habe, dass ich mir gesagt habe, jetzt auch genau das zu wollen, was ich denke, dass der andere es will – dann ja. Das stimmte eine Weile, aber irgendwann nicht mehr. Wenn ich an Situationen denke, die ich im Moment erotisch empfinde, dann sind es Blicke. Blicke noch vor den Berührungen. Man spürt schon, dass etwas da ist. Aber es sind nur Blicke. Und jetzt genieße ich es sogar, meine Angst zu bemerken, meine Erwartungshaltung. Ich mache mich nicht verrückt damit, ich ärgere mich nicht über mich

selbst, dass ich Vorstellungen entwickle, wie es in einem solchen Moment weitergehen könnte. Und Angst davor habe. Ich genieße die Angst mit. Es sind kurze schöne aufregende Momente. Und natürlich würde ich mir wünschen, dass sich jemand davon nicht entmutigen lässt und nicht irgendwann denkt, ach nee, wie langweilig! Und dass auch ich mich nicht entmutigen lasse durch meine Angst.
Und das ist ein Kitzel …

Hast du schon mal geträumt oder dir vorgestellt, du wärst ein Mann?

Ja. Manchmal denke ich, dass es leichter oder spannender wäre als Mann. Klischees über Frauen, die ziehe ich mir schon noch oft an. Als Mann wäre es, denke ich, auch körperlich einfacher. Stimmungsschwankungen zum Beispiel. Als Frau beziehst du sie auf den Körper, den weiblichen Hormonhaushalt. Und das finde ich desillusionierend. Diese Schwankungen sind natürlich nicht mehr so dramatisch, wenn es nur meine Hormone sind. Meine Vorstellung vom Männlichen ist nicht konkret, aber ich habe die Vorstellung, es wäre einfacher …

Und eine letzte kleine Frage: Erinnerst du dich an etwas, das du als Kind als erotisch empfunden hast? Das muss nicht direkt mit Sexuellem zu tun haben, irgendein sinnlicher Kitzel?

Ich glaube, ich habe als Kind schon ziemlich sexuell erlebt. Ich habe mich – das ist vielleicht auch normal – ziemlich exzessiv selbst befriedigt. Oft mit meiner Schwester zusammen. Wir reden nicht darüber. Sie weiß es bestimmt noch genauso. Meine Eltern haben es bestimmt auch mitgekriegt. Irgendwie war es offensichtlich, auch wenn wir es natürlich versteckt gemacht haben. Ich frage mich heute, ob es anders gegangen wäre. Dass man auch darüber hätte reden können. Einfach mal Witze machen. Ob sich damals irgendwelche Blockaden aufgebaut haben, weil man nicht locker darüber geredet oder Witze gemacht hat? Wir haben es gemacht und uns nicht dazu verhalten und nicht miteinander darüber gesprochen. Mein Schwester ist ein Jahr jünger als ich, wir wohnten in einem Zimmer, außerdem gab es noch drei Brüder …

Das fällt mir jetzt wieder ein ... Ich habe es auch mit meiner Schwester gemacht. Wir haben abends zehn Platten – damals gab es nur Schallplatten – übereinandergelegt, die eine nach der anderen auf die Plattendrehscheibe fielen und abgespielt wurden, und währenddessen haben wir es gemacht, nicht miteinander, aber jede für sich

Wir haben dazu Kuscheltierberge gebaut. Vor einer Weile lief ein Film über eine Mädchenclique in Berlin im Kino. Ich komme gerade nicht auf den Titel. Dreizehn, vierzehn, fünfzehn waren sie, ein Dokumentarfilm aus Interviews mit den Mädchen zusammengeschnitten. In einer Szene erzählt eine, dass sie und ihre Freundin in der Kindheit auch immer solche Spiele gespielt haben. Dann kamen sie wohl aus dem Zimmer heraus, und ihre Eltern waren da und haben gegrinst und gesagt: „Na, habt ihr wieder eure Teddybären gefickt?“

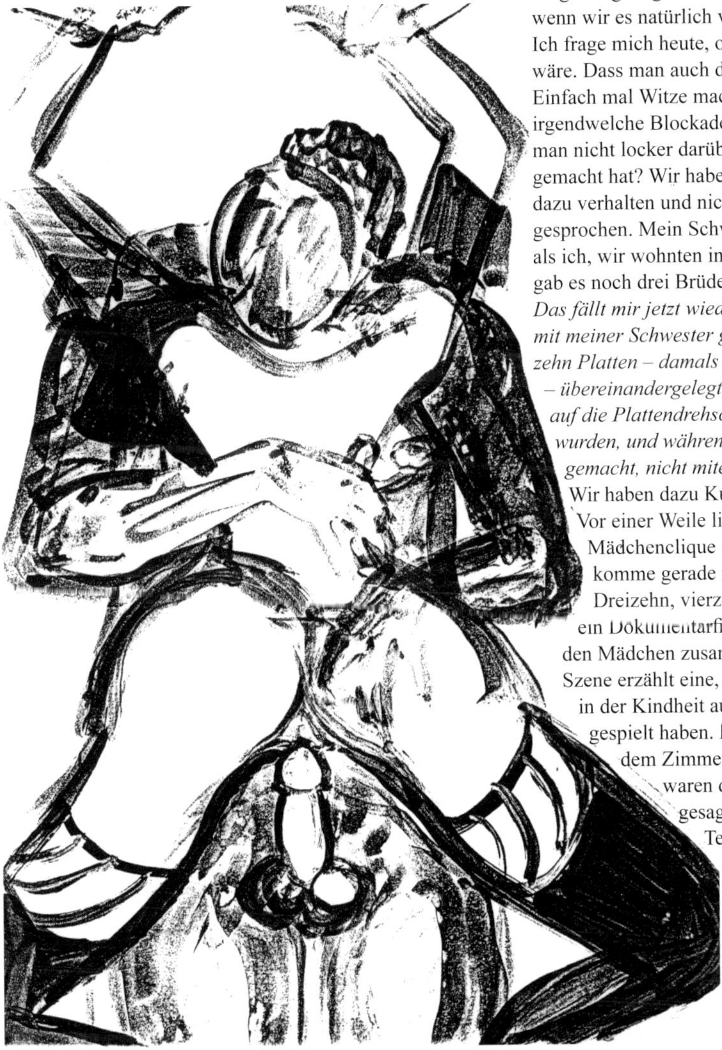

Angelika Gilberg

A., Mario, S. 309, Fotograf in Tokyo und Berlin, Fotobücher, u.a. *Geisha* und *La poupée japonaise*.
Aceval, Nora, S. 140, geb. in Algerien, aufgewachsen in beiden Welten: in den Traditionen und Überlieferungen der maghrebinischen Nomaden und in der organisierten Welt der französischen Kolonialisten, lebt als erfolgreiche Märchenerzählerin und Autorin in Paris. Zuletzt erschien: *Contes libertins du Maghreb*, 2008. Dieses aufsehenerregende Buch wurde in Frankreich viel besprochen, die Autorin wurde in TV-Talkshows eingeladen. Voller Spannung erwartet wird nun ihr Roman *Science de la femme et l'amour* (beide im Verlag al Manar, Neully S/Seine).
Agoston, Alexander von, S. 135, 170f., 255, 259, *1962 in Kassel, seit 1982 freischaffender Künstler in Berlin, Vater zweier Söhne. Klassische Malerei, Installationen und Körperart. www.alexandervonagoston.de
Alexandre, Claude, S. 19, 41, *1940 in Paris, lebt in Sevilla. Fotografin: Körper, Paare, SM, Travestie, Fetischismus, Tanz, Stierkampf. Portrait-, Film- und Bühnenfotografie.
Andresky, Sophie, S. 127, *1973, aktuelle Bücher: *Vögelfrei. Erotischer Roman*, (Heyne Verlag, Mai 2009), *Mein Harem. Alle erotischen Geschichten aus 5 Bänden* (Haffmans Verlag bei 2001, Mai 2009). Seit Januar 2009 Kolumnistin der Cosmopolitan.
Armstrong, Richard, S. 113, ist als Lehrender, Regisseur und Performer weltbekannt. Als Pionier der Ausweitung der menschlichen Stimme hat er in mehr als 30 Ländern Workshops gegeben. Eine ganze Generation von Künstlern wurde von dem in New York lebenden Künstler beeinflusst.
Arndt, Wiebke, S. 180, 185, Fotografin in Berlin.
Bach, Detlef, S. 70f., 282f., *1963, Ausstellungen u.a. in New York, Washington D.C., Köln, Düsseldorf. Freischaffender Künstler, Illustrator in Wuppertal. www.detlefbach.de
Bache, Marion, S. 235, *1970, keine Ausbildung, kein abgeschlossenes Studium, keinen Beruf. Schreibt, seit sie 17 ist und die Schülerzeitung mit Freunden übernahm. Danach andere Projekte (Jugendblatt, Fachschafts-Zeitung, Selbsthilfe …) *„Seit einiger Zeit fasse ich Erlebnisse, Entwicklungen, Reflektionen in Verse. Für mich ein guter Weg, andere dorthin mitzunehmen, wo sie nie waren."*
Bachmann, Daniel, S.129, Schriftsteller, Drehbuchautor, dreht Dokumentarfilme auf der ganzen Welt. Zu seinen Filmen zählen *Der Ranger*, (Regie Michael Steinke, ZDF) und *Check it out* (Regie Michael Stelzer, PRO7). Für das ZDF drehte er in Afrika *Auf der Walz* und *Die Wüsten-Apotheke* sowie in China, Tibet und der Mongolei *Mehr Licht!* Seine aktuellen Romane: *Raus aus der Provinz!* und *Petting statt Pershing!* (Ullstein-Verlag). Travel Writing-Bücher: *Die Wüsten-Apotheke*, (Droemer-Verlag), *Abenteuer Amerika* (Dryas-Verlag). Für seine Werke erhielt Daniel Bachmann zahlreiche internationale Auszeichnungen. Mehr Info: www.danieloliverbachmann.de
Beatty, Maria, S. 178, Paris und New York, Filmemacherin, Schauspielerin, Produzentin. Ästhetische lesbische & härtere BDSM-Filme, über *konkursbuch* zu beziehen.
Berbel, S. 110, *1950 in Las Palmas/Gran Canaria, lebt dort. Lyrik, Prosa, Bilder. Viele Lyrik-Bücher, zuletzt: *Los caminos del agua* (2008), ein erotischer Prosatext *Dünenmeer* erschien bisher nur in deutscher Übersetzung in *Mein lesbisches Auge 6*.
Bergmann, Anne, S. 173, *1980, wuchs südlich von Leipzig auf. Ihr erster Schreibversuch mündete in einem Märchen, das in der örtlichen Grundschule aufgeführt wurde. Während ihres Physikstudiums in Chemnitz begann sie wieder zu schreiben. Kurzgeschichten und Erzählungen. Erstes Buch: *Das Glück in einer Blechdose,* Leipzig 2009.
Billic, S. 245, *1970 in Berlin, 2001 Coming Out als *nicht hetero*, 2007 als *auch-schwul*, 2008 als *Transgender*, Auftritte als Drag King. Auslandsjahr in den USA, Tutorentätigkeit, Projektingenieur am Fraunhofer Institut Berlin, Wiss. Mitarbeit an der der TU, im Moment Forschung im Bereich Medizintechnik.
Bolley, Christian S., S. 86, Diplom an der Meisterschule für Mode, München, Modegrafiker und Illustrator, letzte Einzelausstellung im Weilheimer Stadtmuseum (2009). www.csbolley.de
Brancorsini, Mauro, S. 174f., *1982, liebt Schwarzweißporträts, lebt in Italien.
Brauerhoch, Jürgen, S. 264, lebt in München. schreibt kritische Reiseberichte, Bücher, zuletzt *Föhn – ein erlösendes Brevier*, (Verlag Langen-Müller, 2007). Projekt: ein neues Buch über Pos.
Bräunling, Gottfried, S. 146, Studium an der Hochschule für Bildende Künste Dresden, 1987 aus der DDR geflohen, freischaffender Künstler in Hohenöllen. Viele Ausstellungen. Bibliophile Bücher. Er malte Bilder zu *Halbkreis*. Erotische Gedichte von Ritsos.
Casper, Sigrun, S. 88, 153, *1939, Kleinmachnow, lebt in Berlin. Aktuelles Buch: *Chagall ist schuld.* Ostwestgeschichten. Erotisches Hörbuch *Die Japaner machen es mit Stühlen*.
Derouetteau, Mélanie, S. 5, 8, 43, 115ff., Schauspielerin und Performancekünstlerin, beschäftigt sich mit Intimität und Nacktheit und der Frage der Identität, wobei Fotografie, Schauspielkunst und Schreiben für sie unterschiedliche Werkzeuge sind, um dasselbe auszudrücken. 2009 (mit Jean Michel Rabeux) ein Stück, das die Beziehung von Domination und Submisson hinterfragt. Zusammenarbeit mit dem Choreografen Felix Ruckert. In Vorbereitung ein Foto-Buch. Nachfrage beim Verlag.
Djapic, Nenad, S. 49, *1948, studierte Film-, Theater- und Kunstwissenschaften, lebt und arbeitet als Filmemacher, Autor, Theaterregisseur und Maler in Prag und Berlin.
Feria, Luis, S. 98, *1927 – 1998 in St. Cruz/Teneriffa, war Lyriker und Übersetzer, u.a. von Paul Éluard, Constantinos Kavafis und Truman Capote, Preise und Bücher mit Lyrik.
Feuerbach, Olive, S. 302, lebt z.Z. in Frankreich, Lehraufträge, 2010 erscheint *Teresas Berichtsheft* als Ganzes, außerdem ein *Sommerkrimi* bei *konkursbuch.*
Fischer, Antonietta Susanne/Antonio Mario Venetto, S. 296f., *1965, Merzakademie Stuttgart, Internationale Salzburger Sommerakademie (mit Prof. Christoph Dreher, Uwe Kassai, Uli Wegenast, Siegfried Kaden). Auszeichnungen u.a.: 2009 Theodor-Heuss-Stiftung *Die Würde des Menschen ist unantastbar* 60 Jahre Grundgesetz; Donaueschingen Regionale. Trailer, Flyer, Citycards, DJ u. VJ im Auftrag von soziokulturellen Einrichtungen und Firmen. 2009 Verkauf der Shirt-Kollektion „glaring" exklusiv im Modehaus Kögel, Esslingen. 2007 Gründung der Künstlergruppe *VLECKS.* Sie macht sozialkritische Kurzfilme, Experimentalfilme, Musikclips. Einige Einzelausstellungen.
Flüh, Thorsten, S. 215, *1962 in Kiel, lebt in Berlin. Vorher Dozent in Shanghai, Peking und Dublin. Medienwissenschaftler, Marathon-Läufer, Langstrecken-Schwimmer. Letztes Buch: *Feuerland,* Roman, Berlin 2008. Kurzgeschichten, Essays, Lektorate, Stadtführungen, Seminare, Websites. In Arbeit Roman *Beriberi – Robert Kochs Reise um die Welt.*
Frahm, Thomas, S. 146, *1961 in Duisburg, seit 2000 freiberuflicher Autor (Lyrik, Prosa, Essay), Publizist und Übersetzer mit Bulgarien-Schwerpunkt. 2 Lyrikbände, 1 Regionalbuch. Beiträge u.a. in FAZ, NZZ, DIE WELT. Lebt in Sofia.
Freitag, Natalie, S. 122, Tänzerin, Schlagertexterin, Kurzgeschichtenschreiberin, früher in Freiburg, lebt seit Jahren mit ihren drei Katzen in Berlin.
Freund, Wolfgang, S. 12, 31, *1966 in Köln, Ausbildung zum Grafikdesigner bei Seri-Grafik, Köln, anschließend Studium der Malerie bei Prof. Michael Buthe, Düsseldorfer Kunstakademie. Letzte Einzelausstellung: Das Tier im Künstler (Kunst- und Ausstellungshalle im Kölner Zoo, 07)
Frick, Annette, S. 14, Künstlerin in Berlin.
Funk, Sasha, S. 280, Fotografin in Baltimore

G., Ruth, S. 115.

García, Rocío, S. 99, 101ff.. *1955, Las Villas, Kuba. Studium an der Academia de Artes San Alejandro. La Habana, und der Kunstakademie in St. Petersburg, Russland. Professorin für Malerei und Zeichnung an der Academia in San Alejandro. Viele Ausstellungen und Einzelausstellungen u.a.: *La dama de la Patica Caliente*, Havana Galerie, Zürich 2007, *El Thriller*, Museo Nacional de Bellas Artes, La Habana. Preise u.a.: 2007 Ausgewählt von der *Fundación Ludwig de Cuba* für einen Künstlerinnenaufenthalt in Basel. *Premio Nacional de Ilustración*. Instituto Cubano del Libro. La Habana, Cuba.

Gebert, Anke, S. 294, studierte Kunsterziehung, Germanistik, Journalistik und Film mit Schwerpunkt Drehbuch, arbeitete in verschiedenen Berufen. Seit einiger Zeit freie Autorin und Dozentin für kreatives Schreiben in Hamburg. Die wichtigsten Bücher: *Das Treiben*; *Besuchsreise* (S. Fischer Verlage), *Die Strafverteidigerin* (Kindler) und *Die Summe der Stunden* (S. Fischer Verlage).www .ankegebert.de

Gebhardt, Eike, S. 70, * in Berlin, promovierte an der Yale University, Amerikanistik, Philosophie und Sozialwissenschaften, war 13 Jahre Hochschullehrer in den USA. Seit 1984 wieder in Deutschland, Gastprofessuren in beiden Ländern. Talkmaster im Rundfunk des SWR2-Forums und von *Berlin-Mitte*. Letzte Buchveröffentlichung: Mythos Kreativität (Suhrkamp 2008)

Giardini, Gilberto, S. 231,*1964 in Warschau, lebt in Köln und Berlin, Abschluss mit Auszeichnung, Accademia di Belle Arti di Roma, Bühnen- /Kostümbild und Kunstgeschichte. Der polnisch/italienische Künstler entdeckte durch seine Mutter, die Opernsängerin war, schon früh die magische Welt des Theaters. Kostüm- und Bühnenbildner, Illustrator und Malerfür Theater und Oper. Zweifach einer der Gewinner des internationalen Wettbewerbs für erotische Kunst *(Erotic Signature Competition)* in Miami/USA.

Gil, Javier, S. 209, *1961, Montevideo/Uruguay, Kunststudium am Institut der Schönen Künste *San Francisco de Asis*, dann an der Hochschule der Künste in Buenos Aires, viele Einzelausstellungen u.a. im Frankfurter Kunstverein.

Gilberg, Angelika, S. 206, 315, *1953, lebt u.a. in Frankfurt/M. Studium an der Städelschule, Schülerin von Johann Georg Geyger, Michael Croissant. Nach dem Studium Assistentin bei Aktionen von He rmann Nitsch. Später u.a. Tanzperformance *Inner Organ Music* in Leipzig (Grassi-Museum) und im Museum für Angewandte Kunst in Frankfurt, viele Ausstellungen.

Glueck, Gundula, S. 240ff., 248f., *1965 in Franken, lebt in Freiburg/Breisgau, studierte Geschichte und Soziologie, parallel dazu begann sie mit Fotostudien im Porträt- und Aktbereich und verschrieb sich bald ganz der Fotografie, nicht unschuldig daran sind Irving Penn und Alexej Brodovich. Besonderes Augenmerk gilt der Männerfotografie. Dank an *konkursbuch* für die Einladung und an die Modelle der hier gezeigten Arbeiten: Nils Umstadt, Model Doc666, Model The Maniac (Harry Melcher) und Model Loverboy (Kevin): thanx boys!

Gonzorro, S. 282, Katrin G., * 1973 in Ingolstadt, Tierärztin, Spam-Sammlerin und Bloggerin. Diverse private Veröffentlichungen im Internet, u.a. unter dem erotischen texxxt.de

Gramann, Ulrike, S. 272, *1961, weiß etwas über das Gedächtnis und lebt als Schriftstellerin in Berlin und Karlsruhe. Prosa, Hörspiel, journalistische Arbeit.

Großmann, Ulf, S. 172, *31.12.1968 in Freiberg. Zahlreiche Veröffentlichungen von Lyrik, Prosa und Rezensionen in Zeitschriften und Anthologien. Redakteur bei der Zeitschrift für Kunst und Literatur *Ostragehege*. Lebt in Dresden.

Gympel, Jan, S. 256, freier Journalist und Buchautor in Berlin. Seit einigen Jahren auch in den Gefilden der Schönen Literatur und der Comics unterwegs. www.gympel.de

Hartzsch, Tina, S. 47, *1963 in Dresden, Lehrerin für Kunst und Gestaltung in Feldberg/Mecklenburg, Kunststudium in Greifswald, lebt in Neu Brandenburg.

Hath, Jessica Alice, S. 20, 23ff., 51ff., 61, Studium an der Hochschule für Künste Dresden, lebt in Freiburg als freischaffende Fotodesignerin. Ausstellungen u.a. 2009: *Humanimals* (mit Meriem Absalon), Max Lui, Freiburg und Karlsruhe; Arbeiten zu Bataille, Kunstmesse, Governor Islands, New York, bei 4heads. Buchprojekt (zus. mit R. Reschika) über Bataille u.a. *Denker der Ekstase*.

Herdel, Chris, S. 145., freischaffender Künstler in der Türkei und Prag. Bibliophile Fotoalben für Liebhaber. newoldpictures@yahoo.es

Herr Wenk & Coco, S. 68f., lieben in der Schweiz.

Hillmann, Ursula, S. 303, *1938 in Bonn, Engagement in der Frauenbewegung, über 12 Jahre Mithg. d. Frankfurter Frauenblattes. Pädagogikstudium, Theaterfotografie, Fotopreis d. Frauenreferats Frankfurt, Buch *Edith Stein*.

Holbein, Ulrich, S. 126f., 130, *1953, letztes Buch: Narratorium, 2008 Ammann Verlag.

Imbeck, Klaus, S. 290, (Klaus Werner Adolf Imbeck) entstand 1942 und ist der Heinrich Hertz aus Dagmar Fedderkes *Die Geschichte mit A*. In Chlodwig Poths *Die Vereinigung von Körper und Geist mit Richards Hilfe* tritt er kurz als *der Schmiebeck* auf. Robert Gernhardt beschreibt ihn in WimS als *sprechende Telefonzelle*. In einer *Pooh der Bär* Kolumne von Harry Rowohlt ist sein richtiger Name erwähnt. Allerdings war *Zielperson* nicht sein Beruf. Sein wirkliches Leben hat Imbeck als Reporter verbracht: Fast ein Jahrzehnt lang beim stern, fünfzehn Jahre bei GEO. Er lebt seit fünf Jahren wieder in Hamburg, besitzt aber noch ein halbes Haus in 25870 Oldenswort und ein Geflecht aus Gartenschläuchen, durch die Marcumar® fließt. Imbeck kann durch seine internen Metallkomponenten Sicherheitsalarme auf Flughäfen auslösen und, im Gegensatz zu einer auf Hamburger Redaktionsfeiern gerne erzählten Anekdote, klaute er 1979 nicht die Unterhose, sondern das Scheckheft von Idi Amin. Genutzt hat es ihm nichts.

Ipedia 1, S. 262f., 266, Fotokünstler jüdisch-kanadischen Ursprungs in Peru und seit Kurzem in Spanien. Selbstportraits in Hotels, die er ohne speziellen Aufbau oder Lichteffekte inszenierte. http://ipedia1.blogspot.com/

Ippensen, Antje, S. 65, *1965 in Oldenburg. Lebt mit ihrer Freundin und Kollegin Josiane Depière im gemeinsam gegründeten Atelier Redensart in Mannheim. Erste Geschichten schrieb sie mit 7, Veröffentlichungen seit 1989 (Lyrik und Prosa, vielfach poetische Fantastik), Auszeichnungen u.a. 2. Preis des PEN-Clubs Liechtenstein.

It´s a gas, S. 224, alias Ramin Shafiai, *1971 in Teheran, wohnhaft in Köln, freiberuflich als Managementtrainer & Coach, Veröffentlichung in Bildbänden und auf Ausstellungen, Fotografie mit Schwerpunkt Masken, SM & Fetisch.

Jausski, Rivka, S. 32, Autorin in Berlin

K. Stephanie, S. 80, 115

K., Anna, S. 91, * 1976, Pseudonym einer Berliner Autorin.

Karsten, Lilo C., S. 143, *1956, Kunststudium an der Burg Giebichenstein, Halle, lebt in Berlin, viele Einzelausstellungen, zuletzt *Wollust* (zus. mit Ameret) 2009 in Berlin..

Karsten, Thomas, S. 276, freier Fotograf. Letztes Fotobuch: *Heat* (mit Bildern von Bianca).

KatdelaKat, S. 229, * 1984 in Karlsruhe, Djane für Rock and Roll, Swing und Country in diversen Nachtclubs, ebenfalls unter dem Künstlernamen KatdelaKat. Arbeit bei der Deutschen Post AG, Besuch das Abendgymnasiums mit dem Ziel, danach Film und Regie in Ludwigsburg zu studieren. Seit ca. einem Jahr schreibt sie privat Kurzgeschichten, *Bezaubernde Jeannie* ist ihre erste Veröffentlichung.

Killet, Gerhard, S. 166f., lebt in Stuttgart, Fotograf und Grafikdesigner, www.gerart.de

Kindermann, Wolfgang, S. 125, *1967 in Wien. Dramatiker, Lyriker, Texter. Studium der Publizistik und Theaterwissenschaft. Aufführungen und Lesungen. Mitglied der Grazer Autorenversammlung (GAV).

Kingdome 19, S. 301, Berlin, bislang 7 eigene internationale Bildbände, Beteiligung an über 30 Buchcompilations, aktuelles eigenes Buch: *Convicts* (Gmünder Verlag 2009) neuer Bildband für Herbst 2010 geplant. Neue Collectionen erscheinen 3 bis 4mal im Jahr. Ab 2009 auch „Privatserien" der einzelnen Modelle. www.kingdome19.de / contact: kingdome19@aol.com

Kosz, Kater, S. 132, 136, *1953 in Stralsund, Handwerkslehre, 1984 erste fotografische Versuche im Rostocker „Foto Klub Konkret", Beteiligung an Amateurfotoschauen, 1989 Flucht aus der DDR, Fotografieren ist seine Lebensart.

Kozlov, Evgenij, S. 194f., *1955 in Leningrad, lebt in Berlin. Buch mit erotischen Zeichnungen bei *konkursbuch*: *Leningrader Album*. www.e-kozlov.com

Kramer, Wilhelm, S. 33ff., * 1967 in Wien. Paris, Straßburg, Warschau und jetzt Brüssel. Objektkunst, Zeichnungen.

Krautwald, Ulla, S. 240, studierte Soziologie, war Medizinsoziologin, ist jetzt freie Autorin in Hamburg. Sachbücher zu fernöstlichen Heil- und Lebensweisen, u.a. *Der Weg der Kaiserin* (mit Christine Li, Scherz, 2010 als Taschenbuch im S. Fischer Verlag.) Der Text ist Ausschnitt aus dem Manuskript eines Kurzromans, Arbeitstitel *Einmal noch mit Hans*

Kreichgauer, Ulrich, S. 236, *1961, lebt bei Heidelberg.

Kühl-Polat, Margitta, S. 308, Anwaltsgehilfin, hatte ihre erste Veröffentlichung *Nicht nur schöne Schuhe* in *Mein heimliches Auge 16* und schrieb, dass sie dieses Foto gerne in *Auge 24* veröffentlicht sähe, wenn es uns recht sei ...

Kunkel, Erhard, S. 48, *1935, studierte Germanistik und Theaterwissenschaften in Leipzig, Regisseur an verschiedenen Theatern, jetzt Stücke und eigene Inszenierungen. Lyrik und Prosa, in Zusammenarbeit mit Malern und Grafikern Buchprojekte. Lebt in Neustrelitz.

Kurylo, Borys S., S. 128, *1960, lebt in Hünfeld, Informatiker, Fotografie, www.kurylo.de

Kutac, Stanilav, S. 64ff., 74, 93, 278f., *1960 in Tschechien, Artist & Designer, lebt in Bern. Weiteres: www.stanislavkutac.com

Kutulas, Ina, S. 144, *1963 in Magdeburg, Autorin im Prenzlauer Berg, Zusammenarbeit mit Asteris Kutulas. Nachdichtungen ins Deutsche (u.a. Seferis, Kavafis, Theodorakis, Ritsos). 1992 – 1996 in Athen. Bücher u.a. *Athen-Berlin*.

Laura, S. 10, 44, 212ff., Künstlerin aus Barcelona. Comics, Zeichnungen, Aquarelle. Auszeichnungen. Buch bei *konkursbuch: Ohne Erlaubnis*

Laurenzi, Paul, S. 21, Künstler in Paris.

Lautenschläger, Joachim, S. 48, *1944, Studium an der Hochschule für Grafik und Buchkunst in Leipzig. Seit 1972 als Maler, Grafiker und Grafikdesigner in Zachow.

Leitner, Anton G., S. 203, *1961 in München, Lyriker, Herausgeber und Verleger (u. a. von *Das Gedicht)* in Weßling. Ges. Ged. 1980–2005: *Im Glas tickt der Sand* (2006). CD *Herzenspoesie,* (Eichborn, 2007). Zahlr. Anthologien, u. a. Lyrik-Trilogie *power, relax* und *smile* (dtv, 2009). www.AntonLeitner.de

Lencinas, Susanne, S. 270f., *1965, studierte Kunst, arbeitete festangestellt in einer Softwarefirma und kündigte, um sich ganz der Fotografie zu widmen. Heute führt sie ein Fotostudio in Heidelberg. Website. www.susanne-lencinas.de

Lerche, Doris, S. 165ff., 169, 172f., freie Schriftstellerin und Zeichnerin aus Frankfurt. Bücher mit Erzählungen und Karikaturen. Zuletzt *Zungenspitzen*. Zeichnungen, Gedichte, CD (2009 bei *konkursbuch*)

Leweir, Litt, S. 176, *1962, aufgewachsen bei Freiburg, seit 1984 in Berlin, im Brotberuf Sekretärin. Thrillerdebüt *Migräne* (2009, *konkursbuch*).

Louÿs, Pierre, S. 246f., *1870 – 1925, französischer Lyriker und Schriftsteller, der vor allem erotische Romane schrieb. Als Fotograf ist er weniger bekannt. Ein Fotobuch von ihm ist über den Verlag erhältlich*: La Cul de la Femme*

Ludwig, Ono, S. 294f., 299, *1968 in Bochum, Studium Design und Fotografie, zahlreiche Veröffentlichungen und Ausstellungen, zuletzt *Schmerz – Bilder vom Menschen,* Wilhelm-Fabry-Museum Hilden 2008/2009. Fotoserie/Buchprojekt *deja-vu*. Fotografiert mit einer historischen Mittelformatkamera Menschen in erotisch aufgeladenen Situationen. Langzeitbelichtungen, die eine zweite Schicht auslösen, eine Bewegung des Moments.

Macciacchini, Sandro, S. 59, *1966, zeichnet „schon immer", studierte Rechte, insb. Urheberrecht, lebt in Zürich.

Maiwald, Salean A., S. 207, 281, Psychologie- und Kunststudium, letzte Buchveröffentlichung: *Aber die Sprache bleibt. Begegnung mit deutschsprachigen Juden in Israel.*

Mandel, Bea, S. 280, dokumentiert seit vielen Jahren ihr Liebesleben mit ihrem Partner.

Martin, Celia, S. 30, *1955, Autorin, Dozentin in der Erwachsenenbildung, Preise u.a. beim Internet-Kurzgeschichtenwettbewerb Elles-Verlag. Internetveröff. u.a.: *Liaison de Luxe* (Pseud.: Carolin Peters, Roman 2008), *Lesbisch für Anfängerinnen*, (Hörbuchroman, Butze-Verlag, 08).

Maurer, Dinah G., S. 17, Künstlerin. www.kunst-kabnett-gdm.eu

Montorgueil, Bernard, S. 305, französischer Künstler, die Zeichnungen entstanden in den 1940er Jahren, Bücher mit seinen Zeichnungen über den Verlag erhältlich.

Otberg, Mari, S. 159, *1969 in Stuttgart, studierte Mode, machte in London Kollektionen & Schaufensterdekorationen, lebt in Berlin. *Mari geht aus*. Minibuch mit Text *Der Tote* von Georges Bataille *(konkursbuch*).

Paul, Ina, S. 68, 280, Autorin in Berlin. Zuletzt *Damals in Hanoi im Jahr des Tigers* (Drei Liebesgeschichten, 2009 *konkursbuch) Was Anna Luise denkt oder April-April* wird als *Work in Progress* fortgesetzt

Perle, Petra, S. 129, Künstlerin, Performerin in München

Pisbach, Martina, S. 306f., *1964 bei Koblenz, seit 1990 in Hamburg. Dozentin für Heilpraktiker. Körperarbeit für Frauen. Fotografie seit 1995. www.wildfleisch-net.de

Pörtner, Peter, S. 77, 165, Leiter des Japan-Zentrums München, hat *konkursbuch* mitbegründet, Übersetzungen aus dem Japanischen (u.a. die ersten Bücher und Gedichte von Yoko Tawada). Viele Veröffentichungen, geplant *Japanoptikum* und ein Band mit Prosa und Lyrik.

Pyl, Ida, S. 313, *1974, in der SM- und Fetisch-Szene aktiv. Vor und hinter der Kamera bemüht sie sich, Momente und Erleben in Bildern auszudrücken. Aktions- und Bildarbeit ergänzt sie durch eigene Texte. idapyl@yahoo.de

Reimann, Andreas, S. 252, *1946 in Leipzig, Studium der Literatur, Exmatrikulation,Verurteilung zu Haft wg. staatsgefährdender Hetze. Viele Lyrikbücher, bei *konkursbuch* erotische Gedichte: *Die männlichen Zeitalter*. Preise u.a.: Brüder-Grimm-Preis der Stadt Hanau (zus. mit Felicitas Hoppe), Johann-Gottfried-Seume-Literaturpreis (2007)

Reschika, Richard, S. 22, *1962 in Kronstadt/Rumänien, lebt in Freiburg. Studium der Germanistik, Evangelischen Theologie, Kunstgeschichte, Philosophie, Promotion. War u.a.Kustos des Friedrich-Nietzsche-Museums in Sils-Maria, Lektor beim Herder Verlag. Seit 1995 freier Lektor, Autor für den SWR 2, Herausgeber, Übersetzer aus dem Rumänischen und Englischen, Rezensent, Vortragstätigkeit. Mitglied der Ludwig-Klages-Gesellschaft. Zahlreiche Publikationen und Hörfunk-Essays. Zuletzt: *Theologie der Zärtlichkeit*, Vier-Türme-Verlag 2009. Buchprojekt zus. mit Jessica Alice Hath über *Denker der Ekstase*.

Rickelt, Michael, S. 313, MIRK, Zeichner & Cartoonist, Karlsruhe.

Richter, Ulli, S. 78ff., führt sein Leben zwischen Berlin, New York und London, erfolgreicher Werbefotograf. Künstlerisch befasst er sich v.a. mit der internationalen schwulen Subkultur. studio@ullirichter.com

Rosengarthen, Paula und Steger, Marcel, S. 163, P. Rosengarthen leitete u.a. Erotik-Workshops. Steger ist freier Fotograf und hat einige ihrer fotografischen Ideen umgesetzt.

S., A., S. 204, Pseudonym eine Autorin aus Frankfurt/M

S., Axel, S. 116

Samson, Adrian, S. 196ff., * in Ungarn, People- und Lifestyle-Fotograf in London. www.adriansamsonphotography.com. Dies ist seine erste Veröffentlichung dieser Art Arbeiten in einem Print-Medium.

Santiago, Danielle de, S. 181, Kurzgeschichten und Essays in zahlreichen Magazinen und Anthologien. Limes Award für *Gourmets und andere Sünder*. www.desantiago.de

Schiller, M., S. 236, schreibt, fotografiert, Brotberuf hat – ohne kink – mit Handschellen zu tun.

Schinkel, André, S. 19, 98, *1972 in Eilenburg, lebt in Halle. Nach Ausbildung und Studium Doktorand, Autor und Redakteur einer Zeitschrift. Mehrere Preise und Stipendien. Zuletzt: *Gedächtnisschutt. Präludien und Gedichte*, Aschersleben 2008.

Schmidt, Susanne, S. 260, *1980, lebt bei Frankfurt, jobbt. Vereinzelt Veröffentlichungen, so in *Mein heimliches Auge 23*

Schmude, Daniel, S. 131, 258, *1977 in Berlin, Fotografenausbildung in Berlin/New York, *Launch Fotodesign* Studio in Berlin, letzte Ausstellung: *Posing for Identity*, Colorblind Galerie, Köln 09.

Schulz, Til, S. 93, Autor in Frankfurt/M

Schumann, Dagmar, S. 168, *1938, Dichterin, Objektmacherin, Malerin (pseud. Dora Schönefeld), Taucha. Auszeichnungen, bibliophil gestaltete Bücher, u.a. *Schattenspiele* (Leipziger Diwan). Lyrikmanuskript *schwarze rose eros bittersüß*. Einige ihrer Gedichte wurden in der DDR sogar vom *Magazin* abgelehnt, weil *„unsere Werktätigen so was nicht lesen wollen"*.

Schwarzkopf, Nana, S. 268, *1965 in Bad Nauheim, studierte Kunstgeschichte in Frankfurt/M, begann in Berlin zu schreiben. Debüt: eine pornistische Arztromanpersiflage über Natascha, Krankenschwester aus St. Helena, *Mir ist so heiß, Herr Doktor,* (Rot+Licht, 2009). Arztromanlesungen. www.nanaschwarzkopf.de

Schweizer, Thomas, S. 284ff., *1965, Fotografie für Tageszeitungen, seit er 15 war, danach Assistenz bei versch. Fotografen. Eigenes Studio mit 25. Beauty, Lifestyle, Kunden aus Werbung und Redaktionen. www.thomas-schweizer.eu t.schweizer@t-online.de Jeden Samstag präsentiert der im Ruhrgebiet sehr bekannte *Club Essence* eine neue Performance-Show. Die jeweils aktuellsten Bilder finden sich unter http://newnudes.wordpres.com

Sebastian, Nila, S. 45, *1936, verheiratet, Berlin-Kreuzberg. Arbeitete als Sekretärin, schreibt und malt.

Seidel, Günter H., S. 261, *1926 – 2006, Studium an der Akademie der Künste, Berlin, Buchgestalter und Künstler.

Sgier, Annina, S. 64ff., 74, *1973, Lebensforscherin

Siegel, Michael, S. 123, 158, *1946, Berlin, Fotograf.

Sigel, Kurt, S.62, Schriftsteller und Grafiker in Frankfurt/M, bisher 18 Bücher, mehrere Auszeichnungen.

Simon, Marga, S. 99, *1919 in Trier – 2005 Berlin. Garderobiere am Theater, bei Film und Fernsehen. Buch *Wie das Meer* (Berlin 2005). Großer Nachlass an kleinen Texten.

Siner, Petros, S. 147, war Künstler in Griechenland.

Skarba, Aranka, S. 255, 262, *1976, lebt in Berlin. Übersetzerstudium in Leipzig. Aufenthalte in Russland und Frankreich. Veröffentlichungen in diversen Literaturzeitschriften.

Sperl, Wolfgang, S. 282f., Musiker und Fotograf, Stuttgart.

Stelling, Jürgen, S. 251, *1947 in Berlin, von 1974 – 2006 Buchhändler und Schriftsteller in Stuttgart, wieder in Berlin. 1983 – 2005 mit W. Bucher Herausgeber der Poesie-Agenda. Letzte Buchveröffentlichung: *Man kann froh sein* (2009)

Szabó, Zsuzsanne, S. 238f., 242, 246f., 250 , *1975 in Ungarn, freie Fotografin in Berlin, hat jahrelang ein Gaunerleben geführt, war und ist auch selbst Model. Ihre wichtigsten Einflüsse: Joel P. Witkin, Saudek, Araki. www.zsu-szabo.de

Tawada, Yoko, S. 102, *1960 in Tokyo, lebt in Berlin, viele Auszeichnungen, Prosa, Lyrik und Essays. zuletzt : *Schwager in Bordeaux*. Demnächst erscheint eine neue Ausgabe von *Das Bad*, die auch den bisher unveröffentlichten Originaltext enthält

Tefelski, Norbert, S. 34, *1950 in München, lebt seit 1979 als relativ freier Autor in Berlin. Näheres: www.literaturport.de

Tornberg, Freddy und Stine, S. 90ff., Kopenhagen, Regisseur, Kameramann, Fotograf und Fotografin.

Traston, Simon, S. 96, publizierte seit den 1960ern 14 Bücher Lyrik und Prosa, zuletzt *In der Schattensee – Späte Verse und Prosa*, zu beziehen über konkursbuch Verlag.

Tucholsky, Kurt, S. 62, Schriftsteller der Weimarer Republik.

Voss, Ulrike, S. 36, aufgewachsen bei Frankfurt/M., studierte Germanistik und Anglistik, Lehraufträge, Arbeit am Theater. Debüt: *Alicia* Erotischer Roman bei *konkursbuch,* 2009.

Wagner, Friedrich Christian, S. 145, Architekt und Professor für Gestaltung in Krefeld.

Wahl, Henriette, S. 20, *1972, freie Journalistin in Berlin.

Weichselbraun, Christian, S. 253, *1977 in Tirol, lebt in Innsbruck, Krankenpfleger. Schreibt seit seiner Volksschulzeit. Debütroman *The first cut,* 2008, Himmelstürmer Verlag.

Weis, Diana, S. 210, Autorin und Künstlerin in Berlin, sie schreibt u.a. für die Süddeutsche

Wendland, Sigurd, S. 275, *1949 in Münster, studierte u.a. an der Hochschule der Künste Berlin, Meisterschüler bei Fred Thieler. Zahlreiche Ausstellungen im In- und Ausland sowie Buch- und Katalogpublikationen. Lebt in Berlin..

Wessel, Claudia, S. 222, *1958, Redakteurin der Süddeutschen, München. Erotische Erzählungen und Romane. Zuletzt *Mein fremder Körper.* 2010 erscheint *Wiesn Lieben,* ein von ihr herausgegebener Band mit erotischen Texten teils bekannter AutorInnen rund ums Oktoberfest (*konkursbuch*).

Widmaier, Lorenz, S. 226ff., 235, studierte Kommunikations- und Kulturmanagement an der Zeppelin University, Friedrichshafen. Im Moment Masterabschluss in *Photography & Urban Cultures* am Goldsmiths College, London.

Wilder, Kimberly, S. 268, *1965 als Militär-Balg in einem amerikanischen Luftstützpunkt in Deutschland, später in Kalifornien. Sein Vater, ein Pilot, kam im Vietnamkrieg um, danach zog die Mutter mit den Kindern in ihre Heimat, nach Brüssel. Dort muss die Farbe Grau geboren worden sein. Studium an der London Art Akademie, natürlich träumte Kimberly, so sein weiblicher Name, davon, großer Künstler zu werden, wurde aber zunächst technischer Illustrator, später Storyboard-Zeichner. *„Ich erinnere mich nicht genau, wann ich das erste Mal weibliche Gefühle hatte, weiß nur, dass ich meiner Mutter fasziniert beim Ankleiden zusah und mich selbst mit ihren Sachen verkleidete. Meine Schwester erwischte mich mal in vollem weiblichen Outfit und nahm mich als ihre Baby-Schwester – ich muss so fünf gewesen sein – mit raus auf die Straße. Begonnen, heterosexuelle Erotica zu zeichnen, habe ich schon in meiner Pubertät, die strenge katholische Erziehung suchte sich da wohl ihren Ausweg. Ich wurde sogar von der katholischen Schule geschmissen, weil ich meine Mitschülerinnen nackt zeichnete. Als Transsexueller begann ich dann irgendwann auf Anregung aus der Szene, hermaphroditische Erotika zu zeichnen."*

Willem, Denyse, S. 179, 182f., 186, 293, *1943 in Blegny, Belgien, Studium an der Académie des Beaux-Arts in Liège. Viele Ausstellungen. Letzte Einzelausstellung: *La fête des cheveux*, 2009 Galerie Koma, Mons. Preise u.a. *Jeune peinture belge*, Palais de Beaux-Arts; grande prix *Lions* de peinture, Knokke; europäischer Preis für Malerei, Bronzemedaille. www.denysewillem.com

Wirz, Mario, S. 84, *1956 in Marburg, Schauspielausbildung, Schauspieler und Regisseur, jetzt freier Schriftsteller in Berlin, Buchveröffentlichung u.a. *Biografie eines lebendigen Tages* (Aufbau Verlag), 1. Preis des Pen-Clubs Liechtenstein.

Wolov, Samantha, S. 3, 280, *1984, Autodidaktin, Ausstellungen

Zapletal, Svato, S. 150f., *1946, Abitur 1964, danach Gelegenheitsjobs. 1976 Gründung des Svato Verlags. Lebt in Hamburg und Ostrov bei Prag, brachte über 50 bibliophil gestaltete Bücher heraus, darunter drei Werke von Simon Traston (Nachfrage über den Verlag).

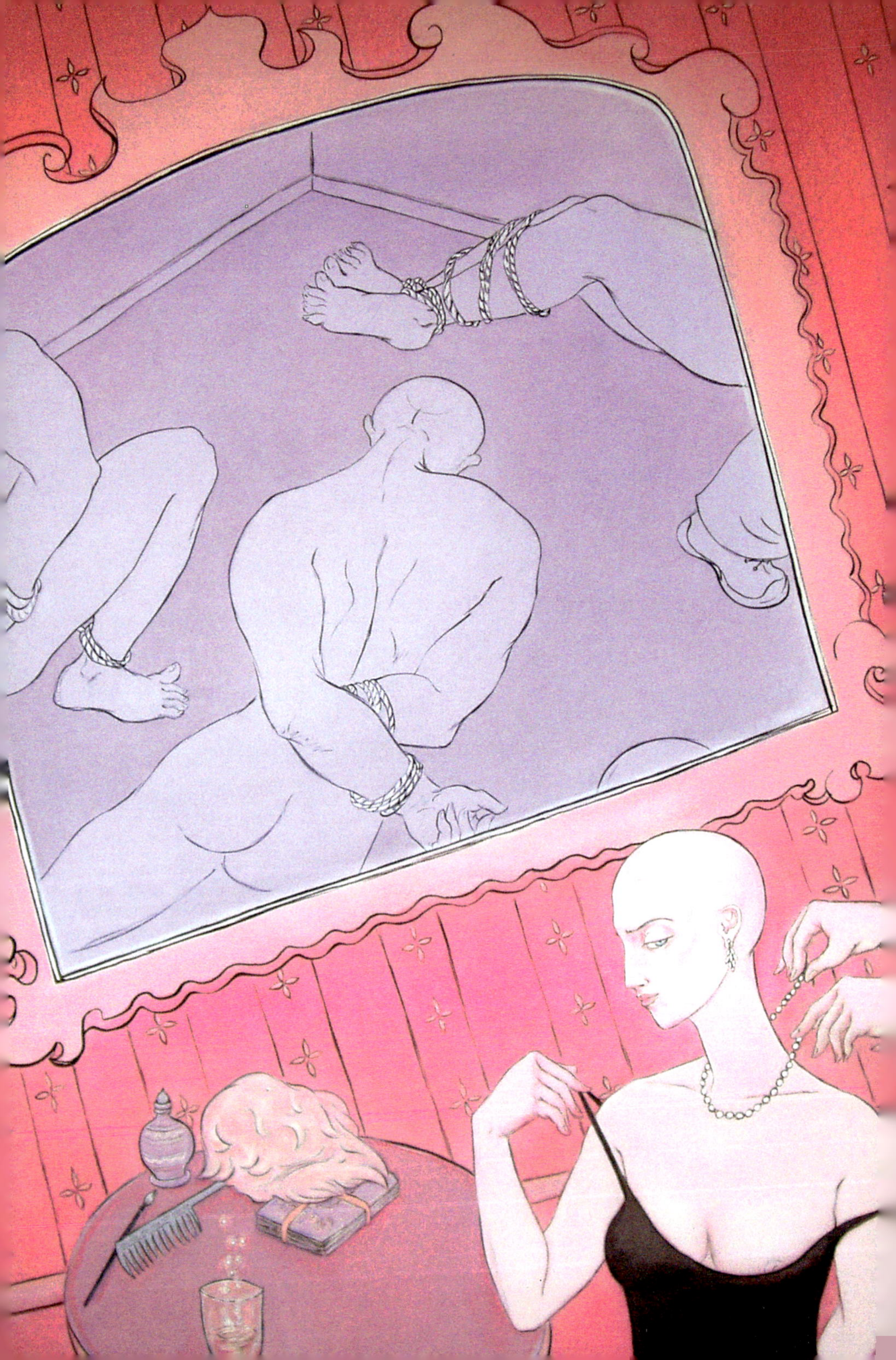